Luz Gabás

DES PALMIERS DANS LA NEIGE

ROMAN

Traduit de l'espagnol
par Anaïs Goacolou

CHARLESTON
POCHE

À mon père, Paco, pour la passion contagieuse avec laquelle il a mené sa vie ; et à José Español, la passion de la mienne. C'est grâce à eux deux que ce roman existe.

À ma mère, María Luz, et à mes sœurs, Gemma et Mar, pour leur soutien inconditionnel, en toutes circonstances.

Et à José et Rebeca, qui ont grandi en même temps que ces pages.

Ce soir, vous vous aimerez avec désespoir, parce que vous savez que ce sera votre dernière nuit ensemble. Vous ne vous reverrez jamais.

Jamais.

Ce ne sera pas possible.

Vous vous caresserez et vous embrasserez avec une intensité que seule l'angoisse peut procurer à deux personnes désireuses de s'imprégner de l'essence de l'autre par le goût et le toucher.

La pluie tropicale martèle sans relâche la balustrade verte de la galerie extérieure qui conduit aux chambres, étouffant vos gémissements furieux. Les éclairs cherchent à s'étirer dans le temps pour vaincre l'obscurité.

— Laisse-moi te voir, te toucher, te sentir une minute de plus…

Dans un coin de la chambre, deux valises de cuir fatigué. Sur un dossier de chaise, une gabardine. Une armoire vide aux portes entrouvertes. Un chapeau colonial et une photographie sur la table. Des vêtements aux couleurs vives épars sur le sol. Un lit transformé en nid d'amour par la moustiquaire qui tombe du plafond. Deux corps qui se meuvent dans la pénombre.

Après dix-huit ans, c'est fini.

Tu aurais pu défier le danger et décider de rester.

Tu aurais évité la pluie, cette maudite pluie qui s'obstine à marquer les moments les plus tristes de ta vie.

Tu ne souffrirais pas par cette nuit si noire.

Les gouttes rebondissent sur les vitres.

Quant à elle…

Elle aurait pu ne pas te regarder, sachant qu'il aurait mieux valu éviter.

Et elle ne souffrirait pas par cette nuit de clarté intermittente et cruelle.

La pluie douce et paisible s'accroche aux objets et glisse lentement, comme les larmes, baignant l'atmosphère d'une mélancolie contagieuse. La pluie forte de cette nuit, menaçante, cingle et rappelle qu'elle ne s'attache à personne. Même la terre ne peut l'absorber ; elle meurt à l'instant cruel où elle frappe le sol.

Vous avez savouré nombre de nuits d'amour calme, tendre, sensuel, mystique. Vous avez joui du plaisir interdit. Et vous avez également eu la liberté de vous aimer au grand jour.

Mais vous n'en avez pas eu assez.

Cette nuit, mille et une gouttes de tornade imprègnent chacun de vos mouvements.

Fais-lui mal ! Griffe sa peau ! Mords ! Lèche ! Imbibc-toi de son odeur !

Pour exister. Pour vous faire souffrir. Parce que vous ne pouvez rien changer. Vous avez assumé la séparation. Cette maudite résignation.

Prends son âme et sème, même si tu sais que ça ne germera plus.

— Je m'en vais.

— Tu t'en vas.

— Mais tu gardes mon cœur.

Pour toujours.

*
* *

Deux coups secs et rapides à la porte, une pause, puis deux coups encore. C'est le code. José est ponctuel. Tu dois te dépêcher ou tu n'auras pas ton avion.

Tu ne peux pas te dépêcher. Vous ne pouvez vous détacher l'un de l'autre. Vous avez seulement envie de pleurer. De fermer les yeux et de rester ainsi, dans cette indéfinissable irréalité.

Le temps qui vous était imparti touche à sa fin. Il ne reviendra pas. C'est inéluctable. Il n'y aura pas de larmes ; les choses sont ainsi. Peut-être à une autre époque, dans un autre lieu… Mais vous n'avez choisi ni votre naissance ni vos appartenances. Vous avez décidé de vous aimer, en dépit des difficultés. En sachant que tôt ou tard ce jour viendrait. Et il est arrivé, exerçant une urgence qui interdit tout adieu au grand jour et nie la promesse d'un prompt retour.

Cette fois, le voyage est un aller simple.

Tu te lèves et commences à te rhabiller. Elle reste assise contre le mur, les bras autour de ses jambes repliées, le menton sur les genoux. Elle t'observe un moment et ferme les yeux pour graver dans sa mémoire le moindre détail de ton corps, de tes gestes, de tes cheveux. Quand tu es habillé, elle se lève et vient vers toi, ne portant rien qu'un collier fait d'une fine lanière de cuir et de deux coquillages. Tu l'as toujours vue avec ce bijou. L'un des coquillages est un cauri, un petit escargot brillant de la taille d'une amande. L'autre est un *achatina* fossilisé, un escargot également, plus grand. Elle dénoue le lien et te le passe autour du cou.

— Ils apporteront chance et fortune sur ton chemin.

Tu enlaces sa taille de tes bras puissants et l'attires à toi, humant l'odeur de ses cheveux et de sa peau.

— Ma chance prend fin ici et maintenant.

— Ne t'inquiète pas. Je ne pourrai ni te voir ni te toucher, mais où que tu sois tu feras partie de moi.

De ses grands yeux affligés émanent une grande assurance et une grande fermeté. Elle souhaite croire que la mort même ne pourra vous séparer, qu'il y aura un lieu pour vous retrouver, sans temps, sans pression, sans interdits.

Tu poses les doigts sur les coquillages. Le cauri est doux comme sa peau et brillant comme ses dents. Sa rainure évoque une vulve parfaite, porte d'entrée et de sortie de la vie.

— Est-ce que ce petit *achatina* me protégera aussi des vents mauvais ?

Elle sourit en se rappelant votre première fois.

— Tu es fort comme un kapokier et souple comme un palmier royal. Tu résisteras aux coups de vent, les racines bien en terre et tes feuilles persistantes pointées vers le ciel.

De nouveau, deux coups secs et rapides à la porte, une brève pause suivie de deux autres coups. Puis une voix pressée, discrète par-dessus l'orage.

— Je t'en supplie, il est très tard. Nous devons y aller.

— J'arrive, Ösé. Une minute.

Une minute, et adieu. Une minute qui en réclame une autre, et encore une autre.

Elle s'apprête à s'habiller, tu l'en empêches.

— Reste comme ça, toute nue. Laisse-moi te voir, s'il te plaît…

Dorénavant elle n'a même plus le collier pour se protéger. Et toi, tu n'as rien pour elle ?

Sur la table, le salacot dont tu n'auras plus besoin et la seule photo que vous ayez de vous deux.

Tu prends l'une des valises, tu l'ouvres sur la table et d'un petit sac en toile tu sors des ciseaux. Tu plies la photo en marquant de ton ongle la ligne qui sépare vos deux images et tu coupes.

Tu lui donnes la partie où tu apparais, appuyé contre un camion de la cour.

— Tiens. Souviens-toi de moi comme je suis maintenant, de la même façon que moi je me souviendrai de toi.

Tu regardes l'autre partie, où elle sourit, avant de la glisser dans la poche de ta chemise.

— Je regrette de toute mon âme de ne pas pouvoir...

Un sanglot t'empêche de poursuivre.

— Tout ira bien, ment-elle.

Elle ment parce qu'elle le sait, elle souffrira chaque fois qu'elle traversera la cour, entrera dans la salle à manger, posera la main sur la rampe blanche de l'élégant escalier. Elle souffrira chaque fois que l'on prononcera le nom du pays où tu pars. Chaque fois qu'elle entendra le moteur d'un avion.

Et chaque fois qu'il pleuvra comme cette nuit.

Tout ira bien...

Tu l'étreins en sentant qu'à partir de maintenant plus rien n'ira.

Dans quelques secondes, tu prendras tes valises et ta gabardine. Tu l'embrasseras une nouvelle fois avec passion. Tu te dirigeras vers la porte. Tu entendras sa voix et tu t'arrêteras.

— Attends ! Tu oublies ton *salacot* !

Mon chapeau.

— Il te rappellera ce que tu as été pendant tant d'années.

— Je n'en veux pas. Garde-le, toi. Rappelle-toi ce que j'ai été pour toi.

Tu t'approcheras et tu l'embrasseras enfin avec la tendresse chaude, riche et lente d'un ultime baiser. Tu la regarderas dans les yeux un instant. Vous fermerez les paupières et vous serrerez les dents pour éviter de pleurer. Vous vous caresserez la joue doucement.

Tu ouvriras la porte et elle se refermera derrière toi avec un bruit léger qui aura à tes oreilles l'impact d'un coup de feu. Elle appuiera la tête contre la porte et, alors, elle pleurera amèrement.

Tu sortiras dans la nuit et te fondras dans la tourmente que rien ne pourra calmer.

*
* *

— Merci, Ösé. Merci pour ta compagnie pendant toutes ces années.

Ce sont les premiers mots que tu prononces depuis que tu es sorti de la chambre pour partir vers l'aéroport. Ils résonnent étrangement à ton oreille, comme si ce n'étaient pas les tiens. Tout te paraît inconnu : la route, les bâtiments, le terminal de métal préfabriqué, les hommes que tu croises.

Rien n'est réel.

— Il n'y a pas de quoi, répond José en posant sa main sur ton épaule.

Les larmes brillent dans les yeux cernés de rides de l'homme qui a été comme un père pour toi en ce lieu étrange pour toi au début. C'est dans sa dentition que le passage du temps est le plus frappant.

Quand ton père vous parlait de José dans ses lettres ou te racontait leurs histoires au coin du feu lors des veillées d'hiver, il disait toujours qu'il n'avait jamais vu des dents si blanches et si parfaites. C'était il y a une éternité.

Il n'en reste presque plus rien.

Tu ne reverras pas José non plus.

L'odeur, le vert capiteux de la nature généreuse, le son solennel des chants profonds, le brouhaha des fêtes, la noblesse des amis comme lui et la chaleur permanente sur la peau commenceront à te paraître étranges. Tu ne feras plus partie de cet univers. Au moment même où tu monteras dans cet avion, tu redeviendras un öpottò : un étranger.

— Cher Ösé… Je voudrais te demander une dernière faveur.

— Tout ce que tu voudras.

— À l'occasion, de temps en temps, si tu pouvais laisser quelques fleurs sur la tombe de mon père. Il est très seul en ces terres.

Quelle tristesse de penser que ses restes reposent dans un lieu oublié, qu'il n'y aura personne qui lui consacre quelques minutes de recueillement.

— Tant que je serai en vie, Antón aura des fleurs fraîches sur sa tombe.

— *Tènki, mi frend.*

Merci, mon ami. De me tirer de l'embarras. De m'avoir aidé à comprendre ce monde si différent du mien. De m'avoir appris à l'aimer. D'avoir su voir plus loin que l'argent qui m'avait amené ici. De ne pas m'avoir jugé.

— *Mi hat no gud, Ösé.*

— *Yu hat e stron, mi frend.*

My heart is not good. Your heart is strong, my friend. Mon cœur a mal. Ton cœur est fort.

Il résistera, quoi qu'il arrive.

Tu résisteras, oui. Mais tu n'oublieras pas que, pendant des années, tu as jonglé avec quatre langues qui ne suffisent pourtant pas à décrire ce que tu ressens : *tu hat no gud.*

L'avion attend sur la piste.

Adieu, *vitémá,* homme au grand cœur. Prends bien soin de toi. *Tek kea, mi frend.* Serre-moi la main. *Shek mi jan.*

Take care. Shake my hand.

Tu te laisseras emporter dans les nuages sur des milliers de kilomètres et tu atterriras à Madrid, où tu prendras un train pour Saragosse. Ensuite, tu prendras un bus et tu retrouveras les tiens. Mais toutes ces heures de voyage ne suffiront pas pour te défaire des années écoulées, les meilleures de ta vie.

Et cette conscience que les meilleures années de ton existence se sont déroulées en terres lointaines restera un secret ancré au plus profond de ton cœur.

Tu ne peux pas savoir qu'il apparaîtra en pleine lumière dans plus de trente ans. Qu'un jour les deux parties de la photo si cruellement séparées seront réunies.

Clarence n'existe pas encore.

Ton autre Daniela non plus.

Tandis que l'avion s'élèvera, tu verras l'île diminuer par le hublot. Tout le vert du monde qui un temps a envahi ton être deviendra peu à peu une petite tache sur l'horizon, avant de disparaître. D'autres personnes voyageront avec toi. Comme toi elles garderont le silence. Comme toi elles porteront toutes leur histoire.

Le silence tiendra en quelques mots, insuffisants pour traduire l'oppression qui pèse sur votre poitrine :

— *Ö má wè, etúlá.*

Adieu, chère île.

1

Le mois le plus cruel

Pasolobino, 2003

Quelques lignes suffirent à susciter chez Clarence une curiosité dévorante, bientôt doublée d'une inquiétude croissante. Elle avait dans la main un petit morceau de papier qui s'était collé à l'une des nombreuses enveloppes si minces qu'elles en étaient presque transparentes, ornées du cadre bleu et rouge destiné au courrier acheminé par avion ou par bateau voilà des décennies. Très fin, le papier à lettres rendait plus abordable le coût d'expédition. C'est donc en de légères piles de courrier que s'amoncelaient des fragments de vie serrés dans des mots qui débordaient dans des marges inexistantes.

Clarence relut pour la énième fois le bout de papier où apparaissait une écriture différente de celle des missives répandues sur la table du salon :

Je ne reviendrai pas à F.P., donc si tu veux bien j'aurai à nouveau recours aux amis d'Ureka pour que tu puisses continuer à envoyer l'argent. Elle va bien, elle est très forte, elle n'a pas eu le choix, elle, même si son bon père lui manque, car je suis au regret de t'annoncer, sachant combien tu en seras affecté, qu'il est décédé il y a quelques mois. Et ne t'inquiète pas, ses enfants vont bien aussi, l'aîné travaille et l'autre profite de ses études. Si tu voyais comme tout est différent de quand…

C'était tout. Pas une date. Pas un nom.

À qui s'adressait cette lettre ?

Le destinataire ne pouvait être de la génération du grand-père de Clarence : la texture du papier, l'encre, le style et la graphie paraissaient plus récents. D'un autre côté, les mots s'adressaient à un homme, comme l'induisait l'adjectif « affecté », ce qui réduisait le cercle à son père Jacobo et à son oncle Kilian. Enfin, le papier était apparu près d'une des quelques lettres écrites par son père. Comme c'était étrange… Pourquoi ne pas avoir conservé le texte entier ? Clarence imagina Jacobo rangeant la missive, puis regrettant son geste et décidant de la déchirer, sans s'apercevoir qu'un morceau restait collé à une enveloppe. Mais pourquoi son père aurait-il agi ainsi ? La lettre contenait-elle des informations compromettantes ?

Étourdie, Clarence releva la tête et reposa le papier sur la grande table de noyer, près du canapé Chesterfield de cuir noir, avant de frotter ses yeux endoloris. Elle lisait sans discontinuer depuis plus de cinq heures. Elle poussa un soupir et remit une bûche dans la cheminée. Le frêne crépita dans les flammes. Le printemps était plus humide qu'à l'accoutumée, et Clarence s'était refroidie à rester assise si longtemps. Elle demeura un instant les mains tendues vers le feu, se frictionna les avant-bras puis s'appuya au trumeau de bois sculpté de la cheminée. Le miroir lui renvoya l'image fatiguée d'une jeune femme aux yeux verts cernés, des mèches châtain s'échappant d'une épaisse natte autour d'un visage ovale marqué de fines rides soucieuses. Pourquoi ces lignes l'avaient-elles tant alarmée ? Parcourue d'un frisson elle secoua la tête, puis se dirigea de nouveau vers la table et se rassit.

Elle avait classé les lettres par auteur et par ordre chronologique, à partir de 1953, l'année où Kilian avait écrit tous les quinze jours avec ponctualité. Le contenu cadrait à la perfection avec la personnalité de son oncle : les courriers étaient extrêmement précis dans leur description de sa vie quotidienne, de son travail, de son environnement et du climat. Il racontait tout dans les moindres détails à sa mère et à sa sœur. De Jacobo, il y avait moins d'envois. Souvent, il se contentait d'ajouter trois ou quatre lignes à ce qu'avait rédigé son frère. Et les missives de grand-père Antón étaient rares et courtes, pleines des formules types des années 1930 et 1940 : par la grâce de Dieu il allait bien, souhaitait que toute la famille se porte également bien, et exprimait sa gratitude pour leur générosité à ceux qui les aidaient alors à Casa Rabaltué – un parent ou un voisin.

Clarence se réjouit d'être seule. Sa cousine Daniela était en ville avec son oncle Kilian pour un bilan médical de ce dernier, et ses parents ne monteraient pas avant deux semaines. Pourtant, elle se sentait coupable d'être ainsi entrée dans l'intimité de tous ces gens encore vivants. Fouiner dans ce que son père et son oncle avaient écrit des décennies plus tôt lui procurait une étrange sensation. On faisait plutôt cela quand on triait les papiers d'un défunt. D'ailleurs, elle éprouvait moins de gêne à lire les lettres de son grand-père, qu'elle n'avait pas connu, que celles de Jacobo et Kilian. Certes, elle connaissait déjà nombre des anecdotes qu'elle venait de lire. Mais, racontées à la première personne, de l'écriture penchée et tremblée de quelqu'un qui n'était pas habitué à prendre la plume, et imprégnées d'une émotion qu'il ne parvenait pas à masquer, leur nostalgie plus qu'évidente avait provoqué chez Clarence un trouble si intense que plus d'une fois elle en avait eu les larmes aux yeux.

Elle se rappelait, plus jeune, avoir ouvert l'armoire sombre au fond du salon et caressé ces lettres, s'amusant de ces documents qui esquissaient ce qu'avait été leur maison centenaire, la Casa Rabaltué : coupures de journaux jaunies par le temps, prospectus de voyage et contrats de travail ; vieux cahiers de cession de bétail et baux de fermes, listes de moutons tondus et de veaux vivants ou morts ; cartes de baptême et d'enterrement, vœux de Noël au tracé incertain et à l'encre fanée, invitations et menus de mariage ; photos d'arrière-grands-parents, de grands-parents, de grands-oncles et grands-tantes, de cousins et de proches ; actes de propriété remontant au XVIIe siècle et documents de permutation de terrains concernant des parcelles constructibles entre la station de ski et les héritiers de la maison.

Elle n'avait pas pensé à s'intéresser aux lettres personnelles pour la simple raison que, jusque-là, les récits de Kilian et Jacobo lui avaient suffi. Mais, évidemment, elle n'avait pas encore assisté au congrès où des conférenciers africains feraient naître en son cœur de fille, petite-fille et nièce de colons des sensations inconnues et inquiétantes. Depuis, elle avait conçu un vif intérêt pour la vie des hommes de sa maison. Elle se souvint de la soudaine urgence qu'elle avait ressentie à monter au village et ouvrir l'armoire, de l'impatience qui s'emparait d'elle tandis que ses obligations professionnelles s'acharnaient à la retenir contre sa volonté à l'université. Heureusement, elle avait pu s'en libérer en un temps record, et, pour une fois, la maison était vide, ce qui lui avait donné l'occasion de lire et relire ces missives dans une tranquillité absolue.

Elle se demanda si quelqu'un d'autre avait ouvert cette armoire ces dernières années. Sa mère, Carmen, ou sa cousine Daniela avaient-elles succombé à la tentation de fouiller dans le passé ? Son père et son oncle avaient-ils ressenti le désir de se retrouver dans les lignes de leur jeunesse ?

Clarence pensa bien vite que non. Contrairement à elle, Daniela n'aimait des vieilles choses que la belle demeure en pierre et ardoise et les meubles de bois sombre, rien de plus. Carmen n'était pas née dans cette maison et n'avait jamais réussi à la considérer comme la sienne. Sa mission, surtout depuis la mort de la mère de Daniela, consistait à faire en sorte que l'endroit reste propre et ordonné, le cellier toujours bien garni, et que tout soit prétexte à célébration. Elle adorait passer là de longues saisons, mais appréciait d'avoir une résidence principale ailleurs, et vraiment à elle.

Quant à Jacobo et à Kilian, ils étaient de parfaits montagnards : si réservés qu'ils en devenaient agaçants, préservant jalousement leur intimité. Il était surprenant qu'aucun des deux n'ait détruit toutes ces lettres, ainsi que Clarence l'avait fait de ses journaux d'adolescente, comme si cet acte de destruction pouvait effacer ce qui s'était produit. Clarence envisagea plusieurs possibilités. Peut-être étaient-ils conscients qu'en fin de compte ces missives ne contenaient pas grand-chose, sinon une forte nostalgie qui les destinait au feu. Ou alors ils ne se souvenaient plus de ce qu'ils y racontaient – ce dont Clarence doutait, étant donné leur propension à tous deux à parler sans cesse de leur île chérie –, ou simplement avaient-ils oublié leur existence, les reléguant au rang de tous les objets accumulés au long d'une vie.

Clarence souhaitait savoir ce qui ne figurait pas dans les lettres et pouvait altérer la vie en apparence tranquille de la maison de Pasolobino.

Sans se lever, elle tendit le bras vers un coffret dont elle ouvrit un tiroir et sortit une loupe. Examinant plus attentivement les bords du papier, elle vit sur le coin inférieur droit un petit trait évoquant un chiffre : une ligne verticale barrée d'un trait plus petit.

Peut-être un 7.

Peu probable qu'il s'agisse d'un numéro de page. Peut-être une date : 1947, 1957, 1967… ? Mais aucune des trois ne correspondait à sa connaissance aux faits décrits dans les lettres, legs émouvant de la vie coloniale d'Espagnols dans une plantation de cacao.

En fait, rien ne l'intriguait autant que ces lignes où une tierce personne, inconnue, disait qu'elle ne reviendrait plus aussi souvent, que quelqu'un envoyait de l'argent depuis la Casa Rabaltué, que trois personnes bien connues du destinataire – Jacobo ? – allaient bien et qu'un être qu'il appréciait avait disparu.

À qui son père avait-il pu faire parvenir de l'argent ? Pourquoi se serait-il inquiété des études ou du travail de quelqu'un là-bas ? Qui était cette personne dont il devait déplorer le décès ? Les amis d'Ureka, disait le mot. Clarence n'avait jamais entendu parler de ce lieu, si toutefois il s'agissait d'un lieu. D'une personne, sinon ? Mais, dans ce cas, qui était-*elle* ?

Clarence avait entendu des centaines d'histoires sur la vie des hommes de la Casa Rabaltué en terres lointaines. Elle les connaissait par cœur, tout prétexte étant bon pour que Jacobo et Kilian évoquent leur paradis perdu. L'histoire officielle des hommes de sa maison adoptait toujours la forme d'une légende commencée voilà des décennies dans un petit village des Pyrénées, se poursuivant sur une petite île africaine, et se terminant dans la montagne d'origine. Jusqu'à cette récente découverte, Clarence n'avait pas envisagé l'inverse : que tout ait pu commencer en Afrique, continuer dans un petit village des Pyrénées, et se terminer en reprenant la mer.

Peut-être avaient-ils omis de lui raconter des choses importantes… Tentée de se laisser emporter par des idées romanesques, Clarence se repassa mentalement les personnes citées par Jacobo et Kilian. Presque toutes étaient en lien avec leur entourage, et l'initiateur de cette aventure exotique était un jeune aventurier de la vallée de Pasolobino parti en terres inconnues à la fin du XIXe siècle, aux environs de la naissance des grands-parents Antón et Mariana. Le jeune homme avait débarqué sur une île de l'océan Atlantique, dans ce qu'on dénommait alors la baie du Biafra. En quelques années seulement, il avait amassé une petite fortune et il était devenu propriétaire d'une fertile plantation d'un cacao exporté dans le monde entier. Loin de là, dans les Pyrénées, des hommes célibataires et de jeunes mariés avaient décidé de partir travailler dans la plantation de leur ancien voisin.

Ils avaient troqué les verts pâturages contre les palmiers.

Clarence sourit en pensant à ces montagnards rudes, fermés, au caractère taciturne et sérieux, peu expansifs, habitués à une gamme chromatique limitée au blanc de la neige, au vert des prairies et au gris des pierres, et découvrant les couleurs vives des tropiques, la peau sombre des corps à demi nus, les constructions légères et la brise marine. Jamais elle n'en reviendrait de voir en Jacobo et Kilian les protagonistes de toutes les fictions qu'elle avait lues ou vues sur les colonies, où le contexte colonial était envisagé du point de vue européen, à savoir celui de sa famille. Car leur version était la seule qu'elle connaissait.

Claire et indiscutable.

La vie quotidienne dans les plantations de cacao, les relations avec les natifs, la nourriture, les écureuils volants, les serpents, les singes, les grands lézards colorés et les *yen-yen*. Les fêtes des dimanches, le son trépidant des congas…

Voilà ce qu'ils leur racontaient. Ce qui apparaissait dans les premières lettres de son oncle.

Comme ils travaillaient ! Comme la vie était dure là-bas !

Indiscutable.

« Ses enfants vont bien aussi »…

La date devait être 1977, ou 1987, ou 1997…

Qui pourrait éclaircir la signification de ces lignes ? La jeune femme pensa à Kilian et Jacobo, mais quelle honte de leur avouer avoir lu toutes ces lettres ! Lors d'un repas de famille où le passé colonial avait été évoqué, la curiosité avait poussé Clarence à poser des questions osées, mais les deux frères avaient fait preuve d'une habileté fort opportune pour détourner la conversation vers des sujets moins dérangeants. Espérer une réponse directe et sincère concernant cet extrait de lettre était beaucoup espérer.

Elle alluma une cigarette et se dirigea vers la fenêtre, qu'elle entrouvrit pour faire sortir la fumée. Elle respira l'air frais de cette journée pluvieuse qui mouillait l'ardoise sombre des toits au coude-à-coude. Le quartier ancien, tout en longueur, de Pasolobino conservait l'aspect des photos en noir et blanc du début du XXe siècle. La majorité des maisons, une centaine environ, avaient été restaurées et, dans les rues, le goudron avait remplacé les pavés. Au-delà du village, dont l'origine remontait au XIe siècle, s'étendaient les immeubles de tourisme et les hôtels que la station de ski avait fait sortir de terre.

Clarence regarda les sommets enneigés au niveau de la frontière, là où s'arrêtaient les sapins et où commençait la roche sous un manteau blanc. Le bal de la brume sur les cimes offrait un magnifique spectacle. Comment les hommes de sa famille avaient-ils pu tenir tant d'années loin de ces montagnes, de l'odeur matinale de la terre humide et du silence apaisant de la nuit ? Mais l'attraction et la splendeur avaient opéré : tous ceux qui avaient vécu sur l'île avaient fini par revenir tôt ou tard…

Soudain, Clarence sut à qui poser ses questions. Pourquoi n'y avait-elle pas pensé avant ?

Julia !

Personne n'était plus à même d'éclairer sa lanterne ! Julia remplissait toutes les conditions : présente dans la famille depuis longtemps, elle avait vécu sur l'île et partageait la nostalgie de la splendeur perdue et le goût pour l'exotisme des récits de Jacobo et Kilian. En outre, elle était toujours prête à parler longuement avec Clarence, pour qui elle avait une affection quasi maternelle depuis toujours, peut-être parce qu'elle n'avait eu que des garçons.

Clarence écrasa sa cigarette avant de sortir du salon et d'appeler Julia depuis le bureau. En traversant le grand vestibule qui distribuait les pièces et menait à l'escalier conduisant aux chambres de l'étage, elle s'arrêta devant l'immense tableau qui trônait sous la grande arche de bois sculptée avec délicatesse par des artisans du XVIIe siècle, l'un des rares joyaux à avoir survécu au passage des années pour rappeler la noblesse perdue de la maison.

Le tableau montrait l'arbre généalogique de la famille paternelle. Le premier nom, tout en bas, Kilian de Rabaltué, daté de 1395, ne cessait d'intriguer Clarence. Qu'un saint irlandais ayant parcouru la France pour arriver en Allemagne ait donné son nom au fondateur de la maison de Clarence était un mystère que personne dans la famille ne savait expliquer. Ce Kilian avait dû passer de la France à Pasolobino par les Pyrénées et s'établir là, avec son gène voyageur et les reflets cuivrés de ses cheveux. À partir de ces trois mots, un large tronc s'étirait à la verticale, se séparant en branches horizontales dont les feuilles mentionnaient les noms des frères et sœurs avec leurs épouses et maris, et leur descendance.

Clarence s'arrêta sur la génération de son grand-père, pionnière des aventures en terres lointaines, et revint sur les dates. Antón de Rabaltué, né en 1898, s'était marié en 1926 avec Mariana de Malta, née en 1899. Le père de Clarence était né en 1927, puis en 1929 son oncle Kilian et en 1933 sa tante Catalina.

Les arbres généalogiques sont très prévisibles par ici, se dit Clarence.

L'arbre indiquait l'origine de chaque personne, et le tronc montrait clairement le lien entre le premier Kilian et les derniers héritiers en ligne directe. Normalement, les prénoms se transmettaient de génération en génération, évoquant pour la jeune femme des comtes et de grandes dames, les noms anciens et les vieux papiers ayant l'étrange faculté d'exciter son imagination : Mariana, Mariano, Jacoba, Jacobo, un Kilian, Juan, Juana, José, Josefa, une Catalina, Antón, Antónia… Les arbres généalogiques, l'une des grandes passions de Clarence, laissaient imaginer la vie sans grands bouleversements : naître, grandir, se reproduire et mourir. Même terre, même ciel.

Toutefois, les derniers prénoms opéraient une nette rupture avec un passé pétrifié. Daniela et Clarence rompaient la monotonie des générations précédentes. Comme si le changement était déjà en cours au moment de leur naissance, et que leurs géniteurs les avaient marquées par des noms chargés de sens. Elles étaient déjà grandes lorsqu'elles avaient appris que Kilian avait choisi le prénom Daniela sans que sa femme, Pilar, ait son mot à dire. Il lui plaisait, point. Quant à Clarence, il fallait chercher du côté de sa mère, grande lectrice de romans d'amour, qui avait fouillé dans le passé voyageur de son mari pour trouver un prénom de taille à la satisfaire : Clarence de Rabaltué. Apparemment, Jacobo n'avait émis aucune objection, peut-être parce que ce prénom, ancienne appellation d'une ville guinéenne, lui rappelait chaque jour ce passé idyllique auquel lui et son frère faisaient tant référence.

Devant le tableau, Clarence ouvrit mentalement quelques nouvelles cases au-dessus des derniers noms : comment s'appelleraient les prochains membres de la famille, s'il y en avait ? Elle sourit. À la vitesse où elle allait, il se passerait sûrement des années avant qu'une nouvelle ligne puisse être achevée, ce qui était triste, la vie étant à ses yeux une longue chaîne dont les maillons créaient une grande et solide unité. Clarence avait réussi à se concentrer sur sa vie professionnelle, la recherche linguistique et l'étude de la langue de Pasolobino. La récente soutenance de sa thèse, qui l'avait épuisée et saturée du monde universitaire, l'avait transformée non seulement en la personne qui en savait le plus au monde sur cette langue en voie d'extinction, mais aussi en gardienne d'une partie de son héritage culturel, ce dont elle était fière.

Cependant, elle regrettait parfois d'avoir passé si longtemps à étudier plutôt qu'à vivre. Sa vie amoureuse, notamment, était un désastre. Pour une raison inconnue, elle ne parvenait jamais à passer la barrière des douze mois avec quelqu'un, comme Daniela, qui en était moins affectée, soit parce qu'elle avait six ans de moins, soit parce qu'elle était plus patiente. Très différentes sur le plan physique comme sur celui du caractère, elles n'en étaient pas moins comme des sœurs inséparables, et les deux cousines avaient ainsi partagé des milliers de bons moments, se laissant par exemple le champ libre pour les garçons puis les hommes, la première à en avoir repéré un gardant la priorité. Par bonheur, elles n'avaient pas les mêmes goûts. Daniela, plus timide, plus raisonnable et en apparence moins passionnée, aimait les hommes expansifs, tandis que Clarence les préférait solitaires et mystérieux, au corps musclé. Il n'y avait donc pas eu besoin de mettre leur loyauté à l'épreuve.

Elle soupira et laissa son imagination s'envoler quelques secondes, seulement quelques secondes, pour compléter les cases de leurs invisibles descendants. Un frisson lui parcourut soudain l'échine, comme si on venait de lui souffler sur la nuque ou de la caresser avec une plume. Elle sursauta et se retourna d'un coup, en alerte, apeurée d'avoir senti une présence alors que personne ne reviendrait avant plusieurs jours et que toutes les portes étaient bien fermées : si elle n'était pas peureuse outre mesure, elle savait prendre ses précautions.

Elle secoua la tête pour chasser ses pensées absurdes et se recentra sur ce qu'elle devait faire : téléphoner à Julia. Sous le vaste escalier de bois qui conduisait à l'étage elle franchit l'une des portes du salon aux panneaux en losanges et entra dans son bureau, où son portable trônait sur une large table américaine en chêne.

À cette heure, Julia devait être rentrée de l'église. Quand elle était à Pasolobino, elle allait tous les jours avec une amie à la messe de 17 heures, puis se promenait dans le village et prenait un chocolat chaud avant de rentrer en voiture.

Pourtant, Julia ne répondit pas. Clarence l'appela sur son portable et la trouva si concentrée sur une partie de cartes chez une autre amie qu'elles parlèrent juste le temps de se donner rendez-vous pour le lendemain. Clarence devrait attendre.

Une journée entière.

Elle retourna au salon et rangea les papiers qu'elle avait sortis, ne sachant plus que faire pour passer le reste de la journée. Elle s'assit sur le Chester face à la cheminée, alluma une nouvelle cigarette et pensa combien tout avait changé depuis qu'Antón, Kilian et Jacobo étaient partis sur l'île, surtout le concept de temps. La génération de Clarence disposait d'ordinateurs, de mails et de téléphones pour contacter sur-le-champ leurs proches. Il en résultait des êtres impatients, ne supportant ni l'incertitude ni l'attente, et le moindre retard dans la satisfaction de leurs désirs devenait une lente torture.

Or, à cet instant, la seule chose qui intéressait Clarence était que Julia puisse lui expliquer le sens de ces lignes, qui dans son esprit se traduisaient par cette idée : son père avait peut-être envoyé de l'argent à une femme avec une certaine régularité.

Et tout à coup le reste de sa vie était passé au second plan.

Le lendemain, à 17 h 30 précises, Clarence attendait Julia à la porte de l'église. Elle contemplait depuis quelques minutes seulement la majestueuse silhouette de la tour romane qui se détachait sur le ciel quand la porte s'ouvrit pour laisser sortir les quelques personnes présentes à l'office en semaine, qui la saluèrent avec familiarité. Clarence repéra aussitôt Julia, menue et simple mais parfaitement apprêtée, avec ses cheveux châtain courts et récemment passés entre les mains du coiffeur, et un joli foulard autour du cou. Julia s'approcha d'elle avec un grand sourire.

— Clarence ! Ça faisait longtemps !

La vieille dame l'embrassa bruyamment et affectueusement, puis lui prit le bras pour se diriger vers la haute grille de fer forgé.

— Désolée de ne pas t'avoir trop écoutée hier, mais tu m'as appelée en pleine revanche. Comment se fait-il que tu sois ici ? Et ton travail, alors ?

— Je n'ai pas beaucoup de cours en ce moment, expliqua Clarence. C'est l'avantage de l'université. Je m'organise pour dégager des plages de liberté pour mes recherches. Et toi, tu vas rester longtemps ?

Du côté de sa mère, la famille de Julia était originaire de Pasolobino, et Julia occupait l'une des nombreuses maisons situées en pleine campagne, à quelques kilomètres du village. Sa mère avait épousé un homme d'une vallée voisine, ils étaient partis travailler en Afrique quand Julia était très jeune, la laissant aux bons soins de ses grands-parents jusqu'à ce que leur quincaillerie soit suffisamment bien implantée pour qu'ils se décident à la prendre avec eux. Là-bas, Julia s'était mariée et avait donné le jour à ses deux enfants. Après s'être installés définitivement à Madrid, elle et ses enfants avaient profité de courtes vacances à Pasolobino, où son mari venait la retrouver à l'occasion. Mais depuis deux ans elle était veuve et ses séjours dans sa vallée natale s'allongeaient.

— Au moins jusqu'à octobre. C'est l'avantage que mes enfants soient grands, ils n'ont plus besoin de moi, expliqua Julia avec un sourire espiègle. Et, comme ça, ils ne peuvent pas me confier les petits-enfants à longueur de temps.

Clarence rit ouvertement. Elle aimait bien Julia et son fort caractère, que son physique ne reflétait pas. Elle était également cultivée, observatrice, réfléchie et sensible, très ouverte et agréable, avec une pointe de raffinement qui la distinguait des autres femmes du village. Clarence était convaincue que Julia devait tout cela autant à son passé de voyageuse qu'à ses années dans la capitale, même si Julia se comportait comme si elle n'était jamais partie. Sa simplicité faisait d'elle une femme appréciée et son humour ne l'empêchait pas d'être généreuse.

— Un chocolat chaud, ça te dit ? suggéra Clarence.

— Le jour où ça ne me dira pas, tu pourras commencer à t'inquiéter !

Elles marchèrent tranquillement dans les ruelles dominées par le gris des pierres, laissant derrière elles le vieux quartier pour emprunter la large avenue qui structurait la partie neuve, pourvue de hauts lampadaires et d'immeubles de quatre ou cinq étages. Elles arrivèrent ainsi à l'unique établissement de Pasolobino où, selon l'experte Julia, le chocolat était authentique, car il passait l'épreuve de tourner la tasse sans se renverser. « Quand tu as grandi en buvant du cacao pur, disait-elle souvent, impossible de supporter des ersatz. »

Pendant le trajet, elles se donnèrent les dernières nouvelles. Clarence crut percevoir quelque chose de particulier dans la voix de Julia quand elle lui demanda comment allaient Kilian ou Jacobo. C'était ténu, rien d'important, mais précédé d'un raclement de gorge nerveux qui ne se produisait qu'à ces moments.

— Je n'ai pas vu ton oncle depuis longtemps, il va bien ?

— Ma foi, plutôt bien, merci. Il prend de l'âge, mais rien de grave.

— Et ton père, qu'est-ce qu'il fait ? Il ne monte plus au village ?

— Si, il revient, mais plus autant qu'avant. Il a de plus en plus la flemme de conduire.

— Lui qui aimait tant les voitures !

— Je crois qu'avec les années il devient frileux, et il attend le retour des beaux jours.

— Ah, ça nous arrive à tous. Il faut avoir beaucoup d'amour pour cette terre pour résister à un climat si rude.

Clarence estima que c'était l'occasion rêvée d'orienter la conversation vers ce qui l'intéressait.

— C'est sûr, approuva-t-elle. Surtout quand on a vécu sous les tropiques, non ?

— Tu sais, Clarence, déclara Julia en s'arrêtant devant la chocolaterie et se tournant vers la jeune femme. Si les circonstances ne nous avaient pas… forcés à partir…

Le fait d'entrer tint lieu de pause. Clarence la guida gentiment à l'intérieur sans l'interrompre, ravie qu'elle ait mordu à l'hameçon.

— … Je serais restée là-bas.

Elles s'assirent à la table la plus proche de la vitrine.

— Parce que c'est là-bas que j'ai vécu les meilleures années de ma vie.

Elle soupira, fit signe au serveur de leur apporter deux petites tasses, mais s'aperçut qu'elle n'avait pas consulté Clarence, qui approuva tout en prenant les rênes de la conversation.

— Tu sais où j'étais il n'y a pas longtemps ? À un colloque à Murcie sur la littérature hispanique d'Afrique noire. J'avais des notions de littérature africaine anglophone, francophone et même lusophone, mais pas hispanophone.

— Je l'ignorais, répliqua Julia en haussant les épaules.

— En fait, il y a toute une production littéraire méconnue, là-bas comme ici, entre autres parce que ces écrivains sont restés dans l'oubli des années.

— Et pourquoi tu y es allée ? C'est en rapport avec tes recherches ?

Clarence hésita.

— Oui et non. En fait, après avoir terminé ma thèse, je ne savais pas vers quoi me tourner. Un collègue m'a parlé du colloque et ça m'a fait réfléchir. Comment est-il possible que je n'aie pas pensé à certaines choses alors que j'ai passé ma vie à entendre les anecdotes de papa et de Kilian ? Franchement, je me suis sentie un peu mal. Ça aurait pu surprendre n'importe qui d'autre, mais pas moi.

Elle prit la tasse de chocolat, qui était tellement chaud qu'elle dut souffler dessus plusieurs fois avant de le boire. Julia gardait le silence et observait la jeune femme qui, les yeux fermés, savourait comme elle le lui avait montré le mélange doux et amer à la fois.

— Et tu as appris quelque chose ? demanda-t-elle avec un réel intérêt. Ça t'a plu ?

Clarence rouvrit les yeux et reposa la tasse sur la soucoupe.

— Beaucoup. Il y avait des écrivains africains résidant en Espagne, d'autres dans divers pays, et nous, qui découvrions tout un monde. Il a été question de beaucoup de choses, notamment de la nécessité de faire connaître leurs œuvres et leur culture.

Après s'être arrêtée pour vérifier que Julia ne s'ennuyait pas, elle résuma :

— Ç'a été une découverte, ces Africains avec qui on partage une langue et une grammaire. C'est un choc, non ? Disons que les thèmes traités étaient assez différents des histoires que j'ai pu entendre jusque-là.

— Dans quel sens ?

— On a beaucoup évoqué l'époque coloniale et post-coloniale, bien sûr, mais rien à voir avec ce que je croyais savoir : l'héritage idéologique qui a conditionné leur vie. L'admiration, le rejet et la rancœur envers ceux qui les ont obligés à changer le cours de leur histoire. Leurs problèmes d'identité, leurs traumatismes. Leurs tentatives pour rattraper le temps perdu. Les expériences d'exil et de déracinement. La multiplicité ethnique et linguistique… Je ne pense pas qu'il y avait beaucoup de filles de colons à ce colloque, mais évidemment je n'ai pas ouvert la bouche. J'étais un peu gênée, tu vois ? Un professeur américain nous a même récité un poème dans sa langue maternelle, le bubi. Qui en fait s'écrit comme ça.

Clarence sortit un stylo de son sac et inscrivit *böóbë* sur une serviette en papier.

— Bubi, c'est ça, répéta Julia. Un écrivain bubi… J'avoue que ça me surprend. Je ne m'imaginais pas…

— Ah mais, ça alors ! la coupa Clarence. Notre chien, quand j'étais petite, s'appelait Bubi ! C'est papa qui lui avait donné ce nom, ajouta-t-elle un ton plus bas.

— Ah oui, pas très correct, entre nous. Typique de Jacobo. Bien sûr, c'étaient d'autres temps…, tenta de le justifier Julia.

— Tu n'as pas à t'expliquer, Julia. Je te raconte juste pour que tu comprennes que pour moi ç'a été comme ouvrir les yeux et voir les choses sous un autre angle. Je les ai beaucoup retournées dans ma tête et j'ai pensé que, parfois, il faut savoir demander. Il ne suffit pas d'accepter les yeux fermés tout ce qu'on nous dit.

Clarence sortit son portefeuille pour en extraire le morceau de papier trouvé dans l'armoire. Ce préambule lui semblait plus que suffisant pour amener Julia jusqu'à son objectif, lui faire dire qui avait écrit ces mots et pourquoi.

— Julia, dit Clarence en l'observant. En rangeant la maison, j'ai trouvé ça dans la correspondance de mon père.

Elle lui tendit le morceau de papier tout en lui exposant ses raisons de penser qu'il avait été rédigé dans les années 1970 ou 1980. Face à l'expression de l'amie de la famille, elle se tut.

— Tu ne te sens pas bien ? lui demanda-t-elle, inquiète.

Julia était pâle. Très pâle. Le papier tremblait dans ses mains comme une feuille d'automne, et malgré ses tentatives évidentes pour se contrôler, une larme la trahit en coulant sur sa joue. Clarence lui prit la main.

— Qu'y a-t-il ? J'ai dit quelque chose qui te gêne ? demanda-t-elle, à la fois soucieuse et intriguée. Je te promets que ce n'était pas mon intention. Je suis vraiment confuse !

Pourquoi une telle réaction de Julia ?

Les secondes s'égrenèrent en silence. Clarence tentant de consoler Julia et celle-ci s'efforçant de maîtriser son émotion.

— Ce n'est rien, rassure-toi, dit-elle enfin. Une bêtise de vieille dame sentimentale. C'est l'écriture de mon mari, alors j'ai eu un coup au cœur.

— De ton mari ? s'étonna Clarence, rongée par la curiosité. Et tu sais de quoi il parle ? Il est question de deux personnes et de leur mère, de quelqu'un de mort, ça fait quatre p…

— Je sais lire, Clarence, l'interrompit Julia en portant un mouchoir à ses yeux pour sécher ses larmes.

— Oui, excuse-moi, c'est très bizarre, ton mari qui écrit cette lettre à mon père.

— Ils se connaissaient, commenta Julia d'un ton neutre.

— Oui, mais à ce que je sache ils ne correspondaient pas, répliqua Clarence en reprenant la lettre. Ils se voyaient quand vous veniez pour les vacances. Sinon j'aurais trouvé d'autres lettres, mais il n'y avait que ça.

Julia détourna le regard de celui, inquisiteur, de la jeune femme. Elle semblait observer avec attention les passants alors qu'en réalité son esprit était parti vers un autre lieu et une autre époque. Un instant les solides édifices de pierre, de bois et d'ardoise devinrent blancs, et les frênes se transformèrent en palmiers et fromagers. Pas un jour n'avait passé sans que ses pensées ne se tournent vers sa chère île africaine. Il était injuste de reconnaître qu'elle y avait passé, comme elle l'avait avoué à Clarence, les années les plus intenses de sa vie ; elle aurait dû se sentir extrêmement reconnaissante de son existence confortable et de ses deux enfants. Mais, au fond de son cœur, c'étaient les souvenirs de là-bas qui surgissaient le matin au réveil, ce que seule une personne ayant connu la même situation pouvait comprendre. Quelqu'un comme Jacobo ou Kilian.

Malgré tout ce qu'ils avaient vécu, elle était convaincue qu'ils n'avaient pas eu un seul jour de répit.

Que répondre à Clarence ? Sa question était-elle complètement innocente ? Ne savait-elle vraiment rien ? Jacobo et Kilian lui avaient-ils révélé quelque chose ? À leur âge, peut-être ne pouvaient-ils plus éviter qu'une partie cachée de leur conscience ou de leur cœur ne recherche la lumière ? Qu'aurait-elle fait à leur place ? Aurait-elle pu vivre toute sa vie avec un tel poids ?

Après un profond soupir, elle se tourna vers Clarence, qui n'avait cessé de l'observer. Les yeux de la jeune femme, d'un vert sombre et profond, identiques à ceux de son père et de son oncle, embellissaient et adoucissaient un visage aux traits ronds, encadré de beaux cheveux châtains ondulés qu'elle n'avait pas tressés ce jour-là. Julia la connaissait depuis toute petite et savait qu'elle pouvait se montrer très convaincante.

— Et si tu posais la question à ton père ?

Clarence fut surprise d'obtenir une réponse si directe. Julia lui confirmait qu'il y avait anguille sous roche. Clarence cilla sans savoir que répondre, baissa les yeux et entreprit de déchirer une serviette en papier.

— J'ai honte, Julia. Je ne sais pas comment lui en parler. Si je lui montre la lettre, il saura que j'ai regardé dans ses affaires. Et s'il a un secret, je ne pense pas qu'il me le racontera comme ça, après tant d'années.

Elle poussa un soupir.

— Je ne veux pas te mettre la pression, ajouta-t-elle d'un ton volontairement peiné, mais ce serait dommage que quelque chose d'aussi important tombe dans l'oubli…

Clarence s'attendait à ce que Julia lui réponde qu'elle perdait son temps, qu'il n'y avait aucun secret à révéler et que le film qu'elle s'était fait n'avait rien à voir avec la réalité. Au lieu de quoi elle garda le silence en se demandant : « Pourquoi maintenant ? »

Sur la vitre, dans un affrontement typique d'avril, les faibles rayons de soleil du soir peinaient à dissoudre les gouttelettes de pluie intermittente.

« Pourquoi maintenant ? »

Julia se rappela les protestations de son mari contre la mauvaise influence qu'avaient selon lui les sorciers sur les natifs. « Je n'ai jamais vu plus simple que les dieux qu'ils ont, disait-il. Est-il si difficile de comprendre la cause et l'effet ? Dans la vie et la science, une série de circonstances font que des événements se produisent d'une manière et non d'une autre. Mais pour ces gens, il n'existe ni cause ni effet. Seulement la volonté des dieux. »

Peut-être le moment était-il venu, oui, mais ce ne serait pas elle qui trahirait Kilian et Jacobo. Si Dieu ou les dieux bubis l'avaient décidé, Clarence découvrirait la vérité tôt ou tard. Et mieux valait tôt, car il restait peu de temps à son père et à son oncle.

— Écoute, Clarence, déclara-t-elle enfin. Cette lettre, c'est mon mari qui l'a écrite en 1987. Je m'en souviens parfaitement parce que c'est au cours de ce voyage qu'il a su qu'un homme qu'il avait connu était mort. Si tu t'intéresses tant à la signification de ce mot, pars là-bas et cherche quelqu'un d'un peu plus âgé que toi, qui s'appelle Fernando. Tu devras trouver le bon. Il est probable que les archives soient conservées à Sampaka, parce que la plantation est encore en fonctionnement, même si tout a changé. Je ne pense pas qu'ils aient tout détruit, mais après… Cherche Fernando. C'est aussi petit que notre vallée, ça ne doit pas être difficile…

— Qui est Fernando ? demanda Clarence, les yeux brillants, tout en montrant du doigt une ligne sur le bout de papier. Et pourquoi je dois le chercher à Sampaka ?

— Parce qu'il est né là-bas. Et c'est tout ce que je te dirai, ma chère, quoi que tu fasses, répliqua Julia avec fermeté en caressant la main de la jeune femme, qui avait repris la sienne en un geste de reconnaissance. Si tu veux en savoir plus, c'est à ton père qu'il faut parler. Et si Jacobo apprend ce que je t'ai dit, je nierai t'en avoir parlé. C'est clair ?

Clarence eut un signe d'assentiment résigné, qui céda bien vite le pas à de la joie.

Dans sa tête passaient et repassaient les mots qui allaient l'accompagner de manière obsessionnelle les prochains jours :

« Va à Sampaka, Clarence ! À Sampaka ! »

— J'ai quelque chose de très important à vous annoncer.

Clarence attendit que les autres lui prêtent attention. Les membres de sa famille rieuse et bavarde étaient comme à leur habitude répartis autour de la table de bois rectangulaire. À une extrémité se tenait l'oncle Kilian, qui présidait tous les repas depuis toujours. Jacobo était plus âgé que lui, mais Kilian avait pris le rôle de chef de famille et, apparemment, son frère avait accepté de bonne grâce une situation qui lui permettait de rester lié à sa maison natale sans autres obligations que celles propres à des relations familiales proches. Tout le monde considérait ce foyer comme le sien, mais c'était Kilian qui se chargeait de l'entretien, des loyers des terres mises en pâture maintenant qu'il n'y avait plus ni vaches ni moutons ; il décidait s'il convenait de vendre une ferme à la station de ski qui s'étendait de plus en plus, et fondamentalement de maintenir les traditions, coutumes et pratiques festives d'une maison qui, comme les autres dans le village, voyait son histoire modifiée par le progrès sous la forme du tourisme qui, de manière paradoxale, lui avait évité de disparaître.

À droite de Kilian, travailleur infatigable, était assis Jacobo. Bien que dépassant tous deux les soixante-dix ans, les frères étaient toujours des hommes grands et forts – avec en prime un ventre proéminent pour Jacobo –, fiers d'avoir conservé leur abondante chevelure à présent grisonnante. À droite de Jacobo, Carmen, son épouse, belle et joyeuse femme de stature moyenne à la peau lisse et rose, aux cheveux courts et teints en blond. À gauche de Kilian, la responsable et pragmatique Daniela, qui avait hérité des reflets cuivrés de son père Kilian et, selon ce que racontaient les anciens du village, des traits fins et délicats de sa mère, Pilar. Enfin, à l'autre bout de la table, en face de Kilian, c'était toujours Clarence, qui avait ainsi appris à interpréter les expressions et rituels de son oncle au fil des repas. Elle n'avait aucun mal à distinguer son humeur en fonction de sa manière de plier sa serviette ou de fixer un objet plus ou moins longtemps.

Au bout de quelques minutes, Clarence comprit que son intervention était passée inaperçue. Pour une raison quelconque, cela faisait des jours qu'ils ne s'étaient pas retrouvés tous à cette table, et le dîner s'était transformé en réunion typique à la conversation fluide, dans les rires, les interruptions ou les disputes. Ses parents et sa cousine échangeaient les dernières nouvelles de Pasolobino, mais son oncle semblait renfermé. Clarence but une gorgée de vin tout en s'avouant qu'elle s'entendait mieux avec son oncle qu'avec son propre père. Kilian, malgré son apparence d'homme silencieux, dur et distant, lui semblait proche et vulnérable. Jacobo avait davantage d'humour, mais il était également lunatique et son humeur pouvait tourner, surtout quand il ne parvenait pas à rallier tout le monde à son avis. Heureusement pour le reste de la famille, Carmen avait développé une adresse incroyable pour contenir les orages et amener une fin heureuse aux discussions, confondant habilement son mari pour qu'il ait l'impression que ce qu'on lui disait n'était ni vraiment approuvé, ni entièrement rejeté.

Comment réagirait son père quand il saurait ce qu'elle comptait faire ? Après avoir avalé une deuxième gorgée pour se donner du courage, Clarence décida d'élever la voix :

— J'ai une nouvelle qui va vous laisser baba !

Tous se tournèrent vers elle, sauf Kilian, qui releva les yeux de son assiette avec la lenteur de celui qui pense ne plus pouvoir être surpris.

Soudain nerveuse, Clarence les observa en silence et se mordit la lèvre. Ces dernières semaines, elle n'avait fait qu'amasser des documents – photos, plans, articles trouvés sur Internet, grâce auxquels elle avait découvert, entre autres, où se situait Ureka – et organiser l'aventure de sa vie avec l'énergie débordante de la joie. Elle avait à présent l'impression que son cœur battait à intervalles irréguliers.

Daniela la regardait et, comme sa cousine ne parlait pas, elle décida de l'aider.

— Tu as rencontré quelqu'un ! C'est ça, Clarence ? Quand vas-tu nous le présenter ?

Carmen porta ses mains à son cœur. Avant qu'elle ne puisse intervenir elle aussi, Clarence s'empressa de les détromper :

— Ce n'est pas ça, Daniela. C'est… en fait…

— Je n'y crois pas ! intervint Jacobo d'une voix forte et railleuse. Les mots manquent à ma fille ! Là, oui, je suis intrigué !

Kilian regarda fixement Clarence, avec un mouvement à peine perceptible des sourcils, pour l'encourager. Clarence soutint son regard, ferma les yeux, inspira puis les rouvrit, croisant de nouveau le regard de son oncle.

— Jeudi, je m'envole pour Bioko. J'ai déjà le billet et tous les papiers.

Kilian ne cilla même pas. Carmen et Daniela crièrent à l'unisson. Un bruit métallique indiqua que Jacobo avait fait tomber un couvert sur son assiette.

— Qu'est-ce que tu dis ? demanda-t-il, plus surpris que fâché.

— Je pars pour Bioko, anciennement Fernando Póo…

— Je sais parfaitement ce qu'est l'île de Bioko et où elle se situe, l'interrompit-il. Ce que je ne sais pas, c'est ce qui te prend d'aller là-bas !

Clarence avait sa réponse toute prête, mélange de réalité et de mensonges pour rassurer sa famille autant qu'elle-même par un voyage logique.

— Dans mon équipe de recherche linguistique, je me suis centrée sur l'espagnol d'Afrique et j'ai besoin de travailler sur le terrain pour recueillir des propos authentiques. Et quel meilleur lieu pour cela que Bioko ?

— Je ne savais pas du tout que tu t'intéressais à l'espagnol d'Afrique, réagit sa mère.

— Je ne vous raconte pas toujours tout ce que je fais dans mon boulot…

— Oui, mais en l'occurrence ça concerne notre famille de près, commenta Daniela.

— En fait, ça ne fait pas longtemps que je m'intéresse à ça, répondit Clarence sans céder à l'envie de poser des questions sur un certain Fernando. C'est un domaine très peu étudié. De plus, j'ai toujours été curieuse de connaître votre chère île. J'en ai entendu parler toute ma vie, et maintenant, je vais avoir l'occasion de la visiter !

— Mais ce n'est pas dangereux ? demanda sa mère non sans inquiétude. Tu iras seule ? Je ne sais pas si c'est une bonne idée, Clarence…

— Je sais bien que ce n'est pas une destination touristique facile, mais j'ai tout organisé. Un collègue de la fac est en contact avec un prof de là-bas et ils m'ont aidée à expédier la paperasse pour le permis de séjour. Normalement, en obtenir un prend des semaines. Il y a un vol direct depuis Madrid, cinq heures, ce n'est rien du tout, une promenade. Et, maintenant que j'y pense…, ajouta-t-elle sur un ton lourd de sous-entendus, ça ne vous dirait pas de m'accompagner ? Papa, oncle Kilian ? Vous n'avez pas envie d'y retourner ? Vous pourriez même revoir là-bas des gens que vous avez connus !

Clarence nota que Kilian fermait à demi les yeux et serrait les lèvres tandis que Jacobo répondait pour deux :

— Et qui retrouverait-on ? Des Blancs, il n'en reste pas un seul, et les Noirs de l'époque doivent être morts. En plus, tout doit être parti à vau-l'eau. Pour rien au monde, merci. Pour quoi faire ? Souffrir ?

Sa voix se brisa sur ce dernier mot et il se tourna vers son frère, sans le regarder dans les yeux. Clarence reposa la question, d'un ton qu'elle espérait neutre :

— Et toi, Kilian, tu n'as pas non plus envie d'y retourner, à ce moment de ta vie ?

Son oncle s'éclaircit la voix et, tout en émiettant la mie d'une tranche de pain, répondit de manière catégorique :

— Quand je suis parti, je savais que je ne reviendrais jamais, et non, je n'ai pas l'intention d'y retourner.

Ils gardèrent le silence un instant.

— Et toi, Daniela ? Ça ne t'intéresserait pas de m'accompagner ?

Sa cousine hésita, encore sous le choc de la révélation-surprise de Clarence. Elle la regarda de ces immenses yeux marron qui éclairaient son visage. C'était la seule à ne pas avoir hérité des yeux verts de sa famille paternelle, ce dont elle se plaignait souvent, mais l'intensité de son regard surpassait la plus belle couleur du monde. Daniela n'en avait pas conscience, mais quand elle regardait quelqu'un dans les yeux, son interlocuteur en était étourdi.

— Tu y restes combien de temps ?

— Environ trois semaines.

— Trois semaines ! s'exclama Carmen. Mais c'est très long ! Et s'il t'arrivait quelque chose ?

— Que veux-tu qu'il m'arrive, maman ? D'après ce que j'en sais, c'est un lieu plutôt sûr pour les étrangers, tant qu'on ne fait rien de louche, évidemment.

Ce commentaire alarma encore plus sa mère.

— Jacobo, Kilian, vous qui connaissez l'endroit, vous voulez bien lui ôter cette idée du crâne ?

— Comme si tu ne connaissais pas ta fille ! rétorqua Jacobo. Elle fera ce qu'elle a envie de faire.

— Et elle est assez grande pour savoir ce qu'elle fait, tu ne crois pas, Carmen ? l'appuya Kilian. Nous étions encore plus jeunes quand…

— Oui, l'interrompit Carmen, mais en ce temps-là il y avait beaucoup de sécurité. De nos jours, une jeune Blanche voyageant seule…

— D'après ce que j'ai lu, il y a encore des Européens qui y ont des entreprises et circulent sans problème, reprit Kilian. Et des volontaires d'associations humanitaires.

— Et comment tu sais ça ? s'informa son frère.

— Sur Internet, tiens ! Je suis vieux, mais j'aime me tenir informé. Daniela, dit-il en adressant un sourire à sa fille, qui le lui retourna, m'a montré que les ordinateurs, c'est plus simple qu'il n'y paraît. J'ai été à bonne école.

— Et tu ne peux pas y aller avec un collègue ? insista Carmen à l'intention de Clarence.

— Aucun d'eux n'est attiré par un voyage dans un pays si peu civilisé. Mais je les comprends, parce qu'au bout du compte, moi, dit-elle en appuyant sur les mots, j'y ai un intérêt *personnel*, qu'ils ne partagent pas. Je connaîtrai les lieux de vos histoires !

— Tu ne reconnaîtras rien, la découragea Jacobo. Et tu découvriras la situation lamentable du pays. De la misère et encore de la misère.

— Tout le contraire de ce que vous nous avez raconté, hein ? ironisa Clarence en pensant aux conjectures qu'elle avait échafaudées à la suite de son entrevue avec Julia. Ça arrive souvent. La réalité dépasse toujours la fiction.

Kilian se renfrogna, sentant une impertinence inhabituelle dans l'attitude de sa nièce.

— Clarence, dit-il un peu sèchement. Ne parle pas de ce que tu ne connais pas. Si tu trouves si intéressant d'y aller, vas-y et tires-en tes conclusions, mais ne nous juge pas.

Elle ne sut que répliquer. Son oncle avait lu dans ses pensées. Pour apaiser la légère tension, elle s'adressa à sa cousine.

— Alors, tu m'accompagnes ?

— Si seulement tu me l'avais dit plus tôt ! Je ne peux pas prendre trois semaines de congé dans un délai si court. En tout cas, ajouta-t-elle, si tu tombes amoureuse de Fernando Póo, j'irai avec toi la prochaine fois, promis.

Daniela devait penser que quelques semaines suffiraient à Clarence pour être envahie à son tour par ce sentiment si profondément ancré dans l'âme de leurs pères. Mais ils avaient passé des années sur l'île. Et elle voyagerait dans d'autres circonstances et à une autre époque.

— Oh, je ne sais pas si en moins d'un mois je pourrai tomber sous le charme. Mais qui sait ?

Sa question resta en suspens dans le silence de la fin du repas ; un silence qui ne pouvait occulter les voix tonitruantes qui tournicotaient dans la tête des deux frères : « Vous saviez que ce moment pouvait arriver. Vous le saviez. C'était juste une question de temps. Les esprits en ont décidé. Il n'y a rien à faire. Vous le saviez. »

Il faut connaître la montagne pour comprendre qu'avril est le mois le plus cruel.

Dans les basses terres, la Semaine sainte amène le printemps et la résurrection de la vie après la désolation de l'hiver. La déesse Terre se réveille et émerge des profondeurs de l'enfer. À la montagne, ce n'est pas le cas. À la montagne, la déesse reste endormie au moins un mois supplémentaire avant de daigner faire reverdir les prés.

En avril, rien ne pousse. La terre est stérile et le paysage silencieux. Rien ne bouge. Un calme mou et informe prend possession du paysage morne. Un calme bien différent de celui qui précède la tempête de neige. En avril, si l'on cherche un peu de vie, il faut regarder en l'air, vers les cieux et non vers la terre.

Dans le ciel, en effet, les brumes s'accrochent aux pentes des montagnes. Elles les lâchent difficilement et il pleut pendant des jours. Le brouillard commence comme des filaments de barbe à papa, puis s'étire paresseusement mais avec ténacité, jusqu'à recouvrir la vallée d'une lueur ténue de crépuscule qui perdure jusqu'au jour où, sans prévenir, une brèche s'ouvre dans le ciel, et le soleil revient réchauffer la terre et remporter la bataille contre l'hiver. La victoire est certaine, mais l'attente désolante.

Ce mois d'avril était particulièrement pluvieux. Semaine après semaine, il était tombé une petite pluie constante qui n'aidait pas précisément à avoir le moral. Le soir où Clarence annonça son projet de voyage, le feuillage persistant des résineux se mit à trembler, agité par un vent du nord qui se levait, menaçant de chasser l'eau. Cela commença comme un murmure, dont le volume augmenta jusqu'à devenir de grands courants d'air qui heurtaient les volets et s'infiltraient sous les portes pour atteindre les pieds des habitants.

Cette nuit-là, Kilian et Jacobo retrouvèrent des images qui n'avaient pas été oubliées, mais étaient restées endormies par le passage du temps et le manteau de calme résignation qui recouvre ceux qui vieillissent. Il avait suffi de quelques mots pour que les scènes de leurs jeunes années reprennent vie, que les sentiments et les lieux du passé ressurgissent, brûlant avec l'intensité d'une blessure récente.

Aucun des deux frères ne pouvait imaginer que, par un simple mélange de curiosité et de hasard, Clarence allait propulser les faits dans une direction plutôt qu'une autre. Elle deviendrait le véhicule du hasard, ce capricieux rival de la cause et de l'effet, et chaque événement aurait une raison diffuse qui agirait pour que tout concorde.

La nuit de l'annonce du départ de Clarence et de l'agitation des feuillages, allongées dans la solitude de différents lits, plusieurs personnes fermèrent les yeux, et en quelques secondes le vent du nord se transforma en harmattan.

2

Pantap Salt Water

Sur la mer

1953

— Dépêche-toi, Kilian ! Nous allons rater l'autocar !

Jacobo tentait de se faire entendre en dépit des mugissements du vent de janvier, tout en dégageant la neige collée à la porte d'entrée à l'aide d'une vieille planche. Quand il eut terminé, il remonta le col de sa gabardine, mit son chapeau, prit sa valise d'une main, tint ses skis en bois de l'autre, et entreprit de marcher en pesant bien sur le sol afin de marquer le chemin qu'ils emprunteraient pour descendre vers l'entrée du village – et aussi pour réchauffer ses pieds gelés.

Il s'apprêtait à rappeler son frère quand il entendit en provenance de l'escalier de pierre qui menait à la cour des échanges en dialecte de Pasolobino. Quelques secondes plus tard, Kilian arriva dans la rue avec leur mère Mariana et leur sœur Catalina. Toutes deux étaient emmitouflées dans d'épais manteaux de laine grossière et avaient couvert leur tête de gros châles. Elles s'appuyaient sur un bâton afin de ne pas glisser dans leurs bottes de cuir fatigué, maigre barrière contre le froid.

Jacobo sourit en constatant que leur mère tenait deux petits paquets enveloppés de papier journal. Elle avait dû leur préparer à chacun un morceau de pain et de lard pour le voyage.

— Je t'accompagne, Jacobo, dit Catalina en lui prenant le bras.

— D'accord. Mais tu aurais dû rester à la maison, tête de mule, la sermonna affectueusement son frère. Ce froid ne vaut rien pour ta toux. Tu es toute pâle et tu as les lèvres bleues.

— Mais je ne sais pas quand je te reverrai ! se plaignit-elle, essayant de replacer une mèche rebelle de ses cheveux bruns sous le châle. Je veux profiter jusqu'au dernier moment.

— Comme tu voudras.

Jacobo tourna la tête pour jeter un rapide regard d'adieu à sa maison, puis se mit à marcher à pas lents avec sa sœur dans les rues gelées. La neige accumulée les jours précédents leur montait aux genoux et celle soulevée par le vent ne permettait guère de voir à plus d'un mètre.

À quelques pas derrière, Kilian attendait que sa mère, grande femme robuste, ait bien ajusté le col de son manteau pour recouvrir sa gorge. Il profita de ce moment pour couler un regard vers la façade de leur maison, tentant de graver dans sa mémoire le moindre détail : les pierres d'angle, les fenêtres de bois desséchées par le soleil imbriquées dans la pierre épaisse, les volets aux gonds rouillés, le linteau au-dessus des jambages qui accompagnait la solide porte plantée de clous de la taille d'une noix, la croix taillée dans l'arche de l'entrée…

Sa mère respecta cet instant de silence dont Kilian avait besoin pour dire au revoir à ce qui avait été son foyer jusqu'à présent. Elle observa son fils avec une pointe d'inquiétude. Comment s'adapterait-il à ce monde si différent ? Kilian n'était pas comme Jacobo ; physiquement, il était certes solide et énergique, mais il ne disposait pas du courage stupéfiant de son frère aîné. Depuis tout petit, il avait fait montre d'une sensibilité, d'une délicatesse spéciale qui, avec les années, s'était dissimulée derrière une façade de curiosité qui le poussait à imiter son frère. Mariana connaissait la dureté des tropiques et, sans souhaiter brider le désir de connaissance de son fils, elle ne pouvait qu'être préoccupée par sa décision.

— Il est encore temps de faire marche arrière, lui dit-elle.

Kilian secoua la tête.

— Je vais bien, ne vous en faites pas.

Mariana acquiesça, lui prit le bras et ils commencèrent à avancer sur le chemin flou tracé par Jacobo et Catalina. Ils devaient garder la tête baissée et parler haut sans se regarder à cause du vent particulièrement fort ce matin-là.

— Notre maison se retrouve sans hommes, Kilian, déclara-t-elle sans reproche mais avec amertume. J'espère qu'un jour vos efforts auront servi à quelque chose…

Kilian pouvait à peine articuler un mot. Ce seraient des temps difficiles pour sa mère et sa jeune sœur : deux femmes à la tête d'une propriété dans un environnement difficile et de plus en plus déserté. Depuis deux ou trois ans, nombre de jeunes gens avaient décidé de partir pour les grandes villes à la recherche de travail et d'une vie meilleure, encouragés par les nouvelles des quelques journaux du village – *El Noticiero, El Heraldo, La Nueva España* et *ABC* – que recevaient avec plusieurs jours de retard quelques voisins privilégiés. À lire les articles et la publicité, on pouvait s'imaginer que l'avenir était n'importe où ailleurs que sur cette terre lointaine oubliée du progrès et des commodités, mais qui manquait à Kilian alors même qu'il n'était pas encore parti. Il redoutait les adieux imminents. C'était la première fois qu'il s'éloignait de chez lui et de sa mère, et toute l'excitation des jours précédents s'était transformée en un nœud à l'estomac.

Il enviait Jacobo : la rapidité et la détermination avec laquelle il avait préparé les bagages. « Les vêtements d'ici ne te serviront à rien là-bas, lui disait-il. Pense seulement à ce que tu mettras pour l'aller et le retour, les meilleurs habits que tu aies. En plus, là-bas, tout est moins cher. Tu pourras t'acheter ce que tu voudras. » Kilian avait mis dans la valise les quelques affaires, chemises, vestes, pantalons, caleçons et chaussettes, pour les ressortir ensuite afin de s'assurer qu'il avait choisi ce qu'il fallait, répétant le manège plusieurs fois. Il avait même dressé une liste de toutes ses possessions, qu'il avait accrochée à l'intérieur du couvercle, y faisant figurer jusqu'aux paquets de lames de rasoir doubles Palmera et sa lotion après-rasage Varón Dandy pour se rappeler tout ce qu'il emportait. Mais, évidemment, son père et son frère étaient tous deux allés plusieurs fois en Afrique et avaient l'habitude de voyager. Ce n'était pas son cas, même s'il l'avait désiré de toute son âme.

— Si ce n'était pas si loin…, soupira sa mère en lui serrant plus fort le bras.

Six mille kilomètres et trois semaines – ce qui à l'heure actuelle lui paraissait une éternité –, voilà la distance et le temps qui séparaient les chères montagnes de Kilian d'un avenir prometteur. Ceux qui allaient en Afrique voyageaient en complet-veston blanc avec de l'argent en poche. Les familles de ceux qui émigraient réussissaient bien, et vite. Pourtant, ce n'était pas la seule raison qui poussait Kilian à partir. Les revenus de leur père et de Jacobo suffisaient amplement. Au fond, il avait toujours été tenté par l'idée de voir le monde et de vivre par lui-même ce que d'autres dans la vallée avaient connu, malgré le long voyage qui l'inquiétait déjà.

— L'argent sera toujours le bienvenu, dit-il à sa mère une fois de plus. Dans une maison comme celle-ci, il y a toujours un problème à régler, le berger à payer, les faucheurs, les maçons... En plus, vous savez bien que, pour un jeune homme, Pasolobino a ses limites.

Mariana en avait une conscience aiguë. Peu de choses avaient changé depuis qu'elle et son mari António étaient partis pour l'Afrique en 1918. La vie au village signifiait bétail et encore bétail, hangars pleins de fumier, boue, neige et froid. Certes, ce n'était pas la misère, mais on ne pouvait aspirer à mieux que survivre dans un minimum de dignité. Le climat de la vallée était très dur, or la vie dépendait toujours du climat. Les potagers, les champs, les fermes et les animaux : si une année la récolte était mauvaise, tous s'en ressentaient. Leurs enfants auraient pu travailler à la mine de pyrite ou se faire embaucher comme apprenti forgeron, maçon, couvreur ou charpentier, apportant ainsi un complément à l'économie familiale basée sur les ovins et bovins. Kilian se débrouillait bien avec le bétail et se sentait libre dans les prés. Mais il était encore jeune, et Mariana comprenait qu'il ait envie de vivre de nouvelles expériences. Elle aussi était passée par là. Peu de femmes dans la vallée avaient eu l'occasion de voyager aussi loin, et ce qui pénétrait les sens dans la jeunesse résistait aux cicatrices des années.

Une rafale frappa avec force la valise de Kilian, comme si elle cherchait à la pousser. Ils marchèrent en silence, accompagnés par les hurlements du vent le long de l'étroite rue menant au bas du village. Kilian se réjouit d'avoir pris congé des voisins la veille et que la tempête de neige les ait découragés de sortir aujourd'hui. Les portes et fenêtres restaient fermées, contribuant à former un tableau fantomatique.

Ils distinguèrent très vite devant eux les silhouettes de Jacobo et de Catalina, et tous quatre formèrent un cercle vacillant en bordure des prés.

Mariana observa ses trois enfants qui échangeaient les dernières taquineries pour apaiser la tension des au revoir. Kilian et Jacobo, deux hommes forts et séduisants, devaient se baisser pour parler à leur sœur, jeune fille menue qui n'avait jamais joui d'une très bonne santé. La gaieté de Jacobo et la patience de Kilian manqueraient beaucoup à Catalina, qui regretta soudain amèrement de ne pas avoir son père à son côté. Voilà deux ans qu'elle ne l'avait pas vu. Et des siècles qu'ils n'avaient été ensemble tous les cinq. Maintenant, elle allait rester seule avec sa mère. Son envie de pleurer était écrasante, mais elle souhaitait se montrer aussi forte qu'on le lui enseignait depuis l'enfance. Les authentiques montagnards ne montraient pas leurs sentiments en public, fût-ce leur famille.

Jacobo regarda sa montre et indiqua qu'il était temps d'y aller. Il embrassa sa sœur et lui pinça la joue. Il s'approcha de leur mère et la prit théâtralement dans ses bras, lui disant avec une gaieté forcée que le jour où elle s'y attendrait le moins elle le verrait revenir.

— Prends soin de ton frère, lui murmura-t-elle.

À son tour, Kilian serra sa sœur dans ses bras et, se détachant d'elle, la tint par les épaules pour la regarder en face. Elle se mit à pleurer et il la reprit contre lui. Jacobo se racla nerveusement la gorge et répéta qu'ils allaient manquer l'autocar.

Kilian se dirigea vers sa mère en faisant de gros efforts pour ne pas s'effondrer. Mariana l'étreignit si fort que tous deux sentirent les mouvements de leur poitrine qui retenait leurs sanglots.

— Fais bien attention à toi, mon fils, lui murmura-t-elle à l'oreille d'une voix tremblante. Et ne mets pas trop longtemps à revenir.

Kilian hocha la tête. Comme l'avait fait son frère, il fixa ses skis à ses bottes et en serra les attaches. Il mit l'en-cas dans son sac, prit sa valise d'une main et commença à glisser à la suite de Jacobo, qui disparaissait déjà sur la piste descendant sur huit kilomètres jusqu'à Cerbeán, le plus grand village de la zone, où ils devaient prendre l'autocar vers la ville. La route n'arrivait pas à Pasolobino, le village le plus haut, édifié au pied d'une grande masse rocheuse qui régnait sur la vallée. En hiver, le ski était donc le moyen de transport le plus rapide et le plus pratique pour se déplacer sur la neige.

À peine avait-il parcouru quelques mètres qu'il s'arrêta et se retourna pour voir une dernière fois les silhouettes sombres de sa mère et de sa sœur se découper sur la masse grise formée par les maisons entassées et leurs cheminées fumantes.

En dépit du froid, elles restèrent là un bon moment, jusqu'à les perdre complètement de vue.

Alors Mariana baissa la tête et laissa les larmes rouler sur ses joues. Catalina s'approcha, la prit en silence par le bras et elles s'en retournèrent à pas lents et pesants, cernées de tourbillons de vent et de neige.

Lorsque les deux frères arrivèrent à Cerbeán, les joues rougies, les mains engourdies par le froid et le corps en sueur, le vent s'était un peu calmé. Ils troquèrent leurs bottes, qu'ils laissèrent avec leurs skis dans une auberge proche, où un cousin viendrait les récupérer pour les rapporter à la Casa Rabaltué, contre des chaussures à lacets.

Jacobo grimpa agilement à l'échelle située à l'arrière du véhicule pour accrocher les valises à la galerie chromée. Ensuite, ils s'assirent tous deux dans le fond du car. Le chauffeur mit le contact et annonça un départ dans cinq minutes. L'autocar circulait pratiquement à vide, car à cette saison les villageois ne se déplaçaient guère, mais au long du voyage il se remplirait, si bien que les derniers arriveraient à la ville debout ou serrés sur les marches près du conducteur.

Jacobo ferma les yeux pour se reposer, soulagé et reconnaissant de ne plus avoir à supporter le froid, et de ne pas avoir dû effectuer cette première partie du voyage à cheval, comme son père au début. Il ne faisait pas précisément chaud à l'intérieur, mais la température était supportable. De son côté, Kilian s'occupa en regardant par la vitre le paysage uniforme, qui demeura blanc une bonne partie du trajet, avant de passer subitement au gris de la roche, qu'ils traversaient grâce à des tunnels, laissant derrière eux la montagne.

Il reconnaissait la route, car c'était la seule qui menait à Barmón, petite ville à quelque soixante-dix kilomètres de Pasolobino. À vingt-quatre ans, il n'était jamais allé plus loin. Un ami avait eu la chance de tomber tellement malade qu'il avait eu besoin d'aller voir des spécialistes dans la capitale de la province, ou même dans la région, mais Kilian était de santé robuste depuis tout petit. Les foires aux bestiaux de Barmón avaient donc constitué sa plus grande source d'information quant au monde extérieur, car il y venait des commerçants de nombreux endroits, qui profitaient des transactions des éleveurs pour leur vendre des tissus, des bougies, de l'huile, du sel, du vin, des meubles et des outils, ainsi que des cadeaux à remporter dans leurs villages de montagne.

Pour Kilian, cette effervescence d'hommes et de femmes signifiait qu'il existait un univers au-delà de l'étroite route accrochée à la roche constituant l'unique accès carrossable à la vallée : un univers que pouvaient à peine ébaucher les mots et dessins des livres de l'école, les anecdotes des adultes, les voix diurnes des communiqués de la radio nationale, ou celles, nocturnes, de Radio Paris International ou de la rebelle (d'après son oncle) Radio La Pirenaica.

Jacobo se réveilla peu après Barmón. Il n'avait pas eu conscience du brouhaha causé par la douzaine d'adultes et enfants qui étaient montés avec leur panier-repas, ni des caquètements de protestation des poules que certains transportaient dans des cartons. Kilian était encore émerveillé par la faculté de son frère à dormir dans des positions invraisemblables, en toutes circonstances et à toute heure. Il était même capable de se réveiller, bavarder un peu, fumer une cigarette et se rendormir. Selon lui, c'était une bonne manière de ne pas gaspiller bêtement son énergie, et le temps passait plus vite quand il n'y avait rien d'intéressant à faire. Kilian ne regrettait pas son silence. Au contraire, depuis les adieux à Pasolobino, il était même content et en profitait pour s'accoutumer aux changements de paysage et d'humeur.

Pendant l'un de ses réveils intermittents, Jacobo se rendit compte de l'état méditatif de son frère et lui passa un bras autour des épaules pour l'attirer énergiquement à lui.

— Souris un peu, voyons ! Quelques verres au café Les Deux Mondes ce soir et tu seras guéri de toutes tes peines. C'est un nom opportun, tu ne trouves pas ? ajouta-t-il en riant. Les deux mondes !

Après plusieurs heures, ils arrivèrent à la grande ville. À Saragosse, il ne neigeait pas, mais il soufflait un vent du nord presque aussi glaçant que celui de la montagne. Toutefois, les rues étaient très animées : des dizaines et des dizaines d'hommes emmitouflés dans des manteaux de laine ou des gabardines beiges marchaient légèrement voûtés, tenant d'une main leur bonnet ou leur chapeau, et des femmes serrant leur sac à main sur leur poitrine. Jacobo guida Kilian vers la pension, un bâtiment étroit à plusieurs étages sur la plaza de España où il logeait avec Antón quand ils étaient de passage. Ils laissèrent leurs valises dans la petite chambre austère et, afin de ne pas gaspiller une précieuse seconde des quelques heures qu'ils passeraient là, ils ressortirent avec l'intention d'accomplir les objectifs suggérés par Jacobo.

En premier lieu, suivant la coutume de qui vient à Saragosse, ils parcoururent les ruelles du vieux quartier, surnommé El Tubo, pour aller visiter la basilique Notre-Dame-du-Pilier et demander à la Vierge Marie de les accompagner dans leur voyage. Ensuite, ils mangèrent des calamars dans une taverne bondée où ils acceptèrent l'offre d'un jeune cireur de chaussures. Une fois leurs souliers étincelants grâce à l'action de la crème Lodix, ils se promenèrent sans but parmi d'autres passants dont le nombre décrut à mesure que les commerces fermaient. Dans des rues pavées où circulaient le tramway et des automobiles noires au capot arrondi et aux ornements métallisés comme Kilian n'en avait jamais vu, entre des bâtiments allant jusqu'à huit étages, les deux hommes marchaient lentement, parce que Kilian s'arrêtait pour tout regarder.

— Mais quel paysan ! s'exclamait son frère, rieur. Quelle tête vas-tu faire quand nous serons à Madrid ? Le spectacle ne fait que commencer…

Kilian lui posait des questions sur tout. C'était comme si, soudain, le silence et l'angoisse des derniers jours s'étaient transformés en un débordement de curiosité. Jacobo aimait se comporter en frère aîné type, disposé à guider, avec une certaine suffisance, un cadet désorienté. Il se rappelait parfaitement son premier voyage et comprenait les réactions de Kilian. Il désigna un élégant véhicule noir, étincelant, avec calandre avant, phares ronds et galerie.

— Tu vois cette auto ? C'est l'une des nouvelles 203 Peugeot qu'on utilise comme taxi. Celle-là, c'est une Austin FX3 anglaise, une merveille. Et là, une traction familiale de Citroën qui porte ici le sobriquet de « canard ». Jolies, pas vrai ?

Kilian acquiesçait, distrait par les élégantes façades des édifices massifs et classiques comme la Banque hispano-américaine, l'Union et le Phénix espagnol, avec leurs grandes fenêtres carrées ou arrondies, leurs entrées à colonnes et frontons, les bas-reliefs du dernier étage, les nombreux balcons en fer forgé…

Fourbus par cette journée intensive et par leur promenade dans la ville, ils décidèrent de se rendre enfin au fameux café dont avait parlé Jacobo. Lorsqu'ils arrivèrent sur le seuil, Kilian lut avec émerveillement le panneau lumineux annonçant qu'il s'agissait de l'un des plus grands d'Europe. Il franchit la grande porte à double battant derrière son frère et s'arrêta, interdit. Seuls un vaste escalier et des arches supportées par des colonnes blanches le séparaient d'une immense salle sur deux niveaux, remplie de voix, de fumée, de chaleur et de musique. De fines balustrades couraient tout le long de l'étage pour permettre aux clients de profiter de la vue de l'orchestre, au centre du rez-de-chaussée. Kilian se souvint alors d'une scène dans un film vu à Barmón : un jeune homme descendait un escalier similaire, la gabardine parfaitement posée sur le bras, une cigarette à la main. Son cœur battait à se rompre. Il regarda devant lui et admira la multitude de tables, chaises en bois et fauteuils soigneusement disposés et invitant à la réunion entre des hommes et femmes qui à première vue lui parurent distingués et raffinés. Les robes des femmes, aux corsages ornés de dentelle et décolletés en V, étaient légères, gaies et courtes en comparaison avec les épaisses jupes à mi-mollet et les vestes en laine sombre de la montagne. Comme lui, les hommes portaient sous leur veste une chemise blanche d'où dépassait un mouchoir, ainsi qu'une fine cravate noire.

Pendant un instant, il se sentit important. Personne ici ne savait qu'un jour à peine auparavant, il nettoyait le crottin dans les écuries.

Jacobo salua au fond de la salle quelqu'un qui leur faisait signe pour qu'ils le rejoignent à sa table.

— Incroyable ! s'écria Jacobo. Quel hasard ! Viens, je vais te présenter.

Ils entreprirent d'avancer entre les chaises et les tables sur lesquelles étaient posés des paquets de cigarettes avec filtre Bisonte et Camel, des boîtes d'allumettes de toutes les formes et couleurs, des verres d'anisette ou de brandy devant les hommes, de champagne ou de Martini blanc devant les femmes. L'endroit était bondé. Kilian fut impressionné que la taille de la salle permette à certains de converser tranquillement tandis que d'autres dansaient près de l'orchestre. Dans toute la vallée de Pasolobino, il n'avait jamais vu de lieu comme celui-ci. En été, les bals se tenaient sur la place et l'hiver, de temps à autre, on organisait de petites fêtes dans les salons des maisons dont on avait dû pousser les meubles et les chaises pour faire de la place. Les jeunes filles restaient assises jusqu'à être invitées par des garçons ou danser les unes avec les autres des paso-doble, des valses, tangos et cha-cha-cha, au son d'un accordéon, d'une guitare et d'un violon qui étaient loin de pouvoir concurrencer la rumba accrocheuse et gaie émanant des pavillons des saxophones et des trompettes.

Avant qu'ils n'arrivent, Jacobo se retourna et dit à voix basse :

— Une chose, Kilian. À partir de maintenant, quand nous serons avec d'autres personnes, nous ne parlerons plus le pasolobinais. Entre nous, ça m'est égal, mais en public je ne veux pas passer pour un plouc. D'accord ?

Kilian hocha la tête, perplexe. Il n'avait jamais réfléchi à la question, ne s'étant jamais éloigné de Pasolobino. Il dut admettre que Jacobo avait raison et se promit d'être attentif à ne pas commettre d'impair et faire honte à son frère, malgré l'effort qu'il lui en coûterait pour déshabituer ses pensées et sa bouche de son dialecte maternel.

Jacobo salua avec effusion l'homme qui les attendait debout.

— Que fais-tu par ici ? Tu n'étais pas à Madrid ?

— Je vais te raconter. Asseyez-vous avec moi. Et tu n'as pas besoin de m'expliquer que c'est ton frère.

Jacobo rit et les présenta.

— Kilian, voici Manuel Ruiz, médecin prometteur établi en Guinée espagnole, va savoir pourquoi. Et voici mon frère, Kilian. Encore un qui ne sait pas où il met les pieds.

Ils s'assirent sur un canapé en cuir formant un demi-cercle. Jacobo prit une chaise au dossier en bois ajouré. Le chanteur, vêtu d'une veste argentée, commença à interpréter d'une voix mélodieuse *Angelitos negros*, « Angelots noirs », une ballade d'António Machín, qui reçut les applaudissements du public.

— Vous n'avez pas d'endroits comme celui-ci à Madrid, hein ? plaisanta Jacobo.

— Des dizaines ! s'exclama Manuel. Et deux fois plus grands ! Bien, sérieusement, je suis venu signer des papiers pour travailler à Sampaka. On m'a proposé un contrat plus que tentant.

— À la bonne heure ! Don Dámaso se fait bien vieux pour la vie qu'il mène.

— J'aimerais avoir son expérience…

— D'accord, mais il ne peut pas tout assurer. Et quand fais-tu la traversée ?

— Demain, je retourne à Madrid et j'ai reçu un billet pour jeudi sur le…

— *Ciudad de Sevilla* ! s'exclamèrent-ils en chœur, avant d'éclater d'un rire sonore. Nous aussi ! Ça, par exemple !

Jacobo se rendit compte que Kilian était resté exclu de la conversation.

— Manuel, lui expliqua-t-il, a déjà travaillé là-bas, à l'hôpital de Santa Isabel. Dorénavant, nous le compterons parmi nous à la plantation. Voilà qui se fête ! Tu as mangé ? demanda-t-il à son ami.

Il chercha un serveur du regard.

— Pas encore, lui répondit Manuel. Si vous voulez, nous pouvons dîner ici. C'est l'heure du *chopi* !

— Oui, le *chopi* ! l'approuva Jacobo avec un gros rire.

Kilian déduisit que ce mot s'appliquait au repas et accepta les suggestions des autres au moment de choisir. À cet instant, un silence attentif se fit, et le soliste zélé répéta la dernière strophe de sa chanson : « *Siempre que pintas iglesias, pintas angelitos bellos, pero nunca te acordaste de pintar un ángel negro*[1]… » Sa prestation fut saluée par une ovation qui monta en volume dès que le pianiste entama un blues trépidant que plusieurs couples s'aventurèrent à exécuter.

— J'adore le boogie-boogie ! s'exclama Jacobo en claquant des doigts et balançant les épaules. Quel dommage que je n'aie personne avec qui danser !

Il balaya du regard la salle, à la recherche d'une candidate, et salua de la main un groupe de jeunes filles qui, à quelques tables de là, lui répondirent par des rires et des chuchotis. Il hésita à s'approcher pour en inviter une, mais finit par se raviser.

— Bah, d'ici peu je pourrai assouvir mes besoins…

Kilian, qui n'aimait pas danser outre mesure, se surprit à battre du pied jusqu'au moment où le serveur parvint à la table avec leur commande. En découvrant les assiettes, Kilian se rendit compte à quel point la route avait été longue et combien il avait faim. Depuis le matin, il n'avait mangé que le pain au lard et les calamars de la taverne. Il doutait que les canapés de saumon fumé, de caviar et la viande truffée puissent

1. « Chaque fois que tu peins des églises, tu peins de beaux petits anges, mais jamais tu ne t'es souvenu de peindre un ange noir. »

lui remplir l'estomac, car il était habitué à des plats plus roboratifs, mais il les trouva délicieux et, accompagnés de plusieurs verres de vin, ils parvinrent à le rassasier.

Lorsqu'ils eurent terminé de manger, Jacobo commanda un gin après s'être offusqué que, dans le plus grand café d'Europe, il n'y ait pas de whisky à son goût. Manuel et Kilian se contentèrent d'un *sol y sombra* brandy-anisette.

— Et toi, Kilian ? demanda Manuel, comment te sens-tu à la perspective de cette aventure ? Anxieux ?

Kilian avait ressenti une sympathie immédiate pour le médecin. C'était un homme jeune, d'une trentaine d'années, de stature moyenne, assez mince, aux cheveux blond foncé, à la peau claire et aux yeux bleus intelligents derrière d'épaisses lunettes d'écaille. Sa manière de parler, réfléchie, était celle d'un homme éduqué et sérieux chez qui, comme pour lui, une petite dose d'alcool était bienvenue pour devenir franc et jovial.

— Un peu. Mais j'ai la chance de partir bien accompagné.

Kilian peinait à reconnaître qu'en réalité, il était terrorisé. Il était également étourdi d'être passé en quelques heures de la vie au milieu du bétail à un verre avec un médecin, rien que cela, dans la meilleure salle d'ambiance de la capitale régionale.

Jacobo lui administra une tape sonore dans le dos.

— Il n'y a pas de honte à l'avouer, Kilian. Tu es mort de peur. Mais ça nous est arrivé à tous, n'est-ce pas, Manuel ?

Celui-ci opina du chef.

— La première fois, j'étais prêt à faire demi-tour à peine arrivé à Bata. Mais dès la deuxième fois, c'était comme si je n'avais rien fait d'autre de ma vie que voyager à Fernando Póo. Cet endroit… t'entre dans la peau. Comme les maudits moustiques. Tu verras.

Au bout de trois heures, plusieurs verres et une boîte de cigarillos Craven A que Kilian trouva agréables bien que douceâtres comparés au tabac noir et fort qu'il avait l'habitude de fumer, les frères prirent congé de Manuel à la porte de la salle. Ils le reverraient le jour de l'embarquement. Les yeux brillants, ils retournèrent à la pension. Sur la plaza de España, ils traversèrent les voies du tramway et Jacobo descendit à toute vitesse l'escalier vers les urinoirs publics. Kilian l'attendit en haut, appuyé à une rampe de fer forgé. Les néons des publicités placées sur les façades environnantes aidaient les imposants réverbères à quatre lampes à éclairer l'étendue, dont le centre comprenait une fontaine ornée d'une statue de bronze sur un piédestal de pierre.

Sous une croix, un ange au bras levé vers le ciel tenait un blessé dont le fusil était tombé à ses pieds. Kilian s'approcha et se concentra sur l'inscription brandie par une femme, en bronze également. Il apprit ainsi que l'ange représentait la Foi et que le monument était dédié aux martyrs de la religion et de la patrie. En portant le regard plus haut, il vit les mots éclairés au néon : AVECREM, GALLINA BLANCA, IBERIA RADIO, LONGINES, EL MEJOR RELOJ, PASTILLAS DISPAK, PHILLIPS… Il avait du mal à avoir les idées claires. Il se sentait légèrement nauséeux et l'alcool du repas n'était pas seul en cause. Cela ne faisait que quelques heures qu'il avait quitté sa maison et il avait l'impression que des siècles s'étaient écoulés. Il avait vraiment vécu une journée contrastée et, d'après Manuel et Jacobo, le chemin qui l'attendait était long et étrange. Il demanda à la statue de la Foi de lui donner chance et force pour cette aventure.

— Alors, Kilian ? lança Jacobo d'une voix pâteuse, le faisant sursauter. Comment se passe ta première nuit loin de maman ?

Il posa le bras sur l'épaule de son frère et ils se mirent à marcher.

— Tu en as vu des nouveautés aujourd'hui, hein ? poursuivit-il. Eh bien, Les Deux Mondes, ce n'est rien par rapport à ce que tu vas voir. Tu es en train d'y penser ?

— Plus ou moins.

Jacobo porta sa main libre à son front.

— Quelle envie j'ai de boire le whisky de Santa Isabel ! Celui-là, il ne donne pas mal à la tête, tu verras. Tu as apporté des antidouleurs ?

Kilian acquiesça.

— Bon, dis-moi, reprit son frère. Qu'est-ce que tu as le plus envie de connaître ?

Kilian réfléchit quelques secondes.

— La mer, je crois. Je n'ai jamais vu la mer.

Bien qu'il s'agisse de son premier voyage en bateau, Kilian n'avait pas souffert de mal de mer. Nombre de passagers déambulaient sur le pont, le teint verdâtre.

Apparemment, cette torture ne passait pas avec l'habitude, car son frère n'avait pas bonne mine, et c'était sa troisième traversée. Qu'un bateau de telles dimensions puisse flotter échappait à Kilian, dont la relation avec l'eau s'était toujours limitée à la pêche à la truite dans les ruisselets de Pasolobino. Il était surpris de supporter si allègrement la sensation d'être entouré par tant d'eau. Il attribuait sa bonne humeur aux diverses sensations qu'il avait éprouvées ces derniers jours et qui allaient continuer dans les suivants.

Kilian pensa à leur mère, à leur sœur et à la vie au village. Comme tout cela semblait loin, au cœur de l'océan ! Il se souvint du froid qui l'avait accompagné durant le voyage vers Saragosse, puis dans le train pour Madrid. À mesure qu'ils s'étaient approchés de Cadix, la température s'était adoucie, tout comme son état d'esprit, occupé par la lente découverte d'une Espagne qu'il parcourait pour la première fois, sur les traverses de bois tropical dur et résistant des voies ferrées. Quand le bateau avait quitté le port, où des dizaines de personnes agitaient des mouchoirs blancs, il avait eu beaucoup de peine de laisser derrière lui des êtres chers mais, outre la douceur du temps, la compagnie de Jacobo, de Manuel et d'autres compagnons qui partaient également travailler aux colonies avait réussi à l'égayer et il trouvait le voyage agréable. Peu à peu, il s'éloignait de Noël sous la neige. Il devrait s'habituer aux fêtes de fin d'année en terre tropicale !

Il ne se rappelait pas avoir jamais eu dans sa vie autant de jours de repos d'affilée.

De nature dynamique et nerveuse, Kilian tendait à penser que tant d'oisiveté était une impardonnable perte de temps. Il avait envie de travail physique. En cela il différait beaucoup de Jacobo qui, lui, cherchait toujours l'occasion de se reposer. Il observa son frère, à côté de lui, installé dans un confortable fauteuil, un chapeau sur le visage. Depuis l'embarquement à Cadix, et surtout après Tenerife, il n'avait cessé de sommeiller le jour, faisant la fête la nuit avec les autres voyageurs dans le salon de musique ou au Veranda Bar. Entre l'alcool et les nausées provoquées par le roulis, le jour il errait comme une âme en peine, surmontant difficilement sa fatigue.

Kilian, au contraire, essayait de tirer profit de tout. En plus de s'entraîner avec son dictionnaire *Broken English,* il consultait chaque soir les vieux numéros de la revue *La Guinea española* pour se faire une idée du monde où il allait vivre, au moins pendant les dix-huit prochains mois, durée de sa première campagne. En réalité, une campagne complète atteignait les deux ans, mais les six derniers mois étaient des congés payés. De plus, le voyage en bateau était déjà comptabilisé en journées de travail, ce qui le mettait en joie : presque deux semaines payées à lire.

Dans tous les numéros de la revue qui se trouvaient à bord, ceux de la récente année 1952, apparaissaient les mêmes publicités dans le même ordre. D'abord, l'annonce des magasins Dumbo, de la rue Sacramento dans Santa Isabel ; juste après, celle pour les Transportes Reunidos, de l'avenue du général Mola, qui offrait les services de garage et de transport en une seule *factoría*, comme on appelait les commerces dans les colonies. Enfin, la troisième montrait un homme qui fumait et recommandait les incomparables cigarettes Rumbo, avec écrit en bien grand : LA CIGARETTE QUI AIDE À PENSER. Jacobo l'avait prévenu qu'à la colonie il y avait de nombreuses marques de tabac, très abordables, et que presque tout le monde fumait parce que la fumée repoussait les moustiques. Après les publicités venaient les articles traitant de religion, les nouvelles d'Europe et les chroniques d'opinion.

Il alluma une cigarette et se concentra sur la revue qu'il avait en main. Un passage sur les enfants baptisés attira son attention : Pedro María Ngadi, José María Gongolo, Filomena Mapula, Mariano Ignacio Balong, António María Ebomo, Lorenzo Ebamba… Tous ces noms lui semblaient étranges, le prénom lui rappelant n'importe qui de sa connaissance et le patronyme évoquant l'Afrique.

Ensuite, il lut un article sur les plus de cinq millions d'enfants allemands qui avaient perdu leur famille en 1945. Comme la Seconde Guerre mondiale lui paraissait lointaine ! Il se souvint vaguement des lettres de son père, que leur mère lisait à voix haute avant de les ranger dans la poche de sa jupe. Son père y décrivait une agitation sociale préoccupante sur l'île en raison des mouvements nationalistes et de la crainte d'une invasion des troupes britanniques et françaises. Son père estimait que le désir des habitants de Fernando Póo était de rester neutres, ou pro-Alliés si nécessaire, mais les cercles du gouverneur étaient plutôt constitués de sympathisants nazis. Il y eut même un moment où l'on distribuait librement des journaux allemands sous-titrés en espagnol.

La guerre d'Espagne et la guerre mondiale étaient terminées mais, d'après les journaux du bateau, l'Afrique n'était pas pour autant exempte de conflits politiques. Le Kenya menaçait d'excommunier tous les sympathisants du mouvement mau-mau ainsi que son leader, Jomo Kenyatta, parce qu'il prônait l'expulsion des Européens et le retour du peuple à ses rites primitifs.

Cela lui avait donné à réfléchir. Expulser les Européens d'Afrique ? N'avaient-ils pas apporté la civilisation à une terre sauvage ? Les Africains ne vivaient-ils pas mieux qu'avant grâce à eux ? Revenir aux rites païens ? Ces questions échappaient à Kilian, mais il ne cessait de les retourner dans sa tête. L'idée qu'il se faisait du continent noir lui venait avant tout de la génération de son père, une génération fière de servir Dieu et la patrie. Et, comme celui-ci le lui avait répété des centaines de fois, travailler aux colonies signifiait servir la toute-puissance et la nation espagnoles, de sorte que, même si tous revenaient les poches pleines, ils avaient accompli une noble mission.

Kilian se posait beaucoup de questions sur ce que pourrait être la relation avec des personnes aussi différentes. Le seul homme noir qu'il ait vu en personne travaillait au bar du bateau. Il l'avait fixé de manière un peu malpolie, s'attendant à se trouver de grandes différences avec lui, en dehors de sa couleur de peau et de sa dentition parfaite. En fait, rien de tel. Au fil des jours, il ne voyait plus un Noir, mais le serveur Eladio.

Les anecdotes qu'il avait entendues avaient probablement forgé dans son esprit une image déformée de la réalité. Quand Antón et Jacobo en parlaient, c'était les Noirs ceci, les Noirs cela, en général. À l'exception de José, les autres semblaient constituer un collectif indistinct, une masse sans personnalité. Kilian se souvenait d'avoir vu une vieille carte postale envoyée par Antón à son frère, montrant quatre femmes noires à la poitrine découverte, où il avait écrit à la plume : « Regarde un peu comme les Noires exagèrent. Elles se promènent ainsi dans les rues ! »

Kilian avait longuement contemplé la photo. Les femmes lui avaient paru très belles. Les quatre portaient des pagnes enroulés autour de la taille, le *clote*, qui les couvrait jusqu'aux chevilles. En haut, elles n'avaient qu'un simple collier et aux poignets des cordelettes. Chacune avait des seins particuliers : fermes et haut placés, petits, écartés, généreux. Leur silhouette était svelte et leurs traits magnifiques, avec des lèvres charnues et de grands yeux. Leurs cheveux relevés étaient séparés en une multitude de fines tresses. C'était une jolie photographie. La seule chose étrange était qu'elle ait donné lieu à une carte postale. Celles qu'avait vues Kilian jusque-là représentaient des monuments, les parties intéressantes d'une ville, un paysage, ou même des personnes élégamment vêtues, mais… quatre femmes à moitié nues ? Elles avaient sans doute ignoré l'usage qui avait été fait du cliché. Il avait alors eu une sensation étrange, comme si on les avait traitées en bêtes de foire.

Ce sentiment lui revint tandis qu'il regardait l'une des nombreuses photographies de la revue. Elle montrait un groupe de Noirs habillés à l'européenne, en veste et chemise, bonnet ou chapeau. Si elle lui paraissait tout ce qu'il y avait de plus normal, la légende indiquait pourtant : « Les fêtes de Noël donnent lieu à des scènes de déguisement ridicules dans les fermes et les tribus. » Il fut surpris par cette phrase, quand lui voyait seulement des hommes. Il savait par son père que, lors des fêtes spéciales, certains indigènes se déguisaient en *nangue,* une sorte de personnage burlesque de carnaval destiné à faire rire et que les missionnaires appelaient *mamarracho,* mais il les avait imaginés avec des masques et des costumes de paille, pas vêtus en Européens.

La voix rauque de Jacobo interrompit le cours de ses pensées.

— J'espère que bientôt on pourra faire le voyage en avion. Je n'en peux plus de ce bateau !

Kilian sourit.

— Si tu n'abusais pas de la boisson la nuit, tu n'aurais peut-être pas autant le mal de mer.

— Oui, mais les journées seraient encore plus longues et insupportables… Où est Manuel ?

— Au cinéma.

Jacobo s'assit, ôta son chapeau et regarda la revue.

— Quelque chose d'intéressant à raconter aujourd'hui ?

Kilian se prépara à faire le récit de sa journée. En deux semaines à peine, une routine s'était installée.

Manuel et Kilian lisaient pendant que Jacobo piquait une sieste. Lorsque ce dernier se réveillait, ils discutaient des sujets qui intriguaient le plus Kilian.

— J'allais lire un article sur la langue bubie…

— Quelle perte de temps ! s'exclama Jacobo. Tu n'auras pas besoin du bubi. La plupart des indigènes parlent espagnol et tu passeras tes journées entouré d'ouvriers agricoles nigérians. Tu ferais mieux d'étudier le dictionnaire de *pichinglis* que je t'ai prêté. Tu en auras besoin tout le temps.

Sur la table, il y avait un petit livre marron relié en toile effilochée, intitulé *Dialecte anglais-africain ou Broke English,* écrit en 1919 par le missionnaire « Fils de l'Immaculé Cœur de Marie ». Kilian avait essayé de mémoriser quelques mots et phrases, mais c'était très difficile sans jamais avoir entendu la langue. Dans le livre apparaissait d'abord le castillan, suivi de sa traduction en anglais d'Afrique, ou *pidgin English, pichinglis* ou *pichi,* comme l'appelaient les Espagnols, accompagné de sa prononciation.

— Je ne comprends pas pourquoi cette langue s'écrit d'une façon et se prononce d'une autre. Cela demande deux fois plus d'efforts.

— Ne regarde pas comment ça s'écrit. Tu n'auras pas besoin de rédiger des lettres aux Nigérians ! Occupe-toi de comment ça se prononce.

Jacobo, prêt à lui donner un cours abrégé, prit le livre et le stylo-bille noir tout neuf au capuchon doré que lui tendait son frère.

— La première chose à faire, c'est de mémoriser les questions de base, commença-t-il en les soulignant.

Et ensuite, tu apprendras ce que tu diras et entendras le plus.

Sur ces mots, Jacobo referma le livre et le laissa sur la table.

— Ils te répéteront qu'ils sont malades, qu'ils ne peuvent pas travailler, qu'ils ne savent pas comment on fait, qu'il fait très chaud, qu'il pleut trop… Ah, ces nègres protestent toujours pour tout et cherchent sans cesse des excuses pour ne rien faire. De vrais enfants ! Tu verras !

Kilian sourit intérieurement. Jacobo semblait se décrire un peu lui-même, mais il s'abstint de lui en faire part. Il prit le petit dictionnaire pour regarder ce que son frère avait souligné, des phrases ordinaires à adresser à quelqu'un qui parle une autre langue : « Comment t'appelles-tu ? » « Quel âge as-tu ? » « Comprends-tu ce que je dis ? »

En revanche, il fut surpris de trouver la traduction d'autres expressions parmi celles que, selon Jacobo, il utiliserait et emploierait le plus : « Je vais te montrer. » « Travaille. » « Viens. » « Tais-toi. » « Je suis malade. » « Je ne te comprends pas. » « Si tu casses ça, je te corrigerai »… Ce seraient là les mots qu'il devrait prononcer le plus dans les prochains mois ? Si on lui avait demandé quels étaient les termes les plus fréquents dans son dialecte maternel, jamais il n'aurait pensé à ceux-là. Il refusait de croire qu'au cours des dernières années Jacobo n'ait pas eu de conversation plus poussée avec les travailleurs. Pourtant, cela n'aurait pas dû l'étonner. Les anecdotes que relatait son frère faisaient plus souvent référence aux fêtes dans les dancings de Santa Isabel.

Jacobo remit son chapeau et s'apprêta à reprendre sa sempiternelle sieste.

— Jacobo…

— Hmm ?

— Toi qui y vas depuis des années, qu'est-ce que tu sais de l'histoire du pays ?

— Comme tout le monde, tiens ! C'est une colonie qui nous a apporté des tas de choses, on y gagne de l'argent…

— D'accord, mais… à qui était-ce, avant ?

— Oh, je n'en sais rien, aux Anglais, aux Portugais…

— Mais avant, la Guinée devait leur appartenir à eux, aux natifs, non ?

— Pff ! Aux sauvages, tu veux dire ! Ils ont eu de la chance de nous avoir, sinon ils seraient encore dans la forêt vierge ! Demande à notre père qui leur a apporté l'électricité.

Kilian resta pensif.

— À Pasolobino non plus, ça ne fait pas si longtemps qu'il y a l'électricité. Et dans beaucoup de villages espagnols les enfants ont survécu grâce au lait en poudre et au fromage en boîte des Américains. Ce n'est pas comme si nous étions un exemple de progrès. Regarde les quelques photos de papa quand il était petit, franchement, on a du mal à croire qu'ils vivaient dans ces conditions.

— Si l'histoire t'intéresse tant, tu trouveras sûrement des livres dans les bureaux de la plantation.

Mais quand tu commenceras à travailler tu seras tellement fatigué que tu n'auras plus envie de lire, je te le dis. Maintenant, si tu veux bien, je vais dormir un peu, annonça Jacobo en remettant son chapeau sur son visage.

Le regard de Kilian se posa sur la mer étale. Il avait écrit à sa mère et à Catalina qu'elle était lisse comme une assiette. Le soleil projetait ses ultimes rayons depuis l'horizon. Bientôt, il serait avalé par la ligne indéfinie qui séparait la mer du ciel.

Dans les montagnes, le soleil se cachait le soir. À la mer, l'eau semblait l'engloutir.

Kilian ne se lassait pas d'admirer les merveilleux crépuscules en haute mer, mais il commençait à avoir envie de poser les pieds sur la terre ferme. Une nuit, ils avaient jeté l'ancre au port de Monrovia, la capitale du Liberia, pour procéder à un échange de marchandises, mais les passagers n'avaient pas pu descendre. La côte était plutôt uniforme. Kilian avait pu apercevoir les bois d'acacias et de palétuviers, ainsi qu'une ligne interminable de plage de sable fin, semée de tout petits villages. Ensuite, ils avaient longé la côte du Kru, d'où venaient les Cruman, des hommes forts à la tâche, comme le lui avaient expliqué ses compagnons galiciens. « Les Cruman, c'est comme les Asturiens et les Galiciens en Espagne : les meilleurs pour travailler. » Son père avait vu ces hommes se lancer en canoë dans la mer pour aborder les bateaux des Européens afin d'offrir leurs services. Apparemment, ils travaillaient jusqu'à se considérer comme indépendants, et avaient à leur disposition vingt ou trente femmes. Ce n'était sans doute qu'une légende, mais elle faisait sourire les hommes blancs, qui se représentaient difficilement l'obligation de satisfaire tant de femmes.

Il alluma une cigarette.

Comme chaque nuit, après le repas, des groupes bavardaient et se promenaient sur le pont. Il distingua de loin le neveu du gouverneur civil. Il parlait avec une famille madrilène qui revenait en Guinée après un long séjour en Espagne. À quelques mètres, d'autres futurs employés de propriétés comme lui jouaient aux cartes. Avec le temps et le soleil, on les différenciait de moins en moins des experts des colonies. Kilian sourit en se rappelant sa surprise et sa maladresse face à l'incroyable nombre de couverts dont on disposait à la table de la salle à manger. La curiosité et la tension initiales avaient cédé devant la monotonie des jours et des nuits dans le doux balancement de l'embarcation.

Il ferma les yeux et se laissa caresser le visage par la brise marine. Une fois de plus, son esprit se transforma en un hiéroglyphe de noms proches et lointains. Il pensait aux siens, se repassant le nom des maisons et se demandant quelle vie avaient les uns et les autres. Il pensait et rêvait dans sa langue maternelle, s'exprimait en espagnol, entendait à bord de l'anglais, de l'allemand et du français, étudiait le *pichi*. Le bubi était-il pour les indigènes de l'île comme le pasolobinais pour lui ? Quelqu'un s'intéresserait-il là-bas à l'histoire et aux coutumes non seulement de la métropole, comme on appelait l'Espagne colonisatrice que les gens connaîtraient par obligation, mais aussi de cette partie froide et belle des Pyrénées qui, à présent, lui semblait minuscule par rapport à l'immensité de la mer ?

Kilian aurait aimé en savoir plus sur ce monde qui avait sans doute survécu à la colonisation. Il aurait aimé connaître l'histoire de l'île, des femmes et des hommes des photographies.

L'histoire indigène, l'authentique.

S'il en restait quelque chose.

Quand, au port de Bata, capitale de Río Muni et zone continentale de la Guinée espagnole, il aperçut son père en short, chemisette claire et *salacot*, son âme fut envahie par toute la chaleur et le vert du monde. Pour un habitant du paradis des montagnes, le vert n'aurait pas dû être une surprise, pourtant ce fut le cas.

Sous les yeux de Kilian s'étendait la plus belle portion du continent, la région éternellement verte, couverte par la forêt équatoriale. Tout le reste venait s'y superposer comme si ce n'était pas réel : ni les bâtiments bas, ni les énormes bateaux de bois amarrés, ni les mains qui s'agitaient pour saluer l'équipage, ni les hommes qui transportaient les marchandises.

C'était une sensation étrange.

Mais il était là, enfin.

— Qu'en penses-tu, Kilian ? lui demanda son frère.

À côté de lui, Jacobo et Manuel attendaient la fin des opérations d'amarrage et d'extension de la passerelle. Tout le monde s'agitait. À bord comme à terre, on parlait et criait en diverses langues. Kilian observait la scène sans se départir de son étonnement.

— Il est devenu muet ! s'exclama Manuel en riant.

— Tu as vu tous ces nègres, Kilian ? Et tous pareils ! Tu verras, ça te fera comme pour les moutons. Tu n'arriveras pas à les différencier avant deux ou trois mois.

Manuel grimaça au commentaire de Jacobo. Kilian n'écoutait pas, absorbé par le panorama.

— Papa est là ! s'exclama-t-il, tout heureux, en désignant la silhouette connue qui parmi d'autres s'approchait de la passerelle.

Il le salua de la main et commença à descendre d'un pas léger, suivi de Jacobo et Manuel, qui partageaient sa hâte de retrouver la terre ferme.

L'étreinte avec Antón fut brève, mais chargée d'émotion. Pendant quelques minutes, les salutations, la présentation de Manuel, les anecdotes au sujet du voyage et les questions pressantes se mêlèrent les unes aux autres, dans la hâte de tout se raconter. Kilian n'avait pas vu son père depuis deux ans, et celui-ci n'avait pas bonne mine. Sa peau brûlée par le soleil était sillonnée de rides nouvelles, et son grand visage était devenu flasque. Il semblait fatigué et portait continuellement la main à son abdomen.

Antón voulait savoir comment se portait le village, prenait des nouvelles de la famille proche. De son frère, qui s'appelait également Jacobo. De la famille moins proche, des voisins. Il réserva pour la fin sa femme et sa fille. Kilian distingua alors de la tristesse dans ses yeux. Les campagnes étaient longues pour tous, mais encore plus pour quelqu'un de marié qui adorait sa femme et passait des mois sans la voir.

Après un instant de silence, Antón regarda Kilian et, tendant le bras pour désigner tout ce que pouvait embrasser son regard, il déclara :

— Bienvenue, mon fils. Bon retour à ta terre natale. J'espère que tu te sentiras bien ici.

Kilian sourit avec complicité, se retourna vers Manuel et expliqua :

— Tu savais que Jacobo était né ici ? Et deux ans plus tard c'était mon tour. Après l'accouchement, ma mère a été malade et comme ça ne s'arrangeait pas, nous sommes rentrés en Espagne.

Manuel acquiesça. Beaucoup d'Européens avaient du mal à supporter la chaleur et l'humidité extrêmes de cette partie de l'Afrique.

— Autrement dit, je suis né ici mais je n'y ai jamais vécu. Je ne peux pas en avoir de souvenirs.

Jacobo se pencha pour poursuivre à voix basse :

— Ma mère n'est jamais revenue en Guinée, et mon père faisait des allers et retour, si bien qu'entre deux campagnes de cacao un frère ou une sœur naissaient. C'est arrivé qu'il les connaisse quand ils avaient presque deux ans, il laissait une nouvelle graine et il repartait en Afrique. Sur six enfants, nous sommes trois à avoir survécu.

Kilian lui adressa un signe, de peur qu'Antón les entende, mais celui-ci observait son fils si changé, si grand quoique moins étoffé que Jacobo, et maintenant devenu un homme. Il lui semblait impossible que le temps ait passé si vite depuis sa naissance. Vingt-quatre ans plus tard, Kilian revenait aux origines. Il n'était pas étonnant qu'il ait eu tellement envie de les connaître. Antón n'avait d'abord pas vu d'un bon œil sa décision, car il n'aimait pas l'idée de laisser Mariana et Catalina seules avec l'exploitation. Mais Kilian pouvait se montrer extrêmement têtu et convaincant. Son argument au sujet de l'argent supplémentaire qui reviendrait à la famille était pertinent. C'était cela surtout qui avait décidé Antón à demander un poste pour lui au directeur de la plantation, qui avait fait avancer la paperasse afin de préparer le voyage pour janvier, période de préparation de la récolte. Il disposerait ainsi de suffisamment de temps pour s'adapter au pays et être prêt pour les mois les plus importants, ceux de la récolte et de la torréfaction du cacao qui commenceraient en août.

Un mouvement de personnes et de bagages leur indiqua qu'ils devaient se diriger vers une autre partie du quai. Il restait deux heures de voyage de Bata jusqu'à l'île, leur destination finale.

— Je crois que le bateau qui va vers Santa Isabel est déjà prêt, leur dit Jacobo avant de s'adresser à son père. C'était très attentionné de votre part de venir nous chercher à Bata pour nous accompagner. Vous aviez peut-être peur que je n'amène pas Kilian sain et sauf ?

Antón sourit, ce qui n'était pas son habitude, mais Jacobo savait s'y prendre.

— J'espère que tu auras profité de ce long voyage pour mettre ton frère au courant de tout. Mais vu ta tête, j'ai peur que tu n'aies passé ton temps au salon de piano. Et pas par amour de la musique !

Kilian vola au secours de son frère.

— Je n'aurais pas pu trouver de meilleurs enseignants que Jacobo et Manuel ! dit-il le plus sérieusement du monde. Vous auriez dû voir mon frère m'apprendre le *pichi* ! Je le parle presque déjà !

Les quatre hommes éclatèrent de rire. Antón était heureux de les avoir avec lui. Leur jeunesse et leur énergie compenseraient les forces qui commençaient à lui manquer. Il les contempla avec fierté. Ses fils se ressemblaient beaucoup. Tous deux avaient hérité de ses yeux verts, typiques de la branche paternelle de la Casa Rabaltué. Cette couleur était particulière : de loin, elle paraissait verte, mais de près elle était plutôt grise. Ils étaient dotés d'un large front, d'un grand nez à la base assez large, de pommettes saillantes et d'une mâchoire aussi marquée que leur menton, plus carré chez Jacobo. Ils avaient aussi en commun des cheveux noirs et abondants, avec des reflets auburn chez Kilian. Ils se démarquaient par leur taille, leurs larges épaules et leurs bras puissants (plus musclés dans le cas de l'aîné), habitués qu'ils étaient au travail physique. Antón connaissait les ravages que causait Jacobo auprès de ces dames, mais elles ne connaissaient pas encore Kilian. L'harmonie de ses traits frôlait la perfection. Il lui rappelait Mariana quand elle était jeune.

Cela dit, ils avaient un caractère très différent. Jacobo était un noceur aux airs de fils à papa qui n'avait eu d'autre choix que de travailler pour gagner sa vie. Kilian, lui, avait un grand sens des responsabilités, parfois trop élevé, même aux yeux de son propre père, ce qu'Antón ne lui avouerait jamais, car il préférait que son cadet soit zélé plutôt que flottant comme Jacobo avec son humour particulier.

Dans tous les cas, les deux frères s'entendaient bien, se complétaient, ce qui était important en cette terre étrangère.

Au cours du bref trajet de Bata vers l'île, Antón se montra particulièrement disert. Quand ils lui racontèrent le voyage et le mal de mer permanent de son aîné, il leur relata une de ses premières traversées sans Mariana, de Tenerife à Monrovia, lors de laquelle le bateau avait été pris dans une terrible tempête.

— Il y avait de l'eau partout, les valises flottaient dans les cabines. À un moment, tout le monde s'envolait, ensuite les passagers étaient engloutis. Nous sommes restés perdus trois jours comme ça, sans manger. Tout était détruit. Au port de Santa Isabel, on nous attendait comme on attend un fantôme. Ils nous croyaient morts. C'est la seule fois de ma vie que j'ai eu peur. Pas seulement peur, j'ai vraiment ressenti de la terreur ! Des hommes adultes pleuraient comme des enfants…

Kilian était aussi surpris que Jacobo.

— Pourquoi ne nous avez-vous pas raconté cette aventure dans vos lettres ?

— Je ne voulais pas vous inquiéter. Tu crois que votre mère vous aurait laissés venir si elle avait connu cette histoire ? En plus, l'écrire aurait été comme une anecdote, et je vous assure que, sur le moment, nous avions tous dit adieu à la vie et pensions à nos proches. Comme dit mon bon José, il est difficile de décrire la peur : une fois qu'elle s'est insinuée dans le corps, il est très compliqué de la chasser.

Jacobo intervint en posant une main sur son cœur, reconnaissant de ne pas avoir vécu une telle expérience.

— Je promets de ne plus jamais me plaindre des voyages et de profiter des baleines et des dauphins qui suivent les bateaux.

Kilian observait son père. Il y avait chez lui quelque chose de différent. D'une manière générale, c'était un homme sérieux, au caractère plutôt difficile et autoritaire. Mais dans sa façon de raconter la tempête, on percevait une légère tristesse. Ou de la peur ? En outre, ce retour constant de sa main vers son ventre…

— Papa… Vous allez bien ?

Antón se recomposa un visage neutre.

— Très bien, mon garçon. La dernière campagne a été plus dure que prévu, expliqua-t-il avec une envie évidente de changer de sujet. À cause du brouillard, La récolte n'a pas été aussi bonne que nous l'espérions. Il nous a fallu travailler plus que d'habitude.

Avant que son fils ait pu intervenir, il reprit son rôle de père, maître de la situation.

— Tu as apporté ton acte de naissance ?

— Oui.

Kilian savait que l'interrogatoire allait commencer, comme l'avait prévenu Jacobo.

— Et le certificat de bonne conduite, le casier judiciaire ?

— Oui.

— Le certificat de service militaire ?

— Aussi. Et le certificat médical du BCG avec tampon officiel, celui de l'instituteur qui confirme que je sais lire et écrire... Dieu du ciel, papa ! Vous me l'avez répété dans cinq lettres, comment aurais-je pu oublier ?

— Oh, tu ne serais pas le premier à devoir repartir parce que tu n'as pas tous les documents nécessaires. Tu as été vacciné contre la malaria sur le bateau ?

— Oui, papa, et là aussi j'ai le certificat. Autre chose ?

— Juste une, et j'espère que tu ne l'as pas oubliée. Que *vous* ne l'avez pas oubliée, dit-il d'une voix qu'il tentait de rendre inflexible, mais démentie par ses yeux rieurs. Vous m'avez apporté tout ce que j'ai demandé à votre mère ?

Kilian soupira, soulagé de savoir que l'interrogatoire touchait à sa fin.

— Oui, papa. La valise de Jacobo est pleine de vêtements, de jambon, de chorizo, de noisettes, de conserves de pêches et des merveilleux biscuits que prépare maman. Nous vous avons aussi apporté une longue lettre qu'elle a écrite et qu'elle a cachetée avec trois tonnes de cire pour être certaine que personne ne l'ouvrirait.

— Bien.

Jacobo et Manuel gardaient le silence. L'arrivée était proche, ils le sentaient. Ils avaient envie d'y être, mais sans l'innocence, l'excitation et la nervosité du premier voyage qu'ils percevaient chez Kilian.

Jacobo savait parfaitement que, passé la nouveauté, tout se réduirait au travail à la plantation, aux fêtes en ville, à l'attente du salaire, à l'envie de rentrer se reposer à la maison, et ainsi de suite. La même chose tous les deux ans. Ç'aurait pu être une routine identique dans n'importe quelle autre partie du monde. Malgré tout, l'approche de Fernando Póo lui procurait un agréable chatouillis à l'estomac, sensation qu'il éprouvait seulement quand le bateau abordait le port de la capitale de l'île.

— Regarde, Kilian. Nous entrons dans la baie de Santa Isabel. N'en perds pas une miette ! conseilla-t-il, une lueur particulière dans les yeux. Que ton séjour ici te plaise ou non, que tu restes deux ou vingt ans, que tu détestes ou que tu adores l'île… écoute bien ce que je te dis : tu ne pourras jamais effacer cette image de ton esprit. Jamais !

3

Green Land

La terre verte

L'image de l'arrivée à Fernando Póo resterait imprimée sur sa rétine pour le restant de ses jours. À mesure que le bateau approchait de l'île apparaissait une côte dessinée par de petites plages, criques et baies traçant une ligne voluptueuse devant la végétation qui venait jusque sur le sable, au bord d'une mer turquoise, et comprenait toute la gradation des verts que Kilian pouvait imaginer, du pâle rappelant les premières feuilles et les pommes d'été aux arbres touffus et sombres en passant par les pâturages printaniers dominés par la pluie. Il fut pris d'une étrange sensation de douceur, de fraîcheur et de calme, mêlée en parts égales à l'exubérance, la plénitude et la fécondité qui émanaient de toutes ces plantes.

Le bateau tourna pour se placer face à la baie en fer à cheval de Santa Isabel, cernée de vert et parsemée de petites maisons blanches entourées de palmiers. Deux digues naturelles, Punta Fernanda à l'est et Punta Cristina à l'ouest, constituaient les extrémités de l'arc de cercle flanqué au pied d'une imposante montagne plongée dans la brume qui rappelait le sommet dominant Pasolobino.

— Maintenant, ils vont nous amarrer à ce vieux débarcadère, annonça son père à Kilian en désignant la modeste jetée de béton qui tenait lieu de quai. Il paraît qu'un nouveau port va être construit sous Punta Cristina, où on pourra s'amarrer en parallèle. Ce sera une bonne chose parce qu'ici ce n'est pas commode.

Kilian s'aperçut que le bateau s'arrêtait en effet perpendiculairement à la côte et que plusieurs gabarres s'apprêtaient à décharger.

Ils se dirigèrent vers la poupe pour descendre. À l'odeur de salpêtre vinrent se mêler de subtils arômes de cacao, café, gardénia et jasmin. Malgré l'heure tardive, une chaleur étouffante les accueillit.

— Ce qu'il fait chaud, se plaignit Kilian en essuyant la sueur qui perlait à son front. Et ce vert, alors. Tout est vert !

— Oui, confirma Jacobo. Ici, tu peux planter un bâton, il y poussera des racines !

Sur le quai, une multitude d'hommes transportaient des sacs de charbon, des bidons, et aidaient à décharger les gabarres. On imaginait bien quelle frénésie devait régner pendant les mois de récolte, quand des centaines de sacs remplis de café et de cacao partaient pour diverses destinations dans le monde.

— José doit nous attendre en haut, les informa leur père.

Il désigna d'un signe de tête un chemin en pente qui courait le long d'un mur derrière lequel on devinait les premiers bâtiments. Antón prit la valise de Kilian et cria à deux travailleurs de s'approcher :

— *Hey, you! Come here!*

Les hommes se regardèrent d'un air las et prirent leur temps pour réagir.

— *You hear what I talk?* s'exclama Antón en élevant la voix et se dirigeant vers eux pour tendre la valise à l'un et montrer celles de Jacobo et Manuel à l'autre. *Take this!* Vite ! *Quick!* En haut ! *Up!*

Les Africains obéirent et montèrent, valises en main, suivis des hommes blancs, vers un sentier raide qui reliait le débarcadère à l'avenue Alphonse-XIII, juste à côté de la place d'Espagne.

— Kilian, sais-tu que ce petit sentier est connu sous le nom de côte des Fièvres ? demanda Manuel. On raconte qu'aucun de ceux qui la gravissent ne réchappe aux fièvres. Tu verras.

— De nos jours, grâce à la médecine, c'est moins grave, intervint Jacobo, mais, il y a un siècle, tous ceux qui venaient ici mouraient. Tous. N'est-ce pas, Manuel ?

Après le signe de tête affirmatif du médecin, il poursuivit :

— C'est pour cela que les expéditions se sont succédé. Il n'y avait aucun moyen de résister.

Kilian fut parcouru d'un frisson et se réjouit d'être né à une époque plus avancée.

— Je n'ai pas vu la chose, ajouta Manuel, mais on m'a raconté qu'il y a des années un train circulait sur cette côte si étroite. C'est vrai, Antón ?

— Oh, oui, je l'ai vu ! répondit le père des garçons, qui en profita pour s'arrêter et reprendre son souffle. Il était utile pour transporter les marchandises vers le quai. La construction avait commencé en 1913, avec l'intention de relier Santa Isabel à San Carlos, au sud-ouest. Mais le projet a été abandonné il y a environ vingt-cinq ans, à cause des avaries et des frais d'entretien dans la forêt vierge.

Kilian sourit à l'idée d'un train miniature parcourant une si petite île. Le chemin qu'ils grimpaient était certes assez escarpé, mais la distance était courte, tout au moins pour un habitué de la montagne. En outre, ils n'avaient pas à porter leurs bagages. Il constata toutefois que son père, qui avait toujours été à ses yeux un homme fort et agile, haletait comme s'il accomplissait un gros effort.

Bientôt, ils laissèrent derrière eux le mur couvert de lierre et d'*egombegombe*, une plante aux feuilles carmin, jaune et vert donnant de petites fleurs blanches et délicates. En amont, Kilian vit une grande esplanade formant un balcon qui dominait la côte et cernée d'une balustrade ornée de réverbères. Au cœur de l'étendue semée d'exubérants parterres de fleurs parfaitement entretenus se dressaient plusieurs édifices typiquement coloniaux avec leurs galeries latérales et leurs toits à pignons, et leur beauté surprit Kilian.

— C'est la mission catholique, entreprit de lui expliquer Jacobo. Et là, le bâtiment de *La Catalana*. Au sous-sol, il y a une taverne que tu connaîtras prochainement. Et l'autre, celui qui t'a laissé bouche bée, c'est la magnifique cathédrale… Non, je te connais. Remettons plutôt les commentaires touristiques à un autre jour. Ne t'inquiète pas, tu iras beaucoup à Santa Isabel.

Kilian ne répondit pas tant il était absorbé dans la contemplation de cette délicieuse symbiose de nature et de constructions fines et harmonieuses, si gaies et différentes des massives habitations en pierre de Pasolobino. Son regard passait d'une construction à l'autre, d'une personne à l'autre, des vêtements indistincts des Blancs aux tissus colorés que portaient les Africains.

— Voilà José, dit Antón en prenant Kilian par le coude pour le guider vers l'avenue. Sapristi ! Il a pris la nouvelle voiture, comme c'est étrange ! Allons-y, pressons. Nous devons arriver à la propriété avant le dîner pour que le directeur te rencontre.

Lorsqu'ils parvinrent à la hauteur de l'homme souriant qui les attendait près d'une conduite intérieure Mercedes 220 d'un noir étincelant, son père présenta José, dont Kilian avait tant entendu parler lors des vacances.

— José, voici mon fils Kilian. Tu peux enfin le voir en personne. Et je ne sais pas si tu connais Manuel. À partir de maintenant, il sera notre docteur.

José les salua avec un large sourire à la dentition parfaite et immaculée, entouré d'une courte barbe blanche. Son espagnol était irréprochable, mais il articulait les *r* un peu à la française ou les escamotait, accentuant la dernière syllabe des mots, ce qui donnait à son élocution un rythme haché.

— Bienvenue à Fernando Póo, *massa,* dit-il trois fois de suite, en inclinant légèrement la tête pour s'adresser à Kilian, à Manuel, puis à Jacobo. J'espère que vous avez fait bon voyage. Les bagages sont chargés, *massa* Antón. Nous partons quand vous voulez.

— Pourquoi tu n'as pas pris la Land Rover ? s'enquit Antón.

— Une pièce s'est détachée à la dernière minute et *massa* Garuz m'a donné la permission de conduire celle-ci.

— Vous commencez bien, dites-moi, s'amusa Jacobo, qui ouvrit la portière en imitant un chauffeur plein de sollicitude afin de faire entrer Kilian et Manuel dans l'habitacle.

Les deux hommes accueillirent son jeu avec un sourire amusé et s'installèrent sur la banquette de cuir clair.

— Ce bijou est réservé aux autorités, ajouta Jacobo. Papa, vous aussi, asseyez-vous à l'arrière. José montera devant. Aujourd'hui, c'est moi qui conduis.

José et Antón échangèrent un regard.

— Je ne sais pas si Garuz sera d'accord…, intervint Antón.

— Oh, allons-y, répliqua son fils. Il n'a pas besoin d'être au courant. Et quand aurai-je à nouveau l'occasion de conduire une telle auto ?

José haussa les épaules et se dirigea vers le siège passager.

Assis entre son père et Manuel, Kilian pouvait l'observer attentivement l'Africain. Sa relation avec Antón était bonne, voire amicale, en raison du temps passé ensemble. Il devait avoir quelques années de moins que son père. José était de l'ethnie bubie, majoritaire dans la partie insulaire du pays, et occupait la fonction de responsable des séchoirs, ce qui était inhabituel, car ce poste était en principe réservé à un Blanc. Le travail le plus dur était effectué par des ouvriers agricoles nigérians, en majorité venus de la ville de Calabar.

Antón leur avait raconté qu'à son arrivée on lui avait assigné José comme boy, ainsi qu'on appelait les jeunes domestiques noirs que les Blancs employaient pour s'occuper de leur linge et de leur logement. Chaque Blanc avait un boy – Kilian s'en verrait également octroyer un –, et les familles pouvaient en avoir davantage pour prendre soin des enfants. Avec les années, grâce à la capacité de travail et à l'habileté de José pour s'entendre avec les ouvriers, Antón avait fini par convaincre le directeur de la propriété que celui-ci pouvait parfaitement superviser le travail dans les séchoirs, la partie la plus délicate de la production de cacao. Avec le temps, M. Garuz avait dû reconnaître une exception à l'idée occidentale selon laquelle tous les indigènes de l'île étaient des fainéants.

Ils parcoururent les rues droites et symétriques de Santa Isabel, tracées uniformément pour accueillir des bâtiments blancs fonctionnels ; ils laissèrent derrière eux les piétons vêtus de couleurs voyantes qui contribuaient à la sensation d'une ville gaie, lumineuse, estivale et coquette. Ils roulaient à présent sur une piste poussiéreuse au bord de laquelle on apercevait seulement les premières rangées de ce qui devait être une étendue dense de cacaoyers.

— Vous verrez, *massa*, déclara José en regardant Kilian dans le rétroviseur. Dans les plaines, il n'y a que des cacaoyers et des palmiers. À partir de cinq cents mètres, sur les versants, les caféiers. Et au-dessus de tout le reste, les bananeraies et les *abacas*.

Kilian hocha la tête pour le remercier de ses explications. José se montrait enchanté de décrire le parcours, comme il l'avait fait sans doute des années plus tôt avec son père, puis son frère. Antón et Manuel contemplaient en silence le paysage, vitres baissées pour rafraîchir l'atmosphère, ce qui était franchement difficile.

Après cinq ou six kilomètres, Manuel conseilla à Kilian de regarder face à lui.

Quelle surprise ! L'espace d'une seconde, le jeune homme crut que la fatigue accumulée et les émotions vives des semaines écoulées jouaient un mauvais tour à ses yeux. Devant eux, un grand panneau leur annonçait qu'ils arrivaient à… Saragosse ! Mais il comprit sans mal que le nom de la capitale de l'Aragon avait été attribué au village le plus proche de la propriété.

— Ce bourg a été construit par un aïeul des actuels propriétaires de Sampaka, raconta Antón tandis qu'ils dépassaient un arbre de vingt mètres de haut planté devant un bâtiment. Il s'appelait Don Mariano Mora.

Kilian, qui connaissait cette histoire, fut ému de voir de ses propres yeux ce qui jusque-là n'avait été qu'un récit.

— Oui, Kilian, celui qui est né près de Pasolobino. Et qui a également fondé l'église que vous voyez là.

Manuel fit un calcul mental. Il y avait de cela plus de cinquante ans.

— Vous l'avez connu ?

— Non, répondit Antón. Quand je suis arrivé, il venait de succomber à une maladie tropicale. Il est resté dans les mémoires comme un homme très travailleur, sensé et prudent.

— Comme tous les montagnards, fanfaronna Jacobo en se tournant vers le médecin, qui afficha une mine sceptique avant de demander :

— Et qui a repris la plantation ? Ses enfants ?

— Il n'en avait pas. Ce sont ses neveux qui lui ont succédé et la propriété est restée aux mains de sa famille. Ceux qui ont préparé les papiers pour toi et Kilian à Saragosse, la ville d'Espagne, je veux dire, sont aussi des descendants de don Mariano. Le seul à avoir voulu s'occuper personnellement de Sampaka est Lorenzo Garuz, qui est à la fois directeur et actionnaire majoritaire.

Le village, formé de petits baraquements, était si petit qu'en quelques secondes ils furent au poste de la garde territoriale. Jacobo stoppa l'auto devant les deux policiers armés qui prenaient congé d'un troisième, grand et fort, qu'ils appelaient Maximiano. Celui-ci se tourna vers l'automobile et se renfrogna dans une attitude agressive pendant que ses collègues saluaient aimablement les nouveaux Blancs et remerciaient José pour les derniers présents. Kilian n'apprécia pas l'expression qu'arborait Maximiano sur un visage criblé de marques de variole. L'homme ne dit rien, saisit un paquet et s'éloigna.

— Et qui est celui-là ? demanda Jacobo en avançant de nouveau.

— Je ne sais pas, répondit son père. Sûrement quelqu'un d'un autre poste. Parfois, ils font des échanges.

— Première leçon avant de pénétrer dans Sampaka, Kilian, l'avertit Jacobo. Il faut s'assurer que les policiers reçoivent de temps à autre de petits cadeaux comme du tabac, des boissons, ou simplement des œufs. Plus ils sont contents de toi, plus vite ils arrivent quand tu as besoin d'eux.

Antón approuva.

— Nous avons rarement des problèmes, mais quand il y en a... Voilà un certain temps, d'autres propriétés ont connu des révoltes d'ouvriers qui se plaignaient des conditions de leur contrat. Ils ont eu de la chance que la garde territoriale intervienne.

Percevant une certaine nervosité chez Kilian, il ajouta :

— Mais pas d'inquiétude, cela fait des années. Maintenant, ils vivent plutôt bien. Et l'une des fonctions des Blancs consiste à éviter les conflits entre gens de couleur. Tu apprendras toi aussi.

À l'approche de la plantation, Jacobo réduisit sa vitesse.

Santa Isabel avait produit une grande impression sur Kilian, mais l'image de l'entrée de Sampaka lui coupa le souffle. Le paysage avait complètement changé ; les bâtiments de la ville et les kilomètres de cacaoyers se transformaient en un grand tunnel formé par un chemin de terre rouge flanqué de majestueux et imposants palmiers royaux, érigés vers le ciel en une tentative de masquer la lumière du soleil. Plus la voiture avançait entre les rangées de palmiers, dans une alternance entre clarté et obscurité, plus la curiosité de Kilian cédait le pas à une légère angoisse. Que trouverait-il au fond de cette pénombre humide et intermittente ? Il avait la sensation non d'entrer mais de descendre dans une grotte par un couloir mystérieux et somptueux à la fois, comme si une force inquiétante l'attirait tandis qu'une voix intérieure lui murmurait que, de l'autre côté, il ne serait plus jamais le même.

Il ne pouvait le savoir mais, des années plus tard, lui-même se chargerait de replanter des palmiers sur ce chemin, qui deviendrait l'emblème mythique non seulement de la plantation la plus majestueuse de l'île, mais aussi de sa relation à la Guinée. Pour l'heure, c'était une entrée authentique et grandiose. L'antichambre d'une propriété dont l'étendue atteignait les neuf cents hectares.

Au bout du chemin, ils s'arrêtèrent pour saluer un homme rondelet de petite taille, aux cheveux blancs et bouclés, qui se tenait sur les marches d'un premier bâtiment.

— Comment vas-tu, Yeremías ? demanda Jacobo depuis la voiture. *You get plenty hen?*

— *Plenty hen, massa!* Beaucoup de poules ! Nous ne manquons jamais d'œufs, ici ! Bon retour parmi nous !

— Yeremías est l'homme à tout faire, expliqua Jacobo à Kilian et Manuel. C'est le gardien de l'entrée, le veilleur de nuit, celui qui nous réveille le matin, qui apporte le pain… Et, en plus, il s'occupe du poulailler et il donne les instructions au *gardinboy* ! *Hey, wachiman!* N'oublie pas ces visages, parce que nous sortirons beaucoup le soir !

Yeremías fit un signe d'assentiment et les salua de la main tandis que l'automobile ouvrait lentement un passage entre les poules et les chèvres. À partir de cet instant, José et Jacobo se retournèrent souvent pour signaler à Kilian et Manuel les différents éléments de l'univers dans lequel on les introduisait.

Devant eux apparut la cour centrale, appelée Sampaka comme la plantation, et où se trouvaient deux piscines, l'une pour les travailleurs et l'autre pour les propriétaires et les responsables, autrement dit une pour les Noirs et l'autre pour les Blancs. Kilian pensa qu'il n'aurait d'autre choix que d'apprendre à nager. Dans la propriété, que traversait un cours d'eau également baptisé Sampaka, il y avait deux autres cours, Yakató, du nom de l'aubergine africaine qui ressemblait à une tomate, et Upside, c'est-à-dire « Partie supérieure », qui en Afrique se prononçait « Obsay ».

Entre les trois cours, outre les réserves, les garages et les neuf séchoirs à cacao, se dressaient plusieurs édifices. Les baraquements logeaient plus de cinq cents familles d'ouvriers agricoles. Il y avait également un atelier de charpente, une chapelle et une petite école pour les plus jeunes enfants des ouvriers ;

une centrale hydroélectrique qui produisait énergie et lumière pour les installations industrielles comme pour les cours et les habitations ; et un dispensaire avec un chirurgien, deux salles de quatorze lits ainsi qu'un logement pour le médecin. Dans la plus grande des cours, près des réserves principales, le bâtiment de la direction faisait face à celui des responsables européens, espagnols en règle générale.

Kilian resta abasourdi. Son père et son frère avaient eu beau le lui raconter, il n'avait pu imaginer une si grande propriété, organisée comme une petite ville avec des milliers d'habitants, au cœur du paysage exubérant et caractéristique d'une plantation de cacao. Où qu'il regarde, ce n'était que mouvement et action : des hommes chargés de cartons et d'outils, des camions apportant des provisions ou circulant remplis de travailleurs. C'étaient des allées et venues d'hommes noirs qui lui paraissaient tous semblables ; tous vêtus de chemises et pantalons kakis déchirés ; tous pieds nus ou en minuscules claquettes de cuir noir et poussiéreuses.

Soudain, Kilian sentit son estomac se nouer.

L'excitation du voyage vers l'inconnu se transformait en vertige. Les images qui lui parvenaient dans la voiture défilaient devant ses yeux sans que son cerveau parvienne à les assimiler clairement.

Il avait peur.

Tout à coup, il avait peur !

Il était pourtant accompagné de son père et de son frère. Et d'un médecin ! Mais le souffle lui manquait. Comment allait-il trouver sa place dans ce tourbillon de vert et de noir ? Et la chaleur, cette maudite chaleur qu'il avait trouvée si agréable sur le bateau, menaçait à présent de l'asphyxier.

Il ne pouvait respirer. Il ne pouvait penser.

Il se sentait lâche.

Il ferma les yeux et revit sa maison, à six mille kilomètres de là, le feu qui crépitait dans la cheminée, la neige qui tombait doucement sur les toits d'ardoise, sa mère qui préparait des gâteaux, les vaches qui trébuchaient sur les pavés des rues…

Les clichés se succédaient lentement, l'un après l'autre, pour tenter de calmer son esprit altéré par cet environnement qu'il ne savait comment affronter. Était-il possible qu'il s'effondre tout à coup, à peine arrivé ? Jamais il n'avait éprouvé une telle sensation. Peut-être parce qu'il ne s'était jamais éloigné de ce qu'il connaissait. Pendant le voyage, les nouveautés l'avaient diverti, et le désir d'arriver avait effacé la conscience de ce qu'il laissait derrière lui.

Il avait le mal du pays.

Voilà tout. La peur que témoignait son corps n'était qu'une façon d'occulter le mal du pays. Il aurait donné n'importe quoi pour fermer les yeux et se retrouver à la Casa Rabaltué. Il devait se reprendre. Qu'auraient pensé son père et son frère s'ils avaient pu lire dans ses pensées ? Qu'il était un lâche ?

Il avait besoin d'air frais, et ici l'air n'était pas frais.

Antón observait son fils ; il n'avait pas pris conscience que la voiture s'était arrêtée devant le bâtiment des responsables. Après un si long voyage, les trois jeunes seraient contents de s'installer dans leur chambre, de se laver et se reposer un peu avant de rencontrer le patron. Ils auraient le temps de visiter les entrepôts principaux et le reste de la propriété le lendemain. Ils descendirent de voiture et Antón dit à Manuel :

— Tant que don Dámaso sera là, tu logeras ici. Ensuite, tu emménageras dans la maison du médecin. Jacobo vous accompagnera vers vos chambres et vous montrera où est la salle à manger. Moi, je vais prévenir don Lorenzo que vous êtes arrivés. À dans une demi-heure. Ah, Jacobo ! Je crois qu'un *salto* ferait du bien à ton frère.

Jacobo prépara donc deux verres d'eau additionnée de cognac et les porta dans la chambre de Kilian, une pièce d'environ vingt mètres carrés avec un lit et son chevet, une grande armoire, deux chaises, une table et un lavabo pourvu d'un miroir. La boisson eut un effet relaxant immédiat sur l'agitation du jeune homme. Peu à peu il respira de nouveau normalement, dans sa poitrine l'oppression reflua et le tremblement de ses jambes se calma. Il se sentit alors prêt pour sa première entrevue avec le patron et directeur de la plantation.

Lorenzo Garuz les reçut dans son bureau, où il conversait depuis un moment avec Antón. C'était un homme fort, d'une quarantaine d'années, à l'abondante chevelure noire, au nez effilé et à la moustache courte. Sa voix, aimable mais ferme, révélait le ton d'une personne habituée à commander. Assis sur le sol, un petit garçon aux cheveux noirs et frisés, aux yeux légèrement enfoncés, comme ceux du directeur, s'amusait à vider et remplir une corbeille à papiers.

Garuz souhaita la bienvenue à Kilian et Manuel, ainsi qu'à Jacobo pour son retour de vacances. Il voulut immédiatement vérifier qu'ils avaient tous leurs papiers, et en règle. Antón en parut fâché ; Garuz rangea les documents dans un tiroir et leur fit signe de s'asseoir face à lui. Au plafond, un ventilateur s'efforçait tant bien que mal de faire bouger l'air de manière intermittente.

— Manuel, commença-t-il, toi qui as déjà une expérience dans le coin, je n'ai pas grand-chose à t'expliquer. Dámaso reste encore une quinzaine de jours et il te mettra au courant. Cette propriété est la plus grande de toutes, mais les hommes sont jeunes et forts. Tu n'auras pas beaucoup de complications. Des coupures de machette, des coups, des contusions, des crises de paludisme… Rien de grave. Au fait, je peux te poser une question ?

Manuel répondit par un signe affirmatif.

— Comment un homme jeune comme toi, avec un avenir prometteur, peut-il préférer les colonies à Madrid ? Et pourquoi quitter Santa Isabel pour notre plantation ? Je ne parle pas du salaire généreux que tu recevras…

Manuel n'hésita pas un instant.

— Je suis médecin, mais aussi scientifique et biologiste. L'une de mes passions est la botanique. J'ai déjà publié une étude sur la flore de Guinée espagnole. Je souhaite profiter au maximum de mon séjour ici pour parfaire mes connaissances sur les espèces végétales et leurs propriétés médicinales.

— Très intéressant. Tout ce qui permet d'augmenter les connaissances au sujet de la colonie est appréciable. J'espère que tu en auras le temps. Et toi, garçon ? Tu es venu avec l'envie de travailler. C'est ce qu'il nous faut ici, des gens énergiques et décidés.

— Oui, Monsieur.

— À partir de demain matin, tu vas consacrer les quinze prochains jours à apprendre. Regarde comment tout se fait et imite tes collègues. J'ai déjà dit à ton père que tu commencerais en haut, dans la cour d'Obsay, avec Gregorio.

Antón pinça les lèvres et Jacobo fit la grimace.

— Il est ici depuis des années et il a beaucoup d'expérience, mais il a besoin de quelqu'un de fort pour mettre de l'ordre.

— Je croyais que Kilian serait avec moi, à la cour de Yakató, intervint Jacobo. Moi aussi, je peux lui montrer…

Garuz leva une main pour l'arrêter : si Kilian travaillait aussi bien que son père et son frère, les affecter à des endroits différents contribuerait au meilleur rendement de la plantation.

Le petit garçon poussa un cri de joie aigu, se leva, s'approcha de son père et lui remit un trésor – une gomme – découvert sous le bureau.

— Merci, fiston, range-la dans ce meuble. Bien, reprit le directeur en passant de Kilian à Jacobo. C'est décidé. Des trois cours, c'est Obsay qui ne fonctionne pas comme elle le devrait. Cela fera du bien qu'une nouvelle tête mette la main à la pâte.

— Oui, Monsieur, répéta Kilian.

— Et souviens-toi que les travailleurs doivent être traités avec autorité, détermination, et aussi justice. Si tu fais mal quelque chose, ils te critiqueront. Si tu ne résous pas bien les problèmes, tu perdras leur respect. Un bon responsable doit savoir tout faire et trouver la solution à n'importe quel obstacle. Ne montre aucune faiblesse. Ne laisse aucune place à une trop grande confiance qui pourrait être mal interprétée, ni avec les Bubis ni avec les Nigérians. Tu saisis ?

— Oui, don Lorenzo.

Kilian se sentit de nouveau dépassé. Il aurait bien repris un *salto.*

— Encore une chose. Tu ne sais pas conduire, c'est bien ça ?

— C'est vrai, Monsieur.

— Ce sera la première chose que tu devras apprendre. Demain, tu recevras des vêtements adéquats, un *salacot* et une machette. Antón, qui est son boy ?

— Simón. Le nouveau.

— Ah, oui. Il a l'air bien, j'espère qu'il durera. Mais, attention, tu ne peux pas faire confiance. Dès qu'ils ont pris leurs habitudes, ils font ce qui leur plaît sans rien dire. La vie est dure à Fernando Póo. Cela dit, si d'autres se sont adaptés, ajouta-t-il en désignant les trois autres, je ne vois pas pourquoi tu n'y arriverais pas.

Après avoir consulté sa montre, il se leva.

— J'imagine que vous allez vouloir manger. À cette heure-ci, les autres doivent déjà avoir terminé, mais j'ai fait savoir que vous dîneriez plus tard. Je vous demande de bien vouloir m'excuser maintenant, mais il se fait tard et je dois retourner à la ville. La mère de ce garçon est très regardante sur les horaires.

Les autres hommes se levèrent et se laissèrent raccompagner à la porte avant de serrer un par un la main de Garuz. Ils sortirent sur la galerie extérieure pour se diriger vers le bâtiment d'en face, où, sous les chambres, à côté de la salle de séjour, se trouvait le réfectoire.

En chemin, Kilian demanda :

— Qu'est-ce qu'il a, ce Gregorio ?

— C'est un sale type, répondit Jacobo entre ses dents. Tu verras. Fais attention avec lui.

Kilian se tourna vers son père avec un air interrogateur, désirant qu'il réfute ces paroles.

— Ne t'en fais pas, tu... Fais ton travail et c'est tout.

Manuel perçut une inquiétude dans la voix d'Antón et suivit du regard Kilian, qui entrait dans le réfectoire et s'asseyait où le lui indiquait son père. Il espérait que le jeune homme parviendrait à apprécier les nombreux plaisirs du pays une fois passées les premières épreuves que lui imposeraient les inévitables journées de *cutlass* et de *poto-poto*, autrement dit de machette et de boue.

Pour l'heure, Kilian ouvrait des yeux étonnés comme un enfant devant le repas que les domestiques avaient disposé sur la table.

— Du jambon ! s'exclama-t-il. Du poulet aux pommes de terre !

— Qu'est-ce que tu croyais ? fit Jacobo en riant. Que tu allais manger du serpent ?

— Mais ce menu est comme celui de la maison, meilleur, même !

— En principe, les Européens mangent de la nourriture européenne, dit Antón. Mais nous bénéficions des services d'un merveilleux cuisinier camerounais, qui associe le meilleur de l'Espagne au meilleur de l'Afrique.

— Et ça ? demanda Kilian en montrant un plat dont le contenu ne lui disait rien.

Manuel se mordit la lèvre inférieure avec envie.

— Ah, comme je les aime ! Des bananes plantain frites à l'huile de palme avec du riz en guise de bienvenue ! lui expliqua-t-il avant de déplier sa serviette. Ton premier plat exotique, mon ami. Tu ne pourras plus t'en passer.

Kilian le regarda d'un air sceptique, mais peu après il dut reconnaître qu'ils avaient raison et que le cuisinier méritait des applaudissements. Grâce à la nourriture et au bon vin, le dîner fut détendu. Kilian parvint à profiter de la soirée malgré les images fugaces qui lui venaient de Pasolobino, de la traversée et de l'arrivée sur l'île. Il ne cessait de penser à sa première journée avec le fameux Gregorio. Sans préavis, le sommeil commença à le gagner. Avec le vin et la fatigue, ses paupières se fermaient d'elles-mêmes.

Il prêtait à peine attention à la conversation quand son père se leva.

— Je vais me coucher, il se fait tard.

Manuel et Jacobo décidèrent de rester encore un peu, mais Kilian imita Antón.

— Il faut que j'aille au lit aussi, sinon je serai incapable de me réveiller demain.

— Ne t'en fais pas pour ça, lui assura Jacobo. À partir de 5 heures 30 on ne peut plus dormir.

Ils se souhaitèrent bonne nuit ; Antón et Kilian sortirent de la salle à manger, montèrent en silence le large escalier encadré d'élégantes colonnes blanches et d'épais balustres, et tournèrent pour emprunter le couloir extérieur conduisant aux chambres et protégé par une rambarde de bois vert.

— Bonne nuit, papa.

Antón fit mine de continuer vers sa chambre, mais il regarda Kilian dans les yeux. Il aurait aimé lui dire bien des choses, lui insuffler du courage, lui transmettre la force nécessaire pour s'accoutumer à la vie dans la plantation, lui offrir de l'aider pour tout ce dont il aurait besoin… Mais il préféra éviter de conclure une journée épuisante par un sermon qui ne serait qu'une information de plus parmi celles qui fourmillaient déjà dans la tête de son fils. Lequel était un homme, après tout. En lui posant une main sur l'épaule, il se contenta donc d'un conseil. « N'oublie pas de bien fixer ta moustiquaire. »

Quelques heures plus tard, un son pénétrant comme le frappement de bâton sur des planches s'entêtait sans succès à s'introduire dans le cerveau de Kilian, qui dormait profondément grâce à la brise du petit matin. Au bout d'un quart d'heure, un autre son sourd et rapide annonça le deuxième appel pour se rendre au travail.

On frappa à la porte avec insistance.

— *Massa, massa!* On entend déjà la *tumba* ! Réveillez-vous, ou vous allez être en retard !

Kilian se leva, les gestes maladroits, et alla ouvrir la porte. Aussitôt, un gamin lui fila sous le nez, chargé de plusieurs objets et parlant sans fin.

— Je vous ai apporté une chemise en coton et un pantalon solide. Je vous les pose sur le lit, avec le *salacot* et la machette. Si vous vous dépêchez, vous pourrez encore prendre un café. Et n'oubliez pas les bottes.

— Tu parles espagnol.

Le garçon le regarda, interdit.

— Oui, bien sûr, je suis bubi, déclara-t-il comme si cette explication suffisait largement.

Kilian produisit un vague signe d'assentiment.

— Comment tu t'appelles ?

— Simón, *massa.* Pour vous servir.

Il s'agissait du boy qu'on lui avait attribué ; Kilian s'efforça de mémoriser ses traits, qui lui parurent d'ailleurs sympathiques. Il avait des yeux quasiment ronds et le nez un peu épaté, comme celui de José. Ses cheveux, courts et broussailleux, étaient si sombres qu'on n'observait aucune gradation de couleur avec la peau de son front barré de trois grandes rides horizontales qui détonnaient dans son visage jeune.

— Et tu as quel âge ?

— Euh... Je ne sais pas trop. Seize ans, peut-être.

— Tu ne sais pas trop ?

Devant le haussement d'épaules du garçon, Kilian reprit :

— Bien, Simón. Et maintenant, que dois-je faire ?

— D'ici dix minutes, tout le monde doit se rassembler dans la cour. Les Blancs aussi. En fait, les Blancs en premier.

Kilian regarda par la fenêtre.

— Il fait encore nuit...

— Oui, *massa.* Mais quand le travail commencera il fera jour. Ici, ça ne change jamais. Douze heures de nuit, douze heures de jour, toute l'année. La journée commence à 6 heures et finit à 3 heures de l'après-midi, précisa-il en prenant la chemise sur le lit. Je vais vous aider à vous habiller.

— Non merci, répondit aimablement Kilian. Je peux le faire seul.

— Mais...

— J'ai dit non, répéta-t-il d'une voix ferme. Attends-moi dehors.

En cinq minutes, il fit sa toilette, se vêtit, prit la machette et le *salacot.*

— J'ai encore le temps de prendre ce café ? demanda-t-il une fois sorti.

Le garçon le précéda d'un pas léger dans le couloir. En descendant l'escalier, Kilian aperçut une foule d'hommes qui se mettaient en rang dans la cour principale. Il entra rapidement dans la salle à manger, but quatre gorgées du délicieux café tendu par Simón et sortit. À quelques mètres, il reconnut les silhouettes des Blancs qui faisaient l'appel des centaines d'hommes noirs prêts à travailler. Il prit une profonde inspiration et acheva d'émerger sur le court trajet. Bien des paires d'yeux étaient fixées sur lui. Tous devaient souhaiter voir le nouvel employé. Il serra fort son *salacot* pour masquer sa nervosité.

— Juste à temps, Kilian, lui dit Jacobo, qui tenait des papiers et une perche en bois flexible. Une minute de plus et tu ne touchais pas ton salaire.

— Pardon ?

— Celui qui n'arrive pas à l'heure ne peut pas se mettre dans la file et ne touche pas son salaire du jour, lui expliqua son frère avant de lui donner un coup dans les côtes. Ne t'inquiète pas, cette règle s'applique seulement aux nègres. Tu as bien dormi ?

Kilian répondit par un signe de tête affirmatif.

— Regarde, poursuivit Jacobo, celui qui est à droite de papa, c'est Gregorio, ou *massa Gregor*, comme ils l'appellent. Il prépare les nouvelles équipes pour Obsay. Bonne chance et à ce soir.

Kilian observa Gregorio, de dos, occupé à parler avec son père. C'était un homme osseux aux cheveux noirs, presque aussi grand que lui. Arrivé à son niveau, il les salua. Les hommes se retournèrent et il put voir son visage. Des yeux sombres, un regard glacé, une petite moustache sur des lèvres extrêmement fines. Kilian lui tendit la main.

— Je suis Kilian, ton nouveau collègue.

Gregorio tenait un petit fouet en cuir dont il caressait méthodiquement la poignée en glissant les doigts de haut en bas sur quelques centimètres. Il interrompit son geste pour accepter le salut de Kilian et le scruta sans lui lâcher la main avant d'ébaucher un sourire.

— Alors tu es le deuxième fils d'Antón. Bientôt, on va voir débarquer toute la famille.

Kilian trouva sa main froide, son sourire forcé et son commentaire insultant. Il demanda à son père :

— Où travaillez-vous ?

— Je reste ici, dans les entrepôts de la cour centrale. Heureusement, je n'ai plus à aller voir les cacaoyers.

Leur échange fut interrompu par le bruit de quatre énormes camions au capot arrondi et à la remorque en bois. Gregorio alla indiquer à ses ouvriers qui attendaient sur plusieurs files celui dans lequel ils devaient monter. Antón s'approcha et lui murmura :

— Tu as intérêt à bien te comporter envers le garçon.

— Avec moi, il apprendra tout ce qu'il doit savoir pour survivre ici, répondit l'autre avec le sourire.

Antón lui lança un dur regard de mise en garde et revint vers son fils.

— Suis-le, Kilian.

Celui-ci hocha la tête et se dirigea vers les véhicules.

— Les équipes se composent de quarante hommes, lui expliqua Gregorio. Une équipe par camion. Tu peux commencer à compter.

Voyant l'expression désemparée du jeune homme devant la masse de travailleurs, il ajouta :

— Pour le moment, retiens leurs vêtements, ils portent toujours les mêmes. Leurs visages, tu mettras des mois à les distinguer.

Les hommes montaient lentement mais avec agilité dans les camions, parlant une langue que Kilian ne comprenait pas. Cela devait être du *pichi*, mais il avait peur de ne pas réussir à l'apprendre. Et, le comble, c'est que le seul Espagnol avec qui il pourrait dialoguer serait celui qui, en ce moment même, leur criait des phrases routinières sur un ton monocorde.

— Allez, vous dormez ! *Quick! Muf, muf!*

Seuls quelques hommes manquaient dans le camion quand un jeune mince et nerveux à l'air triste s'arrêta devant Gregorio, la tête basse et les mains croisées sur ses cuisses.

— Et celui-là, qu'est-ce qu'il veut ? Alors ? *What thing you want?*

— *I de sick, massa.*

— *All time you de sick!* vociféra Gregorio. Il est tout le temps malade. C'est tous les jours la même rengaine !

— *I de sick for true, massa Gregor,* lui assura l'autre avec un geste suppliant. *I want quinine.*

— T'es malade pour de vrai, hein ? *How your name?*

— Umaru, *massa.*

— Bien, Umaru. Tu veux de la quinine ? fit Gregorio en faisant claquer le fouet sur le sol. Que dis-tu de celle-là ?

Kilian ouvrit la bouche pour intervenir, mais après un regard de défi le jeune homme monta dans la remorque sans rechigner, suivi des derniers, qui se montrèrent plus rapides que les autres. Le chauffeur du premier camion klaxonna avec insistance.

— Eh ben, reste pas là ! cria Gregorio en s'avançant vers Kilian. Monte dans la cabine !

Kilian obéit et s'assit sur le siège de droite pendant que Gregorio prenait place au volant. Le cortège se mit en marche. Pendant de longues minutes, aucun des deux ne dit mot. Kilian regardait par la vitre les baraquements et les autres constructions qui laissaient la place à des cacaoyers protégés du soleil par une canopée de bananiers et d'érythrinas. À certains endroits, les branches des arbres d'un côté et de l'autre se rejoignaient pour former un tunnel au-dessus du chemin poussiéreux.

— Je croyais qu'on n'utilisait plus le fouet, dit Kilian tout à trac.

Gregorio fut surpris par ce commentaire si direct.

— Écoute, garçon, ça fait des années que je suis ici. Parfois, il faut prendre des mesures énergiques pour qu'ils obéissent, ces flemmards. Ils mentent à longueur de temps. Si on leur donne un jour de congé maladie, ils touchent quand même leur paie. Tu apprendras à les connaître. Ce sont des superstitieux qui trouvent tous les prétextes. Quelle association !

Kilian ne répondant pas, il poursuivit :

— Et le fouet, le jour où on me l'enlève, je m'en vais. Pourquoi tu crois que ton frère porte un bâton de *melongo* ? Le patron veut des bénéfices, je les lui apporte.

Il sortit une cigarette de la poche de sa chemise et l'alluma. Il la garda en bouche pour recracher la fumée et ajouta d'un ton menaçant :

— Si tu veux que nous nous entendions bien, dorénavant tu seras sourd et aveugle. C'est compris ?

Kilian serra les dents. Parmi les responsables qu'il aurait pu avoir pour collègues, il avait fallu qu'il récolte ce crétin. Il en voulut à son père et à son frère de ne pas l'avoir averti qu'il existait des hommes de ce genre. Il n'était pas stupide au point de croire que son parcours serait semé de pétales de roses, mais il n'avait jamais réfléchi à la signification réelle de cette expression, « mesures énergiques », qu'il avait entendue dans d'autres bouches. Il brûlait de laisser libre cours à son indignation face au discours de Gregorio, mais préféra garder le silence : une voix intérieure lui conseillait de ne pas chercher les ennuis dès le premier jour.

Un violent coup de frein le projeta en avant et sa tête heurta le pare-brise.

— Mais, que diable… ?

Sa question resta en suspens lorsqu'il vit ce qui se passait devant lui. Plusieurs hommes avaient sauté du camion en marche et se roulaient de douleur sur le sol. D'autres criaient et poussaient leurs compagnons à descendre plus vite. Le conducteur s'était arrêté, éloigné du véhicule et contemplait la scène, éberlué. Un autre homme courut vers eux en agitant les bras théâtralement. Il criait un mot que Kilian ne comprenait pas.

— *Snek, snek!*

— Dieu tout-puissant. Je n'arrive pas à le croire !

Gregorio bondit à terre, furieux.

— Mais… qu'est-ce qui se passe ? lui demanda Kilian, qui le rejoignit en hâte.

— Un maudit boa est tombé parmi eux et ils sont devenus fous !

Il alla vite crier des ordres aux uns et aux autres, mais la majorité des travailleurs gisaient à terre, blessés, ou commençaient à se relever lentement. Ceux qui pouvaient marcher s'éloignaient le plus possible du camion. Kilian suivit son collègue sans bien savoir que faire.

— Apporte ta machette ! lui cria Gregorio. Allez !

Kilian revint sur ses pas en courant et se rapprocha de l'autre chauffeur, à quelques pas du camion.

Il se figea.

Là, devant lui, le serpent le plus grand qu'il ait pu imaginer se contorsionnait. Un boa de presque trois mètres de long.

— Tue-le, lui ordonna Gregorio.

Kilian ne bougea pas. Il avait rencontré d'autres serpents dans sa vie, surtout quand ils faisaient les foins en été, mais à côté de celui-là ce n'étaient guère que des vers de terre.

— Tu m'entends ?

Kilian demeurait immobile. Une moue déplaisante et dédaigneuse se dessina sur le visage de son collègue.

— Je vois qu'en plus d'être débutant tu es un trouillard. Donne-moi ça !

Après lui avoir arraché l'outil, il posa un pied sur le garde-boue, monta dans la remorque sous le regard épouvanté des ouvriers et, dans les exclamations effrayées et sans hésiter un instant, cribla l'animal de coups de machette. Le sang gicla dans tous les sens, ce qui ne sembla pas lui importer. Chaque fois que Gregorio abattait l'instrument sur le boa, il poussait un cri de rage. Lorsqu'il en eut terminé, il piqua un morceau de chair de la pointe de l'outil et le leva bien haut à la vue de tous.

— Ce n'est qu'un animal ! Un animal ! C'est de cela que vous avez peur ? C'est de cela que tu as peur ? ajouta-t-il, reportant sa colère sur Kilian.

Il entreprit de jeter les restes du corps de part et d'autre du chemin, descendit d'un bond, ordonna au chauffeur de se retourner et s'approcha de Kilian, toujours muet.

— Toi ! Fais monter ceux qui sont blessés dans ce camion. Qu'on les emmène au dispensaire pour que le nouveau docteur fasse ses preuves ! Et que les autres se répartissent dans les camions restants.

Kilian regarda d'un côté, puis de l'autre, et décida de commencer par ceux qui étaient le plus près de lui. Il constata que l'un d'eux se tenait la tête entre les mains et vint s'accroupir près de lui. Il ne comprenait pas ses paroles, mais le travailleur se plaignait d'une plaie qui saignait abondamment, et de grosses larmes coulaient sur ses joues. Kilian sortit un mouchoir de sa poche et l'appliqua sur la blessure avec force pour arrêter l'hémorragie, tout en lui expliquant en espagnol ce qu'il faisait.

— *You no talk proper*, répétait l'homme, sans que Kilian puisse le comprendre non plus. *I no hear you.*

Un autre travailleur s'agenouilla à côté du blessé, lui parla d'un ton rassurant, et ses paroles parurent fonctionner. Il l'aida à se relever et lui fit signe de rester assis un moment. Reconnaissant, Kilian essaya de communiquer avec cette aide spontanée.

— *Your name?*

— Je m'appelle Waldo, *massa.* Je suis…

— Bubi, et tu parles ma langue.

Kilian leva les yeux au ciel et poussa un soupir de soulagement. Il s'aperçut alors que, comme Simón, à qui il ressemblait beaucoup, hormis les rides sur le front, Waldo était habillé de manière différente des autres. Il portait une chemise blanche, un bermuda, des chaussettes hautes et d'épaisses bottes. Il devait être plus âgé que son boy, car il conduisait déjà.

— Tu es l'un des chauffeurs, je suppose ?

— Voilà, *massa.*

— Bien, Waldo. Tu me serviras d'interprète. Peux-tu lui demander s'il se sent capable de marcher jusqu'au camion ?

Les deux hommes échangèrent plusieurs phrases. Le blessé secouait la tête négativement.

— Que dit-il ?

— Il pense pouvoir marcher, mais il refuse de monter dans cette remorque pleine de sang de serpent.

Kilian entrouvrit la bouche. Il entendit dans son dos de nouveaux cris et vit Gregorio tentant de forcer plusieurs hommes à monter dans le camion.

— *This man no good. Send him na Paña,* déclara le blessé sur un ton solennel avant de désigner Gregorio. *I curse him.*

— Waldo ?

— Il dit…

Le jeune homme hésita mais, devant le regard insistant de Kilian, se décida à compléter :

— … que cet homme n'est pas bon, il souhaite qu'il soit envoyé en Espagne. Et il le maudit.

Avant que l'homme blanc n'ait le temps d'assimiler le sens et de se fâcher, il s'empressa d'expliquer :

— *Massa*, les Nigérians sont terrorisés par les serpents. Ils croient que s'ils en touchent un les esprits malins qui habitent leur corps feront s'abattre malheurs, maladies et mauvaise fortune sur eux et leurs familles, oui, même leurs familles.

Incrédule, Kilian mit les poings sur les hanches, respira profondément et s'approcha de Gregorio, qui faisait pression avec rudesse sur les blessés pour qu'ils montent dans leur camion.

— Ils ne partiront pas tant que nous n'aurons pas nettoyé le sang, expliqua Kilian avec tout le calme dont il était capable.

— Ne dis pas d'idioties. S'il y en a un qui monte, les autres suivront. Quitte à les frapper pour qu'ils obéissent !

— Non. Ils refusent, répondit Kilian en restant ferme. Nous sommes donc confrontés à une alternative : soit nous renvoyons Waldo aux entrepôts avec ce camion pour qu'il en ramène un propre, soit nous le nettoyons nous-mêmes.

Gregorio le regarda en plissant les yeux, les poings serrés. Un instant, il fut tenté de donner un coup de poing à ce freluquet qui s'improvisait maître de la situation, mais il se contint. Il soupesa les solutions au problème avant que celui-ci ne lui échappe. Des centaines d'yeux attendaient de savoir ce qui allait suivre. Cela faisait trop de nègres pour deux Blancs. S'il les obligeait à partir en camion, ils pouvaient se soulever. S'il envoyait chercher un autre véhicule, ils en concluraient qu'il était un mou du genou.

— Très bien. Et, toi qui as tant d'idées, comment comptes-tu nettoyer ce camion ?

Kilian regarda alentour, se rendit jusqu'aux arbres qui ombrageaient les pieds de cacao et arracha plusieurs feuilles grandes comme son bras.

— Nous allons couvrir le plateau avec ces feuilles, de manière que les hommes ne touchent pas le sang.

En quelques minutes, il avait entassé une quantité suffisante pour tapisser une bonne surface. Par gestes, il demanda à des hommes de venir l'aider à porter des brassées de feuilles. En montant dans le véhicule, il entendit de nouveaux murmures de désapprobation quand ses bottes entrèrent en contact avec le liquide visqueux, mais il poursuivit sa tâche. Apparemment, personne n'allait l'aider. Pas même Gregorio, qui préférait fumer une cigarette d'un air hautain.

Lorsque Kilian eut fini de recouvrir le plateau de la remorque, Waldo s'était déjà approché des blessés afin qu'ils voient de leurs yeux le tapis confortable sur lequel ils seraient transportés jusqu'au dispensaire. Kilian espéra de tout son cœur que les hommes ne protestent pas, pour ne pas avoir l'air d'un parfait idiot. Il sauta à bas du véhicule, essuya sa machette à une feuille qu'il jeta sur le bord du chemin.

— Dis-leur de monter, Waldo, demanda-t-il en s'efforçant de prendre une voix ferme, malgré son cœur qui tambourinait dans sa poitrine. Explique-leur qu'ils ne seront pas en contact avec le sang.

Waldo transmit ses propos aux ouvriers, mais aucun d'eux ne bougea. Gregorio cracha son mégot, remua la tête en claquant la langue et se dirigea vers le camion.

— J'apporte le fouet, mais cette fois c'est toi qui l'utiliseras.

Kilian entendit Waldo parler en *pichi*. Il avait dû traduire les propos de Gregorio, car l'homme blessé à la tête tendit le bras pour s'accrocher au plateau, s'arcbouta sur le marchepied et monta dans le camion. Une fois en haut, il tendit la main pour rendre au Blanc son mouchoir ensanglanté, mais Kilian lui fit signe de le garder.

— *Tenki*, dit l'homme, et Kilian répondit d'un signe de tête.

L'un après l'autre, les blessés, une bonne vingtaine en tout, montèrent. Waldo reprit son poste de conducteur et mit le contact. En passant à côté de Kilian, il le salua de la main. Gregorio manœuvra son camion pour que l'autre puisse passer par l'étroit chemin, klaxonna avec insistance, vérifia qu'il ne restait personne au sol et indiqua à Kilian de revenir dans la cabine. Ils reprirent le trajet vers Obsay.

Ils n'échangèrent pas un mot de la journée. Pendant trois heures environ, Kilian suivit Gregorio entre les rangées d'arbres, coupant la végétation débordante à coups de machette et taillant un cacaoyer après l'autre. Comme personne ne lui expliquait rien, il se contenta d'imiter les ouvriers, qui savaient parfaitement ce qu'ils avaient à faire. Sans se presser, mais sans s'arrêter, ils avançaient au rythme légèrement variable de leurs chants de travail. Kilian pensa que chanter était une bonne manière de s'occuper l'esprit et de rendre moins pénible cette tâche monotone. Lui-même s'était découvert à certains moments dans un état de relaxation étrange, comme si quelqu'un d'autre maniait sa machette.

Ils avaient avancé entre les rangées d'arbres, et quand Gregorio donna l'ordre d'aller déjeuner, ils revinrent sur leurs pas en direction de la cour, distribuée de manière semblable à celle de Sampaka, mais largement plus petite.

À cause du soleil qui brillait haut dans le ciel et de l'effort physique, Kilian transpirait abondamment. Les travailleurs s'assirent près d'un bâtiment en bois élevé sur de gros piliers blancs entre lesquels plusieurs cuisiniers préparaient le repas dans de grands récipients. Gregorio avait disparu et Kilian ne savait où aller.

— *Massa!*

Cette voix lui parut familière et il vit Simón portant une charge sur la tête. Ils n'avaient échangé que quelques minutes le matin même, et pourtant il se réjouissait de voir une tête connue.

— Qu'est-ce que tu fais là ?

— Je vous apporte votre repas.

— Nous ne mangeons pas tous ensemble ?

— Non. On distribue de la nourriture aux ouvriers chaque semaine et ils la donnent aux cuisiniers pour qu'ils la préparent chaque jour. S'ils sont dans le bois, ils l'emportent là-bas, et s'ils sont dans la cour ils mangent ici. Les Blancs, ce sont leurs boys qui s'en occupent, mais moins quand on est dans la cour centrale. Dans ce cas, on mange dans le réfectoire.

Chaque minute qui passait, Kilian était plus reconnaissant des explications de Simón.

— Et comment tu sais où me trouver ?

— C'est mon travail, *massa.* Je sais toujours où vous êtes.

Kilian choisit un endroit adéquat pour se reposer, se laissa tomber sur le sol et s'adossa contre un mur qui projetait quelques mètres d'ombre. Simón vint s'asseoir à côté de lui et commença à sortir du baluchon le pain, le jambon, les œufs durs et la boisson. Kilian but avidement, mais il n'avait pas faim. Il s'essuya le front et les joues de sa manche et ferma les yeux un instant, dans le murmure des conversations entre travailleurs. Bientôt, il perçut des voix et des pas qui se rapprochaient. Il rouvrit les yeux et vit deux hommes avancer en se disputant, se planter face à lui et, entre deux cris, tenter de lui expliquer quelque chose. Simón se leva et intervint pour qu'ils racontent.

— Ils s'écharpent parce que le cuisinier a échangé leurs *malangas,* expliqua-t-il à Kilian, qui ne comprenait rien.

Comme il tardait à répondre, les hommes reprirent leur affrontement. Kilian se redressa.

— Et qu'est-ce que ça veut dire ?

— La *malanga, massa.* Il y en a un qui avait une plus grosse *malanga,* et il l'a marquée. Quand il est allé la récupérer, le cuisinier lui en a donné une autre. Il veut sa *malanga* avant que l'autre la mange.

— Et pourquoi ils viennent me le raconter à moi ? s'enquit Kilian, toujours perdu.

— Vous êtes le juge, *massa.* Ils feront ce que vous déciderez.

Kilian avala sa salive, se gratta la tête et se leva. Gregorio n'avait toujours pas reparu. Il regarda vers la cuisine des travailleurs et constata que les murmures avaient cessé : nombre d'yeux attentifs l'observaient. Il jura à voix basse et se dirigea d'un pas décidé vers les cuisiniers, suivi par Simón.

Ils passèrent entre les hommes assis sur le sol. Les têtes se tournèrent pour suivre son trajet vers le coupable. Celui-ci gardait les bras croisés devant des assiettes où étaient disposés de la morue, du riz arrosé d'une sauce rouge et ce qui ressemblait à une pomme de terre. Kilian déduisit qu'il devait s'agir de la fameuse *malanga.* Les deux hommes continuaient de clamer à grand renfort de paroles et de gestes que chacun était le propriétaire de la plus grande. Soudain, Kilian revit une image de Jacobo et lui petits. Ils étaient près du feu, attendant que leur mère ait nettoyé les premières pommes de terre sous la cendre de l'automne et en remette une à chaque membre de la famille. Lorsque Kilian avait reçu la sienne, il s'était mis à protester, parce qu'elle était bien plus petite que celle de son frère. Et qu'avait fait leur mère ? Il fit signe au cuisinier de lui donner un couteau, coupa les deux *malangas* en deux parties rigoureusement égales et mit dans chaque assiette une moitié. Il rendit le couteau et sans rien dire, repartit et se rassit. Simón le rejoignit et insista pour qu'il mange, parce qu'il restait encore beaucoup de temps avant le dîner. Kilian goûta quelque chose sans grande conviction, retournant encore dans sa tête l'absurde situation de la patate.

— C'était le plus juste, tu ne trouves pas ? finit-il par demander.

Simón adopta une expression pensive, ce qui lui plissa encore plus le front.

— Simón ?

— Oh, oui, bien sûr, *massa.* C'était juste, mais… pas pour celui qui avait vraiment reçu la plus grosse *malanga.*

Les jours qui suivirent, Kilian passa les heures entre les bruits de camions poussiéreux, les cantiques nigérians, les cris en *pichi,* les coups de machette, les disputes et les feuilles de bananier, d'érythrina et de cacaoyer.

Quand il revenait à la cour de Sampaka, il était si fatigué qu'il mangeait peu. Il suivait des cours de conduite avec Jacobo et Waldo, écrivait quelques lignes à la gaieté forcée à Mariana et Catalina, puis se retirait vite pour dormir, la peau constamment irritée par la sueur.

Antón et Jacobo n'étaient pas insensibles au mauvais moment qu'il passait. Au dîner, il parlait à peine et il était évident qu'entre lui et Gregorio il n'y avait aucune camaraderie. Ils s'ignoraient, tout simplement, même si Gregorio l'importunait par des commentaires mettant en doute sa vaillance et sa force devant le directeur. Jacobo devait alors prendre sur lui pour ne pas se jeter sur lui et le rouer de coups de poing.

Un soir que Kilian était parti se coucher sans terminer son dessert, Antón décida de l'accompagner à sa chambre.

— Donne-toi du temps, commença-t-il à peine furent-ils sortis du réfectoire. Au début, c'est dur, mais tu t'adapteras au travail, à la discipline et aux normes établies dans la plantation. Fais comme tu le sens. Je suis aussi passé par là.

Étonné, Kilian demanda :

— Vous avez aussi eu pour collègue quelqu'un comme Gregorio ?

— Ce n'est pas de cela que je parlais. C'est qu'en fait…, expliqua-t-il en baissant les yeux, je ne sais ni quand ni comment, et je ne connais pas grand-chose du reste de l'Afrique, mais un jour viendra où cette petite île s'emparera de toi et où tu ne voudras plus la quitter. C'est peut-être l'incroyable capacité d'adaptation de l'homme. Ou alors il y a quelque chose de mystérieux dans cette terre.

Il tendit la main pour désigner le panorama qui s'étendait au-delà de la galerie, et regarda de nouveau son fils.

— Mais je ne connais personne qui soit parti sans verser de larmes.

À ce moment, Kilian ne pouvait comprendre pleinement la signification de ce que lui disait son père. Il allait s'écouler des années avant que chacune de ces paroles fleurisse en lui, avec l'intensité d'une malédiction accomplie.

4

Fine City

La belle ville

— D'accord, céda Jacobo, mais tu conduiras au retour.

Kilian monta vite dans la camionnette au plateau ouvert que tout le monde appelait *picú,* simplification de l'anglais pick-up, avant que son frère change d'avis. Après quinze jours de cours intensifs avec Waldo et Jacobo sur les routes de la propriété, il avait obtenu son permis pour voiture et camion, mais s'aventurer dans les rues de la ville était une autre histoire.

— Quand j'aurai fait le trajet une fois avec toi, je me sentirai capable de le refaire seul, promit-il.

Le directeur les avait chargés d'acheter des outils et du matériel dans les usines de Santa Isabel.

C'était une journée brumeuse et lourde, typique de la saison sèche, qui durait de novembre à fin mars. À cette période, ils défrichaient de nouveaux terrains pour les cultiver ; on faisait du bois pour le mettre à sécher ; on taillait les cacaoyers et on arrachait les herbes qui poussaient autour, les *bikoro* ; on s'occupait des pépinières et on construisait et réparait les routes de la propriété. Kilian avait appris que le travail le plus important était le désherbage : maintenir les machettes toujours opérationnelles, en dépit de la terrible chaleur, pour se libérer des herbes qui, en haut et en bas, à droite et à gauche, surgissaient mystérieusement d'un jour sur l'autre.

Il était tôt le matin et Kilian transpirait déjà dans le *picú*. Bientôt, ce serait le retour des démangeaisons qui s'étaient emparées de son corps dès le premier jour et le rendaient fou. Il aurait donné n'importe quoi pour avoir quatre mains afin de se gratter en plusieurs endroits en même temps. Malheureusement, les remèdes proposés par Manuel étaient demeurés sans effet et il ne lui restait plus que l'espoir que sa peau s'accoutume peu à peu aux rigueurs de l'environnement.

— Tu ne peux pas savoir comme la fraîcheur de la montagne me manque ! déclara-t-il. Cette chaleur m'achèvera.

— Tu exagères ! lança Jacobo, qui conduisait le coude posé sur la portière. Au moins, en ce moment les vêtements ne nous collent pas à la peau. Tu verras à la saison humide. D'avril à octobre, de l'eau et encore de l'eau. Tu colleras toute la journée, c'est dégoûtant.

Il étira le bras vers l'extérieur pour jouer avec l'air.

— Grâce à Dieu, aujourd'hui, nous aurons ce succédané saharien d'harmattan pour nous soulager.

Kilian constata que le peu de ciel visible au-dessus de leurs têtes le long de l'étroite route commençait à se charger d'une fine poussière d'une couleur gris rosé.

— Je ne comprends pas comment tu peux être soulagé par ce vent qui rend tout flou et irrite les yeux. Moi, je le trouve étouffant, dit Kilian en se rappelant les bourrasques de neige pure.

— Eh bien, attends un peu qu'un de ces quatre ça souffle vraiment ! Là, pendant des jours on ne voit même plus le soleil. Tu mangeras du sable !

Kilian grimaça avec dégoût et lassitude. Jacobo l'observa du coin de l'œil. Son frère avait la peau brûlée, mais des semaines passeraient encore avant que la peau, de rouge ne devienne dorée, comme pour tous les Blancs des plantations. Même chose pour son état d'esprit : un certain temps s'écoulerait avant qu'il abandonne cette faiblesse qui lui conférait un air d'adolescent distant. Lui-même avait connu cette évolution : à mesure que ses bras se musclaient et que sa peau se tannait, son attitude s'adaptait aux rigueurs de cette terre sauvage. Il imaginait très bien ce qui passait par la tête de Kilian. Entre la chaleur suffocante, le travail épuisant, les disputes des ouvriers agricoles et des contremaîtres, son corps continuellement brûlé et sa relation avec l'insupportable Gregorio, il devait se sentir incapable de voir les merveilles qu'il s'était représentées avant d'arriver sur l'île. Le moment était peut-être venu de lui faire rencontrer l'une de ses amies du cru pour l'égayer. L'un des avantages de la vie de célibataire, à Fernando Póo, était que le désir ne connaissait pas de limites.

— Alors, comment ça se passe à Obsay ? demanda Jacobo sur un ton aussi neutre que s'il parlait du temps qu'il fait.

Kilian tarda à répondre. Jacobo était la seule personne à qui il pouvait avouer ses tourments, mais il ne voulait pas se faire taxer de pleurnicheur. Ceux qui les rencontraient remarquaient leur ressemblance et Kilian s'en étonnait, parce que s'il dépassait son frère de plusieurs centimètres il se sentait bien gringalet à côté de lui. Jacobo irradiait la force et l'énergie. Où qu'ils allaient, il ne pouvait passer inaperçu. Kilian ne l'avait jamais vu triste, même petit. Il savait fort bien ce que son frère attendait de la vie : profiter de chaque seconde au maximum sans se poser de questions. Il devait travailler parce qu'il n'avait pas le choix mais, si une année la récolte était mauvaise, ce n'était pas son problème, il toucherait le même salaire. Il ne souffrait pas. Jacobo ne souffrait de rien.

— On t'a coupé la langue ?

— Quoi ? Non, non. Gregorio est toujours pareil. Le pire, c'est qu'il me donne une mauvaise image auprès des ouvriers. D'après Waldo, il leur dit dans mon dos de ne pas faire attention à moi parce que je suis un bleu, mais ensuite il me les envoie pour que je règle les conflits.

— C'est parce qu'il est jaloux. Garuz disait qu'il avait besoin de quelqu'un pour mettre de l'ordre dans cette cour. C'était très malin de sa part d'envoyer un nouveau qui s'y prend bien et s'implique. Si tu continues comme ça, tu auras bientôt des responsabilités dans la cour centrale.

— Je ne sais pas. Je n'ai peut-être pas assez d'autorité. J'ai du mal à me faire écouter des ouvriers, je dois leur répéter les choses vingt fois. Ils attendent que je m'énerve et que je crie, ensuite ils font un petit sourire et obéissent.

— Menace-les de prévenir la police, ou de leur faire enlever des journées de salaire par le bureau du travail de Santa Isabel.

— Je l'ai déjà fait, avoua Kilian, un peu honteux. Le problème, c'est que je leur ai dit dix mille fois mais qu'ensuite je ne le fais pas. Évidemment, ils le savent et ne me croient plus. Ils ne m'accordent aucune attention.

— Un coup de canne et tu verras s'ils n'obéissent pas !

Kilian dévisagea son frère avec stupeur.

— Mais je n'ai jamais frappé personne ! protesta-t-il.

Il ne pouvait croire que Jacobo pratique les châtiments corporels.

— Pardon ? Tu as oublié nos bagarres d'enfant ? plaisanta ce dernier.

— Ce n'était pas la même chose.

— Si tu ne peux pas le faire toi-même, tu ordonnes à un contremaître de s'en charger et c'est réglé. Écoute, Kilian, plus tôt tu te feras respecter, mieux ce sera. Beaucoup d'Espagnols aimeraient être à ta place et avoir ton salaire…

Kilian acquiesça en silence. Par la vitre, il aperçut de petits singes à l'expression amusante qui semblaient leur faire signe depuis les cacaoyers. Ils se dirigèrent vers les abords de Santa Isabel au milieu d'un épais tapis vert, puis le chemin se transforma en route goudronnée.

— Tout d'abord, nous allons faire un tour rapide dans la ville pour que tu prennes tes repères, annonça Jacobo. On a plus que le temps. Et tu vas arrêter de te gratter ? Tu me mets les nerfs en pelote !

— Je n'y arrive pas !

Kilian posa les mains sous ses cuisses pour résister à la tentation.

Jacobo roula sur les routes étroites qui semblaient tracées à la règle de la mer à la rivière Cónsul, frontière avec le bois. Ils commencèrent par visiter la partie haute de la ville, habitée en majorité par des Nigérians. Une foule d'enfants couraient et jouaient avec des ballons en caoutchouc ou lançaient des boulettes séchées au moyen de sarbacanes improvisées à partir de feuilles creuses de papayer. Des hommes torse nu et femmes jeunes avec des charges sur la tête et des enfants dans le dos marchaient devant les étals présentant des produits locaux ou des articles importés. S'éventant avec des feuilles, les marchandes tentaient de faire fuir les mouches insistantes qui rôdaient autour des bâtons où étaient embrochés des poissons, de la viande de singe et de *gronbif*, un mulot de la taille d'un lièvre. L'odeur épicée des ragoûts, présentés à côté de noix de kola que les natifs mangeaient pour combattre la fatigue, et des légumes frais étalés sur des pages du journal *Ébano* ou sur des feuilles de bananier parvenait jusqu'à la voiture. C'était un déploiement de couleurs, d'odeurs, de mouvements et de bruits. Un festin pour les sens.

Kilian remarqua que, même si la plupart des femmes portaient un corsage par-dessus leur pagne, certaines avaient la poitrine nue. Les yeux brillants, il profita de l'occasion pour promener le regard sur les tétons sombres et fermes des jeunes filles. Il sourit en imaginant ses amies de Pasolobino ainsi vêtues, ou plutôt dévêtues.

Les habitations de la zone haute consistaient en cabanes de zinc ou planches de *calabo* et aux toits également en zinc ou en feuilles de palmier, ou *nipa*, tressées avec des cordes de *melongo*. À mesure qu'ils s'approchaient de la zone des Européens et des commerçants prospères de toutes origines, elles se transformaient en des séries de maisons semblables entourées de jardins soignés et plantés d'arbres exotiques, papayers, cocotiers, manguiers, goyaviers, avocatiers et arbustes couverts de fleurs – dahlias, rosiers et chrysanthèmes. La partie basse et arrière abritait souvent un local commercial ou un lieu de stockage, et la partie supérieure un logement.

Jacobo arrêta le *picú* devant l'une de ces maisons, bondit au-dehors et indiqua à son frère de faire de même.

— Je passe à la pharmacie du coin pour voir s'ils peuvent me donner quelque chose pour cette gratouille qui te pourrit la vie. Toi, va acheter les outils et fais-les mettre sur le compte de la Sampaka, dit-il en désignant un bâtiment dont la façade affichait FACTORÍA RIBARGORZA, du nom d'une famille de leur vallée d'origine.

À peine entré, Kilian s'étonna de la quantité d'objets entassés par terre et sur les étagères. Il s'y trouvait toutes sortes d'outils – quoi de plus normal dans une quincaillerie ? – à proximité de boîtes de conserve, chaussures, machines à coudre, parfums et accessoires pour les véhicules. Son attitude devait le distinguer des clients habituels, car une petite voix joyeuse retentit derrière lui :

— Si vous ne trouvez pas ce que vous cherchez, je peux vous aider.

Il se retourna et découvrit une jeune fille de son âge, plutôt jolie, pas très grande, aux cheveux châtains et au visage vaguement familier. Il fut surpris par sa tenue : pantalon à pinces vert, pull-over jacquard blanc à manches courtes, ainsi qu'un foulard rouge qui lui allait bien au teint. Il n'avait jamais vu une femme ainsi vêtue. Elle ouvrit de grands yeux et s'exclama :

— Mais tu es Kilian, le frère de Jacobo ! Vous vous ressemblez beaucoup ! Tu ne te souviens pas de moi ?

C'est alors que la mémoire lui revint : avec son père, il était parfois allé chez elle, à trois kilomètres de Pasolobino. Chaque fois qu'Antón revenait de Fernando Póo, il rendait visite aux grands-parents et aux oncle et tante de cette jeune fille, et leur rapportait des colis de la part de ses parents, qui résidaient en Guinée. Pendant qu'Antón parlait avec les adultes, il s'occupait en jouant avec une fillette espiègle qui lui disait qu'un jour elle partirait en Afrique.

— Julia ? Excuse-moi, tu as tellement changé !

— Toi aussi ! Tu as beaucoup grandi depuis… tes dix ans.

— Ça fait si longtemps que tu n'es pas rentrée en Espagne ? Et tes parents, ils vont bien ?

— Oui, ça marche plutôt bien, ici, alors quand j'ai eu mon baccalauréat au lycée colonial, j'ai décidé d'aider au commerce familial. Tous les ans je dis que je vais rentrer, et pour une raison ou une autre je ne le fais pas ! Je demande tout le temps à Jacobo comment vont nos chères montagnes… Il est revenu de vacances, je suppose ?

Kilian la mit au courant des dernières nouvelles et répondit à ses nombreuses questions, qui concernaient principalement les baptêmes, mariages et enterrements. Pendant quelques minutes, leur dialogue sur leur monde commun fit même oublier ses démangeaisons à Kilian.

— Excuse-moi pour cet interrogatoire ! s'exclama-t-elle soudain. Et toi, que deviens-tu ? Comment t'adaptes-tu à ta nouvelle vie ?

Kilian tendit les bras vers elle, les paumes en l'air, pour qu'elle se fasse une idée de l'état de sa peau.

— Je vois, fit-elle sans y accorder d'importance. Ne t'en fais pas, ça finit par passer.

— Tout le monde me dit ça, de ne pas m'en faire. Je vais t'avouer quelque chose, ajouta-t-il en baissant la voix. Je pensais que la vie dans les colonies ce serait autre chose.

Julia éclata de rire.

— D'ici quelques mois tu changeras d'avis !

Face à l'expression incrédule de Kilian, elle posa les mains sur ses hanches.

— Qu'est-ce qu'on parie ?

À ce moment, la porte s'ouvrit pour laisser entrer Jacobo. Il salua la jeune fille affectueusement en l'embrassant sur les deux joues. Kilian nota que Julia rougissait légèrement et qu'elle parlait d'une voix plus douce.

— Je suis contente de te revoir. Tes vacances se sont bien passées ?

— Les vacances se passent toujours bien. Et encore plus si elles sont aux frais de la princesse !

— Nous ne t'avons même pas manqué un tout petit peu ? demanda Julia, insistant sur un pluriel qui ne concernait manifestement qu'elle.

— Tu sais ce que c'est quand nous, les travailleurs du cacao, nous quittons l'île, répondit Jacobo sur le même ton ironique. Nous n'en pouvons plus des grandes herbes et des machettes…

À voir la déception sur son visage, il nuança :

— Mais tu sais aussi que nous aimons revenir. Au fait, il ne faut pas qu'on oublie d'acheter des limes. Comme ils les usent ! On croirait qu'ils les mangent ! Ces nègres passent leur journée à aiguiser leurs machettes. Tu as pris ce qu'il nous faut, Kilian ?

Son frère répondit par un signe négatif avant de tirer de sa poche la liste de courses, qu'il remit à Julia. Elle s'empressa de préparer les articles pendant que les deux hommes passaient en revue les étagères pour vérifier s'il leur fallait autre chose.

— C'est du *turrón* des fêtes qui viennent d'avoir lieu, dit Julia en voyant Kilian essayer de déchiffrer l'écriture sur une boîte de conserve. Tu vois, on a de tout ici.

— Du nougat en conserve !

— Quand on a vraiment envie de quelque chose, ça rend ingénieux, pas vrai ?

Bientôt, leurs paquets furent prêts. Jacobo signa le reçu et paya avec un bon personnel une bouteille de whisky Tullamore.

— Pour la fête d'adieu au vieux docteur, murmura-t-il avec un clin d'œil. C'est ce soir.

Julia les accompagna au *picú.*

— Que diriez-vous de venir manger à la maison dans la semaine ? Mes parents seront ravis de parler avec vous. Et cela fera du bien à Kilian de sortir des bois, ajouta-t-elle avant que Jacobo ne trouve un prétexte.

Celui-ci avait d'autres types de festivités en tête pour son frère. Les veillées dans les maisons de famille des colons convenaient aux jeunes couples, mais les célibataires recherchaient des distractions bien différentes. Il s'apprêtait à formuler un refus poli lorsque Kilian répondit :

— C'est très gentil, Julia. Ce sera avec plaisir. N'est-ce pas, Jacobo ?

— Eh bien… Oui, tout à fait.

— Alors je vous ferai envoyer une invitation par le boy. À dans quelques jours !

Satisfaite, elle repartit vers le magasin d'un pas plein d'allant.

Jacobo sortit de sa poche un petit pot de crème qu'il lança à son frère avant d'entrer dans le véhicule.

— Attrape ! C'est à essayer !

Kilian fut surpris par le ton de sa voix. Il entra dans le *picú* et commença à s'étaler l'onguent sur les bras et le haut du torse. Jacobo conduisait en silence.

— On peut savoir quelle mouche t'a piqué ? finit par demander Kilian.

Jacobo pinça les lèvres et secoua la tête.

— Elle a fini par avoir ce qu'elle voulait !

— Je ne te comprends pas. Tu parles de Julia ? Je l'ai trouvée très agréable et intelligente. C'est facile de parler avec elle et elle a le sens de l'humour.

— Alors je te la laisse !

Kilian demeura interdit, puis rit à s'en taper les cuisses.

— Ça y est, je comprends ! C'est pour ça qu'elle a changé dès que tu es entré dans le magasin. Elle est amoureuse de toi ! Tu n'en parlais surtout pas…

— Et qu'allais-je te raconter ? Ce n'est ni la première ni la dernière qui soit à mes trousses.

— D'accord, mais elles ne doivent pas toutes être comme Julia…

— Tu as entièrement raison, concéda Jacobo en souriant avec allégresse. Elles ne sont pas comme elle. Ah, dans d'autres circonstances, je l'emmènerais sur la promenade des amoureux à Punta Fernanda. Le problème, c'est que c'est trop tôt.

— Trop tôt pour quoi ?

— À ton avis ? Pour m'engager.

Voyant que Kilian restait pensif, Jacobo soupira avec exagération.

— Ce que tu peux être bêta des fois. Je ne sais pas ce que je vais faire de toi ! Kilian, ici, à notre âge, et même plus vieux, nous avons tous beaucoup… d'amies, mais aucune de fixe. Enfin, si, certains en ont une régulière, mais pas comme Julia, pas une des nôtres. Elles font des caprices, elles demandent de l'argent, elles veulent être entretenues, ou elles te font un enfant et bonjour… J'essaie de n'en revoir aucune. J'espère que tu seras prudent aussi, si tu vois ce que je veux dire ?

Kilian commençait à avoir une vague idée de ce qu'entendait son frère.

— J'ai bien compris, Jacobo. Ah, mais… dis-moi, notre père aussi ? Je veux dire, un homme marié qui passe de longues périodes seul ici…

Imaginer Antón dans les bras d'une autre femme lui causa un étrange chatouillis dans l'estomac.

— Je ne sais pas ce qu'il faisait plus jeune, et je ne lui ai pas posé la question, mais je peux te dire que, depuis que je suis sur l'île, je n'ai rien vu ni entendu de suspect. Et, ici, tout finit par se savoir, déclara-t-il au grand soulagement de Kilian. De toute façon, ça ne m'étonne pas. Tu sais que papa est très strict avec la religion et la morale…

— Et il aime beaucoup maman. Il ne lui serait pas infidèle.

— Bon, en fait, d'autres hommes mariés aiment aussi beaucoup leur femme d'Espagne, pour autant ils n'hésitent pas à rechercher de la compagnie pour s'occuper pendant les longues saisons. L'amour n'a rien à voir avec ça.

Kilian n'était pas d'accord, mais il s'abstint de tout commentaire. La conversation, embarrassante et loin de l'éclairer, lui posait beaucoup d'autres questions. Il décida d'abandonner le ton sérieux de leur dialogue.

— Et vous les rencontrez où, vos « amies » ? Parce qu'en quinze jours ici je n'en ai vu aucune.

Jacobo leva les yeux au ciel.

— Tu en verras, Kilian, tu en verras. Et même, pour ton bien, je vais m'occuper de t'en faire connaître vite. Tu es du genre à tomber facilement amoureux de quelqu'un comme Julia. Je ne peux pas te laisser passer à côté du meilleur de cette île.

— Merci pour tes attentions, répondit Kilian, sarcastique. J'espère être à la hauteur de tes amitiés.

Il se rendit compte que son frère souriait, tourna la tête et constata qu'ils arrivaient à Saragosse. Sa première visite à Santa Isabel avait eu un effet positif sur lui. Les démangeaisons n'avaient pas cessé, mais le contact avec sa compatriote lui avait permis de se sentir moins seul sur cette terre. Même le chemin de palmiers royaux qui dessinait l'entrée de la propriété ne lui parut plus aussi exotique.

Il se rappela son arrivée à Sampaka, l'enthousiasme nerveux qui avait précédé l'inquiétude face à toutes les nouveautés qui avaient pris place dans sa vie, et il s'étonna que son esprit considère désormais la terre rouge du chemin comme quelque chose d'ordinaire. Il trouva même dans le salut de Yeremías, le *wachimán*, un signe de familiarité réconfortant.

— Au fait, Jacobo, dit-il quand le véhicule se gara devant le porche aux colonnes blanches de la superbe maison principale.

— Oui ?

— C'était à moi de conduire.

Après avoir déchargé les achats, Jacobo prit un autre véhicule et partit pour Yakató. Kilian prit alors le volant et se dirigea vers Obsay pour participer aux travaux du jour. Il fit avancer le *picú* par à-coups sur quelques mètres et s'arrêta pour répondre au salut de son père qui marchait au loin vers les entrepôts principaux, accompagné de son inséparable José. Il attendit qu'ils soient entrés dans le bâtiment pour se concentrer sur sa conduite, car il ne souhaitait pas avoir de témoins de sa maladresse. Heureusement, à cette heure, personne d'autre ne se trouvait dans la cour principale.

Lorsqu'il arriva à Obsay, en nage, il était fier de ne pas avoir calé une seule fois. Il gara le pick-up et se dirigea d'un bon pas vers les champs par l'allée centrale. Bientôt, il entendit les chansons des travailleurs. Quelques mètres de plus et il distingua une femme vêtue d'un pagne voyant qui portait sur la tête une grande corbeille vide. Il supposa qu'elle allait chercher des fruits sauvages ou du bois pour le feu de son habitation. Soudain, elle s'interrompit comme si elle avait entendu quelque chose dans les hautes herbes et, sans hésiter, pénétra dans la forêt vierge. Kilian n'y accorda pas d'importance, car il savait les Calabares habituées à s'y rendre. Beaucoup venaient servir le repas à leur mari, ou simplement le voir pendant qu'il travaillait.

Il poursuivit son chemin jusqu'à entendre le murmure des ouvriers, les bruits caractéristiques des machettes, le ronronnement des sulfateuses qui crachaient la bouillie bordelaise destinée à éradiquer chez les jeunes plantes l'effet du redouté mildiou qui tenterait des attaques en force à la saison des pluies.

Il trouva les premiers travailleurs d'une longue file au bout de laquelle se trouvait Nelson, l'un des contremaîtres, et leva le pouce pour lui demander si tout se passait bien. L'autre répondit par le même geste. Il regarda alors l'homme situé plus près de lui et fouilla sa mémoire à la recherche d'une question simple, non parce qu'il s'intéressait aux allées et venues de l'autre responsable blanc, mais pour montrer aux travailleurs ses progrès en *pichi.* Il ne se lançait pas encore dans des phrases longues, mais demanda :

— *Whose side masa Gregor?*

— *I know no, masa Kilian,* répondit son interlocuteur en agitant plusieurs fois la main pour montrer qu'il pouvait être ici comme ailleurs. *All we done come together, but he done go.*

Kilian ne comprit rien, mais opina du chef. Ne sachant trop que faire, il se mit à avancer entre les ouvriers, prenant garde à ce qu'ils faisaient et adressant des signes de tête approbateurs, comme s'il s'y connaissait, jusqu'à arriver à la hauteur de Nelson, là où les cacaoyers laissaient la place à la forêt vierge. Nelson, homme corpulent aussi grand que lui, au visage rond et plat avec un début de double menton, était en train d'enguirlander un homme en agitant l'appareil qu'il avait entre les mains. Lorsqu'il vit Kilian, il changea d'attitude.

— Tout va bien. La bouillie doit être parfaitement mélangée pour ne pas faire de mal aux plantes, expliqua-t-il d'une voix hachée avec un fort accent.

La connaissance de l'espagnol était indispensable pour devenir contremaître.

Kilian acquiesça de nouveau. Il se sentait ridicule de montrer qu'il contrôlait la situation alors qu'il ignorait tant de choses. Il préférait aider à réparer les baraquements dans les cours ; il était cent fois meilleur dans le domaine de la construction grâce aux heures qu'il avait consacrées à la maçonnerie et à l'entretien de la maison et des dépendances de Pasolobino. En matière de cacao, il ne savait encore rien.

— Je reviens tout de suite, annonça-t-il à Nelson en ramassant quelques jeunes feuilles par terre.

Se glisser dans les bois pour aller faire ses besoins était une bonne manière d'interrompre cette inconfortable absence de dialogue. Les premiers mètres étaient praticables, mais après quelques pas il dut employer la machette pour ouvrir un passage. Il baissa son pantalon et s'occupa en observant une araignée jaune et noire qui mettait la touche finale à une toile s'étirant d'une plante à une autre. Heureusement qu'il n'avait pas peur des araignées, même des tarentules. Ces bestioles étaient dix fois plus grandes et poilues que les plus impressionnantes de Pasolobino, mais aucune ne résistait à un bon coup de chaussure. Les serpents, c'était autre chose. Il ne pouvait pas les sentir. Depuis l'incident du boa, il était toujours sur ses gardes. Il avait bien choisi son lieu de travail ! Ici, il y avait des serpents partout, de toutes tailles et de toutes couleurs.

Quand il eut terminé, il s'essuya avec des feuilles et se releva en s'agrippant à une branche lisse qui se révéla vivante. Kilian rouvrit aussitôt les mains et resta immobile. Il voyait encore une feuille d'un marron verdâtre, mais elle s'enroulait lentement. Il distingua une tête et une langue frémissante.

Lentement, Kilian reboutonna son pantalon et commença à rebrousser chemin, puis se retourna et s'empressa de s'éloigner, le cœur battant. Il ne fit pas attention à la direction qu'il prenait et, au bout de quelques minutes, il se rendit compte qu'il partait dans le sens contraire aux voix des ouvriers. Il jura à voix basse et revint sur ses pas. À quelques mètres de là, il entendit soudain une exclamation émise par une voix familière. Gregorio devait être entré dans le bois pour la même raison que lui. Soulagé, Kilian respira. L'autre responsable connaissait chaque centimètre carré de ce terrain. Le jeune homme s'approcha avec détermination, faisant du bruit afin de ne pas prendre son collègue par surprise.

— Gregorio, tu ne vas pas le croire, mais je ne…

Il s'arrêta net.

Gregorio était allongé sur le ventre, étreignant fermement un corps entre les jambes desquelles il se tordait et gémissait. D'une main, la femme lui montra Kilian. Gregorio s'arrêta, se redressa sur un coude et tourna la tête avant de pousser un juron.

— Tu aimes regarder ou quoi ? cria-t-il en se levant, essayant de remonter son pantalon.

Kilian rougit de cette question, ainsi que de la vision du pénis encore érigé entre les jambes maigres. La femme restait couchée par terre, souriante et complètement nue sur son pagne orange. À côté d'elle, un panier vide. Il reconnut celle qu'il avait vue se glisser dans la forêt.

— Excuse-moi. J'étais parti dans le bois et je ne savais plus où j'étais. Je t'ai entendu et je suis venu. Je ne voulais pas déranger.

— Pourtant, c'est ce que tu as fait ! Tu m'as coupé en plein milieu !

Gregorio fit signe à la femme de se lever. Elle rajusta le pagne autour de sa taille, posa sa corbeille sur sa tête avec l'intention de partir et tendit la main.

— *Give me what you please,* dit-elle.

— Sûrement pas ! s'enflamma Gregorio. Je n'avais pas terminé, alors ça ne compte pas.

Il lui signifia de disparaître.

— *You no give me some moni?* fit la femme avec humeur.

— *Go away! I no give nothing now. Tomorrow, I go call you again.*

La femme serra les dents et partit, vexée. Gregorio reprit son chapeau, le secoua et le remit.

— Quant à toi, dit-il à Kilian sur un ton lourd de sarcasme, si tu ne veux pas te perdre, ne t'éloigne pas du chemin. Vaillant comme tu es, tu ne tiendrais pas deux heures dans la jungle.

Il passa à côté de lui sans le regarder. Kilian serra les poings et le suivit en silence, encore honteux de ce qu'il avait vu. Sans prévenir, une nouvelle crise de démangeaisons commença et il se mit à se gratter avec rage.

Son frère avait raison. Il fallait qu'il se réveille. Dans tous les sens du terme.

Le soir, comme prévu, ils dînèrent tous ensemble pour faire leurs adieux à Dámaso, homme aimable aux cheveux blancs et aux traits doux qui rentrait en Espagne après presque trois décennies comme médecin de la colonie.

Ils s'assirent autour de la table, regroupés par année d'expérience. D'un côté, Lorenzo, Antón, Dámaso, le père Rafael, chargé de la messe à Saragosse et des cours aux enfants, Gregorio et Santiago, l'un des responsables les plus anciens. De l'autre, les moins de trente ans : Manuel, Jacobo, Kilian, Mateo et Marcial. À l'exception de la fête de la récolte ou de la visite d'un officiel, il était rare que le réfectoire soit aussi animé. Pendant que les boys, y compris Simón, servaient le repas, les plus vieux évoquaient les difficultés de leurs premières années sur l'île et les plus jeunes écoutaient avec l'incrédulité et la vantardise de l'inexpérience.

À la fin du repas, le directeur prononça, en l'honneur de son bon ami Dámaso, un bref discours que Kilian n'écouta guère en raison des généreuses quantités de vin de la Rioja que Garuz avait offertes, et parce que ses démangeaisons ne lui laissaient aucun répit. Il y eut des applaudissements, de l'émotion et des remerciements.

À mesure que le niveau des bouteilles descendait, le volume sonore de la conversation augmentait.

— Vous avez bien dit au revoir à tout le monde ? demanda malicieusement Mateo, sympathique

Madrilène menu et nerveux dont la petite moustache était toujours prête à suivre le sourire sous son nez effilé.

— Je crois, répondit le médecin.

— Vous n'avez oublié personne ? insista Marcial, le collègue de Jacobo à la cour de Yakató, homme velu de presque deux mètres, aux joues charnues et dont la bonté était aussi grande que les mains, qui ressemblaient à des raquettes.

Le docteur savait où ils voulaient en venir, mais ne voulut pas entrer dans leur jeu.

— Ceux qui m'importent vraiment sont à cette table, alors oui.

— Si don Dámaso affirme que oui, alors c'est oui, dit Santiago, homme tranquille et avisé aux cheveux raides, pâle et mince, et qui devait avoir l'âge d'Antón.

— Moi, j'en connais une qui sera très triste ce soir..., le taquina à son tour Jacobo.

Les plus jeunes éclatèrent de rire, excepté Kilian, qui ne voyait pas de qui parlait son frère.

— Suffit, Jacobo ! le reprit Antón en désignant le père Rafael. Ces conversations ne lui plaisent pas du tout.

Son fils leva les paumes avec innocence.

— Jeune homme, ne fais pas l'impertinent, le menaça Dámaso en agitant l'index. Que celui qui n'a jamais péché me jette la première pierre, n'est-ce pas, mon père ?

Les autres se mirent à rire de l'ambiguïté de cette phrase. Le visage rond du père Rafael s'empourpra.

— Bien entendu, s'empressa d'expliquer Dámaso, je ne parlais pas de vous, mon père. Je citais la Bible.

Ces jeunes, alors. Ils croient que nous sommes tous les mêmes.

— Je n'arrête pourtant pas de leur répéter que, plus ils peuvent tenir sans femme, mieux leur santé et leur portefeuille s'en porteront, répliqua le curé d'une voix posée. Mais je crains qu'en cette terre de péché ce soit prêcher dans le désert.

Il soupira avant de s'adresser à Kilian :

— Fais attention à tes fréquentations, mon garçon. Je parle de ces sacripants, bien entendu, ajouta-t-il avec un clin d'œil complice, faisant renaître l'hilarité.

— Bien, je pense qu'il est temps de me retirer, ajouta Dámaso en se levant. J'ai un long voyage devant moi.

— Moi aussi, je vais au lit, dit Antón en bâillant.

Kilian et Jacobo échangèrent un regard : ils pensaient tous les deux la même chose. Dernièrement, Antón était toujours fatigué et avait les yeux cernés en permanence. Quel changement par rapport au père de leur enfance ! Jamais ils ne l'avaient vu malade. C'était un homme fort, sur le plan physique comme moral. Quelques années plus tôt, deux jours après son retour d'Afrique, il était déjà aux travaux des champs, comme s'il n'avait jamais quitté Pasolobino. Peut-être des vacances lui seraient-elles profitables, pensa Kilian. Ou une retraite des colonies, comme Dámaso.

Le vieux médecin prit congé en serrant la main de chacun avec affection et se dirigea vers la porte, accompagné d'Antón, de Lorenzo, de Santiago et du père Rafael.

Jacobo se leva aussi et sortit, après avoir fait un geste pour signifier qu'il revenait.

— Au fait, Manuel, dit Dámaso près de la porte. Puis-je te délivrer un dernier conseil ? De l'alcool iodé salicylique pour les démangeaisons de Kilian.

L'intéressé eut un geste de surprise, mais sourit avec reconnaissance de voir le vieux docteur lui passer ainsi subtilement le relais.

— Il n'a qu'à s'en étaler sur tout le corps et dans quinze jours l'éruption aura disparu. Bonne nuit.

— Bonne nuit et bon voyage, répondit Jacobo, qui revenait avec la bouteille de whisky achetée au magasin de Julia. Si ça ne vous dérange pas, nous allons boire un dernier verre à votre santé.

Dámaso lui tapota affectueusement l'épaule et sortit du réfectoire, le cœur serré à l'idée que les veillées comme celle-ci ne seraient plus désormais que des souvenirs.

Jacobo demanda à Simón de leur apporter des verres propres. Entre les tchin-tchin et les rires, Kilian apprit que la personne à qui Dámaso manquerait le plus était Regina, son « amie intime » des dix dernières années au moins.

— Dix ans ! Mais en Espagne il n'est pas marié avec des enfants ? demanda Kilian d'une voix pâteuse.

— Justement ! s'exclama Marcial en se resservant un verre, car il était capable de supporter trois fois plus d'alcool que les autres. L'Espagne, c'est très loin.

— Et elles aiment bien faire ami-amie avec nous, ajouta Mateo avec une mine résignée que Marcial imita. Que veux-tu qu'on fasse ? Elles connaissent notre faiblesse !

Kilian se rappela l'image de Gregorio monté sur une femme dans le bois, ainsi que sa conversation avec Jacobo dans le pick-up.

— C'est certain, nos « amies » nous aident à faire en sorte que la vie sur l'île nous pèse beaucoup moins, dit Jacobo en levant son verre bien haut. À elles !

Les autres accompagnèrent le toast, puis un bref silence se fit.

— Et maintenant, que va devenir cette Regina ? s'informa Kilian.

— Que veux-tu qu'il lui arrive ? fit Mateo en s'escrimant sur les boutons de sa chemise, car le ventilateur du plafond ne soulageait en rien la chaleur provoquée par l'alcool. Elle sera triste quelques jours, puis elle s'en cherchera un autre. C'est ce qu'elles font toutes.

— Hou, celle-là, elle aura du mal, parce qu'elle est déjà plus que mûre, ajouta Marcial en grattant lentement l'une de ses grandes oreilles. Mais elle a vécu pendant ces années comme une dame. Don Dámaso était un gentleman !

Les yeux vitreux, Kilian contempla la couleur ambrée du liquide. L'idée que se faisaient ses amis d'un gentleman lui paraissait curieuse. D'après eux, il était normal de partager les moments les plus intimes avec une femme pendant dix ans, et ensuite de retrouver la chaleur des bras d'une épouse comme si de rien n'était.

Manuel l'observait depuis un moment. Il s'imaginait parfaitement quelles questions lui passaient par la tête. Il n'était pas facile pour un jeune Espagnol élevé dans un environnement où tout était péché, où les couples n'étaient pas autorisés à montrer des marques d'affection en public et où l'adultère était un délit, de comprendre les règles tacites d'une société où le sexe se dégustait avec le même naturel que la nourriture. La plupart des hommes s'adaptaient facilement à ce *modus vivendi,* mais tout le monde n'était pas fait du même bois. Manuel lui-même menait une vie que l'on pouvait qualifier de plutôt rangée.

— Et si des enfants naissent de ces unions ? demanda Kilian après un silence.

— Il n'y en a pas tant que ça..., dit Jacobo.

— Oh oui, les négresses savent comment éviter d'en avoir, renchérit Gregorio avec aplomb.

— Bien sûr que si, il y en a, les interrompit Manuel d'une voix dure. Nous ne voyons que ce que nous voulons voir, voilà tout. D'où croyez-vous que sortent tous les métis que vous voyez dans Santa Isabel ?

Mateo et Marcial échangèrent un rapide regard avant de baisser la tête, un peu honteux. Jacobo en profita pour remplir à nouveau les verres.

— Bref, le plus courant, c'est que l'enfant reste avec la mère et qu'elle reçoive une pension. Les cas où les enfants ont été reconnus et envoyés étudier en Espagne, je pourrais les compter sur les doigts d'une seule main. C'est rarissime.

— Et tu as vu des mariages entre un Blanc et une Noire ?

— Pas encore. Si quelqu'un a essayé, on l'a renvoyé en Espagne.

— Pourquoi voudrait-on épouser une négresse ? demanda Gregorio avec un certain mépris.

— Pour rien au monde ! répondit Marcial en appuyant son large dos contre le dossier de sa chaise. Elles te donnent tout sans avoir besoin de passer devant l'autel !

Jacobo, Mateo et Gregorio eurent un sourire complice. Manuel eut une grimace de mécontentement et Kilian, pensif, ne dit rien.

Gregorio l'observait depuis un moment et ne rata pas l'occasion de se moquer de lui.

— Dis, ça t'intéresse beaucoup. Tu as envie de les essayer ?

Kilian ne répondit pas.

— Laisse-le tranquille, voyons, le reprit Mateo en lui tapotant le bras.

Gregorio étrécit les yeux et se pencha légèrement en avant.

— Et tu crois qu'Antón est un saint ? Depuis le nombre d'années qu'il est là, il doit avoir eu tout un tas de *miningas* !

— Gregorio…, insista Mateo en voyant Jacobo changer de couleur.

Plaisanter à propos des femmes, c'était une chose, mentir avec l'intention de faire du mal, c'en était une autre, et c'est ce que cherchait à faire Gregorio. Les autres convives ne connaissaient que trop Antón. Et, dans tous les cas, les conversations entre hommes impliquaient un pacte implicite de discrétion. Toutes les blagues devaient respecter une limite. Tel était le fonctionnement.

— Il est possible que tu aies des frères et sœurs métis qui se baladent par ici, poursuivit Gregorio avec un sourire désagréable. Qu'en penserait ta mère, hein ?

— Suffit ! tonna Jacobo. Fais très attention à tes propos, tu m'entends ! Ce sont des mensonges, et tu le sais.

— Allons, du calme, répondit Gregorio avec arrogance. Que je sache, c'est un homme comme les autres…

— Beaucoup plus que toi, c'est sûr ! lui renvoya Manuel.

— Ne nous lance pas sur le sujet, ajouta Mateo en lissant sa moustache.

— Je taquinais juste le petit bleu ! tenta de se justifier Gregorio en se découvrant en minorité. C'était une blague. Cela dit, je ne mettrais pas ma main au feu, même pour Antón…

Kilian agitait le liquide dans son verre en mouvements circulaires maîtrisés. L'ivresse était passée d'un coup et il avait de nouveau l'esprit clair. Il releva lentement les yeux et les posa froidement sur son collègue.

— La prochaine fois que tu me taquineras, tu auras affaire à moi, dit-il en pesant ses mots.

Gregorio se leva.

— Et tu n'as pas le sens de l'humour ? C'est le comble.

— Arrête tout de suite, Gregorio, lui dit Manuel sans amabilité.

— Oui, ça suffit, confirma Marcial en se levant pour rappeler la différence de stature entre eux deux.

— Tu es très protégé, dit Gregorio à Kilian en désignant les autres, mais un jour tu risques de n'avoir personne pour te défendre…

Jacobo s'élança vers lui et lui comprima le bras.

— C'est une menace ?

Gregorio se libéra avec brusquerie et s'éloigna. Marcial et Jacobo se rassirent et acceptèrent un autre verre pour calmer leurs esprits.

— Ne fais pas attention à lui, Kilian, finit par conseiller Marcial. Avant, il n'était pas comme ça. Il s'est transformé en brute. Mais chien qui aboie…

— J'espère bien, répondit Kilian avec calme, malgré sa fureur intérieure. Parce que c'est la dernière fois.

Le vendredi soir, Yeremías donna à Simón de la part du boy de Julia un mot invitant les deux frères et Antón à dîner chez eux.

Kilian attendit le samedi matin pour en informer Jacobo. À 6 heures, il descendit dans la cour, où les ouvriers, plus ponctuels que jamais, faisaient la queue en attendant d'être appelés pour recevoir leur salaire de la semaine et marquer de leur empreinte digitale la liste posée sur une table. Comme la distribution de nourriture du lundi, cette cérémonie durait deux heures. Les travailleurs patientaient en se frottant les dents avec leur inséparable *chock stick*, une petite brosse faite à partir de racines et grâce à laquelle tous exhibaient une dentition enviable.

Kilian s'approcha de Jacobo et lui montra la lettre de Julia.

— Très habile, ronchonna son frère. Elle te l'a envoyée à toi, pour être sûre de notre venue. Et il fallait qu'elle choisisse un samedi !

— Quelle importance, un jour ou un autre ?

— Le samedi soir, c'est sacré, Kilian. Pour tous. Regarde les hommes, ne sont-ils pas contents ? Le matin, ils touchent leur salaire, le soir, ils en dépensent une partie à Santa Isabel.

— J'accepte l'invitation ou pas ?

— Mais oui, bien sûr. Et, maintenant, va voir Gregorio ou vous n'en finirez jamais. Il est doux comme un agneau aujourd'hui.

Quand Kilian arriva à sa table, Gregorio lui passa la liste de leur cour et, sans croiser son regard, il se leva.

— Tiens, prends la relève. Je vais préparer le matériel pour Obsay. Nelson t'aidera.

Kilian s'assit et continua à lire les noms sur la liste. Simón passait d'un endroit à l'autre avec l'air de s'ennuyer. Il portait un short et une chemisette de couleurs vives. À ses pieds, de simples sandales en cuir et non des bottes. Malgré la ressemblance de son boy avec les autres garçons de son âge, Kilian pouvait le distinguer avec certitude, car ses énormes yeux brillaient comme s'ils étaient en permanence en alerte, bougeant sans cesse, absorbant tout ce qui se passait. Kilian l'invita d'un geste à s'approcher pour qu'il aide Nelson à la traduction. Au moment où un ouvrier s'était avancé à l'appel de son nom, un autre l'avait rejoint et s'était mis à parler sans discontinuer sur un ton contrarié. Kilian maudissait sa malchance. Il commençait la journée par une nouvelle dispute.

— Que se passe-t-il, Nelson ?

— Cet homme dit qu'Umaru lui doit de l'argent.

Kilian se souvenait de ce nom et crut reconnaître l'homme à qui Gregorio avait refusé de la quinine avant l'incident du boa.

— Pourquoi tu lui dois de l'argent ? demanda-t-il.

Même sans la traduction de Nelson, Kilian avait compris aux gestes d'Umaru qu'il ne comptait rien payer. L'autre homme intervenait, s'échauffant de plus en plus. Les autres travailleurs se turent pour écouter.

— Ekon lui a prêté sa femme. Umaru a accepté ses services, mais maintenant il refuse de payer.

Kilian cilla plusieurs fois. Il regarda l'homme de belle allure, taille moyenne, cheveux très cours, pommettes hautes et fossettes.

— Tu es en train de me dire qu'Ekon a prêté sa femme ?

— Oui, bien sûr, répondit Nelson avec le plus grand naturel. Umaru est célibataire, et les célibataires ont leurs besoins. Les hommes mariés en profitent, si leur épouse est d'accord, et ils en tirent de l'argent. Ekon veut donc son argent.

— *Moni, moni, si, massa!* répétait Ekon en remuant la tête de haut en bas.

— *Moni no, massa! Moni no!* répétait Umaru en la remuant de droite à gauche.

Kilian souffla un coup. Il détestait devoir être juge. À ce rythme, ils n'auraient jamais fini.

— Il y a des témoins ? demanda-t-il.

Nelson traduisit la question à voix haute. Un colosse de presque deux mètres et aux bras du diamètre des jambes d'un homme normal vint parler au contremaître.

— Mosi dit qu'il les a vus dans le bois. Deux fois.

Kilian sourit intérieurement. Il n'était pas le seul à interrompre des situations compromettantes dans la forêt. Il demanda à quelle quantité s'élevait la dette, retira l'argent de l'enveloppe d'Umaru et l'ajouta à celle d'Ekon.

— Il n'y a pas de discussion, conclut-il en remettant les deux enveloppes, pour la satisfaction de l'un et la colère de l'autre. Simón, tu es d'accord ?

Celui-ci acquiesça, et Kilian respira avec soulagement.

— Alors, *palabra conclú.*

À 19 heures précises, la journée se termina et l'obscurité tomba sans préavis. Kilian et Jacobo montèrent dans le picú pour se rendre en ville. Au portail, Jacobo cria à Yeremías :

— Rappelle bien à Waldo ce qu'il doit faire !

— Que doit faire Waldo ? demanda Kilian.

— Rien. Des histoires à moi.

À la sortie du village bien peuplé de Saragosse, Kilian vit beaucoup d'ouvriers agricoles qui riaient et plaisantaient, leurs chaussures à la main. À la place de leurs vieux vêtements sales, ils avaient enfilé des pantalons et des chemises blanches tout propres.

— Que font-ils ici ? demanda-t-il.

— Ils attendent l'autobus pour aller faire la noce à Santa Isabel.

— Et pourquoi ils ont leurs chaussures à la main ? Pour éviter de les salir ?

— Plutôt pour ne pas les gâcher. Ils essaient d'économiser tout ce qu'ils peuvent. Mais ce soir, ils vont dépenser un paquet de fric en alcool et en femmes, précisa Jacobo avec un petit rire. Au fait, je vois que tu te grattes moins.

— Manuel m'a préparé la recette de Dámaso, et ça a l'air de fonctionner.

— Ah ! s'exclama Jacobo avec ironie. Rien n'égale l'expérience !

Kilian hocha la tête.

— Dis, Jacobo... Tu ne trouves pas que papa devrait rentrer à la maison ? Il me paraît de plus en plus fatigué. Il n'avait même pas envie de venir avec nous ce soir.

— Tu as raison, mais il est têtu. Je lui en ai déjà parlé plusieurs fois et il dit qu'il sait ce qu'il doit faire, que c'est normal de fatiguer à son âge. Il ne veut même pas consulter Manuel. Je ne sais pas...

Ils garèrent la voiture devant la porte de la quincaillerie Ribagorza, puis montèrent l'escalier latéral et sonnèrent au premier. Comme si elle les avait guettés par la fenêtre, Julia mit à peine deux secondes à leur ouvrir et les invita à entrer dans une vaste pièce accueillante qui s'ouvrait sur une terrasse tenant lieu de salle à manger et de salon. Il y trônait une grande table et des chaises en bois face à un canapé en rotin. En dehors d'une photographie de Pasolobino qui arracha un sourire nostalgique à Kilian, les murs étaient couverts de décorations africaines, d'une lance en bois rouge de presque deux mètres et d'un coquillage de carey. À sa droite, sur un meuble bas, une énorme défense, et de petites figurines en ébène un peu partout. La note la plus occidentale était donnée par une radio tourne-disque Gründig sur un bout de canapé et plusieurs exemplaires de la revue *Hola* ainsi que des Sélections du *Reader's Digest.*

Julia présenta Kilian à ses parents, Generosa et Emilio, et offrit aux frères une *contriti,* l'infusion typique de l'île, tandis que la cuisinière et les deux boys finissaient de préparer et de servir le dîner. Entre autres mets, Generosa avait fait préparer des toasts de caviar iranien et du *fritambo,* ragoût d'antilope très prisé que Kilian trouva délicieux. La mère de Julia, femme plutôt rondelette à la peau lisse et aux cheveux ondulés, qui portait une jupe marron et un chandail en crochet ocre, leur expliqua qu'elle avait hésité à ouvrir une conserve de marinade envoyée par sa mère depuis Pasolobino.

— Mais finalement je me suis décidée pour le meilleur plat de ma cuisinière. Quand vous reviendrez, je vous ferai une recette de ma mère.

Kilian trouva Generosa et Emilio sympathiques et bavarda longuement avec eux. Ils avaient envie d'avoir des nouvelles d'Espagne. Generosa lui rappelait sa mère, en plus bavarde. Elle conservait le caractère énergique et courageux des femmes de la montagne, ainsi qu'une santé robuste, ce qui était indispensable pour supporter autant d'années à Fernando Póo. Emilio était un homme de taille moyenne au sourire facile, qui arborait une chevelure rebelle, une moustache courte et des yeux attentifs comme ceux de sa fille. Kilian le trouva tranquille et débonnaire en plus d'être courtois. Emilio lui demanda comment se portait son père, qu'il n'avait pas vu depuis des semaines, et fut désolé d'apprendre que sa santé s'était dégradée.

— Ah, nous avons eu de la chance de pouvoir compter l'un sur l'autre quand nous sommes arrivés ici ! Comme c'était différent ! De nos jours, les rues sont goudronnées et ont des caniveaux. Nous avons l'eau, l'électricité dans les maisons, le téléphone… Comme à Pasolobino, mon garçon !

Kilian capta sans peine l'ironie de ses paroles. Il ne pouvait exister deux mondes plus différents que leur village et Santa Isabel. Les Européens en provenance de grandes villes remarquaient sans doute moins la différence, mais pour lui, habitué au bétail et aux villages boueux, c'était le jour et la nuit. Il commençait à comprendre pourquoi Emilio et Generosa s'étaient si bien adaptés aux commodités d'un tel lieu. Ils avaient même pu offrir à Julia une bonne éducation dans les écoles locales, ce qui représentait un vrai luxe. Un jour peut-être parviendrait-il lui aussi à aimer ce petit morceau d'Afrique autant que la famille Ribagorza, mais pour le moment il se laissait encore émouvoir par les minuscules détails espagnols, comme le simple autel orné d'une Virgen de Guayente, la patronne de sa vallée, ou une image de la Virgen del Pilar ; ou encore le goût de vin vieux du cubi que Generosa avait fait venir depuis chez eux et qui lui rappelait très vivement les fêtes familiales où il accompagnait les pâtisseries au saindoux typiques de leur région…

Un éclat de rire de Julia le tira de ses pensées. Pendant le dîner, la jeune fille s'était attachée à attirer l'attention de Jacobo par ses plaisanteries et sa conversation alerte. Elle s'était faite très belle pour l'occasion, avec une robe simple à manches courtes jaune en vichy ajustée et agrémentée d'un décolleté en dentelle devant et derrière. Ses cheveux relevés en un discret chignon mettaient en valeur son visage. Kilian regretta que son frère ne s'intéresse pas à elle, parce qu'ils auraient formé un très beau couple, d'autant plus que Jacobo aussi avait fait l'effort de présenter une allure impeccable avec son pantalon de lin et sa chemise blanche. Julia et lui étaient jeunes, attirants et drôles. C'était une bonne association... qui ne pouvait fonctionner si l'un des deux n'était pas amoureux. Kilian éprouva de la peine pour celle qu'il commençait à considérer comme son amie. Il voyait la joie dans ses yeux lorsque Jacobo répondait par un sourire, voire un éclat de rire aux commentaires qu'elle faisait.

L'un des boys leur signala que le café serait servi à la table de la terrasse donnant sur le jardin, hélas éclairée par des lampes à pétrole qui attiraient des nuées de moustiques. La nuit était si claire que la lumière de la lune sur le grand manguier et l'énorme avocatier aurait suffi. Julia proposa qu'ils jouent aux cartes, mais ses parents préférèrent poursuivre la conversation.

Le père de Julia craignait que l'indépendance d'autres pays comme le Kenya et le Congo belge n'arrivent jusqu'en Guinée et que les entreprises des Européens n'en pâtissent. Generosa écourta le débat avec habileté mais sans détour, quand elle comprit que Kilian ne cesserait de poser des questions. Le jeune homme se sentit frustré, il aurait aimé raconter aux autres ce qu'il avait lu sur le mouvement mau-mau dans le bateau. Il ne pouvait s'imaginer que ce monde colonial si parfaitement organisé puisse receler une fissure. Cependant, il ne voulut pas se montrer impoli et suivit le mouvement.

Jacobo regardait régulièrement sa montre avec une mine sombre. Le samedi, à l'instar des ouvriers nigérians, il touchait sa paie et voulait faire la fête. Il savait très bien où étaient Marcial et Mateo en ce moment même, quelles étaient leurs occupations, et un sentiment d'urgence lui tordait l'estomac.

Par chance pour lui, quelques minutes plus tard, l'autre boy vint l'avertir qu'un certain Waldo de Sampaka demandait l'autorisation d'entrer afin d'expliquer pour quelles raisons *massa* Kilian et *massa* Jacobo devaient retourner sans tarder à la plantation.

— Plusieurs Calabars étaient en train de faire une fête dans les baraquements, dit-il à une vitesse et avec une agitation qui parurent légèrement forcées à Kilian, mais ça s'est transformé en une grande bataille à coups de machette et tout…

— Ah, mais quelles brutes ! s'écria Generosa en se signant. Qui sait, peut-être font-ils partie de la secte où ils se mangent les uns les autres ? Vous n'avez pas entendu ? Au marché, il était question d'un évêque qui avait été mangé à Río Muni.

— Maman, qu'est-ce que tu racontes ! protesta Julia.

Jacobo pria Waldo de continuer avant que les commentaires ne l'éloignent de son objectif.

— Il y a plusieurs blessés, poursuivit le jeune homme, et aucun Blanc n'est là pour rétablir l'ordre, même pas le nouveau docteur…

Jacobo serra la main d'Emilio, embrassa Generosa et Julia, puis entraîna son frère au-dehors tout en renouvelant ses remerciements pour cette si agréable soirée et en acceptant de futures invitations. Julia les accompagna jusqu'à la fourgonnette, attendit qu'ils aient chargé la bicyclette de Waldo et prit congé d'eux, une étincelle de frustration dans les yeux.

Jacobo conduisit à vive allure avant de s'arrêter tout près. Il sortit, remit son vélo à Waldo et lui glissa quelques billets.

— Bon travail !

Waldo alluma une lampe de poche et se retira, ravi de la facilité avec laquelle il avait gagné cette somme inespérée.

Jacobo remonta dans la voiture et adressa un grand sourire à son frère.

— Mais quel voyou ! se récria Kilian, amusé.

— Bienvenue dans les nuits de Santa Isabel ! s'exclama Jacobo. Anita Guau, nous voilà !

Il appuya sur l'accélérateur et conduisit comme un dératé pendant que Kilian se laissait gagner par son allégresse.

À peine étaient-ils entrés dans la salle de bal qu'une femme bien en chair à la poitrine généreuse les saluait en leur serrant affectueusement la main.

— Mais qui sont ces *hola-hola* que voilà ? Cela fait bien longtemps que je ne vous ai pas vu, *massa* Jacobo ! Et ce doit être votre frère ! Soyez les bienvenus et profitez bien !

— Je vois que rien n'a changé, Anita.

Après avoir balayé la salle du regard, Jacobo repéra ses amis et leur adressa un signe.

— Regarde, Kilian. Même Manuel est venu. Ceux que je ne vois pas, ce sont Dick et Pao.

— Qui ça ?

— Des amis qui travaillent à Bata, dans le bois. Ils font souvent un passage ici le samedi… Bon, pour commencer, je vais prendre mon whisky préféré. Apprends donc ce nom : Caballo Blanco, à l'étiquette noire. C'est difficile à croire, mais il est moins cher que la bière. Les avantages du port franc…

Ils s'approchèrent du comptoir, où Kilian constata qu'en effet la plupart des clients commandaient un alcool fort. Les serveuses versaient de généreuses quantités de whisky aux noms inconnus (écossais ou irlandais sans doute) et de brandys familiers comme Osborne, Fundador, 501, Veterano ou Tres Cepas. Dans les maisons de Pasolobino, une bouteille de ce genre durait presque un an ; chez Anita, quelques secondes, constata Kilian, estomaqué.

Jacobo commanda deux verres de Caballo Blanco pendant que Kilian regardait la piste. Le dancing consistait en une immense cour fermée divisée en deux parties : à droite, un auvent protégeait le comptoir et les tables des éventuelles pluies ; à gauche, la zone consacrée à la danse était découverte, ce qui permettait de voir les bâtiments alentour. Sur les balcons des maisons, de nombreux gamins observaient les adultes en contrebas. Des hommes, blancs comme noirs, se mouvaient avec des femmes noires vêtues comme des Européennes au rythme de la musique d'un petit orchestre de six hommes. Une musique trépidante de tambours divers, de xylophone, de maracas pareilles à des courges et de trompette ; un curieux mélange de percussions africaines et de rythmes latins familiers. Kilian se surprit à balancer les épaules. Plus qu'accrocheuse, cette musique était contagieuse.

Jacobo lui remit son verre et ils avancèrent jusqu'aux tables les plus éloignées, où ils retrouvèrent Manuel et Marcial, qui buvaient accompagnés de deux très belles femmes. Avec des rires, ils désignèrent la piste, où les deux frères découvrirent Mateo occupé à suivre le rythme effréné de sa partenaire, une femme bien plus corpulente que lui. Marcial se leva pour approcher deux chaises. Dans ce coin destiné à boire et à converser, les fenêtres recouvertes de tissu sombre conféraient au lieu une ambiance intime, réchauffée par la fumée des cigarettes et les odeurs de parfum et de transpiration.

— Je vous présente Oba et Sade, dit Marcial. Elles arrivent de Guinée continentale. Voici Jacobo et Kilian.

Les jeunes femmes leur tendirent la main. Oba, plus menue que son amie, portait une robe jaune évasée au corsage ajusté orné d'un grand nœud piqué sur son décolleté, et avait des cheveux courts à l'européenne. Kilian trouva que Sade, par sa stature et sa posture altière, était comme une reine magnifique, aux bracelets de graines colorées et aux colliers de cristal. Assortie à ses sandales, une robe rose pâle à boutons descendant jusqu'à la ceinture et à l'encolure et aux poignets rehaussés de blanc mettait en valeur sa silhouette. Elle avait en outre les cheveux rassemblés en plusieurs petits chignons dont les lignes de séparation traçaient sur son crâne d'étranges dessins semblables à des mosaïques, ce qui faisait paraître ses immenses yeux encore plus grands et ses lèvres encore plus charnues.

— Vous voulez danser ? demanda Oba dans un espagnol parfait.

Marcial et Jacobo acceptèrent et ils s'en furent tous quatre sur la piste. Manuel alla chercher davantage à boire et, en chemin, il croisa Mateo qui revenait seul à table. Kilian sourit de voir à quel rythme son frère suivait les contorsions de Sade et la disproportion entre Oba et Marcial, qui dansait voûté.

— Je suis vaincu ! déclara Mateo et transpirant et s'asseyant à côté de lui. Ces femmes ont le démon au corps ! Et toi… tu ne danses pas ? Il te suffit d'en inviter une.

— Oh, je ne suis pas très doué pour la danse, avoua Kilian.

— Je n'aimais pas non plus, mais une fois que tu te laisses porter par les coups de djembé, de *dun-dun* et de bongo, c'est plus facile qu'il n'y paraît. Eh oui, j'ai même réussi à retenir le nom des tambours. Au début, pour moi, c'étaient tous des tam-tams, dit-il sans cesser de chercher du regard une nouvelle compagne. C'est très animé aujourd'hui. Il y a beaucoup de nouvelles filles.

Manuel arriva avec les boissons et se joignit à la conversation.

— Vous n'allez pas le croire ! Au comptoir, il y a Gregorio et Regina ! Sa peine due au départ de Dámaso aura été de courte durée ! Vous parliez de quoi ?

— De tambours et de filles, répondit Kilian. D'où viennent-elles ?

— Ce sont des Corisquiennes, des Nigérianes, des Fangs, des Ndowé de Río Muni..., répondit Mateo. Un peu de tout.

— Pas de Bubies ?

— Oh, non ! lui assura Manuel. Si elles perdent leur virginité, elles sont châtiées.

— Que de différences dans un si petit endroit, commenta Kilian en se rappelant l'ouvrier qui avait prêté sa femme. Et donc, c'est grâce à ce lieu qu'on supporte les semaines de travail.

— Ce n'est pas le seul, mais c'est le meilleur, expliqua Mateo qui balançait son verre au rythme de la musique, ne pouvant s'arrêter, même assis. Nous allons aussi parfois au Riakamba, derrière la cathédrale. Et il y a le Club Fernandino, mais il ne me plaît pas autant parce que les filles ne sont pas aussi ouvertes qu'ici.

Il ponctua son propos d'un gros rire et ses yeux diminuèrent encore plus dans la multitude de rides.

— Là-bas, elles se comportent comme les Blanches, toutes dignes, ajouta-t-il.

— C'est l'équivalent du casino des Blancs, nuança Manuel, amusé par la remarque de Mateo. C'est l'élite africaine qui y vient. Là-bas, il n'est pas très bien vu qu'un Blanc danse avec une Noire. Ici, ce n'est pas pareil. Pendant quelques heures, nous sommes tous égaux.

Marcial et Sade revinrent à la table sans leurs partenaires respectifs.

— Qu'est-il arrivé aux deux autres ? demanda Manuel.

— Oba m'a abandonné pour quelqu'un de sa taille, plaisanta Marcial en faisant craquer la chaise sous son poids. Et Jacobo a retrouvé une vieille amie. Kilian, il te fait dire de ne pas l'attendre et de rentrer avec nous. Ah, là là, il ne perd pas de temps, cet homme !

Sade s'assit tout près de Kilian. Avec une innocente négligence, elle lui demanda une gorgée de son whisky et le remercia en posant doucement la main sur sa cuisse. Les autres hommes échangèrent des regards amusés, mais Kilian se sentit nerveux. Un frisson parcourut son pantalon et il s'empressa de détourner l'attention.

— Aujourd'hui, on m'a dit que sur le continent des natifs ont mangé un évêque. Une secte interdite, quelque chose dans ce goût-là. Vous en avez entendu parler ?

Mateo et Marcial secouèrent la tête, étonnés, pendant que Sade et Manuel éclataient de rire.

— Quelle peur vous avez qu'on vous mange, les Blancs ! dit la jeune femme sur un ton lourd de sous-entendus. Et qu'on vous prenne vos pouvoirs…

Kilian fronça les sourcils.

— Il y a des tribus sur le continent qui chassent et mangent les gorilles, expliqua Manuel. Ils appellent « évêque » une espèce de gorille qui a une barbiche semblable à celle d'un père missionnaire d'il y a longtemps. Il est facile de mal interpréter. Tant qu'on y est, ils mangent aussi des diplomates…

Sade acquiesça en regardant du coin de l'œil Kilian, qui, ne sachant comment rattraper sa bourde, termina son verre d'un trait.

— Oh, les gars ! intervint alors Marcial. Voyez un peu la beauté qui vient d'entrer ! Elle, elle est de ma taille.

Tous les regards se fixèrent sur une femme en robe parme qui marchait lentement, laissant admirer sa silhouette impressionnante perchée sur des talons vertigineux.

Marcial s'élança vers elle comme un boulet de canon, mais s'arrêta à quelques pas. Un autre homme, bien plus grand que lui, s'approchait d'elle et lui tendait le bras pour la guider vers la piste de danse. Marcial rebroussa chemin.

— Mosi l'Égyptien, il est costaud, hein, Marcial ? compatit Mateo.

— Tu l'as dit ! Rien à faire. Bon, je vais reprendre un verre.

Sade se leva et prit Kilian par la main.

— Allons danser, décréta-t-elle avec autorité.

Kilian se laissa entraîner. Il fut content que l'orchestre interprète une biguine, qui ressemblait à une rumba lente, pour éviter l'humiliation. Sade se colla contre lui et plongeant ses yeux dans les siens, lui murmura des paroles envoûtantes. Surpris par le naturel de ses avances, Kilian ressentit une curiosité et un désir différents de tout ce qu'il avait pu éprouver auparavant. Ses expériences étaient limitées : une maison close de Barmón, où son frère l'avait emmené pour la première fois afin qu'il devienne un homme, à l'occasion d'une foire aux bestiaux, ainsi que quelques rencontres fugitives avec des jeunes filles travaillant dans de grandes maisons de Pasolobino et de Cerbeán. Il se remémora le commentaire de Jacobo après sa première fois désastreuse : « Les femmes, c'est comme le whisky : la première gorgée est difficile, mais une fois que tu t'y es habitué ça va tout seul et tu apprends à les savourer. » Avec les années, il avait réussi à reconnaître que son frère avait plutôt raison. Toutefois, à la différence de Jacobo, il ne recherchait pas le plaisir avec frénésie. Il avait besoin d'une certaine complicité, ou d'une affinité, fût-elle fugace, pour partager des moments aussi intimes avec une femme.

À cet instant, Sade savait comment le convaincre. Elle semblait réellement vouloir profiter de lui, et avec lui. Kilian commença à ressentir la force du désir entre ses jambes, ce qui ne passa pas inaperçu.

— Nous pouvons aller dehors, si tu veux, suggéra-t-elle d'une voix enjôleuse.

Kilian acquiesça et ils sortirent du dancing par la porte de derrière. Ils marchèrent collés l'un à l'autre dans une petite rue tranquille de maisons de plain-pied pour arriver là où commençait l'étendue verte.

Sade le conduisit entre des arbres à la frondaison opulente et dont les ombres dessinées par la lune dissimulaient d'autres couples. Ils s'arrêtèrent à un endroit qu'elle estima adéquat et discret pour qu'ils soient à l'aise.

Elle se serra alors de nouveau contre lui et Kilian se laissa faire. Sade parcourut son corps de ses mains expertes et guida les siennes sur toutes ses courbes sans cesser de prononcer dans sa langue des mots aguicheurs. Quand elle le vit prêt, elle s'allongea et lui fit comprendre de faire de même, puis elle s'ouvrit à lui. Kilian n'avait plus les pensées très claires. Il entra en elle avec un mélange capiteux de désir et de confusion, comme s'il ne parvenait pas à croire que son corps puisse réagir avec autant d'avidité aux desseins de Sade. Sans un mot, ils bougèrent à l'unisson jusqu'au moment où il n'en put plus et explosa. Une sensation de bien-être fila dans ses veines et il resta allongé plusieurs minutes. Elle lui donna de petits coups sur l'épaule pour qu'il se relève.

Ils arrangèrent maladroitement leurs vêtements. Ébahi, Kilian n'avait pas encore récupéré de l'intensité de leur rencontre. Sade lui sourit, compréhensive, le prit par la main et le raccompagna à l'intérieur. Au comptoir, elle se détacha de lui.

— J'aimerais bien te revoir, dit-elle avec un clin d'œil coquet.

Kilian répondit par un signe de tête ambigu, s'appuya au comptoir et demanda un verre. Petit à petit, sa respiration revint à la normale. Il avait besoin de quelques minutes avant de retourner voir ses amis et de se comporter comme si de rien n'était. Peut-être évoquaient-ils ces questions avec un grand naturel, mais ce n'était pas son cas. Il ne voulait ni être l'objet de leurs moqueries ni devoir leur fournir des explications. Il repensa aux conversations des derniers jours où il avait été question des femmes. Apparemment, que ce fût Marcial, Mateo, Jacobo, Gregorio, Dámaso, ou Manuel dans une moindre mesure, tous entendaient qu'il profite de l'île comme il venait de le faire. Et, en quelques minutes, il était devenu l'un d'eux. Si vite ! Si facilement ! La tête lui tournait. Allait-il revoir Sade ? Deviendrait-elle son « amie » fixe ? Ils avaient à peine échangé deux mots ! Il ne savait pas comment elle était, ce qu'elle attendait de la vie, si elle avait des frères et sœurs, des parents… Tout était allé à une telle vitesse… Qu'attendait-elle de lui en disant qu'elle souhaitait le revoir ? Finirait-il par lui donner de l'argent quand il toucherait son salaire, en échange de l'exclusivité de ses faveurs ? Était-ce ainsi que les choses fonctionnaient ? Un léger poids se forma sur sa conscience. Le mieux serait de ne pas retourner à l'Anita Guau pendant un temps raisonnable qui déciderait de la suite.

Il se lissa nerveusement les cheveux, but quelques gorgées de son verre, qu'il garda à la main pour regagner la table du fond, dans une posture parfaitement naturelle.

— Où est passée Sade ? demanda Mateo, la curiosité dansant dans ses yeux.

Kilian haussa les épaules et regarda vers la piste de danse.

— Moi aussi elle m'a quitté pour un autre.

— Pauvre petit, fit Marcial en claquant la langue avant d'agiter dans l'air une de ses énormes mains. Ce sera pour une autre fois.

Manuel étudia son expression et en déduisit que Kilian mentait. Il se dit qu'eux deux se ressemblaient peut-être plus qu'il n'y paraissait. Pour sa part, il désirait avec ferveur rencontrer la femme de sa vie, tâche difficile dans ce paradis de tentation.

— Je vais retourner à Sampaka, annonça-t-il en se levant. Tu peux rentrer avec moi si tu veux, Kilian.

Celui-ci accepta, tandis que les autres décidaient de rester encore.

Le trajet se déroula dans le silence. Une fois allongé sur son lit, Kilian eut beaucoup de mal à trouver le sommeil. Les gémissements en provenance de la chambre de son frère se mêlaient à ses propres images de Sade. Il avait passé un bon moment avec elle. Oui, un bon moment. Rien de plus. Il n'avait pas de raison de s'interroger autant à ce sujet.

Le lendemain matin, Jacobo entra en bâillant dans le réfectoire pour prendre le petit déjeuner.

— Bonjour, petit frère, dit-il à Kilian, seul, concentré sur son café. Alors ? Rien à voir avec les filles de Pasolobino et de Barmón, pas vrai ?

— C'est sûr, reconnut le jeune homme, qui n'avait pas l'intention d'entrer dans les détails. Rien à voir.

Jacobo se pencha et lui murmura à l'oreille :

— Hier soir, c'était moi qui invitais. Cadeau de bienvenue. Inutile de me remercier. Si tu veux renouveler, c'est toi qui vois.

Il se servit un café, poussa de nouveau un bâillement sonore et ajouta :

— Tu viens avec moi à la messe de 11 heures ? C'est une chance, ici, elle n'est pas en latin…

5

Palabra conclú

Affaire close

Quelques jours plus tard, le directeur envoya Kilian et Gregorio chercher de lourdes pièces au magasin des parents de Julia. Lorenzo Garuz avait su par Antón que les relations entre les deux hommes étaient plutôt tendues et pensé qu'un moment seuls en dehors de la plantation pourrait leur faire du bien. Il connaissait Gregorio depuis des années et celui-ci ne lui semblait pas être un homme dangereux. Peut-être un peu violent, mais il savait se faire obéir. Il accomplissait un bon travail dans l'intérêt de la plantation ; c'était un excellent tamis pour sélectionner les employés qui en valaient réellement la peine. Après une saison entre ses mains, soit les jeunes abandonnaient la colonie, soit ils se transformaient en travailleurs acharnés, comme Garuz l'espérait dans le cas de Kilian.

Ce dernier n'ouvrit pas la bouche de tout le trajet, non seulement parce qu'il n'avait rien à dire à son compagnon, mais aussi parce que ce dernier l'avait mis au volant. Toute son attention était concentrée sur l'objectif de conduire à la perfection le grand camion à l'habitacle arrondi et à la remorque en bois. Il n'avait pas l'intention de lui donner encore matière à se moquer de lui. Le robuste Studebaker de 1949 s'avança sur le chemin, puis sur la route avec toute la douceur dont le jeune conducteur était capable.

Quand ils entrèrent dans le magasin, ils furent reçus par une Julia radieuse. Kilian ne pouvait en connaître les raisons, mais elle était heureuse ces temps-ci. Le dîner s'était mieux passé que prévu. Il n'était pas facile d'obtenir que Jacobo lui prête attention plus de cinq minutes d'affilée, parce qu'il venait toujours faire ses achats en quatrième vitesse ou restait des semaines entières sans sortir de Sampaka. Julia, elle, circulait dans les lieux les plus fréquentés de Santa Isabel, assistait à la messe de midi le dimanche à la cathédrale et prenait l'apéritif au Chiringuito de la plaza de España, cherchant à rencontrer Jacobo par hasard, mais cela n'arrivait jamais. Les deux heures où elle avait pu apprécier sa compagnie pendant que Kilian occupait ses parents avaient été divines. Voyant Kilian avec un autre homme à la porte, son cœur avait battu plus vite quelques secondes. Mais non, c'eût été trop de chance. Elle reconnut Gregorio et salua aimablement les deux arrivants.

Kilian fut content de la revoir, malgré la légère honte qu'il ressentait encore de la manière dont ils avaient pris congé le samedi.

— Votre commande est dans l'arrière-boutique, annonça-t-elle. Il serait plus pratique que vous conduisiez votre camionnette là-bas. Mon père est en train de vérifier qu'il ne manque rien.

— Eh bien, vas-y, Kilian, fit Gregorio. C'est toi le chauffeur aujourd'hui.

Julia perçut l'irritation du jeune homme quand il sortit, sans doute à cause du ton autoritaire de Gregorio, qu'elle connaissait à peine, ce qui réduisit leur entretien à son aspect pratique : Gregorio lui montrait des modèles de vis, et elle allait diligemment les chercher dans leurs boîtes.

— Et finalement, le problème de samedi soir à Sampaka a été résolu ? demanda Julia.

— Samedi soir ?

— Oui, il paraît qu'il y a eu une grande bagarre qui a fait de nombreux blessés.

— Et qui t'a dit ça ?

— Un boy est venu chercher Jacobo et Kilian parce qu'il n'y avait personne pour rétablir l'ordre.

Gregorio fut très étonné. Il ignorait quel degré d'intimité unissait les jeunes gens, mais l'occasion de vérifier se présentait sur un plateau.

— Il ne s'est rien passé samedi soir.

— Mais…

— Et, mieux, j'ai vu Jacobo et Kilian chez Anita Guau. Aux alentours de 23 heures…

Il prit le temps de constater l'effet produit par ses paroles avant d'enchaîner :

— Tous les jeunes de Sampaka étaient là-bas. Très bien accompagnés, cela va de soi.

Julia serra les dents et son menton se mit à trembler. Soudain, elle comprenait tout, et ses nouveaux espoirs s'effondrèrent complètement. Jacobo l'avait fait marcher. Ainsi que ses parents…

Alors qu'elle s'était repassée en boucle leurs échanges et s'était convaincue d'avoir réussi l'épreuve de compatibilité. Ils partageaient une enfance à Pasolobino, tout comme une expérience en Afrique. Il était absolument impossible que Jacobo ne voie pas avec la même netteté qu'elle la quantité de choses sur lesquelles ils s'accordaient. Autrement, il aurait décroché pour s'intégrer à la conversation des autres. Mais pas du tout ! Il avait apprécié leurs échanges, ri avec elle. À un moment, il avait même soutenu son regard. Et mis de longues et délicieuses secondes avant de porter ailleurs ses merveilleux yeux verts. En outre, leurs mains s'étaient frôlées. Au moins trois fois !

Une profonde déception s'empara d'elle.

Gregorio revint astucieusement à la charge. D'une voix suave, comme un père décrivant les bêtises de ses enfants, il parvint à donner une mauvaise image des deux frères.

— Je ne sais pas pour Kilian, mais Jacobo est un *mininguero.* Il aime les femmes locales aux mœurs légères et ne devrait pas tarder à leur présenter son frère. Ah, les jeunes ne font pas attention. Trop d'alcool et de femmes, ça finit par se faire sentir. Enfin, c'est la vie d'ici. Ce ne sont ni les premiers ni les derniers.

Il sourit du succès de ses commentaires. Julia était au bord des larmes.

Sur ces entrefaites, Kilian revint, suivi d'Emilio. Elle se mordit la lèvre pour retenir ses larmes.

— Gregorio ! le salua Emilio en lui tendant la main. Nous ne t'avons pas vu depuis un moment. Tu ne sors pas du bois ?

— Pas beaucoup, Emilio, répondit l'autre en lui serrant la main. Il y a toujours quelque chose à faire… Et je ne mets le nez dehors que le samedi, tu sais bien…

Julia se détourna. Elle ne voulait pas que son père apprenne l'indélicatesse des deux frères, et Gregorio semblait se repaître de son embarras.

— Papa, intervint-elle d'une voix posée, je ne trouve pas les boulons de cette dimension. Tu peux regarder dans la réserve, s'il te plaît ?

— Bien sûr.

Kilian vit le changement chez elle. Elle ne le regardait plus et ses mains tremblaient. Il se tourna vers Gregorio et se demanda ce qui avait pu se produire.

— J'espère ne pas t'avoir gênée, murmura Gregorio à Julia, faussement inquiet.

— Moi ? répondit-elle avec fierté. Pourquoi m'aurais-tu gênée ? Tu crois que nous, les Blanches, nous ne savons pas à quoi vous perdez votre temps ? Nous ne sommes pas idiotes !

Elle fixa durement Kilian.

— Mais, qu'est-ce qui se passe, ici ? demanda-t-il.

— On dirait que j'ai mis les pieds dans le plat, avoua Gregorio avec une consternation théâtrale. Je lui ai dit où nous étions samedi soir. Tous. Je regrette vraiment.

Kilian serra les poings et ne se retint d'en user sur son collègue qu'à cause du retour d'Emilio. Sous le regard peiné de Julia, il se sentit comme un misérable ver de terre. Elle s'éloigna vers la réserve.

Les hommes bavardèrent quelques minutes, puis prirent congé. Lorsque Gregorio fut sorti du magasin, un petit sourire victorieux sur les lèvres, Emilio alla chercher sa fille.

— Tu te sens bien ? Tu as très mauvaise mine.

— Je vais bien, papa.

Julia afficha l'ombre d'un sourire, mais elle était en rage. Elle ignorait encore comment, mais Jacobo apprendrait bientôt qu'elle avait découvert son mensonge. Et elle allait changer de stratégie avec lui. Elle soupira avec détermination et résolut de s'armer de patience en attendant le moment opportun.

Au-dehors, Kilian laissa libre cours à sa colère.

— Tu es content de toi, Gregorio ? cria-t-il. Qu'est-ce que tu gagnes à ça ?

— Ne le prend pas comme ça, voyons ! fit l'autre en claquant la langue plusieurs fois de manière très irritante. Tu ne savais pas que le mensonge finit toujours par être découvert ?

— Tu mérites une bonne raclée !

Gregorio se plaça face à lui, les poings sur les hanches. Kilian le dominait d'une demi-tête, mais il avait sûrement moins de force.

— Vas-y, n'hésite pas, le provoqua-t-il en se retroussant les manches. Voyons si tu as le cran !

Kilian resta immobile, la respiration saccadée.

— Tu veux que je te facilite la tâche ? Que je commence ? proposa Gregorio en le poussant, le faisant reculer d'un pas. Allez, montre-moi le courage des montagnards !

Il le poussa à nouveau.

Kilian saisit de toutes ses forces les poignets de Gregorio et les immobilisa, les muscles bandés, jusqu'à distinguer dans ses yeux une légère surprise. Alors il s'écarta avec dégoût, retourna à la camionnette et mit le moteur en marche.

Il attendit que Gregorio monte et conduisit plein gaz et avec une grande assurance.

Comme s'il avait fait cela toute sa vie.

Quelques semaines plus tard, ce fut mars, le mois le plus chaud de l'année, précurseur de la saison des pluies. Dans les plantations, les cacaoyers, avec leurs troncs lisses et leurs grandes feuilles persistantes et oblongues, arboraient leurs petites fleurs jaunes, rosé et incarnat. Kilian s'émerveillait que les fleurs poussent directement sur le tronc et les plus vieilles branches. La chaleur et l'humidité des mois suivants en feraient surgir les baies ou cabosses de cacao. S'ils ne subissaient pas une des fréquentes gelées tardives, les centaines de bourgeons des arbres fruitiers de Pasolobino se transformaient en dizaines de fruits. Jacobo avait assuré à son frère que les milliers de fleurs qui naissaient sur chaque cacaoyer ne produiraient qu'une vingtaine de baies.

Les jours se succédaient sans grande nouveauté. Le travail était routinier, monotone. Chacun savait à quelles activités se consacrer : réparer les logements, préparer les cultures, mettre en état les séchoirs et les entrepôts en vue de la récolte qui commencerait en août.

Kilian se sentait plus tranquille, ou du moins avait pris le rythme quotidien du travail puis des journées festives. Gregorio restait davantage sur ses gardes depuis leur face-à-face devant le magasin dont Kilian n'avait parlé à personne, pas même à son frère. Si son collègue lui donnait toujours aussi peu d'explications concernant le travail, il ne le provoquait plus. Kilian ne lui accordait cependant aucune confiance.

Bien qu'il soit retourné chez Anita Guau, il n'avait pas demandé à Sade de s'occuper de lui, ce dont elle ne semblait pas se plaindre, parce qu'elle avait fort à faire pour contenter ses nombreux admirateurs. Manuel et Kilian avaient découvert que, plutôt que d'exhiber leurs piètres talents de danseur, ils préféraient tous deux aller voir un film au Marfil ou converser en terrasse face à la mer, avec pour musique de fond les bruissements d'ailes des énormes chauves-souris qui se détachaient des palmiers à la tombée de la nuit.

Un matin, pendant que dans la cour principale Antón et José exposaient à Kilian les fonctions des différentes parties des séchoirs, Manuel vint lui montrer des bristols.

— Regarde, Kilian. Mes anciens collègues de l'hôpital de Santa Isabel viennent de m'envoyer plusieurs invitations pour un bal au casino samedi. J'aimerais que tu m'accompagnes. Je vais le proposer aux autres également.

— Un bal au casino ! s'exclama Antón. Tu ne peux pas rater ça. L'élite de Fernando Póo y sera. Les employés des plantations y ont rarement accès.

— Ce sera avec plaisir, conclut Kilian. Mais qu'est-ce qu'on porte dans ce genre d'endroit ? Je ne sais pas si j'ai des vêtements adaptés.

— Une veste et une cravate suffisent, répondit Manuel. L'invitation précise qu'il n'est pas nécessaire de venir en tenue de soirée, ce qui nous évitera de louer un smoking.

— Je te prêterai une cravate si tu n'en as pas apporté, lui proposa son père.

Manuel les quitta à l'heure du repas, et les autres continuèrent la visite des séchoirs, des bâtiments sans murs dont les toits abritaient d'immenses plaques d'ardoises sur lesquelles on torréfierait les fèves de cacao. Comme José parlait avec des responsables, Kilian en profita pour aborder un sujet dont il souhaitait parler depuis longtemps à son père.

— Papa, j'ai quelque chose à vous dire, commença-t-il avec gravité.

— Oui ? fit Antón, qui avait une petite idée de ce qui allait suivre.

— Jacobo et moi pensons que vous devriez rentrer en Espagne. Même si vous le niez, nous savons que vous n'avez plus votre énergie d'antan. Il serait bien que vous alliez consulter le médecin de Saragosse.

Comme son père ne l'interrompait pas, il ajouta tous les arguments qu'il avait préparés :

— Si c'est une question d'argent, vous savez bien que ce que Jacobo et moi gagnons est plus que suffisant pour couvrir tous les frais. Et, en plus… depuis combien de temps n'avez-vous pas vu maman ?

Antón esquissa un faible sourire. Il tourna la tête et appela José.

— Tu sais ce que me dit Kilian ? La même chose que toi et Jacobo ! Vous vous êtes mis d'accord ?

José afficha une mine à la fois contrite et innocente.

— Je ne vois pas de quoi vous me parlez, Antón…

Voilà longtemps que son ami ne lui permettait plus de l'appeler *massa* en privé.

— Au contraire, sacripant. Apparemment, tu veux te débarrasser de moi. Vous voulez tous les trois que je m'en aille.

— C'est pour votre bien, insista Kilian.

— Vos fils ont raison, le soutint José. Le travail est dur, ici. Je ne sais pas comment vous supporterez une nouvelle récolte. Les médecins de là-bas vous trouveront sûrement quelque chose pour aller mieux.

— Les docteurs, José, moins je les vois, mieux je me porte. Ils te soignent d'un côté, ils t'amochent de l'autre.

Kilian ouvrait la bouche pour protester, mais Antón l'arrêta d'un geste.

— Attends, mon fils. J'ai vu Garuz hier, et après la récolte, à l'automne, je rentrerai à la maison et j'y passerai la Noël. Je ne voulais pas vous en parler avant d'en être sûr. Ensuite, je reviendrai ici, et selon mon état je travaillerai sûrement au bureau.

Kilian aurait trouvé plus logique que son père fasse ses adieux définitifs à la colonie, mais il préféra ne pas en rajouter. Peut-être changerait-il d'avis une fois en Espagne ? Comment un homme habitué au travail physique pourrait-il occuper un emploi de *massa clak*, ainsi que les travailleurs appelaient les employés de bureau, d'après *clerk* en anglais, même si bien souvent ils nommaient ainsi tous les Blancs de la propriété, parce qu'ils savaient lire et écrire. Enfin, son père était un homme têtu et réservé, qui de toute façon ferait à son idée.

— Vous me rassurez, dit Kilian. Mais l'automne est dans longtemps.

— Quand les séchoirs fonctionneront à plein, le temps passera tellement vite qu'en quelques jours nous serons tous en train d'écouter des cantiques, pas vrai José ?

— Je crois bien !

— Ah, les tonnes que nous aurons fait partir, toi et moi, toutes ces années !

Les yeux de son ami brillèrent. Kilian adorait les écouter évoquer l'ancien temps, qui remontait au début du siècle. Il avait du mal à s'imaginer une toute petite Santa Isabel, faite de maisons en bambou et en bois de *calabó* construites comme les huttes des villages ; ou les rues en terre rouge non goudronnées ; ou les aristocrates natifs d'alors, qui prenaient le thé à 17 heures en souvenir de leur éducation anglaise et allaient à la messe catholique le matin et à l'office protestant l'après-midi, pour donner l'exemple de la tolérance. José riait à gorge déployée en se rappelant que, dans son enfance, les hommes de l'âge de son père transpiraient en redingote et soulevaient leur haut-de-forme pour saluer les dames élégamment vêtues arborant des chapeaux à la parisienne.

— Saviez-vous, *massa* Kilian, que quand je suis né il n'y avait pas une seule femme blanche à Santa Isabel ?

— Comment est-ce possible ?

— Quelques-unes vivaient à Basilé avec leur mari colon. Elles avaient la vie dure. Mais, à la ville, on n'en voyait aucune.

— Et les jours où le bateau de la Trasmediterránea arrivait à Fernando Póo ? ajouta Antón. C'était tous les trois mois, fiston. Ils fermaient même les magasins. Tout le monde se précipitait au port pour avoir des nouvelles d'Espagne…

— Et saviez-vous, *massa* Kilian, que quand j'étais enfant les Blancs devaient rentrer en Espagne tous les deux ans pour pouvoir résister aux maux des Tropiques ? S'ils ne le faisaient pas, ils mouraient en peu de temps. C'était rare qu'ils tiennent. Maintenant, c'est différent.

— Oui, José, confirma Antón avec un soupir. Combien de choses avons-nous vues, toi et moi ? Et, pourtant, nous ne sommes pas si vieux. Mais comme les temps ont changé depuis que je suis arrivé ici avec Mariana !

— Et comme ils vont changer encore, Antón ! opina José en secouant la tête, partagé entre mélancolie, certitude et résignation. Comme ils vont changer !

Le samedi, Kilian enfila un costume de couleur claire repassé par Simón et mit une cravate ; il coiffa ses cheveux en arrière avec de la brillantine et se regarda dans le miroir. Il se reconnaissait à peine. Un véritable jeune premier ! À Pasolobino, il n'avait pas l'occasion de s'habiller ainsi. Au mieux, il portait le costume sombre qui servait pour les jours de fête comme pour les mariages.

À 19 heures précises, Mateo, Jacobo, Marcial, Kilian et Manuel, pareillement vêtus, partirent pour la soirée.

Sur le chemin, Kilian taquina son frère.

— Et moi qui croyais que le samedi soir était sacré. Tu vas être privé de ta dose d'Anita Guau ?

— Il faut être ouvert à tout, répliqua Jacobo. Ce n'est pas tous les jours qu'on peut aller au casino. Et puis s'il n'y a pas d'ambiance nous vidons les lieux et l'affaire est réglée. Dans tous les cas, vu comme nous sommes *ñanga-ñanga* nous aurons du succès n'importe où.

Les autres réagirent par des rires, auxquels Kilian se joignit en comprenant que l'expression *ñanga-ñanga* signifiait élégant.

Le casino se situait à Punta Cristina, à une trentaine de mètres au-dessus du niveau de la mer. Ils passèrent la porte d'entrée ; le lieu consistait en un ensemble d'édifices bâtis autour d'un terrain de tennis et d'une piscine aux carreaux noirs et blancs avec deux plongeoirs. Depuis la grande balustrade de la terrasse, par-dessus laquelle s'inclinait un unique palmier qui se découpait sur l'horizon, on avait vue sur toute la baie de Santa Isabel, où étaient amarrés de nombreux bateaux et canoës.

Seul Manuel avait déjà eu l'occasion de venir au casino, aussi les guida-t-il directement vers la musique. Ils pénétrèrent dans un bâtiment aux fenêtres en bois, traversèrent une grande salle où des groupes de personnes bavardaient avec animation, et accédèrent à une terrasse extérieure entourée d'un mur blanc sur lequel de petites lampes émettaient une douce lumière. Au milieu, une piste de danse vide pour l'instant et cernée de tables en marbre blanc. Des hommes et des femmes, blancs et noirs, tous très élégants, se saluaient avec affectation. Sur la scène, un orchestre, The New Blue Star, comme l'indiquaient les pupitres, interprétait une musique agréable qui ne gênait pas les conversations.

— Après le repas, ils joueront de la musique pour danser, expliqua Manuel tout en levant la main pour rendre leur salut à plusieurs personnes. Je crains que ce ne soit une soirée intense. Il y a des amis que je n'ai pas vus depuis fort longtemps.

— Ne t'en fais pas pour nous, dit Jacobo en prenant un verre sur le plateau que leur présentait un serveur. On va chercher une table dans un endroit stratégique et attendre qu'on vienne nous saluer.

Ses amis saisirent l'ironie de ses propos. En réalité, Mateo, Marcial, Kilian et Jacobo étaient intimidés, peu accoutumés à fréquenter le gratin de la société locale. Ils savaient qu'en dépit de leur impeccable apparence plus d'un les cataloguerait pour ce qu'ils étaient, des paysans trop peu sophistiqués.

Jacobo leur fit signe de le suivre vers une table proche de la porte d'entrée, d'où ils pourraient observer l'ambiance de la salle et la piste de danse. C'est alors que Kilian et Jacobo entendirent des voix familières : Emilio et Generosa, accompagnés de deux autres couples et suivis de trois jeunes filles, passèrent près de leur table.

— Julia ! Regarde donc qui est là ! se réjouit Emilio en se tournant vers les deux frères. Jacobo, Kilian et leurs amis. Vous pouvez rester ensemble !

On fit les présentations, on échangea des paroles de courtoisie, puis Generosa et ses amis poursuivirent leur chemin, tandis que Julia et les deux autres jeunes filles s'assirent. Les frères restèrent debout avec Emilio. Du coin de l'œil, Kilian vit bien que Julia était assez nerveuse et laissait parler ses sympathiques camarades, Ascensión et Mercedes, qui interrogèrent bientôt Marcial et Mateo sur leur quotidien à la plantation et leur passé en Espagne. À leur tour, elles racontèrent ce qu'elles faisaient à Santa Isabel et se déclarèrent chanceuses de pouvoir profiter à toute heure des commodités sportives du casino.

Emilio, très paternel et encouragé par les verres qu'il avait bus, s'attarda un peu avec eux.

— Alors c'est la première fois que vous venez au cœur de la haute société européenne ? Et où sortez-vous habituellement ? Oh, non, ajouta-t-il en baissant la voix. Ne dites rien, j'imagine très bien. Moi aussi, j'ai été jeune… Voilà, comme vous pourrez le constater, ici, nous nous mêlons tous, Blancs et Noirs, Espagnols et étrangers, à partir du moment où nous avons un dénominateur commun : l'argent.

Jacobo et Kilian échangèrent un regard bref et éloquent : si c'était là le critère d'appartenance au club, il était évident qu'ils n'y satisfaisaient pas.

Emilio leur montra un par un les clients tout en énumérant leur profession : commerçant, banquier, fonctionnaire, propriétaire terrien, douanier, importateur de véhicules, un autre commerçant, un avocat, médecin, entrepreneur colonial, le chef de la police coloniale…

— Là, c'est le chef d'une entreprise de machines-outils et d'automobiles. Il représente Caterpillar, Opel et Studebaker. Les parents des amies de Julia travaillent pour lui. Et, là-bas, c'est le secrétaire du gouverneur général de Fernando Póo et de Río Muní. Le gouverneur lui-même n'a pas pu venir aujourd'hui. C'est bien dommage, je vous l'aurais présenté.

Kilian n'avait jamais vu autant de gens importants à la fois. Si l'un d'eux s'était approché, il n'aurait pas su par où commencer – et encore moins continuer – une conversation d'une intelligence acceptable. Ces personnes évoquaient sûrement des sujets de haute volée, en rapport avec le gouvernement de la colonie et l'économie mondiale. Il regarda son frère, qui semblait écouter Emilio avec attention, mais dont les yeux parcouraient le site à la recherche d'un coin plus amusant où migrer. Par chance, plus loin quelqu'un faisait signe à Emilio.

— Les garçons, dit-il, je crois que mon épouse me réclame. Bonne soirée.

Les frères se joignirent au groupe où Ascensión et Mercedes brillaient par leur esprit. Ascensión avait les cheveux très blonds, presque blancs, le nez en trompette et les yeux bleus de sa grand-mère allemande. Elle portait une robe indigo taille basse avec une large ceinture et un décolleté rond. Mercedes, dans une robe en crêpe de soie verte ajustée au buste et très ample en bas, avait coiffé ses cheveux bruns en un chignon haut qui lui donnait un air raffiné et faisait ressortir ses traits déjà marqués et son nez proéminent.

Plusieurs serveurs commencèrent à s'approcher des tables avec des plateaux chargés de délicieux canapés. Tous fumèrent un moment, burent et parlèrent. Kilian était heureux de la présence des autres, car Julia n'accordait un regard ni à son frère ni à lui. Elle gardait le silence, la tête haute, écoutant avec un intérêt feint la conversation des autres. Kilian se dit qu'elle était très jolie dans sa robe de soie bleu clair à pois blancs. Un fin collier de perles ornait sa peau au-dessus d'un décolleté rond. L'image eût été parfaite si le sourire spontané qui illuminait d'ordinaire son visage s'y était dessiné. Impossible que Jacobo ne perçoive pas sa froideur.

Il devait être près de 22 heures quand Julia consulta sa montre à plusieurs reprises.

— Tu attends quelqu'un ? finit par lui demander Jacobo.

— En fait, oui, répondit-elle d'un ton dur. Et toi je suppose que ton boy ne tardera pas à venir te sauver de cette ennuyeuse soirée.

Jacobo en fut soufflé et Kilian, honteux, baissa la tête. Julia les observait, triomphante, et les autres, surpris, attendirent leur réaction.

— Comment as-tu su ? demanda Jacobo avec plus d'irritation que de remords.

— Quelle importance ? Quoi qu'il en soit je sais tout, répliqua-t-elle en se redressant encore sur sa chaise. Tu veux que je te dise où tu étais, l'autre soir, à 23 heures ?

— Ça ne te regarde pas. Tu n'es pas ma fiancée, je n'ai pas de comptes à te rendre.

Jacobo se leva et partit. Les autres gardèrent le silence. Kilian ne savait pas où se mettre. Il la regarda. Elle avait le menton qui tremblait. L'orchestre choisit ce moment pour entamer un paso-doble qui fut accueilli dans l'assistance par une grande ovation. Kilian se leva et prit Julia par la main.

— Viens, allons danser.

Elle accepta, contente qu'il la tire de cette situation embarrassante. Ils se dirigèrent vers la piste, il lui enlaça la taille et ils commencèrent à se déplacer en musique.

— Je t'avertis, je suis très mauvais danseur. J'espère que tu ne m'en voudras pas si je te marche sur les pieds. Et aussi pour l'autre jour. Je regrette vraiment.

Julia releva des yeux encore brillants de larmes. Elle hocha la tête.

— Il est clair que je me suis trompée de frère..., fit-elle en s'efforçant de sourire.

— Jacobo est quelqu'un de bien, Julia. C'est seulement...

— Qu'il ne veut pas s'engager, j'ai compris. Ou en tout cas pas avec moi.

— Il est peut-être trop tôt..., tenta Kilian, sans toutefois souhaiter lui donner de faux espoirs. Peut-être que dans d'autres circonstances...

— Oh, voyons, Kilian ! Je n'ai plus quinze ans ! l'interrompit-elle. Et nous sommes en Afrique. Tu crois que je ne sais pas comment il s'amuse ? Ce qui m'énerve le plus, c'est que les hommes comme lui prennent les Européennes pour de pauvres oies blanches. Que lui donne une *mininga* que je ne peux pas lui donner moi ? Que penserait-il si je lui offrais mon corps comme elles le font ?

— Julia, ne dis pas ça ! Ce n'est pas la même chose. Ne te compare pas à elles... Tu es fâchée, et tu as raison, mais...

Kilian trouvait que le paso-doble n'en finissait pas.

— Je n'en peux plus de cette morale qui fait deux poids, deux mesures ! le coupa de nouveau Julia. Vous passez tous sur le comportement relâché de vos amies noires, et nous, nous devons attendre que vous vous lassiez d'elles et veniez chercher chez nous la bonne épouse fidèle. Que se passerait-il si c'était l'inverse ? Si je fricotais avec un Noir ? Vous trouveriez ça bien ?

— Julia, je..., fit Kilian, très gêné. Tout cela est nouveau pour moi. C'est un sujet difficile...

— Tu n'as pas répondu à ma question.

Kilian hésita. N'étant pas habitué à aborder ce genre de sujet avec une femme, il était scandalisé, mais Julia se montrait très insistante.

— Pour les hommes, ce n'est pas la même chose… Et je trouve que ce n'est pas une conversation appropriée…

— Pour une femme ? compléta-t-elle avec colère.

Au grand soulagement de Kilian, le morceau s'acheva et l'orchestre enchaîna sur un swing.

— C'est trop compliqué, dit-il avec un sourire forcé.

Ils quittèrent la piste et croisèrent les quatre autres, qui avaient trouvé le courage d'aller danser. Tous deux revinrent en silence à la table, où Manuel buvait un verre.

— Me revoilà, dit-il à Kilian, je me repose un peu. Je n'ai pas arrêté de parler depuis notre arrivée.

— Manuel, je te présente Julia, la fille d'amis de mes parents.

Le jeune médecin se leva et la salua très courtoisement, tout en remarquant que le bandeau bleu ciel dans ses cheveux châtains faisait ressortir un joli visage aux yeux expressifs.

— Manuel est le docteur de la propriété, expliqua Kilian. Avant, il travaillait à l'hôpital de Santa Isabel.

— Nous ne nous sommes pas déjà vus ? demanda Julia en scrutant ses traits, ses cheveux blond foncé et ses yeux clairs derrière les grosses lunettes d'écaille. Tu es sûrement venu plein de fois au casino.

— Oui. Je suis souvent venu faire des longueurs en fin d'après-midi, et le dimanche jouer aux cartes ou prendre un verre avec mes collègues.

— Je viens tous les dimanches, et souvent en fin d'après-midi. Comme il est curieux que nous n'ayons pas déjà été présentés !

— Ah, depuis que je suis à Sampaka, je ne sors plus autant.

— Si cela ne vous ennuie pas, je vais me chercher à boire, dit Kilian.

Il profita de ce qu'ils continuent à parler pour se promener dans la salle et se réjouit de pouvoir être seul après ce mauvais moment. À l'intérieur, le volume des conversations avait augmenté. Il salua Emilio et Generosa et continua vers la zone du billard, où il aperçut son frère au cœur d'un nuage de fumée. Jacobo le regarda sans pour autant lui faire signe de s'approcher. Il devait encore être fâché par la saillie de Julia.

— Ah, te voilà, dit-il lorsque Kilian le rejoignit. Voici mes amis, Dick et Pao. Ils viennent de Bata. On s'est connus lors de mon premier voyage.

Kilian leur tendit la main et apprit très vite que Dick était un Anglais qui avait travaillé des années à Duala et qui officiait depuis peu avec Pao dans l'industrie du bois, en Guinée continentale. De temps à autre, ils profitaient de leur amitié avec le conducteur du Dragon rapide pour réaliser en avion le trajet d'une heure entre Bata et Santa Isabel. Dick était un homme grand et fort, à la peau claire rougie par le soleil et au regard étrange tant ses yeux étaient bleus. À côté de lui, le Portugais Pao ressemblait à un mulâtre osseux au nez effilé, grand de pieds et de mains. Tous trois avaient bu plus que de raison et, entre rires et plaisanteries, entreprirent de raconter à Kilian la dernière fois qu'ils avaient vu Jacobo.

— C'était à un safari au Cameroun, commença son frère, ravi. L'expérience la plus marquante de toute ma vie ! Nous sommes partis tout un groupe d'hommes armés de fusils. On suivait le guide sur les sentiers de branches coupées qu'un éléphant avait ouvert dans la forêt vierge. Un bruit semblable à un tremblement de terre nous a indiqué qu'il était près, devant nous, et que non loin de là il y en avait d'autres…

— Tu étais mort de peur ! intervint Dick en bon espagnol, malgré un fort accent. Ton visage était pâle comme la cire…

— Tu penses ! J'avais cru qu'on attendrait dans un lieu sûr et en hauteur pour voir l'animal ! Mais non, il était là, tout près, reprit Jacobo. Le guide, un chasseur expert, bien sûr, l'a atteint à une oreille et il est devenu fou. On s'est mis à courir comme des dératés…

— Il pissait le sang par l'oreille, poursuivit Pao avec un accent chantant qui lui faisait terminer les mots en « ou ». Mais il a continué à nous charger et nous, on filait.

Plus les minutes passaient, plus Kilian trouvait Dick et Pao antipathiques. Ils lui inspiraient méfiance et répulsion. Dick ne regardait pas son interlocuteur en face et Pao émettait à intervalles réguliers de petits rires de fausset.

— Enfin, l'animal a commencé à fatiguer et à ralentir. On en a profité pour lui tirer dessus plusieurs fois et…, enchaîna Jacobo en levant les mains. D'un coup, il est parti ! Il a disparu de notre vue ! La chasse était terminée et j'étais là, frustré de ne pas l'avoir vu tomber.

— Ces bêtes-là mettent des plombes à mourir.

Dick inhala la fumée de sa cigarette et la retint quelques secondes avant de l'expulser.

— Celui-là a mis deux jours ! renchérit Pao. Quand nous sommes revenus avec le guide, son corps était encore chaud.

— Ils se sont mis à plusieurs pour l'équarrir. Ils n'ont laissé que les os ! ajouta Jacobo, qui avait adopté le ton excité des deux autres. Les défenses étaient hautes comme la porte !

Kilian trouva ce récit horrible. Il était habitué à chasser des isards dans les Pyrénées, mais ne pouvait imaginer une telle scène. Depuis toujours, on abattait d'un coup les animaux afin de leur éviter de souffrir. Personne ne se complaisait à tourmenter longuement et inutilement une bête.

— Ça a l'air très dangereux, parvint-il à dire.

— Ah, tu peux le croire ! répondit Dick en le sondant de ses yeux froids et inexpressifs, que Kilian évita en allumant une cigarette. J'ai participé à une chasse où l'éléphant a saisi un des Nègres avec sa trompe, l'a soulevé en l'air, jeté à terre et écrasé : il ne restait plus de lui qu'un amas de chair et d'os.

— Sa propre mère ne l'aurait pas reconnu ! s'esclaffa Pao, montrant des dents irrégulières. Heureusement que ce n'a pas été l'un d'entre nous !

Kilian en avait assez entendu. Mais quelle soirée ! Entre l'incident avec Julia, la conversation osée, la sensation d'être entouré de personnes d'un trop haut niveau et le cruel récit de ces idiots, sa première nuit au casino serait sûrement la dernière. L'alcool lui montait à la tête et, cerise sur le gâteau, sa cravate le gênait tellement qu'il ne cessait de tirer sur le nœud pour la desserrer.

— Qu'est-ce que tu as ? lui demanda Jacobo à voix basse.

— Finalement, je crois que c'est dans le bois que je me sens le mieux, murmura Kilian en allumant une cigarette avec le mégot de la précédente.

— Pardon ?

— Rien, rien. Tu vas rester là ?

— Oh, nous allons trouver un endroit plus animé, répondit Jacobo, qui faillit inviter son frère avant de se raviser. Tu peux retourner à Sampaka avec les autres, si tu veux.

— Oui, évidemment.

Cela leur évitera de m'avoir dans les pattes..., pensa-t-il.

Jacobo, Dick et Pao se retirèrent, et Kilian resta un instant à regarder des jeunes jouer au billard. Des voix attirèrent son attention. Il se retourna et vit Emilio se disputer avec un homme noir corpulent portant un élégant costume fauve. Generosa tirait son mari par le bras, mais il n'en faisait pas cas. Le ton montait et les personnes qui les entouraient se turent. Kilian s'approcha.

— Comment peux-tu me dire ça, toi, Gustavo ? s'écriait Emilio. À moi, un ami de ton père depuis des années ! Vous ai-je déjà mal traités ? J'oserais dire que j'ai vécu sur cette île plus longtemps que toi.

L'autre se défendait, des gouttes de sueur perlaient sur son large front plissé et glissaient sur ses tempes derrière ses grandes lunettes aux verres carrés.

— Tu ne veux pas comprendre, Emilio. Je parle de tous les Blancs. Vous nous avez assez exploités. Un jour ou l'autre, il va falloir que vous partiez.

— Oui, bien sûr, c'est ce que veulent la moitié d'entre vous ici ce soir. Que nous partions et que vous gardiez tout. Y compris mon magasin ! Eh bien tu ne le verras pas de tes yeux, Gustavo !

Il lui donna une pichenette sur le torse.

— Je me suis décarcassé sur cette terre pour que ma famille ait une vie meilleure. Je ne consentirai pas à me laisser menacer, ni par toi ni par personne !

Dans tous ses états, Generosa suppliait son mari de partir. Kilian perçut son soulagement quand elle vit Julia venir vers eux, accompagnée de Manuel.

— Personne ne te menace, Emilio ! Je te pensais plus raisonnable. Tu t'es déjà mis à notre place ?

Gustavo agitait ses amples narines.

— À votre place ? brailla Emilio. Mais moi personne ne m'a fait de cadeau !

— Papa, ça suffit ! s'écria Julia en le prenant par le bras. On a sanctionné des gens pour moins que ça. Peut-on savoir ce qui vous prend ? Papa, Gustavo... Vous allez laisser cette fichue politique mettre fin à votre amitié ? Vous perdez votre temps : ici, tout va rester ainsi encore très longtemps.

Les deux hommes se jaugèrent en silence, mais aucun ne présenta d'excuses. Emilio finit par suivre Generosa vers la sortie. Peu à peu, les conversations reprirent, avec évidemment pour thème principal la dispute qui venait d'avoir lieu. Manuel et Kilian raccompagnèrent la famille à la porte.

— Tu vas bien, Julia ? demanda Manuel, voyant la jeune fille fort agitée.

— Oui, Manuel, je te remercie, répondit-elle avant de lui tendre la main gentiment. J'ai passé un moment très agréable. En fait, ç'a été le seul bon moment de la soirée. La danse non plus n'était pas mal, s'empressa-t-elle d'ajouter en voyant Kilian grimacer. Bon, mieux vaut que nous partions. Mon Dieu, quelle honte ! Je ne vais pas pouvoir revenir au casino pendant des semaines !

— Je suis désolée, ma fille, dit Emilio d'un ton contrit. Je n'ai pas pu m'en empêcher. Generosa, je me suis emporté...

— Ce n'est rien, Emilio, le rassura sa femme en enfilant avec des gestes nerveux ses gants de dentelle. Je crains que dorénavant nous ne devions nous habituer aux prétentions de ces ingrats. Parce que c'est ce qu'ils sont : des ingrats.

— C'est bon, maman, fit Julia avant de regarder les deux hommes. À plus tard.

— À bientôt, j'espère, répondit Manuel. Bonne nuit, Julia.

Manuel et Kilian restèrent à la porte du casino jusqu'à les perdre de vue.

— Une jeune femme charmante, commenta Manuel en nettoyant ses lunettes avec un mouchoir.

Pour la première fois depuis un moment, Kilian eut un large sourire.

Peu de temps après, Julia reçut des mains d'un boy de Sampaka un mot écrit par Jacobo :

Je regrette sincèrement mon comportement. J'espère que tu me pardonnes. Cela ne se reproduira pas.

Ces deux lignes tournèrent plusieurs jours dans la tête de Julia, qui ne cessait de revoir les yeux verts, les cheveux noirs et le corps musclé de l'homme dont elle croyait être amoureuse. À force de se répéter ces phrases, elle échafauda l'idée que cette trêve pouvait signifier quelque chose. Que, peut-être, la grossièreté dont elle avait fait preuve au casino avait fait réagir Jacobo, qu'il s'était rendu compte que tous deux pouvaient partager un avenir.

Elle résista deux semaines, mais craqua la troisième. Elle avait besoin de le voir et d'entendre sa voix. Elle envisagea différentes façons de tomber sur lui, mais les rejeta l'une après l'autre. Un nouveau dîner chez elle éveillerait les soupçons de sa mère quant à ses sentiments. Elle n'était pas sûre que Jacobo accepte une invitation au cinéma ou au café, et elle ne voulait pas risquer d'essuyer un refus ; une nouvelle rencontre au casino avec d'autres amis paraissait peu recommandée depuis la colère de son père, qui donnait sans doute encore à parler aux plus cancaniers. À Santa Isabel, c'était le pire : dans cette si petite ville, les rares choses qui rompaient la monotonie n'étaient pas oubliées avant des semaines.

Soudain, Julia eut une idée insensée qu'elle écarta d'abord, mais finit par accepter : elle irait voir Jacobo à

Sampaka après le dîner. Elle y était allée plusieurs fois avec son père et se souvenait parfaitement du bâtiment principal. Elle inventerait n'importe quoi et entrerait dans sa chambre, où ils pourraient parler seule à seul et, qui sait… Elle se mordit la lèvre, en proie à une grande excitation. Si quelqu'un la surprenait dans la galerie desservant les chambres, elle pourrait toujours dire qu'elle apportait un message à Antón de la part de son père. Personne ne mettrait en doute un tel alibi !

Petit à petit, elle échafauda son plan et choisit le jeudi pour le réaliser. Ce jour-là, ses parents jouaient aux cartes avec des voisins, et elle prenait l'auto pour se rendre au cinéma ; il n'y avait nulle raison que Jacobo ne se trouve pas à Sampaka.

Le jeudi suivant, après le dîner, Julia se prépara comme d'habitude afin de ne pas éveiller les soupçons, même si elle s'efforça de réaliser un maquillage parfait. Dès qu'elle s'assit au volant de l'Opel Cresta rouge et crème de son père, elle défit deux des boutons de sa robe rose à fleurettes et manches aux coudes. Elle avait également choisi un rouge à lèvres plus vif. Son cœur battait si vite qu'elle l'entendait malgré le bruit du moteur.

En quelques minutes, elle laissa derrière elle les lumières de la ville et l'obscurité s'empara de la route. Les phares éclairaient quelques mètres à peine devant la voiture. Un frisson de peur la parcourut. Elle imagina quelle quantité de vie courait dans les sentiers au cours de la nuit. Pendant que certains animaux dormaient, d'autres profitaient de l'absence de soleil pour accomplir leurs méfaits. Quand elle traversa le village de Saragosse, quelques faibles flammes dans quelques fragiles maisons projetaient des ombres à travers les fenêtres sans vitres. Un instant, elle regretta de ne pas avoir choisi une nuit de pleine lune. Les palmiers de Sampaka apparaissaient et disparaissaient comme des fantômes à mesure que la voiture avançait. Lorsqu'un homme aux cheveux blancs portant un petit projecteur leva la main pour l'arrêter, son cœur fit un bond. Il s'approcha de sa vitre et afficha sa surprise de découvrir une femme blanche et seule au volant.

— Bonsoir, miss, la salua Yeremías. Je peux vous aider ?

Elle répondit par la phrase qu'elle avait répétée pour paraître naturelle :

— J'ai un message pour *massa* Antón. Il fait toujours aussi noir ?

— Nous avons eu un problème électrique Je ne sais pas combien de temps ils vont mettre à le régler. Tenez, il faudra vous garer un peu avant la maison. Les Nigérians ont rempli la cour principale pour…

— D'accord, l'interrompit-elle, désireuse d'éviter les explications superflues. Merci beaucoup.

Elle avança son véhicule de quelques mètres et, sans qu'elle sache comment, se retrouva entourée d'une foule d'hommes faisant danser dans leurs mains des machettes. Certains portaient à hauteur de leur tête des lampes à pétrole qui faisaient ressortir de manière ténébreuse les énormes globes blancs de leurs yeux tandis qu'ils se penchaient pour observer la visiteuse inattendue. Julia calcula que, si elle laissait la voiture là, elle aurait cinquante mètres à peine à franchir pour atteindre l'escalier de la maison coloniale. Mais il lui faudrait traverser une partie de cette masse humaine. Une autre solution consistait à rester dans l'auto et à klaxonner comme une folle, ou encore à faire demi-tour et à repartir. Elle respira profondément et mit plusieurs secondes à analyser la situation. Elle se sentait devenir hystérique alors que l'attitude des hommes ne semblait pas violente. Ils la regardaient et poursuivaient leur route. Elle décida de s'armer de courage et de sortir de l'automobile. Les jambes en coton, elle se mit à marcher d'un pas décidé, accompagnée par des commentaires qu'elle ne comprenait pas mais dont elle devinait la signification en fonction du ton. Des dizaines de torses nus et de bras musclés l'entouraient. Son corps se couvrit d'une sueur froide et sa vision se troubla. Quand elle arriva au pied de l'escalier et se heurta à quelqu'un qui cherchait à l'attraper, elle était au bord de l'évanouissement.

— Julia, par tous les saints ! Que fais-tu ici à cette heure ?

Jamais elle n'aurait pensé que le son d'une voix puisse s'avérer si réconfortant.

— Il n'est pas si tard, Manuel. J'apporte un message à Antón de la part de mon père.

— Et tu ne pouvais pas envoyer un boy ?

— Ils n'étaient pas à la maison, mentit-elle, non sans s'apercevoir qu'elle rougissait. Je suis passée en allant au cinéma.

— C'est un grand détour !

Près de Manuel, Julia osa enfin regarder les hommes qui continuaient de se regrouper.

— Tu peux m'expliquer ce qui se passe ici ?

— Les ouvriers ont décidé d'organiser une chasse massive aux rats tropicaux dans les trois cours.

— Une chasse aux *grompis* ? Dans le noir ?

— C'est pour en attraper davantage. S'ils ne les exterminent pas maintenant, les rats vont se reproduire beaucoup trop et endommager la récolte. Ensuite, ils organisent une fête et les mangent.

— Et les Blancs participent ?

— Pas moi, mais je reconnais que je suis intrigué. Les autres employés et les contremaîtres vont faire des rondes pour s'assurer qu'il n'y aura pas de problèmes.

Julia ne savait pas si elle devait rire ou pleurer. De tous les contretemps possibles, jamais elle n'aurait pu imaginer que des rongeurs feraient tomber ses plans à l'eau.

— Tu veux regarder ? lui proposa Manuel. La forêt vierge, de nuit, recèle de nombreux mystères.

Avant qu'elle puisse répondre, la voix de Jacobo descendant l'escalier avec son frère, Mateo, Marcial et Gregorio les interrompit.

— Mais qu'est-ce que tu fais là ?

Julia se mordit la lèvre avec force tout en échafaudant un autre mensonge pour se sortir du pétrin où elle s'était mise. Elle s'accrocha au bras du médecin et répondit avec toute la chaleur d'une nuit tropicale montée à ses joues :

— Manuel m'a invitée à assister à la chasse, alors j'ai accepté avec joie.

Le sus-cité la regarda avec étonnement, mais comprit qu'il était préférable de ne pas poser de questions. Ils s'écartèrent pour que les autres accèdent à la cour principale et attendirent que les groupes se répartissent par zones puis s'éloignent. Manuel lui demanda de l'accompagner à une réserve pour prendre une lampe et lui proposa de rester près de l'équipe qui s'occuperait des cacaoyers les plus proches. On n'y voyait rien. On n'entendait que des murmures et, de temps à autre, un coup sec. En dehors de la nervosité qu'elle ressentait à se trouver entourée de végétation et de l'inquiétante sensation qu'à ses pieds couraient des milliers d'insectes, la chasse n'avait rien d'enthousiasmant.

— J'ai l'impression d'être observée, chuchota-t-elle en se frottant les bras.

— C'est toujours comme ça, dans la jungle. Si tu veux, nous pouvons prendre un café au réfectoire et attendre qu'ils reviennent avec leurs trophées.

Julia accepta avec plaisir. Pendant un bon moment, ils bavardèrent de tout et de rien, enchaînant les sujets comme s'ils se connaissaient depuis des années.

Le son des tambours les ramena à la réalité de la plantation.

Devant les baraquements des ouvriers, les femmes avaient allumé plusieurs feux où, déjà, grillaient plusieurs rats décapités. Kilian avait trouvé la chasse longue dans l'obscurité des cacaoyers. Il apprécia les flammes, parce que la fraîcheur des nuits indiquait la venue de la saison des pluies. Un travailleur africain s'approcha des employés blancs pour leur proposer une bouteille de *malamba*, et Simón courut chercher des verres. Il revint accompagné d'Antón, de Santiago et de José qui, sans avoir participé à la chasse, voulaient être de la fête. Il ne manquait que le directeur. À la fin de la journée de travail, Garuz retournait à sa famille dans sa maison de Santa Isabel. Il ne restait pas le soir, sauf occasion très spéciale.

— C'est fort comme le démon ! s'écria Mateo en agitant une main, la gorge brûlée par l'eau-de-vie de canne. Je ne sais pas comment ils peuvent résister.

— Pourtant, tu devrais être habitué ! plaisanta Marcial.

Il vida son verre d'un trait et demanda à Simón de le lui remplir.

Kilian goûta une gorgée de sa *malamba*. Ses yeux s'emplirent de larmes et il se mit à tousser.

— Doucement, voyons ! lui recommanda Marcial en lui donnant une grande tape dans le dos. Il faut y aller petit à petit au début. Ce truc ne passe pas par l'estomac. Il entre directement dans le sang.

— J'ai l'impression que nous aurons tous mal à la tête demain matin, conclut Antón en souriant, les lèvres encore luisantes de liqueur.

Kilian, qui avait récupéré malgré des joues encore rouges, se réjouit que son père ait eu envie de passer la soirée avec eux. Il ferma les yeux, goûta de nouveau et sentit se diffuser dans tout son corps une agréable chaleur. Lorsqu'il rouvrit les yeux, il vit approcher Julia et Manuel.

La jeune femme eut un sursaut en apercevant Antón et allait rebrousser chemin quand Manuel lui prit le bras.

— Ne t'inquiète pas, murmura-t-il. Je ne trahirai pas ton secret.

Si Manuel avait compris pour quelle raison Julia était venue, il ne l'évoqua pas. Elle acquiesça, heureuse et excitée par cette occasion de participer à une fête africaine.

— Tu es encore là ? lui demanda Jacobo quand elle vint saluer Antón.

— Julia ! s'exclama ce dernier, également surpris. Ça fait un moment ! Comment vont Emilio et Generosa ?

— Très bien, merci. Les soirées en votre compagnie manquent à mon père.

— Dis-leur que je passerai un de ces jours. Et comment se fait-il que tu sois là à cette heure-ci ?

— Je lui avais promis de l'inviter à une chasse aux *grompis*, et elle est venue, s'empressa d'intervenir Manuel pour voler à son secours.

Jacobo fronça les sourcils.

— La chasse est terminée depuis un moment. Je croyais que tu serais partie.

— Pour rater ce spectacle ? répondit-elle avec coquetterie.

— Je ne sais pas si c'est un lieu approprié…, commenta Jacobo en se tournant vers Manuel et Antón.

— … pour une Blanche ? termina-t-elle avec un sourire malicieux. Voyons, Jacobo, ne fais pas le grand-père.

Antón regarda son fils aîné et haussa les épaules. Le soudain souvenir d'une Mariana curieuse, insistant pour assister à un de ces bals fit naître un petit sourire sur les lèvres du vieil homme. Il y avait quasiment trente ans. Toute une vie ! Il soupira, but une nouvelle gorgée de *malamba,* s'assit sur une chaise aimablement installée par José et décida de se laisser porter par les images du passé que le rythme répétitif des percussions lui évoquerait sûrement.

Kilian s'assit par terre, près de Manuel et Julia, à quelques mètres des autres. Ce serait également sa première fête typiquement africaine, et il comprenait la curiosité de la jeune femme. La réaction de Jacobo, en revanche, était surprenante. Il ne cessait de jeter des regards renfrognés à Julia. Était-il possible qu'il soit jaloux ? Bien fait, qu'il goûte un peu de sa propre médecine ! Toutefois, Jacobo n'était pas du genre à rester longtemps en peine. Kilian accepta un nouveau verre de Simón et une délicieuse sensation de bien-être enveloppa ses sens. Il se concentra sur le spectacle, prêt à se laisser envoûter, comme Julia, par la magie de la nuit qui surgissait des flammes.

Nombre des femmes avaient orné de bijoux leur cou, leur taille et leurs chevilles. Leur seul vêtement consistait en une jupe effilochée qui s'ouvrait à chacun de leurs mouvements pour accompagner la musique hypnotique des peaux des tambours.

Le tempo de la musique s'accéléra et les danseuses se mirent à se contorsionner, bougeant la moindre parcelle de leur corps à un rythme frénétique. Leur poitrine oscillait de manière affolante sous le regard orgueilleux de leurs hommes. Julia aurait voulu ôter sa robe et se laisser gagner par l'énergie de ces corps nés pour jouir et danser. Manuel la regardait discrètement, fasciné par ses yeux brillants de curiosité qui semblaient absorber la scène et la transmettre directement à son sang.

Les mouvements impossibles durèrent un bon moment. Plusieurs hommes vinrent rejoindre les femmes en une danse endiablée, sauvage et érotique. Kilian reconnut Ekon, Mosi et Nelson. Il sourit. Si Umaru avait été là, le groupe de ceux qu'il connaissait aurait été au complet. Les corps luisaient sous les gouttes de sueur. Quand la poitrine de Kilian, et sans doute des autres Blancs, fut sur le point de rendre les armes à force de retenir son souffle, le temps décéléra et plusieurs gamins en profitèrent pour pratiquer quelques pas jusqu'à ce que la musique cesse. Alors on distribua des morceaux de viande et encore à boire au milieu des cris et des chants des Nigérians et du silence des Espagnols, encore euphoriques et impressionnés par la passion de cette danse ancestrale.

Pour Julia, la magie se rompit dès qu'elle regarda sa montre.

— Dieu du ciel, il est très tard ! Mes parents…

— Si tu veux, lui suggéra Manuel à l'oreille, je te suis avec une autre voiture, je te raccompagne chez toi et nous disons à tes parents que nous nous sommes rencontrés au cinéma et qu'après nous sommes allés prendre un verre.

— Tu ferais ça ?

— Avec grand plaisir. Mais nous ne leur dirons pas quel film nous avons vu, ajouta-t-il avec un clin d'œil complice.

Julia et Manuel dirent au revoir et partirent, suivis du regard par Jacobo.

— Le bonjour à Emilio, dit Gregorio pendant qu'ils s'éloignaient.

Elle se retourna et, voyant de qui provenait le salut, répondit par un geste vague.

— Je ne savais pas que tu connaissais Julia, dit Jacobo.

— Oh, si. En fait, je l'ai vue au magasin il y a peu de temps. Elle m'a parlé de je ne sais quel événement à Sampaka, et je l'ai détrompée. Ton frérot ne t'a pas raconté ?

Jacobo regarda Kilian, qui confirma d'un signe de tête résigné.

— Gregorio, tu es un imbécile, éructa-t-il.

Il bondit comme un ressort et se planta face à lui.

— Lève-toi que je te mette la tête au carré !

Antón et les autres se rapprochèrent aussitôt. Gregorio était déjà debout, prêt à affronter Jacobo. Les ouvriers les observaient en silence pour la plupart, une lueur d'amusement dans les yeux. Il était très rare que deux Blancs se battent.

— Tu ne vas rien faire du tout, Jacobo, lui assura Antón avec fermeté en le prenant par le bras. Nous sommes tous fatigués et nous avons trop bu. Demain matin nous verrons les choses différemment.

Jacobo s'écarta et, non sans protester, s'éloigna pour aller reprendre un verre, accompagné par

Mateo et Marcial ; Gregorio se rassit, cherchant du regard une femme avec qui finir la nuit.

Kilian décida de se retirer avec les plus âgés. Il avait les jambes en coton à force de boisson et dut prendre sur lui pour que son père ne se rende pas compte de son degré d'ébriété.

La sensation de chaleur et de calme l'accompagnait toujours quand il entra dans sa chambre. L'électricité n'étant toujours pas revenue, il s'avança d'un pas maladroit vers la fenêtre pour entrouvrir les lames de bois afin que l'obscurité ne soit pas si totale. Il buta sur un objet mou et faillit tomber lorsqu'il entendit un léger sifflement. Il se retourna et le sang lui monta à la tête tandis qu'il restait paralysé de terreur. Devant lui, dressé avec insolence, un serpent de plus d'un mètre et pourvu d'une tête triangulaire de la taille d'une noix de coco l'observait, menaçant. Comme si son cerveau ne pouvait plus assimiler que la fonction de voir, captivée par les ondulations de l'animal diabolique au museau effilé pourvu de deux grandes cornes pointues et de deux plus petites entre les fosses nasales. Sur sa tête ressortait une grande tache noire en forme de flèche, sur le modèle des losanges noirs qui formaient sur son dos jaune une impressionnante mosaïque.

Kilian ne parvint pas à crier. Le serpent avançait vers lui, se gonflant pour paraître encore plus gros, poussant un sifflement long et aigu. Projetant la tête en avant, il lui montrait des crocs acérés, pleins d'un venin mortel. Kilian localisa la machette à sa droite, sur une chaise. Il n'avait qu'à étendre le bras pour en finir, mais son bras était lourd comme une poutre. Des centaines de coups lui martelaient les tempes et un grand vide avait transformé son corps en tronc creux. La sueur lui couvrait la peau.

Il devait faire quelque chose, vaincre la pesanteur insufflée par la peur.

Il concentra tous ses efforts sur les muscles de sa gorge et émit un cri tremblant, semblable à un rugissement, qui augmenta de volume quand sa main attrapa la machette et la fit tournoyer avec rage pour couper la tête du serpent. Il continua de crier tout en le tranchant encore et encore, le transformant en un amas de chair avec une violence incontrôlable. La vision du sang fit circuler le sien, toujours mêlé à l'eau-de-vie, envoyant à ses sens des messages d'une joie démesurée. Il piqua la tête de l'animal du bout de son instrument et sortit de la chambre avec une fureur qu'il ne se connaissait pas.

Dans la galerie, Simón accourait, alerté par ses cris. Il l'attrapa de sa main libre et le secoua.

— Ce n'est pas arrivé tout seul dans ma chambre ! hurla-t-il. C'est toi qui es responsable de mes affaires ! Qui t'a payé pour que tu l'y mettes, hein ? Qui ?

Simón ne reconnaissait pas l'homme qui le tenait d'une main de fer.

— Ce n'est pas moi, *massa,* se défendit-il d'une voix suppliante. J'étais en bas avec vous tout le temps !

Deux portes s'ouvrirent. Antón et Santiago apparurent. Ils libérèrent vite Simón, proférant des exclamations que Kilian n'écoutait pas, l'esprit concentré sur le groupe qui était resté auprès des feux. Dans sa tête se succédaient les images de corps nus se mouvant en rythme, les rires décousus, les sourires déformés, du sang et encore du sang, un éléphant tombant à l'agonie, des rats sans tête, des serpents glissants, des coups de machette, Mosi, Ekon, Nelson…

Il fixa Simón.

— Tu as vu quelqu'un marauder par ici ?

— Non, *massa.* Enfin, si, *massa.*

Le garçon se mordit fortement la lèvre.

— Alors ? cria Kilian avec impatience, indiquant d'un geste à Antón et à Santiago de ne pas intervenir.

— Quand je suis allé chercher les verres, j'ai vu Umaru descendre l'escalier.

Umaru…

— Nettoie la chambre, ordonna-t-il. Et que ça saute !

Kilian descendit en trombe, traversa la cour à grandes enjambées et montra la tête du serpent piquée sur sa machette à ceux qui étaient encore rassemblés autour des feux. Les lumières des lampes à pétrole projetèrent une ombre grotesque sur le sol. Jacobo, Marcial et Mateo se levèrent d'un bond, surpris par ce Kilian ensanglanté et déchaîné.

— Ne bougez pas d'ici, fit-il avec un geste à l'intention de Gregorio. Toi non plus, Nelson ! Où est Umaru ?

— Je ne sais pas, *massa,* fit le contremaître en montrant ses paumes claires. Je ne l'ai pas vu depuis un moment.

— Cherche-le et ramène-le ! Tu m'entends ? *Tell him make him come!* Ramène-le, bon Dieu ! Et rapporte aussi ta badine !

Un silence sépulcral s'abattit sur l'assistance. Les femmes se retirèrent furtivement avec les enfants. Jacobo et les autres échangèrent des regards interloqués. C'est alors qu'Antón, Santiago et José arrivèrent. Peu après, Nelson revint, tenant Umaru par le bras. Kilian, lui mit la tête du serpent sous le nez.

— Qui t'a ordonné de mettre ça dans ma chambre ? Hein ? Qui t'a payé ?

Umaru se mit à claquer des dents. Dans une attitude de soumission absolue, il répéta plusieurs fois les mêmes mots, que Nelson traduisit :

— Il dit qu'il ne sait rien, qu'il a passé tout son temps à danser à la fête.

Kilian se rapprocha et se pencha pour le regarder dans les yeux.

— C'est un mensonge ! On t'a vu dans le couloir, là-haut.

Il jeta la machette à terre et demanda la badine à Nelson, qui hésita.

— Je t'ai dit de me donner la badine ! Umaru... *If you no tell me true, I go hit you!*

Antón fit un pas en avant pour intervenir, mais Jacobo l'arrêta.

— Non, papa. Laissez-le résoudre le problème lui-même.

Kilian sentit la minceur du bâton entre ses mains. Il avait mal aux tempes, au torse, aux dents... Il détestait cet endroit ! Il n'en pouvait plus de la chaleur, des bestioles, des ordres, des cacaoyers, de Gregorio ! Ah, s'il avait pu retourner à Pasolobino... Il pouvait à peine respirer. Umaru ne disait rien. Des dizaines d'yeux attendaient sa réaction. Kilian leva la main et mit un coup sur les bras du travailleur. Celui-ci hurla de douleur et fit mine de partir.

— Nelson, tiens-le !

Il releva le bâton et demanda à nouveau :

— Qui t'a payé, Umaru ?

Umaru secouait la tête de droite à gauche.

— *I know no, massa! I know no!*

Kilian le contourna et le frappa encore, dans le dos, une fois, deux fois, trois, quatre… Les coups ouvraient de fins sillons sur sa peau et le sang se mit à goutter sur le sol. Kilian était hors de lui. Il n'entendait plus les pleurs d'Umaru qui, à genoux, l'implorait d'arrêter.

Il allait le frapper encore quand une main lui prit le bras et une voix posée s'éleva :

— C'est assez, *massa* Kilian. Le garçon a dit qu'il allait tout vous raconter.

C'était José. Kilian se sentit déconcerté. Un grand vide le transforma de nouveau en homme creux. Il fut incapable de soutenir son regard. Umaru restait agenouillé et, entre gémissements et hoquets, expliqua qu'il avait découvert le nid du *bitis* dans les cacaoyers, près de la limite avec le bois. Il avait appelé *massa* Gregorio pour qu'il les tue, et celui-ci lui avait ordonné d'aller chercher une cage, où il avait gardé le serpent jusqu'à la nuit. La panne d'électricité avait donné l'occasion de s'introduire dans sa chambre.

— Et ta peur des serpents ? demanda Kilian, soudain anéanti. Combien t'a payé *massa* Gregorio pour la surmonter ?

Sans attendre la réponse, il s'approcha de l'instigateur, qui avait assisté à la scène, flegmatique, les bras croisés. Quand il eut Kilian face à lui, ses lèvres dessinèrent un petit sourire et il pencha la tête sur le côté.

— Félicitations, lui lança-t-il avec dédain. Tu es déjà presque comme moi. Tu te débrouilleras bien à Fernando Póo.

Kilian soutint le regard de rat de Gregorio quelques secondes qui lui parurent des heures. Sans prévenir, et à la surprise de ses collègues, il lui assena un direct dans le ventre, si fort que l'autre tomba.

— Affaire close, dit-il en ramassant le bâton avec fureur. *Palabra conclú.*

Et il partit dans un silence assourdissant.

Quand il rentra dans la chambre, Simón avait tout nettoyé et laissé une lampe à pétrole allumée. Il ne restait pas une trace de la dépouille du serpent. Kilian s'assit sur son lit et se cacha le visage entre les mains, les yeux fermés. Il avait encore la respiration saccadée. Les dernières minutes de sa vie défilaient avec netteté, muettes, sur l'écran noir de son esprit. Un homme blanc brutalisait un homme noir. La chair s'ouvrait, le sang coulait devant des dizaines d'hommes muets, imperturbables, pendant que les coups de l'homme blanc continuaient. Et, cet homme, c'était lui ! Il s'était laissé dominer par la rage et avait frappé Umaru avec sauvagerie ! Comment cela avait-il pu se produire ? Quel démon s'était emparé de son esprit ?

Il se dégoûtait.

La tête lui tournait. Il se releva avec difficulté, alla s'appuyer au lavabo et vomit jusqu'à ce qu'il ne lui reste plus que de la bile. Dans le miroir, il ne reconnut pas son reflet.

Ses yeux verts, enfoncés dans des cernes sombres qui ressortaient sur la pâleur de ses pommettes constellées de sang, semblaient plus gris que jamais. Il avait le front plissé de petites rides profondes.

— Je ne suis pas comme lui. Je ne suis pas comme lui !

Ses épaules se mirent à trembler et de profonds sanglots jaillirent de ses entrailles, cherchant la sortie. Kilian ne fit rien pour les maîtriser et pleura. Il pleura amèrement jusqu'à ne plus avoir de larmes à verser.

Le lendemain matin, le directeur le convoqua à la première heure. Dans son bureau, Kilian se retrouva avec Gregorio, Antón et José.

— Je ne vais pas y aller par quatre chemins, commença Garuz sur un ton mécontent. Je sais tout ce qui s'est passé cette nuit, ce qui vous évitera un interrogatoire. Il est évident que vous ne pouvez plus travailler ensemble. Gregorio, je t'enverrai Marcial à Obsay. C'est le seul à savoir te tenir en respect, et il s'en fiche.

Il s'adressa à Kilian, qui devait prendre sur lui pour rester présentable. Les mots lui vrillaient le crâne. Il s'était levé avec une terrible migraine et sa vue s'obscurcissait parfois. Pourvu que les médicaments qu'il avait pris à jeun fassent vite effet.

— À partir de maintenant, tu travailleras avec Antón et José dans la cour principale. N'interprète pas cette mutation comme une récompense. Un incident de plus, quel qu'il soit, et tu es renvoyé, c'est compris ? le sermonna-t-il en ponctuant ses propos de petits coups sur son bureau. Si je ne te congédie pas dès maintenant, c'est pour ton père, que tu peux remercier. Ce sera tout.

Il ouvrit un tiroir et en sortit des papiers.

— C'est bon, vous pouvez disposer.

Les hommes se levèrent et se dirigèrent en silence vers la porte. Kilian fermait la marche, tête basse ; il n'osait pas regarder son père. Une fois dehors, les autres se dispersèrent et Kilian décida d'aller prendre un café pour s'éclaircir les idées. Peu après, Jacobo entra dans le réfectoire.

— Je te cherchais, déclara-t-il d'une voix légèrement éraillée. Papa m'a mis au courant. Tu vas bien ?

Kilian acquiesça.

— Je suis content de ne pas retourner à Obsay, mais je suis désolé de t'avoir pris ton poste. Je suppose que c'était à toi de passer à la cour principale.

— Pas du tout ! fit Jacobo d'un geste négligent de la main. Je suis très bien là où je travaille. À Yakató, je n'ai personne sur le dos.

Il lui fit un clin d'œil et lui donna une bourrade amicale.

— Mateo et moi avons mis au point notre petite routine. Dans la cour principale, on voit tout. Et les crapules préfèrent l'obscurité.

Voyant que son frère ne riait pas, Jacobo abandonna le ton de la plaisanterie.

— Tu as fait ce qu'il fallait, Kilian. Tu leur as montré qui commande. À partir de maintenant, ils te respecteront. Et Gregorio aussi.

Kilian pinça les lèvres. Son autorité récemment acquise ne lui procurait aucune fierté. Il s'assit et accepta le café tendu par Simón. Il refusa d'un geste de la main que le garçon y ajoute un trait de cognac.

— J'y vais, annonça Jacobo. À ce soir au dîner.

Dès qu'il eut franchi la porte, Simón s'avança vers Kilian. Deux fois il fit mine de parler, avant de se raviser.

— Je n'ai besoin de rien d'autre, Simón, lui dit Kilian. Tu peux partir.

Il ne bougea pas.

— Tu as quelque chose ?

— Eh bien, *massa*... Il y a quelque chose que vous devriez savoir.

— Vas-y, soupira Kilian.

Le café lui réchauffait l'estomac, mais sa migraine persistait. Il avait suffisamment de problèmes personnels et n'éprouvait absolument aucune envie d'écouter ceux des autres.

— Cette nuit, il s'est passé quelque chose. Deux amis d'Umaru ont voulu le venger de la bastonnade et s'en prendre à vous.

Kilian, abasourdi, releva la tête.

— Vraiment, *massa*, poursuivit Simón. Après la fête, José n'est pas allé dormir comme les autres. Il m'a dit qu'il y avait quelque chose de bizarre et il a veillé sur vous toute la nuit. Si, je vous assure, et moi aussi. Ils ont profité de l'obscurité pour monter jusqu'à votre chambre, et nous étions cachés, José et moi, avec deux policiers qui devaient une faveur à José.

Il ouvrit grands ses yeux noirs et brillants pour mettre plus d'emphase dans ses paroles.

— Ils avaient pris des machettes pour vous tuer ! Heureusement que José était là, *massa.* Heureusement.

Kilian voulut répondre, mais en fut incapable. Il leva sa tasse vers Simón, qui lui rapporta du café.

— Que va-t-il leur arriver ? finit-il par demander quand le garçon revint de la cuisine.

— La police s'est chargée de les punir et ils vont être renvoyés au Nigeria. Umaru aussi. Mais ne vous en faites pas, le *big massa* n'en saura rien. Et personne ne parlera. Je crois que les autres n'auront pas envie de réessayer. Il n'y a plus de danger, *massa,* mais pendant un moment je vous conseille de bien fermer votre fenêtre et votre porte.

— Merci, Simón, murmura Kilian. De ton aide et de me l'avoir dit.

— S'il vous plaît, *massa,* le supplia le garçon, ne dites pas à José que je vous l'ai dit. José connaît ma famille, nous sommes du même village… Il m'a fait promettre de ne rien dire…

— Alors pourquoi tu l'as fait ?

— Vous êtes gentil avec moi, *massa.* Et le serpent dans votre chambre, ce n'était pas bien, vraiment…

— Ne t'inquiète pas, Simón, lui promit Kilian en lui posant une main sur l'épaule. Je garderai le secret.

Il sortit, regarda en l'air et contempla les nuages noirs et bas qui occultaient le soleil. Il sentait l'humidité. À mesure que se consumeraient les heures, la chaleur deviendrait moite, mais le seul fait de pouvoir vivre une nouvelle journée le réconforta, malgré son mal de tête, le remords dans son cœur et la peur rétrospective.

À quelques mètres, il distingua l'allure tranquille de José, qui s'activait à l'organisation des tâches du jour de ses hommes. Il était de stature moyenne, robuste, en dépit d'une constitution fine qui contrastait avec les corps musclés des ouvriers. De temps à autre, avant de prendre une décision, il caressait sa barbe courte et blanche. Les travailleurs le respectaient, peut-être parce qu'il aurait pu être leur père à tous. Il connaissait le nom de chacun et s'adressait à eux avec autorité mais sans crier, avec des gestes énergiques mais sans violence, comme s'il connaissait leur état d'esprit à tout moment, ce qui lui permettait d'anticiper leurs réactions.

En regardant José, Kilian ressentit une profonde reconnaissance. Ils avaient essayé de se venger pendant qu'il dormait. Il lui devait la vie ! Si José était allé se coucher comme les autres, à cette heure Kilian serait mort ! Pourquoi José avait-il agi ainsi ? Pourquoi s'inquiéter de ce qui arrivait à un Blanc ? Probablement par affection pour Antón. Le jeune homme frissonna. Il ignorait comment, mais il trouverait un moyen de prouver à cet homme que son action noble et courageuse n'avait pas été vaine.

Ce même soir, Kilian prit un *picú* et, sans rien dire à ses collègues, conduisit jusqu'à Santa Isabel.

Il entra chez Anita Guau et alla directement au comptoir, où il commanda un whisky et demanda si Sade était présente.

Cette nuit-là, Kilian s'accrocha au corps de la jeune femme avec la concupiscence froide de l'impatience et profita d'elle comme de la mousse d'un kapokier : en célébrant la vie sans besoin de s'en nourrir.

6

Inside the Bush

Dans la jungle

1955

Le dernier camion chargé de sacs de cacao se dirigea vers la sortie de la propriété, empruntant le chemin de palmiers royaux pour gagner le port de Santa Isabel. Kilian le regarda partir avec soulagement, fierté et satisfaction. Il avait finalisé avec succès sa première saison complète sur l'île. Au bout de vingt-quatre mois, il se considérait comme expert en production de cacao. Celui de Sampaka était célèbre dans le monde entier, car élaboré de manière méticuleuse pour aboutir à une qualité optimale, ce qui permettait de le vendre cinq pesettes de plus le kilogramme. Sur les tonnes qui étaient produites, cela représentait une véritable fortune que Kilian avait contribué à obtenir par des heures interminables passées dans les séchoirs : nuit et jour à vérifier de ses propres mains la texture des fèves, à surveiller qu'elles gonflent sans s'effriter et soient torréfiées juste à point, à la seconde près, afin de ne pas blanchir. Le cacao sec et bien fermenté qui remplissait les sacs, prêt à l'embarquement, était de belle taille, d'un marron plus ou moins foncé, cassant, de saveur légèrement amère et d'arôme agréable.

Près de lui, Jacobo et Mateo se laissèrent tomber sur un muret et allumèrent chacun une cigarette. Marcial resta debout.

— Je suis à plat, souffla Mateo. J'ai de la poudre de cacao jusque dans les moustaches.

Jacobo s'épongea le front avec un mouchoir.

— Garuz va être content de cette récolte, déclara-t-il. La meilleure depuis des années. Il devrait nous donner une prime !

Kilian était lui aussi épuisé. Plus d'une fois il avait été tenté d'imiter pas mal de travailleurs et de profiter de l'agitation des fêtes de Noël pour échapper au travail. Il s'assit avec les autres et accepta la cigarette que lui tendait son frère. Il inspira profondément. Une fiche couche de couleur chocolat recouvrait chaque pore de sa peau. Lorsque l'activité aurait entièrement cessé dans les séchoirs, une odeur de cacao grillé persisterait. Le soleil déclinait déjà, mais la chaleur insupportable ne cédait pas. Dans la tête du jeune homme résonnaient encore les chants et les fêtes chargées d'alcool de son deuxième Noël passé loin de chez lui, et il trouvait toujours étrange de sentir la transpiration coller ses vêtements à sa peau en plein mois de janvier. Il se rappela la messe du 25 décembre en manches courtes, les peaux tannées par le soleil et les plongeons dans la piscine de la propriété. Cette saison sèche était plus chaude que la normale et, à Sampaka, les averses occasionnelles ne parvenaient pas à alléger l'atmosphère.

— Hé, les gars, dans les montagnes de Pasolobino, il doit faire un froid de tous les diables ! lança Marcial en défaisant avec difficulté les boutons de sa chemise.

Kilian imagina ses parents et Catalina devant le foyer pendant que le bétail mangeait tranquillement dans les étables et que la neige recouvrait les prés d'un épais manteau blanc. Ils lui manquaient, mais avec le temps, la terrible nostalgie des premiers mois s'était atténuée, ou en tout cas elle ne lui tenaillait plus la poitrine de façon insupportable.

— Je dois avouer que j'ai envie de changer d'air, dit-il.

— Oh, tu n'en as pas pour longtemps. Dès que papa reviendra, parce que je parie tout ce que tu veux qu'il reviendra, tu partiras en vacances en Espagne. Je suis jaloux !

Antón avait dit au revoir à ses fils comme s'il n'allait jamais revenir à Sampaka. Kilian n'avait pas besoin de parier avec son frère ; il était lui aussi convaincu que, comme l'an passé, leur père reviendrait, reposé et un peu remplumé.

— Ne te plains pas. Ensuite ce sera ton tour, dit-il à Jacobo.

— Ça me fait mal de le dire tout haut, mais je reconnais que tu as bien mérité de partir le premier, pas vrai, Mateo ?

Ce dernier acquiesça.

— Qui l'eût cru ? On ne te reconnaît plus. Quand tu es arrivé, tu étais tout maigrichon… Et regarde-toi maintenant ! Tu as plus de muscles que Mosi !

Kilian sourit de cette comparaison excessive, mais il savait qu'il avait donné le meilleur pour que son père, son frère, ses collègues et le directeur lui-même soient fiers de lui. C'était aussi en partie pour expier sa faute après l'incident avec Umaru et Gregorio. Cela ne lui avait pas été difficile, car il était habitué à travailler et à faire ce qu'on lui demandait. Il se remémora ses premiers jours à Fernando Póo et se surprit de s'être si bien installé dans cette routine marquée par le son de la conga ou de la droma et les chants nigérians. Bientôt recommencerait le travail au grand air, dans les cacaoyers, près de la jungle fascinante, des heures et des heures où les *cutlass* seraient l'acteur principal, la machette retombant implacablement sur le *bicoro,* la bouillie bordelaise pulvérisée sur les jeunes pousses…

— En fin de compte, je dois vous donner raison à tous, papa, toi et Julia… Je me suis habitué à l'île. Mais un bon repos à la maison ne me fera pas de mal.

Du coin de l'œil, il vit Jacobo serrer les mâchoires au nom de Julia. En novembre, contaminés par l'ambiance des bals, concerts et courses de canoë des fêtes de Santa Isabel, Julia et Manuel avaient officialisé leurs fiançailles, pouvant ainsi organiser leur temps libre à leur guise, sans la pression de la clandestinité. Ils avaient alors parcouru Fernando Póo à la recherche de plantes pour les travaux de Manuel, pris le goûter à l'hôtel sur la colline de Moka, profité d'un bon film ou d'un bon bain à la piscine du casino. Emilio et Generosa étaient ravis : en plus d'être un homme éduqué et respectueux, Manuel était médecin. Leur fille était fiancée à un docteur ! Jacobo avait fait bonne figure mais, dans le fond, son orgueil avait été égratigné. Il était pleinement conscient que son refus de s'engager trop tôt avait profité à un autre, qui avait gagné le cœur d'une femme extraordinaire. Pour surmonter sa peine transitoire, il avait poursuivi son alternance méthodique entre Sampaka et les nuits de Santa Isabel, et la seule chose dont il se plaignait ouvertement était l'absence de compagnons pour ses virées. Bata n'était pas assez près pour que Dick et Pao viennent régulièrement sur l'île, et Mateo comme Marcial délaissaient de plus en plus fréquemment les escapades libertines pour retrouver les amies de Julia au casino.

— Celle qui regrettera ton départ, ce sera la belle… Comment, déjà ? interrogea Mateo avec malice. J'oublie tout le temps !

— Laquelle ? Elles sont toutes folles de lui, fit Marcial en formant un baiser de ses lèvres épaisses. Mais fais attention, Jacobo. Ton frère gagne du terrain sur toi.

— Mais il est loin de me rattraper ! s'esclaffa Jacobo. Il ressemble plus à un moine qu'à autre chose. Vous savez ce que me disent les filles de la ville ? Que Kilian va devenir l'un de ces fermiers qui vivent déconnectés du monde…

— Bon, ma foi, ce n'est pas si grave. Quant à vous deux, fit Kilian en s'adressant à Mateo et à Marcial, vous avez oublié tout ce qui vous intéressait ? J'ai l'impression que Mercedes et Ascensión vous font oublier vos amies de chez Anita.

— C'est certain, reconnut Mateo d'un air coquin. Et l'inverse est vrai aussi. Les *miningas* nous font tout autant oublier Mercedes et Ascensión.

Tous quatre éclatèrent de rire.

— Allez-y, riez ! se moqua Jacobo, mais je vous vois comme Manuel, prêts à officialiser vos fiançailles à la première occasion et à prendre un goûter sur la colline.

— Tout le monde voit son heure arriver, tu sais, dit Marcial en haussant ses larges épaules avec un sourire résigné. Les années passent, et il faudra bien fonder une famille.

— Il est l'heure de dîner, éluda Jacobo.

Il se dirigea vers le réfectoire, suivi des autres.

— Ce qu'il aime la viande noire, celui-là murmura Mateo à Marcial en secouant la tête. Je ne sais pas s'il s'habituera à une autre…

Kilian grimaça à ces paroles. Il lui arrivait toujours la même chose : après un moment à rire avec les autres hommes, il lui restait un arrière-goût amer. Il alluma une cigarette et laissa les autres prendre de l'avance. Il aimait ce moment, tous les soirs à la même heure, où, sans préavis, avec la même force que les *bikoro* dans les plantations de cacao, le jour se transformait en nuit. Il s'appuya à un mur en attendant les ombres et pensa à Sade, sa silhouette svelte, ses longues jambes, sa peau lisse, ses seins fermes et généreux, son visage long et étroit où des yeux en amande rivalisaient de beauté avec des lèvres charnues. Comme la fine poussière sombre qui imprégnait l'atmosphère, la succession vertigineuse des journées avait aussi été douce-amère, dernièrement. C'était une combinaison de rivières de sueur et d'efforts récompensés par une excellente récolte, et de moments de répit aussi rares que brefs, mais bien mis à profit, avec elle. Les autres avaient raison. À mesure que le corps de Kilian se musclait sous l'effort, que sa peau affichait un bronzage permanent agréable à l'œil, il sentait qu'aux bals il commençait à avoir le même succès que Jacobo. Bien apprêtés dans leurs chemises de lin blanc parfaitement repassées, leurs amples pantalons beiges, les cheveux passés à la gomina, ils suscitaient la concurrence entre les femmes – blanches comme noires. Kilian savait que sortir en compagnie de Jacobo signifiait terminer ivre de whisky dans les bras d'une belle femme, mais voilà des mois qu'il s'était lassé de tant d'alcool et de danse. Il avait choisi de restreindre ses sorties à la ville à ses rencontres sporadiques avec la belle Sade, absolument nécessaires pour maîtriser la fougue de sa jeunesse. Elle ne lui demandait jamais rien, ne formulait aucun reproche. Il arrivait au club et sa petite Sade était là, toujours prête à le rejoindre après des semaines sans l'avoir vu. Pour Kilian, cette situation était très commode. Il profitait des quelques moments avec elle, riait de son sens de l'humour rafraîchissant, de son attitude tranquille et affectueuse.

Il n'avait pu éviter que tous fussent au courant de sa relation et devait supporter les commentaires ironiques qu'il avait entendus au sujet d'autres que lui. Il tentait de les encaisser sans trop broncher et répondait même avec esprit aux plaisanteries, mais au fond il avait honte de son propre comportement, guère mieux que celui des autres. La différence avec son frère reposait sur le nombre de femmes avec lesquelles ils couchaient, mais pas sur leur attitude envers elles. Kilian en était arrivé à se demander si, un jour, il pourrait penser à Sade comme à une femme avec qui planifier un avenir ou fonder une famille…

La réponse tournait dans son ventre jusqu'à ce que l'envie d'une nouvelle cigarette le prenne et restait là, tapie, lâche comme un rat des bois, sans sortir au grand jour.

Quelques jours plus tard, Jacobo lui montra un télégramme qu'il avait reçu de Bata.

— C'est de Dick, il nous invite à une autre chasse à l'éléphant au Cameroun et à passer quelques jours à Duala. Garuz est content de nous, il nous donnera sûrement la permission. Ce qui est dommage, c'est que ça tombe en même temps que la fête de la récolte au club de pêche, samedi prochain. Tout le monde y sera. En plus, j'ai des entrées pour le match de boxe nocturne au stade de Santa Isabel. Slow Poison contre Bala Negra. On passe des mois sans rien faire, et ensuite, tout tombe en même temps ! Qu'est-ce qu'on décide ?

Kilian n'avait absolument pas l'intention d'assister à l'un ou à l'autre des trois événements. Depuis qu'il avait entendu la description de la chasse par Dick et Pao, il était bien résolu à ne jamais participer à rien de ce genre. Une fête au milieu de la foule ne lui faisait pas envie. Quant au match de boxe, il ne comprenait pas l'intérêt de voir deux hommes se taper dessus jusqu'à l'évanouissement.

— Je n'irai pas au Cameroun, annonça-t-il, ayant recours à une excuse simple et logique que son frère comprendrait. Ça doit être très cher et je garde mon argent pour l'Espagne. Mais tu peux y aller sans moi.

— Oui, mais..., fit Jacobo en fronçant le nez et claquant la langue. Ce sera pour une autre fois. Choisissons la fête, alors. On pourra y aller après le match.

Kilian ne répondit pas.

À quelques mètres, José entra dans son champ de vision, chargé des sacs vides qui n'avaient pas été utilisés lors de l'emballage du cacao. Il le vit s'arrêter pour demander à un ouvrier de mieux balayer et de ne pas laisser une seule cabosse dans le séchoir, car elles se vendaient fort bien pour confectionner du cacao de basse qualité.

Kilian sourit. Ce José, alors ! Jamais il n'avait rencontré quelqu'un d'aussi méticuleux. Dans les derniers mois, il avait passé tant d'heures avec lui qu'il le connaissait mieux que les autres employés de la propriété. En tout cas, il aimait bien sa compagnie. C'était un homme pacifique dont les rares colères duraient quelques secondes. Il était ordonné et doté d'une sagesse innée qui se manifestait en toute simplicité à la moindre conversation.

— Ne me dis pas que tu as d'autres projets avec José, dit Jacobo en suivant son regard.

— Pourquoi demandes-tu ça ?

— Allons, Kilian, tu crois que je suis dupe ? Je sais que dès que tu peux t'échapper avec lui à Bissappoo, tu le fais. Je ne comprends pas.

— J'y suis allé seulement trois ou quatre fois.

— Et qu'est-ce que tu fais, là-bas ?

— Tu pourrais venir avec nous pour savoir.

— À Bissappoo ? Pour quoi faire ?

— Passer une soirée. Bavarder avec la famille de José… Tu sais, Jacobo, ça me rappelle Pasolobino. Chacun vaque à ses occupations et, ensuite, tous se réunissent pour raconter des histoires, comme on fait à la maison autour du feu. Il y a plein de petits qui jouent, qui rient, qui font des bêtises, et leurs mères se fâchent. Je trouve leur culture très intéressante et mystérieuse. Je leur raconte aussi comment ça se passe dans notre vallée, ils me posent des questions…

Jacobo l'interrompit sèchement.

— Dieu du ciel, Kilian, il n'y a pas de comparaison ! Comment peux-tu préférer ce village à la vie sociale de Santa Isabel ?

— Je n'ai pas dit que je préférais, répliqua Kilian. Il y a un temps pour tout.

— J'imagine bien les conversations intelligentes que vous devez avoir !

Kilian commençait à s'énerver.

— Mais, Jacobo, tu connais José aussi. Tu le trouves si différent ?

— En dehors du fait d'être noir, tu veux dire ?

— Oui, bien sûr.

— C'est suffisant, Kilian. Nous sommes différents.

— Pour parler, mais pas pour coucher avec les femmes ?

Jacobo leva les yeux au ciel.

— Tu sais quoi ? Je pense que les vacances vont te faire beaucoup de bien !

Il s'éloigna d'un pas vif, fâché. Kilian ne broncha pas. Jacobo avait ses humeurs. Cela lui passerait vite et, le soir, il serait de nouveau comme à son habitude.

Il chercha José, qui se dirigeait vers l'un des entrepôts, et le rejoignit en l'appelant par son nom bubi :

— Ösé ! Eh, Ösé !

José laissa ce qu'il faisait pour se tourner vers lui.

— Tu as des projets pour cette fin de semaine ? lui demanda Kilian.

— Rien de spécial.

José haussa les épaules. Chaque fois que Kilian lui posait cette question, cela signifiait qu'il avait besoin d'un bon prétexte pour se dégager d'une obligation.

— L'une de mes filles se marie, ajouta-t-il.

Kilian connaissait quelques détails de la vie de José. Sa mère était bubie et son père « fernandino », nom utilisé pour désigner les descendants des premiers esclaves affranchis par les Britanniques au siècle précédent. Ils venaient surtout de Sierra Leone et de Jamaïque et s'étaient mélangés avec d'autres affranchis africains et cubains. D'après José, ils avaient formé une bourgeoisie influente à un moment, mais quand les Espagnols avaient racheté l'île, ils avaient perdu leur statut. José avait appris l'anglais et l'anglais bantou grâce à son père, qui l'avait envoyé ainsi que ses frères dans les missions catholiques. Il faisait partie des rares indigènes qui savaient lire et écrire. José avait épousé une femme bubie avec qui il avait eu plusieurs enfants. Perpétuant la tradition de son père, il les avait envoyés à l'école catholique. Tous les Bubis n'approuvaient pas ; les plus réactionnaires estimaient que la culture blanche offensait leur esprit et leurs traditions, même s'ils n'avaient d'autre choix qu'obéir aux colonisateurs.

— La petite ? fit mine de se scandaliser Kilian. Mais José, n'a-t-elle pas cinq ans ?

Kilian savait que les jeunes Bubis se mariaient habituellement à partir de douze ou treize ans, et que la fiancée devait avoir au minimum cet âge, mais il soupçonnait également que la fillette qui l'embrassait affectueusement chaque fois qu'il venait au village était la benjamine des nombreux enfants que devait avoir José. La polygamie n'était pas bien vue par les catholiques espagnols, aussi son ami n'évoquait-il jamais ses éventuelles autres épouses, et surtout pas devant les missionnaires et les prêtres tels que le père Rafael, qui essayaient encore de faire abandonner leurs coutumes aux locaux.

José ne releva pas. Il regarda autour de lui pour vérifier que tout était en ordre avant d'aller dîner, et se remit à marcher. Alors qu'il avait déjà parcouru quelques mètres, il se retourna et posa enfin la question que le jeune homme souhaitait entendre :

— Peut-être aimeriez-vous assister à un mariage bubi, *massa* Kilian ?

Les yeux brillants d'enthousiasme, Kilian le sermonna :

— Je t'ai dit mille fois de ne pas m'appeler comme ça ! J'accepte ton invitation si tu me promets de ne plus employer le mot *massa* avec moi.

— Bien, *mas*... D'accord, Kilian, se corrigea José avec un grand sourire. Comme vous voulez.

— Je ne veux pas non plus que tu me vouvoies ! Je suis largement plus jeune que toi. C'est d'accord ?

— Je ne vous appellerai plus *massa*, mais je continuerai de vous vouvoyer. J'aurai du mal à m'habituer...

— Oh, allons ! Tu as sûrement dû t'adapter à des choses plus difficiles !

Waldo les emmena en camion jusqu'à la limite sud-est de la propriété, là où se terminaient les chemins praticables par les véhicules. À partir de là, José et Kilian poursuivirent le trajet à pied sur un sentier étroit traversé par des centaines de branches, lianes et feuilles qui tamisaient, voire occultaient parfois le soleil. Le bruit de leurs pas était amorti par le tapis moelleux de feuilles mortes semé de graines des fruits de palmiers qui avaient pourri par terre ou été mangés par des singes. Kilian aimait écouter les trilles et gazouillis des merles, rossignols et *filicotoys* ; le bavardage des perroquets et le roucoulement d'un pigeon sauvage qui rompaient de temps en temps le silence solennel ; et le silence grave sous la canopée où ils avançaient avec peine. Le paysage et les sons de l'île étaient très beaux. Il n'était pas étonnant que son découvreur, le Portugais Fernão do Póo, l'ait baptisée Formosa, « belle », quelques siècles plus tôt.

Kilian imagina d'autres hommes comme lui parcourant ce sentier des siècles durant. C'était le même chemin, mais il paraissait toujours différent à cause de la végétation tenace. Combien de machettes avaient sectionné ces plantes qui se régénéraient indolemment devant l'avancée humaine ? Lors de ses voyages précédents à Bissappoo, et en réponse à ses nombreuses questions, José lui avait raconté des choses sur l'île, ce qui avait permis à Kilian de se faire une idée de la quantité d'anecdotes que recelaient dans leurs troncs rugueux les kapokiers centenaires en plus des nombreuses langues qu'ils avaient dû entendre.

Fernando Póo avait été portugaise, puis le Portugal l'avait échangée contre d'autres îles avec l'Espagne, qu'elle intéressait pour avoir sa propre source d'esclaves à transporter en Amérique. Sur cette partie de l'histoire, Kilian frissonnait toujours en imaginant José, Simón, Yeremías ou Waldo capturés pour être vendus comme des animaux en cage. Comme les Espagnols ne gouvernaient pas vraiment l'île, les navires de guerre et de marchandises anglais venaient s'y approvisionner en eau, ignames et bétail, en marge de leurs voyages scientifiques et commerciaux sur le fleuve Niger. L'Angleterre, qui avait aboli l'esclavage, y endiguait également le marché des esclaves. Kilian s'imaginait alors Dick, le seul Anglais qu'il ait vu en vrai, en vêtements d'époque de marin, libérant les Bubis de sa connaissance, mais cette image était difficile à accepter, car Dick ne ressemblait guère à un héros.

Pendant longtemps, on avait parlé anglais à Fernando Póo. L'Angleterre souhaitait acheter l'île, mais l'Espagne rechignait, si bien qu'au milieu du XIXe siècle la flotte anglaise avait décidé de se baser en Sierra Leone après avoir vendu ses bâtiments à une mission baptiste. À partir de là, les Espagnols avaient tenté une occupation plus effective, assortie d'expéditions plus complètes, envoyant de nombreux missionnaires pour inciter les colons à convertir les indigènes des villages, plus réceptifs que les baptistes de la ville (comme la famille paternelle de José), jusqu'à tout dominer.

Kilian se voyait lui-même comme une personne de plus dans cette chaîne d'hommes qui, pour une raison ou une autre, avaient fait des tropiques leur foyer provisoire, mais il était content de vivre à une époque plus tranquille, confortable et civilisée. Même si, en ce moment même, en pleine forêt équatoriale, cela semblait être tout le contraire.

Après quelques heures à ouvrir le chemin à la machette et à escalader de gros troncs d'arbres tombés en travers de leur route, ils décidèrent de s'octroyer une pause. Kilian avait les yeux irrités par la sueur, et de petites coupures sur ses bras saignaient légèrement à cause des branches. Il se lava et se rafraîchit dans un ruisseau avant de s'appuyer contre un arbre, près de José. Il ferma les yeux et huma l'odeur âcre des feuilles mortes, l'arôme des fruits mûrs, ainsi que la terre humide qu'une brise à peine perceptible amenait par le creux des arbres.

— Et qui est ton futur gendre ? demanda-t-il.

— Mosi.

— Mosi, l'Égyptien ?

Kilian rouvrit aussitôt les yeux. Il se rappela la carrure du colosse lors des travaux d'abattage des arbres. Quand il bandait les muscles, les manches de sa chemise s'étiraient presque à craquer. Il avait le crâne rasé, ce qui faisait ressortir encore plus la taille de ses yeux, lèvres et oreilles. Il était facile à mémoriser. Et mieux valait éviter de mal s'entendre avec lui.

— Oui, Mosi l'Égyptien.

— Et tu es satisfait ?

— Pourquoi ne le serais-je pas ? Pourquoi cela vous surprend-il ?

— Ce n'est pas que ça me surprenne… Enfin, si. C'est un excellent travailleur, mais, je ne sais pas pourquoi, je pensais que tu aurais préféré voir ta fille épouser l'un des tiens.

— Ma mère était bubie et s'est mariée avec un fernandino.

— Je sais, mais ton père aussi était d'ici. Je voulais dire que les ouvriers du Nigeria viennent ici pour gagner de l'argent, mais qu'ensuite ils retournent dans leur pays.

— Ne le prenez pas mal, mais c'est la même chose pour les Blancs, même si les Nigérians gagnent moins, non ?

— Certes, mais les Blancs n'épousent pas ta fille et ne peuvent pas l'emmener loin.

— Mosi ne l'emmènera pas, réfuta José, un peu contrarié. Vous savez que les contrats des Nigérians les obligent à retourner chez eux au bout d'un moment. Mais s'ils se marient en Guinée ils peuvent s'établir, lancer un bar, une boutique, ou cultiver un petit terrain... surtout, ici, ils peuvent envoyer leurs enfants à l'école et avoir accès à des soins hospitaliers qu'ils n'ont pas chez eux. Cela ne vous paraît-il pas valable ? Pour cette raison, certains travailleurs économisent pour payer la dot et se marier avec l'une de nos femmes, comme l'a fait Mosi.

La dot rappelait à Kilian de vieilles anecdotes de chez lui. Sauf que, dans sa vallée, c'était la femme qui apportait son lot au ménage et non l'inverse : le mari ne payait pas la famille pour qu'elle se sépare d'une fille, c'était la famille qui payait le mari.

— Et combien va te donner Mosi pour elle ? demanda-t-il avec curiosité.

José se montra encore plus contrarié.

— *White man no sabi anything about black fashion,* marmonna-t-il entre ses dents en *pichinglis.*

— Pardon ?

— Je dis que les Blancs n'ont aucune idée des coutumes noires !

Il se leva d'un bond et se plaça face à Kilian.

— Écoutez, *massa,* dit-il en appuyant sur le mot avec ironie. Je vais vous dire quelque chose. J'ai beau vous expliquer, il y a des choses que vous ne pouvez pas comprendre. Vous avez l'impression que je n'aime pas mes filles et que je les vends comme des sacs de cacao.

— Je n'ai pas dit ça ! protesta Kilian.

— Mais vous le pensez !

Voyant la déception s'afficher sur le visage du jeune homme, José adopta un ton plus paternel.

— J'apprécie que ma fille se marie avec Mosi parce que c'est un bon ouvrier et qu'ils pourront vivre des années à Sampaka. Quand elles sont jeunes, les filles bubies profitent et s'amusent beaucoup, mais dès qu'elles se marient elles ne font plus que travailler pour leur mari et leurs enfants. Elles se chargent absolument de tout, du bois, des champs, de l'eau…, dit-il en relevant les doigts au fil de son énumération. Elles plantent, elles cultivent, récoltent et stockent la *malanga*, elles préparent l'huile de palme, elles cuisinent, elles élèvent les enfants… pendant que leurs maris passent la journée par-ci par-là, à boire du vin de palme ou bavarder avec d'autres hommes à la maison du village…

José promena un doigt en l'air pour accompagner ses dires, et Kilian garda le silence, jouant avec une branchette.

— Épouser Mosi, c'est bon pour elle, continua José plus calmement. Ils vivront dans les baraquements pour les familles d'Obsay. Ma fille est douée à l'école. Elle pourrait aider au dispensaire et étudier pour être infirmière. J'en ai parlé à *massa* Manuel et il est d'accord.

— C'est une bonne idée, Ösé. Je suis désolé de t'avoir offensé.

José comprit que Kilian était réellement contrit et lui fit un signe de tête. Le jeune homme se releva et déclara :

— Il vaut mieux que nous reprenions notre marche.

Bissappoo était située dans l'une des parties les plus élevées de l'île. Il restait donc une bonne portion du trajet avant d'arriver au passage pentu, le plus fastidieux. Kilian prit son sac à dos et sa machette, remit son *salacot* et suivit José. Ils marchèrent un bon moment en silence. Les troncs se succédaient, couverts de plantes parasites, de fougères et d'orchidées et visités par des multitudes de fourmis, papillons et petits oiseaux.

Kilian se sentait mal à l'aise dans ce silence. Ils avaient souvent travaillé ensemble sans échanger un mot, mais cette fois c'était différent. Il regrettait que José puisse avoir mal interprété ses paroles, nées de sa curiosité et non d'une impolitesse. Comme s'il avait lu dans ses pensées, José s'arrêta pour faire une pause et, avec autant de naturel que s'il parlait du temps, il signala :

— Cette terre appartenait à mon arrière-grand-père. Juste ici. Il l'a échangée contre une bouteille de liqueur et un fusil.

Kilian cilla, abasourdi, puis répondit par un rire ; ce devait être une plaisanterie.

— Arrête, tu me fais marcher !

— Pas du tout, je suis très sérieux. Cette terre est bonne pour les caféiers, à cause de l'altitude. Un jour, il y aura sûrement une plantation ici. Les dieux savent si nous la verrons.

José regarda Kilian qui, toujours incrédule et avec une moue ironique, osa lui demander :

— Comment croyez-vous que les colonisateurs aient obtenu leurs terres ? Vous avez déjà rencontré un Bubi riche ?

— Non, mais... Allons, je ne peux pas croire que tout se soit passé comme ça, Ösé. Le cas de ton arrière-grand-père doit être isolé.

Kilian chercha un raisonnement susceptible de défendre les hommes qui, grâce à leurs efforts, avaient transformé l'île en ce qu'elle était devenue.

— En plus, chaque indigène qui naît ne reçoit-il pas quatre hectares à cultiver ?

— Oui, des hectares qui au départ étaient les siens. Quelle générosité de la part des Blancs ! S'ils n'avaient pas abrogé la loi il y a quelques années, vous-même auriez pu opter pour une propriété de trente hectares dans dix ans, ou même moins, avec l'aide de quelques relations...

Kilian se sentit vraiment bête. À aucun moment il n'avait envisagé les personnes du cru comme les propriétaires de Fernando Póo. Ou du moins l'idée lui était venue, mais visiblement pas assez pour lui éviter de poser des questions évidentes. Il était toujours un colon blanc et voyait l'histoire de Fernando Póo à travers le prisme des Portugais, des Anglais et surtout des Espagnols. Il regretta d'avoir été aussi indélicat envers José, l'homme à qui il devait précisément la vie. Il se mit à bafouiller, poussa un soupir et, tout en reprenant le chemin et coupant les plantes qui s'obstinaient à l'obstruer, il finit par déclarer :

— Je n'arrête pas de mettre les pieds dans le plat, aujourd'hui !

José le suivait, une lueur d'amusement dans les yeux. Il était impossible d'être fâché longtemps contre Kilian. À la différence des autres Blancs, ce jeune homme nerveux et énergique souhaitait apprendre tous les jours. On avait rarement vu un Européen s'adapter aussi vite au dur labeur du cacao, malgré les difficultés qu'il avait connues au début. En outre, il n'était pas de ceux qui se contentaient de donner des ordres. Non, il était le premier à monter sur un échafaudage, transporter des sacs, conduire un camion ou se retrousser les manches pour creuser un trou ou planter un palmier. Cette attitude déconcertait un tantinet les ouvriers, accoutumés aux cris et aux coups de *melongo*. José pensait que c'était en partie pour faire plaisir à son père, bien que Kilian n'en ait pas conscience. Il recherchait son approbation et, par extension, celle de toute sa famille. Il devait démontrer continuellement sa force et son courage, et d'autant plus à présent qu'Antón montrait des signes évidents de déclin.

Oui. Il aurait été un bon guerrier bubi.

José préféra faire en sorte que Kilian ne se sente pas trop mal.

— Comme vous coupez ! lui dit-il alors que le jeune homme administrait énergiquement des coups de machette. Avec des hommes comme vous, la colonisation se serait terminée en deux ans et pas en plusieurs décennies ! Vous saviez que les membres des premières expéditions mouraient comme des mouches en quelques semaines ? Sur les bateaux, ils envoyaient deux capitaines pour qu'il y en ait un de secours…

— Oh, je ne vois pas pourquoi, s'étonna Kilian avec une arrogance feinte. Il n'est pas si difficile de s'adapter.

— Parce que les choses sont différentes de nos jours. Quand il n'y avait pas de Blancs, les Bubis savaient comment vivre paisiblement sur l'île. Les durs travaux, ce que nous, les Noirs, effectuons aujourd'hui, c'étaient les Blancs qui s'en chargeaient : ils creusaient sous la chaleur tropicale et dans les lieux les plus indiqués pour attraper la malaria. Et on n'avait pas la quinine, à l'époque. En moins de cent ans, l'île vierge pleine de cannibales décrite par les premiers Européens s'est transformée en ce que vous voyez à présent.

— Je ne t'imagine pas en train de manger quelqu'un, plaisanta Kilian.

— Vous seriez surpris de savoir de quoi je suis capable !

Kilian sourit enfin : il n'avait jamais connu personne de plus gentil et de moins agressif que José.

— Et de quoi viviez-vous avant, sans nous et nos plantations ? Que je sache, même les potagers que vous cultivez sont issus de nos graines…

— Ce n'est pas évident ? Cette terre est tellement riche que l'on peut vivre avec peu. Les dieux l'ont bénie de fertilité. La terre nous donne tout : les arbres fruitiers sauvages produisent des oranges, des citrons, des goyaves, des mangues, des tamarins, des bananes et des ananas… Le coton pousse dans la nature… Et que dire de l'arbre à pain avec ses fruits plus grands que des noix de coco ? À partir de là, en élevant quelques bêtes en cultivant l'igname, nous avions plus qu'il ne nous en fallait.

— C'est sûr, Ösé, approuva Kilian en s'épongeant le front. Vous n'aviez pas du tout besoin de nous !

— Ah, et les palmiers ? Vous connaissez un autre arbre dont on utilise tout ? On en fait du vin, le *topé*. De l'huile pour les ragoûts, des condiments, de quoi s'éclairer. Avec les feuilles, on couvre les toits. Avec les troncs, nous fabriquons tout, des maisons aux chapeaux. Et les pousses, nous les mangeons comme légumes. Dites-moi, vous avez des arbres à Pasolobino qui ressemblent aux palmiers sacrés ?

Il s'arrêta et reprit son souffle.

— Vous avez vu comme ils s'élèvent dans le ciel ? fit-il remarquer d'une voix pleine de respect. On dirait des colonnes qui soutiennent le monde, couronnées par des aigrettes de guerrier. Les palmiers, Kilian, étaient ici avant nous, et seront toujours là quand nous serons partis. C'est le symbole de notre résurrection et de notre victoire sur le temps. Quoi qu'il arrive.

Kilian leva les yeux, ému par les paroles de José. Tout à coup, les frondaisons jointes des palmiers évoquaient une canopée céleste où fruits et grappes scintillaient comme des constellations. Une légère brise berçait les branches en direction du ciel, comme s'il s'agissait de bras étendus vers l'éternité.

Il ferma les yeux et se laissa inonder par la paix du moment. Tout ce qui était lointain lui paraissait proche. Le temps et l'espace, l'histoire et les pays, le ciel et la terre se fondirent en un instant magique de calme animiste.

— Nous y sommes, dans la *böhabba* !

Les mots de José, qui s'était avancé, rompirent le sortilège. À quelques pas, le sentier s'élargissait et Kilian distingua la plaine proche du village, que les habitants de Bissappoo utilisaient pour planter des ignames. À droite, il distingua l'abri où ils élaboraient l'huile de palme rouge de façon traditionnelle. Lors d'une venue précédente de Kilian, José lui avait montré en détail comment on s'y prenait. Des femmes arrachaient leur centre aux noix et formaient un tas que d'autres recouvraient de feuilles de palmier pour qu'elles fermentent ; d'autres les meulaient à la pierre dans un mortier constitué d'un creux à même le sol au fond couvert de cailloux ; et d'autres encore ôtaient les pépins avant de mettre à bouillir sur le feu, dans un poêlon, la pulpe macérée pour en extraire l'huile.

— Vous verrez, ça va être une grande fête, dit José, la voix gaie à l'idée de retrouver les siens. Lors de ces célébrations, les femmes préparent de la nourriture et des boissons en abondance.

Kilian acquiesça. Il était aussi impatient que s'il s'était agi d'un membre de sa famille et, au fond, c'était un peu le cas. Il avait passé avec José plus de temps ces deux dernières années qu'avec nombre des habitants de Pasolobino. Il travaillait, bavardait et partageait ses inquiétudes. Il connaissait son entourage. José avait un caractère facile, qui à première vue contrastait avec celui de la majorité des voisins de Bissappoo, village que le père Rafael décrivait comme l'un des plus rétrogrades et réfractaires au progrès comme à la religion catholique. José avait cultivé la capacité à vivre aussi bien avec des Blancs qu'avec des Africains, s'adaptant à la civilisation imposée sans oublier ses traditions, et permettant qu'un étranger comme lui puisse partager des moments en famille comme celui-ci.

Kilian se racla la gorge. Il avait honte, mais souhaitait vraiment exprimer ce qu'il ressentait. Usant d'un ton plein d'affection, il commença :

— Au fait, Ösé… Je veux que tu saches une chose. Je ne t'en avais pas parlé avant, mais je sais ce que tu as fait pour moi la nuit du serpent, et je tiens à t'en remercier. Merci beaucoup, mon ami.

José hocha la tête.

— Dis-moi, poursuivit Kilian, j'avais mal agi et tu m'as quand même aidé. Tu l'as fait pour mon père ?

— Non, je l'ai fait pour vous. Je vous ai entendu, cette nuit-là. Tout homme que vous étiez, vous pleuriez comme un enfant. Vous vous êtes repenti, parce que votre cœur est bon.

Il lui tapota le bras et lui murmura sur le ton de la confidence :

— Les esprits savent qu'il nous arrive à tous de nous tromper…

Kilian ressentit une profonde reconnaissance.

— Je veux aussi que tu saches que même si je suis blanc et toi noir, ça ne signifie pas… Quand je te vois, je ne vois pas un Noir, mais José. Je veux dire, Ösé, dit Kilian en baissant les yeux, un peu honteux de son accès de sincérité. Enfin, tu vois ce que je veux dire…

José le regarda avec émotion, puis secoua la tête comme s'il n'arrivait pas à croire ce qu'il venait d'entendre.

— Si je n'avais pas marché avec vous tout le temps, je penserais que vous avez abusé du *topé*. Nous verrons si vous pensez la même chose après-demain, après avoir subi dans votre chair une noce bubie !

Il leva un doigt pour faire semblant de le menacer.

— Mais je vous avertis ! Si vous posez la main sur l'une de mes filles ou de mes nièces, je laisserai se déchaîner le sauvage qui est en moi !

— Tu ferais ça ? fit Kilian sur le même ton. Tu ne voudrais pas de moi pour gendre ?

José ne répondit pas à sa question. Il regarda les femmes qui fabriquaient l'huile de palme, émit un sifflement prolongé et se dirigea vers elles.

Ils passèrent les récipients d'eau puisée aux sources pérennes qu'utilisaient les Bubis de Bissappoo pour demander la fertilité du village. Ils passèrent l'arche de bois dressée entre deux *ikos*, les arbres sacrés, pour éviter l'entrée des esprits malins. Kilian se rappela la première fois qu'il était venu là avec José. Alertés par des sifflements signifiant l'approche d'un Blanc, hommes, femmes et enfants avaient commencé à sortir, l'avaient observé avec une certaine méfiance, sans vraiment s'approcher. Lui aussi les avait regardés avec curiosité et, parfois, il devait le reconnaître, avec une certaine répulsion, surtout à l'égard des hommes âgés. Certains avaient de grandes hernies et ulcères, d'autres le visage marqué par la variole ou de profondes scarifications. Sur un geste de José, certains hommes l'avaient salué respectueusement et l'avaient invité à entrer dans leur cercle.

Il se souvint aussi que les amulettes qui pendaient de l'arche – queues de moutons, ossements d'animaux, plumes de poules et de faisans, cornes d'antilopes et coquilles d'escargots – ne l'avaient pas tant surpris par leur signification que par leur variété. À Pasolobino aussi on suspendait des pattes de chèvres aux portes des maisons et on posait des pierres aux formes curieuses sur les cheminées pour éloigner les sorcières. La peur de l'inconnu était la même partout ; en Afrique on craignait les esprits malins et dans les Pyrénées les sorcières. Toutefois, dans le village, les différences n'auraient pu être plus marquées. Le village espagnol était fait de peaux blanches, de corps emmitouflés et de solides constructions pour se protéger de l'extérieur. Le village africain de peaux noires, de corps à demi nus et d'habitations fragiles ouvertes sur une place publique. Kilian n'aurait jamais pu imaginer que ces deux mondes, si différents l'un de l'autre, allaient aussi rapidement converger dans son cœur, et de façon persistante à mesure que le dénuement simple de l'un remplacerait l'ornement tout aussi simple de l'autre.

Des enfants se jetèrent sur ses poches en espérant y trouver une friandise. Kilian leur distribua en riant des bonbons et des sucreries achetés à la boutique de Julia. Deux ou trois femmes qui portaient des paniers de linge propre et de nourriture le saluèrent de la main. Plusieurs hommes s'arrêtèrent dans leur marche tranquille, s'approchèrent, laissèrent à terre l'archet qu'ils utilisaient pour grimper aux palmiers et lui serrèrent la main à leur façon, en la prenant entre les deux leurs et en la portant à leur cœur.

— Ösé, où sont toutes les femmes ? demanda Kilian. J'ai l'impression que je ne pourrai pas mettre ta menace à l'épreuve !

L'autre rit.

— Elles doivent être en train de terminer le repas et de se faire belles pour le mariage. Il ne reste que quelques heures. Ça leur prend du temps de se peindre à la *ntola.*

— Et en attendant, que faisons-nous ?

— Nous nous asseyons à la *riösa* avec les hommes pour passer le temps.

Ils se dirigèrent vers une place carrée qui accueillait les jeux des enfants comme les assemblées. Au centre, à l'ombre des arbres sacrés, des arbustes et de nombreuses pierres servant de siège à un groupe d'hommes, qui les saluèrent de la main. Quelques pas plus loin s'élevaient deux petites cabanes où l'on adorait les esprits.

— Tu n'as pas besoin de te changer ? demanda Kilian en laissant son sac à dos à terre, à côté du groupe.

— Je ne suis pas bien, comme ça ? demanda José, qui était en pantalon et chemise blanche. Je porte la même chose que vous.

— Si, ça te va bien. Je croyais juste qu'en tant que père de la mariée tu allais revêtir une tenue un peu plus… traditionnelle.

— Avec des plumes et des coquillages ? Vous savez, Kilian, à mon âge, je n'ai plus rien à prouver. Tout le monde me connaît. Je suis le même ici que là-bas, à Sampaka. Avec ou sans chemise.

Kilian acquiesça, ouvrit son sac et en sortit du tabac et de l'alcool. Les hommes reçurent ses présents avec joie. Les plus jeunes parlaient l'espagnol ; les plus âgés, sans doute de la génération de José et d'Antón, essayaient de se faire comprendre par gestes de l'*öpottò*, de l'étranger. Quand ils voyaient que la communication était impossible, ils avaient recours à des traducteurs. Kilian se montrait toujours respectueux et, en cas de doute, il avait José pour l'aider. Il s'assit par terre et alluma une cigarette en attendant que les hommes aient fini d'examiner leurs cadeaux et fassent attention à lui.

Il constata que la peau de serpent, dont il avait du mal à répéter le nom, *boukaroko*, pendait, la tête orientée vers la branche la plus basse d'un des arbres au lieu d'être en hauteur, comme il s'en souvenait. Il supposa qu'elle avait été descendue pour que les bébés arrivent à la toucher depuis les bras de leur mère. Aux yeux des Bubis ce serpent était comme un ange gardien, arbitre du bien et du mal, et pouvait leur accorder des richesses ou leur causer des maladies. Pour cette raison, une fois par an, on lui présentait ses respects en amenant les enfants nés dans l'année toucher la queue de la peau.

Aucun mouvement à l'extérieur des maisons disposées autour de la place. Toutes les huttes étaient semblables et de la même taille, protégées par une barrière de piquets. Elles consistaient en un rectangle aux murs latéraux d'environ deux mètres de haut, les deux autres murs étant légèrement plus élevés pour soutenir le toit. Tous les murs étaient faits de bâtons attachés par des lianes et, les toits, de frondaisons de palmiers accrochées à la structure par du rotin. Kilian n'était entré qu'une fois dans celle de José, car la vie se passait essentiellement dehors. Il avait dû beaucoup se baisser, la porte étant trop basse pour lui, et avait eu la surprise de découvrir deux pièces seulement, l'une avec un foyer et l'autre destinée à dormir, séparées par une porte taillée dans un tronc d'arbre.

— Que regardez-vous si gravement ? demanda José.

— Je me disais que ma maison de Pasolobino a la taille de quarante de ces huttes.

L'un des fils de José, un garçon d'une dizaine d'années aux yeux emplis de curiosité, appelé Sóbeúpo au village et Donato à l'école, traduisit ses mots en bubi, et les hommes plus âgés émirent des sons admiratifs.

— Et pourquoi vous avez besoin d'une maison si grande ? demanda le petit avec étonnement.

— Pour tout. Dans une pièce, on fait la cuisine, dans une autre, on parle, dans d'autres, on dort, et certaines pièces servent à stocker le bois ou la nourriture pour l'hiver, le vin, les pommes, les haricots, la viande de porc et de bœuf dans du sel… Chaque chose à sa place. À l'étage du dessous, ajouta-t-il en faisant signe à Sóbeúpo de lui donner un bâtonnet pour dessiner dans la terre, et dans d'autres bâtiments, on fait dormir les animaux en hiver et on garde l'herbe sèche pour les faire manger quand il neige…

Dès qu'il prononça le mot neige, les rires fusèrent et les dialogues en bubi et espagnol entre les jeunes et les anciens commencèrent. Kilian supposa que le reste de l'après-midi se poursuivrait, comme les autres fois, avec des tonnes de questions sur les descriptions de la neige et du froid glaçant. En effet, quelques minutes plus tard, ils se remirent à poser des questions sur les skis, ces planches de bois qu'on attachait aux pieds et avec lesquelles les habitants de Pasolobino glissaient pour descendre dans d'autres villages, ou simplement pour s'amuser à travers champs. Il leva les yeux au ciel et se résigna à se lever pour leur offrir une nouvelle démonstration de leur fonctionnement. Il joignit les pieds, fléchit les genoux, leva les mains, poings serrés et coudes repliés à la taille, puis bougea les hanches d'un côté et de l'autre. Son interprétation fut saluée par des éclats de rires, des sons étonnés et des applaudissements.

— Excusez-les, Kilian, dit José en se retenant de rire. Comprenez que nous n'avons jamais vu de neige. Il n'existe même pas de mot en bubi pour la désigner !

Baissant les bras vers le sol, les jeunes continuèrent d'improviser des traductions pour les plus âgés : l'eau blanche, les gouttes gelées, les copeaux blancs, les vitres embuées, la poudre froide. Ceux-ci remuaient la tête, les sourcils froncés, les commissures des lèvres incurvées vers le bas, et se tenaient le menton tout en tentant de se figurer cette merveille de la nature.

Une ou deux heures passèrent ainsi.

C'est vrai, pensa Kilian, *les hommes n'ont rien de mieux à faire que bavarder.*

Enfin, à la tombée du jour, du mouvement se fit entre les huttes et en un instant la place se remplit de monde.

— La cérémonie va commencer, l'avertit José en se levant. Je dois m'asseoir avec mon épouse, Kilian. À tout à l'heure.

Plusieurs jeunes femmes se regroupèrent et se dirigèrent en chantant et dansant vers l'habitation de la fiancée. Quand celle-ci apparut sur le seuil, un murmure approbateur s'éleva, auquel Kilian se joignit. Il ne pouvait distinguer son visage à cause de son grand chapeau, orné de nombreuses plumes de paon et accroché à ses cheveux avec une épingle en bois qui le traversait de part en part, mais il était impossible qu'il ne fût pas en harmonie avec son corps, de la couleur du cacao le plus pur. Sur son buste mince, de petits seins fermes surgissaient entre des dessins rouges de *ntola* et des colliers de *tyíbö,* des cristaux et des coquillages qui ornaient également ses hanches étroites et ses membres bien proportionnés. Tout en elle était délicat et, pourtant, son port altier et sans la moindre timidité ainsi que ses gestes résolus attirèrent Kilian avec la force d'un aimant.

Pendant que l'assistance l'acclamait et que quelques personnes se plaçaient derrière elle, la jeune fille fit quelques tours de la place, chantant et dansant avec les colliers de cristal qui lui caressaient la peau, puis elle s'assit à une place de choix, où l'attendaient ses parents et son futur mari. Comme Kilian, Mosi ressortait par sa stature, or son chapeau de paille et de plumes de poules le faisait paraître encore plus grand. Ses énormes bras et jambes étaient couverts de morceaux de coquillages et de vertèbres de serpent, et à son cou pendaient des colliers graisseux faits de tripes d'animal. Il ne cessait de sourire, dévoilant ses dents blanches parfaites. Quand la jeune fille s'approcha, il la salua d'un mouvement de tête et son sourire s'élargit encore.

Un homme qui semblait présider l'assemblée se dirigea vers la fiancée et commença à lui parler, sur un ton qui oscillait entre le conseil et la menace. Kilian se tenait respectueusement dans les derniers rangs, et une voix familière lui expliqua que l'homme ordonnait à la jeune fille d'être toujours fidèle à son époux. Kilian eut la joie de voir qu'il s'agissait de Simón.

— J'ai dû m'échapper, *massa* Kilian, dit-il avec un sourire humble et nerveux. *Massa* Garuz va amener des invités après la fête de la récolte et il voulait nous voir tous là-bas, mais je ne pouvais pas manquer le mariage, *massa*, ah non ! La fiancée et moi, nous nous connaissons depuis tout petits. Nous sommes quasiment tous de la même famille, ici.

— Tout va bien, Simón. Tu es arrivé juste à temps.

— Vous ne direz rien au *big massa*, alors ?

Kilian fit non de la tête et le visage du garçon s'illumina.

— Je suis monté vite, parce que j'ai suivi le sentier que vous avez ouvert avec José, expliqua-t-il avant de montrer ses vêtements, pareils à ceux de tous les jours : chemisette blanche, short, chaussettes aux genoux et godillots. Mais je n'ai pas eu le temps de me changer.

Il ôta la chemisette et libéra ses pieds.

— Ah, c'est mieux comme ça ! Regardez, la mère de ma mère arrive !

Une vieille dame s'approcha des fiancés et leur indiqua de se donner la main, puis se mit à leur parler d'une voix douce. Elle leur donnait des conseils, expliqua Simón : à l'homme, elle demandait de ne pas abandonner cette épouse en dépit des nombreuses autres qu'il pourrait avoir, et à la femme, de ne pas oublier son devoir de cultiver les terres de son mari, fabriquer l'huile de palme et lui être fidèle. Quand elle eut terminé, quelques voix crièrent :

—*Yéi'yébaa!*

Et tous, Simón le premier, répondirent :

—*Híëë!*

Kilian n'eut pas besoin du garçon pour comprendre que ces cris de joie correspondaient au hip, hip, hip, hourra de chez lui. À la troisième fois, gagné par l'enthousiasme des dizaines de bouches, il s'aventura lui aussi à répéter la réponse.

Tous se mirent à défiler un à un devant les mariés pour leur présenter félicitations et vœux de bonheur, suivis des autres qui poussaient des cris. La mariée répondait par un sourire et une légère inclinaison de la tête.

Poussé par les autres, Kilian dut rester dans la file pour présenter ses respects à la jeune mariée. Il chercha dans sa tête les paroles appropriées pour féliciter une inconnue indigène en un coin reculé du monde. Il se reprit aussitôt : ce n'était pas une inconnue, mais la fille d'un ami. Il la féliciterait comme telle. Il leva les yeux à la recherche de José, qui lui sourit de loin.

Il sentit un chatouillis agréable au creux de l'estomac. Il était donc là, lui, un Blanc au milieu d'une tribu d'indigènes africains en pleines réjouissances ! Lui qui souhaitait en savoir plus sur les coutumes authentiques du pays, il était servi…

Quand il le raconterait à ses petits-enfants, ceux-ci ne le croiraient probablement pas !

À quelques pas de la mariée, il put l'observer de profil, mais le chapeau lui masquait toujours le visage. Elle lui parut très jeune, peut-être quinze ans.

Trop jeune pour se marier. À plus forte raison avec Mosi.

Il restait trois ou quatre personnes devant lui. Simón lui traduisait ce qui se disait :

— *Buë palè biuté wélä ná ötá biám.*

— Ne t'aventure pas dans des endroits inconnus.

—*E buarí, buë púlö tyóbo, buë helépottò.*

— Ma fille, ne sors pas de la maison, n'erre pas dans les rues, ne va pas à la rencontre des étrangers.

—*Buë patí tyíbö yó mmèri ò.*

— Ne casse pas les fragiles coquillages de ta mère.

Absorbé comme l'était Kilian pour comprendre la signification de ces phrases, il ne se rendit pas compte que la mariée levait les mains pour ajuster son chapeau et défaire l'épingle qui le retenait. Il se trouva soudain face à elle et, nerveux, ne réussit à prononcer que ce qui se disait dans son village :

— Je… suis… Félicitations ! Je te souhaite beaucoup de bonheur.

Alors elle laissa tomber le chapeau d'un côté et le regarda dans les yeux.

Ce ne fut qu'un instant, mais le monde s'arrêta et les chants se turent. De grands yeux intelligents, inhabituellement clairs, le traversèrent comme deux lances. Il se sentit comme un petit insecte dans les filets d'une énorme araignée attendant, avec le calme que procure la certitude d'une mort imminente, d'être dévoré au milieu du silence assourdissant de la forêt.

Tous les traits de son visage arrondi étaient harmonieux : son grand front, son nez petit et large, sa mâchoire et son menton, parfaits pour accompagner des lèvres du plus beau mélange entre le carmin et le bleu… Et ses yeux grands, ronds, plus transparents que de l'ambre liquide, faits pour fasciner le monde par leur seule existence et qui, en cet instant fugace, lui appartenaient à lui seul et lui parlaient avec affliction du voile éthéré qui les recouvrait.

Ce n'étaient pas les yeux d'une jeune mariée amoureuse. Ils n'avaient pas cette étincelle qui aurait dû illuminer le visage d'une femme le jour de ses noces. Son sourire timide suffisait à l'assistance, mais son regard reflétait la tristesse, la peur et la détermination, comme si elle se résignait à une situation que niait le plus profond de son être.

Comment ne l'avait-il pas remarquée avant ? Elle était d'une beauté hypnotique. Il ne put s'empêcher de s'attarder face à elle.

— Qu'as-tu pour que tes yeux soient embués en un jour si spécial ? demanda-t-il dans un murmure à peine audible.

La jeune fille frissonna légèrement.

— Tu le comprendrais si je te l'expliquais, *massa* ? lui renvoya-t-elle dans un espagnol parfait, de sa voix douce aux inflexions un peu aiguës. Je ne le crois pas. Tu es blanc et homme.

— Je suis désolé, s'excusa Kilian avec l'air somnolent de qui se réveille d'un sortilège. Une seconde, j'ai oublié que tu parlais ma langue.

— Ce n'est pas étonnant. C'est la première fois que tu me poses une question.

Kilian se rendit compte qu'elle le tutoyait et ressentit une étrange proximité. Il allait lui répondre, mais Simón lui donna un petit coup de coude et lui signala que Mosi commençait à montrer de l'impatience à voir le Blanc passer si longtemps à féliciter sa jeune épouse, qui soutenait son regard. Kilian leva la tête vers le marié, lequel lui parut plus grand que jamais. Il tenta de trouver des paroles appropriées mais ne sut que dire.

— *Gud Foyún*, dit-il finalement.

Bonne chance en pichi.

— *Tènki, masa clak*, répondit le colosse.

Quand ils eurent terminé les félicitations individuelles, le nouveau couple commença à défiler parmi les habitants, suivi de joueurs de cloches en bois qui chantaient également de manière solennelle.

Ainsi se termina la procession nuptiale et commença la fête avec les libations de vin de palme, qui consistaient à en projeter partout en honneur des esprits. La boisson laiteuse arrosa également le banquet nuptial à base de riz, d'igname, de poitrine de pigeon sauvage, de ragoût d'écureuil et d'antilope, de tranches de couleuvre séchée au soleil et de fruits variés. De 21 heures jusqu'au matin, la danse ne cessa pas, et de temps en temps on resservait de l'alcool pour reprendre des forces et garder l'esprit enthousiaste.

José veilla à ce que le bol de Kilian fût toujours plein.

— Ösé, ta fille, la mariée… Quel âge a-t-elle ? demanda Kilian, toujours sous l'effet qu'elle avait produit sur lui.

— Je crois qu'elle aura bientôt seize ans.

— Tu sais, nous avons passé tellement d'heures avec les hommes à la *riösa* que je ne sais pas si je connais tous tes enfants.

— Deux filles se sont mariées dans d'autres villages, lui expliqua José avec quelque difficulté. Et deux à la ville, où elles travaillent avec leur mari dans des maisons de riches Blancs. Ici, à Bissappoo, j'ai deux garçons qui cultivent des terres.

— Mais tu en as combien ?

En comptant Sóbeúpo, Kilian ne s'y retrouvait plus.

— Entre les enfants et les petits-enfants, tu vois beaucoup de personnes de ma famille aujourd'hui, dit José avec un rire. Pour le père Rafael, j'ai quatre filles et deux fils. Mais toi, je peux te dire la vérité…

Les yeux mi-clos, la voix pâteuse sous l'effet de l'alcool qui lui faisait également tutoyer Kilian, il avoua :

— La mariée est née avant Sóbeúpo, et ensuite il y en a eu trois autres… avec une autre femme.

Il serra les lèvres et balança la tête. Dans ses pensées, il ajouta :

— Les dieux bubis m'ont été favorables, je crois bien. J'ai eu de très bons enfants, très travailleurs.

Il esquissa un geste vers les jeunes mariés, puis porta le doigt à son front et ajouta avec adoration :

— Elle est très intelligente, Kilian. C'est la plus intelligente de mes dix enfants ! Dès qu'elle le peut, elle prend un livre. Elle apprendra beaucoup avec *massa* Manuel, je suis content qu'elle s'installe à Sampaka.

— Je ne l'avais jamais remarquée, en fait, dit Kilian d'un ton neutre.

Comment était-il possible qu'un homme d'un noir presque bleuté comme José ait eu une fille à la peau caramel foncé ?

— Vous, les Blancs, vous vous plaignez toujours que tous les Noirs se ressemblent, dit José en riant. Mais tu sais, c'est la même chose pour nous avec vous !

Si je l'avais connue avant, je t'assure que je n'aurais pas pu la confondre avec une autre.

Il la chercha du regard.

Était-ce son imagination ou était-elle justement en train de faire la même chose ?

Mosi buvait sans fin et la serrait fort contre lui pour montrer à tous qu'elle était sienne. Kilian tentait en vain de repousser l'image de Mosi prenant possession de son corps nu.

— À quoi penses-tu, mon ami ? demanda José.

— À rien, s'empressa de répondre Kilian. Tu sais, Ösé ? Les fêtes sont semblables partout. Dans mon village aussi on mange, on boit et on danse lors des noces. Demain, l'euphorie sera passée et tout sera comme avant.

— Rien n'est jamais comme avant, Kilian, le contredit José d'un ton sentencieux. Il n'y a pas deux jours pareils, tout comme il n'y a pas deux personnes pareilles. Tu vois cet homme ? Je suis noir, oui, mais il l'est encore plus.

— Tu as raison, Ösé. Rien n'est jamais pareil. La preuve chez toi-même…

José le regarda avec curiosité et Kilian fit une pause pour terminer son *topé* d'un trait.

— Tu me tutoies ! Tu vois que ce n'était pas si difficile !

Kilian ferma les yeux. Il entendait son silence intérieur. Toute l'ébullition du village semblait un murmure lointain. L'alcool lui causait une sensation paisible de légèreté, comme s'il flottait.

Il existe un bref instant, avant de tomber à terre, où le corps connaît les mêmes symptômes que quand on se penche au-dessus d'un précipice.

Le vertige.

Cette sensation dure à peine une seconde. On ne sait pas si on va dormir, mourir et ne jamais se réveiller… Un soupçon de nausée. Une interruption de la conscience. La tête qui tourne.

La perception de l'extérieur s'arrête complètement et les images intermittentes de la nuit s'emparent de toi.

Cette nuit-là, Kilian rêva de corps dénudés qui dansaient autour d'un foyer au rythme de tambours endiablés. Une femme aux immenses yeux clairs, quasiment transparents, au regard déconcertant et profond l'invitait à danser. Il lui prenait la taille, remontait vers sa poitrine menue qui vibrait de manière incessante au son de la musique. La femme chuchotait des paroles qu'il ne comprenait pas. Elle se pressa contre lui. Il sentait la douceur de ses tétons contre son torse nu. Soudain, son visage devint celui de Sade. Il reconnaissait les yeux en amande noirs, les pommettes hautes, le nez fin et les lèvres charnues comme des framboises de fin de saison. À côté d'elle, des hommes énormes chevauchaient des femmes pendant que les chants se faisaient toujours plus aigus et intenses. Quand il la regarda de nouveau, ce n'était plus Sade, mais une silhouette floue qui ne le laissait pas partir. Ses caresses étaient toujours plus intenses. Il résistait, elle l'obligeait à regarder autour de lui.

Écoute. Regarde. Touche. Laisse-toi guider !

Il se réveilla mouillé.

Il avait mal à la tête et son corps était couvert de piqûres de *yen-yen*. À cause de l'alcool, il avait oublié de mettre sa moustiquaire.

Il lui sembla entendre de la musique, mais en sortant sur le seuil de la hutte qu'on lui avait préparée, il constata que le village était désert.

Il se rappela la longue et intense fête à laquelle il avait participé. José lui avait expliqué que, dans la tradition bubie, il existait deux types de mariage : *ribalá rèötö,* soit le mariage pour acheter la virginité, et *ribalá ré rihólè,* celui d'amour mutuel. Le premier était le seul et authentique aux yeux de la loi, bien qu'on ait obligé la femme à le contracter.

L'acheteur payait pour la virginité de la mariée, car on considérait qu'une femme l'ayant perdue perdrait toute sa valeur et sa beauté. Le mariage par amour mutuel, lui, était illégitime. Il n'y avait ni cérémonie ni fête.

À l'heure qu'il était…

Avait-elle perdu sa valeur et sa beauté ?

Il en doutait.

La matinée était splendide, d'une température délicieuse. Une brise rafraîchissait la moiteur de la nuit.

Mais Kilian avait le corps ardent.

7
Tornado Weather

Temps de tornades

Kilian descendit la côte à toute vitesse. Le bateau qui ramenait son père d'Espagne avait jeté l'ancre un moment auparavant, et il était en retard. Quand il arriva en bas, trois hommes déchargeaient la dernière gabarre. Pas d'autre mouvement. Haletant, en sueur, il s'arrêta et chercha Antón. Le soleil créait à la surface de l'océan des milliers de reflets dorés qui concurrençaient l'argent des bancs de sardines. Kilian mit une main en visière et plissa les yeux.

La petite silhouette de son père se détacha sur l'horizon infini. Assis sur sa valise en cuir, il se tenait un peu voûté. Kilian se dirigea vers lui, mais se retint de l'appeler. Quelque chose dans cette posture lui semblait étrange. Il s'attendait à trouver Antón faisant les cent pas, énervé d'être le dernier passager, or son père semblait méditatif, le regard perdu loin de la plage circulaire cernée d'un éventail de palmiers, de bananiers aux grandes feuilles et de cocotiers. Cette image de solitude absolue fit frissonner Kilian, qui tenta de s'en défaire en accélérant le pas et en s'efforçant de prendre un ton gai :

— Pardon, papa ! Je n'ai pas pu arriver avant.

Antón releva la tête et, tout à ses pensées, lui répondit par un sourire triste.

Kilian prit peur. En quelques mois, son père avait pris plusieurs années.

— En fait, il y avait un arbre en travers de la route, à cause de la tempête d'hier soir. Pas très forte, mais vous savez comment ça se passe. J'ai dû attendre un bon moment avant qu'il soit enlevé.

— Ne t'en fais pas, mon garçon. J'ai profité de moments fort agréables en t'attendant.

Antón se leva lentement et ils s'embrassèrent. Bien que le corps de son père soit toujours celui d'un homme plutôt grand et corpulent, Kilian sentit que le salut, inhabituellement prolongé, transmettait aussi à ses bras puissants une profonde faiblesse. Il se racla la gorge.

— Bon, allons-y, fit-il en prenant la mallette. Vous ne vous imaginez pas à quel point j'ai envie d'entendre votre récit. Comment vont maman et Catalina ? Il y avait beaucoup de neige quand vous êtes parti ? Et oncle Jacobo et sa famille ?

Antón sourit et agita la main.

— Je préfère attendre d'être avec l'autre Jacobo pour m'éviter de répondre deux fois à tout.

Quand ils arrivèrent au bout de la digue, Antón jeta un regard sur le chemin pentu et poussa un soupir.

— Tu sais pourquoi elle est appelée côte des fièvres ?

— Mais oui, papa. Vous ne vous souvenez pas ? Manuel me l'a raconté le premier jour.

— Et que t'a-t-il dit exactement ?

— Eh bien, que personne ne réchappe à... Papa, c'est normal d'être fatigué après un si long voyage, se reprit Kilian en lui offrant son bras avec naturel.

Antón accepta son aide et ils montèrent doucement. Kilian ne cessa de parler de tout le trajet jusqu'à la voiture, et ensuite jusqu'à Sampaka, mettant son père au courant des affaires de la plantation, des autres responsables, des nouveaux ouvriers et des vétérans, de leurs connaissances à Santa Isabel, des journées au milieu des cacaoyers... Antón écoutait et acquiesçait, souriait de temps à autre, mais ne l'interrompit pas une seule fois. Il avait assez vécu pour savoir que la loquacité exceptionnelle de son fils était due à la peur de mener par le bras pour la première fois un père qui se sentait vieux et fatigué.

— *Massa* Kilian ! cria par la vitre du camion un Simón essoufflé, au volant d'un véhicule qui soulevait un grand nuage de poussière sur le chemin des cacaoyers. *Massa* Kilian, venez vite !

Ce dernier vérifiait que les pièges à écureuils étaient bien disposés. Si les écureuils espagnols étaient des animaux amusants qui faisaient les délices des enfants, sur Fernando Póo ils étaient plus grands que des lapins et mangeaient les cabosses de cacao. Certains avaient même des ailes pour planer d'un arbre à l'autre. Le camion s'approcha en klaxonnant avec insistance, s'arrêtant pour que Simón en bondisse.

— *Massa!* cria-t-il encore une fois. Vous ne m'entendez pas ? Montez dans le camion !

— Que se passe-t-il ? demanda Kilian, alarmé par les cris de son boy.

— C'est *Masantón* ! expliqua Simón d'une traite, presque sans respirer. Ils l'ont retrouvé inconscient dans le bureau. Il est au dispensaire avec les *massas* Manuel et Jacobo. José m'a envoyé vous chercher. Allez, montez !

Bien que Simón conduise vers Sampaka avec une rapidité dangereuse, Kilian trouva que le trajet n'en finissait pas. Il ne cessait de penser à son père. Depuis le mois de mars, sa santé s'était détériorée progressivement, ce qui ne l'avait pas empêché de se comporter dignement devant ses fils. À l'occasion, il plaisantait même, disant que le travail de la paperasse était bien plus ardu que celui des cacaoyers. Kilian et Jacobo avaient finalement renoncé à leurs six mois de vacances et demandé à les reporter, quand leur père irait mieux peut-être…

La seule chose à avoir changé chez Antón était son besoin constant de raconter par le menu tout ce qui concernait les finances de la Casa Rabaltué. Il leur répétait le nombre de têtes de bétail qu'ils devraient conserver, le montant correct pour bien vendre une jument, le prix des agneaux, le salaire du berger, et les moissonneurs dont ils auraient besoin en été pour couper les foins. Il leur parlait également des travaux concernant la maison. Il y aurait la toiture à refaire, une poutre de l'étable à changer, un mur du poulailler à redresser, ceux de la cour à chauler, l'installation électrique à améliorer, et une salle de bains plus grande et plus pratique à installer. Avec les salaires des deux frères ajoutés à la vente du bétail, il calculait qu'ils auraient ce qu'il fallait pour mener à bien ces projets. Si un salaire venait à manquer, il faudrait procéder petit à petit et changer seulement deux ou trois choses tous les ans. Et, comme si ce n'était pas assez clair, il notait toutes les instructions et les calculs sur des dizaines de notes dupliquées au papier carbone : un exemplaire pour les frères, un qu'il envoyait en Espagne par courrier. Malgré la distance, il continuait de diriger la Casa Rabaltué depuis l'Afrique.

Antón mettait également à profit ses moments seul avec Kilian pour lui narrer plus en détail d'autres affaires moins pressantes qu'un bon maître devait toujours avoir en tête, comme les relations entre les maisons de Pasolobino et de Cerbeán, les dettes et faveurs entre les membres de la famille et les voisins depuis des temps très lointains. Kilian l'écoutait sans l'interrompre, ne sachant que dire. Il éprouvait une profonde tristesse, car il comprenait que son père lui dictait son testament, même si ce dernier prenait prétexte des lettres qui arrivaient plus fréquemment de la maison. Il était évident qu'Antón ressentait le besoin impérieux de tout laisser au clair avant…

Le camion freina brusquement devant la porte du dispensaire. Kilian monta l'escalier quatre à quatre et fit irruption dans la salle principale. Un infirmier le reconnut et lui fit signe d'entrer dans une chambre contiguë au bureau du médecin. Kilian vit son père couché, les yeux clos. Jacobo, assis sur un fauteuil dans un coin, se leva.

José était debout à côté du lit. Une infirmière prenait des ustensiles sur un petit plateau métallique. Quand elle se tourna pour sortir de la chambre, elle faillit heurter Kilian.

— Pardon !

Cette voix…

La jeune infirmière releva les yeux et leurs regards se croisèrent.

C'était elle ! La mariée de ses rêves ! La femme de Mosi !

Il ne connaissait même pas son prénom…

José allait poser une question à sa fille, mais Manuel entra.

— Il est sous sédatif, les informa-t-il. Nous lui avons administré une dose plus importante de morphine.

— Comment ça, une dose « plus importante » ? s'étonna Kilian.

Le médecin regarda José, qui fit un signe négatif de la tête.

— Pourrions-nous nous entretenir dans mon bureau ?

Tous quatre passèrent dans la pièce à côté, et Manuel alla droit au but.

— Je donne de la morphine à Antón depuis des mois pour l'aider à supporter ses douleurs. Il voulait que personne ne le sache. Il souffre d'un mal incurable pour lequel il n'existe ni traitement ni opération. C'est une question de jours. Peu de jours. Croyez bien que je suis désolé.

Kilian se tourna vers Jacobo.

— Tu étais au courant ?

— Pas plus que toi, répondit son frère avec tristesse. Je ne savais pas du tout que c'était aussi grave.

— Et toi, Ösé ?

José hésita.

— Antón m'avait fait jurer de ne rien dire.

Kilian baissa la tête, découragé. Jacobo, tout aussi affligé, posa une main sur son épaule. À cet instant, leurs pensées étaient exactement les mêmes. Tous deux savaient leur père malade, mais pas à ce point. Comment avait-il pu leur cacher la gravité de la situation ? Pourquoi les frères n'avaient-ils pas accordé plus d'importance à sa fatigue permanente, à son manque d'appétit ? C'était à cause de cette maudite chaleur, il le leur avait répété mille fois. Leur mère était-elle au courant ? Comment allaient-ils le lui annoncer ? Comment disait-on à une femme que son mari allait mourir à des milliers de kilomètres et qu'elle ne le reverrait jamais ?

— Pouvons-nous lui parler ? finit par demander Kilian avec un filet de voix.

— Oui. À partir de maintenant, il y aura des moments où il sera conscient. J'espère que la morphine lui sera utile pour adoucir son agonie.

Manuel leur tapota le bras à tous les deux avant de reprendre :

— Kilian, Jacobo… Je suis vraiment navré. Notre heure arrive à tous. La médecine ne peut rien de plus, c'est entre les mains de Dieu, désormais.

— Dieu n'envoie pas la maladie, affirma José quand ils furent de retour au chevet d'Antón, qui avait toujours les yeux fermés. Le Créateur de tant de beauté, du Soleil, de la Terre, de la pluie, du vent et des nuages ne peut être la cause de quelque chose de mauvais. La maladie est causée par les esprits.

— Ne dis pas n'importe quoi, répliqua Jacobo tandis que Kilian prenait la main de son père. Les choses sont comme elles sont.

La fille de José les regardait depuis la porte.

— Pour nous, intervint-elle d'une voix douce, la maladie est une malédiction des esprits des ancêtres qui ont été insultés ou offensés par le patient ou sa famille.

Elle alla voir José, et Kilian remarqua qu'elle portait une blouse blanche à manches courtes, ouverte sur une robe vert clair à gros boutons.

— Voilà pourquoi nous montrons tant de ferveur à demander leur intervention et tentons de les satisfaire par des sacrifices, des boissons et des rites funèbres.

José parut satisfait de l'explication de sa fille. Kilian garda le silence.

— Alors, réagit Jacobo avec colère, dites-moi pourquoi vous êtes dans ce dispensaire ! Pourquoi n'allez-vous pas invoquer vos esprits ?

— Nous ne pouvons éviter ce qui ne peut l'être. Mais nous sommes en mesure de soulager la souffrance d'un patient.

Elle se dirigea vers Antón et posa un linge mouillé sur son front.

— La plupart des douleurs peuvent être calmées par des remèdes simples comme des bains chauds ou froids, des cataplasmes, des massages à l'huile de palme ou d'amande, ou à la crème de *ntola*, des cataplasmes de plantes, des potions à base de vin de palme avec des épices ou de l'eau de mer.

Kilian observa les mains délicates de la jeune femme sur le tissu blanc qu'elle appliqua doucement sur le front de son père et qu'elle rinça dans un bol avant de répéter l'opération. Il resta absorbé un bon moment par ce mouvement, entendant la conversation des autres en bruit de fond. Dans son esprit, il ne voyait que ces mains.

Il ne voulait pas faire face à ça.

— Parfois, expliqua José, fier de sa fille, *massa* Manuel lui permet d'utiliser nos connaissances ancestrales…

Irrité, Jacobo se leva d'un bond.

— Eh bien, puisque tu en sais tant, quel remède existe-t-il pour mon père ?

Kilian revint à lui.

— Du calme, Jacobo ! le réprimanda-t-il. C'est douloureux pour José autant que pour nous.

Jacobo émit un grognement dubitatif et se rassit.

— Dis-moi, Ösé, poursuivit Kilian, les yeux de nouveau rivés sur la jeune infirmière. Que ferais-tu si c'était ton père ?

— Kilian, je ne doute pas de la médecine étrangère, et je ne cherche pas à vous vexer, mais dans son état, je… Je demanderais à un chamane de prier pour lui, acheva-t-il avec conviction.

Un rire sarcastique lui répondit. Kilian fit signe à Jacobo de se taire et demanda à José de continuer.

— Si c'était mon père, reprit-il, je l'emmènerais à la chapelle du gardien des esprits le plus puissant de mon village pour le libérer de l'affliction qui le tourmente.

— Mais, José, on ne peut pas le déplacer, objecta Kilian.

— Je pourrais faire venir notre docteur, proposa José avec prudence.

Jacobo se leva, furieux.

— Évidemment ! En échange de tabac et d'alcool !

Kilian ne dit rien. La fille de José le regarda droit dans les yeux, attendant sa réponse, ses yeux clairs semblant lui dire qu'essayer en valait la peine. Oserait-il demander l'aide des natifs ? Elle le mettait silencieusement au défi de le faire.

— Bien, accepta-t-il.

Elle sourit et se tourna vers son père.

— Envoie Simón à Bissappoo, dit-elle simplement.

Jacobo se dirigea vers la porte en secouant rageusement la tête.

— C'est ridicule ! rugit-il. Tous ces contacts avec les nègres t'ont rendu fou, Kilian !

Il claqua la porte. Son frère courut à sa suite.

— Qu'est-ce qui t'arrive, Jacobo ?

— C'est évident ! s'écria son aîné, le regard fuyant. Depuis un moment, tu préfères les conseils de José aux miens.

— C'est faux ! Papa et José sont amis, Jacobo. Il cherche simplement à aider.

— Tu as entendu Manuel. Papa va mourir. C'est inévitable. Si tu veux te raccrocher à de faux espoirs, pas moi. On s'occupe bien de lui, c'est tout ce qui compte, dit-il d'une voix tremblante. J'espère que ça se terminera aussi vite que possible. Au stade où il en est, c'est le mieux.

Il regarda Kilian, dont les lèvres étaient serrées. Jacobo tenta de se rappeler à quel moment son frère avait commencé à prendre ses distances. Il y avait si longtemps que son cadet avait cessé de lui poser des questions et d'écouter ses réponses avec émerveillement. Les choses avaient vite changé. Kilian n'avait plus besoin de lui, son père mourait et Jacobo se sentait de plus en plus seul. Cette île était responsable de tout. Elle piégeait ses habitants dans un filet invisible et les achèverait tous, comme ceux d'avant.

— Tu es devenu têtu, Kilian. Laisse papa en paix, tu m'entends ?

— J'ai donné mon accord, je n'ai pas l'intention de revenir dessus, répondit fermement Kilian.

— On verra.

Antón eut de brefs moments de lucidité, durant lesquels il put parler à José et à ses enfants, surtout Kilian, qui ne quitta guère son chevet dans les heures qui suivirent. C'était peut-être la première fois de leur vie qu'ils parlaient sans honte de choses très privées. La distance d'avec la maison, le mois de juin orageux et la certitude d'un adieu autorisaient des confidences sans fin entre hommes de la montagne.

— Kilian, tu n'es pas obligé de rester là tout le temps, lui redit Antón. Tu ne peux pas laisser ton travail. Va avec Jacobo, va, maintenant.

Les murs du dispensaire paraissaient s'écrouler autour de Jacobo, qui préférait faire le travail de Kilian en plus du sien pour échapper à cette scène douloureuse.

— Je ne te laisserai pas, papa. Ils se passeront de moi. Nous ne faisons qu'attendre que le fruit mûrisse pour la récolte. Je ne sais pas si c'est moi qui me l'imagine, mais chaque année les cabosses de cacao sont plus grosses.

— Je suis bien, ici, affirma Antón avec autant de conviction que possible. Les infirmières s'occupent très bien de moi, surtout la fille de José. Tu as remarqué ses yeux, mon fils ? Ils sont presque transparents.

Kilian hocha la tête. Il le savait, oui. Dès qu'elle apparaissait à la porte, il sentait son humeur s'alléger un peu. Par ailleurs, il était pétrifié. Il avait vu des animaux mourir et c'était un spectacle horrible. Il avait vu des parents et des voisins dans les funérariums de la vallée. La certitude qu'il serait présent au moment où son père rendrait son dernier soupir le rendait malade, mais il n'avait pas le choix. Sa mère aurait mieux maîtrisé la situation, ou du moins avec plus d'affection. Il pensait à Mariana et Catalina. Il venait d'envoyer un télégramme pour leur annoncer la nouvelle et avait tellement pleuré en l'écrivant qu'il n'avait plus de larmes à présent qu'il était devant son père.

— Kilian ?

— Qu'y a-t-il, papa ?

— Tu devras prendre en charge la maison et la famille. Tu es plus responsable que Jacobo. Promets-moi.

Kilian promit, sans se rendre compte du poids que représentait ce serment. Il dirigerait la maison des Rabaltué, comme ses parents et leurs parents avant eux.

— Pourquoi es-tu revenu, papa, si tu ne te sentais pas bien. ? Il y a de bons docteurs en Espagne. Tu aurais été à l'aise à la maison.

Antón fit une pause avant de répondre.

— Eh bien, comme les éléphants, je choisis mon endroit pour mourir. J'ai passé tant d'années ici que ça me paraît bien. Cette terre nous a donné beaucoup, mon fils. Plus que nous ne lui avons donné.

Kilian n'en était pas convaincu.

— Mais, papa… Pense à maman.

— Si je t'expliquais, tu ne comprendrais pas.

Kilian avait entendu cette phrase à de nombreuses reprises dans sa vie.

— Essaie toujours.

Antón ferma les yeux et poussa un soupir.

— Kilian, je ne voulais pas que ta mère voie mon corps sans vie. C'est aussi simple que ça.

Kilian resta sans voix.

— Ta mère et moi, poursuivit Antón, nous nous aimons beaucoup malgré la distance. Quand nous nous sommes dit au revoir, nous savions tous les deux que nous ne nous reverrions pas. Les mots n'étaient pas nécessaires. Dieu a voulu que je parte en premier. Je lui en sais gré…

Sa voix se brisa. Il cilla et son regard se fit brumeux.

— J'aimerais me reposer un peu, dit-il d'une voix sourde.

Kilian eut soudain envie de retourner aux vertes prairies de sa montagne, pour que sa mère lui cuisine un ragoût de lapin ou d'isard avec du chocolat fondu et des pâtisseries en forme d'anneau pour les fêtes. Pour que son père lui rapporte des cadeaux d'une terre lointaine, que sa sœur proteste parce qu'il l'embêtait, que son frère le mette au défi de marcher sur les murets de pierre les plus hauts, tout en mangeant un morceau de pain recouvert de crème sucrée confectionnée à partir du lait bien riche de leurs vaches. Que la neige apaise la mélancolie de l'automne.

Quand son père ne serait plus là, Kilian recevrait en grande partie la responsabilité de leur famille et de la maison qui se transmettait de génération en génération. Il aurait aimé, comme Jacobo, chasser les peines à l'aide de *malamba,* de whisky et de cognac et écarter les peurs avant qu'elles ne se nichent dans son cœur.

Mais il n'était pas ainsi. Il posa sa tête entre ses mains et resta longtemps à évoquer son enfance et sa jeunesse.

Il fut parcouru d'un frisson.

Son âme se glaçait et la neige lui manquait.

Il vieillissait et il avait peur. Très peur.

La porte s'ouvrit et Kilian lança un regard plein d'espoir dans cette direction, mais c'est José qui entra. Il s'approcha du lit et serra la main d'Antón dans la sienne avec affection.

— Ah, José, mon bon José, fit Antón en ouvrant les yeux. Toi aussi, tu es là. Quelle tête tu fais ! tenta-t-il de plaisanter. J'ai plus de chance que les indigènes. Tu sais, Kilian, ce que faisaient les Bubis avant, quand quelqu'un était dans un état très grave ? Ils l'emmenaient sous un abri près du village et ils le laissaient là. Tous les jours, ils déposaient devant lui une banane plantain ou une igname braisée et un peu d'huile de palme et cela durait ainsi jusqu'à ce que la mort mette fin à ses souffrances.

Il s'arrêta, parce que c'était un grand effort pour lui de parler autant.

— C'est un missionnaire qui m'a raconté ça. Le père António, je crois qu'il s'appelait, qui avait vécu de longues années parmi les Bubis. Dis-moi, José, je ne te l'avais jamais demandé... C'est vrai ? Vous faisiez ça ?

— Les esprits nous accompagnent toujours, Antón, que ce soit dans une cabane ou dans ce dispensaire. Nous ne sommes jamais seuls.

Antón esquissa un léger sourire et ferma les yeux. José lâcha doucement sa main et se rapprocha de Kilian. Des voix provenaient de la pièce d'à côté.

— Le père Rafael se dispute avec le docteur, chuchota José. Ton frère leur a raconté que tu avais l'intention de laisser un de nos médecins traiter Antón.

Kilian fronça les sourcils et se dirigea vers le couloir. Depuis le bureau de Manuel, on entendait plusieurs voix énervées dont celle de son frère. Il ouvrit sans frapper et tous se turent. Manuel était assis à sa table de travail, face à Jacobo et au père Rafael, restés debout.

— Il y a un problème ? demanda Kilian sans ambages.

— Eh bien, oui, Kilian, lui répondit aussitôt le prêtre, les joues rouges de colère. Il faut que tu saches qu'il ne me paraît pas bon du tout que l'un de ces sorciers s'approche de ton père. Si même notre médecine développée n'a pas suffi à le guérir, cela signifie qu'il est entre les mains de notre Dieu, l'unique et le véritable. De quel droit permettrais-tu qu'un païen pose les mains sur lui ? C'est ridicule !

Kilian lança un regard de reproche à son frère. Ils auraient pu éviter cette situation s'il n'avait pas eu la langue aussi leste. Sans le quitter des yeux, il argumenta :

— Mon père… Notre père a partagé sa vie entre Pasolobino et Fernando Póo, à parts quasi égales. Je ne vois pas pourquoi il ne pourrait pas faire ses adieux à cette terre avec les honneurs des deux mondes.

— Parce que ce n'est pas bien ! s'écria le curé. Tu ne peux pas comparer ! Ton père a toujours été un bon catholique. Ton idée est absurde.

— Si maman était là, elle te ramènerait à la raison, intervint Jacobo.

— Mais elle n'est pas là, Jacobo ! cria Kilian.

Surpris par sa propre réaction, il s'assit sur l'une des chaises disposées en face de Manuel, baissa la voix et lança avec défi :

— Existe-t-il, sur l'île, dans le gouvernement civil ou selon les commandements de l'Église, une loi écrite qui interdit explicitement à un Noir de prier pour le salut de l'âme d'un Blanc ?

— Non, répondit le père Rafael d'un ton coupant, tout en frottant régulièrement son gros ventre de ses mains jointes. Mais tu exagères, Kilian. Ce que tu veux, ce n'est pas qu'un Noir prie, mais qu'il guérisse ton père. N'est-ce pas vrai ? Tu remets non seulement en cause les actes des médecins, mais aussi la volonté de Dieu. C'est un péché, mon fils. Tu remets Dieu en question. Pis encore, tu prétends le défier. Manuel, ajouta-t-il. Dis-lui donc que toute cette histoire… n'a ni queue ni tête !

Manuel regarda Kilian et poussa un soupir.

— Il n'y a pas de remède, Kilian, ni de notre médecine ni de celle des Bubis. Tout ce que tu feras sera une perte de temps. Et ce n'est pas tout. Même sans interdiction formelle, si Garuz vient à l'apprendre, il sera furieux et ne voudra pas qu'on sache que nous accordons de l'importance aux traditions des Noirs, expliqua-t-il en pianotant des doigts sur la table. On ne prend pas les choses à la légère, en ce moment, avec les velléités d'indépendance…

— Je compte sur la discrétion de José, s'obstina Kilian. Et j'espère pouvoir vous faire confiance à vous aussi. Autre chose ?

Le père Rafael pinça les lèvres et secoua la tête pour montrer sa désapprobation. Il se dirigea vers la porte plein de colère et, la main sur la poignée, déclara :

— Fais comme tu veux, mais je lui donnerai le saint sacrement après que ce… Je serai le seul et le dernier à lui donner l'extrême-onction.

Un silence pesant s'installa. Jacobo arpentait nerveusement la pièce en se triturant les cheveux, émettant un soupir après l'autre. Finalement, il s'assit à côté de son frère.

— C'est mon père aussi, Kilian. Tu ne peux pas faire ça sans mon consentement.

— Et ça ne te suffit pas que moi je veuille le faire ? Quelle importance pour toi ? Qu'y a-t-il de mal, Jacobo ? Et s'il y avait quelque chose… ? Manuel, toi-même, tu nous as raconté des choses sur les plantes que tu étudies…

Manuel fit non de la tête.

Kilian se massa les tempes. Il lui fallait faire de gros efforts pour ne pas se mettre à pleurer devant les deux hommes.

— Il n'a que cinquante-sept ans, bon sang ! Vous savez combien de petits-enfants a José ? Eh bien papa ne connaîtra jamais les siens ! Il n'a rien fait d'autre dans sa vie que travailler, se décarcasser pour qu'on vive une vie meilleure, pour sa famille, la maison… Ce n'est pas juste. Non. Pas du tout.

— Bon, d'accord, vas-y, soupira Jacobo, vaincu par le ton implorant de son frère. Mais je ne veux rien savoir. Manuel ?

— En dernier ressort, la décision ne m'appartient pas. Je t'apprécie, Kilian… Je vous apprécie tous les deux, Jacobo, rectifia-t-il après une hésitation imperceptible. Mais ça ne servira à rien, ni en bien ni en mal. Ça m'est donc égal. Après tant d'années passées à Fernando Póo, peu de choses peuvent me surprendre.

Quand le sorcier, le *tyiántyo*, arriva le lendemain matin, Antón était pratiquement dans le coma. Il balbutiait avec peine des mots sans suite. Il nommait des personnes et, parfois, sur son visage naissait un sourire, soudain remplacé par un masque de souffrance. Alors il se plaignait et sa respiration se faisait de nouveau laborieuse.

Seuls José et sa fille accompagnèrent Kilian dans la chambre.

À peine entré, le médecin et prêtre bubi remercia l'homme blanc pour les généreux présents qu'il lui avait envoyés par Simón et prépara son intervention. D'abord, il revêtit un chapeau à plumes voyant, ainsi qu'une grande jupe de paille, puis alluma une pipe. Ensuite, il accrocha diverses amulettes aux bras, à la taille, aux jambes et au cou d'Antón. José avait adopté une posture respectueuse, debout, tête baissée et mains jointes. Sa fille se déplaçait dans la chambre pour répondre aux demandes du docteur, avec une diligence et une sérénité exquises. Les amulettes étaient des coquilles d'escargots, des plumes d'oiseaux, des brins de laine de mouton et des feuilles de l'arbre sacré *iko*.

Kilian observa la scène sans intervenir. Ces objets, comme à l'entrée de Bissappoo, avaient pour tâche de repousser les mauvais esprits. À voir son père ainsi affublé, il regretta un instant de ne pas avoir écouté son frère. Pourtant, quelque part dans son cœur vacillait la petite flamme d'un désir irrationnel alimenté par les récits de miracles de son enfance. Et cet espoir maintenait son regard rivé sur Antón, dans l'attente d'un geste énergique, d'un sourire volontaire, d'un mouvement agile indiquant que tout n'avait été que fausse alerte ; une grippe, une crise de paludisme, une fatigue passagère…

Le sorcier détacha de sa ceinture une calebasse pleine de petits coquillages et entama le rituel. Il invoqua les esprits et leur demanda de révéler la maladie, sa cause et le remède le plus efficace. Il sortit d'une bourse en cuir deux petites pierres rondes et lisses et les posa l'une sur l'autre. Les pierres, expliqua José, étaient l'outil indispensable pour savoir si le malade guérirait ou mourrait. Il n'existait pas d'autre solution.

Le sorcier parlait, sifflait, chuchotait, murmurait. Kilian ne comprenait ni les questions ni les réponses. Au bout d'un moment, José traduisit le diagnostic final : le malade n'avait pas rempli ses obligations envers les défunts et mourrait probablement. La faible flamme s'éteignit dans le cœur de Kilian et un vide définitif prit sa place. Il baissa la tête et eut à peine conscience de promettre au sorcier, par l'intermédiaire de José, qu'il ne tomberait pas dans les mêmes erreurs et accomplirait les obligations requises envers ses ancêtres. Sur ce, le médecin bubi hocha la tête avec satisfaction, reprit ses affaires et partit.

— Tu as bien agi, Kilian, lui dit José, content du respect du jeune homme pour les traditions bubies.

Kilian ne se sentit pas réconforté. Il s'assit au côté de son père. La fille de José lui renvoya un sourire timide auquel il ne répondit pas, puis elle termina de border le malade et suivit son père. Pendant un bon moment, Kilian serra la main d'Antón dans les siennes, s'imprégnant de sa chaleur épuisée. Les pales du ventilateur au plafond marquaient le passage du temps par des coups réguliers, lents et monocordes, rompant cruellement la fausse quiétude de Kilian.

Bien plus tard, Jacobo entra, accompagné du père Rafael. Les deux frères se tinrent avec respect dans la même posture que José précédemment, pendant qu'Antón recevait les saints sacrements et la bénédiction apostolique des mains du prêtre.

Tout à coup, comme s'il sentait la présence de ses fils, Antón fut pris d'une agitation que rien ne pouvait calmer, ni les paroles, ni les gestes d'une infirmière que Jacobo fit venir, ni la nouvelle dose de morphine qu'ils demandèrent à Manuel. Il serrait avec une force inhabituelle les mains de ses fils et secouait la tête d'un côté et de l'autre, comme s'il luttait contre une force peu commune.

Un instant, il ouvrit les yeux et déclara à haute et intelligible voix :

— Les tornades. La vie est comme une tornade. La paix, la fureur, et de nouveau la paix.

Il ferma les yeux, son agitation cessa et il expira.

Ce fut un son sec, rauque, rapide.

Alors Kilian put voir avec un désespoir total la perte d'expression, la rigidité du rictus, le durcissement de la chair.

La mort.

Quand la pire tornade dont ils se souviendraient plus tard se déchaîna sur Sampaka, Kilian l'analysa en profondeur pour comprendre les derniers mots de son père. Jusque-là, une tornade avait simplement été pour lui une association de vent, de pluie et de violentes décharges électriques. Une chaleur étouffante précédait le phénomène, puis pendant la tempête, la température baissait de douze à vingt degrés. Après la pluie, la chaleur revenait, intense et désagréable.

Cependant, cette fois, il ne pouvait être simple spectateur. Son esprit se mêla à la tempête et lui-même rugissait et se détruisait. Tout avait commencé par un petit nuage blanc apparu au zénith et qui grandissait, s'obscurcissant à mesure qu'il descendait sur l'horizon. Un instant, ce fut comme si tous les êtres vivants cessaient leur activité ; la nature semblait morte.

On n'entendait pas un bruit.

Kilian se souvint du moment qui précède le premier flocon de neige. Ce calme pénétrant qui procure une plaisante sensation de faiblesse et d'irréalité.

Il régnait une tranquillité absolue, profonde, solennelle. On entendit alors des échos lointains de tonnerre et les éclairs se rapprochèrent. La foudre était si puissante qu'ils semblaient durer des minutes entières, embrasant l'atmosphère. Et ensuite, le vent. Des rafales d'une telle violence qu'elles pliaient tout sur leur passage.

La tempête dura plus longtemps que la normale et se conclut par un déluge brutal. Le vent et la pluie menaçaient de mettre fin au monde, et quand ils cessèrent, l'air s'imprégna d'une pureté et d'une clarté délicieuses. Les vivants palpitaient d'une façon nouvelle, comme ravivés par un feu.

De la même manière, après la mort d'Antón, Kilian passa de l'étourdissement à la colère. La clarté et la sérénité mettraient des années à revenir.

Ils décidèrent d'inhumer le corps d'Antón au cimetière de Santa Isabel, sans dalle. Les infirmières nettoyèrent et habillèrent le cadavre avec promptitude, sous les regards angoissés des deux frères. La fille de José lui peignit de petits symboles sur la poitrine, près du cœur.

— Ces signes faits à la *ntola* purifient le corps, murmura-t-elle. Tu seras maintenant reçu avec tous les honneurs par tes ancêtres blancs comme par les nôtres. Tu pourras passer d'un cercle à l'autre sans difficulté.

Le cercueil fut évacué du dispensaire et traversa la cour principale de Sampaka à bord d'un camion qui le conduirait à la ville. Les responsables de la propriété suivirent le véhicule, répartis entre des fourgonnettes et la Mercedes du directeur, conduite par un Yeremías fort triste et à qui *massa* Garuz avait permis d'être le chauffeur des fils du défunt. Au passage du cortège funèbre, la majorité des travailleurs fermèrent les portes et les fenêtres de leurs baraquements, et quelques-uns firent tinter des cloches de bois.

Les Africains croyaient que l'âme suivait le corps jusqu'à l'enterrement et que, après, l'âme continuait à tourner près des lieux où avait vécu le mort. Par le son des cloches, ils cherchaient donc à effrayer et désorienter l'âme afin qu'elle ne revienne pas au village. Pour la même raison, ils fermaient portes et fenêtres. Kilian écoutait les explications que lui donnait José pendant que les palmiers de l'entrée de Sampaka imprimaient leur reflet intermittent sur la surface brillante du véhicule. Il laissa son imagination s'élever vers les sommets de Pasolobino et imagina comment se serait déroulée la sépulture d'Antón dans leur village. Quand quelqu'un décédait, il restait plusieurs heures dans sa maison et on organisait une veillée funèbre avec des prières au rosaire. Le murmure des prières et les litanies en latin calmaient la douleur des survivants. Pendant qu'on répétait les paroles, personne ne pleurait ni ne se lamentait ; à force de dire et redire toujours la même chose, la respiration se régularisait et l'anxiété disparaissait momentanément. L'esprit était occupé à se rappeler, répondre et répéter.

Dans le temps, se souvenait vaguement Kilian, pendant que les hommes préparaient le cercueil sur mesure, la tombe au cimetière, les chaises à l'église et la maison pour recevoir les visites, les femmes cuisinaient de grands ragoûts de haricots pour les membres de la famille et voisins d'autres villages qui venaient présenter leurs condoléances. Le lendemain, les hommes les plus forts de la famille sortaient le cercueil, de simples planches de bois, par la porte d'entrée donnant sur la rue et non sur les vergers, et les gens les suivaient jusqu'à l'église où l'on donnait une messe. Ensuite, précédés par le prêtre, ils transféraient le mort au cimetière à côté de l'église. Tous les déplacements du corps avaient lieu au son lent de la cloche de l'église qui résonnait de façon théâtrale dans le silence général. Kilian ne s'était jamais demandé pour quelle raison on actionnait ainsi la cloche pendant les enterrements.

Peut-être servait-elle à désorienter l'âme du défunt, comme la cloche bubie à plusieurs battants ?

Pasolobino était très loin.

L'âme de son père pourrait-elle trouver le chemin du retour ?

Ils avaient choisi un coin du cimetière à l'ombre de deux énormes kapokiers. Plusieurs hommes, engagés par Garuz, placèrent une simple croix de pierre sur laquelle les deux frères avaient fait graver le nom de leur père, celui de sa maison, avec ses dates et lieux de naissance et de décès. Kilian trouva fort étrange d'inscrire le nom de Pasolobino dans cet endroit reculé d'Afrique.

Tous les employés de la propriété, y compris le directeur et Manuel, ainsi que Generosa, Emilio, Julia et les connaissances de Santa Isabel, accompagnèrent les frères à l'enterrement. Parmi eux, Santiago était le plus affecté, parce qu'il était arrivé sur l'île en même temps qu'Antón, des décennies auparavant. De temps en temps, Marcial lui tapotait l'épaule, ne parvenant qu'à faire couler de nouvelles larmes sur son visage pâle et décharné.

Quand le cercueil s'enfonça dans la terre, les pieds vers la mer et la tête vers la montagne, suivant les indications de José, Jacobo s'accrocha avec reconnaissance à la main de Julia. Elle lui caressa le bras et il se laissa consoler par ses paroles d'encouragement et de réconfort. Une fois que la terre eut recouvert la fosse et que Manuel s'approcha pour signaler à sa fiancée que les autres se retiraient, Jacobo ne voulut pas lâcher cette main ferme et douce qui lui donnait du courage. Finalement, Julia se hissa sur la pointe des pieds, l'embrassa sur la joue, le regarda avec des yeux emplis de chagrin, et repartit.

Kilian, Jacobo et José demeurèrent à côté du monticule de terre. Puis ce dernier alla récupérer les objets qu'il avait cachés discrètement avant l'enterrement. À l'aide d'une pelle, il fit un trou à la tête de la tombe et y planta un arbre sacré avant d'entourer la sépulture de pierres et de bâtons.

— Cela servira à chasser les âmes des autres morts, expliqua-t-il.

Jacobo recula de quelques pas, mais n'émit aucun commentaire. À présent, ce qu'il aurait pu dire importait peu ; son frère et lui étaient si tristes que ce n'était pas le moment pour des propos cinglants.

Kilian ne pouvait détacher les yeux des caractères inscrits sur la croix de pierre.

Qui visitera sa tombe quand nous ne serons plus là ? se demanda-t-il.

Il savait que, pour José lui-même, il serait difficile de venir nettoyer la tombe et d'y déposer des fleurs. Yeremías lui avait expliqué qu'une fois leurs morts enterrés, les Bubis craignaient de visiter les cimetières, croyant qu'entretenir les sépultures pouvait provoquer de nombreuses morts au village. Si Antón avait été enterré à Pasolobino, sa mère serait allée à la première heure tous les matins lui tenir compagnie dans son repos éternel, puis une fois par semaine. Il y aurait toujours eu quelqu'un pour lui parler.

Pourquoi est-il revenu d'Espagne ? Pourquoi m'a-t-il fait subir ça ?

Il allait devoir revivre ces derniers jours pour écrire une lettre à leur mère. Elle voudrait connaître tous les détails : les dernières paroles, l'extrême-onction, le sermon du prêtre faisant l'éloge des qualités d'Antón et rappelant les moments les plus importants de sa vie, le nombre de personnes présentes et les condoléances reçues. Il devrait mettre tout cela par écrit et feindre d'aller bien malgré tout, lui dire qu'elle n'avait pas à s'inquiéter, que la vie continuait et qu'il avait beaucoup de travail, que l'argent ne viendrait pas à manquer.

— À quoi penses-tu ? demanda José.

— Je me demande… où il est maintenant.

— Il doit être avec les membres de votre famille déjà décédés. Il est sûrement heureux avec eux.

Kilian acquiesça, résigné, et formula dans sa tête une prière simple pour souhaiter un bon voyage à son père, où qu'il soit.

Jacobo partit vers l'entrée du cimetière pour qu'on ne le voie pas pleurer.

Antón était mort fin juin 1955, le jour même où, dans sa vallée, commençaient les fêtes patronales en l'honneur des saints de l'été. En juillet, la récolte des foins débuterait à Pasolobino. En août, celle du cacao à Fernando Póo, qui se prolongerait jusqu'en janvier de l'année suivante, puis les durs mois de labeur dans les séchoirs.

Kilian s'échinait nuit et jour. Toute sa vie tournait autour du travail. Quand il se reposait, il ne faisait que fumer et boire plus que de raison. Il devint désagréable, taciturne et irascible. Jacobo et José, les seules personnes avec qui il parlait un peu, commencèrent à s'inquiéter. Personne ne pouvait résister à un tel effort physique. Au début, ils crurent que la colère et l'anxiété de Kilian résultaient de la mort d'Antón. Mais ces sentiments ne passaient pas avec les semaines.

Au contraire : il travaillait pour deux, suivant une discipline intransigeante. Il était continuellement sur le qui-vive, comme s'il y avait des problèmes aux séchoirs, ce qui n'était pas le cas, et il protestait parce que les choses étaient mal faites, ce qui n'était pas le cas non plus. Il réprimandait à grands cris les travailleurs, ce qui ne lui était jamais arrivé, et il s'en faisait pour des problèmes imaginaires.

— Kilian ! le suppliait son frère. Il faut que tu te reposes !

— Je me reposerai quand je serai mort, répondait-il depuis le toit d'un baraquement. Il faut bien que quelqu'un fasse les choses !

José l'observait d'un air préoccupé. Tôt ou tard, le corps de Kilian rendrait les armes. Il était impossible de résister à ce mélange d'euphorie et d'inquiétude.

Peu après Noël, Kilian tomba malade. Tout commença par quelques petits degrés de température, qui en une semaine atteignirent les quarante. Alors, seulement, il consentit à se rendre au dispensaire.

Pendant des jours il délira. Et, dans son délire, la même image revenait sans cesse : lui et son père étaient dans une maison et il pleuvait beaucoup dehors. Le fossé tout proche crachait des pierres et menaçait de tout inonder. Il avait déjà débordé et emporté des habitations plus résistantes que la leur. Ils devaient sortir ou ils mourraient. Kilian insistait, mais son père refusait, lui disant qu'il était très fatigué et qu'il devait y aller sans lui. Au-dehors, le vent et la pluie faisaient rage et Kilian, au désespoir, criait à son père de bouger, mais celui-ci continuait à somnoler dans son rocking-chair. Kilian pleurait et criait encore, puis faisait finalement ses adieux à son père et sortait.

Une main serra la sienne pour l'apaiser. Il ouvrit les yeux, cligna des paupières pour éloigner les terribles scènes de ses cauchemars et fronça les sourcils lorsqu'il distingua les pales d'un ventilateur tournant au-dessus de sa tête. Un visage familier entra dans son champ de vision et de grands yeux clairs le regardèrent avec sollicitude.

Quand elle vit Kilian pleinement conscient, la fille de José lui dit d'une voix douce, tout en écartant les mèches cuivrées de son front moite :

— Si tu n'as pas bien honoré tes morts, les esprits te tourmentent. Tu n'as pas besoin de sacrifier des chèvres et des poulets. Rends-leur hommage à ta manière si tu ne peux le faire à la façon bubie, et l'esprit d'Antón te laissera tranquille. Laisse-le partir. Tu peux prier ton Dieu si tu veux. En fin de compte, Dieu a tout créé, y compris les esprits. Laisse-le partir. Ça suffira.

Kilian pinça les lèvres avec force, et son menton se mit à trembler. Il se sentait faible et épuisé, mais il sut gré à la jeune femme de ses paroles, et de son ton affectueux mais ferme. Il se demanda combien d'heures ou de jours il avait passé au lit, et combien de temps elle avait dû l'accompagner, témoin muet de ses souffrances. Il se rendit compte qu'elle continuait à lui caresser le front et souhaita qu'elle ne s'arrête pas. Elle avait des mains fines et son haleine fraîche était à quelques centimètres de ses lèvres sèches. Il ouvrit la bouche pour lui demander son nom, mais les paroles ne quittèrent pas sa bouche, car la porte s'ouvrit d'un coup pour laisser entrer Jacobo comme un ouragan. La jeune fille interrompit son geste, mais Kilian ne la laissa pas lui lâcher la main. Jacobo s'avança jusqu'à lui en trois enjambées et, le voyant conscient, s'exclama :

— Grand Dieu, Kilian, comment te sens-tu ? Quelle peur tu nous as faite !

Il adressa un regard réprobateur à l'infirmière, qui lâcha la main de Kilian, mais resta à son chevet. Pendant quelques secondes, le regard de la jeune fille le fit frissonner. *Allons*, pensa-t-il, *d'où sort cette beauté ?* Il étudia ses traits, surpris par cet éclat inattendu, puis se reprit aussitôt.

— Depuis combien de temps est-il réveillé ? Tu n'avais pas l'intention de m'avertir, hein ? Miséricorde ! ajouta-t-il, sans attendre de réponse, à l'intention de Kilian. Pour un peu tu partais rejoindre papa !

Kilian leva les yeux au plafond et Jacobo s'assit sur son lit.

— Vraiment, Kilian. Je me faisais un sang d'encre. Ça fait cinq jours que tu es ici avec une fièvre carabinée. Manuel m'a assuré que ta température descendrait, mais il a eu du mal… Tu vas mettre du temps à te rétablir. J'ai parlé à Garuz et tu pourrais passer ta convalescence sur le bateau pour rentrer à la maison…

Jacobo reprit son souffle, ce dont Kilian profita pour intervenir :

— Moi aussi, je suis content de te voir, Jacobo. Et non, je n'ai pas l'intention de m'en aller. Pas dans l'immédiat.

— Pourquoi ?

— Je n'en ai pas envie. Pas encore.

— Kilian, je n'ai jamais connu quelqu'un d'aussi têtu que toi. Écoute, une lettre de maman est arrivée il y a deux jours, annonça Jacobo en sortant un papier de la poche de sa chemise. Des nouvelles fraîches ! Je mourais d'envie de te raconter. Catalina se marie ! Et tu sais avec qui ? Avec Carlos, de Casa Guari, tu vois qui c'est ?

Kilian acquiesça.

— C'est bien, il n'est pas d'une grande famille, mais il est travailleur et honnête. Maman nous écrit la dot qu'elle a prévue pour elle et veut savoir ce qu'on en pense. Le mariage n'aura pas lieu avant la fin du deuil, évidemment, et du coup il n'y a rien d'officiel, mais…

Il s'arrêta en voyant que son frère ne semblait pas se réjouir.

— Mon gars, tu es passé d'un extrême à l'autre. Avant, tu t'intéressais à tout, et maintenant, tu ne veux plus rien savoir. La vie continue, Kilian, avec ou sans nous…

Kilian tourna la tête vers la fenêtre et croisa le regard de la jeune infirmière qui préparait le thermomètre et les médicaments. D'un mouvement perceptible seulement par lui, elle témoigna son accord avec ce que venait de dire Jacobo. *La vie continue,* se répéta-t-il mentalement, absorbé dans la contemplation de ses yeux célestes.

De petits coups retentirent à la porte.

— Tu arrives à point nommé ! lança Jacobo en se levant pour recevoir une femme qui vint vers eux dans des effluves de parfum.

Kilian tourna la tête et reconnut la silhouette sculpturale de Sade, habillée d'une robe simple de coton blanc à l'étroite ceinture et ornée d'un liseré au motif de lobelias. Il ne l'avait jamais vue vêtue ainsi, sans bijoux ni maquillage. En réalité, il ne l'avait jamais vue à la lumière du jour, et il la trouva encore plus belle qu'au dancing.

— Je l'ai fait prévenir que Waldo passerait la chercher aujourd'hui, expliqua Jacobo sur un ton naturel, bien que ses yeux brillent de triomphe.

Depuis des semaines, il ne parvenait pas à convaincre Kilian que les peines de l'âme pouvaient être vaincues par le désir charnel, qui chez des hommes comme lui repoussait la certitude de la mort. À présent que son frère n'avait plus d'excuses pour éviter un repos prolongé, c'était l'occasion rêvée.

— Je ne voulais pas que tu restes seul si longtemps ici, et elle a proposé de te tenir compagnie. Je ne peux pas m'échapper longuement des séchoirs. Sade s'occupera de toi jusqu'à ce que tu redeviennes toi-même, Kilian. Je te laisse entre de bonnes mains !

Après quelques tapes sur l'épaule de son frère, Jacobo sortit et Sade vint prendre place à côté de Kilian. Elle embrassa le bout de ses doigts et en caressa les lèvres du jeune homme, lentement, sans s'arrêter, et il finit par tourner la tête pour se libérer de ce contact.

— Ce n'est pas possible, mon *massa*, lui reprocha-t-elle d'une voix mélodieuse. Cela fait des semaines que tu ne viens pas me voir. Ce n'est pas bien. Non, non. Je ne te laisserai pas m'oublier.

Elle claqua la langue et après un sourire complice à l'infirmière, lui lança :

— Tu peux partir. J'essaierai de ne pas faire remonter sa fièvre.

Kilian sentit l'infirmière se crisper et chercha son regard. Alors, il lui adressa un sourire las et reconnaissant. Il aurait voulu remonter le temps pour revenir au moment où son cauchemar se terminait et où des mains douces lui caressaient les cheveux. Comme si elle lisait dans ses pensées, elle posa la paume sur sa joue, sous les yeux de Sade, qui ne put éviter de hausser les sourcils, et lui murmura plusieurs phrases, lentes, mélodieuses, apaisantes, en bubi. Kilian ne comprenait pas leur signification directe, mais il ferma les yeux et un sommeil réconfortant s'empara de lui.

Le temps passa sur les plantations et la saison humide arriva, avec son alternance de pluies drues, d'averses passagères et de brises fraîches qui cédaient facilement à la chaleur moite de la journée. Même si le soir tombait en plein jour, même si une petite tempête déchaîna sa fureur sur les cacaoyers, les couvrant de branches d'érythrines, le rythme de travail ne se relâchait jamais, car les fruits du cacaoyer – dont le nom scientifique, Kilian l'avait appris, était *theobroma,* soit « la nourriture des dieux » – croissaient et grossissaient sur les troncs. Quand ils viraient à une couleur rougeâtre, ils étaient prêts pour la récolte.

D'août à janvier, au cours de longues semaines monotones, qui ne se différenciaient les unes des autres que par le lundi, jour d'approvisionnement apportant aux travailleurs deux kilos de riz, un de poisson séché et salé, un litre d'huile de palme et cinq kilos de *malangas* ou d'ignames, et par le samedi, jour du salaire –, des milliers de fèves de cacao passèrent entre les mains d'hommes parfaitement organisés. Surveillés par Jacobo, Gregorio, Mateo et les contremaîtres, les ouvriers récoltaient les baies mûres et saines à l'aide d'une sorte de faucille fixée sur un long manche. Avec le plus grand soin et une habileté extrême, ils « piquaient » le cacao, faisant tomber seulement les cabosses qu'ils avaient choisies, qui s'amassaient sous les cacaoyers pour que les autres hommes les cassent à la machette et en extraient les fèves qu'ils empileraient dans des sacs tout le long du chemin.

La cour principale grouilla d'activité pendant des jours et des nuits. Les responsables des camions transportaient les sacs dont le contenu était déversé dans de grands réservoirs en bois, où les fèves étaient mises à fermenter. Il s'en écoulait un liquide visqueux et épais. Au bout de trois jours, d'autres travailleurs étendaient les fèves sur les ardoises des séchoirs, sous lesquelles circulait un courant d'air chaud qui les amenait à soixante-dix degrés.

Kilian, José, Marcial et Santiago se relayèrent sans relâche pour superviser le processus de séchage, quarante-huit à soixante-douze heures pendant lesquelles ils s'assuraient que les travailleurs ne cessaient de remuer les fèves. Ils ordonnaient alors de les transvaser dans de grandes brouettes au fond percé de petits trous afin qu'elles ne se brisent pas, puis de les verser dans les machines pour être nettoyées et de les répartir dans des sacs vers plusieurs destinations.

Dans le travail comme dans les esprits, le calme succéda à la tempête des mois antérieurs. Grâce à des journées méthodiques, l'impatience de Kilian céda peu à peu, se transformant même en une apathie qui menaçait de devenir chronique et contrastait avec son caractère auparavant joyeux et décontracté.

Cette impassibilité se manifestait dans tout ce qui ne concernait pas son travail, pour lequel il continuait de montrer un zèle remarquable. Il allait à Santa Isabel quand c'était son tour d'acheter le matériel pour le domaine, ou quand Sade le menaçait par message de débarquer dans sa chambre si elle devait passer encore un mois sans le voir. Kilian ignorait si les missives provenaient d'elle ou de Jacobo. Sans doute de son frère, qui s'entêtait à faire en sorte qu'il conserve ce dernier élément de divertissement en commun avec les autres. Kilian savait que Sade ne comptabilisait pas ses absences. Il avait cessé de fréquenter le cinéma, les autres responsables n'insistaient plus pour qu'il les accompagne aux fêtes qui égrenaient le calendrier, il déclinait les invitations à des veillées avec Julia, Manuel, Generosa et Emilio. Il ne se sentait bien que dans la solitude de la forêt, et n'acceptait de bon gré que la compagnie de José, qui s'adressait à lui sans reproches ni sermons.

À l'approche du deuxième anniversaire de la mort d'Antón, Jacobo revint de ses vacances en Espagne, qu'il avait fait coïncider avec le mariage de Catalina. Après manger, quand les autres furent partis se coucher, il prépara un whisky pour chacun d'eux et raconta à Kilian son séjour à Pasolobino.

— Tu as manqué à tout le monde, conclut-il. Catalina aurait aimé nous avoir tous les deux pour la mener à l'autel en l'absence de papa. Quant à maman, c'est un roc, malgré tout. Tu aurais dû la voir faire en sorte que tout se passe bien, le menu, les tenues, l'église… Ha, ha ! Elle a mis la maison sens dessus dessous pour la faire briller !

— Tu lui as dit qu'à cette période on ne peut pas partir tous les deux en même temps ?

— Oui, Kilian, je lui ai dit, mais elle sait que ce n'est pas l'entière vérité. Maintenant, tu pourrais prendre un de ces nouveaux avions et être à la maison en trois ou quatre jours.

— C'est trop cher. Avec les noces, la dot, et sans le salaire de papa, ce n'est pas le moment de faire des folies.

— Là-dessus, tu n'as pas tort, convint Jacobo en vidant son verre. Tu sais quoi ? Quand tu es arrivé ici, il y a quatre ans, j'avais parié avec Marcial que tu ne tiendrais pas une campagne complète…

— Et tu as perdu ! compléta son frère. J'espère que tu n'avais pas misé beaucoup…

Ils rirent comme au bon vieux temps, comme si rien n'était arrivé et qu'ils étaient les mêmes jeunes hommes pleins d'illusions, aussi forts que les frênes qui défiaient le vent du nord au pied des sommets enneigés de Pasolobino. Après le rire, un silence nostalgique s'établit, qui fut interrompu par le bruit de la porte.

— Mais je vous trouve à votre affaire, ici ! s'exclama Manuel en allant prendre un verre avant de s'asseoir avec eux. J'ai vu de la lumière et j'ai eu envie de discuter un peu. Je le ferais bien plus souvent, mais le soir je suis fatigué et j'ai la flemme.

— Voilà ce que c'est de vivre dans une maison à part, dit Jacobo, en remplissant le verre de Manuel.

— Plus pour très longtemps, j'espère…

— Tu veux partir ? s'étonna Kilian.

— Mais non, voyons, le rassura Manuel en levant son verre à la hauteur des yeux. J'aimerais porter un toast à mon mariage.

Passé la surprise initiale, les deux frères trinquèrent.

— Nous partons pour Madrid dans quinze jours avec ses parents. Nous nous marierons là-bas, et nous y resterons trois mois. Emilio et Generosa rentreront avant pour faire tourner le magasin.

Jacobo reposa son verre vide d'un coup sec.

— Je suis heureux pour toi, Manuel, affirma-t-il, sans croiser son regard et avec une joie forcée. Tu as beaucoup de chance. Julia est une femme formidable.

— Je sais.

— Moi aussi je suis content pour vous deux, intervint Kilian. C'est une très bonne nouvelle, Manuel. Et ensuite, que ferez-vous ?

— Oh, Julia est d'accord pour que nous vivions ici, à Sampaka, dans mon logement de fonction. C'est assez grand pour un couple. Et comme elle sait conduire elle pourra continuer de travailler au magasin de ses parents. Donc pour un temps tout restera pareil.

— Pareil, tu parles ! tenta de plaisanter Jacobo. Tu seras surveillé à toute heure !

— Ce n'est pas gênant d'avoir Julia comme *wachiwoman*, Jacobo, je te promets, fit Manuel avec le sourire.

Kilian vit son frère grimacer et demanda :

— Et vous n'avez pas envisagé de vous installer à Madrid ? La vie à Sampaka ne sera pas dure et ennuyeuse pour elle ? Julia est plutôt habituée à la ville, non ?

Manuel haussa les épaules.

— Elle se sent plus de Fernando Póo que nous tous. Partir d'ici, elle ne veut pas en entendre parler. Dans tous les cas, si elle a du mal à s'adapter à Sampaka, nous pourrons toujours louer une maison à Santa Isabel, nous verrons bien.

Il tendit la main vers la bouteille, mais changea d'idée après avoir consulté sa montre.

— Bien, maintenant que je vous ai raconté la grande nouveauté de mon existence par ailleurs routinière, il vaut mieux que je reparte. Je dois encore voir deux malades avant d'aller me coucher.

Les deux frères réitérèrent leurs félicitations et, une fois qu'ils furent seuls, Kilian dit à Jacobo d'un ton neutre :

— Tu l'as pris mieux que je n'espérais.

— Et comment aurais-je dû le prendre ? fit Jacobo, sur la défensive.

— Ah, tu l'as laissée passer… Tu sais qu'elle m'aurait plu comme belle-sœur.

— Ne dis pas d'idioties, Kilian. Au fond, je lui ai rendu service.

— Je ne comprends pas.

— C'est pourtant évident. Quelqu'un comme Julia mérite quelqu'un comme Manuel.

— Je suis surpris que tu sois si compréhensif, Jacobo.

Son frère le regarda fixement et une expression mélancolique, résignée et rusée à la fois, se dessina sur son visage.

— La vie continue, frérot. Et ce n'est rien, je te dis.

Julia et Manuel revinrent de leur voyage de noces au début de l'automne. Comme prévu, ils s'installèrent dans la maison de Sampaka, et Julia allait tous les jours travailler à la ville.

Par une pluvieuse matinée de novembre, Jacobo se rendit au magasin pour récupérer une commande de matériel. En garant le *picú*, il vit Emilio et Generosa, très élégants, monter dans leur voiture rouge et crème aux éléments chromés. De tous les véhicules chers qu'il y avait sur l'île, Jacobo avait une préférence pour cette Opel de 1953. Il vint les saluer.

— Tu nous excuses, Jacobo, mais nous sommes très pressés, débita Generosa comme une mitraillette par la vitre ouverte, tout en lissant le col de sa veste en soie cannelle. Nous sommes en retard à la messe en l'honneur de la sainte patronne de la ville, et ensuite nous sommes invités à un déjeuner chez le gouverneur général. Emilio vient d'entrer au Conseil des voisins, ajouta-t-elle avec fierté. Ça fait des mois qu'il ne se passe rien, et maintenant tout arrive en même temps ! Nous devons commencer à préparer les fêtes de l'année à venir. On célébrera le centenaire de l'arrivée du gouverneur Chacón et des jésuites ainsi que les noces de diamant des missionnaires clarétains de l'île.

Jacobo réprima un sourire face à l'impatience d'Emilio.

— Évidemment, tu es au courant de la tragédie de Valence ? dit Generosa à Jacobo, qui n'en savait rien. Presque cent morts avec la crue de la Turia ! Tu diras à Lorenzo Garuz que le gouvernement de la colonie a répondu à l'appel. Nous en sommes à deux cent cinquante mille pesettes récoltées, et du cacao va y être envoyé. Toute collaboration est bienvenue.

Emilio appuya sur l'accélérateur sans relâcher l'embrayage.

— Julia te donnera ta commande, mon garçon, dit-il avant de faire avancer la voiture. Elle est dans la réserve. Viens quand tu veux avec ton frère !

Un sourire amusé aux lèvres, Jacobo pensa qu'avec une telle mère il n'était pas étonnant que Julia ait un caractère si décidé. Il entra dans le magasin, ne vit personne, et se dirigea vers l'arrière-boutique par un couloir flanqué d'étagères débordant d'articles. Là, il vit la silhouette de Julia perchée sur un frêle escabeau, essayant d'atteindre sur la pointe des pieds une boîte située encore quelques centimètres trop haut. Dans cette position, Jacobo distinguait quasiment toute la longueur de ses jambes bronzées sous une jupe couleur de feu, et il ressentit un élan de désir inattendu. Sa propre réaction l'étonna, mais il décida de l'explorer un peu. Une petite voix intérieure lui reprocha de nouveau sa bêtise d'avoir laissé échapper Julia. Avait-il oublié son soutien à l'enterrement de son père ? Une femme comme elle serait toujours au côté de son mari. Et il suffisait de voir Manuel pour constater combien il se sentait heureux avec elle comme épouse.

Oui, Julia était mariée avec quelqu'un d'autre.

Une autre petite voix contre-attaqua : épouser Julia aurait signifié non seulement la perte de cette liberté rêvée, mais aussi une attache à l'île. Jacobo profitait de sa vie à Fernando Póo parce qu'il savait pouvoir rentrer en Espagne de temps à autre. Il ne ferait ni comme son père ni comme Santiago ; il ne supporterait pas tant d'années à Sampaka. Il était sûr que tôt ou tard il retournerait à la péninsule, de même que Kilian. Julia, elle, resterait à proximité de Santa Isabel. C'était aussi sûr que deux et deux font quatre.

Alors pourquoi restait-il là épier les mouvements suggestifs d'une amie récemment mariée à un proche ? Car Manuel était un bon ami. Tout Jacobo qu'il était, nourrir de telles pensées le mènerait à sa perte !

Il s'approcha d'elle silencieusement.

— Attention, Julia ! s'écria-t-il en guise de salut.

La jeune femme sursauta et vacilla. Près de tomber, elle s'accrocha à un barreau au-dessus de sa tête puis, à tâtons, reposa fermement le pied sur la dernière marche de l'escabeau, quelques secondes avant que des mains puissantes ne l'attrapent par la taille pour la déposer doucement sur le sol, après un regard tentateur sur ses cuisses, sa taille, sa poitrine, son cou et son visage rougi, qui se retrouva à la hauteur du torse de Jacobo. Pendant quelques secondes, Julia n'osa pas relever les yeux pour le regarder.

Jamais elle n'avait été aussi près de lui.

Elle sentait son odeur…

Elle aurait dû se dégager mais n'en avait pas envie ; il l'avait attrapée, c'était à lui de la lâcher. Son cœur battait avec force. Jacobo la fit reculer de quelques centimètres sans desserrer son étreinte et se pencha pour chercher son regard. Elle répondit à son geste en levant les yeux vers lui. Et elle découvrit quelque chose d'étrange, de différent dans les yeux verts de cet homme obscurcis par un doute, une incertitude, une hésitation, un désir plein d'attente.

Julia entrouvrit les lèvres et le laissa les savourer, pour la première fois de sa vie, avec le même abandon tendre qu'elle, repoussant avec une paresse ardente l'inévitable culpabilité. Elle se colla à lui pour sentir ses mains dans son dos, en un délicieux moment de possession et d'oubli, puis caressa ses cheveux noirs du bout des doigts pour ne pas trop s'accoutumer à ce contact.

Julia et Jacobo s'embrassèrent, lentement, avec convoitise, et enfin le besoin d'air sépara leurs bouches. Alors elle attrapa les mains de Jacobo dans son dos et les dénoua.

— Ne refais jamais ça, lui ordonna-t-elle d'une voix saccadée.

— Je suis désolé, répondit Jacobo par automatisme, avant de se reprendre. En fait non, je ne suis pas désolé.

— Je parlais de faire peur à quelqu'un sur un escabeau. J'ai failli me tuer. Bon, c'est valable aussi pour le reste.

— Il m'a semblé que ça te plaisait, fit Jacobo en cherchant à lui enlacer la taille.

— Il est trop tard, dit Julia en plaçant les mains sur son torse pour le repousser doucement.

— Mais…

— Non, Jacobo. J'ai juré devant Dieu et ma famille que je serais fidèle à mon mari.

— Dans ce cas, pourquoi as-tu bien voulu… ?

Julia aurait aimé lui répondre que c'était une récompense pour les heures qu'elle avait passées à rêver de l'embrasser, de l'avoir aussi près qu'elle l'avait enfin eu à cet instant. Lui dire combien il l'avait rendue heureuse en lui montrant d'un regard qu'ils auraient pu ébaucher un avenir ensemble. S'il avait voulu… Mais il était bel et bien trop tard. Elle haussa les épaules avant de répondre :

— Ça s'est présenté comme ça. Nous n'en reparlerons jamais. D'accord ?

Pourtant habitué à des rencontres rapides sans explications superflues, Jacobo trouvait Julia trop expéditive. Ils ne pouvaient pas nier que quelque chose s'était produit. Comment avait-elle pu reprendre si rapidement ses esprits après lui avoir témoigné une telle passion ? D'après son expérience avec des femmes blanches, Jacobo se serait plutôt attendu à des larmes de culpabilité, un repentir immédiat, ou même tout le contraire, une proposition de rencontres clandestines… Mais ce refus conscient d'un plaisir partagé le laissait stupéfait.

— Qu'est-ce que tu devais prendre, aujourd'hui ? s'enquit Julia.

— Euh, je repasserai.

Jacobo s'était rarement senti aussi incapable de soutenir une conversation, même superficielle.

— Comme tu voudras.

À ce moment, une jeune fille menue aux courts cheveux bruns bien coiffés et ornés d'un large bandeau rose entra dans le magasin. C'était l'amie de Sade de chez Anita Guau, mais Jacobo ne fit aucun commentaire.

— Tu vas bien, Oba ? demanda Julia. Jacobo, nous avons engagé Oba en renfort. Mes parents sont de plus en plus occupés et je ne peux pas être là tout le temps. J'ai des obligations, désormais…

Elle marqua une pause lourde de sens.

— Vous avez bien fait, répondit-il d'une voix blanche. Il vaut mieux que j'y aille, à bientôt, Julia.

— Au revoir, Jacobo.

Il sortit et resta quelques minutes sous la pluie persistante avant de se mettre au volant du *picú*. Dans le magasin, Oba suivit Julia, qui lui expliquait sur quelles étagères ranger les articles. Arrivée à l'escabeau, la jeune femme s'arrêta quelques secondes et porta la main à ses lèvres. Oba, qui était bavarde, en profita pour lancer :

— Ce *massa* si beau, je le connais, vous savez. Vous êtes amis ? Eh bien, lui et moi, nous avons des connaissances en commun. Parfois, nous nous retrouvons au…

— Oba ! l'interrompit Julia, surprise par son propre cri et changeant de ton. Ne te distrais pas, j'ai encore beaucoup de choses à te montrer.

Elle qui avait encore le goût de Jacobo sur les lèvres n'avait vraiment aucune envie qu'on lui rappelle, précisément à elle, comment était cet homme.

À la fin de l'année, tous les responsables de la plantation reçurent une invitation écrite pour fêter le réveillon à la maison du médecin.

— Cela fait des jours que nous voulions célébrer notre union avec vous, mais nous n'arrêtions pas de repousser, expliqua Julia, radieuse, à ses invités. Finalement, nous avons couplé avec la nouvelle année, puisqu'il est bien connu qu'on entre dans une nouvelle vie…

Kilian voyait fréquemment le nouveau couple, mais ce jour-là il trouva Julia particulièrement heureuse. Elle portait une robe jaune pâle évasée ajustée sous la poitrine, et un chignon haut qui mettait en valeur sa peau de porcelaine. Julia n'était pas une beauté. Rien ne ressortait dans son visage, mais sa fraîcheur était toujours rehaussée par un grand sourire sincère. Ses parents et Manuel étaient également très en joie.

Julia avait décoré la maison de la même manière que celle de sa famille à Santa Isabel, dans un style simple et accueillant. Le salon n'était pas très grand, mais elle s'était arrangée pour y faire entrer une table qui accueillerait confortablement les quatorze personnes présentes : sa famille, les six responsables, le directeur, le prêtre, et ses deux amies intimes Ascensión et Mercedes, qui, comme tous purent le voir, avaient avancé dans leurs relations respectives avec Mateo et Marcial.

Kilian s'attarda un instant à contempler sur le mur deux tableaux qu'il aurait derrière lui à table. Sur fond noir, par de fins coups de pinceau, l'artiste avait représenté des formes parfaitement identifiables. Des hommes menant un kayak sur une rivière qui ouvrait une brèche dans la végétation luxuriante. Des guerriers avec des coiffes et des lances qui abattaient un animal sauvage. Julia passa à côté de lui pour se rendre à sa place en bout de table.

— Ils sont beaux, pas vrai ? fit-elle, recevant un signe de tête approbateur. Je les ai achetés récemment à un vendeur de rue. C'est un certain Nolet qui les peint. Je suis tombée sous le charme dès que je les ai vus. Ils sont… Comment te dire ? Simples et complexes, sereins et violents, énigmatiques et transparents…

— Comme cette île…, murmura Kilian.

— Oui. Et comme chacun d'entre nous.

Bien que plusieurs des invités aient encore la gueule de bois et manquent de sommeil à cause de la nuit précédente au casino, pendant le repas l'ambiance fut détendue, grâce au menu spécial, typiquement pasolobinais, préparé pour l'occasion par Generosa. Ils dégustèrent un fin mouliné de pois chiches suivi d'une fricassée de poule. Les morceaux tendres de volaille, panés puis braisés à feu doux dans du vin, assaisonnés de graines de lin, de noix, d'ail, d'oignon, de sel et de poivre, donnèrent lieu à des commentaires nostalgiques et à l'évocation des capacités culinaires des mères absentes. Pour le dessert, ils savourèrent un exquis soufflé au rhum accompagné de quelques autres pâtisseries.

Kilian se rendit compte que Jacobo était particulièrement silencieux et regardait à peine Julia. Il se souvint que leur salut avait été particulièrement froid et distant, mais il n'y accorda pas beaucoup d'importance. Son frère avait probablement célébré les fêtes de son côté et n'était pas en veine de politesses. Les autres jeunes hommes échangèrent un bon nombre de plaisanteries avec Manuel sur sa nouvelle condition d'homme marié.

Après les desserts, deux boys offrirent du Johnny Walker et du Veuve Clicquot. Emilio, les joues rouges et les yeux brillants, se leva, verre à la main, et proposa un toast aux jeunes mariés et à la famille qui, comme Manuel l'avait confirmé dans la semaine, allait accueillir un nouveau membre. Les invités applaudirent et lancèrent des commentaires osés qui firent rougir Julia et secouer la tête au père Rafael. Ascensión et Mercedes coururent embrasser leur amie et la future grand-mère, et tous les hommes vinrent taper sur l'épaule de Manuel et du grand-père à venir.

Kilian profita de cette agitation pour aller fumer une cigarette. Julia sortit peu après, les joues encore enflammées, et s'appuya à la rambarde qui séparait le petit jardin de la cour.

— Félicitations, lui dit Kilian en lui tendant une cigarette, qu'elle refusa.

— Merci. Nous sommes très contents, répondit-elle en posant les mains sur son ventre. C'est une sensation étrange…

Elle regarda alors Kilian et lui demanda sans détour :

— Quand vas-tu rentrer chez toi, Kilian ? Depuis combien de temps n'as-tu pas vu ta mère ?

— Presque cinq ans.

— C'est très long...

— Je sais, fit Kilian, coupant court à la discussion.

Julia l'étudia attentivement. Kilian et Jacobo se ressemblaient beaucoup par leur constitution robuste, mais ils n'auraient pu être plus différents. La distinction la plus palpable était la sensibilité particulière qui emplissait ce corps si grand et en débordait, malgré les efforts qu'il déployait pour renvoyer froideur et indifférence. Kilian souffrait à l'intérieur. Il avait souffert d'arriver sur l'île, de s'adapter à ce monde si éloigné, de gagner le respect de ses compagnons, d'accompagner son père dans ses derniers moments, de refuser le retour dans sa famille... Ça ne devait pas être facile de contrôler ses sentiments de compassion, d'humanité, et même de tendresse dans un univers d'hommes endurcis par le labeur et le climat extrême. Les deux frères ne lui faisaient pas la même impression : l'attraction qu'elle ressentait pour Jacobo était directement proportionnelle à l'affection fraternelle qu'elle avait pour Kilian.

— Je ne pourrais pas passer si longtemps sans voir mon enfant, insista-t-elle. Ça ne sera pas possible, j'en suis sûre.

Avec un haussement d'épaules, Kilian répondit :

— Les choses se présentent comme ça.

Elle se rappela aussitôt son baiser avec Jacobo et frissonna. Elle aurait pu l'éviter et ne l'avait pas voulu.

— Parfois, les choses sont comme on veut qu'elles soient. Qu'est-ce que ça te coûterait de prendre un bateau ou un avion et de faire un tour chez toi ?

— Beaucoup, Julia, beaucoup.

— Je ne parle pas d'argent.

— Moi non plus, fit Kilian en éteignant sa cigarette et en posant les avant-bras sur la rambarde chauffée par le soleil. Je ne peux pas, Julia. Pas encore. Sinon, je vois que ta nouvelle vie te réussit.

— Oh oui, mais ne va pas t'imaginer que ç'a été sans mal.

— Manuel est quelqu'un de bien.

— Oui, très bien, mais au début la vie à deux est difficile. Je te propose un pacte. Si tu me dis pourquoi tu ne veux pas retourner en Espagne, je te raconte un secret.

Kilian sourit. Elle n'était vraiment pas du genre à lâcher prise.

— C'est trop tôt.

— Trop tôt pour quoi ? s'étonna Julia.

— Pour tout. Voir la souffrance de ma mère, buter sur l'image de papa dans tous les coins… Pour tout, Julia. Rien ne sera comme quand je suis parti. La distance maintient les sentiments au loin…

Il chercha son regard.

— Voilà. À toi, maintenant. Quel secret peux-tu bien avoir ?

Julia garda le silence un instant. Dans son cas, se dit-elle, la distance évitait la tentation. Elle décida d'esquiver et lança d'une voix gaie :

— Il paraît que ta sœur aussi est enceinte. Les enfants sont toujours un motif de joie. Tu sais que mon père réfléchit déjà aux prénoms ? Il dit que si c'est une fille je pourrai l'appeler comme je voudrai, mais que si c'est un garçon il faudra que ce soit Fernando. Il a parié mille pesettes avec ses amis du casino que, dans toutes les maisons des Espagnols qui sont allés en Guinée, il y a un Fernando. Nous avons passé en revue toutes les familles, et il se pourrait bien qu'il ait raison !

Kilian ne put s'empêcher de sourire.

— C'est un beau nom. Très approprié.

— Tu pourrais le suggérer à Catalina. Mais si c'est un garçon elle préférera peut-être l'appeler Antón, comme son grand-père.

— Je ne sais pas. Donner le même nom, ça ne sert qu'à faire des comparaisons. On ne sait plus qui est l'original et qui est la copie.

— Allons, Kilian ! Tu n'as pas du tout pris l'esprit africain ? Que t'apprend José ?

Kilian fut déconcerté et l'écouta.

— La vie est circulaire, les faits se répètent. Dans d'autres circonstances, bien sûr, mais sur le fond ce sont les mêmes. Comme la nature. Dans un lieu comme celui-ci, il est tellement aisé de se rendre compte du cycle de la vie et de la mort. Une fois qu'on en a conscience, tout est plus facile. Tu sais ce que me disait toujours ma grand-mère, là-bas, dans notre vallée, quand j'étais petite ? Que pour savoir vivre il faut savoir mourir. Et elle en a vu mourir, du monde, pendant la guerre civile, je ne te dis pas.

Prise d'un frisson, Julia se frotta les bras.

— Mieux vaudrait rentrer, dit Kilian en se levant.

— Oui, je te parie tout ce que tu veux que je sais de quoi ils parlent.

— De politique ? tenta-t-il.

Julia sourit et acquiesça. Kilian la regarda dans les yeux, sourit aussi et l'embrassa sur la joue.

— Tu mérites tout ce qui t'arrive de bien, Julia. Même si tu ne remplis pas tes contrats, ajouta-t-il avec un clin d'œil.

Elle rougit.

— Toi aussi, Kilian. Tu verras, les meilleures années de ta vie ne sont pas encore arrivées.

Quand ils retournèrent au salon, les deux couples d'amoureux prenaient congé car ils devaient retrouver des amis en ville. Les autres étaient toujours à table à parler, comme Julia et Kilian l'avaient supposé, de politique.

— Ils disaient ça l'autre jour au casino, clamait Emilio d'une voix forte. Apparemment, il y a déjà eu un avertissement de l'ONU au sujet de la décolonisation. Du coup, Carrero Blanco a proposé la provincialisation.

— Ce qui veut dire ? demanda Santiago.

— C'est pourtant clair, expliqua Lorenzo Garuz. Il est question que ces territoires-ci deviennent des provinces espagnoles.

— Oh, je ne suis pas si bête, protesta Santiago en lissant ses cheveux clairsemés de sa main osseuse. Je voulais dire, si la Guinée devient une province, qu'est-ce qui va changer ?

— Eh bien, tout dépend. Je trouve que c'est une solution raisonnable. Après tant d'années, qu'est-elle d'autre qu'un prolongement de l'Espagne ? dit Emilio en levant son verre pour le faire remplir par le boy. Mais, bien entendu, les nègres ne le voient pas de cet œil. Je ne vais plus pouvoir parler avec Gustavo, à force, parce que nous finissons toujours par crier. Vous imaginez qu'il a osé me dire que tout est une stratégie habile pour continuer de les exploiter ?

— J'imagine sa logique simple, répondit le père Rafael. Si ce sont des provinces, ce ne sont pas des colonies, et par là même il n'est pas question de décolonisation.

— C'est bien ce que j'ai dit, quoiqu'avec des mots un peu plus forts, mais c'est ce que je voulais dire.

— Bah, je ne crois pas que cette affaire ait de suites, intervint Generosa. Sans l'Espagne, la Guinée n'existe pas, ils peuvent tous retourner dans la forêt vierge dont nous les avons tirés.

Julia grimaça, mais n'interrompit pas sa mère, qui poursuivit :

— En réalité, la colonie nous coûte plus que ce qu'elle rapporte. Mais ça, pensez donc, ils ne savent pas le prendre en compte.

— Je n'en suis pas si sûr, intervint Jacobo en pensant aux tonnes de cacao de la dernière récolte. Nous savons mieux que personne combien elle rapporte, n'est-ce pas, monsieur Garuz ?

— Certes, mais… qui finance les écoles, les dispensaires, l'entretien et les services de la ville, si ce n'est l'Espagne ? Je ne sais pas si nous rentrons dans nos frais.

— C'est impossible, décréta Generosa. Vous avez vu les œuvres de l'orphelinat ? Qui paie les frais des soixante enfants qui vivent là ? Et que dites-vous des améliorations à Moka ? Il y a quelques semaines, je suis allée avec Emilio à l'inauguration de l'eau courante dans les villages de Moka, Malabo et Bioko, et à la remise des logements pour les membres des coopératives. Le patronat des Affaires indigènes a financé chaque maison à hauteur de la moitié, et elles ont même de grandes fenêtres vitrées en bois…

— Et ce n'est pas tout, ajouta Emilio en haussant le ton. Où croyez-vous qu'est parti Gustavo il y a peu de temps ? Au Cameroun, pour rejoindre cette bande d'indépendantistes qui n'arrêteront pas avant d'avoir obtenu ce qu'ils veulent. On parle même d'une fédération avec le Gabon !

— Bien sûr, l'interrompit le père Rafael, comme la France est sur le point d'accorder l'indépendance au Cameroun et au Gabon, il y a contagion. Alors que nous avons tant œuvré à leur montrer le droit chemin ! Vous avez vu ce que donne Noël, cette année ? Les rues de Santa Isabel sont remplies de bouffons avec leurs masques. Avant, ils se cantonnaient à leur domaine, et maintenant ils se pavanent avec des mouvements incontrôlés, des bruits sans suite et des couleurs criardes dans l'intention de faire renaître l'absurde. C'est de cela que veulent parler les croisades pour la libération ? Les évêques les ont déjà avertis dans une lettre pastorale récente : le plus grand ennemi sera sous peu l'idéologie communiste.

— Espérons qu'ici les graves incidents de l'Ifni ne se reproduiront pas, s'inquiéta Garuz, approuvé par tous.

Le Maroc, qui avait obtenu l'indépendance un an avant, réclamait à présent le petit territoire appartenant encore à l'Espagne. Les garnisons de la province d'Ifni venaient d'être attaquées par des nationalistes marocains appuyés par le roi.

— Si Franco ne reste pas ferme, je ne sais pas ce qui pourra arriver…

— Papa ! s'exclama Julia, craignant que Emilio ne s'échauffe trop et que la réunion ne se termine mal.

— En tout cas, ton ami Gustavo risque gros, commenta Gregorio. À tout moment il peut être arrêté et envoyé à Black Beach. Le gouverneur ne plaisante pas…

— Moi, je trouve bien qu'il agisse énergiquement, qu'il surveille les frontières et qu'il arrête toute personne qui essaiera d'attenter au caractère espagnol de ces terres, assena Generosa avec conviction. Ici, c'est l'Espagne, et pour longtemps encore. Nous sommes de nombreux Espagnols à nous démener tous les jours pour nos commerces. L'Espagne ne nous abandonnera pas.

Un silence soudain suivit la dernière phrase. Manuel en profita pour demander aux boys de remplir les verres à nouveau.

— Ah, nous pouvons parfois devenir assommants, nous les anciens, pas vrai, les enfants ? enchaîna Emilio. Allons, je propose un autre toast : à vous, à l'avenir. Bonne année, et encore beaucoup d'heureuses années en vue pour tous.

Tous levèrent leur verre avec lui. Kilian trinqua tout en repensant à ce qu'il venait d'entendre. Il ne pouvait comprendre l'étendue de la préoccupation des parents de Julia, mais bien sûr il n'était qu'un des employés d'une des nombreuses plantations du pays, et non le propriétaire d'un commerce. S'il devait quitter l'île, il chercherait un autre travail en Espagne, et ce ne serait rien. Il ne laisserait pas grand-chose derrière lui. En buvant son verre, il eut un frisson subit. Il cessa de prêter attention à ce qui l'entourait et se prit à imaginer comment on pouvait célébrer la nouvelle année à Bissappoo, dans la grande famille de José.

Plusieurs mois après, le fils de Julia et Manuel vint au monde. Ils avaient finalement décidé de l'appeler Ismael car, comme Julia l'expliqua aux deux frères après le baptême, Emilio avait gagné son pari et il avait convenu qu'il y avait trop de Fernando partout. À la même période, Catalina donna naissance à un fils qu'ils appelèrent Antón, et qui mourut à deux mois de bronchiolite, comme Jacobo et Kilian l'apprirent dans une lettre attristée de leur mère.

Kilian conçut une grande affliction pour sa sœur, qui aurait du mal à se remettre de cette épreuve. Catalina n'avait jamais joui d'une bonne santé. La grossesse avait été difficile, elle avait dû garder le lit les derniers mois et, pendant l'accouchement, on avait craint pour sa vie. Il se rappela à quel point il avait mal vécu la mort de son père et tenta d'imaginer ce que pouvait ressentir Catalina. Sa douleur devait être déchirante, insoutenable.

Pour la première fois depuis longtemps, Kilian décida d'affronter la situation. Il écrivit une émouvante lettre à sa mère et à sa sœur, pour leur annoncer qu'en début d'année suivante, il rentrerait à la maison. Peut-être, se dit-il en peinant à choisir des paroles de réconfort, la joie inattendue de son retour servirait-elle à distraire leur peine, à défaut de l'atténuer.

Comme si la terre commençait à lui dire au revoir, cette année-là, la récolte subit l'attaque, d'une virulence inespérée, du *charocoma*, un ver qui vrillait superficiellement les cabosses de cacao. La plantation n'était pas belle à voir. Pas une seule cabosse n'avait échappé aux galeries de ces petites chenilles rosées. Les marques sur la peau nécrosée couvraient presque toute la surface des fruits. À cause de l'infestation, on ne pouvait juger de la maturation des fèves. Dans certains endroits, la récolte fut retardée parce que les attaques n'avaient pas seulement interdit l'accès à la lumière, elles avaient également empêché les fongicides de faire effet. La saison était déjà rude en elle-même, mais cette année ils eurent plus de travail que jamais. Pour prévenir d'autres incursions des colonisateurs persistants de la plantation, ils prirent des mesures drastiques. Une fois les fruits fendus, les cabosses furent rassemblées et incinérées, enterrées ou passées à la chaux. Il fallait également brûler les gourmands, ne pas laisser un seul fruit sur les arbres ; ils avancèrent les traitements aux pesticides et en augmentèrent la fréquence.

— Garuz ne va pas être content, dit José en prenant des poignées de fèves pour les observer, les palper, les sentir, avant de les reposer sur le plan en ardoise du séchoir. Entre la pluie et les bestioles, le cacao ne sera pas le même que celui des autres récoltes.

À côté de lui, Kilian semblait nerveux. Régulièrement, il donnait de petits coups par terre du bout du pied droit.

— Que t'arrive-t-il ? Est-ce le moment de danser ?

— J'ai le pied qui gratte depuis plusieurs jours, et aujourd'hui, ça fait même mal.

— Fais voir.

Kilian s'assit et ôta sa chaussure et sa chaussette.

— C'est juste là. Ça me démange beaucoup.

José s'agenouilla pour regarder sous l'ongle du quatrième orteil.

— Tu as attrapé une puce. Il t'arrive la même chose qu'aux cacaoyers, dit-il avec un petit rire. Un ver cherche à te coloniser.

Voyant la mine dégoûtée de Kilian, il s'empressa d'ajouter :

— Ne prends pas peur, c'est très fréquent. La puce est tellement petite qu'on peut l'attraper n'importe où. Elle se glisse entre les doigts de pied ou de main, elle mange la chair avec sa longue trompe et elle pond dans des poches. Tu vois ? Dans cette bosse, ce sont les petits.

Kilian voulut l'arracher, mais José l'arrêta.

— Ah, non ! Il faut retirer la poche avec beaucoup de précaution. Si elle se perce, les larves vont s'installer dans les autres orteils. Tu ne serais pas le premier à perdre une partie d'un doigt.

— Je file au dispensaire ! s'écria Kilian, écœuré, remettant sa chaussette et sa chaussure aussi vite qu'il en était capable.

— Demande ma fille, lui conseilla José. C'est une experte pour retirer les puces !

Pendant qu'il marchait vers le dispensaire en appuyant seulement le talon côté droit, l'appréhension se mua en une agréable attente. Il n'avait pas vu la fille de José depuis des semaines. Il devait le reconnaître, les quelques fois où il avait accompagné son ami à Bissappoo cette année, il avait nourri l'espoir de la rencontrer, mais elle ne devait pas monter souvent au village. Elle partageait sa vie entre le dispensaire et son mari. José avait parfois fait des remarques sur le fait qu'elle et Mosi n'avaient toujours pas d'enfants après quatre ans de mariage. Quatre ans ! Kilian n'arrivait pas à croire que le jour de leurs noces avait eu lieu il y a si longtemps. Les souvenirs de ce jour-là avaient été supplantés par l'image de la jeune femme qui lui caressait le visage durant sa maladie. Ensuite, plus rien. Ils n'avaient jamais eu l'occasion de se voir seuls. Il lui était arrivé de l'apercevoir traversant la cour principale d'un pas décidé, à la recherche de José. Elle s'approchait de son père, saluait aimablement Kilian, acquiesçait aux explications de ce qu'elle devait faire, jetait la tête en arrière pour éclater d'un rire rafraîchissant dans la chaleur du cacao récemment torréfié. Kilian profitait de ces moments pour l'observer, attendant cet instant qui venait toujours où elle se tournait discrètement vers lui pour le regarder avec ces yeux qui, plus tard, lui apparaissaient dans l'obscurité de la nuit.

Il devait le reconnaître : à plus d'une reprise, au cours de ses rêveries nourries par les chants d'ouvriers dans les plantations, il avait supplanté Mosi ou elle Sade, et cela l'avait occupé des heures. Et, encore une fois, il maudit sa malchance. De toutes les filles possibles, il s'était épris d'une femme mariée et donc interdite, en Espagne comme en tout autre lieu probablement. Par bonheur, se dit-il en montant les marches du bâtiment, personne ne pouvait connaître ni ses pensées ni ses sentiments. Et, grâce à la bestiole répugnante qui tentait de prendre possession de son pied, il se profilait l'éventualité d'un précieux moment avec elle.

Il entra directement dans la grande salle où attendaient les ouvriers malades et promena le regard sur les lits disposés de manière ordonnée, de part et d'autre de la pièce. Un infirmier vint vers lui et, en réponse à sa question, lui indiqua la petite pièce où l'on soignait. Kilian frappa doucement et ouvrit sans attendre.

Il poussa un cri de surprise et ses illusions s'évanouirent. Son frère était assis sur une chaise, la chemise tachée de sang, un bâtonnet entre les dents, pendant que la fille de José recousait une profonde coupure à sa main gauche. L'infirmière s'arrêta et posa une gaze sur la plaie.

— Que t'est-il arrivé ?

Jacobo ôta le bâtonnet de sa bouche. Il avait le visage couvert de sueur.

— Je me suis coupé avec la machette.

— Mais à quoi tu pensais ? s'exclama Kilian, qui regarda ensuite l'infirmière avec curiosité. Manuel n'est pas là ?

— Il est en ville, répondit-elle.

Voyant qu'il ne détournait pas le regard, elle ajouta avec quelque hauteur :

— Mais je sais traiter des blessures de ce genre.

— Je n'en doute pas, répliqua Kilian. C'est grave ?

— Plus que deux points et j'aurai fini. La plaie est propre, mais profonde. Il lui faudra plusieurs jours pour cicatriser.

— Encore heureux que ce soit à la main gauche, dit Jacobo. Au moins, je pourrai boutonner mon pantalon tout seul. Hé, hé, c'est une blague ! Allez, Kilian, viens à côté de moi me parler pendant que cette beauté termine. C'est la première fois que je me fais recoudre, et ça fait un mal de chien.

Kilian approcha une chaise et l'infirmière reprit son travail. Jacobo se raidit.

— Belle comme tu es, tu fais très mal !

Son frère lui remit le bout de bois entre les dents, Jacobo le serra avec force et sa respiration s'accéléra. Kilian se rembrunit en découvrant la blessure, et admira la fille de José, qui ne montrait aucun dégoût. Elle devait être habituée à voir pire. Elle termina bientôt le dernier point, coupa le fil, désinfecta de nouveau la blessure, qu'elle recouvrit d'une gaze propre, et banda soigneusement la main.

— Grâce à Dieu, tu as terminé, soupira Jacobo en humectant ses lèvres sèches. Un peu plus et je pleurais.

— Ne t'en fais pas, Jacobo. L'honneur est sauf, répondit Kilian. Tu t'es comporté comme un homme.

— J'espère bien, dit son frère avec un clin d'œil pour l'infirmière, parce qu'ici tout se sait.

Elle ne réagit pas. Elle rassembla les affaires et se leva.

— Vous devrez revenir d'ici quelques jours pour que don Manuel voie la plaie et vous dise quand il faudra retirer les points. Essayez de ne pas trop bouger la main.

Elle se dirigea vers la porte.

— Attends, ne t'en va pas ! la retint Kilian. Moi aussi, j'ai besoin de toi.

Elle se retourna.

— Excuse-moi. J'ai cru que tu venais chercher ton frère. Que t'arrive-t-il ?

— Une puce.

— Alors je reviens tout de suite. Il me faut un bâtonnet en bambou.

— Tu as remarqué, Kilian ? dit Jacobo quand elle sortit. Elle te tutoie, et moi non.

Son frère haussa les épaules.

— Tu dois avoir l'air plus sérieux que moi, conclut-il, faisant rire Jacobo de bon cœur. Écoute, tu peux y aller, si tu veux. Tu as peut-être envie d'un café, après ta mésaventure.

— Pas question. Je reste là jusqu'à ce que cette infirmière en ait fini avec nous deux.

Kilian tenta de ne pas laisser paraître son agacement. Cette fois non plus, il ne pourrait parler seul avec elle.

— Comme tu veux.

Non, il ne put parler seul avec elle, mais il emmagasina l'impression du bout de ses doigts sur sa cheville, son talon, chaque centimètre qu'elle dut toucher pour inciser avec le bâtonnet les extrémités de la poche d'œufs. Il mémorisa chacun des gestes pendant les quelques minutes que dura l'intervention, et lors desquelles Jacobo ne cessa de parler, comme s'il n'y avait personne d'autre qu'eux deux, du prochain voyage de Kilian en Espagne. Elle semblait concentrée sur ce qu'elle faisait, mais un instant Kilian vit son regard se troubler et une fine ride se dessiner entre ses sourcils. C'était au moment où Jacobo lançait, de manière fort inopportune :

— Et que fera Sade si longtemps sans toi, frérot ? Tu voudras que je m'occupe d'elle à ta place ? Parce qu'elle sera toute triste !

Kilian avait serré les lèvres sans répondre.

Lors des semaines qui précédèrent son voyage, Kilian ne put cesser de se comparer aux travailleurs nigérians de la plantation. Comme eux, quand il était arrivé, il était un jeune garçon au physique nerveux, plein de curiosité, et après plusieurs années il rentrait dans son pays en homme musclé et étoffé. Comme eux, il accumulait des objets achetés pour les emporter chez lui, ainsi qu'une importante quantité d'argent. La seule différence était que les ouvriers retournaient au Nigeria parce que leur contrat, habilement rédigé pour que le capital ne reste pas seulement en Guinée, stipulait qu'ils touchaient la moitié de leur salaire une fois de retour dans leur pays. Dans le cas de Kilian, les milliers de kilomètres séparaient deux extrêmes d'une même patrie, et son voyage consisterait donc surtout en une rencontre avec son passé. Un passé que six ans en terre tropicale avaient réussi à mettre en retrait, mais pas à effacer de son esprit ni de son cœur.

Et pourtant… Après une nuit dans Saragosse, où beaucoup de femmes portaient le pantalon, où les Fiat 1 400 et quelques Seat 600 avaient détrôné 203, Austin FX3 et 2CV, et où le café *Les Deux Mondes* n'existait plus ; après avoir gravi le chemin de pierre débarrassé de ses mauvaises herbes, dans le même manteau gris foncé inutilisé ces dernières années, à la suite de la jument guidée par un de ses cousins qui avait transporté ses volumineux bagages, quand il arriva dans sa vallée et aperçut les abords de Pasolobino, les contours alignés, rigides, dans le ciel clair d'une journée froide de mars 1959, il ressentit un mélange confus de sensations.

Pasolobino et la Casa Rabaltué étaient comme dans son souvenir, à l'exception du bâtiment qui allait être la nouvelle école, et de l'agrandissement du grenier à foin de sa maison. Les gens n'avaient pas tellement changé, même si le temps les avait transformés ou marqués.

Au début, il eut du mal à tenir une conversation fluide avec Mariana, dont les cheveux blancs relevés en un petit chignon faisaient ressortir les nouvelles et nombreuses rides du visage. Il ne pouvait pas soutenir longtemps son regard maternel insistant. Il préférait que de brefs dialogues sur des thèmes généraux et superficiels fassent office de barrage et maintiennent sous contrôle les émotions indéniables. Mariana fit tout pour l'accueillir comme il se devait, et ne l'assomma jamais des commentaires nostalgiques ou navrés qui devaient la submerger. Kilian envia sa force extérieure, qui n'avait rien de la résignation plaintive montrée par d'autres, avec laquelle elle encourageait Catalina, abattue et décharnée, à ne pas négliger ses tâches quotidiennes et à prendre soin de son époux, Carlos. En effet, disait-elle, la vie passe vite, elle-même avait perdu trois enfants et un mari, et elle continuait de livrer bataille pour ceux à venir, car ils viendraient. Tôt ou tard. Dans son souvenir, aucune maison n'était jamais restée vide bien longtemps.

Kilian distribua des cadeaux dans tout le village. Il offrit à sa mère et à sa sœur les objets les plus raffinés, achetés aux magasins Dumbo de Santa Isabel : de précieuses étoffes de coton et de soie, deux nappes de Manille et des sacs, une nappe magnifiquement brodée et de nouveaux couvre-lits. Pour les parents et voisins, il avait rapporté des boîtes de cigarettes Craven A et des bouteilles des meilleurs whiskys irlandais et écossais – un véritable luxe –, et quelque chose d'aussi inconnu à Pasolobino que les ananas et les noix de coco. À l'étonnement des autres, il levait la machette pour couper d'un coup la rude écorce et leur offrait du liquide avant de savourer la chair craquante du fruit.

Les filles des maisons voisines, devenues des femmes, lui souriaient avec coquetterie et profitaient de ses visites pour lui demander, entre autres, s'il se souvenait d'elles. Il répondit patiemment aux mêmes questions, tout en fumant ses cigarettes préférées, les

Rumbo, et en essayant de réhabituer son oreille au son du pasolobinais. Elles riaient d'entendre les particularités du parler des Nigérians de Sampaka, qu'ils avaient transmis au jeune homme, notamment ses phrases simples et courtes ainsi que son vocabulaire étrange.

Après que la nouveauté de son retour fut passée avec la même rapidité qu'elle avait interrompu la vie du village, Kilian se mit au travail dans les écuries, à la taille des arbres, à la préparation du bois de chauffage, au désherbage des murs, à la fertilisation des champs, au labourage pour l'été. Il passait de nombreuses heures au-dehors, dans les champs en pente, attendant l'arrivée timide du printemps.

Rien n'avait changé, ou presque. Les écuries gardaient la chaleur des animaux qui attendaient avec agitation la liberté toute proche. La même fumée léchait les pans des cheminées en pierre surmontées des cailloux destinés à effrayer les sorcières. Kilian devait prendre sur lui pour ne pas comparer le monde de Pasolobino à l'île de Fernando Póo ; il trouvait les rues sales et cabossées ; les corps mous et blancs ; les vêtements monochromes et ennuyeux ; la lumière pâle et faible ; le paysage pas assez vert ; le climat trop doux et la Casa Rabaltué froide et massive, telle une montagne rocheuse.

Cependant, il reconnaissait que tant d'années avaient laissé une empreinte encore plus profonde qu'il ne le pensait sur son corps et son âme, le sang qui courait dans ses veines. Il fermait les yeux et ses pensées devenaient une tornade d'images qui le jetaient sans merci au pied du pic volcanique colossal de Santa Isabel, orné de brume en permanence, couvert de forêt presque jusqu'au sommet et marqué par les cicatrices de ses torrents.

Là, dans le silence de son imagination, Kilian s'autorisait à être possédé par le soleil et la pluie d'un paradis où, jour après jour, la végétation luxuriante de milliers d'espèces botaniques confirmait la ténacité absolue du cycle de la vie.

Récurrente, constante.

Impossible à arrêter.

8

Le chemin des palmiers royaux

2003

Enfin elle était à Santa Isabel !

Elle se corrigea mentalement : enfin elle était à Malabo !

Elle avait du mal à donner à la ville son nom actuel, et encore plus à appeler Bioko l'île de Fernando Póo, théâtre des récits de son père et de son oncle.

Clarence ouvrit les yeux et accompagna quelques secondes du regard les pales du ventilateur au plafond. Il régnait une chaleur étouffante et moite. Elle n'avait pas arrêté de transpirer en défaisant ses bagages et l'effet rafraîchissant de la douche n'avait guère duré.

Et maintenant ? se demanda-t-elle.

Elle se leva du lit et se rendit sur le balcon. La même humidité collante mêlée à l'odeur prégnante qu'elle avait perçue à peine arrivée d'un voyage confortable en Airbus A139 s'empara de ses sens. Elle se sentait encore étourdie par la rapidité du changement de décor. Elle tenta de s'imaginer les impressions de son père quand il avait marché pour la première fois en ce lieu, mais les circonstances étaient complètement différentes. Il n'avait sûrement pas eu la sensation d'arriver dans un pays aux mains des militaires. Elle souffla en se rappelant le long processus pour quitter l'aéroport moderne de verre et d'acier : elle avait dû montrer plusieurs fois son passeport, l'extrait de casier judiciaire, le certificat de vaccination et la lettre de l'université nationale de Guinée équatoriale, avant même de passer les différents contrôles de douane lors desquels on avait ouvert sa valise et fouillé tout ce qu'elle contenait ; elle avait dû remplir un formulaire d'entrée exposant les motifs de son voyage, le nom de l'hôtel où elle logerait. Et, cerise sur le gâteau, elle devrait avoir sur elle en permanence toute cette paperasse, pour éviter tout problème lors des contrôles de police *a priori* fréquents.

Elle alluma une cigarette et inhala profondément. Elle s'occupa à contempler les reflets du soleil sur les palmiers et autres arbres qui surgissaient entre les maisons décrépies, à écouter les cris des enfants jouant dans la ruelle d'en face, mêlés aux pépiements des oiseaux, et à essayer de décrypter les discours des hommes et des femmes aux vêtements voyants qui passaient à côté de voitures de toutes les marques et dans tous les états. Quel lieu incroyable ! Sur cette petite île de la taille de sa vallée, des personnes de différents pays avaient vécu et s'étaient parlé dans au moins dix langues. Elle devait en oublier une ou deux, mais en quelques heures elle avait la certitude que le lieu était fortement imprégné de l'influence espagnole.

Le passage des Espagnols, dont quelques membres de sa famille, avait laissé de profondes traces dans le pays, mais personne ne parlait du fait que cet endroit avait marqué des gens comme elle, qui n'y avaient même pas vécu.

Elle pensa à sa relation étrange avec Fernando Póo-Bioko. Un petit morceau de papier, quelques mots de Julia, et elle avait eu le déclic pour accomplir l'un des rêves de sa vie : voyager dans l'île en quête des lieux qui habitaient son imaginaire depuis l'enfance. Enfin, elle allait avoir l'occasion de marcher sur les chemins qu'avaient parcourus ces ancêtres pendant tant d'années. De respirer le même air. De profiter des mêmes couleurs. De se griser de la même musique. Et de toucher la terre où reposait son grand-père Antón.

Dans sa vie uniquement consacrée aux études, c'était son acte le plus audacieux, et donc une grande victoire. Elle avait eu le courage de répondre à un appel ténu qui résonnait dans son cœur avec la force d'un tambour.

Elle recherchait quelqu'un de plus âgé qu'elle, né à Sampaka. Son enquête prenait la forme de personnes mystérieuses sur qui elle voulait mettre un nom et un visage.

Depuis que Julia avait évoqué Fernando, elle soupçonnait la possibilité que quelqu'un de son sang vive encore sur l'île. Et si elle avait un frère ? De quoi d'autre aurait voulu parler Julia ? Pourtant, elle osait à peine y penser. Plus d'une fois elle avait été tentée de s'en ouvrir à sa cousine Daniela, mais finalement elle avait préféré attendre d'avoir des preuves, si elles existaient.

Mais… si c'était vrai ?

Comment son père avait-il pu vivre avec ça ? Quant à son oncle, il devait être au courant. Le contraire était rigoureusement impossible… À moins qu'elle ne se trompe, et qu'en fait de frère elle ne doive chercher un cousin. Elle secoua la tête. La lettre se trouvait dans la correspondance de son père, et Julia lui avait suggéré de s'adresser à lui. De plus, elle ne pouvait s'imaginer que Kilian, la personne la plus droite qu'elle connaisse, ait pu agir ainsi. Son oncle était un homme de parole, capable de faire fi des avis des autres pour honorer la vérité, que ce soit dans des conflits sur les limites de la propriété ou dans les relations entre voisins et membres de la famille.

Un moment, elle fut étonnée de sa faculté à excuser son oncle et à attribuer la faute à son père, mais elle n'était plus une enfant. Il n'était pas invraisemblable d'imaginer son père fuyant une situation non désirée, pour le dire avec les formes, et d'autant plus si cette histoire impliquait un enfant à la peau sombre. Plus d'une fois elle avait entendu des commentaires racistes dans la bouche de Jacobo. Face à l'indignation de sa fille, il éludait la question par : « J'ai vécu avec eux, je sais de quoi je parle », à quoi Kilian répondait : « Moi aussi, et je ne suis pas d'accord. » Daniela était fière que son père se montre plus raisonnable et modéré. Alors, reconnaître un enfant noir, et ce dans l'Espagne d'il y a quelques décennies !

Clarence tenta de se raisonner : pour l'instant, elle n'avait qu'un papier, les paroles de Julia et des faits épars qu'elle recensa une fois encore.

Des premières lettres de Kilian, elle n'avait pu extraire aucune information objective éclairant le sujet. Il racontait qu'Antón était bien pris en charge, notamment par une infirmière guinéenne, puis que tout le monde était venu assister à la sépulture. Outre Manuel et Julia, elle connaissait certains noms. Après la mort de son grand-père, Kilian avait écrit avec moins de fréquence et les lettres étaient plus répétitives, se limitant surtout aux finances de la Casa Rabaltué.

Seule l'une de ces missives était un peu plus personnelle. Dans un bref paragraphe, Kilian essayait de consoler la tante Catalina du décès de son bébé, pour ensuite annoncer son retour sur la péninsule. Il était resté en Espagne jusqu'en 1960, pour retourner sur l'île avec l'intention de faire seulement deux campagnes de plus, de deux ans chacune. Son idée était de retourner définitivement à Pasolobino en 1964, à trente-cinq ans. Il avait probablement pour projet, comme Jacobo et beaucoup d'autres, d'arrêter les campagnes de cacao à un âge raisonnable pour fonder une famille dans ses terres.

Pourtant, quelque chose ne collait pas.

Très peu de lettres dataient d'après 1964, mais leur existence démontrait que son séjour en Guinée s'était prolongé.

Quelque chose s'était passé en 1965, après la mort de tante Catalina. Or cette date coïncidait avec une brève allusion à un affrontement entre Kilian et Jacobo qu'elle avait également trouvé dans une autre lettre. Était-ce pour cette raison que son père avait cessé de travailler à Sampaka ? Une dispute avec son frère ?

Clarence fit claquer sa langue. Ce n'était pas logique. La relation entre les deux frères avait perduré avec les années, ça n'avait donc pas pu être bien grave. Que pouvait-il s'être produit ?

Il lui restait encore deux heures avant le dîner. Elle décida de sortir faire un tour et, en un instant, elle était sur l'avenue de la Liberté. Elle avait eu du mal à trouver un hôtel dans cette ville à la capacité d'accueil très limitée. Elle avait écarté les quartiers connus de Los Ángeles et Ela Nguema pour ne pas avoir à dépendre des autobus. Le quatre-étoiles historique Bahía, en plein port neuf, se rapprochait le plus de son idée d'un hôtel correct, mais finalement elle avait opté pour le Bantú, plus proche des lieux de visite incontournables de la ville, et qui avait reçu des commentaires plutôt positifs des internautes.

Elle dirigea ses pas vers la vieille ville, qui n'était guère étendue par rapport à celles d'Europe qu'elle avait déjà visitées, mais qu'elle trouva en meilleur état que les abords sales aperçus depuis le taxi sur le trajet de l'aéroport, des terrains vagues transformés en dépotoirs. En plus des bandes de gamins qui l'abordaient tout le temps, deux choses retinrent son attention, la faisant sourire en cascade. Les câbles électriques enroulés comme des lianes artificielles et suspendus en un réseau complexe d'une rue à l'autre, et, d'autre part, le curieux mélange de véhicules circulant dans les rues au revêtement irrégulier. Grâce à sa passion pour les voitures transmise par son père depuis toujours, elle put distinguer des Lada Samara, Volkswagen Passat, Ford Sierra, Opel Manta, Renault 21, BMW C30 dans un état de décomposition avancé, tout comme des jeeps Laredo, des Mercedes et des pick-up Toyota flambant neufs.

Elle tenta de jeter un regard plus positif sur les bâtiments. Peu à peu, elle distingua une autre ville qui ressortait sous la saleté. Malabo ressemblait à une cité antillaise ou andalouse, avec ses édifices coloniaux de l'époque anglaise et espagnole. À l'évidence, la présence successive des Européens qui traitaient avec les Antilles avait imprimé un caractère très particulier à son architecture. Entre les habitations branlantes de plain-pied apparaissait soudain une vieille maison avec galerie en bois qui lui rappelait une hacienda espagnole aux balcons de fer forgé.

Et des palmiers, beaucoup de palmiers.

Au bout d'un long moment, elle s'arrêta, épuisée et assoiffée. Elle entendit de la musique en provenance d'un petit bâtiment bleu au toit en fibrociment. En passant la tête, elle constata que c'était un bar, aussi simple que ceux qu'elle avait pu voir dans les villages de son enfance. Deux ou trois tables couvertes d'une toile cirée, des chaises en formica et un petit comptoir derrière lequel étaient suspendus plusieurs calendriers aux feuilles régulièrement agitées par un ventilateur. La musique ne parvenait pas à étouffer le vacarme d'un générateur sur le côté du bar.

À peine avait-elle avancé un pied dans l'établissement que les quatre ou cinq clients se turent et la considérèrent avec surprise. Clarence rougit et faillit repartir sur-le-champ, mais elle choisit d'ignorer les regards et commanda une petite bouteille d'eau. Elle fut servie par une femme corpulente d'âge moyen, qui prit aussitôt l'initiative de soutirer des informations à l'étrangère. Clarence resta prudente et n'entra pas dans les détails sur les motifs de sa visite. À côté de la porte, deux jeunes garçons en tee-shirt imprégné de sueur ne la quittaient pas des yeux. Elle allait boire son eau sans se presser, mais sans s'arrêter non plus, puis sortir du bar avec naturel, comme si elle savait où elle était.

Elle regarda vers l'extérieur et son cœur bondit dans sa poitrine. Mais comment… ?

Elle prit congé aimablement, mais à la hâte, et ressortit dans la rue, où la nuit était tombée.

Incroyable. Elle n'était restée dans le bar que quelques minutes !

Elle commença à marcher, seule, tentant de repérer son trajet de retour à travers les bâtiments. Où était passée la foule ? Pourquoi n'y avait-il que quelques lampadaires qui fonctionnaient ?

Des gouttes de sueur perlèrent à son front et sur sa nuque.

Était-ce son imagination ou entendait-elle des pas derrière elle ? Et si les jeunes du bar l'avaient suivie ? Elle accéléra le pas. Peut-être donnait-elle dans la paranoïa, mais elle aurait juré que quelqu'un la suivait. Elle tourna la tête sans ralentir et distingua deux uniformes de police. Elle poussa un juron. Elle avait laissé tous ses papiers à l'hôtel !

Elle s'entendit appeler, mais n'en tint pas compte. Elle continua rapidement, refrénant son envie de courir, jusqu'au coin de rue suivant, où elle se heurta à un groupe d'adolescents qui passèrent de chaque côté d'elle, amusés. Clarence mit à profit ces quelques secondes de confusion pour tourner à droite et, en courant, emprunta différentes rues dans l'espoir de semer les policiers. Quand elle crut que son cœur allait éclater dans sa poitrine, elle s'arrêta, haletante, trempée de sueur, et s'adossa à un mur, les yeux fermés.

Un murmure lui indiqua la présence d'un ruisseau. Elle ouvrit les yeux et se rendit compte qu'elle avait marché vers le nord-est au lieu du sud. Elle se trouvait face à une grande muraille de verdure. Que lui était-il donc arrivé ? La ville lui avait paru si simple, vue du ciel ! Elle avait même imaginé la main d'un artiste qui aurait tracé des rues droites et parallèles d'un geste décidé depuis la mer vers l'intérieur, les croisant à d'autres lignes perpendiculaires.

Sa réaction disproportionnée était due à ses lectures dans l'avion. Elle frissonna. Eh bien, quel courage ! Si elle avait peur maintenant, comment aurait-elle résisté à un voyage de cinq mois sur un bateau soumis au caprice des tempêtes, sachant que la destination était une île où, si l'on ne mourait pas aux mains des natifs hostiles qui empoisonnaient l'eau et décapitaient les arrivants, on succombait aux fièvres ? Pour se calmer, Clarence essaya de se mettre à la place des centaines de personnes qui, durant deux siècles, avaient participé aux expéditions de prise de possession de ces terres, bien avant qu'Antón, Jacobo et Kilian profitent de la période la plus confortable de l'époque coloniale. Elle frissonna de nouveau.

D'après ses lectures, les colons dormaient tout habillés, fusil à portée de main. Parfois, l'équipage n'était pas informé de la destination, en vue d'éviter les mutineries : nombre des membres étaient des condamnés politiques à qui on promettait la liberté s'ils arrivaient à supporter deux ans sur Fernando Póo. Elle se représenta les pionniers à qui on concédait gratuitement des lopins, les prisonniers qui rêvaient de liberté, les missionnaires jésuites, puis clarétains, convaincus du mandat divin de leur travail d'évangélisation, les intrépides explorateurs accompagnés d'une épouse inconsciente… Combien étaient morts et combien avaient supplié pour rentrer chez eux, même au prix de leur liberté ! Eux avaient des raisons d'avoir peur, pas elle. Mais, évidemment… n'avait-elle pas également lu un roman sur la détention d'une jeune Blanche et les exactions de la police en terre guinéenne ?

Elle ne savait pas si elle devait rire ou pleurer.

Constatant qu'elle s'éloignait de la rivière, elle sentit une nouvelle pointe d'inquiétude la titiller. Visualisant le plan qu'elle avait étudié tant de fois, elle tenta de se diriger vers l'ouest, et l'avenue de l'Indépendance très fréquentée…

Elle avait à peine parcouru quelques mètres qu'un coup de Klaxon la fit sursauter.

— Vous voulez que je vous emmène ? lui cria quelqu'un.

C'était un homme jeune portant des lunettes, à bord d'une Volga bleue aux lignes droites des années 1980.

Il ne manquait plus que ça !

Sans répondre, elle accéléra le pas. L'homme roula à son rythme et répéta sa question avant d'ajouter :

— Je suis taxi, Madame. À Malabo, les taxis n'ont pas de couleur ni de signes distinctifs.

Elle venait en effet de l'apprendre à l'aéroport. L'intonation chantante de l'homme lui inspira confiance. Elle l'observa. Il devait avoir une trentaine d'années, avait des cheveux très courts qui faisaient paraître son front très large, un nez et une mâchoire proéminents, et son sourire paraissait sincère.

Elle se sentait si fatiguée et désorientée qu'elle finit par acquiescer.

Quelques minutes après être montée en voiture, Clarence était tranquillisée et convaincue d'avoir eu beaucoup de chance. Le chauffeur, qui s'appelait Tomás, était maître d'école et taxi sur son temps libre. Comme ils étaient tous les deux enseignants, la conversation leur vint facilement.

Sans le vouloir, elle nota mentalement les caractéristiques et la façon entrecoupée de parler, peu perceptible parce que l'homme maîtrisait très bien l'espagnol. Il n'omettait pas l'article, ne confondait pas les conjugaisons, ni les pronoms ou les prépositions. Il avait simplement des particularités de prononciation.

Clarence avait eu une telle frayeur que l'analyse linguistique agissait comme une thérapie sur elle.

Elle respira profondément.

— Et comment trouvez-vous Malabo ? demanda Tomás.

— Je suis arrivée aujourd'hui, je n'ai pas pu voir grand-chose, répondit-elle pour ne pas dire : « Sale, pleine de fils électriques et je me suis perdue. »

— Ça doit vous paraître différent de chez vous. Les voyageurs sont surpris que la Guinée, qui est si riche grâce au pétrole, paraisse aussi pauvre. Le nouveau quartier élégant de la Petite-Espagne est près du bidonville de Yaoundé. Bah. Nous sommes habitués aux contrastes. Si vous voulez, je peux vous promener rapidement pour que vous connaissiez les lieux les plus importants.

Comme s'il avait compris et souhaitait effacer la première image négative qu'elle avait eue, Tomás lui montra quelques-uns des plus beaux endroits qu'elle avait vus en photo : la place de la mairie, avec ses superbes jardins ; la baie en arc de cercle ; la place de l'Indépendance, son palais du Peuple de couleur rouge et ses nombreuses fenêtres en ogive ; le palais présidentiel dans la partie haute du vieux port. Ni les vieilles photos en noir et blanc ni les images actuelles vues sur Internet ne rendaient justice à ce qu'elle voyait, et encore, il faisait nuit.

Bouche bée, le cœur battant, Clarence voyagea à une autre époque et imagina son père et son oncle, vêtus de blanc, parcourant les mêmes lieux, des décennies plus tôt, saluant de la main leurs connaissances, de toutes origines. Elle avait lu que l'espérance de vie en Guinée se situait autour de cinquante ans, et l'image se dilua. Les personnes qui avaient pu côtoyer Kilian et Jacobo devaient être mortes, tandis qu'eux, toujours en bonne santé, avaient dépassé les soixante-dix ans. Irrémédiablement, les édifices historiques qui résistaient, orgueilleux mais décrépis, étaient à présent vus par d'autres yeux.

Son chauffeur quitta enfin l'avenue de l'Indépendance, pleine de bâtiments institutionnels et de restaurants, tourna sur celle de la Liberté et, peu après, arrêta la voiture, sortit et s'empressa de lui ouvrir la portière. Elle lui paya le prix qu'il lui demandait et y ajouta un généreux pourboire en dollars.

— C'est bien, ici, dit Tomás. Rien que dans cette rue, il y a trois restaurants et un petit centre commercial. Euh, vous me permettez un conseil ? Ne sortez pas seule de nuit. Une femme blanche seule… Ce n'est pas courant, par ici.

Clarence frissonna en repensant à sa promenade désastreuse.

— Ne vous inquiétez pas, Tomás.

Elle trouvait étrange qu'ils se vouvoient entre personnes jeunes, mais ne voulait pas paraître impolie.

— Et, merci beaucoup, ajouta-t-elle. Au fait, demain, je dois aller à la plantation Sampaka. Vous pourriez m'emmener ?

— Demain… Oui, c'est samedi, je n'ai pas école. Je vous y conduirai avec plaisir.

Il attendit en silence qu'elle ajoute quelque chose, puis n'y tint plus.

— Vous connaissez quelqu'un là-bas ?

— Le directeur. C'est quelqu'un que connaît mon père. J'ai rendez-vous avec lui, répondit-elle, ce qui était une semi-vérité.

En réalité, elle avait envoyé un mail à un certain F. Garuz, en lui demandant s'il pouvait lui montrer la propriété, et avait reçu une réponse positive très aimable.

— Avec M. Garuz ?

— Ne me dites pas que vous le connaissez ?

— Madame, c'est tout petit, ici. Nous nous connaissons tous !

Elle le regarda, incrédule.

— Ah, évidemment. Alors, 10 heures demain matin, ça vous irait ?

— Je serai là. Et… qui je demande ?

— Ah, c'est vrai. Je m'appelle Clarence.

— Comme la ville !

— Exactement.

Elle allait sûrement beaucoup entendre ce commentaire dans les semaines à venir. Elle lui serra la main.

— Encore merci et à demain, Tomás.

À 10 heures précises le lendemain matin, Tomás arrêta sa voiture à la porte de l'hôtel. Comme la veille, il portait un bermuda beige, une chemise blanche et des sandales. Clarence, qui au dernier moment avait troqué sa jupe estivale contre un pantalon et une veste, l'attendait, dépitée.

Il pleuvait à torrents.

— Je crois qu'aujourd'hui vous ne pourrez pas visiter la propriété, dit Tomás. C'est la saison, vous savez ; de l'eau, toujours de l'eau. Heureusement, je crois qu'il n'y aura pas de tempête.

On ne voyait rien à travers les vitres sur lesquelles ruisselait la pluie. Clarence se laissa mener à l'aveugle sur la route goudronnée. Au bout de dix minutes, la voiture s'arrêta à un péage où deux gardes endormis, armés jusqu'aux dents, demandèrent les papiers de la passagère. Heureusement, elle les avait cette fois, et l'échange fut rapide parce qu'ils connaissaient Tomás, et que ce n'était pas le jour le plus propice pour bavarder.

Quand le jeune homme annonça qu'il venait de prendre la déviation vers le chemin de terre conduisant à la propriété autrefois emblématique de l'île, Clarence, émue, colla le nez à la vitre.

— S'il continue de pleuvoir comme ça, estima Tomás, nous ne pourrons pas nous sortir du *poto-poto.*

— C'est-à-dire ?

— La gadoue. J'espère que vous ne devez pas rester longtemps à Sampaka, sinon, nous ne pourrons pas rentrer.

Soudain, Clarence aperçut les troncs blancs des énormes palmiers royaux qui se dressaient vers le ciel comme des gardes sacrés, immobiles et majestueux sous la douche céleste qu'ils subissaient.

— Arrêtez la voiture, s'il vous plaît, Tomás, demanda-t-elle d'une voix étranglée. Juste une minute.

Elle ouvrit la vitre et laissa la pluie qui arrosait ces arbres majestueux de plus de trente mètres lui mouiller le visage. Le fait de se trouver à l'endroit où Antón, Jacobo et Kilian avaient passé tant d'années lui procura un poignant mélange de joie et de tristesse. C'était curieux, mais elle ressentait comme un sentiment de nostalgie.

Comment pouvait-elle éprouver de la mélancolie pour un lieu où elle n'avait jamais mis les pieds ?

C'était exactement ce que devaient ressentir Kilian et Jacobo, lorsque les larmes leur montaient aux yeux au souvenir de leurs jeunes années en Guinée. Une légère pression dans la poitrine et la gorge. Une douleur ténue au-dessus de l'estomac. Un besoin de silence et de recueillement.

— Vous allez bien, Clarence ? demanda Tomás. Vous voulez que je continue ?

— Oui, allez-y. Entrons dans Sampaka.

Elle sut qu'elle reviendrait dans ce lieu dont elle n'était même pas encore partie. Elle devait le voir dans toute la luminosité d'un jour resplendissant. À partir de ce moment, la pluie ne la dérangea plus. Même les yeux bandés, Clarence aurait pu dessiner le trajet du véhicule sur le chemin bordé de palmiers, jusqu'à la cour centrale en terre battue aux tons rouges, où s'élevait le bâtiment principal, grand et carré, en partie supporté par des piliers blancs, au toit à quatre pans et aux murs chaulés sur lesquels ressortaient les volets peints en vert, comme la galerie qui entourait l'étage. Les rampes aux gros balustres blancs encadraient un spectaculaire escalier aux larges marches.

Tomás gara la voiture sous l'auvent de la galerie et donna un coup de klaxon à peine audible dans la tempête tropicale dont les trombes d'eau amortissaient tous les sons. Pourtant, quand ils sortirent du véhicule, ils virent bientôt apparaître un homme sérieux d'une cinquantaine d'années, qui salua Clarence avec affabilité. De constitution robuste, la peau burinée par le soleil, il portait un short et une chemise bleue, avait des cheveux gris très courts, une petite frange rebelle sur le front, et un visage large aux yeux un peu enfoncés.

— Bienvenue à Sampaka. Vous êtes Clarence, c'est bien ça ? Je suis Fernando Garuz.

Clarence demeura interdite en entendant ce prénom. Le *F* était celui de Fernando ! Était-ce celui dont lui avait parlé Julia ? Sa quête ne pouvait pas être aussi facile !

— Vous êtes plus jeune que je ne pensais, enchaîna-t-il. Alors, vous vous l'imaginiez ainsi ?

— Plus ou moins, dit-elle sans cesser de regarder tout ce qu'elle pouvait. Ce qui me surprend le plus, ce sont les couleurs. Les photos que j'ai vues sont en noir et blanc. Et je trouve très vide…

— Avec ce temps, on ne peut rien faire. Je ne vais pas pouvoir vous montrer l'exploitation ni les nouvelles pépinières. Au mieux, les bâtiments de la cour. Vous restez quelques jours, non ? Nous choisirons un autre moment plus adéquat pour l'extérieur. Aujourd'hui, si ça vous dit, nous pouvons prendre un café et bavarder.

— Je vous attendrai ici, lui dit Tomás.

— Inutile, répondit Fernando en lui tendant quelques billets. Je dois me rendre en ville à midi. Je la ramènerai. Ça te va, Clarence ?

— Si ça ne te dérange pas..., répondit la jeune femme, qui sortit un carnet et un stylo-bille de son sac et demanda à Tomás de lui noter son numéro de téléphone. Je vous appellerai depuis l'hôtel si j'ai de nouveau besoin de vous.

Le jeune homme repartit et Clarence suivit Fernando jusqu'à une petite salle meublée en style colonial, où il lui prépara le café le plus délicieux qu'elle ait goûté de sa vie. Ils s'assirent dans des fauteuils en rotin près d'une fenêtre, et il lui posa des questions sur ses relations personnelles et professionnelles avec Sampaka. Elle répondait et l'écoutait en analysant ses traits et ses gestes, essayant d'y déceler un indice qui le relie aux hommes de sa famille. Rien ; ils ne se ressemblaient en aucun point. Ou alors... Julia avait peut-être simplement voulu lui dire que ce Fernando pourrait l'aider dans sa recherche.

Clarence décida de commencer par le commencement :

— Tu ne serais pas de la famille de Lorenzo Garuz ?

Fernando lui sourit et elle constata que l'écart entre ses incisives supérieures lui donnait un air juvénile.

— Eh bien, si. C'était mon père. Il est décédé l'an dernier.

— Oh, je suis navrée.

— Merci. Tu sais, il était très âgé...

— Et comment ça se fait que tu sois toujours ici ? Tu as passé toute ta vie en Guinée ?

— Oh non, pas du tout, même si je suis né à Santa Isabel.

Clarence contint sa déception. Julia lui avait dit de chercher un Fernando né dans l'enceinte de Sampaka.

— Mon enfance s'est déroulée entre la Guinée et l'Espagne. Ensuite, je suis resté des années sans revenir, mais je me suis établi à Fernando Póo définitivement à la fin des années 1980.

— À Sampaka ?

— Dans une autre entreprise de la ville, au début.

— Et comment as-tu réussi à te retrouver ici ? Depuis l'indépendance, la propriété n'appartenait pas au gouvernement, comme les autres ?

— En fait, l'exploitation a été confiée à un homme de confiance qui l'a menée comme il le pouvait quelques années. Les plantations fonctionnaient, même si, bien sûr, c'était très loin de l'activité qu'a connue ton père. Il faut t'imaginer que cela représentait la seule rentrée d'argent du pays pour survivre. Après le Coup de liberté de 1979, qui a éjecté Macías, la propriété a été attribuée à un militaire de haut rang.

— Et ensuite, comment as-tu fait pour la récupérer ?

— À la mort de ce militaire, au début des années 1990, j'étais dans le coin, impliqué dans un projet de développement agricole financé par l'Union européenne et la Coopération espagnole, pour rénover les plantations de cacao et essayer d'introduire de nouvelles cultures, comme le poivre et la noix de muscade. Il s'est trouvé que les héritiers étaient d'accord pour revendre Sampaka. J'ai réussi à récupérer ce qui appartenait à ma famille depuis le début du XXe siècle, expliqua-t-il avec fierté, et à retourner sur le lieu de mon enfance.

Fernando lui proposa un autre café, qu'elle accepta.

— Je suppose que tu as été baptisé d'après le nom de l'île.

— Je crois que dans toutes les familles espagnoles qui ont connu la Guinée il y a un Fernando.

Clarence fit la grimace. Voilà qui compliquait encore les choses.

— Dans la tienne aussi ? demanda-t-il, interprétant mal son expression.

— Pardon ? Non, chez nous, il n'y a que des filles. Et aucune Fernanda.

Elle continua, s'efforçant de se montrer prudente :

— Par curiosité, est-ce qu'il reste des archives des années 1950 ?

— Oui, avant de partir, mon père avait rangé les dossiers des travailleurs dans une armoire. Et quand je suis revenu, le bureau était en désordre mais ils n'avaient rien brûlé, ce qui était rare. Ils avaient dû se rendre compte que les papiers ne contenaient rien de dangereux.

— Et ton père, il y est retourné ?

— Oui, bien sûr. Il ne pouvait pas rester longtemps loin de son île. Elle lui manquait tout le temps. J'ai tenu ma promesse d'enterrer ses restes sous un kapokier. Tu sais, jusqu'à sa mort, mon père a rêvé de restituer à la propriété sa splendeur d'antan, raconta Fernando, nostalgique. Et il y a quelque chose de contagieux dans cette terre, parce que j'ai la même intention que lui. Je crois moi aussi que le cacao de Sampaka pourrait de nouveau être exploité à grande échelle…

Clarence poussa un soupir et décida de s'aventurer encore :

— Fernando, puisque je suis là… Ce ne serait pas trop te demander de me laisser regarder les archives ? C'est bête, mais j'aurais aimé voir si je peux trouver des informations sur mon grand-père et mon père…

— Je n'y vois aucun inconvénient, dit-il en se levant. Le problème, c'est que les papiers ont été remis dans l'armoire sans aucun ordre. Viens, l'ancien bureau est en face.

Il ouvrit un parapluie, qu'il tint comme un gentleman au-dessus de la tête de Clarence pendant qu'ils traversaient la cour vers un bâtiment blanc de plain-pied, doté d'un petit auvent. Clarence était bien contente que Fernando soit aussi disposé à bavarder et à lui faciliter les choses.

Ils entrèrent dans une vaste pièce dont la grande table se trouvait face à une baie vitrée qui ressemblait à un tableau du paysage détrempé. À droite, une bibliothèque aux portes à claire-voie couvrait la moitié d'un mur. Fernando commença à les ouvrir et Clarence en eut le souffle coupé. Les étagères débordaient de liasses de papiers entreposées dans tous les sens.

— Tu vois ce que je voulais dire ? Voici l'histoire chaotique de Sampaka. Tu disais que ton père était là à quel moment ?

— Mon grand-père est arrivé dans les années 1920. Mon père, à la fin des années 1940 et mon oncle au début des années 1950.

Clarence saisit une feuille au hasard. Il s'agissait d'une liste de noms, accompagnés sur la droite d'empreintes digitales, datées de 1946. Elle la laissa là et en attrapa une autre, qui se révéla semblable, mais datée de trois ans plus tard.

— Voyons, fit Fernando en s'approchant. Oui, ce sont les listes de la distribution hebdomadaire de nourriture. D'un simple coup d'œil, on peut écarter beaucoup de ces papiers. Écoute, je n'ai pas besoin d'être à Malabo avant 15 heures. Si tu veux, tu peux en profiter d'ici là. J'espère que tu ne m'en voudras pas de ne pas t'aider…

— Bien sûr que non, lui dit Clarence, enchantée de rester seule pour pouvoir rechercher tranquillement des renseignements sur les enfants nés quelques années avant elle, comme le lui avait dit Julia. Et, en échange, si je peux, je te les laisserai un peu plus en ordre. La paperasse, ça me connaît.

— Parfait. Si tu as besoin de quelque chose, viens me chercher dans cette cour, dit Fernando en montrant l'extérieur depuis le seuil, ou fais sonner cette cloche, d'accord ?

Clarence acquiesça. Elle était bien décidée à profiter au maximum de son temps seule. Elle commença par sortir des brassées de papiers, qu'elle déposa sur la table. Elle inscrivit sur plusieurs feuilles de son carnet les titres suivant ses critères de classification : listes de travailleurs et contrats, attribution des logements aux familles, listes de distribution de nourriture, comptes, factures, commandes de matériel, fiches responsables, certificats médicaux, divers sans importance. Elle entreprit alors de répartir les feuilles en différentes piles.

Une heure plus tard, elle ouvrit une chemise pleine de fiches, agrafées à des contrats de travail, des feuilles de paie et des certificats médicaux, le tout accompagné de photos fanées et floues d'hommes jeunes. Elle les fit défiler une à une jusqu'à trouver d'abord son grand-père, puis son père et enfin son oncle. Elle en éprouva une profonde émotion. Les imaginer en train de signer aux dates indiquées lui faisait le même effet que quand elle avait découvert les palmiers royaux de l'entrée, mais avec en plus une pointe d'orgueil qui lui évita de verser de nouvelles larmes. Ils avaient été si jeunes et si beaux ! Si courageux d'avoir osé quitter leurs Pyrénées pour partir en Afrique !

Elle trouva dans la chemise une cinquantaine de fiches, et nota dans son carnet les noms de ceux qui avaient travaillé là dans les années 1950 et 1960. Elle demanderait à son père et à son oncle s'ils se souvenaient de Gregorio, Marcial, Mateo, Santiago…

Avant de continuer à fouiller dans les autres papiers, elle passa un long moment à lire attentivement les informations sur les hommes de sa famille. Ce qui la surprit le plus fut une partie de l'histoire médicale de Jacobo, qui avait été très malade de la malaria.

Elle fronça les sourcils. Jacobo et Kilian racontaient toujours qu'ils prenaient avec soin leurs cachets de quinine et de Resochin pour éviter le paludisme. Si jamais ils oubliaient de les prendre, il était facile de souffrir de fièvre très élevée et de frissons, mais d'après ce qu'ils disaient ça ressemblait à une forte grippe. De là à être hospitalisé plusieurs semaines… Elle résolut de poser la question à son père quand elle reviendrait à Pasolobino.

Déjà 13 heures ! À ce train, elle n'allait jamais terminer. Elle calcula qu'elle avait dû trier environ soixante pour cent du matériel. Elle s'étira, se frotta les bras et bâilla. Elle craignait fort de ne rien trouver, du reste, sur la naissance de ce Fernando. Dans les contrats des ouvriers agricoles, on relevait le nom du chef de famille sans aucun détail sur le nom ou le nombre de ses enfants. Dans un rapport médical, l'accouchement d'une femme pouvait être noté, en précisant si elle avait donné naissance à un garçon ou à une fille, mais le nom du nouveau-né n'apparaissait pas. Des accouchements d'Africaines, sans doute. À sa connaissance, le seul couple de Blancs de l'époque à Sampaka était celui de Julia et Manuel. Elle commençait à perdre espoir. Toutefois, elle décida de poursuivre encore un peu sa tâche. Si, comme elle, quelqu'un de la famille des collègues de son père décidait un jour de visiter la propriété, au moins, les papiers seraient en ordre.

Absorbée comme elle l'était, à murmurer les noms des catégories où elle répartissait les documents, elle ne s'aperçut pas que quelqu'un était entré avant de sentir une présence près d'elle. Elle sursauta et se retourna, le cœur battant.

Elle resta clouée sur place, médusée.

Face à elle se tenait un géant à la peau noire comme la nuit, qui l'observait avec un mélange de curiosité, de surprise et de dédain. Elle était grande, mais dut lever les yeux pour voir que ce corps à la musculature marquée se terminait par une tête complètement rasée d'où dégoulinaient des gouttes d'eau.

— Vous m'avez fait peur, dit-elle en orientant le regard vers la porte.

Elle se mordit la lèvre, un peu nerveuse. Entre la cloche que lui avait montrée Fernando et elle se dressait cet homme, qui en plus d'être de haute taille se révélait étrangement silencieux.

— Je cherche Fernando, déclara-t-il d'une voix grave, au bout de plusieurs secondes de malaise.

C'est drôle, moi aussi, pensa-t-elle. Elle eut un petit rire et dit à voix haute :

— Comme vous voyez, il n'est pas là. Peut-être dans le bâtiment en face.

L'homme acquiesça, tout en recouvrant sa lèvre inférieure charnue de la supérieure, pensif.

— Vous avez été engagée comme secrétaire ?

— Euh, non. Je suis venue en visite, et, en fait…

Elle ne savait pas jusqu'où elle devait s'expliquer. Elle consulta encore une fois sa montre. Fernando n'allait pas tarder.

— Je cherchais des documents sur le temps où mon père travaillait ici, avoua-t-elle.

L'homme leva un sourcil.

— Vous êtes fille de colon.

Son ton était neutre, mais elle reçut la phrase comme une insulte.

— Employé de l'exploitation, rectifia-t-elle. Ce n'est pas la même chose.

— Si vous le dites.

Un irritant silence s'installa. L'homme ne cessait de la scruter et elle ne savait si elle devait poursuivre son travail ou se lancer à la recherche de Fernando. Elle opta pour la deuxième solution.

— Si vous voulez bien m'excuser, je dois aller à l'autre bâtiment.

Elle passa à côté de l'homme et traversa à toute vitesse. La pluie n'était plus aussi torrentielle, mais n'avait pas cessé. Au rez-de-chaussée de la maison, il n'y avait rien. Elle se dirigea vers l'auvent sous lequel Tomás avait garé sa voiture. Hormis un 4 × 4 qu'elle n'avait pas vu auparavant, il était vide. Où était toute l'agitation dont parlait son père ? Les centaines de travailleurs ? Elle se déplaçait dans une plantation fantôme ! Le mieux serait de retourner au bureau. Mais… si ce grand gaillard y était encore ? Elle poussa un soupir. Elle était ridicule, devait-elle vraiment s'effrayer d'un rien ?

Elle allait repartir quand elle aperçut un homme de taille moyenne, les cheveux tout blancs, qui se dirigeait vers elle en gesticulant et en s'exprimant dans une langue qui lui était inconnue. Il ne manquait plus que ça ! En quelques secondes, il collait contre elle un visage horriblement marqué, s'éloignait de quelques centimètres, pour se rapprocher encore, murmurant des mots étranges et secouant la tête.

— Excusez-moi, mais je ne comprends pas ce que vous dites, déclara Clarence, le cœur affolé.

Elle commença à avancer sur la terre rouge de la cour. L'homme la suivit, levant vers le ciel ses mains déformées par l'arthrose et les tournant vers elle, comme s'il souhaitait la rattraper. Elle eut la sensation qu'il la grondait.

— Laissez-moi, s'il vous plaît, je m'en vais. Fernando Garuz m'attend dans le bureau, voyez ? fit-elle en montrant le petit bâtiment. Il est là-bas.

Elle accéléra le pas et entra en trombe dans la pièce, regardant derrière elle pour s'assurer que l'original ne la suivait pas.

Elle se heurta alors à un mur de granit habillé d'un jean et d'une chemise blanche.

— Vous êtes aveugle, ou quoi ?

Des mains puissantes saisirent ses bras et la repoussèrent. Elle sentit un liquide lui couler sur le visage.

— Ce que vous êtes délicate, alors. Vous saignez du nez.

Clarence porta la main à son visage. C'était vrai. Elle chercha des mouchoirs en papier dans son sac. Ainsi, le grand gaillard était toujours là.

— Je croyais que vous seriez parti, dit-elle en déchirant un morceau de mouchoir pour se tamponner le nez et freiner la petite hémorragie.

— Je ne suis pas pressé.

— Eh bien, moi si. Je dois ranger tout ça avant le retour de Fernando.

L'homme s'assit tranquillement à la table, faisant grincer la chaise sous son poids. Clarence commença à transférer les piles de papiers triés sur les étagères, sous le regard attentif de l'homme, qui la rendait nerveuse. Pour autant, il n'avait pas proposé de l'aider. Il était véritablement grossier.

— Excuse mon retard, Clarence.

La jeune femme sursauta de nouveau : Fernando entrait à grands pas et fut surpris de voir l'autre homme.

— Je croyais qu'avec ce temps tu ne viendrais pas, dit-il en lui serrant la main. Tu es là depuis longtemps ?

Clarence s'approcha pour prendre la dernière pile de papiers.

— Mais qu'est-ce qui t'est arrivé ? s'étonna Fernando en la voyant.

— Rien, je me suis cognée dans une porte.

Fernando l'accompagna jusqu'à la bibliothèque, dont il inspecta l'intérieur.

— Quel changement ! Je vois que tu as bien mis ton temps à profit. Tu as trouvé quelque chose d'intéressant ?

— Pas grand-chose que je ne savais déjà, malheureusement. Je suis surprise qu'il n'y ait rien à propos des enfants nés sur place. On ne note que les noms des mères qui ont accouché au dispensaire. Je croyais qu'à Sampaka il y avait beaucoup d'enfants.

— Oui, c'est sûr, confirma Fernando en montrant l'homme qui les observait, les sourcils froncés. Tu en as justement fait partie, non ?

Clarence éprouva un intérêt soudain pour lui. Il devait avoir dans les quarante ans, ce qui le situait à la période qui l'intéressait…

— Mais je ne peux pas te dire s'il y avait des recensements. À l'école, peut-être… En tout cas, il n'en reste rien. Qu'en penses-tu, Iniko ?

Iniko, pas Fernando. Quel nom étrange.

— Nous étions nombreux, répondit l'autre sans grand enthousiasme. Et je passais plus de temps au village, dans la famille de ma mère, qu'à la plantation. Quant aux recensements, les Bubis naissaient en général dans leurs villages, et les Nigérians dans les baraquements de leur famille. On n'emmenait les femmes au dispensaire de Sampaka qu'en cas de problème. Et les Blanches allaient à l'hôpital de la ville.

— Pourquoi cet intérêt, Clarence ? demanda Fernando.

— Eh bien…, temporisa-t-elle en recherchant un mensonge plausible. Dans ma recherche, celle de mon travail, il y a une petite partie consacrée aux prénoms des enfants nés à l'époque coloniale…

— Quels enfants ? la coupa Iniko, acerbe. Nos parents nous donnaient un nom, et à l'école on nous en attribuait un autre.

Ce qui complique encore les choses…, se désola Clarence.

— Ah, fit Fernando en claquant la langue. C'est un thème un peu… épineux.

— Oui, conclut-elle, décidant de ne pas éveiller les soupçons en s'appesantissant sur ce thème. Enfin, comme je t'ai dit, je n'ai rien vu que je ne savais déjà.

Sauf que mon père a été gravement malade.

— Je n'ai pas pu finir de tout trier. Si tu veux bien que je revienne, je te promets de le faire.

— Ah, mais oui, il faut que tu reviennes. Tu n'as rien vu du tout ! Iniko, tu vas à Malabo ?

L'homme acquiesça.

— Pourrais-tu ramener Clarence ? s'enquit Fernando sur un ton qui relevait plus de l'affirmation que de la question. Excuse-moi, Clarence, un petit problème est survenu. Nous avons une inondation dans la salle des générateurs et je ne peux pas partir tout de suite.

Il sortit une clé de sa poche.

— Si tu veux bien nous excuser, je vais retenir Iniko une minute.

Clarence comprit qu'ils souhaitaient s'entretenir en privé et reprit son sac, pendant que Fernando ouvrait un placard. Elle prit conscience qu'Iniko la suivait d'un regard froid comme la glace. L'obligation de revenir à Malabo ensemble devait lui faire autant plaisir qu'à elle. Elle pinça les lèvres avant de s'éloigner. Quoi de plus drôle que de devoir supporter ce rustre pendant tout le trajet retour vers Malabo ? Elle supposa que la Jeep qu'elle avait aperçue était la sienne, mais, de peur de tomber de nouveau sur le vieux fou, elle n'osa pas traverser la cour et attendit à côté de la porte.

Ils parlaient comptes. À un moment, il lui sembla qu'ils se disputaient, car Iniko éleva la voix, mais apparemment Fernando le calma par une longue explication. Peu après, tous deux ressortirent.

Fernando répéta que Clarence pouvait revenir à Sampaka autant de fois qu'elle le souhaitait pendant son séjour ; il lui remit un papier où il avait noté son numéro de téléphone et lui fit promettre de l'appeler si elle avait besoin de quoi que ce soit.

Iniko ayant déjà traversé la moitié de la cour, Clarence dut hâter le pas pour le rattraper et suivre son allure jusqu'à la Land Rover blanche. Il entra, mit le moteur en marche et fit demi-tour. *Mais, il ne compte pas m'emmener ?* Iniko s'étira alors pour baisser la vitre passager.

— Qu'attendez-vous pour monter ?

Elle entra dans la voiture et, en s'asseyant, s'aperçut qu'elle avait le pantalon constellé de gouttelettes rouges. Elle tenta de frotter, mais ne parvint qu'à étaler une couche de terre sur le vêtement.

Le silence inconfortable imposé par Iniko dura plusieurs kilomètres. Clarence regarda par la fenêtre. Il avait cessé de pleuvoir, mais un brouillard bas enveloppait le paysage de grandes herbes des deux côtés de la route. Le tout-terrain avança sans problème à une vitesse assez élevée jusqu'à la route principale. Peu de temps après, elle distingua les premiers bâtiments de la ville. À côté d'elle, Iniko consulta l'horloge.

— Où logez-vous ?

Elle lui donna le nom et la rue de l'hôtel. Il hocha la tête et annonça :

— Je dois aller à l'aéroport. Si vous voulez que je vous amène à votre hôtel, vous allez devoir attendre. Sinon, je peux vous déposer par ici.

Clarence se rembrunit. Elle calcula qu'elle était loin du centre et n'avait pas l'intention d'errer encore une fois seule dans ces quartiers délabrés.

— D'accord.

— Pour ?

— D'accord, je préfère venir avec vous à l'aéroport, précisa-t-elle, irritée. J'espère juste qu'ensuite vous n'allez pas m'annoncer que vous prenez un avion.

C'était une remarque assez ridicule, se dit-elle, parce que là-bas, elle pourrait toujours trouver un taxi pour la ramener à son hôtel.

Iniko esquissa une grimace qui ressemblait à un sourire contenu.

— Ne vous inquiétez pas, je dois seulement aller chercher quelqu'un, et je suis en retard.

Il tourna à gauche pour emprunter un périphérique menant à l'avenue de l'aéroport et, quelques minutes plus tard, Clarence reconnut une partie du trajet de la veille. En arrivant au petit parking planté d'énormes arbres où étaient perchés de grands corvidés noirs à collier blanc, elle aperçut un jeune homme qui agitait la main parmi les nombreux passagers attendant un taxi. Elle le trouva très bien habillé comparé à la majorité des gens qu'elle avait vus jusque-là. Il portait un jean clair de marque avec une chemise blanche. Il prit sa valise et avança vers eux. Iniko sortit de voiture et les deux hommes se saluèrent par une embrassade affectueuse ponctuée de tapes dans le dos. Ils regardèrent vers le véhicule, et Clarence se douta qu'ils parlaient d'elle. Elle se demanda si elle devait sortir ou non, puis décida d'attendre.

Quand ils montèrent tous les deux dans la Land Rover, elle demanda à mi-voix à Iniko :

— Je m'assois derrière ?

— Mais non, je t'en prie, dit l'autre homme derrière elle. Alors, Iniko m'a dit que tu étais espagnole et que vous vous étiez rencontrés à Sampaka ?

Son tutoiement immédiat lui donna une sensation immédiate de proximité. De plus, il s'exprimait d'une voix très enjouée.

— ... Et tu t'appelles Clarence, comme la ville.

Elle opina. Elle ne serait plus jamais Clarence tout court. Ici, elle était condamnée à être « Clarence-comme-la-ville ». Il lui tendit la main.

— Moi, c'est Laha.

— Enchantée, Laha.

— Et que fais-tu à Malabo ? Attends, je devine ! Tu es coopérante dans une ONG.

— Eh non.

— Non ?

Surpris, il appuya les coudes sur les deux sièges avant et ferma à demi les yeux.

— Voyons... Envoyée des Nations unies pour rédiger un rapport ?

— Non.

Chaque seconde qui passait, Laha plaisait davantage à Clarence. En plus d'être extrêmement beau, il était très sympathique. Son espagnol était parfait, quoique teinté d'un léger accent qu'elle trouva américain.

— Cheffe d'entreprise ? Ingénieure ? Iniko, aide-moi !

— Chercheuse, répondit l'autre d'un ton neutre. Universitaire, je suppose.

Au moins, il a de la mémoire, pensa Clarence.

— Et quel est ton domaine ? demanda Laha.

— La linguistique. Je suis venue recueillir des informations pour un projet sur l'espagnol parlé en Guinée.

— Ah, c'est intéressant ! Et alors, comment parlons-nous ?

Clarence rit.

— Je suis arrivée hier ! Je n'ai encore eu le temps de rien. Et toi, que fais-tu dans la vie ? Tu es venu en vacances ?

— Oui et non. Je suis ingénieur et mon entreprise m'a envoyé pour réviser le montage du train de liquéfaction qui va être construit à l'usine. Tu comprends de quoi je parle ? ajouta-t-il en voyant les yeux ronds de Clarence.

Elle fit non de la tête.

— Regarde, dit Laha en montrant la gauche par la vitre. Par ici, il y a un labyrinthe de tuyaux qui forme le complexe pétrochimique de Punta Europa. Nous avons beaucoup de pétrole et de gaz, mais ils sont exploités par des entreprises étrangères comme la mienne, et tout est exporté. Avec ces nouvelles installations, nous pourrons distribuer le gaz ici. L'étape suivante consistera à construire une raffinerie…

Iniko émit un « pff », accompagné de quelques mots dans une langue africaine qui firent froncer les sourcils à Laha.

— Bref, il y a beaucoup de projets en route…

— Et, du coup, tu dois venir souvent, conclut Clarence. Tu habites où, normalement ?

— En Californie, mais je suis très heureux de revenir, parce que je suis né ici.

— Ah, c'est pas vrai !

Clarence allait de surprise en surprise avec Laha.

— J'ai étudié à Berkeley et j'ai trouvé un poste dans une multinationale. Hasard, mon entreprise a acheté les intérêts d'un exploitant pétrolier en Guinée et m'a proposé de superviser l'agrandissement, justement parce que je connais l'île et que les voyages ne me dérangent pas. Comme ça, je peux voir ma famille, pas vrai, Iniko ?

Il lui donna une tape sur l'épaule.

— Vous êtes de la même famille ? s'étonna Clarence, car les deux hommes ne se ressemblaient absolument pas.

— Iniko ne t'a pas dit qu'il allait chercher son frère à l'aéroport ?

— En fait, non.

En réalité, il ne m'a rien dit du tout. Comment pouvaient-ils être si différents ? Iniko semblait ne s'intéresser à rien.

Laha bâilla avant de changer de sujet.

— Et quels sont tes projets ? Tu dois retrouver quelqu'un pour qu'il te fasse visiter la ville ?

— Pas encore. Lundi, j'irai à l'université.

Elle souhaita que Laha lui propose quelque chose pour le soir ou le lendemain, mais elle ne voulait pas paraître aux abois ni avoir l'air de s'ennuyer. En outre, il venait d'effectuer un long voyage.

— Aujourd'hui, je vais en profiter pour faire un peu de tourisme, compléta-t-elle.

— Nous devons nous retrouver en famille, indiqua Iniko, laissant clairement comprendre qu'elle ne faisait pas partie de ses projets.

— Je crois que je ne vais pas tenir longtemps, dit Laha en étouffant un nouveau bâillement.

Dommage, déplora Clarence. Elle reconnut alors la rue de son hôtel.

Iniko arrêta le véhicule devant la porte et ne fit pas mine de descendre. Laha, en revanche, sortit.

— Clarence… Tu voudrais que je t'accompagne à l'université, lundi ? proposa-t-il, comme s'il avait compris à quel point elle était seule sur l'île. J'ai des amis au département de mécanique. Je vais souvent les voir.

Il réfléchit quelques secondes.

— Dix heures à la porte de la cathédrale, ça t'irait ? Ou tu préfères que je passe te chercher ici ?

— À la cathédrale, c'est très bien. Merci beaucoup.

— À lundi, alors.

Laha lui serra la main et Clarence fut bien contente d'avoir rencontré quelqu'un comme lui. Elle se rappela alors qu'elle n'avait pas dit au revoir à Iniko, qui après tout lui avait quand même rendu service. Elle se pencha, il n'avait pas bougé d'un pouce. Il gardait le coude appuyé sur l'encadrement de la vitre, le regard rivé sur la route devant lui. Clarence remballa son sourire poli et pinça les lèvres.

Jamais de toute sa vie elle n'avait croisé quelqu'un d'aussi antipathique.

Après avoir mangé et fait une sieste, Clarence s'aventura jusqu'à la cathédrale, impressionnante construction de style néogothique, dont la façade était flanquée de deux tours de quarante mètres. Encore une fois, tout le monde la regardait. Il ne devait pas être fréquent de voir une femme blanche se promener seule. En tout cas, elle se sentait mal à l'aise, et pour la première fois elle regretta de ne pas avoir convaincu Daniela ou l'un de ses amis de l'accompagner. Et dire qu'elle n'avait passé qu'une journée sur Fernando Póo !

Elle se réfugia un long moment à l'intérieur de la cathédrale, seul lieu où elle se sentait vraiment en sûreté. Elle était captivée par les colonnes jaune pâle, hautes et minces, posées sur des bases en marbre noir qui soutenaient les ogives de la nef principale. Elle s'approcha de l'autel et passa un temps à contempler la sculpture d'une Vierge noire, dont la main droite reposait sur l'épaule gauche. Derrière, elle distinguait la tête sculptée d'un jeune enfant. La lumière du soir qui passait à travers les vitraux illumina le visage légèrement incliné vers le sol, et Clarence trouva que la Vierge avait une expression très triste, que son regard se perdait au loin, vers l'infini. Pourquoi avait-elle été sculptée ainsi, tellement en peine ? Elle secoua la tête. Il ne s'agissait peut-être que de son imagination. Elle avait un peu de temps libre et se fixait du coup sur les détails les plus étranges. Elle rentra à l'hôtel et s'allongea sur son lit, les yeux au plafond. Qu'allait-elle faire d'ici lundi ?

Elle alluma la télé, mais rien ne s'affichait à l'écran. Elle contacta la réception, mais la jeune employée la surprit en l'informant, d'une prononciation heurtée, que l'émission avait été suspendue. Apparemment, il arrivait que l'on oublie d'alimenter en combustible le groupe électrogène faisant fonctionner les émetteurs de radio et de télévision situés sur le pic Basilé, où l'électricité n'arrivait pas.

Magnifique…

Tout dans ce pays était nouveau pour elle, et elle n'avait rien à faire !

En vérité, elle devait reconnaître que son irritation n'était pas seulement due à sa peur de ressortir seule, mais au constat que sa visite à Sampaka n'avait pas porté ses fruits autant qu'elle le désirait. D'un côté, elle n'avait rien pu voir à cause de la pluie, et, de l'autre, ce que lui avait dit Julia lui paraissait à présent incompréhensible. Elle ne trouverait rien là-bas.

Elle allait devoir attendre son rendez-vous avec Laha pour lui soutirer des informations sur son enfance et celle de son frère. Heureusement, il ne ressemblait pas à Iniko, avec qui elle pouvait espérer dialoguer autant qu'attendre qu'il neige sur Bioko. Si Iniko était né à Sampaka, il était logique de supposer que Laha également. *Ce sera toujours quelque chose,* pensa-t-elle.

Elle y réfléchit encore quelques minutes, puis composa le numéro de Tomás.

Dans sa liste d'objectifs, elle avait noté trois lieux qu'elle souhaitait visiter à Bioko. Elle connaissait déjà

Sampaka… Pourquoi ne pas profiter du lendemain pour aller découvrir le deuxième ?

— Cet endroit ne me plaît pas du tout, Clarence, l'avertit Tomás en lançant des regards nerveux vers le vieux cimetière de Malabo, dans le quartier Ela Nguema. Je vous attendrai dehors.

— Tomás, on va se tutoyer, maintenant, d'accord ? Nous avons le même âge.

— Comme tu voudras, mais je n'entre pas.

— D'accord, mais tu n'as pas intérêt à partir.

À peine arrivée devant la porte, Clarence regretta sa décision de visiter le cimetière. Elle n'aimait guère l'idée de déambuler seule dans un lieu que, dès le seuil, on devinait ténébreux. Elle interrogea Tomás du regard, dans une dernière tentative pour qu'il l'accompagne, et il fit non de la tête. Elle posa la main sur la grille rouillée et s'interrompit, partagée entre l'envie de voir la tombe de son grand-père et celle de prendre ses jambes à son cou.

— Vous voulez quelque chose ? demanda une voix grave.

Elle eut si peur qu'elle opta définitivement pour faire demi-tour et partir, mais la voix poursuivit :

— Vous pouvez entrer, c'est ouvert.

Clarence se retourna. La voix appartenait à un vieux monsieur de petite taille, à l'air aimable, qui avait les cheveux blancs et presque plus de dents.

— Je suis le gardien, se présenta-t-il. Si je peux vous aider à quelque chose, n'hésitez pas.

Elle marcha avec lui, tenant le bouquet d'orchidées qu'elle avait acheté dans un marché de rue et lui expliqua que son grand-père reposait là depuis les années 1950 et qu'elle souhaitait voir sa tombe, si celle-ci existait encore.

— D'après la date, répondit le gardien, elle devrait se trouver dans la partie ancienne. Je peux vous accompagner, si vous voulez. On ne voit pas beaucoup de monde, par ici.

Même dans les villages abandonnés de chez elle, Clarence n'avait jamais vu un cimetière si négligé ! Certaines tombes émergeaient tant bien que mal des mauvaises herbes, et d'autres avaient été englouties. Il se dégageait de ce lieu une impression de total abandon. Manifestement, les gens du coin n'aimaient pas visiter leurs morts… Son guide lui raconta, avec le ton de normalité que donnent les années, qu'en raison de la mortalité élevée dans le pays il était fréquent de creuser par-dessus des sépultures existantes, ce qui créait des situations très désagréables. On ne trouvait ni les pierres bien ordonnées ni les inscriptions dont Clarence avait l'habitude. Elle se serait crue dans la forêt vierge, alors que selon le gardien le cimetière était mieux entretenu désormais. Quelques années plus tôt, lui apprit-il, on ne pouvait entrer sans courir le danger d'être dévoré par un boa.

La partie ancienne du cimetière, cependant, était moins oppressante. Peut-être parce qu'on voyait mieux les tombes, entourées de grilles oxydées par les années. Ou alors parce qu'elles se trouvaient au pied d'arbres énormes et magnifiques, dont l'écorce lui rappela la peau des éléphants. Vu leur taille, ils devaient être centenaires et, bien que certains semblent desséchés, ils n'avaient rien perdu de leur caractère majestueux.

— Quels beaux kapokiers ! s'écria Clarence.

— Ce sont des arbres sacrés, expliqua l'ancien. Ni les ouragans ni la foudre ne peuvent quoi que ce soit contre eux. Rien n'atteint les kapokiers. Personne n'oserait les toucher. Les abattre est un péché. Et les kapokiers ne pardonnent pas. Si votre grand-père a été enterré ici, sa tombe sera aussi intacte qu'eux.

Clarence sentit un frisson lui parcourir l'échine. D'un côté, elle avait encore envie de s'enfuir en courant, mais quelque chose la retenait. Une quiétude, une paix qui parvenait à calmer son anxiété.

Elle se mit à déambuler en lisant les noms sur les croix et les pierres tombales. Elle s'approcha d'une tombe en particulier, qui semblait vouloir se dissimuler entre les replis de deux kapokiers entrelacés, et avait aussi pour compagnie un arbre plus petit, qu'elle ne sut identifier. Elle attirait l'attention, parce qu'elle était mieux entretenue que les autres.

Clarence leva les yeux et lut à voix haute :

— *Antón de Rabaltué. Pasolobino 1898-Sampaka 1955.*

Elle en eut un coup au cœur et ne put retenir ses larmes.

Quelle sensation étrange de voir le nom de son village dans un endroit comme celui-ci ! Les milliers de kilomètres séparant l'origine et la fin de la vie de son aïeul paraissaient abolis ! Elle sécha ses larmes et se pencha pour retirer un bouquet presque fané appuyé sur la croix de pierre, et le remplacer par le sien.

Mais… Ces fleurs étaient relativement récentes…

Quelqu'un continuait de visiter cette partie reculée du cimetière et fleurissait la tombe d'Antón !

— Vous avez vu la personne qui vient sur cette tombe ? demanda-t-elle au gardien, qui était resté tout ce temps quelques pas derrière elle.

— Non, Madame. Le peu de personnes qui viennent n'a pas besoin de moi pour les accompagner. Seuls les étrangers comme vous me demandent de l'aide, et c'est bien rare. Et aucun d'eux n'a visité cette tombe. Ça, je m'en souviendrais, oui.

— Et les rares qui viennent, les natifs d'ici, ce sont des hommes ou des femmes ?

— Je ne saurais pas vous dire, hommes et femmes. Je regrette de ne pas pouvoir vous aider.

— Merci quand même.

Il la guida de nouveau vers l'entrée, où elle lui donna un pourboire, ce dont il la remercia en lui serrant longuement la main.

Remarquant ses yeux rougis, Tomás décréta :

— Cette île ne te convient pas, Clarence. Où que tu ailles, tu pleures.

— Je suis trop sentimentale, je n'y peux rien.

— Veux-tu que nous buvions une bière en terrasse face à la mer ? Ça marche sur moi quand je suis triste.

— Bonne idée, Tomás. Quelle chance j'ai de t'avoir rencontré ! Tu es très sympa.

— Je suis bubi, répondit-il avec la conviction de qui énonce une relation de cause à effet.

Le lundi matin, Clarence arriva un peu en avance à son rendez-vous avec Laha. Comme la veille, la matinée était fraîche et ensoleillée. Avec le passage des heures surviendrait sûrement la chaleur insupportable qui empêchait de faire autre chose que sommeiller ou prendre des bières en terrasse.

Elle avait déjà été avertie qu'il était interdit de prendre des photos ou de faire des films dans le pays – et qu'il était recommandé de se montrer discret dans ses commentaires et attitudes en public –, mais tout était très calme, aussi dégaina-t-elle son petit appareil numérique pour mitrailler la cathédrale. Elle commença par la façade principale, face à une fontaine de marbre blanc aux statues portant sur leurs épaules un petit kapokier. Ensuite, elle emprunta une ruelle sur le côté et, à un moment, son enthousiasme lui fit oublier la prudence : elle se retrouva soudain encadrée par deux policiers qui lui demandèrent ses papiers avec brutalité.

Voyant que ni le passeport ni aucun des autres papiers qu'elle leur présentait ne semblaient les satisfaire, elle commença à prendre peur. Elle éleva la voix et leur reprocha leur paranoïa. Avait-elle l'air d'une espionne ? Ils prirent son attitude pour de l'arrogance et durcirent encore le ton. Déjà l'un d'eux la tirait par le bras, lorsqu'un troisième homme, surgi de nulle part, offrit très aimablement de clarifier la situation.

Laha s'exprimait avec rapidité, mais d'un ton ferme. Il expliquait qui elle était et ce qu'elle faisait ici. Il porta la main à sa poche et en sortit des billets, aussi discrètement que possible. De cette main, il serra chaleureusement celle d'un des policiers en lui disant :

— Vous ne voudriez pas que le recteur de l'université sache comment nous traitons son invitée, n'est-ce pas ?

Avant que Clarence ait pu ouvrir la bouche pour formuler son étonnement et sa reconnaissance, il la poussa doucement, mais avec détermination, vers une voiture.

Les policiers parurent satisfaits, et prirent même congé avec amabilité du sauveteur, qui à cet instant parut à Clarence l'homme le plus attirant et le plus merveilleux au monde. Ce matin, il avait revêtu un costume clair, sans doute sa façon de s'habiller pour le travail.

— Merci beaucoup, Laha. J'étais un peu à court de solutions.

— Je suis désolé, Clarence. Ce sont des choses comme ça que je déteste dans mon pays. Et d'autres encore, mais bon, tu auras l'occasion de les découvrir par toi-même.

— Tu ne devrais pas être au travail, à cette heure-ci ?

— J'en viens. Ce qu'il y a de bien à être un ingénieur américain, c'est que personne ne nous contrôle. Pas moi, en tout cas, fit-il en riant. Tu sais, pour la majorité, ils préfèrent rester dans leur pavillon de Pleasantville, comme nous appelons ce faux quartier, avec la climatisation, le supermarché et les mêmes commodités que dans les maisons américaines. Ils vivent à part de tout. Et ça ne m'étonne pas. J'en connais plus d'un qui a été renvoyé dans son pays pour avoir critiqué le régime. Donc mieux vaut ne pas bouger. Ce qu'on n'a pas vu…

Clarence ressentit encore une fois de la gratitude que Laha ait la langue si bien pendue. Il accompagnait en outre ses paroles d'une telle quantité de gestes et de rires contagieux qu'il occupait tout l'espace, enveloppant son interlocuteur d'une atmosphère joviale et chaleureuse. Il y avait dans ses traits proportionnés quelque chose qui semblait familier à Clarence. Elle avait la vague sensation de l'avoir déjà vu. C'était sans doute son amabilité naturelle et débordante qui lui donnait l'impression de le connaître depuis toujours.

— Au fait, continua-t-il, avant-hier, je voulais te poser une question qui est restée en suspens. Savais-tu que Malabo s'est appelée Clarence en d'autres temps ? N'est-ce pas un prénom étrange pour une Espagnole ?

— Si, je sais, répondit-elle en secouant la tête avec résignation. Pendant des années j'ai imaginé que c'était le nom d'une héroïne de roman anglais. J'ai découvert plus tard que cette île s'est appelée ainsi quand elle est passée aux Anglais, en l'honneur du roi George, duc de Clarence.

Elle lui expliqua brièvement que plusieurs hommes de sa famille avaient participé à l'épopée coloniale. Sans entrer dans les détails, car elle ne voulait pas montrer de passion pour un sujet qui impliquait tout de même la colonisation du pays de son interlocuteur. Après sa rencontre avec Iniko, elle supposait que tout le monde n'avait pas de bons souvenirs de cette époque. Elle était très consciente aussi de ne connaître les histoires que du point de vue blanc, d'où sa prudence lorsqu'elle parlait de l'Espagne. Laha ne parut pas gêné qu'une descendante de ces colons souhaite se pencher sur le passé.

— Voilà pourquoi tu es allée visiter Sampaka ! Iniko m'a raconté que tu cherchais de vieux documents du temps où ton père avait travaillé là-bas. Il a coulé de l'eau sous les ponts, depuis ! Tu dois voir des choses très différentes, par rapport à ce qu'il t'a raconté.

— Ah, c'est sûr, répondit-elle en feignant la déception. Pour l'instant, je n'ai vu ni *salacots*, ni machettes, ni sacs de cacao.

Laha rit et Clarence fut contente qu'il ait le sens de l'humour. Elle pourrait aborder de nombreux sujets avec lui.

— Est-ce que tu sais qu'en bubi Malabo s'appelait *Ripotò*, « Lieu des étrangers » ? Heureusement que ce n'est pas ce nom-là que ton père a choisi ! En tout cas, il devait ressentir quelque chose de fort pour cette ville.

— Je vais te dire un truc, Laha. Tous ceux que j'ai connus, et ils sont nombreux, qui ont vécu sur cette île et qui sont encore en vie pour en témoigner, sont d'accord sur une chose : ils continuent de la voir en rêve.

Après une pause, elle poursuivit :

— Et, lorsqu'ils te disent ça, ils ont les larmes aux yeux.

Laha opina, comme s'il comprenait du fond du cœur ce qu'elle voulait dire.

— Et ils ne sont même pas nés ici…, ajouta-t-il, le regard soudain triste.

Clarence pensa à quelque chose qu'elle avait lu sur les Blancs dont personne ne parlait, qui, eux, étaient nés en Afrique et se sentaient de là ; des Blancs qui n'avaient pas choisi leur lieu de naissance et avaient été obligés de s'arracher à ce qu'ils considéraient comme la terre de leur enfance, sans possibilité de revisiter les premiers lieux que leurs yeux avaient découverts… Mais elle ne dit rien, car il était improbable que Laha pense précisément à ce cas de figure.

— Imagine-toi ce que ressentent les exilés ! soupira Laha. Bon, nous sommes arrivés. J'espère que tu trouveras ce que tu recherches, mais ne te fais pas trop d'illusions. Dans les pays aux carences graves, l'éducation arrive en queue de liste des points à améliorer.

Elle acquiesça, pensive. Ils marchèrent en silence vers les édifices aux murs blancs et aux arches érigées sous des toits rouges rehaussés d'étroits auvents verts qui marquaient l'enceinte de l'université aux pelouses reluisantes, plantées de palmiers et délimitées par des allées de terre battue. Lorsqu'ils atteignirent la porte du bâtiment principal, Clarence demanda :

— Dis-moi, Laha… J'ai une idée de la réponse, mais pour être sûre : ton frère et toi, vous êtes bubis ou fangs ?

— Bubis. Heureusement que tu n'as pas posé la question à Iniko ! Il aurait été très vexé et t'aurait répondu : « Ça ne se voit pas ? »

Les jours suivants, Laha joua l'hôte parfait pour Clarence. Le matin, chacun se consacrait à son travail. Pendant qu'il inspectait les installations pétrolières, Clarence recherchait de vieux documents sur l'histoire de la Guinée, dans la bibliothèque de l'université et dans celles de la ville, en particulier celle du Centre culturel hispano-guinéen et celle du Collège espagnol, dans le quartier Ela Nguema, avec le faible espoir de dénicher quelque chose d'utile sur l'époque qui l'intéressait ; des recensements, des photographies ou des témoignages. L'après-midi, Laha l'emmenait dans différents coins de la ville et ils terminaient en bavardant tranquillement en terrasse avec vue sur la mer. Le soir, il chercha à lui faire connaître des restaurants typiques, mais au bout de deux jours il comprit qu'elle ressentait plus d'affinités pour les fruits de mer du Club nautique et la nourriture italienne de Pizza Place que pour les énormes escargots proposés à nombre de tables locales.

Clarence profitait donc de véritables vacances, mais elle avait également conscience que les jours passaient vite et qu'elle n'avançait pas sur la raison principale de son voyage. Elle ne savait pas non plus comment s'y prendre pour poursuivre.

Elle se souvint que Fernando Garuz l'avait prévenue qu'il partait pour quelques jours, et elle se dit qu'elle devrait retourner à Sampaka. Avec un peu de chance, elle tomberait sur Iniko et s'informerait sur son enfance, car il n'avait pas daigné venir les retrouver le soir. De Laha, elle n'avait pas obtenu beaucoup d'informations, parce qu'il se souvenait à peine de la plantation. Comme il avait six ans de moins que son frère, ses premiers souvenirs étaient ceux de l'école de Santa Isabel et de sa maison en ville. Clarence avait abouti à la conclusion que les premières années de la vie des deux frères avaient été bien différentes, mais elle n'avait pas encore osé approfondir le sujet. Elle n'avait demandé qu'une fois à Laha où était Iniko, et savait que son travail comme représentant pour des entreprises de cacao l'obligeait à voyager beaucoup pour l'île. C'est pour cette raison qu'elle l'avait rencontré à Sampaka : Iniko était comptable et se chargeait de rémunérer les agriculteurs bubis.

Le jeudi soir, Clarence décida de ne plus atermoyer, et de retourner voir Fernando. Quand elle l'appela depuis sa chambre, il fut au regret de lui dire qu'il devait partir en Espagne pour raisons familiales urgentes, et ne savait pas s'il serait de retour avant son départ. Il lui donna toutefois l'autorisation de visiter la propriété autant qu'elle le voulait, et laisserait des instructions pour qu'on lui montre tout. Elle le remercia et lui souhaita bon voyage.

Clarence ferma un peu trop fort le carnet où elle avait noté le numéro de Fernando, et le fragment de lettre qui était à l'origine de sa visite s'envola. Elle se pencha et son regard s'arrêta sur une phrase :

J'aurai de nouveau recours aux amis d'Ureka...

Elle soupira. Elle n'avait même pas osé retenir une excursion à Ureka.

Si j'étais détective privé, pensa-t-elle avec amertume, *je ne gagnerais pas ma vie.*

Le lendemain, Laha appela pour lui annoncer que sa mère les invitait à manger le soir même, avec Iniko. Clarence oublia rapidement sa déception des dernières heures et son esprit se remit à tourner à plein régime. Elle espérait que leur mère, comme toutes les personnes âgées, aimait raconter ses souvenirs, surtout ceux de Sampaka. Selon ses calculs, sa vie là-bas devait remonter aux années 1960. Peut-être même avait-elle connu son père. Toute la journée, elle eut le ventre tenaillé par l'attente.

Elle n'arrivait pas à décider quels vêtements porter. Elle voulait être bien habillée, mais pas trop formelle. Ne sachant rien de la mère de Laha et Iniko, elle ne voulait paraître ni trop simple ni trop sophistiquée. Une petite voix intérieure impertinente lui demanda si elle se préoccupait davantage de son image auprès de la mère ou auprès d'Iniko. Elle se renfrogna et opta pour le confort d'un jean et d'un tee-shirt blanc incrusté de pierres fantaisie, dont le décolleté la mettait en valeur. Elle hésita à laisser ses cheveux lâchés, puis choisit de les tresser, ce qui paraissait plus simple pour un dîner avec la mère d'amis. Si tant est qu'elle puisse considérer Iniko comme un ami…

La maison de la mère de Laha et Iniko était basse et de taille modeste, située dans un lotissement qui ressemblait à un quartier des années 1960 de Los Angeles. Il était évident qu'en son temps elle avait été moderne, mais elle avait besoin d'une rénovation. L'intérieur, cependant, avec ses meubles de style colonial, lui parut très accueillant. Tout était très propre, ordonné et décoré avec goût d'objets et de tableaux africains. Dès que Clarence vit la mère de Laha, elle sut d'où venaient la simplicité et l'élégance du jeune homme.

Elles se saluaient encore quand on entendit une porte se fermer. Un homme entra comme un ouragan dans le salon. Iniko embrassa sa mère, donna une tape sur l'épaule de son frère, et à la surprise de la jeune femme lui dit d'une voix grave :

— Bonsoir, Clarence.

9

Temps difficiles

Clarence observa longuement la vieille dame. Âgée d'une soixantaine d'années, elle était très belle. Un peu plus petite qu'elle et très mince, elle avait d'incroyables yeux clairs, grands et expressifs. Elle portait une robe longue sur un pantalon, le tout de couleur turquoise, avec les poignets brodés de la même manière que l'ourlet du pantalon. Un foulard de soie de la même teinte lui couvrait les cheveux, qui devaient être semés de gris. Ses yeux ressortaient avec une intensité dérangeante. Elle devait avoir été magnifique dans sa jeunesse.

Elle se prénommait Bisila, en l'honneur de la mère Bisila, patronne de l'île de Bioko, référence culturelle et spirituelle de l'ethnie bubie. Clarence comprit alors que la statue de la Vierge triste à la cathédrale représentait Bisila. Elle était pour les Bubis la mère originelle et créatrice de vie qu'ils continuaient d'honorer, bien que de manière discrète, car, racontèrent-ils à Clarence, cette fête était interdite depuis plusieurs années en Guinée par le régime politique aux mains de l'ethnie majoritaire fang.

Le dîner préparé par Bisila était un authentique festin, avec des plats typiques cuisinés à l'huile de palme que Clarence trouva délicieux : igname, *malanga, böka'o* de légumes – mélange de légumes et de poisson relevé – et antilope. Clarence ne savait pas s'ils traitaient tout le monde de la même façon dans cette maison, mais grâce à Laha et à sa mère elle se sentait comme une invitée de marque.

Évidemment, il lui sembla qu'Iniko était le seul que sa présence importunait.

Assise face aux deux frères, elle avait tout loisir de les observer. La différence qui sautait aux yeux était leur stature. Iniko, plus âgé que Laha, gardait la musculature marquée d'un homme jeune. Elle essaya de leur trouver des ressemblances et s'estima bientôt vaincue. Iniko avait la tête rasée, Laha portait de longues mèches de cheveux frisés. La peau d'Iniko était beaucoup plus sombre que celle de son frère, qui à côté de lui paraissait métis. Les yeux d'Iniko étaient grands, comme ceux de leur mère, mais très noirs et légèrement en amande ; ceux de Laha, vert foncé, se cachaient entre de minuscules petites rides quand il souriait, ce qui arrivait très fréquemment.

Elle conclut que les deux frères ne se ressemblaient que par leur geste instinctif de se caresser un sourcil de l'index quand ils réfléchissaient. Elle regarda

Bisila. Comment une femme pouvait-elle avoir deux fils si opposés ? Clarence n'aurait pas été étonnée s'ils lui avaient révélé que l'un des deux avait été adopté. À l'heure actuelle, elle aurait du mal à deviner lequel des deux.

Laha était élégant, sympathique et bavard. Il était évident que son séjour aux États-Unis lui avait fait adopter les mimiques propres aux Américains. Iniko, au contraire, était grossier et taciturne, à la limite de l'antipathie. Il ne prenait même pas la peine de prêter attention à ce que Clarence racontait sur l'Espagne ni aux questions qu'elle posait sur les habitants de Bioko et leurs coutumes. Clarence essaya plusieurs fois de le faire participer à la conversation, posant des questions sur son travail et sa vie, mais n'obtint que des réponses courtes, voire cassantes.

Bisila se rendit compte de ses tentatives avortées, et profita de devoir aller chercher le café à la cuisine pour dire quelque chose à son fils en bubi, ce qui, à la surprise de Clarence, le fit un peu réagir. À partir de là, il fit mine de s'intéresser vaguement aux propos d'une descendante de colonisateurs qui ne tarda pas à orienter la conversation vers le thème qui l'intéressait.

— Je peux vous demander quelque chose, Bisila ? J'ai cru comprendre que vous aviez vécu à Sampaka avec vos enfants. Vous pourriez me dire quand c'était, exactement ?

Bisila, qui avait d'abord acquiescé, cilla. Clarence eut l'impression qu'elle devait faire un effort pour garder le sourire.

— J'aimerais savoir si vous avez pu rencontrer mon père. Il a travaillé là dans les années 1950 et 1960.

— Oh, nous ne nous mêlions pas aux Blancs, tu sais. Il a dû te raconter qu'il y avait des centaines de personnes dans la propriété. C'était comme un grand village.

— Mais les Blancs, il n'y en avait pas beaucoup. J'imagine que tout le monde les connaissait, ou savait au moins qui ils étaient.

— En fait, je passais plus de temps dans mon village qu'à Sampaka, répondit Bisila, un peu tendue.

Laha et Iniko échangèrent un regard. Tous deux savaient que leur mère n'aimait pas évoquer le temps de la plantation. Ils la connaissaient bien et savaient qu'elle s'efforçait d'éluder poliment les questions.

— Au fait, maman, lança Iniko, tu sais que Clarence vit dans le nord de l'Espagne ?

— Eh bien, nuança la jeune femme, le nord de l'Espagne c'est très grand, et ma vallée natale est petite comme cette île.

— Il neige et il fait très froid, non ? ajouta Laha.

— Je ne pourrais pas vivre dans un endroit où il fait froid, intervint Iniko, qui jouait avec un petit coquillage accroché à son cou par un lacet de cuir.

— Toi, tu ne pourrais pas vivre ailleurs qu'à Bioko, le tança Laha, amusé.

— Je comprends, fit Clarence. Je ressens la même chose. Parfois, je me plains du climat et du manque de confort, mais je ne peux pas supporter de rester longtemps loin de ma terre. C'est une curieuse relation d'amour-haine.

Iniko leva les yeux vers elle.

Ces grands yeux la fixaient avec une telle intensité qu'elle rougit.

Décidément, cet homme la rendait nerveuse.

— Et comment s'appelle ton village ? demanda Bisila, qui s'était levée pour resservir du café.

— Oh, c'est tout petit, répondit Clarence. C'est assez connu aujourd'hui parce qu'il y a une station de ski. Pasolobino.

Le bruit de la tasse de café rebondissant sur la table et se brisant sur le sol les fit tous sursauter. Bisila réagit rapidement et, s'excusant, se retira à la cuisine pour rapporter de quoi nettoyer. Les autres tentèrent de dédramatiser.

— C'est vrai que c'est un nom qui fait peur, plaisanta Laha.

— Il paraît que tous les noms signifient quelque chose, dit Iniko en regardant Clarence avec des yeux qui, enfin, semblaient sourire. Là, c'est facile à deviner : la terre des loups. Mais tu n'as pas un aspect très effrayant.

C'était la première fois qu'il la tutoyait.

— Tu ne me connais pas, répondit Clarence avec une audace inhabituelle, en soutenant son regard.

— S'il y a une station de ski, intervint Laha, ça doit être un endroit riche, non ?

— Maintenant, oui. Il y a quelques années, la vallée a été sur le point de se vider. Les gens partaient vivre à la ville. Il n'y avait pas de travail, seulement le froid et les vaches. Maintenant, tout a changé. Beaucoup de gens d'ailleurs s'y sont installés, d'autres sont revenus et ont amélioré les services.

Laha se tourna vers son frère.

— Tu vois, Iniko ? Le progrès, ce n'est pas si mal.

— Il faudrait demander aux natifs de là-bas, répondit Iniko.

— Et moi, je n'en suis pas une ? s'offusqua Clarence.

— Pour Iniko, tu es comme moi, dit Laha d'un ton sarcastique. Tu appartiens aux ennemis de la terre.

— C'est une simplification ridicule, protesta-t-elle, les joues enflammées. C'est très facile de tirer des conclusions sans prendre la peine de se renseigner. Tu ne sais rien de moi !

— J'en sais suffisamment, se défendit Iniko.

— C'est ce que tu crois ! Que mon père ait été un colon comme tant d'autres ne signifie pas que je doive demander pardon toute la journée.

Elle s'arrêta net. Aurait-elle un jour à se rétracter devant un frère biologique ?

Iniko se renfrogna, puis regarda Laha en émettant un sifflement.

— Bon, je dois reconnaître qu'elle a du caractère…

Il l'avait dit de façon conciliante, mais Clarence se sentit offensée qu'il parle d'elle comme si elle n'était pas dans la pièce. Heureusement, Bisila revint de la cuisine avec un balai et une pelle. Elle paraissait très fatiguée. Elle refusa que Laha l'aide et ils restèrent cois pendant qu'elle ramassait les petits morceaux de tasse. Bientôt, elle demanda, la voix tremblante :

— Comment s'appelait ton père ?

Clarence se rassit sur sa chaise et s'accouda à la table.

— Jacobo. Il s'appelle Jacobo. Il est encore en vie.

Le prénom de son père n'était pas courant. Était-ce son imagination, ou Bisila s'était-elle figée ? Elle attendit quelques secondes, pleine d'espoir, avant de demander :

— Ce nom vous dit quelque chose ?

Bisila secoua la tête en signe de dénégation et finit de nettoyer avec des gestes brusques.

— Je regrette.

— Il était là en même temps que mon oncle, mon oncle Kilian. C'est un nom très rare, ça ne s'oublie pas facilement.

Bisila s'arrêta dans son geste.

— Mon oncle aussi est encore en vie…, poursuivit Clarence.

— Je regrette, répéta Bisila d'une voix fermée. Je ne me souviens pas d'eux.

Elle se dirigea vers la cuisine en marmonnant :

— J'ai de plus en plus mauvaise mémoire.

Laha fronça les sourcils.

Le bref silence fut rompu par Iniko, qui se leva pour servir de petits verres de liqueur de canne à sucre.

Clarence resta pensive. Tout ce qui était en rapport avec Sampaka la ramenait toujours au point de départ. Si quelqu'un comme Bisila disait ne pas se souvenir de son père, il ne lui restait plus qu'à faire paraître une annonce dans le journal national. Se souvenant de sa visite au cimetière, elle décida d'utiliser sa dernière cartouche. Elle attendit le retour de Bisila et leur raconta alors l'étrange sensation qu'elle avait eue à lire le nom de Pasolobino écrit sur une stèle en Afrique.

— J'aimerais bien savoir qui prend la peine d'aller fleurir la tombe de mon grand-père, se demanda-t-elle à voix haute.

Bisila garda la tête baissée, les mains croisées sur ses genoux. Son expression était toujours aussi lasse. Elle n'était sans doute pas habituée à se coucher tard.

— Bien, fit Clarence en consultant sa montre. Merci beaucoup pour ce repas, Bisila, et pour votre hospitalité. J'espère vous revoir avant de rentrer en Espagne.

Bisila esquissa un mouvement de tête, mais ne répondit pas.

Comprenant que Clarence comptait rentrer à son hôtel, Laha se leva, une autre idée en tête.

— Quel style de musique préfères-tu ? Africain ou anglo-saxon ?

Clarence fut surprise par cette question inattendue, mais comprit en le voyant se balancer qu'il lui proposait de sortir en boîte.

— Tu viens, Iniko ? ajouta Laha. Je pensais l'emmener à notre endroit préféré.

Son frère hésita, puis claqua la langue. Clarence interpréta ce geste comme de l'agacement dû à cette invitation.

— Ça le dérange peut-être qu'une étrangère lui donne des leçons de danse, lança-t-elle d'un ton cinglant en regardant Laha.

Iniko se releva lentement.

— Nous allons bien voir qui donne des leçons à qui, répondit-il, une flamme moqueuse dans les yeux.

Après avoir pris congé de Bisila, ils prirent le 4 × 4 d'Iniko et se rendirent à une discothèque du même nom que l'hôtel, Bantú, où on entendait du *soukouss,* du *bikutsí,* et de la salsa antillaise. À peinte furent-ils entrés que plusieurs personnes vinrent saluer les deux frères, qui se dirigèrent vers les tables.

— Mais c'est Tomás ! s'exclama Clarence en reconnaissant son taxi, qui se leva pour lui serrer la main. Ne me dis pas que vous vous connaissez ?

— Qui sur cette île ne connaît pas Iniko ? plaisanta l'instituteur en relevant ses lunettes toutes les deux secondes, car il transpirait à cause de la chaleur.

Ils s'assirent tous ensemble et, après les présentations, le groupe d'hommes et de femmes, verre à la main, partagea des rires, des cigarettes et des commentaires sur la nouveauté de la nuit, à savoir Clarence. Certains de leurs noms étaient simples à retenir, comme celui d'une belle femme aux cheveux rassemblés en toutes petites tresses appelée Melania, qui insista pour qu'Iniko vienne s'asseoir à côté d'elle. Mais elle eut du mal à mémoriser celui de Rihèka, petite et dodue, et de Börihí, grande et athlétique aux cheveux très courts. L'autre homme, un jeune au nez énorme, s'appelait Köpé.

Au début, Clarence se sentit intimidée, malgré la compagnie des deux frères. Régulièrement, l'un ou l'autre se levait pour danser sur la piste entourée de miroirs, mais elle préféra rester assise près de Laha – qui avait avoué ne pas être bon danseur – et des rhums-coca, qui ne réglaient en rien le problème de la chaleur. Tout en agitant les pieds timidement au rythme gai et répétitif de la musique et en observant les autres danseurs, elle se demanda comment diable ils s'y prenaient pour bouger comme ils le faisaient. C'était de la folie.

Son regard revenait toujours vers Iniko qui, à son grand étonnement, agitait, tout balèze qu'il était, ses kilos de muscles devant Melania avec la même délicatesse que s'il n'avait été fait que de plumes. Ses épaules légèrement relevées et ses hanches se contorsionnaient en rythme, comme si des notes mystérieuses s'échappaient de son corps à travers ses doigts et ses orteils. De temps en temps, il fermait les yeux et partait dans un espace où son impolitesse disparaissait et qui le faisait sourire de plaisir. La musique changea. Melania décida de retourner vers la table, mais lui resta sur la piste.

Clarence ne pouvait plus le quitter des yeux. Comme s'il en était pleinement conscient, Iniko se retourna et, par gestes, la mit au défi de venir le rejoindre. Un peu gênée, elle refusa. Il était clair que sa remise en question des aptitudes d'Iniko pour la danse était sans fondement. Celui-ci haussa les épaules et continua de se mouvoir, de manière encore plus suggestive. Regrettant d'avoir reculé, Clarence vida son verre d'un trait et alla se placer face à lui.

Iniko rit et imita ses pas raides et brusques d'Européenne. Piquée au vif, elle fit aussitôt volte-face, dans l'intention de retourner à sa place. Il lui prit le poignet et s'approcha de son oreille.

— Tu ne veux pas apprendre ? Je suis un expert, tu sais.

Il s'approchait, l'entourait, lui indiquait de se laisser porter, de se détendre, de faire le vide dans sa tête. À aucun moment il ne l'effleura, mais elle le sentait comme s'il avait envahi chaque pore de sa peau. Où qu'elle regarde, les miroirs qui l'entouraient commencèrent à refléter l'image excitante d'une femme qui abandonnait peu à peu sa gêne initiale et se laissait guider par les fils invisibles d'un homme qui irradiait la chaleur.

Clarence ferma les yeux et essaya d'oublier tout pour une nuit, ses peurs, ses inquiétudes, Pasolobino, Sampaka, ses obligations, le motif de son voyage, son passé et son avenir. L'unique pensée qu'elle se permit était celle lui répétant que son corps lui réclamait, depuis des siècles et à grands cris, la proximité d'un tel homme.

La musique s'arrêta. Clarence rouvrit les yeux et vit le visage d'Iniko à quelques centimètres du sien. Pour la première fois depuis leur rencontre à Sampaka, il sembla la regarder avec curiosité. Peut-être, comme elle, se sentait-il désorienté d'émerger de l'état d'abandon où la danse les avait plongés.

— Content de ton élève ? demanda-t-elle enfin.

— Tu n'es pas mauvaise, mais il est encore tôt pour t'évaluer.

Je n'aurais rien contre repasser l'examen, pensa-t-elle.

— Cela faisait des années que je n'avais pas été si fatiguée ! protesta Clarence, provoquant les rires.

Elle venait de terminer un dîner avec ses nouveaux amis dans un restaurant aux murs carrelés, où les tables étaient couvertes de toiles cirées colorées, et qui offrait un curieux mélange de nourriture espagnole, italienne et américaine. Tous les soirs, un plan ou un autre se présentait et se prolongeait jusqu'au petit matin.

Clarence se demandait comment ils pouvaient supporter ce rythme et continuer à travailler. La jolie mais compliquée Melania était à l'accueil de l'Institut culturel d'expression française ; la petite Rihéka tenait un étal d'artisanat bubi au marché de Malabo ; le sympathique Köpé entretenait des installations électriques et Börihí, qui venait de partir, était secrétaire dans une entreprise de bâtiment.

— La seule à être un peu raisonnable, c'est Börihí, ajouta Clarence. Les autres, vous allez finir par vous faire renvoyer. Toi le premier, Laha. Tu ne travailles pas avec des matériaux dangereux ?

Elle avait l'intention de poursuivre ses blagues sur le sujet quand Melania désigna quelque chose qui se passait à l'extérieur. Tous se retournèrent.

Un cortège officiel de voitures noires passait, fermé par des policiers à moto. Les curieux s'amassèrent dans les rues, dont quelques Occidentaux. En face du restaurant, une femme blanche oublia la prudence et se mit à tout photographier. Lorsque le cortège se fut éloigné, une voiture, noire également, s'arrêta devant la touriste. Deux hommes en sortirent, lui prirent son appareil avec brutalité et la fouillèrent sans ménagement, ne prêtant aucune attention à ses cris et ses pleurs.

— Mais que font-ils ! s'indigna Clarence en se levant d'un bond.

Iniko la prit par le bras pour l'obliger à se rasseoir.

— Tu es folle ? Tu vas être gentille et ne pas dire un mot !

Il était manifestement énervé, et Melania lui enlaça l'épaule.

Clarence serra les lèves et se tourna vers Laha, qui comprit qu'elle repensait à leur rendez-vous devant la cathédrale.

— Non, Clarence. Aujourd'hui, je ne peux rien faire.

— Mais… ?

— Tu as entendu Iniko, dit-il, la voix dure à son tour. Il vaut mieux que tu te taises.

Clarence vit avec horreur les hommes menotter la touriste et la faire monter dans la voiture, qui s'éloigna à toute vitesse devant les regards résignés, voire habitués des badauds.

— Et qu'est-ce qui va lui arriver, maintenant ? murmura-t-elle.

Personne ne répondit.

— Et si on y allait ? proposa Rihéka, une inquiétude lisible sur son visage rond.

— Il vaut mieux attendre, ça nous ferait remarquer. Si on parlait normalement ? suggéra Köpé. Ne regardez pas, mais au fond à droite, derrière moi, il y a… des spectateurs.

— Ils ont l'air d'*antorchones* ? demanda Rihéka.

— Qu'est-ce que c'est ? demanda Clarence.

— De jeunes espions aux ordres du parti, lui expliqua discrètement Tomás.

— Je ne crois pas, répondit Köpé, mais au cas où…

Tomás se lança dans une blague absurde que les autres accueillirent par des rires forcés. Clarence en profita pour couler quelques regards vers l'étrange couple de la table du fond. La femme était une vieille dame corpulente, à la grosse poitrine tombante, de même que ses lèvres, et aux cheveux entièrement blancs. Elle était trop maquillée et portait trop de bijoux. Face à elle, de dos à Clarence, se tenait un métis osseux, bien plus jeune qu'elle.

— La femme n'arrête pas de nous regarder, informa-t-elle le groupe.

— Ça ne m'étonne pas, lança Melania avec irritation. Un peu plus et par ta faute on était tous arrêtés.

— Qu'est-ce que tu racontes ? protesta Clarence.

De tous, Melania était celle qui lui plaisait le moins. Elle ne perdait pas une occasion de lui chercher noise. C'était comme une version féminine d'Iniko dans les premiers jours. Depuis la nuit en discothèque, l'attitude de ce dernier avait notablement changé mais, quand Melania s'approchait et multipliait avec insistance les gestes affectueux, il redevenait taciturne. Elle regarda Laha, qui confirma d'un simple mouvement de tête cette affirmation.

— Il faut faire attention, Clarence, ajouta-t-il d'un ton aimable. Ici, ça ne marche pas comme en Espagne ou aux États-Unis.

— N'importe qui peut t'accuser d'être contre le régime, intervint Tomás à voix basse. N'importe qui.

Clarence comprit alors la situation. Un moment, elle avait oublié dans quel pays elle se trouvait.

— Je suis vraiment désolée.

Köpé se leva pour aller commander une autre tournée des énormes bières 33 Export, très appréciées dans le pays. En venant se rasseoir, il déclara :

— Je crois qu'on peut être tranquilles. Vous ne savez pas qui c'est, cette femme ?

Tomás et Iniko se retournèrent discrètement et esquissèrent tous deux un sourire.

— Eh oui, en personne, conclut Köpé.

— Vous la connaissez ? s'enquit Clarence.

— Qui ne connaît pas Mamá Sade ? répondit Tomás en levant les yeux au ciel.

— Ne me dites pas que c'est elle ? s'étonna Laha. Elle a beaucoup vieilli depuis la dernière fois que je l'ai vue.

— Je croyais qu'elle ne sortait plus de chez elle, commenta Melania.

— Et moi qu'elle était morte ! s'exclama Rihéka en riant.

Clarence était dévorée par la curiosité.

— Pour nous, Mamá Sade est comme un kapokier, lui expliqua Laha. Elle a toujours été là, du moins depuis notre enfance. D'après la légende, elle aurait commencé à travailler… eh bien, de son corps. Elle était si belle que tous se la disputaient. Elle a gagné beaucoup d'argent et l'a investi dans un club, et ensuite dans un autre, jusqu'au point où il n'y a plus eu un lieu de vie nocturne à succès qui ne soit pas dirigé par elle.

Il but une gorgée de bière et Tomás enchaîna :

— Elle a continué de gagner de l'argent sous Macías. C'est un mystère. On racontait qu'elle était la seule à savoir comment satisfaire les goûts des hommes importants et qu'elle embauchait les meilleures filles…

— Et celui qui est avec elle, qui est-ce ?

— Son fils, répondit Köpé. Maintenant, c'est lui qui s'occupe des affaires.

— Il a l'air métis, fit remarquer Clarence sans regarder vers leur table.

— Il l'est, confirma Rihéka, qui poursuivit sur le ton de la confidence. D'après ce qu'on raconte, elle est tombée amoureuse d'un Blanc qui travaillait dans les plantations. Il l'a mise enceinte et ensuite il l'a abandonnée.

Clarence s'étrangla sur sa bière, rougit et se mit à tousser. Rihéka lui donna quelques tapes dans le dos avant de conclure :

— Après ça, elle n'a pas voulu avoir d'autres enfants.

— Moi, j'en aurais eu des dizaines, commenta Melania d'un ton vengeur. Celui-là, tout seul, doit lui avoir rappelé tous les jours son lâche de père.

Le cœur de Clarence se mit à battre avec force. Elle fut tentée de se lever et d'aller jusqu'à la table pour détailler le visage du fils de Mamá Sade. Quelle stupidité ! Et que ferait-elle ? Lui demander si par le plus grand des hasards il ne s'appelait pas Fernando ? Rihéka avait raison. C'était sans doute l'histoire de beaucoup d'autres femmes. Elle nota qu'à côté d'elle Laha était un peu ailleurs et serrait avec force sa bouteille de bière, rembruni. Il était le seul de son groupe d'amis à ne pas avoir la peau entièrement noire.

Il se leva, dit qu'il devait aller éliminer la bière et sortit. Clarence regarda de nouveau la table de Mamá Sade.

— Et vous pensez qu'elle n'est pas dangereuse ? Parce qu'elle n'arrête pas de jeter des coups d'œil vers nous.

— Vers toi, plutôt, dit Iniko avant d'ébaucher un sourire moqueur. Attention, elle va peut-être te proposer de travailler pour elle. Elle a toujours eu l'œil…

Clarence s'empourpra.

— Bien, dit-elle avec ironie. Je vais prendre ça comme un compliment.

Tous éclatèrent de rire, sauf Melania, qui grimaça.

— Et vous ne sauriez pas comment s'appelle son fils ? s'informa Clarence, avant de regretter aussitôt d'avoir posé la question.

— Et qu'est-ce que ça peut te faire ? lança Melania en se collant contre Iniko. Ah, c'est vrai ! Maintenant, c'est lui qui se charge des embauches !

De nouveaux rires fusèrent et, encouragée, Melania insista :

— Il en retirerait du prestige, mais moi j'ai l'impression que les Blanches n'ont pas le sang aussi chaud que nous.

Clarence la foudroya du regard devant les sourires contenus des hommes derrière leurs bouteilles. Rihéka gronda son amie.

Iniko s'aperçut que Clarence essayait de ne pas envenimer les choses, et même s'il n'aurait pas été contre une réplique mordante il changea de sujet.

— Clarence s'intéresse aux prénoms des enfants nés à l'époque coloniale, expliqua-t-il, se replaçant de façon que son bras droit passe derrière Melania. C'est pour ses recherches. Elle publie des articles.

Clarence fut surprise encore une fois qu'il fasse plus attention à elle qu'il n'y paraissait. À côté de lui, Melania eut un léger mouvement de surprise et s'approcha encore d'Iniko.

Allez, vas-y, pensa Clarence, étonnée par la pointe d'envie qui la titillait. *Prochaine étape, tu es assise sur lui. Tout le monde a compris qu'il te plaisait.*

— Là-dessus, on peut t'aider, déclara Tomás. Tu peux ressortir ton carnet que tu emportes partout.

Tomás se mit à citer à voix haute les prénoms de toutes les personnes qu'il connaissait, des membres de sa famille à ses voisins et amis. Les autres l'imitèrent. Clarence profita de ce répit pour analyser ce qui la chagrinait dans le fait de voir Melania aussi collée à Iniko. Était-il possible qu'elle éprouve… de la jalousie ? Envers Melania ? À cause de ce grand costaud réservé, méfiant et rétrograde ? C'était ridicule… Mais alors, pourquoi ne cessait-elle de vérifier comment Iniko réagissait ? À son soulagement, il ne répondait pas aux avances de Melania. Il ne semblait pas du genre à exprimer ses sentiments en public, mais s'il ne se décollait pas d'elle c'est que cette situation lui plaisait. Melania était très jolie, avait du caractère, elle était bubie et vivait à Bioko. Les ingrédients parfaits pour qu'il la trouve à son goût. Clarence réprima un soupir.

— Quand tu publieras tes conclusions, dit alors Köpé en lui rendant le carnet, il faudra que tu nous en envoies un exemplaire.

Clarence jeta un coup d'œil à la liste. En quelques minutes, elle avait récolté plus de cent prénoms. Elle se sentit un peu coupable de les tromper. Elle qui n'était pas habituée à mentir, elle n'avait rien fait d'autre depuis son arrivée en Guinée. Jamais elle n'écrirait cet article. Elle ne s'intéressait qu'à un métis appelé Fernando. Ou alors peut-être n'était-ce même pas son nom. Julia avait peut-être voulu parler de Fernando Garuz, mais pour l'utilité qu'avait eue sa visite à Sampaka…

Laha revint, mais ne se rassit pas.

— On change d'endroit ? proposa-t-il. Que dites-vous de notre discothèque préférée ?

Tout le monde trouva l'idée bonne.

— Je croyais que tu n'aimais pas danser ? demanda Clarence en se levant.

Elle vit alors que Mamá Sade et son fils se dirigeaient vers elle. Pendant que le groupe partait vers la sortie, elle feignit de chercher quelque chose dans son sac pour les regarder arriver. En comparaison avec sa mère, bien en chair, l'homme était maigre. Enfin, elle vit son visage. Pris séparément, ses traits étaient agréables. Il avait des yeux sombres un peu en amande, les nez et les lèvres fins, le menton marqué. Mais son expression était froide et Clarence se sentit frissonner.

— Tu as un problème, la Blanche ? dit-il en s'arrêtant à côté d'elle. Tu n'aimes pas ce que tu vois ?

— Ah, non, excusez-moi, je…

Une main lui prit le bras et la voix grave d'Iniko dit :

— On y va, Clarence ?

— Toi, le Bubi, dis à ta copine d'apprendre la politesse, fit l'autre avec dédain, et Iniko se raidit. Je n'aime pas que l'on me fixe comme ça.

Mamá Sade commença à lui dire avec autorité :

— Ne perds pas ton temps…

Alors, elle releva les yeux sur Clarence, fronça les sourcils et émit un bruit de gorge guttural. Elle poussa son fils de côté et se plaça face à elle. En dépit de son âge, elle était encore grande. Elle leva une main ridée vers le visage de la jeune femme et, sans la toucher, parcourut ses traits, du front jusqu'au menton. Clarence recula d'un pas et Iniko lui pressa le bras pour qu'elle vienne vers la sortie.

— Attends ! rugit Mamá Sade de sa bouche édentée. Je ne vais pas lui faire de mal !

Clarence fit signe à Iniko de patienter.

Mamá Sade répéta son geste tout en murmurant des phrases dans une autre langue. Elle hochait la tête et riait tour à tour. Une fois satisfaite, elle s'arrêta.

— Eh bien ? demanda Clarence, irritée, mais également intriguée.

— Tu me rappelles quelqu'un.

— Ah oui ? Qui ça ?

Aussitôt, elle regretta d'avoir montré autant d'intérêt. Était-il possible que la seule à se souvenir de son père fût une prostituée à la retraite qui ressemblait à une sorcière ? Elle n'aimait ni cette femme ni son fils, qui ne cessait de regarder sa montre avec exaspération.

— Quelqu'un que j'ai connu il y a très, très longtemps. Quelqu'un de ton pays. Tu es espagnole, non ? Et tu descends de colons ? D'où es-tu ? Du nord ou du sud ?

Clarence, qui avait vaguement acquiescé jusque-là, mentit :

— De Madrid.

Elle regrettait profondément de ne pas être sortie à temps du restaurant. Elle ne voulait même pas envisager qu'il puisse exister un lien entre ces deux personnes et elle. À aucun moment elle n'avait imaginé une situation où elle rejetterait en bloc un possible frère parce qu'il n'était pas à son goût. Quelle incohérence ! Elle commença à avoir très chaud : elle étouffait. Elle s'accrocha avec vigueur au bras d'Iniko.

— Vous avez dû confondre. Je suis désolée, nous sommes pressés. On nous attend.

Le fils prit sa mère par le bras avec une moue agacée.

— Encore une question ! s'écria la femme. Comment s'appelle ton père ?

— Madame, mon père est mort il y a des années.

Cette réponse parut la calmer.

— Comment s'appelait-il ? Dis-le-moi !

— Alberto, affirma Clarence, dont la vision commençait à se brouiller avec l'arrivée d'une crise de panique. Il s'appelait Alberto !

Dépitée, la femme l'observa quelques secondes de plus, puis baissa la tête. Maintenant toutefois un port digne, elle leva la main à la recherche du bras de son fils.

Clarence poussa un soupir de soulagement en les voyant franchir la porte. Elle s'appuya à la table. Comme il restait un peu de bière dans sa bouteille, elle en but une grosse goulée. Le liquide avait réchauffé, mais peu importait. Elle avait la bouche si sèche que rien n'aurait pu la rafraîchir.

Iniko la contemplait, les sourcils froncés, les bras croisés sur la poitrine.

— Où sont les autres ? demanda-t-elle.

— Ils sont partis devant.

— Merci de m'avoir attendue.

— Je suis content de l'avoir fait.

Aucun des deux ne bougea.

— Voyons si je comprends bien, dit enfin Iniko en se passant un doigt sur le sourcil. Tu ne viens pas de Pasolobino. Ton père ne s'appelle pas Jacobo et, en outre, il est mort. Qu'est-ce que tu es ? Une *antorchona* ?

Il eut un petit sourire.

C'est exactement ça, pensa-t-elle. *L'espionne la plus courageuse au monde. Dès qu'elle découvre quelque chose qui ne lui plaît pas, elle fait une crise de panique.*

— Je ne voulais pas lui donner de renseignements sur moi, répondit-elle. Vous avez tous insisté pour que je me montre prudente.

Ils sortirent du restaurant. La lune éclairait le paysage comme un phare au milieu de nuages aux formes capricieuses.

— Tu sais, Iniko, la lune est belle ici, mais dans mes montagnes je ne te dis même pas.

— Ah ! Alors comme ça, Pasolobino existe vraiment. Je me sens mieux…

Clarence lui donna une petite tape sur le bras. Iniko avait donc le sens de l'humour. Quelle découverte !

— Et pourquoi c'est toi qui m'as attendue, et pas Laha ?

En réalité, elle aurait aimé demander : « Comment as-tu pu te libérer de Melania pour m'attendre ? »

— Je voulais te proposer quelque chose.

Qu'allait-elle lui répondre ?

Le temps filait et il ne lui restait qu'une dernière cartouche : Ureka.

Comment refuser une occasion comme celle-là ? pensa Clarence.

Et d'autant plus à présent qu'elle avait quasiment tout abandonné. Elle avait menti aux universitaires rencontrés la première semaine, leur racontant que la collecte de témoignages oraux sur le terrain l'occupait beaucoup. Quant à ses progrès dans la résolution du mystère familial, ils s'étaient réduits à des conversations innocentes et informelles, grâce à l'excuse de l'enregistreur, avec les métis entre deux âges qu'elle interrogeait avec un véritable intérêt, jusqu'au moment où ils révélaient qu'ils ne s'appelaient pas Fernando, ou que leurs quelques souvenirs de la période coloniale n'étaient reliés en rien à Sampaka.

Plusieurs fois, elle avait eu affaire à des hommes qui refusaient de répondre à la moindre question, ou qui lâchaient même des phrases comme : « Arrête de me déranger ! » ou : « Je ne te dirai rien ! », accompagnées du mot Blanche prononcé sur le ton de l'insulte. Pourtant, elle avait montré à tous le document démontrant que son travail était dans le cadre de l'université de Malabo.

Elle promena le regard sur la mer tranquille. Laha et elle étaient en terrasse de l'hôtel Bahía, depuis laquelle on apercevait un énorme bateau arrêté à quelques mètres. Laha était venu la chercher un peu plus tôt que les autres jours. Iniko arriverait dans un moment.

Que vais-je lui dire ? se demanda-t-elle encore une fois.

— On dirait que tu trouves grâce aux yeux de mon frère, dit tranquillement Laha en tournant la cuillère dans son café. Pourtant, ce n'est pas facile. D'habitude, il rejette tout ce qui vient de l'extérieur.

Clarence ne put s'empêcher de rougir, contente.

— C'est bizarre qu'étant frères vous ayez des vies aussi différentes.

— Je dis toujours qu'Iniko est né trop tôt. Les six années qui nous séparent ont été cruciales dans l'histoire du pays. Il est tombé sous le coup de la loi qui obligeait les plus de quinze ans à travailler dans les plantations de l'État, parce qu'on avait expulsé tous les travailleurs nigérians de l'île.

Laha s'interrompit et la considéra, étonné qu'elle fût aussi attentive.

— Iniko a déjà dû te raconter tout ça.

En fait, Iniko lui avait beaucoup parlé de l'histoire récente de la Guinée, avec bien entendu beaucoup plus de détails que les renseignements qu'elle avait pris. Après l'indépendance obtenue en 1968, le pays avait subi les onze pires années de son histoire sous le régime de Macías, dictateur cruel qui fit de la Guinée équatoriale un Auschwitz africain. Iniko avait vécu son adolescence dans ce contexte. Il n'existait aucun type de presse, tous les noms espagnols avaient été modifiés, des écoles et des hôpitaux fermés ; on avait arrêté de cultiver le cacao, le catholicisme était interdit, le port de chaussures était interdit, tout était interdit. Les répressions, accusations, détentions et les morts touchaient tout le monde : Bubis, Nigérians, Fangs, Ndowè de Corisco et des deux îles Elobey, Ambös d'Annobon, et Krios ; sous n'importe quel prétexte.

Elle n'avait su qu'au bout de plusieurs jours qu'Iniko était veuf et avait deux enfants de dix et quatorze ans, qui vivaient chez leurs grands-parents maternels. Finalement, elle répondit :

— Iniko parle beaucoup de tout, mais peu de lui.

Laha approuva d'un signe de tête et but une gorgée de café. Ils gardèrent le silence quelques secondes, et elle joua les curieuses.

— Comment tes parents ont-ils pu te financer des études aux États-Unis ?

Laha haussa les épaules.

— Ma mère a toujours été une femme de ressources, pour travailler comme pour obtenir des bourses et des aides. Iniko étant resté ici, ils m'ont beaucoup aidé, à eux deux, pour que je poursuive mes études, étant donné que j'aimais ça et que je réussissais bien.

— Et votre père ? osa-t-elle demander en constatant qu'il ne le mentionnait pas. Que lui est-il arrivé ?

— Tu devrais plutôt dire « vos pères ». Celui d'Iniko est mort quand il était enfant, et moi je n'ai jamais connu le mien. Ma mère ne parle jamais de lui.

Clarence se sentit un peu bête d'avoir posé cette question.

— Je suis désolée, parvint-elle à répliquer, un peu honteuse.

Laha fit un geste fataliste.

— Bah, ne t'en fais pas. Par ici, ce n'est pas rare.

Elle se sentit gênée d'avoir provoqué cette expression de tristesse sur le visage de son ami. Elle continua par une question qu'elle estimait plus inoffensive.

— Raconte, dans quels pétrins se mettait Iniko dans sa jeunesse ?

— Dans sa jeunesse… Et plus vieux aussi ! fit Laha, qui regarda autour d'eux et baissa la voix. Tu as entendu parler de Black Beach ou de Blay Beach ?

Clarence, intriguée, fit signe que non.

— C'est l'une des plus célèbres prisons d'Afrique. Elle est ici, à Malabo. Elle est connue pour ses mauvais traitements sur les prisonniers. Iniko y a séjourné.

Elle ouvrit la bouche. Elle n'arrivait pas à le croire.

— Et qu'a-t-il fait pour être emprisonné ?

— Il était tout simplement bubi.

— Mais… comment c'est possible ?

— Tu sais déjà que quand la Guinée a obtenu l'indépendance les membres du gouvernement appartenaient majoritairement à l'ethnie fang. Il y a cinq ans, de graves incidents se sont produits dans la ville de Luba, que tu dois connaître sous le nom de San Carlos. Un groupe de personnes masquées et armées a assassiné quatre travailleurs. Les autorités ont accusé un groupe qui soutient l'indépendance et l'autodétermination de l'île. En conséquence, il y a eu une grosse répression de l'armée sur la communauté bubie. Je ne veux pas entrer dans les détails, mais des actes de réelle barbarie ont été commis.

Laha s'arrêta.

— Je... Je ne me rappelle pas avoir lu ni entendu quoi que ce soit dans la presse en Espagne...

Laha but encore une gorgée de café et secoua la tête, comme pour chasser les terribles incidents du passé, avant de continuer :

— Ils ont arrêté des centaines de personnes, dont mon frère. J'ai eu de la chance, j'étais en Californie. Ma mère m'a fait jurer de ne pas remettre les pieds à Bioko avant que les esprits se soient calmés.

— Et qu'est-il arrivé à Iniko ? demanda Clarence d'une toute petite voix.

— Il est resté deux ans à Black Beach. Il n'en parle jamais, mais je sais qu'il a été torturé. Ensuite, on l'a envoyé avec d'autres à la prison d'Evinayoung, la partie continentale de Mbini, anciennement Río Muni, pour être soumis aux travaux forcés. L'un des compagnons de mon frère avait quatre-vingt-un ans, tu t'imagines ?

Laha n'attendait pas de réponse, et Clarence n'aurait su que lui dire. Il reprit :

— Dis-toi que les deux parties de Guinée, l'île et le continent, sont séparées par plus de trois cents milles marins. Ce n'est pas seulement un fossé géographique, c'est aussi un fossé culturel : nous, les Bubis, nous sommes comme des étrangers à Muni. Ils les ont envoyés là-bas pour les éloigner de leur famille et rendre leur emprisonnement encore plus douloureux.

— Mais, l'interrompit-elle doucement, de quoi les accusait-on ?

— De n'importe quoi. Trahison, terrorisme, détention illicite d'explosifs, introduction clandestine d'armes, attentat à la sécurité nationale, tentative de coup d'État, sécession… Surréaliste, non ? Heureusement, il y a deux ans, plusieurs prisonniers ont été graciés, Iniko était parmi eux. C'était une liberté conditionnelle, mais il a enfin pu sortir de cet enfer. Comme Melania. Ils se sont connus là-bas.

Clarence demeura interdite. Ces choses-là se passaient au XXIe siècle ? Il lui était difficile d'assimiler tout ce que Laha lui avait raconté, elle qui était accoutumée à profiter des avantages d'un pays démocratique pour lequel les générations précédentes avaient lutté il n'y avait pas si longtemps… mais assez longtemps pour que des jeunes comme elle l'aient oublié. Elle comprit la passivité et la nervosité du groupe devant l'arrestation de l'étrangère.

Iniko…

Alors elle se rappela la proposition qu'il lui avait faite et ressentit un léger malaise. Elle avait été tentée d'accepter, mais après ce qu'elle venait d'apprendre peut-être valait-il mieux éviter.

Cette nuit-là, elle eut du mal à trouver le sommeil. Elle avait finalement accepté la proposition d'Iniko et parcourrait avec lui une partie de l'île pendant deux ou trois jours. Elle rencontrerait des peuples qui, par leur seul nom, lui évoquaient déjà des histoires de Jacobo et Kilian. Il avait argué qu'elle repartirait bientôt sans jamais être sortie de Malabo. Le voyage comprenait une visite vers un lieu spécial appelé Ureka, ainsi qu'un passage par Sampaka. Il lui avait promis qu'elle n'oublierait pas leur périple, que Bioko était une île magnifique et qu'avec lui elle pourrait atteindre des lieux méconnus.

Et s'ils étaient arrêtés lors d'un contrôle ?

Encore une fois, la peur…

Iniko représentait des entreprises de cacao et s'occupait de la paye des agriculteurs bubis. De plus, il connaissait l'île comme sa poche. Personne, sauf Laha, ne saurait où ils se trouveraient. S'il lui arrivait quelque chose, on mettrait des jours en Espagne à constater son absence. Mais, d'un autre côté, quelle chance qu'Iniko doive effectuer ce trajet ! D'une certaine façon, cela obligerait Clarence à tirer ses dernières cartouches par rapport à sa famille. Elle éprouva une soudaine et nouvelle excitation. Comment avait-elle pu abandonner si vite l'enquête sur son supposé frère ?

La réponse était simple. Chaque fois qu'elle se reprochait d'avoir lâchement renoncé à trouver des réponses, elle revoyait l'image de Mamá Sade et de son fils. Peut-être n'était-ce pas une bonne idée de remuer le passé. Il y avait des choses qu'il valait sans doute mieux ne pas découvrir. Toutes les familles avaient leurs secrets, et ce n'était pas grave. La vie continuait.

Elle poussa un soupir sonore.

Parcourir l'île avec Iniko…

C'était ridicule. Le sommeil ne venait pas et elle laissait son esprit échafauder d'absurdes conspirations amoureuses, comme si elle avait quinze ans !

Ben voyons. Clarence la timorée part dans la forêt vierge avec un géant qui a fait de la prison et a sûrement une copine.

Iniko.

Elle devait le reconnaître, il l'attirait énormément.

Quelques jours avec lui. Seuls.

C'était un homme intelligent, sensible, engagé, attentif et aimable.

Peut-être manquait-il un peu d'humour…

À 7 heures précises, elle était à la réception de l'hôtel, et quelle ne fut pas sa surprise de découvrir que Bisila les accompagnerait pendant la première partie du voyage. Dans une certaine mesure, elle était heureuse de sa présence, qui lui éviterait de se trouver seule avec Iniko.

Clarence vint embrasser Bisila avec affection. Elle approuva mentalement sa robe froncée sous la poitrine, faite dans le même tissu orangé que le foulard qui lui couvrait la tête.

Tous trois montèrent dans la Land Rover blanche d'Iniko, qui détailla à Clarence le réseau routier de l'île. Les deux principales voies, vers Luba à l'est et vers Riaba à l'ouest, étaient parfaitement goudronnées, mais tout Bioko communiquait par d'autres routes secondaires pleines de travaux tous les quelques kilomètres, de barrages, de nids-de-poule, de déviations temporaires et de pistes difficiles à aborder sans un véhicule approprié. Concrètement, la partie sud était la plus isolée, non seulement de par l'absence de population, mais aussi de par le relief naturel, qui rendait difficile un accès encore plus complexe en saison des pluies.

Or c'était la saison des pluies. Le jour s'était levé, nuageux et maussade. De légères brumes se promenaient sur la cime du majestueux pic Basilé qui dominait la ville de Malabo. Clarence avait eu de la chance les jours précédents, peu représentatifs du mois d'avril, car il avait fait une chaleur orageuse. Ce matin-là, le temps était frais et il menaçait de pleuvoir.

Elle regarda par la vitre du véhicule et pria pour ne pas avoir à vivre l'expérience d'une tornade.

— Nous passerons par des endroits connus, la rassura Iniko. L'île se traverse rapidement et la plupart du temps nous serons dans des villages où nous pourrons nous abriter s'il pleut. Je pensais voyager en suivant le sens des aiguilles d'une montre. Nous commencerons par Rebola.

— Ah, tiens ? Je croyais que ton premier arrêt serait à Sampaka, comme c'est tout près de Malabo.

— Si ça ne te dérange pas, nous le réserverons pour la fin du trajet. Je préfère passer dans les autres lieux avant, et ma mère n'aime pas aller à Sampaka.

Clarence reporta son attention sur Bisila, qui, assise à côté d'elle sur la banquette arrière, l'observait en silence. Elle ignorait si c'était son imagination, mais Clarence avait l'impression que la mère d'Iniko analysait de son regard perçant chacun de ses mouvements. À la lumière du jour, Clarence la trouva encore plus belle. Bisila lui renvoya un sourire timide, attendant son approbation.

— Bien sûr, ça ne me dérange pas, dit Clarence.

Elle était très curieuse d'en savoir plus sur cette femme, mais le moment ne lui parut pas indiqué pour entamer un interrogatoire.

À mesure qu'ils se dirigeaient vers l'est, l'image du pic lui rappela sa vallée, dominée elle aussi par une énorme montagne que l'on voyait depuis tous les villages alentour. Le paysage lui évoquait celui auquel elle était habituée, sauf qu'à Bioko la végétation était bien plus verte, et surtout plus dense.

— Le pic Basilé est impressionnant, murmura-t-elle à l'intention de Bisila, qui approuva d'un signe.

— C'est le sommet le plus élevé de l'île. D'en haut, par temps clair, on voit tout Bioko. En fait, il s'agit d'un ancien volcan éteint. La dernière éruption connue remonte à 1923.

— Ce doit être une émotion d'assister à une éruption volcanique, dit Clarence. Je m'imagine ça comme une déferlante de passion. Pendant un temps, il reste endormi, contenu, dissimulé à l'extérieur... Lui seul sait combien il est vivant à l'intérieur...

Elle se rendit compte qu'elle était devenue très sérieuse et rit.

— Bref. Cela ne m'étonne pas que les terres volcaniques soient extraordinairement fertiles. C'est ce qu'on dit, non ?

Iniko la regarda dans le rétroviseur, avec une telle intensité qu'elle rougit.

— J'aime bien ta description. Je crois qu'elle correspond bien à notre manière d'être. Dans tous les sens du terme.

— Ne te vexe pas, répondit-elle avec ironie, mais je croyais que les gens de ton village avaient la réputation d'être tranquilles.

— Jusqu'au jour où on explose…, répondit Iniko avec un sourire malicieux.

— Tu sais que le pic dont nous parlons a cinq noms ? intervint Bisila pour interrompre ce dialogue qui prenait un tour trop personnel.

— J'en connais deux : Basilé et Santa Isabel. Mon père et mon oncle en parlaient toujours comme du pic Santa Isabel. Et les trois autres ?

— En bubi, il s'appelle Öwassa, répondit Bisila. Les Nigérians le connaissent comme Big Pico. Et les Britanniques l'appellent Clarence Peak.

— Le volcan de Clarence, ça alors ! s'exclama Iniko, sarcastique. Ne te vexe pas, mais tu me parais pourtant être une femme très tranquille.

Ce petit retour de bâton les fit éclater de rire tous les trois. Progressivement, Bisila elle-même se détendit. Ils continuèrent à aborder des thèmes triviaux, jusqu'à leur arrivée à Rebola, un village formé par des maisons basses aux toits rouges et marron, construits à flanc de colline et au pied d'une très jolie église catholique. Pendant qu'Iniko allait voir plusieurs personnes, les deux femmes marchèrent dans les rues et arrivèrent à la partie haute du village, qui offrait une vue magnifique sur la baie de Malabo. C'était la première fois que Clarence se retrouvait seule avec Bisila, et hormis sa curiosité concernant son passé, elle ne savait trop de quoi parler.

— Je trouve bizarre l'association des églises comme celles de mon village à un lieu si plein d'esprits...

Bisila lui expliqua brièvement pour quelle raison la religion catholique s'était tant enracinée en eux. Clarence l'écouta, surprise par les similitudes entre la Création selon la tradition bubie et celle qu'elle avait apprise petite.

— Il n'y a pas tant de différence entre notre Mmò et le Saint-Esprit, entre nos *bahulá* et les esprits purs ou les anges, entre Bisila et la Vierge Marie...

— C'est ressemblant, en effet, mais vous avez la réputation d'être beaucoup plus superstitieux que nous. Partout il y a des amulettes, des os d'animaux, de coquillages et des plumes...

Bisila la regarda avec amusement.

— Et qu'as-tu à dire de vos reliques, les os des saints, les images saintes et les médailles ?

Ne sachant comment réfuter cet argument, Clarence préféra demander pourquoi les Bubis honoraient tant les âmes de leurs morts. Bisila lui expliqua que le monde n'était pas seulement matériel, mais qu'il comprenait également la région éthérée, celle des esprits. Les esprits purs, ou *bahulá*, s'occupaient des lois physiques du monde. Mais les âmes humaines étaient prises en charge par les *baribò*, les âmes des différents chefs de famille qui composaient l'ethnie bubie. Voyant que Clarence ne comprenait pas, elle ajouta :

— Prenons mon exemple : Dieu a créé mon âme, mais il l'a cédée ou vendue au *morimò*, l'âme de l'un de mes ancêtres, qui l'a protégée et la protégera toute ma vie, du moment qu'en échange je l'honore comme il se doit. Et moi, héritière parmi tant d'autres de ma lignée, je m'efforce de rendre hommage tant à mon esprit protecteur qu'à ceux du reste de ma famille, pour qu'ils veillent à la prospérité de tous les miens, sur Terre comme quand je l'aurai quittée.

— Vous voulez dire, quand vous serez… morte ?

— Tu dis ça comme si c'était quelque chose de terrible.

— Et c'est vrai.

— Pour moi, non. Quand nous partons, l'âme survit à la mort du corps et se transfère à un monde beaucoup plus pratique. Précisément, pour éviter qu'une âme se perde en chemin, erre tourmentée et se change en esprit malin, il est nécessaire de réaliser des rites de deuil et d'adoration de nos ancêtres.

Clarence essayait d'assimiler toutes ces informations. Elle pouvait comprendre le respect dû aux ancêtres, mais croire aux esprits lui paraissait un brin enfantin. S'efforçant de ne rien montrer qui offense les croyances de Bisila, elle demanda :

— Et donc, vous pensez qu'ici et maintenant il pourrait y avoir un ou plusieurs esprits errants, cherchant leur chemin ?

— Bien sûr, si leurs familles ne les ont pas bien honorés, répondit Bisila avec conviction.

Pensive, Clarence promena son regard sur les toits rouges des maisonnettes sur la colline, et l'arrêta sur l'image superbe de la mer qui se perdait à l'horizon. Une légère brise se mit à remuer les frondaisons des palmiers. À côté d'elle, Bisila se frotta les avant-bras.

Soudain, un animal courut entre elles et s'arrêta net à quelques pas. Clarence poussa un cri. Instinctivement, elle s'accrocha au bras de la vieille dame qui ne témoignait d'aucune frayeur.

— Qu'est-ce que c'est ?

— Seulement un lézard, Clarence, répondit Bisila en riant. N'aie pas peur.

— Un caïman vous voulez dire ! s'exclama Clarence en observant l'énorme reptile vert, rouge et orange.

— Il va partir.

Au contraire, l'animal les regardait avec curiosité, orientant son court cou rugueux vers l'une, puis vers l'autre, jusqu'au moment où il parut choisir Clarence et fonça droit sur elle. La jeune femme resta aussi calme que possible, disposée à lui donner un coup dès qu'elle en aurait l'occasion, mais le lézard ne semblait pas agressif. Il s'arrêta à quelques centimètres d'elle et, comme pris de folie, commença à faire des tours sur lui-même en essayant de se mordre la queue. Il tourna ainsi un bon moment avant d'y arriver. Alors, il s'arrêta, regarda les deux femmes l'une après l'autre, lâcha sa queue, décrivit plusieurs cercles autour de Clarence et s'éloigna aussi vite qu'il était apparu.

Clarence resta perplexe. Bisila s'était couvert la bouche de sa main et semblait encore plus étonnée qu'elle.

— Ils se déplacent comme ça, d'habitude ?

La vieille dame esquissa un signe de dénégation.

— C'est un message, proféra-t-elle d'une voix grave. Quelque chose va se passer. Et dans pas longtemps…

Clarence sentit un frisson lui parcourir l'échine. Heureusement, une voix familière interrompit leur conversation.

— Prêt pour la suite ! s'écria Iniko derrière elles.

Arrivé à leur hauteur, il demanda, inquiet :

— Clarence, tu as vu un fantôme ?

— La pauvre, expliqua Bisila. Nous parlions de notre religion et je crois que je lui ai fait un peu peur avec les esprits et les âmes des morts.

— Heureusement qu'on est en pleine journée ! plaisanta la jeune femme. Si on en reparle à minuit, je serai morte de trouille.

Iniko se planta face à elle, ce qui l'obligea à s'arrêter. Bisila poursuivit vers la voiture.

— Je pense avoir un remède à tes peurs, dit-il.

Il détacha le cordon de cuir qui retenait un petit coquillage à son cou. Il se plaça derrière elle et, avec précaution, écarta ses cheveux pour le nouer derrière sa nuque.

Au contact des mains d'Iniko sur sa peau, Clarence frissonna de nouveau, mais cette fois de plaisir.

Elle se retourna pour le regarder dans les yeux.

— Merci. Mais maintenant qui te protégera ?

— J'ai deux solutions, murmura-t-il. Je peux m'acheter une autre amulette dans n'importe quel village, ou alors rester tout près de toi, pour que celle-ci nous protège tous les deux.

Clarence baissa la tête et sentit le Bioko réel et tangible commencer à se fondre avec le Fernando Póo éthéré et imaginé dans son cœur.

10

Le gardien de l'île

— Quelle est notre prochaine destination ? demanda Clarence en consultant une carte simple où elle avait marqué d'une croix la localité déjà visitée.

— Tu as peur de te perdre ? la taquina Iniko.

Bisila vit que la jeune femme rougissait. Inutile d'être très brillant pour avoir conscience qu'entre ces deux-là, toutes les phrases avaient un double sens.

— J'ai de la famille à Baney, dit-elle. De temps en temps je vais les voir et j'y reste un jour ou deux.

Son dernier aller-retour avait eu lieu deux semaines plus tôt à peine. Iniko avait donc été un peu surpris qu'elle lui demande de la ramener à Baney, profitant du voyage avec Clarence, mais il n'y avait pas accordé une grande importance. Bisila se mordit la lèvre… S'il avait connu ses véritables raisons… Elle entendit l'éclat de rire de Clarence suite à un commentaire d'Iniko. Elle était très gaie, comme son père…

Jacobo.

Depuis combien de temps n'avait-elle pas pensé à lui ? Plus de trente ans. Elle avait réussi à l'effacer complètement de son esprit, jusqu'à l'instant où la jeune fille avait prononcé son nom au dîner. Depuis cet instant, elle le reconnaissait dans les expressions de sa fille, dans ses traits, dans ses yeux… Elle en avait voulu aux esprits, beaucoup voulu d'avoir réveillé des souvenirs qu'elle croyait endormis. Mais après avoir longuement retourné le problème dans sa tête, elle avait commencé à comprendre.

Elle devait le reconnaître, ils avaient été très fins. Depuis le début, ou plutôt depuis la fin, elle savait qu'un jour ou l'autre cette histoire aurait un sens et que ses souffrances terrestres rencontreraient un soulagement éternel. Le signe que le moment approchait était évident. Clarence était à Bioko et un lézard avait exécuté une danse devant elle.

Le cycle ne tarderait pas à se refermer.

— Nous arrivons, signala Iniko.

Clarence regarda par la vitre. La végétation dense laissa la place à des rues non goudronnées bordées de petites maisons de plain-pied ou à un étage, semblables à celles des abords de Malabo. Iniko roula jusqu'à la partie haute et ils passèrent devant une église rouge délabrée, au clocher très élevé, avec une grande croix sur la façade moisie et deux arches au-dessus d'un large perron. Il dut klaxonner plusieurs fois pour avertir de nombreux enfants aux vêtements colorés chaussés de sandales en caoutchouc qui jouaient dans les rues.

Clarence les trouva tous très beaux, surtout les petites filles, avec leurs petites robes claires et leurs minuscules tresses et leurs chignons qui avaient dû demander beaucoup de travail. Quand la voiture s'arrêta devant l'une des maisons, une nuée d'enfants vint les saluer. Bisila entra aussitôt. Les petits n'arrêtaient pas d'observer et de toucher Clarence, qui regretta de ne rien avoir dans son sac à leur donner. Elle décida de leur distribuer quelques pièces. Elle en avait pris seulement trois ou quatre, que les heureux destinataires reçurent avec des cris de joie, quand Iniko lui demanda avec rudesse :

— Qu'est-ce que tu fais ?

— Je leur donne des pièces.

— Je ne suis pas aveugle, mais pourquoi ?

— Je n'ai rien d'autre pour eux.

— Mais tu n'as pas à le faire. Tu vois, tu ne peux pas t'en empêcher.

Clarence commença à se fâcher.

— M'empêcher de quoi ?

— De te comporter comme la touriste paternaliste typique…

— Mais, moi, quand j'étais petite, j'adorais quand on me donnait une pièce, se défendit-elle sans élever la voix pour éviter que les enfants la remarquent. Regarde comme ils sont contents. Tu crois vraiment que j'agis mal ?

— Il y a deux mille habitants à Baney, ironisa-t-il. Tu vas vite te retrouver sans rien.

Iniko entra dans la maison. Clarence resta quelques secondes dehors, piquée par sa remarque. Elle n'avait pas l'habitude que l'on critique ses actes. L'effet de l'amulette était de bien courte durée ! Elle décida de ne pas s'y attarder et suivit le mouvement.

Se rendant compte que Bisila venait avec une Européenne qu'elles pouvaient bombarder de questions sur son pays, ses sœurs Amanda et Jovita, aux cheveux également relevés sous de jolis foulards, transformèrent ces retrouvailles familiales simples en un véritable banquet. Clarence ne comprit pas comment, mais pas moins de dix-sept personnes – les sœurs de Bisila, leurs maris, enfants, conjoints de ceux-ci et petits-enfants – se retrouvèrent autour d'une table rectangulaire couverte d'une toile cirée à motif floral qui peu à peu fut recouverte de poulet au yucca, de dorades sauce avocat, et du *böka'o* de légumes qu'elle avait déjà goûté chez Bisila. Elle trouva les ragoûts savoureux, mais aima encore plus le dessert : des biscuits croustillants à la noix de coco, accompagnés d'une boisson au gingembre et à l'ananas.

Avec l'agitation à table, ils ne s'aperçurent pas que le ciel se couvrait et préparait une tempête tropicale, qui passa aussi vite qu'elle était venue.

Clarence sortit fumer une cigarette devant la maison. Iniko ne lui avait pas adressé la parole de tout le repas. Tant pis pour lui. À partir d'un geste innocent, il avait tiré une conclusion, comme le jour où ils s'étaient vus à Sampaka. Apparemment, leur relation oscillait entre l'attraction et le rejet. Ils plaisantaient comme deux ados, puis s'agressaient – surtout

Iniko – en voyant l'autre comme un étranger. Elle craignit qu'il ne décide de retourner à Malabo, et s'attrista des illusions qu'elle s'était faites. Heureusement, la beauté du paysage réconfortait son âme.

Elle concentra son attention sur la vue extraordinaire du bras de mer séparant l'île du continent. Le ciel s'éclaircit pendant une heure, montrant un lointain et majestueux mont Cameroun couronné de nuages. Peu à peu, les brumes s'épaissirent autour de la cime et la dissimulèrent à ses yeux, comme un rideau sur une scène.

— C'est beau, pas vrai ?

Bisila s'approcha de la rambarde où était appuyée Clarence. Celle-ci chercha un mot qui fasse honneur au spectacle.

— C'est… renversant. Je ne suis pas étonnée que mon père soit tombé amoureux de cette île.

Le visage de Bisila se ferma.

— Il a dû te raconter beaucoup d'anecdotes de sa vie ici, marmonna-t-elle sans détacher les yeux de l'horizon.

Clarence étudia son profil. Il y avait quelque chose chez elle qui l'attirait. Ses yeux étonnamment clairs et ses lèvres fermes reflétaient l'intelligence, la force et la détermination chez cette femme au physique pourtant délicat. Laha et Iniko la disaient travailleuse, responsable et gaie, mais Clarence décelait chez elle une sensation permanente de tristesse et de vulnérabilité. Peut-être la vie avait-elle atténué cette joie.

— J'ai bien peur que les parents ne racontent jamais tout, répondit-elle.

Bisila la regarda du coin de l'œil. Clarence eut l'impression qu'elle analysait ses traits, et Mamá Sade lui revint en mémoire. Quel âge pouvait-elle avoir ? Elle devait être un peu plus âgée que la mère d'Iniko. Comme sa réaction aurait été différente si Bisila s'était souvenue de son père !

— Tu sais ce qui m'est arrivé, l'autre jour ? Je ne sais pas si ton fils t'a raconté. Dans un restaurant, j'ai été abordée par une certaine Mamá Sade. Elle était persuadée que je lui rappelais quelqu'un, un homme qu'elle a connu il y a très longtemps.

Elle s'efforça de sourire.

— C'est bête, mais pendant un moment je me suis dit qu'elle avait pu avoir affaire à mon père.

Elle effectua une pause à dessein, mais le visage de Bisila ne refléta aucune surprise.

— Mamá Sade a connu beaucoup de gens dans sa vie.

— Alors, vous savez qui c'est.

Bisila opina du chef.

— Et pourquoi est-il si important pour toi qu'elle ait pu connaître ton père ?

— Eh bien…

Clarence hésita, mais une petite voix lui soufflait d'être sincère. Pourquoi ne pas avouer la véritable raison de sa venue ? À ce moment, Iniko les interrompit.

— Ah, vous êtes là ! Clarence, on y va maintenant, l'informa-t-il sans la regarder dans les yeux. J'aimerais arriver à Ureka avant la tombée de la nuit.

Les deux femmes le suivirent jusqu'à la porte d'entrée. Amanda et Jovita insistèrent pour leur faire accepter de petits paquets contenant un peu de nourriture ainsi que le restant des biscuits à la noix de coco qui avaient tant plu à Clarence. Les mêmes enfants joyeux qui les avaient reçus, et davantage, les entourèrent à nouveau. Cette femme blanche avait représenté la nouveauté du jour, et sans doute de l'année.

Au dernier moment, Clarence sentit le regard de Bisila sur le collier tout simple qu'Iniko lui avait noué autour du cou. Elle n'aurait su dire si son visage reflétait la surprise de le voir sur elle ou s'il réveillait des souvenirs, mais ses yeux s'emplirent de larmes. Avant qu'elles ne coulent, elle étreignit la jeune femme avec force, comme si elles ne devaient jamais se revoir.

Une fois dans la voiture, Clarence ne cessa de penser à Bisila. Elle regrettait de ne pas avoir osé lui en demander plus sur sa vie. La grande majorité des Équatoguinéennes de son âge n'avaient pas fait d'études et avaient été éduquées exclusivement aux tâches accomplies par les femmes : la maison, la cuisine, l'agriculture et la maternité. Certaines pouvaient tenir un étal sur le marché. Et d'après ce qu'avaient raconté Rihéka, Melania et Böhiri, les choses n'avaient guère changé, bien que la Constitution protège théoriquement les femmes et les situe au même niveau de droits, devoirs et obligations que les hommes. Dans la pratique, apparemment, on n'appliquait que ce qui relevait des obligations.

Bisila, pourtant, avait réussi à être une femme indépendante et avait entamé ses études en pleine période coloniale. Clarence ignorait combien pouvait gagner une femme à cette époque, mais cela ne devait pas représenter beaucoup. De plus, son salaire était le seul de la famille. Comment était-elle parvenue à faire au mieux pour ses fils sans l'aide d'un homme ?

— Tu es très silencieuse, à quoi penses-tu ?

C'était la première fois qu'Iniko se préoccupait de son état d'esprit depuis qu'il lui avait reproché son attitude envers les enfants.

Les lignes blanches des bas-côtés de la route serpentaient au milieu des grandes herbes vertes.

— Je pensais à ta mère, répondit Clarence. J'aimerais en savoir plus sur elle. Elle m'a l'air d'être une femme exceptionnelle.

— Et qu'aimerais-tu savoir ? demanda-t-il, conciliant.

Clarence accepta sa complaisance comme une excuse suite à la dispute.

— Comment se fait-il qu'elle ne vive pas à Baney, avec sa famille ? Pourquoi s'est-elle établie à Malabo ? Comment a-t-elle pu étudier ? Combien de fois a-t-elle été mariée ? Qui était ton père ? Et celui de Laha ? Comment était ta vie à Sampaka ?

— Holà ! l'interrompit-il, feignant d'être dépassé. Trop de questions.

— Je suis désolée, tu m'as demandé ce que je voulais savoir.

Elle craignit d'être allée trop loin dans sa curiosité, mais Iniko ne paraissait pas gêné.

— Ma mère travaillait au dispensaire de la plantation de Sampaka comme aide-soignante, elle a épousé quelqu'un qui travaillait là-bas et ils m'ont eu, moi. Mon père est mort dans un accident et nous avons déménagé à Malabo. À un moment, elle a dû avoir une relation avec un homme, d'où la naissance de Laha, mais je n'en sais pas plus. Elle n'a jamais voulu en parler, et nous n'avons pas non plus insisté. De mon enfance à Sampaka, j'ai des images éparses, de l'école, des baraquements des Nigérians où une voisine me gardait. Ensuite, j'ai passé des années avec ma grand-mère au village. J'aimais mieux le village que la plantation, parce que je m'y sentais libre…

Un instant, Clarence revit les bribes de lettres où il était question d'une infirmière qui s'était occupée de son grand-père sur son lit de mort. Aussitôt, elle mit le visage de Bisila sur celle qui posait un linge humide sur le front d'Antón.

Était-ce possible ?

Ils gardèrent un silence pensif. Iniko conduisait le regard droit devant, la tête appuyée sur la main et le coude passé par la vitre ouverte.

— Et après ? demanda Clarence.

— Après quoi ?

— Comment a fait Bisila pour ne pas être obligée de quitter le pays, comme tant d'autres à l'indépendance ? Beaucoup de Bubis et de Nigérians ont été expulsés, non ?

— *A priori*, elle ne représentait aucune menace politique, et comme ses capacités dans le domaine médical égalaient ou dépassaient celles d'un médecin, elle a su se rendre utile…

Il s'arrêta brusquement, arborant une expression de rage contenue. Il devait se remémorer la terrible persécution qu'avait connue son peuple après l'arrivée au pouvoir de Macías. Clarence s'en voulut de l'avoir dérangé par ses questions. Elle lui tapota la cuisse avec compassion et décida de se concentrer sur le paysage. Iniko, reconnaissant de son geste, posa sa main droite sur la sienne tout en tenant le volant de la gauche.

Ils laissèrent derrière eux la maigre population déclinante de Riaba, connue comme Concepción du temps des colonies, qui s'étendait vers la mer comme un monceau désordonné de terrains vagues sans trottoirs, avec des buissons aussi menaçants qu'envahissants, et des bâtiments inégaux qui ressemblaient à des baraquements de plain-pied. Ils se dirigèrent vers le sud de l'île.

— Que veut dire Iniko ? demanda Clarence au bout d'un bon moment. Tu n'as pas d'autre prénom ? Vous en avez tous un espagnol et un guinéen, non ?

— Quelque chose comme Iniko Luis ?

Elle éclata de rire.

— Oui, quelque chose de ce style.

— Eh bien, je n'ai que ce prénom, et en réalité il est nigérian. Le prêtre de l'école nous disait qu'avec ces noms Dieu ne nous reconnaîtrait pas et que nous irions directement en enfer. Moi, ça ne me faisait pas peur, et je ne répondais que quand on m'appelait par mon vrai prénom. Il a fini par s'avouer vaincu.

— Et il a une signification ?

— « Né en des temps difficiles. »

— Très approprié. À la période de ta naissance, le passage de la colonisation à l'indépendance, et à tout ce que tu as vécu…

— Si je ne m'étais pas appelé Iniko, il me serait arrivé les mêmes choses, non ? Un nom n'a pas tant de pouvoir.

— D'accord, mais ça lui donne une autre dimension, ça te rend spécial.

— Nous avons donc ici une belle combinaison de gens spéciaux : Clarence, la ville et le volcan à son nom… à côté d'Iniko, un homme né en des temps difficiles. Que pouvons-nous attendre de tout cela ?

Sa voix s'était faite douce et chaude. Clarence perçut l'intensité de son regard en coin. Elle sentit ses joues la brûler sous la crème solaire, avec les audacieuses pensées qui lui venaient. Elle devait saisir ce moment magique avant qu'il ne soit gâché, s'accrocher à ce fil ténu qu'une araignée invisible avait tendu autour d'eux avant qu'il ne se distende.

— C'est vrai, répondit-elle en tentant d'adopter un ton suggestif. Qu'attendre d'un volcan et d'un guerrier bubi ?

Un incendie, pensa-t-elle.

Elle eut l'impression que la jungle épaisse autour d'elle se taisait soudain. Où était le mouvement qu'elle avait cru percevoir durant le voyage ? Quelqu'un n'était-il pas en train de l'observer très discrètement ? Elle se souvint encore une fois avec soulagement qu'à la différence de la partie continentale il n'y avait pas sur Bioko d'éléphants ou de lions, seulement des singes, mais ce calme lui semblait suspect. Il allait bientôt faire nuit.

— Nous serons bientôt à Ureka, annonça d'ailleurs Iniko.

En entendant ce mot, un nouvel espoir se fit jour dans son cœur. Et si, à la fin, son voyage était récompensé ? Si, là-bas, quelqu'un se souvenait de son père ?

La Land Rover emprunta un étroit chemin de terre et Clarence eut la sensation que tout signe de civilisation disparaissait. Le 4 × 4 avançait avec difficulté sur les pistes sans signalisation. Au bout de quelques kilomètres, ils aperçurent une simple barrière qui coupait la circulation.

— C'est un contrôle de police, annonça Iniko, un peu tendu. Tu ne dis rien, d'accord ? Ils me connaissent, ça ne durera pas longtemps.

Clarence acquiesça.

Elle constata que la barrière était un tronc de bambou posé sur un bidon de chaque côté de la route. Iniko arrêta le véhicule, sortit et salua les deux policiers sans grand enthousiasme. Les hommes en uniforme lancèrent plusieurs regards vers le 4 × 4 et posèrent des questions à Iniko, le visage grave. La nervosité de Clarence augmentait. Iniko secouait la tête de droite à gauche et l'un des hommes leva un doigt menaçant vers lui. Clarence décida de désobéir et descendit de la voiture.

— Bonsoir, dit-elle poliment avec un sourire timide. Il se passe quelque chose ?

Iniko l'accueillit par un regard de reproche.

L'un des policiers, bien en chair et absolument pas aimable, s'avança vers elle et, après l'avoir toisée, lui demanda ses papiers. Elle les lui remit et il les examina avec une lenteur délibérée. Ensuite, il retourna vers son collègue, les lui montra et revint voir Clarence pour les lui restituer avec un grognement. Les secondes passèrent, mais aucun des deux ne faisait mine de relever la barrière. Se rappelant de quelle manière Laha l'avait secourue l'autre jour, Clarence tendit une main garnie de billets et serra celle de l'homme brièvement, pour qu'il ne perçoive pas son anxiété. Il ouvrit la main, calcula rapidement la quantité qu'elle lui avait donnée, et à son soulagement parut s'estimer satisfait. Il fit un geste et les deux policiers les laissèrent passer.

Une fois dans la Land Rover, Iniko, apaisé, lui demanda :

— Et je peux savoir qui t'a enseigné les coutumes du pays ?

— Laha, répondit-elle avec un sourire. Comme tu vois, j'apprends vite.

Iniko secoua la tête.

— Lui, alors ! Lui aussi, il a reçu le prénom qui convient.

— Ah oui ?

— Laha est le dieu bubi de la musique et des bons sentiments. Traduit, ça donnerait quelque chose comme « Qui a bon cœur ».

— C'est un très joli nom.

— Plus que l'autre. Son nom complet est Fernando Laha.

— Arrête la voiture !

Iniko freina. Clarence ouvrit la portière, bondit au-dehors et s'appuya contre la voiture, étourdie. Elle porta les mains à son front et se frotta les tempes. La même phrase tournait en boucle dans son esprit : *Laha s'appelle Fernando !*

Elle passa en revue toutes les pistes qu'elle pensait avoir. Les paroles de Julia qui l'avaient amenée à rechercher un Fernando plus âgé qu'elle né à Sampaka, le peu qu'elle savait de la vie de Bisila, la coïncidence faisant qu'elle avait vécu à la plantation, la tasse de café qu'elle avait brisée en entendant le mot Pasolobino, les fleurs au cimetière… Était-ce possible… ? Et si… ?

Iniko lui posa une main sur l'épaule. Elle sursauta.

— Tu vas bien ?

— Oui, Iniko, excuse-moi…

Elle chercha une explication plausible.

— J'ai un peu la nausée. Ça doit être la chaleur, la tension du contrôle de police. Je ne suis pas habituée à ces choses-là…

Iniko hocha la tête.

Il faisait chaud, mais Clarence se frotta les bras comme si elle avait froid. Elle regarda Iniko et son expression intriguée. Et si elle lui faisait part de ses soupçons ? Non… Elle n'allait pas gâcher une promesse de journées merveilleuses par une conclusion précipitée qui, peut-être, leur donnerait un frère commun. Depuis combien de temps ne s'était-elle pas permis la moindre folie dans sa vie ? Elle pouvait attendre Ureka.

Elle rouvrit les yeux et Iniko était face à elle, les jambes légèrement écartées, les bras croisés, faisant ressortir les muscles de son torse dur comme la pierre, ses immenses yeux patients et chaleureux.

— Je me sens mieux, Iniko, dit-elle après un profond soupir. On peut repartir.

La dernière partie du voyage se transforma en une bataille continue entre le puissant moteur du 4 × 4 et la végétation qui avait pris possession du chemin.

— Et ce lieu reculé et inaccessible, il fait partie aussi de ton itinéraire pour le travail ? s'informa Clarence, un peu barbouillée par les secousses.

— Je ne vais pas souvent là, reconnut-il. C'est plus par plaisir que pour le travail.

— C'était quand, la dernière fois ?

Une question dérangeante lui traversa l'esprit : *Tu as déjà fait ce même trajet avec Melania ?*

— Je ne sais plus, répondit-il avec le sourire. En fait, il y a un lieu que j'aimerais te faire connaître. Accepte-le comme un cadeau.

Il arrêta le véhicule dans une petite clairière d'où l'on apercevait quelques maisons.

— Maintenant, nous allons devoir marcher un peu pour descendre jusqu'à la plage de Moraka, mais je te promets que l'effort en vaut la peine.

Il fallait d'abord passer entre des cacaoyers en suivant une pente douce, puis sur un sentier à travers un bois fermé par de grands arbres, dont les racines s'étendaient sur la superficie et faisaient régulièrement trébucher Clarence. Au bout d'un certain temps, ils entendirent le bruit des vagues et une grande fenêtre s'ouvrit dans le feuillage sur un panorama indescriptible.

À leurs pieds, une falaise d'une centaine de mètres de hauteur donna le vertige à Clarence. Elle vit Iniko s'engager dans un petit chemin étroit et escarpé, pratiquement accroché au précipice, et elle le suivit, non sans appréhension. Elle dérapait à cause des pierres et des troncs d'arbres qui tenaient lieu de marches, provoquant le rire d'Iniko qui, devant sa maladresse, mettait en doute ses origines montagnardes. Lorsqu'ils furent en bas, Clarence se retourna et pensa qu'elle ne pourrait jamais remonter par le même chemin.

Si toutefois ils avaient envie de remonter…

Elle resta muette face au paysage. Toutes les images qu'elle avait pu avoir en tête sur le paradis se matérialisèrent à cet instant même. Sous ses yeux s'étendait la vue la plus magnifique qu'elle ait jamais contemplée. Une plage grande et large, de sable noir, à l'eau transparente. Au bout du sentier, une énorme cascade tombait dans un bassin cristallin. C'était là que le fleuve Eola se jetait dans la mer, transformant sa mort en pure beauté.

Le spectacle était éblouissant. Dans la mer, des groupements de rochers irréguliers reposaient sur le sable, léchés paisiblement par les vagues. Là où il n'y avait pas la plage, le bleu de la mer et le vert de la forêt luttaient pour savoir qui prendrait le pas sur l'autre.

— Alors ? demanda Iniko, heureux de l'expression émerveillée de Clarence.

— Mon père, bien qu'il ne soit guère poète, se vante toujours d'avoir eu la chance de connaître deux paradis terrestres : notre vallée et cette île. Je t'assure que c'est vrai. Ici, c'est le paradis !

Il ôta ses chaussures et lui fit signe de faire de même. Puis il la prit par la main et ils commencèrent à se promener sur le sable.

— Tous les ans, en novembre ou décembre, des milliers de grandes tortues marines terminent ici leur migration dans l'océan Atlantique. Dans leur majorité, elles sont nées sur cette magnifique plage et y reviennent pour pondre. Elles sortent de l'eau, pondent sur le sable sec et enterrent leurs œufs. Certaines retournent à la mer, d'autres meurent d'épuisement. D'autres encore sont capturées par les chasseurs qui les guettent, alors que c'est une espèce menacée. Ils les retournent, carapace contre terre. Elles ne peuvent pas se remettre sur leurs pattes, grandes comme elles sont, et elles restent comme ça jusqu'à ce qu'ils les tuent.

Iniko passa un bras autour des épaules de Clarence et la serra contre lui.

— Quand j'imagine les tortues sortir de l'eau et se traîner sur le rivage, dans une fatigue extrême, Clarence, je pense à ceux de mon pays qui sont partis et n'ont pu y revenir. À ceux qui sont revenus pour être maltraités. À ceux qui à tout prix arrivent à maintenir leur descendance sur la plage noire.

Clarence ne sut que répondre.

Ils marchèrent longtemps pieds nus et s'arrêtèrent devant un immense rocher couvert de mousse et d'oiseaux, qui s'élevait vers le ciel tel un menhir naturel de plus de trente mètres. Une petite chute d'eau jaillissait d'en haut.

— C'est le gardien de l'île, expliqua Iniko. Sa mission est de veiller sur le peuple d'Ureka.

Il mit la main dans sa poche et en sortit des graines et des pétales, qu'il déposa au pied du rocher tout en murmurant quelques mots.

— Qu'est-ce que tu fais ?

— Une offrande.

— Tu aurais pu me le dire. Je n'ai rien apporté.

Iniko lui tendit une poignée de graines.

— Ce sera suffisant.

Clarence se baissa et déposa le petit présent tout en demandant de l'aide, non seulement pour la quête qui l'avait amenée à Bioko, mais aussi pour tous les aspects de sa vie. Elle grimaça. C'était beaucoup réclamer en échange de si peu.

— Tu ne veux pas savoir ce que j'ai demandé ?

Iniko sourit.

— La même chose que moi, j'imagine. Qu'elles poussent bien.

Elle acquiesça. Il prit son bras et, en silence, la ramena vers le bout de la plage.

Ils arrivèrent au bord du bassin formé par l'eau de l'Eola. Sans retirer ses vêtements, Iniko s'introduisit dans l'eau, bras en croix et les paumes vers le ciel. Clarence se délecta de voir les gouttes de la cascade, partie prenante d'un trajet naturel irréversible, et en même temps circulaire et éternel, échouer sur sa peau. Iniko se tourna alors vers elle et l'invita à l'imiter.

Clarence passa sous la cascade et le laissa lui enlacer la taille de ses énormes bras. Avec lenteur, il l'attira contre lui, sans cesser de la regarder, et enfouit le visage dans ses cheveux. Le cœur affolé, elle sentait sa respiration près de son oreille, ce qui lui donnait de délicieux frissons. Il humait son odeur tout en posant doucement les lèvres sur sa peau humide, de son cou vers son épaule, puis remontant vers le lobe de son oreille et sa tempe.

Elle gardait les yeux fermés pour savourer dans toute son intensité la sensation enivrante de ses caresses. En cet instant, au milieu de la solitude de l'océan, il n'existait plus rien que son corps collé à celui d'Iniko. Jamais auparavant elle n'avait pu réaliser un tel fantasme. Il souhaitait la déguster lentement, comme si elle était la première part de dessert depuis des années et qu'il voulait faire durer son goût sur son palais et dans ses sens. Il bougeait contre elle en un léger mouvement, passait l'extrémité des doigts sur ses bras comme s'il souhaitait seulement les effleurer ; il faisait glisser ses lèvres charnues sur ses joues ; il inspirait l'odeur de ses cheveux ; il appuyait l'oreille sur son front ; il contemplait son visage quelques secondes… puis il recommençait, avec une lenteur qui ne faisait qu'augmenter le désir de la jeune femme.

Sans la quitter des yeux, Iniko se mit à déboutonner tranquillement la chemise de Clarence, qui sentit sa respiration s'accélérer et sa peau se hérisser au contact de ses mains. Il l'étreignit et, de nouveau, ses lèvres errèrent dans son cou avant de s'aventurer vers sa poitrine durcie par la chaleur et l'humidité de sa bouche.

Elle se laissait guider, n'ayant aucun souvenir d'une fois où un autre homme l'avait savourée aussi habilement, dans un désir contrôlé.

Sur le même rythme serein, il posa ses lèvres pleines sur les siennes et l'embrassa dans un souffle chaud tout en lui saisissant la taille. Clarence avait besoin d'air et entrouvrit la bouche, il la mordilla avant de s'en emparer entièrement de sa langue experte.

Ils étaient si fort ensemble qu'en dépit du bruit de la chute d'eau elle percevait les battements rapides de son cœur. Elle passa les mains sur les épaules massives d'Iniko, son large dos, descendant jusqu'à la ceinture pour le caresser sous sa chemise trempée collée à ses muscles.

Iniko se détacha à peine d'elle pour ôter le vêtement et se retrouver torse nu. Clarence contempla la fermeté de sa musculature puis ses yeux lui confirmèrent ce qu'avaient senti ses doigts : comme un guerrier scarifié, il avait la peau sillonnée de plusieurs cicatrices. Elle n'émit aucun commentaire. Simplement elle caressa ses blessures, avant d'y déposer des baisers.

Tout comme il avait savouré sa poitrine, elle voulut goûter son torse pendant que des doigts forts exploraient sa nuque et jouaient dans ses cheveux, jusqu'à parvenir à libérer la tresse qui les attachait. Alors, il prit le visage de Clarence entre ses mains et le serra avec force, l'orienta vers le sien et l'embrassa encore plus intensément. Submergée par l'excitation, Clarence répondit à ses baisers avec une avidité méconnue.

Iniko lui baisait les lèvres, le front, l'oreille, le cou… Elle l'entendait haleter à son oreille. Dans un murmure, il suggéra que tous deux s'allongent dans le sable, et leurs respirations se mêlèrent bientôt au doux clapotis des vagues qui venaient lécher le rivage, avant de se retirer paresseusement, pour revenir et repartir encore.

Clarence ne pouvait cesser de le caresser. Comme dotées d'une volonté propre, ses mains souhaitaient déchiffrer et enregistrer la moindre parcelle de sa peau, pour quand il ne serait plus avec elle, en Espagne. Dans sa vallée, il faisait toujours froid. Il n'y aurait pas de sable. Ni deux corps nus près de la mer. Ce moment avec Iniko deviendrait l'un des plus magnifiques souvenirs de sa vie. Elle sourirait en se remémorant les frissons de désir qui lui faisaient cambrer le dos pour venir à sa rencontre, de toute son énergie. Peut-être trouverait-elle quelqu'un avec qui passer le reste de sa vie, parvint-elle à penser dans un bref instant de lucidité, mais elle irait difficilement au-delà de l'incroyable lien qui s'était établi entre eux. Sans promesses ni reproches. Un lien surgi d'une mystérieuse affinité, malgré les différences. Chaque fois qu'elle entendrait le mot Afrique, dans son esprit se dessineraient le beau visage et le sourire triste d'Iniko.

Et, à sa façon de prendre possession de son corps, elle sentait qu'il éprouvait la même chose.

Aucun d'eux n'oublierait que, dans un endroit du monde, il existait une personne dont l'odeur enivrante avait imprégné ses sens ; un corps dont la sueur avait imbibé sa peau assoiffée ; un corps dont la saveur avait assouvi son besoin de plaisir, à ce moment précis : en pleine maturité, quand la distance parcourue était longue, et celle restante, incertaine.

Quand ils prirent le chemin du retour vers le village, Clarence s'arrêta un instant pour contempler l'horizon du haut de la falaise. La mer s'étalait devant ses yeux dans toute sa splendeur, et la pleine lune, encadrée par des frondaisons de palmiers, produisait à la surface de l'eau des milliers de reflets argentés.

Il lui semblait se trouver en ce lieu depuis une éternité. Elle se sentait à l'aise, calme et détendue. Pourtant, une sensation soudaine de solitude la surprit. L'inquiétante impression qu'Iniko souhaitait s'emparer de son corps et de son âme. « N'oublie pas, semblait-il vouloir lui dire. N'oublie ni ces noms ni ces lieux. Ne m'oublie pas. Retourne dans ton pays et souviens-toi de la trace que j'ai laissée en toi. » Sous cette cascade, elle avait cru déceler dans ses yeux un désir confus mêlé de légères touches de ressentiment. « N'oublie pas que, pendant quelques jours, tu m'as appartenu. »

— Tu es bien silencieuse, Clarence, fit-il remarquer. La montée t'a essoufflée ? Tout est donc plat, à Pasolobino ?

Afin qu'il ne perçoive pas sa confusion, elle s'exclama d'une voix joyeuse :

— Je n'arrive pas à croire que je suis venue là !

Il lui caressa les cheveux et murmura :

— À partir d'aujourd›hui, chaque fois que j'entendrai le nom de ton pays, je ne ressentirai plus la même chose. Je penserai à toi, Clarence.

Elle ferma les yeux.

— Et pour moi ce sera la même chose quand j'entendrai parler de ce petit morceau d'Afrique. Ce qui arrive souvent dans ma famille. Je crois que je suis condamnée à ne jamais t'oublier, soupira-t-elle avant de prendre le chemin du retour.

Ils regagnèrent la voiture, sortirent les sacs à dos du coffre et entrèrent dans le village d'Ureka, constitué de maisons construites sur pilotis pour se préserver de la pluie, aux toits de bambou couverts de feuilles de palmier et entourées de haies vertes.

Il y avait une trentaine de bâtisses organisées le long d'une avenue de terre bordée d'arbres et de troncs où étaient accrochés des crânes de singe et d'antilope, ainsi que des squelettes de serpent pour chasser les mauvais esprits. Ce lieu avait à peine évolué au cours des dernières décennies. Si Jacobo et Kilian avaient été là, ils auraient sans doute voyagé dans le temps. Le village n'avait rien à voir avec la capitale ni avec le nord de l'île.

À un bout de l'avenue se dressait un bâtiment sans murs. À une certaine distance, plusieurs personnes reconnurent Iniko et le saluèrent de la main.

— Quel est cet endroit ? demanda Clarence.

— La Maison du Village. C'est un lieu très important pour nous. On l'utilise pour se réunir, raconter des histoires, débattre des problèmes de la vie quotidienne ou résoudre des différends. Tout ce que je sais de mon village, je l'ai entendu ici. D'ailleurs, ajouta Iniko en adressant un geste aux gens qui s'approchaient pour les saluer, à partir de maintenant, tu feras également partie de la tradition orale de tous les lieux que nous avons parcourus.

— Ah oui ? fit Clarence, intriguée. Et quel a été mon haut fait ? Être blanche ?

— Les Blancs ne nous surprennent pas autant que vous vous l'imaginez. Tu passeras dans l'histoire comme « la petite amie d'Iniko ». Même si tu t'en vas dans quelques heures. Et tu n'y pourras rien.

Après un sourire malicieux, il alla à la rencontre d'un groupe de voisins. Ils se saluèrent avec effusion, échangèrent quelques mots, puis une femme indiqua l'une des maisons.

— Viens, Clarence, dit Iniko. Nous allons laisser nos affaires dans notre « hôtel ».

Clarence haussa les sourcils, curieuse et amusée. En entrant dans la maison, elle siffla de surprise. Le sol de la pièce simple était en terre battue et il n'y avait presque aucun meuble, mais ce n'aurait pu être plus romantique et accueillant. Au centre, un cercle de pierres entourait du bois prêt à être enflammé. Près de ce foyer rudimentaire, une grande paillasse en bambou élevée comme un lit. Sur une petite table, quelqu'un avait préparé un bol de fruits des plus appétissants.

— Nous allons dormir ici, annonça Iniko en laissant les sacs à dos par terre. Maintenant, nous devons accepter l'invitation du chef. Il est l'heure de manger. Tous ensemble.

Clarence sentit des papillons lui parcourir le ventre. Elle allait connaître les habitants du village.

Quelle meilleure occasion pour demander s'il y avait des amis de son père ?

Nerveuse, elle suivit Iniko jusqu'à la Maison du Village, qui s'emplissait peu à peu. Le chef s'appelait Dimas. C'était un homme petit et sec, aux cheveux blancs bouclés et aux traits marqués. Deux profondes rides creusaient ses joues, encadrant son nez large et ses lèvres épaisses. Il salua Iniko avec la même affection que les autres hommes, et Clarence en déduisit que le fils de Bisila était une personne très appréciée.

Ils s'assirent sur le sol, formant un grand cercle. Clarence et Iniko avaient la place d'honneur, près de Dimas. Quelques hommes lancèrent des regards curieux vers elle, et plusieurs enfants s'assirent autour d'eux. Il était inévitable que, ce soir, elle soit le centre de l'attention, et durant le copieux repas – poisson, frites de banane plantain, yucca et fruit d'arbre à pain rôti – elle répondit à de nombreuses questions sur la vie en Espagne. Les hommes restèrent confortablement assis tandis que les femmes entraient et sortaient avec les bols de nourriture, et surtout les boissons, évitant les petits qui tournicotaient entre la femme blanche et les victuailles. Quand l'inévitable question de la neige et du ski fut soulevée, en partie à cause de la nouveauté, en partie sous l'effet du vin de palme qu'elle goûtait pour la première fois, Clarence fut gagnée par les rires des autres.

— Comment vous y prenez-vous pour qu'il soit si fort ? demanda-t-elle, les yeux larmoyants et la gorge en feu.

À côté du chef, un homme appelé Gabriel, si maigre qu'on voyait tous ses os et qui devait avoir l'âge de Dimas, répondit :

— Nous l'élaborons à la manière traditionnelle. Nous grimpons sur les palmiers avec des cordelettes et des lianes. Nous coupons le pédoncule des fleurs mâles et recueillons le liquide dans une calebasse ou une carafe. Ensuite, nous le laissons reposer plusieurs jours pour que l'alcool vienne. Très, très lentement. Oui. Il faut qu'il repose pour devenir bien fort.

— Comme les Bubis, déclara Iniko.

Tous rirent en hochant la tête.

Ils finirent de manger et le chef adopta une attitude sérieuse. Tous se turent et Dimas commença à narrer en espagnol l'histoire de son peuple, qu'ils avaient sûrement entendue des centaines de fois, se dit Clarence, mais que tout le monde écouta sans aucun signe d'impatience. Au contraire, ils approuvaient régulièrement ses paroles : l'arrivée des premiers Bubis sur l'île des milliers d'années auparavant ; les guerres entre les différentes tribus pour remporter les meilleures terres ; les listes de rois et leurs accomplissements ; la chance que l'emplacement d'Ureka l'ait rendu difficile d'accès du temps de la traite des esclaves ; les premiers colonisateurs et les affrontements ; la vie avec les Espagnols.

La voix de Dimas se fit grave en prononçant les noms des rois :

— Mölambo, Löriíte, Löpóa, Möadyabitá, Sëpaókó, Möókata, A Löbari, Óríityé…

Clarence ferma les yeux pour écouter l'histoire de la terre bubie et son esprit se projeta au temps de l'esclavage et des affrontements entre Bubis et Espagnols, avant la pacification totale.

— Les colons ont fait disparaître la figure du roi, chuchota Iniko, mais nous avons maintenu notre symbole national. J'ai connu Francisco Malago Beösá. C'était comme notre père spirituel. Imagine, il est né en 1896, et il vient de mourir, à l'âge de cent cinq ans.

— Je n'arrive pas à le croire, s'étonna Clarence à voix basse. Plus du double de l'espérance de vie nationale…

— Écoute : maintenant, c'est la partie qui me plaît le plus, celle des hauts faits d'Esáasi Eweera.

Dimas raconta la vie du lieutenant du roi Moka. Il décrivit Esáasi Eweera comme un jeune homme fort, courageux et décidé, animé par une telle haine du colonisateur qu'il s'attaquait avec fureur aux colons venus s'approprier les terres arables autant qu'aux Bubis qui témoignaient de la sympathie aux Blancs. Au bout du compte, lui et ses hommes furent capturés par les forces coloniales et emmenés à la prison de Black Beach, avec ses épouses qui furent maltraitées et violées avec barbarie par les policiers coloniaux, en présence de leur époux et roi, qui déclara une grève de la faim.

Un profond silence retomba quand Dimas raconta la fin d'Esáasi Eweera, qui fut, selon les colonisateurs, converti, baptisé et enterré sous le nom de Pablo Sas-Ebuera, et, selon les Bubis, assassiné et enterré assis dans les hautes terres de Moka, suivant les coutumes pour l'inhumation d'un roi.

Dimas termina son énumération des rois et se mit à parler de sa propre vie. Au bout d'un moment, Iniko murmura avec ironie :

— Et c'est là qu'il reconnaît à quel point on vivait bien avec les tiens.

Le chef évoqua en effet avec nostalgie Santa Isabel du temps de sa jeunesse, sa vie confortable dans une petite maison en ville avec sa femme et ses enfants ; l'argent qu'il gagnait en tant que contremaître dans une plantation de cacao appelée Constancia, où il dirigeait les *batas*, les travailleurs, ce qui lui permettait d'avoir une petite voiture et la chance d'envoyer ses enfants à l'école. Clarence, qui observait Iniko du coin de l'œil, constata qu'il gardait les yeux rivés sur le sol. De toute évidence, cette partie ne lui plaisait pas.

Dimas fit une pause pour boire son bol. Clarence en profita pour intervenir :

— Et cette plantation, Constancia… elle était près de Sampaka ?

— Oh oui, tout près ! Je n'y allais pas beaucoup, mais je connaissais des gens qui travaillaient là-bas. Il y avait un médecin qui s'appelait Manuel. Un homme très bien. Il m'a aidé une fois, et plus tard je lui ai rendu service à mon tour. Je me demande ce qu'il est devenu…

Clarence sentit son cœur battre plus fort. Vu l'âge de Dimas, les dates pouvaient concorder… De quel service s'agissait-il ? D'envoi d'argent ? Dans ce village reculé ? Il n'y avait aucune logique…

— Ce Manuel n'aurait pas été marié avec une certaine Julia ?

Dimas, qui avait fermé les yeux, les rouvrit.

— Si, c'est bien cela. C'était la fille de don Emilio… Vous les connaîtriez ?

— Manuel est mort il y a peu de temps. Je connais très bien Julia… Ils étaient là en même temps que mon père, Jacobo, et mon oncle, Kilian. Je ne sais pas si vous vous en souvenez…

Tout en tentant de ne pas paraître y accorder trop d'importance, elle regardait bien le visage de son interlocuteur, mais n'y perçut aucune variation.

— Leurs noms me sont familiers, mais leurs visages se sont effacés de ma mémoire. Il est possible que je les aie connus, mais cela fait tant d'années…

Clarence décida de s'aventurer encore plus loin. Il fallait qu'elle sache s'il existait la moindre possibilité que Dimas ait été l'un de ces amis d'Ureka par qui son père envoyait apparemment de l'argent… Mais à qui ? Et pourquoi ?

— Et vous dites que Manuel vous a aidé et que vous lui avez rendu la pareille…

Dimas se frotta entre les sourcils, comme s'il souhaitait freiner les souvenirs.

— C'étaient des temps difficiles pour tous, Noirs et Blancs.

— Les Blancs ont mis ton frère en prison, intervint soudain Iniko, irrité par cette nostalgie. Ils l'ont envoyé à Black Beach. Torturé.

Dimas hocha la tête affirmativement, puis négativement.

— Ce ne sont pas les Blancs qui l'ont tué, mais Macías. Il s'est chargé de liquider ceux qui avaient réussi économiquement, et ceux qui ont survécu il les a ruinés. Comme moi, par exemple. Mais ce n'est pas la même chose.

— Ce sont les Blancs qui ont mis Macías en place, signala Iniko.

— Mais ce sont aussi eux qui ont accordé l'indépendance, dit rapidement Clarence, espérant pouvoir revenir au sujet qui l'intéressait. Ce n'est pas ce que vous vouliez, que mon pays vous laisse en paix ?

— Personne ne m'a accordé mon indépendance, répondit Iniko sur un ton offensé, sans la regarder. Je suis bubi. Les habitants de cette île, les premiers, avant qu'un bateau ne tombe dessus par un malheureux hasard, c'étaient les Bubis. Ici, il n'y avait ni Portugais, ni Anglais, ni Espagnols, ni Fangs. Mais quand l'Espagne n'a plus eu d'autre choix que de laisser la Guinée devenir indépendante, selon l'exigence de l'ONU, elle l'a fait de la manière la plus glorieuse qu'elle a trouvée : en donnant le pouvoir à un Fang paranoïaque sous le brillant prétexte que nous serions une nation unique. Comme s'il était possible d'unir le jour et la nuit !

Il balaya l'assistance du regard et éleva la voix :

— Cette île et la partie continentale de Mbini sont, ou plutôt étaient, jusqu'à il y a peu, deux mondes complètement différents, avec des ethnies distinctes. Nos traditions bubies sont différentes des traditions fangs.

Il se tourna vers Clarence, les yeux brillants.

— Tout à l'heure, on t'a expliqué comment nous faisons notre vin de palme. Les Bubis montent à l'arbre et extraient le liquide. Tu sais comment s'y prennent les Fangs ?

Sans attendre la réponse, il expliqua :

— Ils coupent le palmier. Oui, Clarence, ceux de ton pays nous ont obligés à accepter un État fictif, unique et indissoluble, en sachant qu'il ne pouvait pas fonctionner, et ensuite ils se sont plaints que nous étions problématiques. Et après ? Tu as écouté Dimas ? Lui, au moins, a eu la chance de pouvoir se réfugier dans cet endroit isolé…

Les hommes les plus âgés approuvèrent du chef. Clarence était agacée non seulement parce que Iniko avait fait dévier le sujet, mais aussi à cause du ton qu'il employait. Dès que les conversations dérivaient vers la politique, son attitude envers elle changeait du tout au tout. Et, pire, elle n'aurait peut-être plus l'occasion d'interroger Dimas sans éveiller les soupçons.

— Tu as raison, Iniko, déclara Gabriel d'une voix douce, mais tu parles avec le cœur. Les anciens temps ne reviendront pas. Avant, c'était le cacao, maintenant, c'est le pétrole.

— Maudites matières premières, grommela Iniko. Si seulement cette île était un désert ! Personne n'en voudrait !

Clarence n'était pas d'accord. Pour elle ces matières premières pouvaient faire avancer un peuple. Elle avait des souvenirs d'enfance d'un Pasolobino bien plus pauvre. Les rues n'étaient pas goudronnées et les coupures d'électricité étaient fréquentes. Les câbles pendaient des murs. Certaines maisons semblaient abandonnées et, évidemment, le village était peu desservi au niveau médical. Quand on tuait le cochon, quand on trayait les vaches, quand on posait des pièges pour les grives ou quand on chassait l'isard, les rues étaient salies par le passage des animaux et la terre des chemins.

Quand elle avait dix ans, et ce n'était pas si vieux, un Européen de France ou plus au nord qui aurait vu des photos de son village aurait pu croire qu'ils vivaient au Moyen Âge. En moins de quarante ans, l'Espagne avait pris un tournant extrême et des endroits aussi reculés que Pasolobino s'étaient transformés en paradis touristiques. Peut-être cette minuscule région d'Afrique avait-elle aussi besoin de temps pour équilibrer les extrêmes.

— Je ne suis pas d'accord, Iniko, intervint-elle. Là où je vis, grâce à l'exploitation de la neige, la vie s'est améliorée pour beaucoup de monde…

— Oh, s'il te plaît, ne compare pas ! la coupa-t-il. Ici, il y a de l'argent, des gouvernants corrompus et des millions de personnes qui vivent dans des conditions précaires. Je pense que tu ne te rends pas compte.

Clarence lui lança un regard froid et s'efforça de ne pas lui répondre sèchement devant les voisins d'Ureka. Elle n'était pas habituée à ce qu'on lui parle sur ce ton et qu'on dédaigne ses opinions. Heureusement, les autres ne semblaient pas attendre sa réaction, car on commentait leurs paroles de plus en plus bruyamment. Bientôt, Dimas leva la main et l'assemblée se tut.

— Je vois que tu apportes des papiers, Iniko. Y a-t-il des nouveautés ?

— Oui. Le gouvernement est en train de préparer la nouvelle loi de propriété des terres. Je vous ai apporté un brouillon de demande pour qu'elles soient enregistrées à votre nom.

— Pour quoi faire ? demanda un homme albinos aux yeux éveillés.

Clarence l'observa avec curiosité. Elle trouvait étrange qu'il ait des traits comparables à ceux des autres sur une peau entièrement blanche. Une fusion singulière, pensa-t-elle.

— Le bois n'est à personne, c'est l'homme qui est au bois. Nous n'avons pas besoin de papiers pour savoir ce qui est à nous.

Plusieurs hommes acquiescèrent.

— Tu parles comme un Fang, décréta Iniko. Avec cette théorie, on lapidera les droits centenaires de propriété de nombreuses familles.

— Depuis des siècles on respecte par la parole la possession de la terre que nous occupons, rappela Dimas. La parole est sacrée.

— La parole n'est plus utile de nos jours, Dimas. Aujourd'hui, il faut avoir des papiers en règle. La nouvelle loi continue de s'appuyer sur le droit africain, qui rejette la propriété privée de sol et favorise l'usufruit, mais au moins on y inclut une clause sur le patrimoine familial traditionnel. On dit que personne ne pourra vous déranger sur les terres que vous occupez habituellement à des fins agricoles ou résidentielles. C'est déjà ça. Si mon grand-père avait présenté des plans pour gérer la plantation au départ des Espagnols, il aurait peut-être pu la garder. Mais il ne l'a pas fait. Les Espagnols n'ont pas pu transférer le droit de propriété parce qu'ils n'étaient pas propriétaires du sol, mais ils ont pu faire le transfert du droit de concession pour que d'autres puissent poursuivre l'exploitation. Ce que je veux, c'est que vos enfants puissent recevoir le droit de la concession du sol. Pour qu'elle ne leur soit pas enlevée par de nouveaux venus.

Des murmures résonnèrent. La majorité opinait de la tête. Au loin, on entendit des chants.

— Merci, Iniko. Nous allons étudier ce que tu dis et nous en parlerons la prochaine fois que tu viendras. Maintenant, profitons de la danse. Nous discutons depuis longtemps et nous ne voulons pas que notre invitée s'ennuie.

Clarence fut reconnaissante au chef de conclure la réunion. Le vin de palme lui montait à la tête et elle se sentait somnolente. La journée avait été longue et intense. Les différents enseignements d'Iniko, ses changements d'attitude la désorientaient. D'un côté elle se sentait privilégiée d'avoir visité ces lieux si merveilleux et peu accessibles en compagnie d'un homme pour qui elle ressentait une forte attirance. De l'autre, elle déplorait que leur relation soit entachée par un passé dont elle n'avait pas fait partie et qu'Iniko ne sache pas séparer Clarence de sa nationalité. Se serait-il comporté de la même façon si elle avait été australienne ?

Iniko lui donna un léger coup de coude et lui indiqua de regarder devant elle. La vision un peu floue, elle admira un groupe de femmes qui interprétaient une danse simple. Vêtues de jupes en brins de raphia et parées de colliers de coquillages et de bracelets d'où pendaient des amulettes. Elles avaient les seins à découvert, le visage peint de marques blanches et les cheveux coiffés en petites tresses. Certaines portaient des cloches en bois produisant un son grave et monotone, similaire aux voix qui reprenaient en chœur le chant de l'une d'elles. D'autres frappaient le sol avec des bâtons et les pieds en une danse lancinante. Au bout d'un moment, Clarence se surprit à les accompagner à voix basse sur certaines strophes. Elle ne comprenait pas ce qu'elles disaient, mais cela ne la dérangea pas ; malgré la boisson, la fatigue, le message lui paraissait pur et transparent : tous faisaient partie de la même communauté, de la même terre, de la même histoire. Tous partageaient le cycle vital depuis le commencement des temps. Le spectacle ancestral réduisait la distance temporelle depuis l'infini jusqu'à ce moment précis, déjà écoulé et qui se reproduirait.

Une fois la danse terminée, Clarence se sentit apaisée et réconfortée. À côté d'elle, Iniko termina sa boisson. Clarence l'observa tout en essayant de communiquer avec lui par la pensée. Comment lui dire que plus de choses les unissaient qu'il ne le croyait ? Elle sentait qu'elle avait davantage en commun avec lui qu'avec un Hollandais, par exemple : une langue, une tradition religieuse, des comptines d'enfance… Comment en finir avec son ressentiment ? Comment lui dire que la rancœur n'était pas bonne, qu'elle finissait par blesser ceux qui n'étaient pas fautifs ? Comment lui faire comprendre que, quand on ne pouvait plus lutter pour une cause perdue, la meilleure solution consistait à trouver un équilibre ? Que, parfois, les années devaient passer pour que les eaux tumultueuses trouvent un chemin adéquat ?

Il s'étira lentement, faisant montre de son immense envergure, lui tendit la main et, avec un sourire séducteur, il s'inclina en cherchant son regard.

— Je pourrais rester ici des semaines… Tu n'aimerais pas te baigner tous les matins sous la cascade ?

Elle frissonna à ce souvenir. Visiblement, Iniko l'enchanteur était de retour.

— C'est très tentant, oui, mais j'ai aussi mes petits paradis à Pasolobino. En plus, il y a le reste de l'île, San Carlos devenu Luba, avec son grand cratère, la merveilleuse plage de sable blanc d'Aleña, d'où partent les pêcheurs pour l'île des Perroquets. Et Batete, avec son église tout en bois ? Tu ne voulais pas me montrer tout ça ? Comment peux-tu me demander de renoncer à la moitié du meilleur voyage de ma vie ?

— Je te récompenserai maintenant et je te le revaudrai si tu reviens à Bioko un jour.

— D'accord ! De toute façon, je ne crois pas que quoi que ce soit puisse dépasser la plage de Moraka.

Elle lui lança un regard espiègle, espérant qu'il capterait le double sens de ses paroles.

— Attends un peu, et tu verras !

Clarence ferma à demi les yeux, parcourue d'un frémissement de plaisir.

— Je veux dire, bien sûr, que tu pourras enfin visiter tout Sampaka. Qu'est-ce que tu croyais ? Que j'allais aussi te demander de renoncer à connaître le lieu où nous nous sommes rencontrés ?

Il se leva et lui tendit la main.

— Tu sais, Clarence, il aurait été impossible qu'à ton arrivée tu ne nous rencontres pas, Laha et moi. Les esprits l'ont voulu ainsi. Et on ne peut pas lutter contre la volonté des esprits. Ils doivent avoir une raison.

Elle se rappela s'être demandé elle-même pourquoi elle s'était sentie attirée par Iniko et non par Laha. Les esprits avaient peut-être une raison pour cela aussi.

Au-dehors, il se mit à pleuvoir.

Le commentaire d'Iniko lui procura une étrange sensation.

Comme si elle se reconnaissait dans son sang.

— Tu te rappelles le jour où je suis tombée sur toi ?

C'était trois semaines auparavant, ce qui paraissait une éternité à Clarence.

— Quand je t'ai prise pour une nouvelle secrétaire ? demanda Iniko.

— Oui ! répondit Clarence en riant. Je dois reconnaître que tu m'as fait un peu peur.

— J'espère que ça t'a passé.

— Hmm. Pas entièrement. Bref, tu m'avais paru antipathique et désagréable.

Il se tourna vers elle, surpris.

— Mais oui, insista-t-elle. J'ai même eu l'impression que je ne te plaisais pas du tout. Tu ne te souviens pas ? Après, quand j'ai dîné chez toi, ta mère t'a dit quelque chose en bubi, et c'est là que tu as changé.

— C'était un cliché. De ne pas te juger sans te connaître.

— Eh bien, c'était un conseil très avisé. Regarde comme les choses ont changé. Si c'était le roi Eweera qui gouvernait aujourd'hui, tu serais menacé pour sympathie avec une Blanche.

Il éclata de rire avant de répliquer :

— Si Eweera régnait, c'est toi qui serais menacée pour tenter de t'emparer d'un Bubi.

Iniko arrêta le 4 × 4 devant la grille rouillée aux restes de peinture rouge où apparaissaient les lettres restantes SA_PAK_.

— Toi qui es si intelligente, qui as tant lu et qui aimes tant les noms… Tu sais ce que signifie Sampaka ?

Clarence réfléchit quelques secondes. La propriété était née à côté du village qui avait été baptisé Saragosse…

— J'imagine que c'est le nom d'origine du village.

Il sourit d'un air supérieur.

— Sampaka est la contraction du nom d'un des premiers affranchis américains à être arrivés dans le port de Clarence, à l'époque de l'occupation anglaise. Cet ancien esclave s'appelait Samuel Parker, abrégé en Sam Parker, et prononcé Sampaka.

— Et tu as parfois la nostalgie du temps où tu étais là-bas ?

Iniko demeura pensif quelques secondes.

— J'y ai été heureux dans mon enfance, mais quand j'ai dû y retourner par obligation j'ai trouvé le travail dur et abrutissant. Je ressens peut-être un mélange d'indifférence et de familiarité…

Elle regarda vers les majestueux palmiers aux pieds peints en blanc sur deux mètres de haut. Chaque arbre était planté à un mètre à peine du suivant. Ils formaient deux grandes rangées parallèles séparées par un chemin de terre et semblaient se rejoindre au loin.

— Le hasard a voulu que ma famille vienne travailler ici plutôt que dans d'autres plantations comme Timbabé, Bombe, Bahó, Tuplapla ou Sipopo. À des milliers de kilomètres, ces noms étaient pour moi, quand j'étais petite, de belles sonorités évoquant des images de terres lointaines. À présent qu'il ne pleut plus et que je la vois bien, j'ai l'impression d'entrer enfin dans le château enchanté de mes contes d'enfance.

— Je ne sais pas ce que tu espères trouver, Clarence, mais la réalité est plutôt… pauvre.

— Tu vois ces palmiers ? Les hommes de ma famille en ont replanté certains. Pour moi, c'est une fierté et un réconfort. Mon père et mon oncle vieillissent et se voûtent, mais les arbres sont toujours là, bien dressés vers le ciel. Ça te paraît sans doute idiot, mais pour moi ça représente beaucoup. Un jour, tous disparaîtront, et il n'y aura personne pour raconter aux générations suivantes les histoires de palmiers dans la neige.

Elle visualisa l'arbre généalogique de sa famille et eut le même frisson que le jour où elle avait trouvé les lettres et décidé d'appeler Julia.

— Je le ferai, moi. Un jour, je leur raconterai tout ce que je sais.

Et tu leur raconteras aussi ce que tu soupçonnes, mais dont tu n'as pas la certitude ?

Elle prit conscience que la parenthèse temporelle où elle s'était permis d'oublier son supposé frère avait passé très vite.

Iniko mit le moteur en marche et ils entrèrent dans la propriété, pleine de vie ce jour-là : des hommes en jogging et tee-shirt poussaient des brouettes, des camionnettes transportaient de la poudre de cacao, un tracteur était chargé de bois, une femme portait un panier sur la tête, il y avait des bidons abandonnés çà et là. Ensuite, la cour. Sur la droite, deux hangars blancs au toit rouge. Sur la gauche, un autre, élevé devant un porche aux piliers blancs. Le bâtiment principal. Le petit des archives. Des montagnes de bûches en divers endroits. Des hommes torse nu qui allaient lentement d'un point à l'autre. Bien que ce soit sa deuxième visite, Clarence ressentit une profonde émotion.

Ils se garèrent sous l'auvent à côté de plusieurs jeeps, et Iniko la guida jusqu'aux cacaoyers les plus proches, où des hommes récoltaient le cacao à l'aide d'un long bâton à l'extrémité taillée en forme de crochet avec lequel on tirait sur les cabosses mûres sans faire tomber les vertes.

— Regarde, Iniko ! Mon oncle avait rapporté deux objets de Fernando Póo : ce crochet et une machette, qu'il utilise encore pour tailler et couper le bois le plus fin.

Les cacaoyers étaient plus bas que dans son imagination. Quelques travailleurs ramassaient à la machette les cabosses orangées tombées à terre et les rangeaient dans un panier qu'ils avaient sur les épaules. Ils portaient de hautes bottes en caoutchouc. Les mauvaises herbes poussaient partout. D'autres hommes portaient les baies dans des brouettes et les empilaient à des endroits où six ou sept autres les ouvraient. D'une main ils en tenaient une et l'incisaient habilement de deux ou trois coups de machette, ce qui leur permettait d'en extraire les fèves. C'étaient presque tous des hommes très jeunes. Leurs vêtements étaient sales. Ils passaient sûrement de nombreuses heures ainsi, à ouvrir les cabosses tout en bavardant.

Clarence avait les yeux brillants. Jacobo et Kilian lui parlaient de loin : « Quand il fallait sécher le cacao, même s'il était 4 ou 5 heures du matin, j'ai toujours été présent. »

Elle leur raconterait que l'on poursuivait la production de cacao, et de la même manière. Les séchoirs, quoique vieux et mal entretenus, étaient intacts. Ici, le temps semblait s'être arrêté : même machinerie, même structure supportant les toits, mêmes fours à bois. Tout fonctionnait avec des techniques identiques à celles de la première moitié du XXe siècle. Il n'y avait plus cinq cents travailleurs, ni l'ordre et la propreté dont se vantaient Kilian et Jacobo, mais tout était en état de marche.

L'intérêt de Clarence pour ce qui n'était pour lui qu'un travail pesant surprenait Iniko. Elle voulut voir le moindre recoin de la cour principale et des terrains alentour, et il lui expliqua en détail chaque activité. Au bout de plusieurs heures, ils traversèrent un petit pont sans garde-corps et prirent le chemin du retour vers le véhicule, dont ils sortirent leurs sacs à dos pour s'asseoir sur l'escalier de l'ancienne maison des responsables. Clarence se sentait épuisée et transpirante, mais heureuse.

Un homme d'une soixantaine d'années s'approcha d'eux, Iniko le reconnut et ils échangèrent un moment. L'homme ne cessait de la regarder, et elle finit par le reconnaître : c'était le fou qui l'avait poursuivie le premier jour ! Elle fut étonnée de le voir si calme et, bien qu'ils s'expriment en bubi, elle crut distinguer les mots Clarence, Pasolobino… et Kilian.

— Clarence ! s'exclama enfin Iniko. Viens voir, tu ne vas pas le croire.

Le cœur battant, elle écouta la suite.

— Je te présente Simón. C'est le plus vieil homme de l'exploitation. Il est ici depuis plus de cinquante ans. Il ne peut plus travailler, mais il a le droit de passer prendre du bois et donner des instructions à des jeunes inexpérimentés.

Simón l'observait avec une légère incrédulité. Il avait un visage étrange, parcouru de cicatrices sur le front et les joues. Il devait faire partie des rares scarifiés qui restaient, car c'était le seul qu'elle ait vu, ce qui l'impressionna. À côté d'Iniko, cette fois, elle n'eut plus peur.

L'homme s'adressa à elle directement, mais en bubi. Iniko murmura à l'oreille de Clarence :

— Il connaît l'espagnol depuis son enfance, mais un jour il a décidé de ne plus le parler, et il n'a jamais trahi sa promesse. Ne t'en fais pas, je vais traduire.

Encore quelqu'un qui tient ses promesses, se dit la jeune femme en se souvenant du refus de Bisila de retourner à Sampaka.

Iniko commença à traduire les phrases :

— Il te regarde depuis le début. Tu lui rappelles beaucoup quelqu'un qu'il a bien connu. Tu es de la famille de Kilian. Sa fille ?

— Non.

Voyant la déception s'afficher chez le vieil homme, Clarence s'empressa d'expliquer qu'elle était sa nièce.

— La fille de son frère, Jacobo. Dites-moi, vous les connaissiez bien ?

— Il a été le boy de *massa* Kilian pendant des années. C'était quelqu'un de bien. Il était très correct avec lui. Il a aussi connu *massa* Jacobo, mais n'a pas beaucoup eu de relations avec lui. Il veut savoir s'il neige toujours autant à Pasolobino. Ton oncle parlait toujours de la neige. Et s'ils vivent encore tous les deux, et si *massa* Kilian s'est marié.

— Ils sont encore en vie tous les deux, répondit Clarence, la voix tremblante d'émotion. Ils ont plus de soixante-dix ans et sont en bonne santé. Notre famille vit encore à Pasolobino. Ils se sont mariés tous les deux et ont eu une fille chacun. La fille de Kilian s'appelle Daniela.

— Daniela…

Simón regarda Iniko, puis Clarence. En plus des scarifications, sa peau était sillonnée de nombreuses rides.

— Il se demande comment nous nous sommes connus, expliqua Iniko, traduisant la question de

Simón en riant, avant de poser une main affectueuse sur l'épaule de l'ancien boy et de lui répondre.

Simón émit un petit grognement et, les yeux rivés sur elle, posa encore plusieurs questions.

— Oui, Simón, elle connaît aussi Laha. Oui, ç'a été une coïncidence.

Le vieil homme semblait dissimuler un certain désarroi. Clarence se tourna vers Iniko.

— Je croyais que rien n'était du domaine de la coïncidence, que tout était l'œuvre des esprits.

Simón intervint rapidement et Iniko reprit son rôle d'interprète. À l'évidence, il essayait de détourner la conversation. Clarence était passablement irritée.

— Simón dit qu'il était très ami avec mon grand-père. Et que tous les deux étaient des amis de ton oncle et de ton grand-père.

— Il a aussi connu mon grand-père ?

Elle se rappela les fleurs sur sa tombe.

— Il dit que oui, mais que son image s'est effacée de son esprit, parce qu'il est mort il y a très longtemps. Simón était très jeune à l'époque, et ne travaillait pour Kilian que depuis deux ans. Apparemment, c'est mon grand-père qui connaissait bien le tien.

— Ton grand-père ? Et il est… ?

Il était difficile de l'imaginer encore vivant, mais après tout le dernier roi bubi était mort à cent cinq ans !

— Il est mort il y a un bon moment, la devança Iniko.

— Et comment s'appelait-il ?

— Ösé. José pour toi. Il a passé toute sa vie ici, à Sampaka, ou plutôt entre la propriété et son village natal, qui n'existe plus. Il s'appelait Bissappoo, mais en 1975 Macías l'a fait brûler parce que, selon lui, tous les habitants se consacraient à la subversion.

— Bissappoo, répéta-t-elle à voix basse.

— Un joli nom, tu ne trouves pas ?

— Très beau, comme tous ceux d'ici. Alors José était le père de Bisila ?

— Oui, bien sûr. Je n'ai pas connu mes grands-parents paternels.

Tout à coup, un lien supplémentaire la rapprochait d'Iniko. Des grands-pères amis, si tant est que la chose ait été possible à une époque de séparation si nette entre Noirs et Blancs.

— Tout ce qu'ils pourraient nous raconter s'ils étaient encore vivants, pas vrai ? dit Iniko, qui pensait la même chose qu'elle. Si Simón dit qu'ils étaient amis, c'est vrai. Simón dit toujours la vérité.

Dans ce cas, pourquoi cette expression trahissant un refus de révéler une information ?

— Tu vas rester longtemps à Bioko ? demanda Simón par l'intermédiaire d'Iniko.

— Je dois partir après-demain.

Clarence se rendit compte qu'elle en était très triste.

— Simón te demande de passer le bonjour à *massa* Kilian de sa part. Et de lui dire qu'il n'a pas été trop malmené par la vie, malgré tout. Il sera content de le savoir.

— Je n'y manquerai pas, Simón.

Celui-ci hocha la tête, puis, comme s'il avait oublié quelque chose, ajouta des paroles empressées.

— Et salue également ton père, traduisit Iniko.

— Merci.

Simón serra la main d'Iniko, lui dit encore quelque chose en bubi, puis se détourna et s'éloigna.

— Alors ?

— Il t'a reconnue par tes yeux. Tu as les mêmes que les hommes de ta famille. Ce ne sont pas des yeux courants. De loin, on les croit verts, mais de près ils sont plutôt gris.

Iniko approcha tellement son visage qu'elle put sentir son haleine.

— Je crois qu'il a raison. Je n'avais pas remarqué !

Il lui prit la main et ils retournèrent vers la voiture.

— Ah, et il a ajouté quelque chose d'un peu bizarre… Si les yeux ne te donnent pas la réponse, tu dois chercher un *elëbó*.

— Et qu'est-ce que c'est ?

— Une cloche bubie qu'on emploie dans des rituels et des danses, comme celle que tu as vue à Ureke, tu te souviens ? C'est rectangulaire, en bois, et il y a plusieurs battants.

— Oui. Mais pourquoi ? Qu'est-ce que ça signifie ?

— Je n'en ai aucune idée. Mais il paraît qu'un jour tu comprendras peut-être. C'est tout Simón. Il dit quelque chose, et si tu suis, tant mieux, sinon tant pis.

Clarence s'arrêta. À quelques mètres, Simón l'observait.

— Attends deux secondes, Iniko.

Elle se dirigea vers le vieil homme, qu'elle regarda dans les yeux.

— S'il vous plaît, répondez juste par un signe de tête. Il faut que je sache : Bisila et mon père se connaissaient ?

Simón pinça les lèvres, dont les commissures s'abaissèrent.

— Juste oui ou non, le supplia-t-elle. Jacobo et Bisila se connaissaient ?

Il émit un grognement et, d'un coup sec, abaissa le menton vers sa poitrine. Clarence inspira. C'était un oui ?

— Beaucoup ? Ils étaient amis ? Peut-être…

Simón leva la main pour lui intimer de se taire. Il ajouta quelques mots sur un ton aigre et partit.

Clarence se mordit la lèvre. Son cœur battait à se rompre. Son père et Bisila se connaissaient…

Elle sentit ses doigts s'entrelacer aux siens.

— On y va ? proposa Iniko.

Ils se remirent en route et, au bout de quelques secondes, Clarence s'arrêta de nouveau.

— Iniko… À ton avis, pourquoi ta mère n'a jamais voulu retourner à Sampaka ?

Il haussa les épaules.

— J'imagine que tout le monde a des souvenirs qu'il ne souhaite pas revivre. Comme disait Dimas, c'étaient des temps très difficiles.

Clarence acquiesça, pensive. Son esprit était échauffé par les suppositions et conclusions qui s'y bousculaient. Elle commençait à échafauder une histoire confuse et impossible à partir de données qui ne cadraient que partiellement. Elle allait devoir relire toutes les lettres !

Elle eut une soudaine envie de retourner en Espagne pour bombarder son père de questions mais, quand ils furent de retour à Malabo le soir, son sentiment se transforma en découragement. Elle aurait donné n'importe quoi pour retourner à la plage de Moraka. Mais ce n'était pas tout : elle allait avoir du mal à reprendre sa routine quotidienne.

— Tu veux rester à l'hôtel avec moi ce soir ? demanda-t-elle à Iniko.

Elle ne voulait pas rester seule. Ou plutôt… Elle ne voulait pas rester sans lui.

11

Le retour de Clarence

— Pourquoi tu me regardes si fixement ? Tu veux être sûre de ne pas oublier mon visage ? demanda Laha en se léchant les lèvres après avoir bu une gorgée de bière.

Clarence baissa les yeux, un peu honteuse.

— Je te promets que je chercherai un prétexte pour que l'entreprise m'envoie à Madrid. Combien y a-t-il jusqu'à Pasolobino ?

Sans attendre la réponse, il consulta sa montre.

— Iniko est en retard. Où est-il donc ?

— À Baney, répondit-elle d'une voix éteinte. Il est allé chercher Bisila.

Elle n'était guère d'humeur causante.

— Ah ! s'exclama Laha. Tu en sais déjà plus que moi !

Ils étaient sur la terrasse d'un bistrot du vieux port de Malabo devant un café. Il faisait une soirée splendide, la plus belle de toutes celles qu'elle avait connues. Comme si les cieux s'étaient efforcés de lui offrir un adieu qu'elle ne pourrait oublier.

Elle regarda Tomás. Lui aussi allait lui manquer. Rihéka, Köpé et Börihí étaient partis depuis un moment. Quant à Melania, pourtant revenue de Luba, elle n'avait pas assisté à la petite fête qu'ils avaient organisée pour son départ. Personne n'avait fait de commentaire au sujet de son absence, dont Clarence s'était réjouie car elle n'aurait pu regarder la jeune femme dans les yeux après son voyage en compagnie d'Iniko. Pas tant par culpabilité que par jalousie à l'idée que ce serait Melania qui profiterait de lui une fois qu'elle aurait quitté l'île.

— Je suis désolé, mais je vais devoir partir, annonça Tomás en venant se poster face à Clarence. Si jamais tu reviens, tu sais…

Il s'éclaircit la voix sous le coup de l'émotion avant d'essuyer ses lunettes avec un bout de son tee-shirt.

— Tu m'appelles, et je t'emmène où tu veux.

— Même au cimetière ?

— Même au cimetière. Mais je t'attendrai à la porte !

Ils sourirent tous deux. Tomás prit la main de Clarence, la serra entre les siennes et la porta à son cœur, à la manière bubie.

Clarence resta debout jusqu'à ce qu'il ait disparu. Elle dut lutter pour ne pas pleurer à chaudes larmes. Après s'être rassise, elle reprit une longue gorgée de sa boisson.

— Je déteste les au revoir, dit-elle.

— Bah, ce n'est plus comme les au revoir d'avant, l'encouragea Laha. Internet évite beaucoup de larmes.

— Ce n'est pas la même chose, répondit-elle, pensant à Iniko.

Laha était habitué à voyager de par le monde et à profiter des avantages de la technologie, mais pas son frère. Elle doutait beaucoup de le revoir si elle ne revenait pas à Bioko.

— C'est mieux que rien, répliqua-t-il en rabattant une longue mèche rebelle.

Clarence le dévisagea avec une certaine envie. Laha dégageait un optimisme contagieux. Si seulement elle avait pu passer plus de temps avec lui ! Bon, et avec sa famille. Elle n'aurait su l'expliquer, mais elle avait la sensation d'avoir été très près de découvrir quelque chose et avait tout juste eu le temps de repenser tranquillement aux paroles de Simón et au fait que Laha, comme beaucoup d'autres, s'appelait aussi Fernando. Ni l'impétuosité d'Iniko, ni ses propres avancées heurtées dans son enquête, ni même son rejet du fils de Mamá Sade ne lui avaient fait oublier le motif initial de son voyage. Et si c'était la dernière occasion d'interroger Laha en personne sur son enfance ? Elle décida de lui raconter sa rencontre avec Simón, omettant le fait que Bisila avait connu son père.

— Simón ? s'étonna-t-il. Ce nom me dit quelque chose, mais je ne le connais pas. En fait, j'en sais peu sur Sampaka. Quand j'étais petit, mon grand-père m'y emmenait, et plus âgé j'ai dû y aller une ou deux fois avec Iniko. Mes premiers souvenirs datent d'ici, à l'école.

— Comme tu es né là-bas…

— Non, je suis né à Bissappoo. Ma mère était allée passer quelques jours dans sa famille, et j'ai voulu venir au monde avant l'heure.

Clarence se figea. Elle était partie du principe que les deux frères étaient nés à la plantation.

— Ah bon…

— On dirait que tu es déçue !

— Non, mais j'aurais aimé en savoir plus sur la vie à Sampaka à l'époque où mon père y a vécu. Apparemment, le seul à se souvenir de ma famille, c'est Simón. Et ta mère n'aime pas se rappeler sa vie là-bas, ajouta Clarence avec une pointe de reproche.

— Je ne sais pas pourquoi, Clarence, mais je suis sûr que si elle se souvenait de ton père elle te l'aurait dit.

Clarence baissa la tête. Elle avait regardé trop de films. Elle avait sans doute inventé un lien infondé entre sa famille et Bisila. Et, de toute façon, s'il y avait un fond de vérité là-dedans la seule façon d'aller de l'avant, en dehors de torturer son père, était effectivement de faire venir Laha en Espagne. À Bioko, elle ne savait pas quoi faire de plus.

— Une dernière 33 ? proposa Laha en se levant.

— Je veux bien, merci.

Le problème des au revoir, c'est qu'avant de partir on commence déjà à regretter des choses aussi triviales qu'une bière, pensa-t-elle.

Sur ces entrefaites, Iniko arriva et s'assit à côté d'elle. Il tenait un sac en plastique.

— Pardon pour mon retard, dit-il avec un clin d'œil. Il n'y avait pas moyen de partir de cette maison. Tiens. De la part de ma mère.

Clarence ouvrit le sac, dont elle sortit un chapeau sphérique en toile et en liège.

— Un *salacot* ? s'étonna-t-elle.

Il semblait abîmé et comportait une déchirure sur une partie de l'arceau.

— Elle a dit que tu serais contente de l'avoir, parce qu'il a appartenu à quelqu'un comme toi, autrefois. Va savoir, fit Iniko avec un geste perplexe, je ne comprends pas non plus. Et elle m'a répété plusieurs fois de faire part de son meilleur souvenir dans ton village, et dit que quelqu'un comprendrait.

— C'est une formule d'adieu bubie, quelque chose comme ça ?

— Je ne crois pas. Ma mère est souvent un mystère, même pour moi.

Clarence rangea le *salacot.* Laha revint avec deux bières.

— Tu n'en reprends pas une ?

— Je m'en vais. Je dois me lever très tôt demain.

Elle entendit le mensonge dans sa voix et le remercia pour sa délicatesse. Laha avait compris que, pour cette dernière nuit, Iniko et Clarence préféraient rester seuls.

Elle se leva pour l'étreindre avec force et, encore une fois, ses yeux s'emplirent de larmes. C'est donc une dernière image floue qu'elle eut de Fernando Laha marchant sur la large marina délabrée de Malabo, tout près du vieux port d'où partaient les sacs de cacao de Sampaka des décennies plus tôt.

L'avion atterrit à Madrid à l'heure prévue et un taxi amena Clarence à la gare. Trois heures plus tard, elle arrivait à Saragosse, étourdie par le rapide changement de décor, qui d'ici quelques mois s'accélérerait encore avec la mise en route du TGV entre les deux villes. Elle avait laissé sa voiture dans le garage de l'appartement qu'elle louait à Saragosse. Elle était fatiguée, mais en deux grosses heures elle allait pouvoir être dans son village. Elle écarta pourtant cette idée ; elle avait besoin d'un temps de transition plus long. Elle ne pouvait passer en quelques heures des bras d'Iniko et de la végétation exubérante de l'île aux montagnes austères de sa vallée. Un instant, elle envia les interminables voyages en bateau pratiqués jusqu'au milieu du siècle dernier. Les longues journées en mer avaient pour avantage de permettre à l'âme de guérir et de préparer l'étape suivante du voyage de sa vie.

Elle allait passer la nuit à Saragosse, rester seule quelques heures. Peut-être au matin verrait-elle les choses différemment.

Allongée sur son lit, les yeux fermés, lessivée par le voyage, la peau libérée de la moiteur qui l'avait accompagnée ces dernières semaines, elle ne pouvait trouver le sommeil. Iniko insistait pour exister auprès d'elle, sur elle, sous elle.

Pourquoi ne s'était-elle pas sentie attirée par Laha ? Une relation avec quelqu'un dont la vie ressemblait davantage à la sienne n'aurait-elle pas été plus facile ? Et, objectivement, Laha était plus beau que son frère, et plus jeune. Il avait une conversation intelligente et cultivée. Il avait l'habitude de voyager, de traiter avec des gens différents...

Mais non, il avait fallu qu'elle jette son dévolu sur Iniko ! Elle eut un sourire ironique. Aussi bien, les esprits qui régissaient l'île y avaient mis du leur. Ou alors tout était plus simple et le hasard s'était chargé de réunir deux âmes jumelles. Il existait un point de convergence absolue entre Iniko et elle : il ne vivrait jamais ailleurs qu'à Bioko, et elle ne pourrait jamais s'éloigner beaucoup de Pasolobino, même si cela devait lui procurer des jours pareils à ceux de son voyage pour le restant de sa vie. Ces chaînes qui les attachaient à leurs mondes respectifs, librement acceptées, ne pouvaient être rompues ni par l'amour ni par la passion.

Peut-être, si Iniko et elle avaient été plus jeunes, leurs adieux à l'aéroport, lorsqu'ils étaient restés confondus dans une étreinte forte et silencieuse, auraient été baignés d'une intense tristesse. Si tous deux avaient été obligés de se séparer en raison de circonstances extérieures, l'amertume les aurait sûrement accompagnés pour toujours. Toutefois, un amour raisonné, une passion consentie et une séparation acceptée avaient imposé une dramaturgie très différente, celle de la résignation, plus cruelle si cela était possible, se dit Clarence en séchant ses larmes, parce qu'il oblige à vivre sans se laisser trop affecter, en faisant en sorte que rien ne devienne trop douloureux, et en supportant sans broncher les situations difficiles.

Comme elle regretterait cet homme ! Iniko possédait la force des vagues de Riaba, la majesté et l'impétuosité des langues d'écume des chutes d'eau d'Ilachi qui tombaient sur des centaines de mètres, le brio de la cascade d'Ureka, l'ardeur d'une tempête tropicale sur les frondaisons. Ces qualités lui manqueraient, oui. Mais avant tout elle regretterait l'absence de l'inébranlable solidité de ce gardien de l'île, fidèle héritier bubi du grand prêtre, *abba möóte*, aux pieds de qui elle avait déposé une petite offrande en échange d'un grand désir.

Elle était encore très jeune. À coup sûr, au cours de sa vie, de nombreuses graines germeraient, avec ou sans l'intervention des dieux. Mais aurait-elle assez de courage, à l'heure d'en récolter les fruits, ou laisserait-elle la moisson se gâcher ?

Toutes ces pensées l'accompagnèrent jusqu'au lendemain, quand elle gara sa voiture dans la cour extérieure de la Casa Rabaltué.

La première à sortir fut sa cousine, qui la serra dans ses bras avant de demander :

— Alors ? Tout s'est passé comme tu l'espérais ? Nos parents avaient raison ?

— Eh bien, ça va sans doute te paraître incroyable, Daniela, mais en fait il y a beaucoup de vie en dehors de Sampaka et de Santa Isabel.

Dans la maison, l'agréable sensation de familiarité et les doutes quant à l'existence d'un frère entrèrent en conflit avec le germe d'indifférence que la récente nostalgie de Bioko essayait d'implanter dans son cœur.

— Qu'as-tu donc pu manger pendant tout ce temps ! s'exclama Carmen, qui n'arrêtait pas de remplir l'assiette de sa fille.

— Tu as goûté la tortue ? s'enquit Daniela. Et le serpent ?

— La chair de serpent et très savoureuse et tendre, avança Jacobo. Et la soupe de tortue c'est un mets très fin. N'est-ce pas, Kilian ?

— Presque autant que le ragoût de singe, ajouta ce dernier sur un ton légèrement moqueur.

— Clarence ! s'écria Daniela en ouvrant grands ses immenses yeux marron. Je n'arrive pas à croire qu'ils mangent encore ces animaux-là et que tu les aies goûtés.

— J'ai surtout mangé du poisson, très bon d'ailleurs. Et j'ai adoré la *pepe-sup*.

Jacobo et Kilian rirent.

— Vous vous en souvenez ? C'est de la soupe de poisson bien piquante ! Et beaucoup de fruits, papaye, ananas, banane…

— Ah, les frites de banane plantain ! s'exclama Jacobo. Voilà qui était délicieux ! À Sampaka, nous avions un cuisinier camerounais qui en préparait d'exquises…

Clarence se dit qu'elle n'allait pas pouvoir raconter son voyage de façon ordonnée. Finalement, Kilian prit un ton sérieux pour lui demander comment elle avait trouvé le pays et elle put parler quelques minutes sans être interrompue. Elle leur relata des anecdotes plutôt générales, les lieux d'intérêt touristique et résuma les curieux aspects qu'elle avait appris de la culture bubie. Son merveilleux parcours sur l'est de l'île se trouva réduit à des noms de villages, qu'elle prétendit avoir visités en compagnie des professeurs de l'université de Malabo qui l'avaient aidée dans son travail de recherche.

Délibérément, elle réserva pour la fin ses visites à Sampaka. Elle décrivit l'état de la propriété et la production toujours existante de cacao. Tout à coup, elle eut conscience d'être accueillie par un grand silence. Daniela et Carmen l'écoutaient avec attention. Jacobo jouait avec un morceau de pain en se raclant sans cesse la gorge, comme s'il avait quelque chose de coincé à l'intérieur. Kilian gardait les yeux rivés sur son assiette.

Comprenant que son récit les avait transportés en un autre lieu, elle décida de passer à un élément clé :

— Et vous savez ce qui m'a le plus surprise, pendant tout ce temps ? Il y a encore quelqu'un qui vient fleurir la tombe de grand-père Antón.

Carmen et Daniela émirent une exclamation de surprise. Jacobo resta figé. Kilian releva les yeux et les posa sur ceux de sa nièce pour s'assurer qu'elle ne mentait pas. Elle reprit :

— Vous avez une idée de qui ça pourrait être ?

Tous deux répondirent par la négative, mais ils avaient les sourcils froncés.

— Je me suis dit que c'était peut-être Simón… Mais je ne pense pas.

— Qui est Simón ? demanda sa mère.

— Oncle Kilian, à Sampaka, j'ai rencontré un homme déjà vieux qui m'a dit avoir été ton boy pendant des années.

Les yeux de Kilian s'embuèrent.

— Simón…, murmura-t-il.

— Alors là, il fallait le faire ! s'exclama Jacobo avec une gaieté forcée. Simón encore en vie et à Sampaka ! Mais comment as-tu pu tomber sur lui ?

— En fait, c'est lui qui m'a reconnue. Il paraît que je vous ressemble beaucoup.

Elle se rappela alors Mamá Sade, mais ne dit rien. *Pas encore. Plus tard.*

— Et c'est quelqu'un qui le connaissait qui me l'a présenté. Il s'appelait… Il s'appelle Iniko.

Voilà, il était devenu un personnage de son récit. Il n'était plus seulement de chair et d'os.

Jacobo et Kilian échangèrent un bref regard significatif.

— Iniko ! Très étrange, comme nom ! commenta Daniela. Très joli, mais bizarre.

— C'est un nom nigérian, expliqua Clarence. Son père travaillait à Sampaka à l'époque où vous y étiez. Il s'appelait Mosi.

Kilian posa la tête sur sa main, comme si elle était soudain trop lourde pour lui. Jacobo croisa les siennes devant son visage pour dissimuler la surprise que trahissait son expression. Tous deux étaient très tendus.

— Ce nom ne vous dit rien ? demanda Clarence.

— Il y avait plus de cinq cents employés dans l'exploitation ! rugit son père. Tu ne veux pas qu'on se souvienne de tous !

Elle resta muette face à sa réaction disproportionnée mais se défendit aussitôt, irritée :

— Je sais, mais est-ce que vous vous souvenez de Gregorio, Marcial, Mateo, Santiago ? Je suppose que oui !

— Baisse d'un ton, jeune fille, l'avertit Jacobo. Évidemment qu'on se souvient d'eux, ils travaillaient avec nous. Mais, au fait, comment connais-tu tous ces noms ?

— J'ai pu avoir accès aux archives de la plantation. J'ai trouvé vos fiches et celle du grand-père. Elles étaient toujours là, avec votre historique médical. Dis donc, papa, je ne savais pas que tu avais été hospitalisé plusieurs semaines. Ça devait être grave, mais le motif n'y figurait pas.

Carmen se tourna vers son mari.

— Je n'étais pas au courant, Jacobo. Pourquoi tu ne me l'as pas raconté ?

— Oh, franchement ! Je ne m'en souvenais même pas moi-même !

Jacobo attrapa la bouteille de vin pour se resservir, mais sa main tremblait. Il regarda Kilian avec l'espoir qu'il intervienne.

— Tu sais, ça doit être ta grosse crise de malaria, quand la fièvre ne voulait pas baisser et que tu nous as tous inquiétés, dit celui-ci, avec un sourire. Il y avait régulièrement quelqu'un qui tombait. Je suis surpris qu'ils aient consigné des faits aussi banals.

Clarence regarda sa mère et sa cousine. Était-elle la seule à sentir qu'ils mentaient ? Visiblement, oui. Carmen, satisfaite de l'explication, se leva pour servir le dessert. Daniela passa à un autre sujet :

— Et alors, où sont nos cadeaux ? Tu nous as rapporté quelque chose, quand même ?

— Ah, bien sûr.

Clarence ne se résignait pas à s'avouer vaincue après sa première attaque, alors qu'il lui restait la partie la plus difficile. Après avoir hésité, elle lança :

— Encore une chose : Simón n'a pas été le seul à me reconnaître. Dans un restaurant, j'ai été accostée par une femme accompagnée de son fils... Elle était convaincue que je lui rappelais quelqu'un de sa jeunesse. Tout le monde l'appelle Mamá Sade.

— Sade, répéta Daniela. Tous les noms en Guinée sont aussi beaux ? On dirait le nom d'une belle princesse...

— Alors là, il n'en reste rien, répliqua Clarence. C'est une vieille femme édentée qui a l'air d'une sorcière.

Les deux frères restèrent de marbre. Plusieurs secondes passèrent, et rien. Ils ne bougèrent pas un cil. N'aurait-il pas été plus logique qu'ils soient surpris ou répondent rapidement ne pas la connaître ?

— Elle a dû me confondre avec quelqu'un d'autre, mais elle a insisté pour connaître le nom de mon père.

— Et tu le lui as donné ? demanda Kilian d'une voix légèrement éraillée.

— Oh, non. Je lui ai dit qu'il était mort.

— Ah, merci beaucoup ! lança Jacobo avec un enjouement forcé qui fit sourire sa belle-sœur et sa nièce. Et pourquoi ça ?

— Parce que cette bonne femme ne m'a pas plu du tout. Apparemment, elle était prostituée à l'époque coloniale, et ça a tellement bien marché qu'elle en a fait une entreprise à succès. On m'a aussi dit... hum, qu'elle était tombée amoureuse d'un Blanc qui l'a mise enceinte… et que… ben, qu'il l'a abandonnée. Du coup, elle n'a pas voulu avoir d'autres enfants.

— Quelle honte ! fit Carmen. Cela dit, si elle était prostituée… J'imagine qu'elle ne frayait pas avec les hommes les plus recommandables.

Clarence vida son verre de vin.

— Maman, je suppose que beaucoup de ses clients étaient les employés blancs des plantations. Ç'aurait pu être…

Elle s'interrompit devant le regard menaçant de son père.

— C'est bon, Clarence.

— Et ces cadeaux ? enchaîna Carmen.

Clarence se leva. Sur le chemin de sa chambre, elle maudit sa malchance à voix basse. Il n'y avait pas moyen d'avancer le moins du monde. Elle aurait juré que ni Jacobo ni Kilian ne lui disaient la vérité. Ni Carmen ni Daniela n'avaient montré de signes d'étonnement, mais il était clair pour elle qu'ils lui dissimulaient quelque chose. Comment allait-elle avancer si personne ne lui donnait de réponses ?

Bien, le nom de Sade ne signifiait rien pour eux. Restait à voir ce qu'ils pensaient de celui de Bisila. Ils ne devaient pas se souvenir d'elle, puisqu'elle ne se les rappelait pas non plus. Tout le monde semblait soudain avoir très mauvaise mémoire… Elle retourna d'un pas décidé dans la salle à manger.

Après qu'ils eurent tous ouvert leurs cadeaux et commenté les animaux sculptés en bois, les cannes en acajou, les petites sculptures en ébène, les amulettes en ivoire, les colliers de coquillages et de pierres, les bracelets en cuir, la belle tenue de fête aux couleurs vives qu'elle avait choisie pour Daniela, Clarence ouvrit le sac où se trouvait le *salacot.*

— Un dernier cadeau ! annonça-t-elle en se mettant le chapeau de toile et de liège sur sa tête. La mère d'Iniko m'a donné ceci. Elle s'appelle Bisila, c'est une femme merveilleuse. Elle était infirmière à Sampaka à votre époque…

Elle marqua une pause. Rien. Pas un commentaire.

— Et elle m'a demandé de transmettre ça, avec son meilleur souvenir. Il aurait pu vous appartenir ! Ça m'a fait très plaisir. C'est quasiment une antiquité à ce stade.

Elle ôta le *salacot,* qu'elle passa à Daniela, laquelle s'en coiffa à son tour, avant de l'examiner avec curiosité, puis de le passer à Carmen, qui fit de même.

Kilian ne détachait pas le regard de l'objet. Les lèvres serrées, il respirait fort. Carmen le passa à Jacobo, qui le remit rapidement à son frère, comme s'il ne voulait pas sentir son contact. Contrairement à Jacobo, Kilian caressa très délicatement le *salacot,* se leva soudain et marmonna :

— Excusez-moi, il est très tard et je suis vraiment fatigué. Je vais aller me coucher. Merci, Clarence, ajouta-t-il, la mine sombre.

Il sortit de la salle à manger d'un pas lent et lourd. Clarence eut l'impression qu'il avait vieilli en quelques minutes. Elle ne considérait jamais son père et son oncle comme des personnes qui s'approchaient de la dernière phase de leur vie. Là, toute la force que dégageait d'ordinaire Kilian avait disparu.

Les autres gardèrent le silence. Clarence regretta d'avoir provoqué cette situation. Elle baissa la tête, se sentant coupable. Sa curiosité l'avait poussée à passer outre les sentiments des autres. Sa mère lui prit la main.

— Ne t'en fais pas, Clarence. Ça lui passera. Ce soir, tu as ouvert la boîte aux souvenirs.

Elle se tourna vers son mari.

— Vous avez passé beaucoup d'années en Guinée, et il y a longtemps. C'est normal que cela vous attriste.

— C'est toujours la même chose quand on parle de la Guinée, soupira Daniela. Ce serait presque mieux de ne plus en parler du tout.

Jacobo hocha la tête.

— Et toi, Clarence ? demanda-t-il avec un intérêt qui sembla forcé à sa fille. Es-tu revenue avec l'Afrique dans la peau ?

Clarence rougit jusqu'à la racine des cheveux.

Le printemps particulièrement froid laissa la place à l'été. La vallée de Pasolobino s'emplit de touristes qui fuyaient la chaleur des basses terres à la fin du mois d'août, ce furent les dernières fêtes en l'honneur du saint patron, qui permettaient auparavant de célébrer la fin des moissons et de dire adieu au beau temps jusqu'à l'année suivante.

Clarence regarda par la fenêtre ouverte. Une fanfare apparut au coin de la rue et s'arrêta devant sa cour. Le son des trompettes et des tambours résonnait dans la rue décorée de fanions, qui devaient résister aux assauts du vent et des enfants sautant pour les arracher. Derrière les musiciens, des enfants et des adolescents dansaient, les bras en l'air, en poussant des cris de joie. Deux filles s'approchèrent de la porte avec un grand panier dans lequel Daniela déposa des sucreries et des pâtisseries que tous les habitants et visiteurs mangeraient après la messe en l'honneur du saint. Quand les musiciens eurent terminé, Daniela leur offrit un verre du délicieux vin de la cuvée spéciale de la Casa Rabaltué.

Clarence sourit. Daniela disait toujours que les fêtes du village étaient aussi vieilles que le vin qui passait si longtemps dans la barrique, mais elle était toujours la première à participer à toutes les activités et à applaudir les spectacles. La musique s'éloigna. Daniela monta l'escalier en courant, les yeux brillants.

— Qu'est-ce que tu attends pour t'habiller ? La procession ne va pas tarder.

Tous les ans, des hommes portaient le saint sur leurs épaules dans les rues, suivis des habitants en tenue traditionnelle. Une fois la procession terminée, le saint restait un moment sur la place, où l'on organisait un bal, puis retournait à l'église jusqu'à l'année suivante. La tenue traditionnelle comprenait tellement de jupons, de jupes, de dentelles et de cordons qu'il fallait quasiment une heure à Clarence pour l'enfiler. Ensuite, il y avait le chignon compliqué, les aiguilles, les foulards pour le cou et la tête, les finitions… Pour la première fois de sa vie, elle se sentit un peu lasse de ce cérémonial.

— Et toi, Daniela, demanda-t-elle comme chaque année. Qu'est-ce que tu attends pour t'en faire faire une ?

— Oh, moi, ce n'est pas trop mon truc. Mais j'adore te voir dedans. Qui sera ton cavalier pour le bal, cette année ?

— Je trouverai bien quelqu'un.

Clarence ferma les yeux et s'imagina Iniko à côté d'elle, en pantalon sombre et étroit, chemise blanche aux manches repliées au coude, une écharpe autour de la taille, un gilet et un foulard sur la tête. Quelle tête feraient les spectateurs ? Sa silhouette immense ressortirait parmi le cercle des couples qui sautaient et tournaient au son des castagnettes ornées de rubans colorés. Depuis qu'elle avait connu Iniko, elle trouvait des défauts à tous les hommes. Aucun n'avait son magnétisme. Aucun.

— Je peux toujours demander à nos cousins célibataires.

— C'est vrai qu'il y en a qui ne sont pas mal. Tu sais s'il faut encore une autorisation du pape pour pouvoir épouser son cousin germain ?

— N'importe quoi ! rit Clarence. Allez, on file.

— Attends, fit Daniela en apportant les dernières retouches à sa coiffure. Tu as vu que tu avais des cheveux blancs ? Il paraît que c'est quand on est inquiet.

Pas étonnant, pensa Clarence.

Les semaines passaient et elle n'avait fait aucun progrès. Jacobo et Kilian évitaient le sujet de la Guinée et elle n'osait plus se montrer aussi directe. Julia était en vacances à Pasolobino depuis un mois et les deux fois où elles s'étaient vues, Clarence avait abordé les rencontres avec Sade, Bisila, Laha et Iniko, mais sans succès. Elle avait même l'impression que Julia la fuyait.

Elle rechignait toujours à exposer ses soupçons à son père, se disant que pour dévoiler un secret familial de cette envergure il fallait avoir des preuves concluantes. Or elle était de plus en plus désorientée : la piste de Julia l'avait conduite à une impasse, on ne pouvait rien déduire des réactions de Jacobo et de Kilian, et quant à la recherche de la cloche bubie suggérée par Simón pour le cas où les yeux ne lui donneraient pas la réponse… c'étaient des devinettes.

— Tu ne dis rien, Clarence. Je t'ai demandé si tu étais préoccupée par quelque chose.

— Pardon. Je crois que j'ai eu trop de temps libre dernièrement. Quand je reprendrai le travail, ça me passera.

— Mouais. Papa aussi est pensif depuis que tu es rentrée, et un peu triste, tu as remarqué ?

Clarence acquiesça. Kilian passait son temps à se promener dans la campagne environnante. Après le dîner, il ne restait plus avec les autres. D'ailleurs, il ne parlait plus à table.

— Nos parents vieillissent, Daniela.

— Oui. C'est compliqué, la vieillesse. C'est une étape de la vie ou soit on s'aigrit, soit on s'éteint. Pour ton père, c'est le premier cas de figure, pour le mien, le deuxième.

Après la procession et le bal, un copieux repas fut servi à la Casa Rabaltué, auquel étaient invités des oncles, des tantes et des cousins qui habitaient loin. On s'attarda longtemps après le dessert, en raison du vin et des conversations qui se répétaient d'année en année : des anecdotes rebattues, des histoires du village et de la vallée, des histoires d'ancêtres et de voisins. Clarence éprouva une certaine mélancolie lors de ce rituel : on aurait dit une Maison du Village en miniature. C'était de cette manière qu'elle avait appris ce qu'elle savait de son passé.

En fin d'après-midi, les gens commencèrent à se retirer pour aller assister à des chants et des danses typiques de la région. Clarence fut saisie par la voix grave d'un chanteur du groupe folklorique. Profondément émue, elle baissa la tête pendant qu'il reprenait le refrain : « *Las plantas se reverdecen cuando llega el mes de mayo. Lo que ya no resucita es el amor que se muere; es el amor que se muere cuando llega el mes de mayo*[1]. »

Elle était capable de se montrer patiente et d'attendre le moment opportun, qui n'arrivait jamais, pour résoudre le mystère familial, mais elle ne cessait de penser à Iniko. Plus de trois mois avaient passé depuis son retour de Bioko. Ils ne s'étaient pas écrit. Que lui aurait-elle raconté ? Ils ne s'étaient pas appelés. Que lui aurait-elle dit ? Elle savait qu'il allait bien par Laha, qui lui envoyait un mail ponctuellement chaque semaine. C'était tout.

— Qu'est-ce qui t'arrive, Clarence ? Tu as passé toute la journée triste et apathique. En fait, tu es comme ça depuis que tu es rentrée d'Afrique.

Elle chercha le regard de sa cousine.

1. « Les plantes reverdissent à l'arrivée du mois de mai. Ce qui ne ressuscite pas c'est l'amour qui se meurt ; c'est l'amour qui se meurt, à l'arrivée du mois de mai. »

— Tu as laissé quelqu'un là-bas ?

Clarence résistait à l'envie d'évoquer l'existence d'un éventuel frère, mais pas pour la même raison qu'avec Jacobo. Elle n'ouvrirait pas la bouche avant d'être complètement sûre. Elle chercha une réponse suffisamment ambiguë pour freiner la curiosité de Daniela. Elle opta pour que sa cousine croie qu'elle avait vécu une histoire d'amour en terres lointaines… ce qui n'était pas mentir.

— Il y a un peu de ça, mais je n'ai pas envie d'en parler.

— D'accord. Juste une chose : vous vous reverrez ?

— J'espère.

Daniela se rembrunit, mais n'insista plus. Elle lui tapota le bras et se concentra sur la dernière partie du spectacle, que le public accueillit par une ovation avant de s'en retourner.

Les cousines se dirigèrent vers la buvette pour commander deux verres de punch, et tombèrent sur Julia. Clarence décida de profiter de l'occasion, car depuis son retour Julia lui semblait toujours particulièrement pressée. Regrettait-elle de l'avoir mise sur la piste – plutôt inutile, au demeurant ? Elle alla droit au but.

— Julia, j'aimerais savoir si ce Fernando plus âgé que moi pourrait être né ailleurs, par exemple à Bissappoo.

En entendant ce nom, Julia releva les yeux. Elle n'eut pas le temps de masquer sa réaction et rougit.

— Je… C'est possible… Quelle différence cela ferait ?

Quelle différence cela ferait ? pensa Clarence en un cri silencieux. *Mais cela changerait tout !*

— Simón m'a donné à comprendre que Jacobo avait connu Bisila, insista-t-elle. C'est vrai ?

— Je ne t'en dirai pas plus, répliqua Julia d'une voix coupante. Si tu veux en savoir davantage, parle à ton père.

— Voilà ton verre, Clarence, annonça Daniela en revenant, ce qui fit réprimer un juron à sa cousine. Tu sais que ton père a tenu tout le spectacle ? Pourtant, ça ne lui plaît pas, ces choses-là.

Julia se retourna et Jacobo la salua.

— Comment vas-tu ? Ça fait longtemps qu'on ne s'est pas vus, dit-il.

Ils hésitèrent, puis s'embrassèrent brièvement sur les deux joues.

— Ce qui est fou, alors que le village est tout petit.

— Oui, approuva Jacobo avant de s'éclaircir la voix. Tu vas rester longtemps ?

— Je retourne à Madrid la semaine prochaine.

— Nous aussi nous allons rentrer à Barmón.

— Vous ne restez pas au village maintenant que tu es à la retraite ?

— On monte et on descend, comme toujours. L'habitude… Je te trouve en pleine forme, Julia. Comme si les années n'avaient pas de prise sur toi.

Elle rougit, imaginant un instant ce qui se serait passé si c'était Jacobo qui était devenu veuf comme elle, et non Kilian. Restait-il entre eux quelque chose de l'attirance de leur jeunesse ? Elle baissa les yeux sur sa taille rebondie, les leva vers son visage ridé.

— Merci beaucoup, Jacobo, répondit-elle d'une voix neutre. Je te retourne le compliment.

Daniela rompit le silence qui s'installait en voyant arriver son père.

— Coucou, papa. Tu veux qu'on rentre à la maison ? Tu as l'air fatigué.

— On va y aller, répondit Kilian. Comment vas-tu, Julia ?

— Pas aussi bien que toi.

Elle leva la main vers une personne adossée à une voiture un peu plus loin.

— Un instant, j'arrive ! cria-t-elle.

Elle prit congé.

— Je t'accompagne, proposa Kilian.

Il lui tendit le bras.

— J'aurais une question à te poser, lui dit-il. Clarence t'a raconté son voyage en Guinée ?

— Oui, avec pas mal de détails.

Elle attendit qu'il assimile ses paroles. Les traits saillants de son visage s'étaient adoucis avec le temps, et s'il avait sur la peau quelques taches de vieillesse, son port de tête, sa voix et le vert de ses yeux n'avaient pas changé depuis Fernando Póo. Elle se remémora les longues conversations qu'ils avaient eues dans leur jeunesse, et combien elle s'était estimée heureuse de pouvoir le considérer comme un bon ami. Elle pensait l'avoir bien connu, mais ensuite elle avait été terriblement déçue. Comment avait-il pu vivre avec ça toute son existence ? Elle n'aurait pas été si surprise de la part de Jacobo, mais de lui ? De lui, si.

— J'en ai eu les larmes aux yeux, ajouta-t-elle avant de durcir le ton. J'imagine que toi et ton frère aussi.

Kilian acquiesça.

— Tu te souviens comme ça énervait Manuel, dit-il, les histoires que faisaient les ouvriers et les Bubis avec leurs croyances et leurs esprits ? Après tout ce temps sur l'île, j'ai été un peu atteint aussi. Je ne sais pas comment te le dire, mais j'ai le pressentiment qu'un jour tout aura un sens.

Julia pinça les lèvres et mit quelques secondes à répondre :

— Je ne comprends pas très bien, mais j'espère que ce sera bientôt, Kilian. Quel âge avons-nous, déjà ? Nous commençons à nous rapprocher de la tombe.

— Je t'assure que je n'ai pas l'intention de mourir avant mon heure. En attendant, promets-moi de ne pas faire de vagues.

— N'ai-je pas gardé le silence toutes ces années ? riposta-t-elle, vexée. Désolée, mais mon amie m'attend.

— Encore une chose, Julia. Une fois, tu m'as dit que les choses ne sont pas toujours comme on veut qu'elles soient. Nous avions conclu un pacte : je t'expliquais mes raisons de ne pas retourner à Pasolobino après la mort de mon père, et tu me racontais un secret… que tu as finalement gardé pour toi.

Les yeux de Julia s'embuèrent. Était-il possible qu'il se souvienne si bien de cette conversation ? Comment aurait-elle pu lui confier qu'à peine mariée elle continuait de désirer Jacobo ?

— Je ne suis toujours pas d'accord avec toi, Julia, continua Kilian. La plupart du temps, les choses ne sont pas comme on veut qu'elles soient.

Julia cilla avec force pour retenir ses larmes. Elle baissa les yeux et serra le bras de Kilian.

— Quand je t'ai dit ça, j'étais très jeune. Si je pouvais revenir en arrière avec l'expérience que j'ai aujourd'hui…

Après un profond soupir, elle s'éloigna.

Lorsque Kilian revint sur la place, tous les membres de sa famille, exceptée sa nièce, étaient rentrés.

— Tout va bien, oncle Kilian ? De loin, j'ai eu l'impression que vous vous disputiez ?

— Moi, me disputer avec Julia ? Impossible. Tu as mal interprété nos expressions.

Ce qui devient ma spécialité, pensa Clarence.

Kilian s'appuya sur son bras pour rentrer à la maison sous les mêmes fanions colorés qui s'agitaient au-dessus de leurs têtes chaque année.

Hormis le souvenir d'Iniko qui pesait sur son cœur, les doutes de Julia qui ouvraient une nouvelle voie dans son enquête, la mine abattue de Kilian en dépit de ses faibles tentatives pour donner le change, et la mauvaise humeur permanente de Jacobo, Clarence trouva les fêtes de l'été 2003 semblables aux autres.

Elle ne pouvait savoir alors que, l'année suivante, il manquerait un membre de la famille.

Le vent du nord persistant à l'automne se chargea de dépouiller les arbres de leurs feuilles avec une agressivité inhabituelle.

Carmen et Jacobo s'installèrent à Barmón, et contrairement aux autres années ils espacèrent de plus en plus leurs visites au village. Daniela avait plus de travail qu'à l'accoutumée au centre médical et s'inscrivit également à un cours en ligne de médecine pédiatrique qui l'occupait le soir. Kilian passait des heures interminables à couper du bois pour le feu, à côté duquel il s'asseyait à peine la nuit venue. Comme les feuilles des arbres, Clarence ne se trouvait pas dans le moment le plus calme de sa vie. Elle se consacra pleinement à l'élaboration d'articles de recherche et à la préparation de ses cours de doctorat, qui cette année seraient concentrés après les fêtes.

C'est dans ce contexte que, par un après-midi très gris de novembre, elle reçut un mail de Laha, qui avait l'opportunité de visiter les installations de son entreprise à Madrid à la mi-décembre. Clarence poussa un cri de joie et l'invita aussitôt à passer les fêtes avec sa famille à Pasolobino. Elle fut très contente que Laha, ravi, accepte.

Jusqu'au dernier moment, elle hésita à révéler l'identité de Laha, mais elle choisit finalement de dire à sa famille qu'elle avait invité un « très bon ami » ingénieur qu'elle avait rencontré en Guinée. Elle souhaitait ne pas manquer la réaction de Jacobo et de Kilian.

Sa mère fut ravie d'avoir enfin un « très bon ami » de Clarence prêt à profiter de ses bons petits plats. Son père protesta de devoir accueillir un étranger lors des fêtes de famille, et pour la première fois envisagea de passer Noël à l'appartement de Barmón. Daniela était très curieuse de connaître l'homme qui était sûrement la cause du mal d'amour de sa cousine. Kilian sortit un instant de son isolement pour la regarder avec une expression indescriptible... et ne dit rien. Absolument rien. Simplement, après des années sans fumer, il attrapa une cigarette du paquet de Clarence et l'alluma.

Quant à Clarence, elle était très heureuse, quoiqu'également nerveuse d'avoir auprès d'elle le frère de son inoubliable Iniko.

Ou devait-elle s'habituer à penser à Laha comme à son propre frère ?

12

Báixo la néu

Sous la neige

Le voyage en train et bus depuis Madrid jusqu'à Pasolobino n'était pas des plus commodes, mais permettrait à Laha d'avoir une vision plus générale du pays qui avait modifié les coutumes du sien. Il était impatient de revoir Clarence, mais avait surtout envie de connaître son environnement et de passer quelques jours dans une famille espagnole. Sans le savoir, sa nouvelle amie avait éveillé chez lui une curiosité nouvelle et surprenante, qui pouvait même être qualifiée de légèrement morbide : il allait avoir la possibilité d'imaginer ce qu'aurait été sa vie si son père blanc l'avait pris en charge. Il pouvait supposer sans extrapoler que son père était espagnol et que, quelque part dans ces terres qu'il découvrait, respiraient des personnes avec qui il partageait des gènes.

Laha était un parmi tant d'autres, ce qui ne signifiait pas qu'il ait bien vécu l'absence d'un père. Iniko, au moins, connaissait le nom du sien et savait qu'il était mort dans un accident. Pas lui. Quand il était enfant, n'importe quel mensonge lui aurait convenu. Combien de fois avait-il fantasmé sur un père explorateur dévoré par un lion, ou alors un homme obligé de partir pour une mission secrète après laquelle il reviendrait le chercher ? En grandissant, et en comprenant les aléas d'autres jeunes comme lui, ses questions étaient devenues directes et incisives. Il avait essayé de faire parler son grand-père de son origine, mais celui-ci refusait de répondre et le redirigeait vers sa mère, qui ne variait pas et lui avait répété des centaines de fois qu'il était seulement le fils de Bisila.

Il avait fouillé la maison à la recherche d'un souvenir, d'une piste. Sa seule et unique trouvaille avait été une photo manifestement déchirée et floue sur laquelle apparaissait un homme blanc appuyé à un camion. Bisila ne s'était pas aperçue qu'il avait fait faire une copie de cette photo qui, depuis, ne quittait plus son portefeuille. C'était idiot, mais pendant longtemps il avait considéré cet homme sans visage comme un père possible.

Avec les années, il avait réussi à accepter que l'histoire de sa mère ne diffère en rien de celle de Mamá Sade et de tant d'autres, et que son père les avait abandonnés sans un regard en arrière. Il n'était ni le premier ni le dernier, ce qui ne lui procurait aucune consolation mais ne le poussait pas à s'intéresser à sa véritable identité. Pourquoi rechercher quelqu'un qui se fichait de son propre fils ? Laha avait oublié son père et tout ce qui avait trait à lui, et il avait vécu heureux…

Jusqu'au moment où Clarence était apparue dans sa vie.

Il consulta sa montre. Voilà deux heures qu'il était dans le bus, lorsque celui-ci emprunta une déviation et délaissa les plaines pour se diriger vers les montagnes. Après les champs qui ressemblaient à du velours côtelé, on passa presque sans transition à une zone de petites collines avec des barrages et des villages de plus en plus petits. Peu à peu, l'architecture changeait. Les grands immeubles avaient cédé la place à des maisons en brique, certaines très vieilles, d'autres plus récentes, et d'autres encore en construction. Il eut l'impression que tous ces endroits étaient en pleine transformation et montraient l'aspect riant de petits villages ayant désiré pendant des siècles l'arrivée de la civilisation, avec toutes ses conséquences.

Pourtant, quand le bus entama la dernière partie du voyage, le cœur de Laha palpita. La route devint si étroite qu'il eut l'impression qu'il n'y avait pas d'espace entre le précipice sur la rivière et la montagne à sa droite pour qu'un véhicule y passe. Pendant quarante minutes, le bus lutta contre les virages serrés gagnés sur les rochers de l'étroit abîme, avant de trouver le répit. Le paysage changea alors, ainsi que les villages.

Qu'est-ce qui avait bien pu pousser des hommes à quitter ce lieu pour aller vers un pays si différent ? La seule nécessité, ou également cette légère sensation d'asphyxie que les chaînes de montagnes imposaient à l'esprit ?

La vallée où se situait Pasolobino était entourée d'immenses montagnes escarpées, couvertes à leur base de prés et de bois, et dont les crêtes rocheuses se faisaient concurrence pour atteindre le ciel. Les petits villages dissimulés à flanc de montagne offraient une double lecture ; les maisons en pierre sombre, aux toits d'ardoise avec des cheminées, se mêlaient à des bâtiments récents, construits avec les mêmes matériaux, mais sans le charme de l'ancien.

Quand on eut l'impression qu'il n'y avait plus de montagnes où s'enfoncer, le bus s'arrêta dans un village appelé Cerbeán, plus grand que ceux que le bus avait laissés derrière lui. Laha arriva enfin à destination, la veille de Noël, un soir où il neigeait autant qu'il était possible de neiger. Les flocons qui tombaient étaient de la taille de noisettes après un jour dont la quiétude avait annoncé la neige.

Une femme emmitouflée dans une grosse parka, portant bonnet, gants, écharpe et bottes hautes à semelle de caoutchouc épaisse, agitait la main pour attirer son attention. Sur son visage, la seule partie visible de son corps, un sourire reconnaissable entre mille. Il éprouva une joie particulière à reconnaître son amie, et eut la certitude que ses vacances allaient être inoubliables.

Clarence trouva Laha magnifique. Il portait un manteau de laine sombre, une écharpe et des bottines en cuir qui lui donnaient l'air d'un citadin. Ils s'étreignirent affectueusement, et elle prolongea un peu le moment, s'imaginant que d'autres bras l'entouraient…

Non, Iniko est plus grand.

— Je suis contente de te voir, tu n'imagines pas ! dit-elle en se détachant de lui. J'espère que tu supportes bien la neige. Quand on n'est pas habitué, ça peut être un peu difficile.

— Bah, à Bioko il pleut six mois d'affilée. Je crois que je pourrai résister à un peu de neige !

Clarence emprunta la voie ouverte par le chasse-neige sur l'étroite route qui serpentait vers les hauteurs, d'où l'on apercevait les contours en ovale de Cerbeán. Ils profitèrent du trajet pour échanger les dernières nouvelles.

— Comment va ton frère ? demanda Clarence le plus naturellement possible, bien que se sentant incapable de prononcer son nom.

— Iniko continue sa routine, son travail, ses enfants, ses réunions… Quand tu es partie, il est revenu à son état taciturne. Tu sais bien, il n'est pas très bavard.

Avec moi, si. Et il riait beaucoup…

— Il t'envoie bien le bonjour.

À mesure qu'ils approchaient de leur destination, Clarence commença à se sentir nerveuse. Elle avait parlé à sa famille de Laha et des autres personnes qu'elle avait connues en Guinée, mais ils ne savaient pas qu'il était le seul invité pour la période des fêtes. Comment allaient-ils réagir ?

— On y est presque, annonça-t-elle d'une voix un peu aiguë. Prépare-toi à ne pas te lever de table de toute la soirée ! Et attention : si tu hésites quand ma mère te demande si tu veux à nouveau d'un plat, elle prendra cela pour un oui !

Depuis la Casa Rabaltué, Carmen ouvrait et refermait la porte du four, attendant l'infime variation lui annonçant que son rôti était cuit à cet instant précis. Il était absolument nouveau que Clarence invite un ami à passer les fêtes avec eux et elle avait la ferme intention, en plus de le soumettre à un examen rigoureux, de lui faire bonne impression, en commençant par exercer son art culinaire.

Kilian avait été agité toute la journée, comme si quelque chose d'étrange allait se produire. Au début, il avait ressenti une paix intérieure peu rassurante, pareille à celle qui précède une grande tempête, mais ce soir il ressentait quelque chose de différent, plus intense, tel un courant d'air silencieux mais vibrant qui l'aurait traversé en rafales intermittentes, lui causant des frissons.

Il regarda Jacobo, qui se montrait inhabituellement intéressé par le discours du roi à la télé. Ils n'avaient pas encore abordé le sujet du voyage de Clarence, mais Kilian était certain que, dans la tête de son frère, les souvenirs devaient bouillir autant que dans la sienne. Ils avaient passé tant d'années à faire comme si de rien n'était qu'aucun des deux ne se risquait à rompre le pacte de silence. Et s'ils étaient sur le point d'être confrontés à leur passé ?

Que savait exactement Clarence ? Bisila lui avait-elle raconté quelque chose ?

Jacobo croisa son regard et se renfrogna. Pourquoi Kilian était-il dans cet état ? Ce n'était pas sa fille qui avait choisi cette date pour leur présenter son ami ! Carmen s'en faisait une joie, car cela impliquait une relation sérieuse. Lui nourrissait des sentiments partagés quant à cette nouvelle. D'un côté il n'avait guère envie de fournir des efforts pour faire bonne impression à un étranger qui finirait peut-être, ou pas, par devenir membre de la famille. En outre, la proximité potentielle d'une nouvelle génération à la maison le faisait se sentir plus vieux encore qu'il ne l'était, ce qui ne lui plaisait pas du tout. D'un autre côté, il se réjouissait pour sa fille, qu'il aimait plus que tout au monde. Il se promit de se montrer sympathique avec le jeune homme.

La porte s'ouvrit d'un coup.

— Nous voilà ! s'écria Clarence. Je vous présente Fernando Laha, que tout le monde appelle Laha, en prononçant le *h* et d'une voix très grave !

Elle eut un petit rire nerveux et le laissa s'avancer, guettant les réactions.

Les autres cessèrent leurs activités pour souhaiter la bienvenue à cet homme grand et séduisant, qui leur lançait un immense sourire sincère et plein d'assurance.

Carmen émit un sifflement de surprise. Jacobo détourna le regard du téléviseur et se leva d'un bond, comme s'il venait de voir un fantôme. Kilian resta immobile, l'observant très attentivement, et les larmes lui montèrent aux yeux. Daniela fit tomber une boîte de petites étoiles dorées dont elle décorait la table. Elle s'empressa de les ramasser en rougissant de sa maladresse.

Carmen fut la première à venir le saluer. Laha lui tendit une boîte de chocolats.

— Il y a une boutique à Madrid appelée Cacao Sampaka, expliqua-t-il sur un ton complice. Ça n'a rien à voir avec la plantation, mais ils m'ont dit qu'ils avaient les meilleurs du monde. Je me suis dit que c'était une bonne occasion de vérifier.

Carmen le remercia, tout en observant du coin de l'œil son mari, qui pâlissait de minute en minute.

Jacobo venait de balayer d'un revers de la main ses toutes récentes bonnes intentions. Fernando Laha ? L'un des fils de Bisila ? C'était de lui que sa fille était tombée amoureuse ? Impossible. Si Carmen l'apprenait ! Il maudit à voix basse la malchance qui avait mis en contact sa fille et les seules personnes de l'île qu'elle n'aurait pas dû rencontrer. Connaissait-il l'histoire de sa mère… ? Kilian et lui avaient réussi à vivre avec. Tout était oublié. Alors pourquoi cette lueur d'intérêt dans les yeux de son frère ? Était-il déjà au courant de son existence ? Il revit soudain un fragment de lettre qu'il avait lue des années auparavant, en cherchant des papiers dans l'armoire du salon. Il n'y avait pas accordé une grande importance à l'époque, mais ce morceau de papier prenait soudain une signification nouvelle. Clarence et Laha, vraiment ? Dans une grande confusion, Jacobo secoua la tête. Il ne savait encore comment, mais il ferait en sorte que sa fille ne s'engage pas trop loin avec ce garçon.

Laha s'avança vers lui. Jacobo marmonna en lui serrant froidement la main.

Carmen murmura à l'oreille de sa fille :

— C'est un très bel homme, Clarence, mais tu aurais dû nous avertir de ses caractéristiques… spéciales. Tu as vu la tête de ton père ?

Clarence ne répondit pas, trop concentrée sur les salutations entre son oncle et Laha.

Kilian garda plusieurs secondes la main de Laha entre ses énormes mains, comme pour s'assurer qu'il était réel, sans cesser de le regarder dans les yeux. Tant d'années à se demander à quoi il ressemblait et la réponse était là, devant lui ! Son pressentiment était le bon. Tout commençait à cadrer. Il entendit Jacobo grommeler.

Il lâcha la main de Laha, à qui Clarence présentait maintenant Daniela. Celle-ci hésita un dixième de seconde sur la manière adéquate de le saluer, puis tendit une main, qu'il serra au moment où elle se mit sur la pointe des pieds pour lui faire la bise. La scène se termina par des rires.

Carmen annonça que le dîner serait prêt dans quelques minutes. Clarence accompagna Laha à la chambre d'amis pour qu'il défasse ses bagages. Quand il revint dans la salle à manger un instant plus tard, elle venait de déposer la boîte de chocolats au centre de la jolie table préparée par Daniela. Le nom de Sampaka en lettres dorées les accompagnerait pendant tout le repas et la soirée, détrônant pour la première fois dans la maison le *turrón*, puis certains se retireraient dans l'impossible tranquillité de leur chambre, dans l'écho étourdissant des mots qui auraient bien voulu être prononcés.

Toute la tablée s'accorda à dire que Carmen avait réussi un repas inoubliable. Une soupe de fête au tapioca, des œufs farcis au foie gras et des langoustines pour commencer. Ensuite, elle les avait surpris par le meilleur rôti de veau paysanne aux pommes de terre qu'ils aient mangé depuis des années. En dessert, ses îles flottantes nageaient parfaitement dans leur crème anglaise.

L'estomac plein et le bon vin circulant dans leurs veines, la légère tension initiale avait à peu près cédé. Kilian s'adossa confortablement à sa chaise, geste signifiant qu'on allait passer à des conversations plus sérieuses.

— Clarence nous a fait un récit de son voyage, ce qui a été très agréable pour nous, après tant d'années. Mais comme tu es là, j'aimerais que tu nous racontes comment ça se passe là-bas.

Kilian faisait très bonne impression à Laha. Il devait avoir plus de soixante-dix ans, mais son énergie intacte le faisait paraître plus jeune. Il gesticulait avec enthousiasme pour donner son opinion et son rire était toujours franc. Jacobo lui ressemblait beaucoup, mais il y avait dans son regard quelque chose de déconcertant. Pas forcément à cause de la petite tache qui lui couvrait partiellement l'œil droit, mais parce qu'il ne le regardait pas en face. Il était aimable, sans plus, et semblait rester en retrait de la conversation.

Daniela et Clarence observaient leurs pères avec étonnement. Quelque chose ne collait pas, ce soir. C'était Kilian qui racontait des anecdotes, comme s'il ressortait d'un rêve, alors que Jacobo était plus renfrogné que jamais. Peut-être était-ce l'excès de vin…

— En fait, dit Laha, je ne sais pas ce que je pourrais ajouter. La vie n'est pas facile, bien sûr. Il manque des infrastructures, des emplois qualifiés, une législation du travail, il faudrait des changements dans tout, la justice, l'administration, les conditions sanitaires…

Étant infirmière, Daniela s'intéressa particulièrement à cet aspect. En fait, elle commençait à être intéressée par tout ce que disait ou faisait Laha. Elle comprenait pourquoi Clarence avait souffert en silence de leur séparation et s'était réjouie qu'il vienne lui rendre visite. Comment avait-elle pu lui cacher ce secret ? Elle n'avait même pas voulu lui montrer une photo ! Si Daniela était tombée amoureuse de quelqu'un dans le genre, elle l'aurait clamé sur les toits. Ou était-ce que son amour était à sens unique ? Elle avait beau guetter les signes, elle ne voyait aucun geste démontrant qu'il y avait autre chose qu'une belle amitié et de la complicité entre eux. Clarence regardait tour à tour Laha et son père, comme pour détecter ce que ce dernier pensait du jeune homme. Or Jacobo ne paraissait pas ravi. Était-ce à cause de sa couleur de peau ? *Ah, il n'avait sans doute jamais imaginé ça.*

Laha poursuivait en critiquant le manque de recours et de personnel qualifié, non seulement dans les centres médicaux des plus grandes localités, mais aussi en zone rurale, ce qui impliquait un taux de mortalité infantile très élevé… Daniela buvait ses paroles et suivait le moindre de ses gestes. En chemise blanche et cravate, il avait les cheveux ondulés, et des mèches rebelles tombaient sur son large front. Son nez était fin et sa peau dorée. Il rejetait la tête en arrière quand il riait, ses yeux brillaient d'une façon qui lui semblait proche et familière. Elle n'avait pas envie qu'il cesse de s'adresser à elle, mais ne souhaitait pas accaparer ostensiblement son attention.

— Comment un petit pays disposant de tant de pétrole peut-il souffrir de ces conditions ? lui demanda-t-elle.

— Question de gestion. S'il y avait une exploitation consciemment programmée et contrôlée, il s'agirait d'un des pays dont le PIB par habitant serait le plus élevé d'Afrique.

— Selon Clarence, c'est surtout à cause de l'hostilité entre les Fangs et les Bubis ? intervint Carmen, les joues rosies par le vin et la satisfaction que son repas avait été parfait.

Laha poussa un soupir.

— Je ne crois pas. Écoutez, Carmen, j'ai beaucoup d'amis fangs qui comprennent le mal-être de la population bubie. Mais les Bubis ne sont pas les seuls à être exclus. Beaucoup de Fangs ne font pas partie des privilégiés. En fait, le conflit entre ethnies sert bien souvent de prétexte. Si un Bubi est arrêté ou assassiné, sa famille met dans le même sac tous les Fangs. Et c'est ainsi que ça se perpétue, ce qui bien souvent arrange le régime.

Kilian se leva pour remplir les verres. Jacobo demanda d'un ton enjoué, en frottant la cicatrice de sa main gauche :

— Et Clarence nous a raconté qu'il y en avait encore qui voulaient l'indépendance de l'île ? L'indépendance par rapport à l'Espagne ne leur suffisait pas… Maintenant, ils voudraient se séparer de la Guinée continentale !

Clarence lui lança un regard noir, mais Laha ne changea pas de ton et ne parut pas fâché.

— Ici aussi, il y a des groupes indépendantistes, non ? À Bioko, le mouvement qui demande l'indépendance n'arrive pas à être considéré comme un parti politique. Pourtant, il prône la non-violence, le droit à la libre détermination, et la possibilité de débattre librement, comme dans toute démocratie.

Le bref silence qui suivit fut rompu par Daniela, que Clarence trouva très bavarde ce soir.

— C'est sûrement une question de temps. Les choses ne changent pas du jour au lendemain. Clarence nous a aussi raconté qu'on voyait beaucoup de travaux et que l'université n'était pas si mal en point. C'est bon signe, non ?

Laha la regarda. Daniela semblait très jeune, plus que Clarence. Elle portait une robe noire et ses cheveux châtain clair étaient rassemblés en un petit chignon sur la nuque. Elle avait la peau très blanche, presque de porcelaine, et des yeux marron expressifs qui l'avaient scruté toute la soirée. Se sentant observée, elle cilla, détourna le regard, se mit à fouiller dans la boîte Sampaka, mais retira sa main sans avoir pris le moindre chocolat.

— Tu as tout à fait raison, Daniela, l'approuva-t-il. Je pense la même chose. Il faut bien commencer quelque part. Un jour, peut-être…

— Allons ! entonna Carmen d'une voix chantante. C'est la nuit de Noël et nous sommes beaucoup trop graves. Vous aurez des jours entiers pour débattre des problèmes de la Guinée et y apporter des solutions, mais maintenant nous allons aborder des sujets plus joyeux. Laha, tu reprends du dessert ?

Laha hésita, et Clarence se mit à rire.

La même scène se répéta le lendemain, avec des conversations et un menu différents. Ils s'étaient levés très tard, à l'exception de Carmen, qui s'était encore surpassée avec un repas de Noël dont l'héroïne fut une énorme dinde farcie aux fruits secs. Les cieux avaient consenti un bref répit avant un retour de la neige, les toits et les rues en étaient déjà couverts de presque cinquante centimètres, ce qui rendait les promenades difficiles. Clarence, Daniela et Laha aidèrent en cuisine et mirent la table. Jacobo et Kilian faisaient irruption, suivaient la conversation entre les femmes et l'invité, puis disparaissaient. La maison était si grande qu'elle ne manquait pas de lieux où se cacher.

Carmen lui demanda comment on fêtait Noël chez lui, à quoi il répondit par une autre question : quel chez-lui ? en Afrique ou en Amérique ? Carmen répondit qu'elle s'imaginait bien le Noël américain d'après les films, mais qu'elle avait plus d'intérêt pour l'Afrique. Laha se mit à rire et Daniela interrompit quelques secondes ses activités pour le regarder discrètement.

Malgré son inquiétude omniprésente quant à l'identité de Laha, Clarence se sentait heureuse. Elle aimait beaucoup cette époque de l'année, le feu dans la cheminée, le paysage blanc, les lumières qui décoraient les rues, les enfants cachés sous leur bonnet, la cuisine toujours encombrée d'ustensiles.

La cuisine était grande, très grande, et pourtant Daniela et Laha se retrouvaient toujours au même endroit en entrant et sortant de la salle à manger. Ils se heurtaient et se demandaient pardon poliment.

Laha raconta à Carmen qu'en Guinée Noël était à la saison sèche et que ce dont on avait le plus envie était de se rafraîchir sous la douche – pour ceux qui en avaient une –, dans la rivière ou la mer. Il y avait des lumières de Noël dans les grandes villes, intermittentes étant donné les coupures de courant, mais les villages restaient plongés dans le noir. Il était étrange de voir des décorations et d'entendre des cantiques par une telle chaleur. Les enfants n'étaient pas bombardés de publicités pour les jouets, car il n'y en avait pratiquement pas et on ne s'offrait pas de cadeaux. On buvait aussi pour célébrer les fêtes, quoique peut-être pas autant qu'à la Casa Rabaltué – les trois autres rirent –, car l'alcool n'était pas cher et les gens le consommaient dans la rue, en manches courtes.

Laha leur avait apporté des cadeaux à tous et demanda quel serait le bon moment pour les remettre. Carmen admit en son for intérieur que plus elle connaissait ce jeune homme, plus il lui plaisait ; elle n'aurait rien contre l'idée de l'avoir pour gendre. Daniela se demanda ce qu'il pouvait avoir choisi pour elle, alors qu'il ne la connaissait pas du tout. Elle devrait attendre le dessert pour le savoir.

Les femmes reçurent des parfums, des bijoux, des sacs et des articles de cosmétique. Jacobo eut droit à un pull, Kilian à un portefeuille en cuir. Laha distribua ensuite ses cadeaux. Il remit à Carmen une anthologie de littérature guinéenne, un livre sur les coutumes de son pays et un petit livre de recettes. À Jacobo, des documentaires qu'un réalisateur espagnol avait filmés à Fernando Póo entre 1950 et 1960. À Clarence, de la musique de groupes équato-guinéens qui avaient enregistré en Espagne. À Daniela, assise à côté de lui, une belle étole qu'il lui posa délicatement sur les épaules. Daniela ne la quitta pas de la soirée, même pour débarrasser la table.

Enfin, Laha remit un petit paquet à Kilian, assis en bout de table.

— Je commençais à être à court d'idées, alors j'ai demandé conseil à ma mère et… j'espère que ça te plaira !

Kilian déballa le paquet, dont il sortit une petite cloche en bois à plusieurs battants.

— C'est un…

— … *elëbó,* compléta Kilian d'une voix rauque. Une cloche traditionnelle utilisée pour repousser les mauvais esprits.

Tous se montrèrent surpris qu'il reconnaisse cet objet si formellement. Clarence appuya son menton sur un poing. Qu'avait dit Simón à Sampaka ? Que si les yeux ne lui donnaient pas la réponse, il fallait qu'elle cherche un *elëbó* ? D'abord le *salacot*, maintenant la cloche… Pourquoi Bisila avait-elle justement suggéré ce cadeau à son fils ? Simón et elle n'avaient aucune relation, à ce qu'elle sache. Mais après tout, qu'en savait-elle vraiment ?

— Merci infiniment, ajouta son oncle, tout pâle. J'aime beaucoup, tu n'imagines pas à quel point.

Daniela prit l'objet pour l'examiner.

— Où est-ce que j'ai déjà vu ça ? s'interrogea-t-elle à voix haute. Ça me rappelle…

— Daniela, l'interrompit brusquement Kilian. Où sont ces délicieux chocolats que nous avons mangés hier soir ?

Daniela se leva pour aller les chercher et oublia sa question.

— Nous recevons beaucoup de cadeaux très spéciaux dans cette maison depuis un moment, commenta Carmen.

— Elle veut parler d'un *salacot* que ta mère avait demandé à Iniko de me passer, expliqua Clarence.

— Un *salacot* ? s'étonna Laha. Mais où pouvait le garder ma mère ? Quand j'avais sept ou huit ans, Macías a ordonné de fouiller tous les domiciles des particuliers pour réquisitionner et détruire le moindre objet en rapport avec la période coloniale espagnole. C'était une étape de destruction de la mémoire.

Kilian cilla.

— Il s'est passé quelque chose de similaire ici. Avec la loi franquiste de matière réservée, il était interdit de parler de la Guinée, de donner des informations dessus, jusqu'à la fin des années 1970. Ç'a été comme un rêve, comme si ça n'avait pas existé. On ne pouvait rien savoir sur le cauchemar que vous viviez.

— Ç'a été si terrible, Laha ? demanda doucement Carmen.

— Heureusement, j'étais gosse, répondit-il. Mais oui, c'était horrible. En dehors des répressions, accusations, détentions et morts de centaines de personnes, je pourrais vous donner des exemples concrets de la folie de cet homme.

Daniela se rassit à côté de lui.

— Il ne supportait pas qu'on soit plus cultivé que lui, et il s'en est pris à tous ceux qui pouvaient lui faire de l'ombre intellectuellement. On était puni de mort si on possédait un exemplaire de *Géographie et histoire de la Guinée équatoriale.* Il l'a fait remplacer par un autre livre qui insultait l'Espagne, mais d'un autre côté il ne faisait que demander de l'aide. Pour mettre fin aux pamphlets qui le traitaient d'assassin, il a réquisitionné toutes les machines à écrire. Il a fait brûler tous les livres. Il a ordonné aux étudiants boursiers en Espagne de revenir sous peine de perdre leur bourse et, à leur retour, certains ont été tués. Il a organisé l'invasion de Bioko par des Guinéens continentaux fangs, des gens sans formation ni travail venus de villages perdus, et il leur a donné des armes. Il a mis fin à la presse. Il a interdit la religion catholique, tout comme la consultation de notre grand Morimó de la vallée de Moka… Mais bon, qu'attendre de la part d'un homme qui faisait publiquement l'éloge d'Hitler ? fit Laha en se frottant les yeux.

Tout le monde demeura silencieux un moment.

— Mais, commença Jacobo. Macías n'a-t-il pas été élu démocratiquement ?

— Il passait tout le temps à la télé, intervint Kilian qui semblait se souvenir clairement de cette époque. Il était très populaire, parce qu'il savait embobiner les gens en utilisant des paroles faciles de liberté. Il promettait de rendre aux Noirs ce qui appartenait aux Noirs.

— Les Espagnols se sont trompés sur la personne à qui laisser le pouvoir. Il avait très bien appris la technique de l'élagage, si vous voyez ce que je veux dire…, expliqua Laha.

— Et combien de temps a duré cette horreur ? demanda Daniela avec une incrédulité mêlée d'indignation.

— De 1968 à 1979, répondit Laha.

— Mon année de naissance…, murmura Daniela.

Laha calcula : elle était plus jeune que ce qu'il avait pensé.

— Tu sais, la terreur était telle qu'aucun soldat guinéen n'a osé faire partie de son peloton d'exécution. Ce sont des Marocains qui ont dû faire feu.

Il se pencha vers elle et baissa le ton pour lui parler :

— La légende raconte aussi que, quand il allait être fusillé, il s'est placé les bras vers l'arrière, les paumes vers le sol, prêt à s'envoler…

Daniela sursauta et Laha sourit malicieusement.

Clarence en profita pour détendre l'atmosphère. Elle se rappelait fort bien où pouvaient mener les conversations sur les esprits et caressa le collier que lui avait offert Iniko.

— Dites, les amis, lança-t-elle d'une voix joyeuse. Laha n'a pas encore ouvert ses cadeaux.

Elle lui donna d'abord un bonnet avec des gants assortis, puis un exemplaire d'un livre récent intitulé *La Guinée en pasolobinais.*

— C'est un livre écrit par quelqu'un de notre vallée, expliqua-t-elle, sur les voisins qui ont vécu là-bas à l'époque coloniale. Bien sûr, on ne voit qu'un côté de l'histoire, celui des Blancs, mais tu pourrais trouver intéressant le contexte qui explique…

Elle s'interrompit, commençant à se dire que ce livre-là n'était peut-être pas une si bonne idée.

— Et on voit des photos de Jacobo et Kilian ! ajouta-t-elle précipitamment.

Laha vint à son secours.

— Bien sûr que je le trouverai intéressant, Clarence ! lui dit-il en souriant. On ne peut pas nier ce qui s'est passé.

Il se mit à feuilleter le livre, regardant les photos avec attention. On y voyait des hommes blancs en vêtement de coton et de lin blanc, coiffés de leur inséparable *salacot,* et portant bien souvent un fusil. Des hommes noirs en habit usagé qui travaillaient dans les plantations. Quand les hommes noirs n'apparaissaient pas au travail mais posaient, ils étaient le plus souvent assis aux pieds des hommes blancs, et il n'était pas rare qu'un colon ait la main appuyée sur sa tête, comme s'il s'agissait d'un chien, pensa-t-il avec dégoût. Des clichés d'hommes tenant de grandes peaux de boas et les entrées vers différentes propriétés. Il fouillait sa mémoire à la recherche de souvenirs de sa petite enfance, mais n'y trouvait rien de ce qu'il voyait là. Peut-être Iniko pourrait-il reconnaître quelque chose.

Kilian et Jacobo commentèrent à voix haute les édifices emblématiques de la Santa Isabel coloniale, comme la Casa Mallo, avenue Alphonse XIII, ou les voitures de l'époque, ainsi que les noms des bateaux : *Plus Ultra, Dómine, Ciudad de Cádiz, Fernando Póo, Ciudad de Sevilla…*

En entendant ce dernier nom, Kilian plongea dans ses pensées. Combien de fois s'était-il dit que ce bateau avait vécu une existence parallèle à la sienne ! La luxueuse embarcation, fierté de la compagnie, avait été mise au rebut au milieu des années 1960 après avoir parcouru la moitié du monde. Une fois restaurée, elle était restée à la dérive un jour au large de Palma de Majorque, menaçant de se couper en deux. Plus tard, elle avait subi deux graves incendies et avait encore une fois dû être rénovée… Pourtant, à soixante-six ans de vie, le bateau était toujours là, supportant les coups durs de l'existence.

Quand il n'y eut plus une photo à commenter, Kilian secoua la tête et soupira :

— Comme les temps ont changé ! J'ai l'impression que ça ne peut pas faire si longtemps que nous étions à Fernando Póo.

Jacobo acquiesça.

— Mais, d'après ce que racontent Clarence et Laha, ils n'ont pas changé pour le mieux.

— Qu'est-ce qui te fait dire ça ? demanda Laha.

Jacobo prit son temps avant de répondre. Il but une gorgée de café, s'essuya avec sa serviette, remit les mains sur la table et examina Laha avec arrogance, puis s'adressa à son frère.

— À l'époque, il partait de l'île cinquante mille tonnes de cacao, et rien que de Sampaka plus d'une tonne et demie, grâce à nous. Et maintenant, combien produisent-ils ? Trois tonnes et demie ? Tout le monde sait que depuis que nous sommes partis le pays n'a pas relevé la tête. Vous vivez plus mal qu'il y a quarante ans, ajouta-t-il en s'adressant directement à Laha. C'est vrai ou pas ?

— Jacobo, répondit le jeune homme d'un ton neutre, je crois que tu oublies que la Guinée équatoriale est maintenant un pays indépendant qui essaie de s'en sortir après des siècles d'oppression.

— Comment ça, d'oppression ! protesta Jacobo avec de grands gestes. On vous a apporté nos connaissances, notre culture. Vous devriez nous être reconnaissants qu'on vous ait sortis de la jungle…

— Papa ! s'exclama Clarence, furieuse, tandis que Carmen posait une main sur la cuisse de son mari pour lui signaler qu'il était allé trop loin.

— Deux choses, Jacobo, répondit Laha sur un ton un peu moins calme. Premièrement : nous avons assimilé votre culture parce que nous n'avions pas le choix. Deuxièmement : à la différence d'autres colonies espagnoles, les conquistadors de Guinée ne se sont pas empressés de mêler leur sang à celui des conquis. C'est jusqu'à ce point qu'on nous considérait comme inférieurs !

Kilian n'intervenait pas. Jacobo ouvrit la bouche, mais Laha l'arrêta.

— Ne me donne pas de leçons de colonisation, s'il te plaît. La couleur de ma peau montre que mon père était blanc. Ça pourrait être n'importe lequel d'entre vous !

Un silence embarrassé s'installa.

Clarence baissa la tête, les yeux pleins de larmes. Si jamais Laha se révélait être son demi-frère, il ne pouvait avoir rencontre plus désagréable avec son père biologique. L'attitude de Jacobo était impardonnable. Pourquoi n'était-il pas comme Kilian ?

Daniela posa une main sur l'épaule de Laha pour le réconforter. Il la regarda avec tristesse. Il venait de révéler qu'il avait une épine fichée dans le cœur, et s'en ouvrir n'était pas dans ses habitudes.

— C'est un sujet difficile, déclara Daniela d'une voix chaleureuse et apaisante. Aujourd'hui encore, même si nous ne nous en rendons pas compte, nous sommes tous colonisés subtilement, par des réseaux d'intérêt économique, politique, culturel… Ce sont d'autres temps.

C'est bien Daniela, pensa Clarence. *Elle ne se fâche jamais. Elle s'efforce toujours de s'exprimer sur ce même ton tranquille et rationnel.*

— Je suis désolé de m'être emporté, dit Laha en regardant Carmen, qui agita la main pour lui signifier que ce n'était rien ; elle était plus qu'habituée aux discussions un peu vives.

— Pour moi, déclara très calmement Daniela, la colonisation, c'est comme le viol d'une femme. Si en plus la femme résiste et refuse, le violeur a le culot de dire qu'elle n'était pas sérieuse, qu'au fond elle avait du plaisir et qu'il le faisait pour son bien.

Toute la tablée resta soufflée par la comparaison. Dans le silence, Clarence se leva pour commencer à débarrasser. Jacobo demanda un deuxième café avec rudesse. Kilian pianotait sur la table. Carmen se mit à feuilleter le livre de recettes et posa à Laha quelques questions auxquelles il répondit aimablement.

— Bien, dit enfin Kilian. C'est Noël. Laissons tomber les sujets compliqués. Raconte-nous, Laha, comment un garçon de Bioko s'est retrouvé en Californie.

— Je crois que c'est la faute de mon grand-père, répondit l'autre, pensif. Il tenait absolument à ce que ses enfants et petits-enfants fassent des études. Il nous répétait toujours la même chose. Mon frère Iniko se fâchait beaucoup, parce qu'il l'interprétait à sa manière.

Levant l'index, il imita la voix d'un homme âgé :

— « Les paroles les plus sages que j'ai entendues d'un homme blanc sont les suivantes, mon ami : “La plus grande différence entre un Bubi et un Blanc, c'est que le Bubi laisse pousser le cacaoyer librement, tandis que le Blanc le taille pour en tirer le maximum.” »

C'est à ce moment que Kilian s'étrangla sur un morceau de *turrón*. Tout rouge, il se mit à tousser.

Le 26 décembre se leva sur un ciel clair et un soleil aveuglant qui se reflétait sur la neige. Après deux jours enfermés dans la maison à ne rien faire que manger, Laha, Clarence et Daniela purent enfin se rendre sur les pistes.

Les filles avaient dégotté une tenue de ski pour Laha, qui se sentait ridicule et maladroit dans ses chaussures rigides. Daniela lui donnait des indications basiques pour marcher sur la neige gelée et s'efforçait de rester près de lui au cas où il glisserait. À côté de lui, elle paraissait plus petite. Quand elles réussirent à lui faire chausser ses skis, Laha ne cessa de la regarder avec des yeux terrorisés et de s'accrocher à ses épaules pendant qu'elle le tenait par la taille.

Clarence les observait, amusée.

Ils formaient un joli couple.

Sa cousine était concentrée sur la nécessité de lui donner des instructions correctes, à sa façon, décidée et sympathique à la fois. Laha tentait de lui faire confiance, mais son esprit allait dans un sens et son corps dans l'autre.

Après une longue souffrance, Laha décréta qu'il avait besoin d'un café. Daniela proposa de l'accompagner pendant que Clarence en profitait pour réaliser quelques descentes plus difficiles. Assise sur le télésiège, elle leur fit signe de la main. Elle était presque contente de se retrouver seule un moment, à profiter de la sensation de liberté que lui procurait la contemplation du paysage enneigé. En montant, elle sentit le silence absorber les voix et les rires des skieurs, les transformant en un chuintement continu à l'effet calmant. La plaine d'un blanc brillant au-dessous d'elle, le reflet des cimes proches, le froid de plus en plus vif sur les joues, ainsi que le léger balancement du siège lui donnèrent une sensation de vertige, de lenteur, d'irréalité.

Durant ces moments de somnolence, dans son esprit se mêlèrent des fragments de conversations et d'images qui, comme les pièces d'un casse-tête, cherchaient où se loger. Elle avait du mal à croire que Jacobo soit tombé amoureux de Bisila avant de l'abandonner avec un enfant en bas âge. À coup sûr, son oncle Kilian devait avoir été complice de la situation. Un complice à la conscience lourde, car ses réactions avaient même été plus fortes que celles de son frère. Comment avaient-ils pu garder un secret de cette envergure ? S'approchait-elle, enfin, du moment de vérité ? Était-ce pour cette raison qu'elle se sentait si nerveuse ?

La seule façon de se libérer du chagrin qui lui étreignait la poitrine était de s'élancer à grande vitesse sur la piste la plus ardue et d'amener son corps à la limite pendant que les deux autres, étrangers à ses soupçons, se détendaient à la cafétéria.

Plus que détendu, Laha se sentait heureux à bavarder avec Daniela. Il aimait sa compagnie. La regarder tenir sa tasse à deux mains pour les réchauffer et souffler sur son café au lait. Elle parlait et, en même temps, contrôlait tout ce qui se passait autour d'elle. Ses yeux expressifs allaient et venaient du café à lui, puis aux gens de la table d'à côté, à ceux qui ôtaient leurs skis à la porte, et à ce qui se passait au comptoir. Ça ne semblait pas être de la nervosité, plutôt une capacité d'observation et d'analyse. *Comme elle est différente de sa cousine*, pensa-t-il. En dehors du fait qu'elle était plus petite et plus mince, Daniela paraissait beaucoup plus calme et rationnelle que Clarence, avec qui elle partageait en revanche, comme avec Carmen, la volonté de faire plaisir aux proches et de veiller à leur bien-être – qualité que Laha appréciait particulièrement. C'est peut-être pour cette raison qu'il ne s'était pas senti comme un étranger depuis son arrivée à Pasolobino. Seul avec Daniela, en outre, le temps cessait d'être une simple succession d'actions pour s'arrêter et devenir le sujet d'un enthousiasme insoupçonné. Que lui arrivait-il ? Il venait à peine de la rencontrer !

— Tu es bien silencieux. Ta première expérience dans la neige t'a laissé si abattu ? plaisanta Daniela.

— Je crois que le ski ce n'est pas pour moi, répondit Laha, peiné. Et, franchement, ajouta-t-il en baissant la voix, je ne comprends pas non plus pourquoi on en fait tout un plat. Mes chaussures me serrent tellement que le sang n'arrive plus à mes pieds !

— Tu exagères ! lança Daniela, dont le visage s'éclaira.

— Un autre café ? proposa-t-il en se relevant.

— Tu penses que tu pourras marcher jusqu'au comptoir ?

Laha feignit de se concentrer sur la difficile tâche de poser très lentement un pied devant l'autre et Daniela, amusée, le suivit du regard. Elle se sentait bien avec lui, *trop* bien. Elle se mordit la lèvre. C'était à Clarence de profiter de chaque minute en sa compagnie, non à elle. Dans ce cas, pourquoi les avait-elle laissés seuls ? Clarence la déconcertait. Elle et Laha se comportaient comme de bons amis, peut-être avec une affection particulière, mais ils ne s'étaient même pas tenu la main ni lancé de regards éloquents. Était-ce un amour à sens unique, comme elle l'avait soupçonné ? Mais il aurait été égoïste de la part de Laha d'accepter l'invitation, or cela ne lui ressemblait pas. Sauf s'il n'était pas au courant. Dans tous les cas, la situation était compliquée. C'était la première fois de sa vie que Daniela avait les jambes en coton, des milliers de papillons dans le ventre et une rougeur installée sur ses joues. En dehors de Laha, le monde était devenu secondaire. Ce n'était pas bon.

Laha lui frôla l'épaule en s'inclinant pour laisser sa tasse devant elle. Ensuite il s'assit, ôta le café avec la cuillère pour dissoudre le sucre et demanda sans préambule :

— Tu aimes vivre à Pasolobino, Daniela ?

— Oui, bien sûr, répondit-elle après une légère hésitation. J'y ai mon travail et ma famille. Et, comme tu peux t'en rendre compte, c'est un endroit magnifique. J'ai beaucoup de chance d'avoir mes racines ici.

Si Laha ne cessait pas de la regarder aussi fixement, elle allait finir cramoisie.

— Et toi, d'où te sens-tu ?

— Je ne sais pas… Moi, j'ai une crise d'identité. Je suis bubi, équato-guinéen, africain, un peu espagnol, européen par père inconnu et américain d'adoption.

Daniela déplora que cette confusion fasse passer sur son visage un voile de tristesse.

— Il est possible que dans ton cœur tu sentes que l'une de ces options est plus forte que d'autres, suggéra-t-elle à mi-voix.

Il regarda au-dehors et reprit une attitude enjouée.

— À ton avis, Daniela, enchaîna-t-il d'une voix volontairement plaintive en tournant un peu la tête. Comment peut se sentir un homme noir entouré de tant de blanc ? Eh bien, gris.

— Tu n'es pas gris ! s'exclama la jeune femme.

— Qui n'est pas gris ? demanda une Clarence aux joues rosies en s'asseyant à côté de sa cousine. D'où vient cet enthousiasme ?

Ni Laha ni Daniela ne s'étaient aperçus de son retour. En voyant l'heure, ils constatèrent qu'ils bavardaient depuis plus d'une heure. Pour la première fois de sa vie, Daniela regretta la présence de sa cousine.

Comme personne ne répondait, Clarence reprit :

— Bien, Laha, tu es prêt pour une deuxième tentative au ski ?

Le visage du jeune homme s'allongea et il prit la main de Daniela.

— Oh non, s'il te plaît ! Ne la laisse pas me torturer à nouveau !

Daniela profita de l'occasion pour garder sa main. Il les avait grandes et fines. On remarquait qu'il n'avait pas effectué beaucoup de travail physique avec.

— Ne t'en fais pas, déclara-t-elle en rivant son regard au sien. Je vais prendre soin de toi.

Devant le regard éberlué de Clarence, elle regretta aussitôt ses mots.

— Nous allons toutes les deux prendre soin de toi, rectifia-t-elle.

Tiens, tiens, se dit Clarence en retournant vers la sortie. *Est-ce mon imagination ou ma cousine chérie a-t-elle les yeux qui brillent dès qu'ils croisent ceux de Laha ? Les esprits sont vraiment facétieux. Réserveraient-ils quelque chose à ces deux-là ?*

Au moment où Clarence venait de penser aux esprits, un petit incident imprévu se produisit. Laha, qui marchait maladroitement dans ses chaussures de ski, calcula mal la hauteur du perron qui séparait l'intérieur du bâtiment de la neige. Il glissa, se raccrocha à Clarence qui, en se tournant pour l'aider, tomba sur le dos.

Laha s'étala sur elle.

Alors, à quelques centimètres de son visage, toute la lumière du soleil de ce jour radieux concentrée en un unique faisceau sur ses yeux, Clarence sentit son estomac se retourner.

Que lui avait dit Simón à Sampaka ?

Qu'il l'avait reconnue grâce à ses yeux, qu'elle avait les mêmes que ceux des hommes de sa famille, peu communs, car ils paraissaient verts de loin, puis gris de près.

Dans les yeux de Laha, Clarence reconnut les siens, ceux de Kilian et de Jacobo. Elle aurait juré jusque-là qu'ils étaient verts, mais de près elle distinguait nettement les zébrures d'un gris profond. Il avait hérité des yeux typiques de sa famille !

Ce regard fut comme un coup de poing dans son ventre et elle eut envie de pleurer. Elle éprouva un mélange de soulagement, de joie et de peur de ce qu'elle avait enfin découvert, et qu'elle ne savait ni comment ni quand révéler.

Maintenant qu'elle savait que c'était Laha – et personne d'autre – qu'elle était allée chercher à Bioko, elle permit à chaque recoin de son cœur de laisser fleurir la honte d'être la fille d'un homme capable d'abandonner son propre fils et de le priver de son droit à occuper sa case, à côté d'elle, dans l'arbre généalogique familial.

13

Boms de llum

Puits de lumière

— Tu es sûre que tu ne veux pas venir ? vérifia Daniela en ajustant son blouson.

L'hiver n'était pas la période la plus propice aux excursions, et encore moins à la marche, mais un tour en voiture dans la vallée pouvait être une bonne solution pour éviter les promenades dans le froid et le ski, qui n'avait guère plu à Laha.

— J'ai encore un peu mal à la tête, répondit Clarence en marquant d'un doigt la page du livre qu'elle était en train de lire.

Laha la regarda avec peine.

— Je suis vraiment confus pour la chute.

Daniela fronça les sourcils. Le coup sur la tête de Clarence, dans la neige, devait avoir été sacrément fort, car depuis sa cousine n'avait pas l'air de se sentir bien. Si elle espérait vraiment que sa douleur ne soit que physique, Daniela, qui était infirmière, en doutait. Quand Clarence s'était retrouvée par terre, coincée sous le grand corps de Laha, leurs visages si proches, Daniela avait ressenti une soudaine jalousie. Leurs regards étaient restés l'un dans l'autre plus longtemps que nécessaire pour se remettre de la chute. Et depuis, sa cousine restait comme étourdie et confuse, et semblait éviter tout le monde.

Des rires et des voix leur parvinrent de la cuisine. Clarence leva les yeux au ciel.

— À votre place, je m'éclipserais par la porte de la cour.

— Ah, ça m'étonnait qu'ils mettent si longtemps..., fit Daniela.

Laha, qui ne comprenait pas, allait demander des éclaircissements quand Daniela lui fit signe de ne pas faire de bruit. On entendit clairement les voisines soumettre Carmen à un interrogatoire sur Laha.

Daniela le prit par le bras et lui murmura :

— Il vaut mieux qu'on y aille. Chut ! Clarence, à tout à l'heure.

Laha étouffa un rire et suivit la jeune femme sur la pointe des pieds. Clarence tenta en vain de se concentrer à nouveau sur sa lecture, mais la conversation des voisines se poursuivait. La capacité à commenter et critiquer dans un endroit où tout le monde se connaissait n'avait pas disparu avec l'arrivée du progrès ; elle s'était simplement transformée. Des ragots malsains et accusateurs, voire destructeurs, on était passé à des commentaires plus informatifs pour animer les soirées. Cette bienveillance appartenait à la génération de Clarence et Daniela, qui avait eu la chance de grandir dans une ambiance plus détendue. Comment auraient réagi les habitants de Pasolobino si son père avait ramené un fils africain des décennies auparavant ? Que se passerait-il aujourd'hui, lorsqu'ils sauraient que Laha était un membre de la famille ?

Fernando Laha de Casa Rabaltué.

Elle soupira.

Elle se sentait incapable de le regarder à nouveau dans les yeux, de peur qu'il devine ce qui la tourmentait. Et comment allait-elle interroger son père ? Si elle se trompait, elle insulterait Jacobo et blesserait Laha en lui ayant fait miroiter la possibilité de connaître le père dont il n'avait jamais rien su. Et, si c'était la vérité, elle ne pouvait imaginer comment présenter sa version et obtenir une confirmation.

Elle était dans une position difficile. Si elle se lançait, c'était mauvais, et dans le cas contraire également.

Avec tout ça, Laha et Daniela semblaient s'entendre à merveille. Elle se souvint de la blague de Daniela sur l'autorisation du pape qu'il fallait obtenir autrefois pour épouser un cousin…

Son cœur eut un raté.

Mais à quoi pensait-elle ? Daniela était la première à qui elle devait faire part de ses soupçons ! Elle devait savoir ! Qu'attendait-elle donc ? Par sa passivité, elle risquait de les propulser vers…

Elle ferma les yeux et son esprit se projeta sur une plage baignée par des eaux cyan. Sur le sable, un homme et une femme étaient allongés, profitant du corps de l'autre sans prêter attention aux centaines de tortues qui les contournaient. Au loin, on entendait les chants des oiseaux et les jacassements des perroquets colorés qui répétaient avec insistance que ce n'était pas comme ça, que ce qui était d'un bleu clair intense n'était pas la mer, mais le ciel, que ce qui était blanc était le manteau de neige recouvrant les prés, que les tortues n'étaient que des rochers, et que les corps désirant des caresses n'étaient pas ceux de Clarence et d'Iniko.

La route du Soleil avait reçu son nom d'après la douzaine de villages qui s'étaient construits au fil des siècles dans la partie la plus haute du versant sud d'une montagne ensoleillée, du premier rayon matinal au dernier rayon du soir. Les maisons de chacun des villages avaient été construites de manière échelonnée, afin que toutes puissent profiter du privilège de la lumière, cadeau le plus précieux en un lieu si froid.

Une route étroite, mal goudronnée et peu fréquentée, serpentait depuis la voie principale de la vallée vers le premier bourg plus en hauteur, défilait devant les autres, traçant une cicatrice droite dans la montagne, puis descendant en virages jusqu'au dernier, le plus serré, qui ramenait le voyageur sur la route principale.

Pendant tout le trajet sur la zone la plus vierge de la vallée de Pasolobino, il était impossible de se libérer de la sensation d'avoir ouvert une parenthèse dans le temps. Laha s'émerveilla devant les églises romanes, les portails blasonnés, les maisons aux entrées voûtées et aux portiques aux croix gravées dans la pierre. Il trouva incroyable qu'à quelques kilomètres de là le tourbillon de touristes soit en pleine effervescence.

— Je ne pensais pas que tant de gens vivaient dans ces villages, commenta-t-il.

— Beaucoup sont des résidences secondaires restaurées par les descendants des anciens habitants, expliqua Daniela. Je les appelle les enfants prodigues.

— Pourquoi ?

— Parce que, quand ils viennent, ils ont envie de faire plein de choses, de se mettre au courant de ce qui a changé en leur absence, de tenir des réunions pour proposer de nouvelles idées ou protester contre ce qui a été fait. Et, à mesure que la fin de leurs vacances approche, leur énergie s'épuise et ils disparaissent pour repartir vers la ville. Et ça recommence aux vacances suivantes.

Laha demeura pensif un instant. Les paroles de Daniela l'avaient affecté.

— Alors moi aussi j'en fais partie, murmura-t-il sombrement.

Quand il arrivait à Bioko, il commençait par prendre des nouvelles auprès de son frère. Ensuite, il repartait en Californie, où il reprenait le cours de sa vie confortable. De loin, il avait parfois l'impression qu'Iniko lui signalait silencieusement que le quotidien d'un lieu était construit par ceux qui y vivaient.

Daniela arrêta sa Mégane sur une petite place entourée de maisons coquettes aux portes et aux volets d'un vernis sombre. Elle calcula qu'il leur restait encore du temps avant qu'il ne fasse nuit.

— Là-haut, il y a un joli ermitage, dit-elle en commençant à monter une rue pavée vers le bois. C'est abandonné mais il mérite d'être visité.

Pendant que Laha explorait les alentours, elle se laissa aller à contempler le paysage enneigé. Au bout d'un moment, il l'appela avec insistance. On aurait dit un enfant heureux d'avoir découvert un trésor.

— Je n'arrive pas à le croire ! s'écria-t-il en la prenant par le bras pour l'entraîner à l'intérieur de l'ermitage. Regarde !

Daniela examina la pierre où apparaissait une date, sans comprendre l'enthousiasme de son compagnon.

— 1471, lut-elle. Et qu'est-ce que ça a de spécial ?

— C'est la chose la plus vieille que j'aie touchée de ma vie ! C'est l'année où le Portugais Fernando Póo a débarqué sur l'île Bioko. Tu vois un peu cette coïncidence ? Pendant qu'un tailleur de pierre gravait ce bloc, un marin apercevait une île pour la première fois ! Et maintenant nous sommes là, toi et moi, plus de cinq cents ans après ! Sans lui, nous ne serions pas là aujourd'hui.

— En voilà une manière de résumer l'histoire ! répliqua Daniela, amusée et entraînée à la fois par l'euphorie de Laha. Tu n'as plus qu'à dire que c'est le destin qui nous a réunis.

Laha se rapprocha. Il tendit la main pour écarter une mèche cuivrée du visage de Daniela, qui sursauta légèrement.

— Et pourquoi pas ? fit-il d'une voix rauque.

Au soir d'une claire et froide journée d'hiver, à l'intérieur d'une chapelle décrépie, construite des siècles plus tôt, sous le dernier rayon d'un soleil éclatant qui se faufilait par un trou dans le mur, Laha se pencha vers Daniela et l'embrassa.

Tous les sens de la jeune femme, jusque-là gelés par le froid et le temps depuis lequel elle désirait ce qui arrivait, s'éveillèrent de leur léthargie à l'instant même où il posa les lèvres sur les siennes, dans une douce caresse tout d'abord, puis en les recouvrant complètement. Elle savoura cette bouche charnue, chaude et sensuelle, qui s'emparait de la sienne avec maîtrise. Seigneur, cet homme savait ce qu'il faisait ! Elle aurait voulu que ce baiser ne se termine jamais et ouvrit légèrement la bouche pour qu'il puisse mieux la goûter, pour que leurs langues s'effleurent dans la promesse d'une rencontre plus approfondie, pour que leurs haleines se fondent en un unique souffle ardent au milieu du froid.

Elle noua les bras autour du cou de Laha, lui indiquant ainsi de ne pas s'arrêter. Le baiser se prolongea jusqu'à ce que le rayon de lumière faiblisse, puis disparaisse. Laha s'écarta enfin et plongea son regard dans le sien.

— Je suis heureux de ne pas avoir su éviter le destin, affirma-t-il d'une voix rauque.

Il s'humecta les lèvres, encore surpris par l'intensité de ce premier rapprochement. Daniela cilla comme si elle sortait d'un rêve paisible, sourit d'un air gourmand et le poussa doucement pour qu'il s'appuie contre la pierre de l'autel. Elle se pressa contre lui en s'accrochant au col de son manteau.

— Moi aussi, je suis heureuse. Je ne regrette qu'une chose, là, maintenant.

Laha haussa le sourcil.

— Je déplore, continua-t-elle avec un regard sensuel, de ne pas être dans une chambre d'hôtel confortable…

Laha fut très surpris ; il ne s'attendait pas à une réplique si directe de la part d'une femme plus jeune que lui de plusieurs années. Il se sentit à l'aise, flatté et heureux d'avoir osé l'embrasser.

— Trouvons-en une, proposa-t-il en la serrant plus fort entre ses bras, dans lesquels elle se nichait parfaitement.

Il se sentit comme un adolescent impatient. Pourquoi avait-il tant tardé à la connaître ?

— Je ne peux pas faire ça ! s'écria-t-elle. Demain, toute la vallée le saura…

— Nous n'avons encore rien fait que tu as déjà honte de moi ?

— Ne sois pas bête, s'amusa Daniela en lançant les bras derrière sa nuque. Pour le moment, on va devoir se contenter de ça.

Laha l'étreignit de nouveau et commença à lui mordiller le cou.

— De ça ? murmura-t-il.

— Voilà.

Non sans peine, il glissa ses mains sous les épaisseurs de vêtements de Daniela et caressa son dos avec délicatesse, de bas en haut, de haut en bas…

— Et de ça ?

— Oui, de ça aussi.

Elle plongea les doigts dans les cheveux de Laha et rejeta la tête en arrière pour qu'il puisse parcourir de ses lèvres son cou, sa gorge, ses joues et ses tempes, avant de retourner à ses lèvres. Au bout de longues et délicieuses minutes, elle soupira, résignée.

— Et si on appelait pour leur dire de ne pas nous attendre pour dîner ? Là où nous sommes garés, il y a un très bon restaurant.

Elle souhaitait profiter au maximum des rares occasions qu'ils auraient d'être seuls, malgré une légère culpabilité à l'endroit de Clarence.

Ils retournèrent à la place qui s'ouvrait comme un point de vue sur la colline, et s'arrêtèrent un instant pour admirer la lune récemment levée qui produisait sur la neige un effet hypnotique typique des nuits claires de l'hiver. Daniela se serra contre Laha pour sentir sa chaleur. Cette soirée allait être délicieuse. À chaque seconde qu'elle passait avec lui, elle se sentait davantage convaincue d'avoir trouvé sa place dans le monde. Laha l'étreignit et respira profondément. Le village était plongé dans le silence et les lumières des maisons et des lampadaires éclairaient très faiblement. À côté de cette jeune femme, ni la solitude ni l'obscurité n'existaient. Il se pencha sur elle et l'embrassa encore une fois.

Si les habitants avaient regardé à leur fenêtre à ce moment, ils auraient été surpris de l'intensité avec laquelle un homme et une femme s'embrassaient, en dépit du froid. Ils n'auraient pu critiquer leur attitude. Au contraire, ils auraient envié de toute leur âme la chaleur et le besoin urgent de ce baiser qui défiait l'espace et le temps.

Comme si l'espace pouvait rétrécir et le temps manquer.

Daniela se détacha, prise d'un léger vertige. On entendit alors un moteur s'approcher et, instinctivement, elle s'écarta de Laha.

Une Volvo se gara juste à côté de sa voiture et on l'appela.

— Tiens ! s'exclama Julia en venant vers elle, suivie d'une femme d'un certain âge, comme elle.

— Ah, Julia, dit Daniela en l'embrassant sans enthousiasme. Qu'est-ce que tu fais par ici ? Je te croyais à Madrid ?

Julia répondit sans cesser de regarder son accompagnateur :

— L'un de mes fils a décidé de passer le réveillon ici, et je suis venue avec une amie.

L'autre femme s'approcha. Elle avait les cheveux d'un blond si clair qu'ils semblaient blancs.

— Ascensión, voici la fille de Kilian. Nous sommes amies depuis le temps de la Guinée, expliqua Julia devant la surprise des deux autres femmes. Elle s'est mariée avec Mateo, l'un des collègues de ton père, qui est décédé il y a quelques mois.

— Je suis navrée, dit Daniela en faisant la bise à Ascensión.

— Merci, répondit-elle, les yeux voilés de larmes. Avec Mateo, on disait tous les ans qu'il nous faudrait monter pour découvrir la vallée de Pasolobino, mais avec une chose puis une autre, finalement on ne l'a jamais fait…

— Je l'ai convaincue de venir passer trois ou quatre jours avec moi pour se remonter le moral.

Face au regard insistant de Julia, Daniela se trouva bien obligée de présenter Laha, maudissant sa malchance. Elle aurait préféré que rien ne vienne gâcher l'enchantement de cette soirée.

Laha s'avança et salua les deux dames.

— Alors comme ça, vous avez toutes les deux vécu dans mon pays ? demanda-t-il dans un grand sourire cordial.

Ascensión acquiesça en retenant ses larmes. Julia le scruta en murmurant :

— Laha…

— Oui, dit Daniela, qui n'avait pas envie de donner beaucoup d'explications, et encore moins de repartir dans une conversation sur le pays d'origine de Laha. Il est là pour quelques jours. Clarence a fait sa connaissance pendant son voyage.

— Elle m'a raconté, oui… Qu'elle avait connu une famille, Laha, Iniko et Bisila…

Julia sentit une forte oppression dans sa poitrine et rajusta ses gants avec nervosité. Elle n'aurait pas dû donner autant de détails…

— Bisila, ce n'est pas…, commença Ascensión.

— Ce n'est pas un nom courant, c'est vrai, enchaîna Julia. Et où est Clarence ?

— Elle ne se sentait pas bien, elle a préféré rester.

— Ah.

Julia ne cessait de regarder Laha. Sa chevelure abondante, son front large, sa mâchoire marquée, son menton rond, ses yeux… C'était lui. Clarence l'avait trouvé, mais avait-elle la certitude de quoi que ce soit ? Daniela, elle, avait les joues roses et une lueur particulière dans ses grands yeux marron. Était-elle au courant ?

Un bref silence se fit. Daniela craignit que, soit par politesse soit par réel intérêt, Laha n'entame un dialogue interminable sur le passé avec les deux femmes.

— Et vous êtes là en visite touristique ? s'empressa-t-elle de demander.

— Nous avons réservé au restaurant, répondit Julia. J'espère que tu apprécieras ton séjour dans notre vallée, Laha.

Laha eut un sourire malicieux et jeta un regard en coin à Daniela.

— Je peux vous assurer que je commence, oui.

Daniela se mordit la lèvre pour ne pas rire.

Ils attendirent que les deux femmes soient entrées dans le restaurant, puis Daniela ressortit ses clés de son sac.

— On ne devait pas dîner là aussi ? s'étonna Laha.

— J'ai pensé à un meilleur endroit, répondit-elle.

Avec Julia et son amie dans le restaurant, elle ne pourrait pas effleurer Laha sans que tout le monde soit au courant. De petit, romantique et accueillant, le restaurant de ses rêves était devenu froid et oppressant.

Julia trouva le prétexte parfait pour passer la journée suivante à la Casa Rabaltué et assouvir sa curiosité.

— Il y a une réunion d'anciens amis de Fernando Póo à Pâques, annonça-t-elle en arrivant. Il manquera Manuel et Mateo, mais ça peut être très sympathique. Vous pourriez venir. Toi aussi, Carmen, évidemment.

— Trop de souvenirs, dit Jacobo avant de s'adresser à son frère. Toi, tu aimerais y aller ?

Kilian haussa les épaules.

— On verra.

— Les descendants aussi sont invités ? s'enquit Clarence.

— Bien sûr, mais tu t'ennuierais, Clarence, dit Ascensión. Qu'est-ce que tu ferais avec tout un tas de vieux croulants qui se remémorent leur jeunesse ?

— Oh, j'adore découvrir des choses sur le passé de mon père…

Daniela, elle, n'avait pas l'intention de s'y rendre. Elle n'écoutait plus depuis un moment. Presque toutes les questions commençaient par : « Tu te rappelles… » et se terminaient par un profond soupir. Ascensión et Julia sortaient leur mouchoir de temps en temps, pendant que Kilian et Jacobo serraient les lèvres et hochaient lentement la tête. Daniela se demandait comment Carmen pouvait supporter toutes ces anecdotes sur un passé qu'elle ne partageait pas, mais elle était là, un sourire aimable plaqué sur le visage. Tout comme Clarence, qui n'en perdait pas une miette. Si on lui avait donné un cahier, Daniela était sûre que sa cousine se serait mise à prendre des notes. Elle bâilla et regarda les flammes. Il ne restait rien de la pile de bois préparée par Kilian et personne ne semblait pressé de partir.

Elle sentit qu'on la fixait, et ses yeux rencontrèrent ceux de Laha. Un frisson de plaisir la parcourut de manière si évidente qu'elle décida de s'esquiver. Capterait-il le message ?

— Le feu va s'éteindre, je vais chercher du bois, annonça-t-elle en se levant.

— Tu as besoin d'aide ?

Ah oui, il avait capté.

À peine furent-ils dans le petit abri que les baisers de Laha lui firent oublier tout l'ennui des dernières heures. Pour le moment, ils devraient se contenter de ces rencontres furtives.

Dans la maison, Clarence prenait note de tout. Elle n'était pas tant intéressée par ce que disaient les gens que par ce qu'ils taisaient. Soit elle était devenue maladivement soupçonneuse, soit leurs expressions trahissaient que tous savaient quelque chose qu'ils ne disaient pas. Julia n'avait cessé de couler des regards entre Jacobo et Laha. Les comparait-elle ? Et maintenant que Laha était sorti, elle restait fixée sur Jacobo, comme si personne d'autre n'était présent dans la pièce. Même Carmen avait froncé les sourcils une ou deux fois…

— Et toi, Ascensión ? dit Clarence. Qu'est-ce que tu as eu le plus mal à quitter quand tu es partie ?

— Ah, si tu savais. Tout. La couleur, la chaleur, la liberté… J'ai trouvé beaucoup de changements quand nous sommes rentrés en Espagne, répondit la vieille dame, qui sourit pour la première fois de la soirée. Je me souviens que, quand je racontais des fois, tout naturellement, les… eh bien, la façon de vivre des Noirs dans mon cercle d'amis, beaucoup étaient scandalisés. Ensuite, Mateo me reprochait d'être imprudente.

— Ils devaient penser que nous avions grandi dans le pire des endroits, dit Julia avec un petit rire.

Clarence se racla la gorge.

— J'imagine que ça a dû être difficile de… dire au revoir à tous les amis que vous laissiez là-bas…

Julia scruta Clarence. Elle était donc toujours dans ses recherches… Elle vit Kilian et Jacobo échanger un rapide regard et comprit qu'ils n'avaient pas encore révélé l'identité de Laha. Elle espéra qu'Ascensión serait prudente dans ses commentaires.

— En fait, nos amis étaient étrangers, comme nous, déclara celle-ci. C'est vrai que je me suis demandé ce qu'il était advenu de notre cuisinière et de sa famille…

Du ton le plus innocent qu'elle put, Clarence s'adressa à son père et à son oncle.

— Et vous ? Quelqu'un de particulier vous a manqué quand vous êtes partis ?

Kilian se mit à attiser la braise. Jacobo regarda Carmen, esquissa un sourire et répondit :

— Comme l'a dit Ascensión, nos véritables amitiés étaient toutes du côté des Blancs. Après, c'est sûr, je me suis parfois demandé comment allait le *wachimán* Yeremías, ou Simón, ou certains ouvriers. Je suppose que toi aussi, Kilian ?

Et Bisila, papa ? Est-ce qu'elle t'a manqué ?

La porte s'ouvrit à un moment fort opportun. Laha et Daniela entrèrent, chargés de bûches. Clarence remarqua les joues rosies et les lèvres légèrement gonflées de sa cousine.

— Il fait un froid de canard ! s'écria Daniela en réponse à son regard scrutateur. Le vent du nord se lève.

Après un coup d'œil à sa montre, Julia déclara :

— On ferait mieux d'y aller, il se fait tard.

Carmen insista vaguement pour qu'elles restent un peu plus, avec une politesse forcée qui ne put tromper sa fille. Il était évident qu'elle n'avait pas apprécié la conversation. Heureusement pour elles, les invitées décidèrent de partir.

Kilian, Jacobo et Clarence les raccompagnèrent à leur voiture. Clarence prit Julia par le bras et elles marchèrent derrière les autres.

— Dis-moi une chose, Julia. Comment as-tu trouvé mon père, aujourd'hui ?

— Comment ? Euh, je ne sais pas, Clarence. Dans quel état serais-tu, toi, dans une situation aussi compliquée ?

Clarence chercha une réponse à la question de Julia. Comment se sentirait-elle si elle avait abandonné un fils à des milliers de kilomètres, et que, trente ans plus tard, elle était obligée de vivre plusieurs jours sous le même toit que lui, avec le reste de sa famille ? Nerveuse, de mauvaise humeur, inquiète et irritable.

Exactement l'état de son père depuis que Laha était arrivé à Pasolobino.

Un fort coup de vent les poussa en avant avec violence. L'esprit de Julia voyagea à une autre époque, lors d'une nuit où la force de la tempête avait couvert d'eau les plaintes d'un événement tragique. Elle se rappela le visage contrit de Manuel lorsqu'il lui avait annoncé la nouvelle. Combien elle avait été atterrée. La rapidité avec laquelle l'acte de Jacobo avait été occulté. Lui qu'elle avait tant aimé…

— Entre vite dans la voiture, Julia, lui dit Jacobo. Tu vas attraper une pneumonie !

— Oui, j'arrive.

Étourdie par les souvenirs, Julia s'accrocha fort au bras de Clarence, qui lui murmura une dernière question à l'oreille :

— Comment papa a-t-il pu ?

Julia cilla, perplexe. Clarence avait-elle lu dans ses pensées ? Lentement, elle s'assit au volant et chuchota d'une voix éteinte :

— Lui aussi a souffert.

Elle mit le moteur en marche et quelques secondes plus tard la Volvo remontait le chemin de terre menant à la route.

Clarence observa le véhicule jusqu'à sa disparition dans la nuit froide. Devait-elle comprendre la phrase de Julia comme la confirmation de ses soupçons ? Loin de se sentir réconfortée, elle en éprouva de l'amertume. Comment ça, lui aussi avait souffert ? Elle se repassa mentalement la vie de Jacobo depuis ses plus lointains souvenirs et n'y trouva aucun signe évident de souffrance, sauf si on considérait que son mauvais caractère était la conséquence d'un passé mal cicatrisé.

Dès que le réveillon du nouvel an fut passé, Clarence décida qu'elle devait parler à Daniela sans attendre. Les choses s'accéléraient et les signes étaient évidents. Daniela rougissait chaque fois que, par hasard, ses doigts entraient en contact avec ceux de Laha, qui souriait comme un benêt amoureux. Impossible que le reste de la famille ne s'en rende pas compte. Et les yeux brillants de Daniela… c'était la première fois qu'elle voyait sa cousine ainsi.

Il était presque l'heure du dîner et il n'y avait personne à la maison. Carmen avait réussi à convaincre Kilian de l'accompagner avec Jacobo prendre un chocolat chaud avec des voisins. Laha et Daniela étaient partis faire des courses. Il n'y avait pas moyen d'avoir un moment seule avec sa cousine. Dès qu'ils iraient tous dormir, se dit-elle, elle viendrait dans sa chambre lui raconter sa découverte.

Sans grande motivation, elle se disposa à préparer quelque chose pour le repas. Sa mère était très efficace dans ce domaine, qu'il y ait deux ou seize personnes à table. Clarence, elle, avait besoin de faire beaucoup d'efforts pour savoir par où commencer. Elle ne réussit à trouver qu'un menu basique, une tortilla accompagnée d'une salade. Elle commença à peler des pommes de terre. La maison était silencieuse. Elle entendit des voix approcher dans la rue. Bientôt, la voix forte de son père cria :

— Ouvre-nous, Clarence !

Elle regarda par la fenêtre. Kilian et Jacobo portaient sa mère, en courant presque. Elle traversa vite la cour et ouvrit la grande porte. La douleur se reflétait sur le visage de Carmen. Un filet de sang lui coulait du front, de la tempe à la joue.

— Qu'est-ce qui t'est arrivé ? s'écria Clarence.

— Elle a glissé sur une plaque de verglas, répondit son père en haletant sous l'effort de monter les marches du perron en portant le poids de sa femme. Elle ne regarde pas où elle va !

Carmen émit un bruit plaintif. Ils l'assirent dans un fauteuil face à la cheminée, et Clarence ne savait que faire. Pourquoi Daniela n'était-elle pas là ? Elle alla chercher des compresses pour tamponner la plaie, qui saignait de plus en plus.

— Où as-tu mal, Carmen ? demanda Kilian.

Les yeux clos, sa belle-sœur répondit :

— Partout… La tête. La cheville. Le bras… Surtout le bras.

Elle tenta de bouger et grimaça.

— On peut savoir où est passée Daniela ? cria Jacobo.

— Elle est sortie avec Laha, répondit Clarence. Elle ne devrait pas tarder.

— Il n'y a donc plus rien qui existe dans cette maison en dehors de ce Laha !

— Papa !

— Il faut appeler le médecin, déclara Kilian avec calme.

Des rires leur parvinrent depuis la porte arrière de la cuisine, celle donnant sur le potager, qui s'ouvrit. Daniela entra, suivie de Laha, et prit aussitôt la mesure de la situation. Le geste sûr et tranquille, elle nettoya la blessure, palpa le corps de sa tante en lui glissant des paroles réconfortantes, et émit un diagnostic :

— Elle a le bras cassé. Ce n'est pas préoccupant, mais il faut l'emmener à l'hôpital de Barmón. Je vais le lui bander pour que le voyage ne soit pas trop pénible, mais plus vite vous irez, mieux ce sera.

Clarence s'empressa de rassembler quelques affaires pour elle et ses parents. Laha transporta Carmen jusqu'à la voiture. Les au revoir furent rapides, mais Clarence murmura à sa cousine :

— J'ai quelque chose d'important à te dire. C'est à propos de Laha.

Daniela fronça les sourcils. N'avait-elle pas eu assez de temps, ces derniers mois ? Il fallait qu'elle choisisse le moment le moins indiqué.

— On y va, oui ? s'impatienta Jacobo par la vitre de sa Laguna gris métallisé.

Daniela ouvrit la portière pour Clarence.

— C'est Laha qui te manquait depuis ton retour ? murmura-t-elle le cœur serré.

— Comment ? Ah, mais non ! Cela n'a rien à voir.

Daniela réprima un soupir de soulagement.

— Alors tout le reste peut attendre.

Daniela prépara un repas rapide et léger pour les trois personnes qui étaient restées. Laha posa des questions sur la vallée à Kilian, auxquelles ce dernier répondit par de nombreuses anecdotes amusantes que sa fille n'avait pas entendues depuis l'enfance. Après le repas, ils s'assirent au coin du feu pour attendre l'appel de Clarence, qui n'arrivait pas. Kilian avait les yeux qui se fermaient tout seuls.

— Va au lit, papa, lui conseilla Daniela. S'il y a quelque chose d'important, je viendrai t'avertir.

Kilian céda. Il souhaita bonne nuit à sa fille avec un baiser et donna une tape sur l'épaule de Laha.

— Profitez bien du feu.

Daniela sourit. C'était la phrase typique qui se prononçait chez elle quand on laissait les autres devant le foyer, et son père ne pouvait être conscient du double sens de ses paroles. Elle se leva et alla chercher deux verres où elle versa du vin vieux.

— On ne sert cette boisson qu'en des occasions spéciales, chuchota-t-elle.

La maison était très grande, et la chambre de Kilian se situait dans la partie la plus éloignée. À moins qu'ils ne se mettent à crier, il ne les entendrait pas, mais elle éprouvait une certaine pudeur.

— On le conserve dans un petit tonneau où se trouve le même ferment mère depuis des dizaines d'années. On en tire à peine quelques litres tous les ans.

— Et en quoi cette occasion est-elle spéciale ?

Laha trempa les lèvres dans le liquide, dont la saveur douce et forte lui parut semblable au cognac.

— Tu verras.

Le téléphone sonna et Daniela courut répondre. Quand elle revint, la dernière bûche de frêne venait de s'effondrer sur le lit de braises et était léchée par de petites langues de feu.

— Carmen devra rester plâtrée trois semaines, donc ils vont rester à Barmón. Clarence reviendra chercher leurs affaires.

— Je regrette de ne pas avoir pu leur dire au revoir.

— J'espère que tu les reverras. Tu aimerais ?

— Oui, parce que ça signifierait te revoir aussi.

Daniela remplit de nouveau leurs verres. Elle allait se rasseoir dans le fauteuil à côté de Laha quand celui-ci lui attrapa le poignet et l'attira vers lui pour qu'elle s'installe sur ses genoux.

Il but une gorgée d'alcool et contempla Daniela, les yeux ardents. Elle se pencha sur lui et but à ses lèvres. Elle les aspira lentement et passa la pointe de la langue sur les contours de sa bouche pour ne pas gâcher une seule goutte de cette saveur forte, quoique sucrée et légèrement fruitée. Laha ferma les yeux et émit un ronronnement de plaisir en sentant la chaleur des mains de Daniela sur son visage, ses cheveux, sa nuque. Une main posée sur la hanche de Daniela, Laha la rapprocha encore, glissa l'autre sous son pull et se mit à lui caresser le ventre en remontant lentement jusqu'à sa poitrine. Daniela se détacha légèrement de lui et le regarda, une lueur de profond désir dans les yeux. Quand il commença à imprimer de petits mouvements circulaires, d'abord sur un sein, puis l'autre, elle mordit sa lèvre inférieure et sa respiration s'accéléra. Ses joues de porcelaine étaient d'un rose intense. Ses yeux immenses le regardaient avec un mélange d'appétit, de joie et de sécurité. Dans des conditions normales, elle avait déjà un regard capable de perturber n'importe qui. À ce moment même, c'était une force mystérieuse qui surgissait des profondeurs de ses yeux lumineux pour l'attirer comme un insecte sans défense. Il souhaitait seulement tourner éternellement autour, profiter du défi et de la tentation avant de se rendre à une mort certaine…

Quelques minutes plus tard, dans la chambre d'amis, Daniela contemplait avec attention le torse nu de Laha. Il y avait une grande différence entre les jeunes avec qui elle avait fricoté et cet homme au sens plein du terme, avec qui elle avait envie de passer le restant de ses jours. Même avant d'avoir couché avec lui, c'était très clair dans son esprit. Il faudrait vraiment que les choses changent beaucoup pour qu'elle revoie son jugement. Laha s'avança vers elle, et il n'y eut plus besoin de paroles. Ce fut sans nervosité, sans rires gênés, sans pauses superflues ni pensées confuses. Leurs lèvres et leurs langues ignoraient comment calmer leur avidité à parcourir la peau de l'autre. Il leur suffisait de se regarder dans les yeux chaque fois que leurs visages se rencontraient pour être certains que chacun percevait la même voracité intérieure.

Laha devait faire de véritables efforts pour retarder le moment de plonger en elle. Il souhaitait profiter de chaque seconde passée à l'explorer. Il n'était pas un enfant. Il connaissait parfaitement les étapes du rituel amoureux. Mais ce n'était pas là un beau rituel préparé. C'était la célébration suprême de tous les sens. Il avait voyagé de par le monde, couché avec beaucoup de femmes, mais jamais il n'avait savouré cet acte autant qu'avec cette jeune femme qu'il venait de rencontrer dans un coin perdu des montagnes les plus froides qu'il ait connues. Si jamais il avait craint que la différence d'âge constitue un obstacle, il avait désormais compris qu'il s'était trompé ; son corps ne lui appartiendrait plus jamais. Il ne pourrait plus rien sentir loin de ses caresses. De cela, il était certain.

Daniela amena ses hanches contre lui. Elle était plus que prête à le recevoir. S'il n'entrait pas en elle, bientôt, elle se mettrait à crier, quitte à réveiller la moitié du village. Laha se plaça entre ses jambes et, avec toute la douceur dont il fut capable, s'inséra en elle tout en lui caressant les cheveux. Daniela gémit et alla à sa rencontre. Elle avait besoin de le sentir au plus profond d'elle, de se mouvoir avec lui, de se fondre dans cette union complète, d'exploser en même temps que lui pour se libérer de l'insupportable délire jouissif qui les avait possédés de façon implacable.

Laha s'allongea sur le dos, le cœur battant à une vitesse vertigineuse et la respiration coupée. À côté de lui, Daniela demeura longtemps les yeux fermés, puis elle posa une main sur son torse. Laha la prit dans ses bras.

— Ça ne m'était jamais arrivé, dit-il d'une voix basse. C'est comme si…

Il ne put terminer sa phrase.

Ce que fit pourtant Daniela, avant de plonger dans un profond sommeil :

— Comme si nous étions manipulés par une volonté extérieure, tu ne trouves pas ?

Clarence revint deux jours plus tard. Les vacances touchaient à leur fin et elle allait cumuler la convalescence de sa mère et la rentrée universitaire, ce qui retarderait son retour à Pasolobino. Elle n'avait fait aucun progrès dans l'affaire Laha. Pour une raison ou une autre, ce n'était jamais le bon moment. Son père, qui avait déjà du mal à s'occuper de Carmen dans leur appartement de Barmón, n'avait pas besoin d'entendre une telle accusation. Elle raconterait tout à Daniela dès que Laha serait dans le bus.

L'adieu entre Laha et Daniela, souriants, fut calme et tendre, ne ressemblant en rien à ce que Clarence avait vécu avec Iniko. Était-ce donc qu'ils n'avaient pas l'intention de se séparer définitivement ?

Quand arriva son tour, Laha l'embrassa avec force.

— Ma chère Clarence. Merci pour tout ! J'ai passé un séjour merveilleux !

Dans un accès de sincérité, Clarence ne put s'empêcher de lui répondre :

— Ah, Laha ! Il y a quelques mois, ni toi, ni Bisila, ni Iniko n'existiez pour moi. Et maintenant c'est comme si on se connaissait depuis toujours ! Comme si nos vies s'obstinaient à s'entrelacer !

— Tu veux dire, lui murmura-t-il à l'oreille, que tu as l'étrange sensation qu'on ne peut lutter contre les esprits ?

Clarence se détacha de lui avec un petit sursaut. Laha embrassa une dernière fois Daniela et monta dans le bus. Daniela ne cessa d'agiter la main jusqu'à ce que le véhicule se soit éloigné.

— Et maintenant, toi et moi on va aller prendre une bière, décréta Clarence. Ça fait combien de temps qu'on n'a pas été vraiment seules toutes les deux ?

Quand elle eut terminé sa version des faits – sans toutefois parler de sa relation avec Iniko –, Clarence baissa les yeux et soupira. Daniela avait plusieurs fois eu les larmes aux yeux, montré ses réactions, arraché l'étiquette de sa bouteille avant de la déchirer en mille morceaux, mais n'avait absolument rien dit.

— Même le fragment de lettre que j'ai trouvé a maintenant plus de sens que jamais, termina Clarence. Il parlait de l'un qui travaillait et de l'autre qui faisait ses études. C'est clair. Les deux frères, Iniko et Laha.

Elle alluma une cigarette, les mains tremblantes.

— La seule chose que je ne comprends pas, c'est la relation entre Dimas d'Ureka et Manuel... Eh bien ? Tu n'as rien à dire ?

— Que veux-tu que je dise ? fit Daniela, encore sous le choc. Toi-même, tu viens de m'assurer que tu n'avais pas de preuves concluantes, en dehors de la coïncidence des noms et de certains détails...

Elles repassèrent encore une fois les dates et tous les événements, mais en arrivaient toujours au même point : il était très probable que Laha et Clarence soient frère et sœur, sans certitude absolue sur ce que seul Jacobo pourrait leur confirmer.

Et quand bien même ce serait vrai, pensa Daniela, *ça ne changerait en rien ce que je ressens pour Laha.*

Un long silence s'établit. Toutes deux étaient absorbées dans leurs pensées.

Et moi qui croyais qu'elle était jalouse...

— Et maintenant ? l'interrogea Clarence, enfin libérée du secret qui la tourmentait depuis des mois, et heureuse de pouvoir en parler avec quelqu'un.

— Je n'arrive pas à le croire…, fit Daniela avec un petit rire nerveux. Laha pourrait être… mon cousin !

Tout à coup, une idée lui traversa l'esprit.

— Qu'est-ce qui t'arrive, Daniela ? Tu es toute pâle.

— Oh, Clarence… Et si… ? Tu es certaine qu'il n'existe pas la moindre possibilité que le père de Laha puisse être… le mien ? termina-t-elle dans un souffle.

Clarence incurva les lèvres vers le bas et secoua la tête avec conviction.

— Julia m'a pratiquement confirmé la paternité de mon père. Et en plus tu imagines Kilian te cacher quelque chose d'aussi grave ?

Daniela se sentit beaucoup mieux.

— Papa est moins bavard que d'habitude, voire mélancolique, c'est vrai, mais il n'est pas nerveux.

— Alors que c'est le cas de mon père, non ? Du coup… on raconte ce qu'on sait ?

Daniela réfléchit. L'aveu devrait être accompagné de la révélation sur sa relation avec Laha. Cela faisait beaucoup d'informations à la fois.

— Pour le moment, on ne dit rien. J'aimerais en parler à Laha avant.

Lors des premiers mois de 2004, en dehors des longues absences de Jacobo et de Carmen et de tout le travail de Clarence à Saragosse, le plus grand changement à la Casa Rabaltué fut le nombre de trajets que Daniela « dut » effectuer à Madrid toutes les trois ou quatre semaines, sous prétexte de sa formation continue. Clarence ne comprenait pas comment les autres, surtout son oncle Kilian, ne percevaient pas le changement chez sa cousine. Était-elle la seule à soupçonner qu'elle et Laha continuaient à se voir ? Comment le faisaient-ils, malgré la distance ? Elle supposait que Laha prolongeait ses escales de la Californie vers Bioko et inversement…

Après chaque week-end de formation intensive à la capitale, Daniela revenait exténuée mais radieuse. Clarence pensait, avec une certaine envie, que si Laha était moitié aussi bon amant qu'Iniko, sa cousine avait largement de quoi se sentir heureuse. Mais cela ne faisait qu'aggraver son inquiétude : Daniela et Laha avaient donc dépassé la phase la plus passionnée du début de leur relation qui, loin de se dégrader, arrivait au point où tout ce qu'ils voulaient était de partager tous les moments de leur vie, connaître l'autre dans les moindres détails et envisager de vivre ensemble.

Ce point-là était clair.

Loin de Pasolobino, ce que Laha et Daniela ne savaient pas encore était comment, où et quand.

La situation n'était pas facile. Bioko, la Californie et Pasolobino formaient un triangle très large. L'un des deux allait devoir envisager de suivre l'autre au bout du monde. Soit Laha s'installait en Espagne, soit Daniela partageait son temps entre la Californie et

Bioko. Laha arguait que le grand avantage d'être infirmière était de pouvoir exercer son métier n'importe où. Concrètement, en Guinée, elle aurait la possibilité de travailler où elle le souhaitait, quoiqu'avec un salaire moindre. Bisila serait d'une grande aide pour l'aider à trouver un poste. Quelle coïncidence que les deux femmes les plus importantes de sa vie soient infirmières !

Mais Daniela ne s'inquiétait pas tant de son avenir professionnel que d'autres questions. D'un côté elle n'avait pas encore avoué à Laha ses soupçons quant à sa possible identité. Elle se montrait très égoïste, mais elle avait peur que cette nouvelle porte atteinte à l'intensité de leurs retrouvailles. D'un autre côté, elle n'osait pas poser de questions à son père.

Kilian et elle avaient toujours été si unis que ne pas lui raconter son bonheur d'avoir rencontré quelqu'un comme Laha représentait pour elle un énorme effort. Ils n'avaient jamais vécu séparés plus d'une semaine, durant ses études. Jacobo, Carmen et Clarence complétaient la famille, bien sûr, mais sa relation avec son père était spéciale, comme s'ils avaient conscience de n'avoir que l'un et l'autre. Comment allait-elle pouvoir lui avouer qu'elle souhaitait s'envoler loin, alors qu'il avait tant besoin d'elle ?

Au train où allait sa relation avec Laha, elle allait devoir choisir tôt ou tard, et elle voulait retarder au maximum ce moment. Elle n'était pas aidée par son caractère pragmatique, sa logique, sa capacité d'organisation et sa détermination. Une histoire d'amour avec un homme si différent, plus âgé qu'elle de quelques années, et avec qui il était possible qu'elle partage des gènes, franchement, cela n'avait jamais fait partie de ses rêves ni de ses projets. Et elle n'était pas non plus aidée dans son choix par les caresses de Laha, ni par la délicieuse obsession qu'il avait de lui mordiller la poitrine.

— Tu es bien silencieuse, dit-il. Tout va bien ?

— Je pensais à mon père, répondit-elle en se redressant contre la tête du lit. Il va falloir que je lui dise !

Laha s'allongea à côté d'elle.

— Tu crois qu'il aura du mal avec ma couleur de peau ?

Daniela se tourna vers lui, comme mue par un ressort. Il avait mal compris.

— Jamais de la vie !

Laha lui caressa le pied.

— C'est quelque chose de complètement nouveau dans la tradition de la Casa Rabaltué.

— Eh bien, il est temps que des nouveautés perturbent la paix historique de ma famille ! s'exclama Daniela, les yeux brillants de colère. Jacobo pourrait en faire une attaque, oui. Un Noir dans la famille !

Elle grimaça. Et un Noir qui pouvait être son fils…

— Mais mon père, c'est différent, reprit-elle. Il respecterait ma décision avant tout.

— Alors, qu'est-ce qui te chiffonne ?

Daniela inspira profondément.

— Toutes les solutions que l'on pourra trouver pour vivre ensemble impliquent de le laisser seul à Pasolobino.

Elle s'enveloppa de la chemise de Laha et s'assit au bord du lit.

— Il est peut-être trop tôt pour lui en parler. Ça ne fait même pas trois mois qu'on se connaît.

— Pour moi, c'est suffisant, répondit Laha en s'agenouillant derrière elle et en l'enlaçant. Tu sais quoi, Daniela ? Peu importe à quelle vitesse on va. Si on en croit un proverbe africain, tu peux te lever aussi tôt que tu veux, ton destin se sera levé avant toi.

Elle se blottit contre son torse et ferma les yeux.

Cette nuit-là, dans un hôtel de Madrid, elle eut plus de mal que jamais à trouver le sommeil. Dans son esprit se succédaient des images de sa vie, de son enfance, de son père et d'une mère qu'elle reconnaissait grâce aux photographies. Elle voyait également Clarence, Carmen et Jacobo. Elle pensait à ses amis, ses voisins et ses collègues. Aux personnes qu'elle saluait tous les jours sur le chemin du travail, ou en faisant les courses. Elle pensait à l'environnement privilégié où elle avait eu la chance de naître et de vivre.

Comme Clarence, elle faisait partie des prés sillonnés par les ruisseaux, des lacs de montagne et de glacier, des bois de pins noirs, de frênes, de noyers, de chênes et de sorbiers : des prés criblés de fleurs des bois au printemps, de l'odeur de l'herbe sèche en été, des couleurs du feu à l'automne, et de la solitude de la neige.

Ce monde avait été le sien.

Clarence ne comprendrait pas qu'elle soit capable de l'abandonner.

Elle se souvint d'un autre proverbe africain que lui avait enseigné Laha, lors de leurs nombreuses conversations sur sa terre : « La famille est comme la forêt, lui avait-il dit. Si tu es en dehors, tu ne vois que sa densité. Si tu es à l'intérieur, tu peux voir que chaque arbre a sa propre position. »

Sa famille ne comprendrait pas. « Daniela, lui diraient-ils, on ne peut pas transplanter un arbre au tronc si gros, ni une fleur déjà poussée. Elle mourrait. » « À moins de creuser profondément, leur répondrait-elle, de laisser les racines prendre le plus de terre possible et d'arroser en continu. De plus, ajouterait-elle, les racines d'une personne ne sont pas des objets physiques. Les racines se portent à l'intérieur. Ce sont des tentacules qui s'étendent le long de nos terminaisons nerveuses et qui nous maintiennent entiers. Elles nous suivent où que nous allions. »

Quand le sommeil arriva, Daniela continua de voir défiler les images.

Les eaux du dégel dans la vallée formaient un gros débit qui traversait la plaine jusqu'à tomber en cascade dans un abîme profond. Là, tout disparaissait complètement. Par magie. Par un caprice de la nature, au pied des cimes les plus élevées de Pasolobino, se produisait un phénomène karstique exceptionnel. Le ruisseau s'engouffrait sous la terre, car l'eau acide du dégel était capable de dissoudre la roche. Les eaux souterraines créaient de nouvelles galeries, et plusieurs kilomètres plus loin le ruisseau surgissait de nouveau, sous forme d'une énorme source alimentant une autre rivière, pour, une fois ensemble, déboucher sur la côte française, bien loin de son lieu de naissance.

Dans son rêve, Kilian et Daniela étaient penchés au-dessus du ravin où disparaissaient les eaux du dégel.

Daniela était heureuse que les eaux se dirigent vers une fin heureuse.

Et, étrangement, Kilian n'était pas triste. Au contraire, il souriait largement.

Il savait que la même eau qui s'infiltrait dans les grottes sombres et restait dissimulée à la face de monde trouvait le moyen de revenir à la surface et de se rendre visible.

À la fin, elle trouvait une issue.

14

Temps de espináulos

Le temps des épines

Avril 2004

Dès que sa famille partit à Madrid pour les retrouvailles avec d'anciens amis de Fernando Póo, Daniela laissa libre cours à son excitation. Une fois encore, elle vérifia que tout était parfait dans la maison. Cette fois, Laha dormirait avec elle dans sa belle chambre bleue décorée de vieux meubles hérités des parents de son grand-père Antón. Un immense lit, une rareté pour l'époque, trônait dans la pièce. Daniela avait peine à attendre d'avoir Laha avec elle sous l'édredon de plumes. Elle passa à la chambre de son père, plus petite et décorée simplement de meubles en pin couleur miel. Comme unique concession à l'ornementation, deux gravures, l'une de saint Kilian et l'autre d'une Vierge noire à l'air triste, étaient accrochées au mur qui faisait face au lit, constituant ainsi la première vision qu'avait son père en se levant et la dernière en se couchant.

Elle s'approcha de la table de nuit, où se trouvait le vieux portefeuille de Kilian. À l'occasion du voyage à Madrid, Daniela avait réussi à le convaincre d'étrenner celui qu'elle lui avait offert à Noël. Après avoir beaucoup insisté, elle y avait elle-même transféré les papiers officiels et les fragments annotés juste avant qu'il ne monte dans la voiture de Jacobo. Elle lui avait promis qu'elle rangerait dans le tiroir de la table de nuit l'ancien portefeuille qu'il ne lui avait remis qu'à contrecœur.

En ouvrant le tiroir, qui coinçait toujours, son œil fut attiré par quelque chose qui dépassait de sous le lit, en partie caché par le tapis. En se penchant, elle vit qu'il s'agissait d'un morceau de photo en noir et blanc. On y voyait une belle femme noire souriante, un petit enfant dans les bras.

Daniela ne savait ni qui elle était ni pourquoi elle n'avait jamais vu cette image auparavant. Elle savait que l'auteur du livre *Neige dans les palmiers* avait demandé à tout le monde dans la vallée des documents sur la Guinée de plusieurs décennies auparavant. Peut-être était-ce l'un des rares clichés que Kilian avait trouvés en cherchant dans l'armoire du salon où l'on gardait les vieux papiers et les photos. Et, en effet, dans le livre, on voyait plusieurs fois les frères Rabaltué.

Oui, ce devait être ça.

Elle mit la photo dans le tiroir avec le portefeuille et descendit à la cuisine pour préparer à manger. Laha n'allait pas tarder.

Dans un hôtel central de Madrid, Jacobo et Kilian n'arrêtaient pas de parler et, outre Marcial et Mercedes, Clarence avait croisé un petit bonhomme en fauteuil roulant du nom de Gregorio, que son oncle avait salué froidement. La célébration était entachée par le récent attentat terroriste sur quatre trains du réseau de Madrid, qui avait mis fin à la vie de deux cents personnes. Malgré tout, il était inévitable que les conversations se tournent vers la Guinée. Un bref entrefilet dans la presse avait annoncé la formation à Madrid d'un gouvernement de Guinée équatoriale en exil ayant pour finalité d'offrir une chance démocratique au pays, par un retour à Malabo et l'organisation d'élections générales libres et démocratiques. Très vite, Clarence avait classé l'assistance en deux groupes : les colonialistes sur le retour, comme son père, qui affirmait que les Guinéens vivaient mieux du temps de la colonie, et les paternalistes rétrogrades, comme son oncle, selon qui l'Espagne avait une dette historique envers l'ancienne colonie, et devrait faire pression pour que l'on agisse afin de compenser les abus du passé.

Elle se demanda s'il y avait là quelqu'un comme elle ou Fernando Garuz, qui pensait que la mère patrie et l'ex-colonie ne se devaient rien et que le mieux était de respecter les décisions de ce petit pays.

Pourquoi ne pas le traiter en égal, en partenaire, en république souveraine et indépendante avec qui faire affaire ?

Elle prit un verre et s'assit dans un fauteuil en attendant le repas. Daniela lui manquait, car il n'y avait presque pas de gens de son âge. Leur dernière conversation avait été agitée. Daniela l'avait accusée d'être jalouse parce qu'elle passait plus de temps avec Laha. Clarence s'en était étranglée avec son whisky. Sa cousine n'y était pas du tout. Si elle était envieuse, c'était parce que, bien que sa relation avec Iniko soit minée d'avance, il lui manquait beaucoup.

Pour la convaincre, Clarence lui avait ouvert son cœur et raconté son histoire d'amour avec Iniko. Daniela l'avait bombardée de questions, comme si elle voulait comparer les deux relations. Elle s'inquiétait notamment de savoir si les différences culturelles pouvaient empêcher sa relation avec Laha de fonctionner. Avait-elle envisagé de s'installer à Malabo ? Au cas où, Clarence lui avait décrit toutes les difficultés qu'elle devrait affronter, s'attardant sur chacune. Elle voulait que Daniela réfléchisse à ce qu'elle laisserait derrière elle et aux problèmes d'adaptation à un pays d'Afrique, même si c'était temporaire. Comment pourrait-elle être heureuse dans ces conditions ?

Daniela était décidée, même si Clarence eut l'impression qu'elle parlait par la bouche de Laha : il y avait beaucoup de choses à faire dans un État émergent doté d'une bonne situation géographique, et où s'établissaient des entreprises du monde entier ; un pays aux nouvelles infrastructures possédant des projets d'avenir. Pour conclure, elle lui avait assuré, catégorique : « Désormais, je ne pourrai être heureuse nulle part sans Laha. »

Si les choses avançaient si vite, pensa Clarence, alors Daniela ne pouvait laisser plus longtemps Laha dans l'ignorancc.

Clarence but une longue gorgée.

Ils étaient tous deux à Pasolobino.

Le lui avait-elle dit ?

Le temps d'attente de la résurrection après la désolation de l'hiver était bien plus long dans le lieu le plus élevé des Pyrénées que n'importe où ailleurs. Les premiers verts du printemps n'arrivaient jamais avant le mois de mai à Pasolobino. En avril, pas de fleurs multicolores, seulement des champs pelés par les dernières neiges. Le seul indice d'un retour de la belle saison était dans le soleil, qui se levait un peu plus tôt et se couchait un peu plus tard.

À côté de Laha, Daniela se fichait bien qu'il fasse froid ou chaud, que les fleurs commencent ou non à orner les champs, ou que les oiseaux lancent des trilles joyeux. Ce qu'elle déplorait, c'était que les jours et les nuits fussent si courts.

Laha était arrivé le jeudi soir et, le samedi, ils n'étaient toujours pas rassasiés l'un de l'autre. Elle n'avait pas non plus trouvé le moment opportun pour lui révéler leur possible parenté. Aucun des deux ne souhaitait penser à autre chose qu'au plaisir d'être ensemble. Le lendemain, Laha allait partir et ils ne savaient pas quand ils se reverraient. Ils s'étaient donné jusqu'à l'été pour prendre des décisions définitives quant à l'avenir. Pour l'instant, ils s'accrochaient à leurs moments d'intimité comme si c'était la dernière fois qu'ils pouvaient être ensemble, comme s'ils avaient le pressentiment qu'un tour inattendu du destin risquait de menacer le bonheur qu'ils avaient à être dans les bras l'un de l'autre.

En cette veille du retour de la vie dans la vallée, le temps s'était arrêté et le calme de l'attente n'était altéré que par les battements de leur cœur. Daniela promenait sa main sur le torse de Laha, l'arrêtant parfois sur son cœur, attendant qu'il ralentisse. Il releva la tête et elle le regarda. Il avait le front couvert de sueur. Elle se dit qu'il avait le plus beau visage qu'elle ait jamais vu, avec des yeux verts exceptionnels et des lèvres pleines aux proportions parfaites qui ressortaient sur sa peau dorée. À côté de lui, sa peau à elle paraissait encore plus blanche. Elle se serra autant qu'elle le put contre son corps et ils demeurèrent quelques minutes en silence à savourer le contact réconfortant de leur peau chaude.

— Tu t'imagines comment aurait été notre vie il y a cent ans ? demanda Daniela d'une voix somnolente.

Laha rit de cette question inattendue.

— Eh bien… à Bioko, je me serais levé très tôt pour chasser l'antilope dans la forêt ou pêcher en kayak de mer.

Il se libéra de l'étreinte de Daniela et croisa les mains derrière sa nuque.

— Ou j'aurais eu un travail dans les plantations de cacao. Dans tous les cas, ma belle épouse Daniela se serait occupée des tâches de la maison, du jardin et des enfants.

Daniela s'appuya de côté sur un coude.

— Tu en aurais sans doute eu d'autres.

— Probablement, reconnut-il avec un sourire malicieux.

— À Pasolobino, j'aurais fait la même chose, mais dans le même temps mon cher mari Laha, en plus de chasser et pêcher, se serait chargé des travaux des champs et occupé des animaux, aurait entretenu la maison et les dépendances, taillé les arbres et coupé du bois de chauffage, trait les vaches, ouvert des chemins dans la neige, et se serait reposé un peu pour récupérer des forces et satisfaire sa *seule* femme.

Laha éclata d'un rire sonore.

— Voilà qui me rappelle un conte bubi très ancien, de l'ère précoloniale. Il y a très longtemps, dans un village appelé Bissappoo, il y avait un jeune couple marié. Tout se passait bien au début, mais avec le temps la femme cuisinait et son mari ne rentrait plus dîner, si bien qu'elle lui réservait sa part dans un bol et la laissait dans le séchoir. Quand le mari rentrait, il allait au lit sans manger. Ce scénario se reproduisit plusieurs jours de suite. N'en pouvant plus, la femme alla voir les anciens pour dénoncer le problème. Les anciens comptèrent plus de mille bols, mais n'aboutirent à aucune décision. La femme choisit donc d'aller chercher son mari. Elle le trouva à la sortie du village, en compagnie d'autres hommes. Son mari l'appela. Elle s'arrêta et le regarda, mais ne répondit rien. Il l'appela de nouveau et lui demanda : « Que t'a fait celui qui mange et répartit ? » Elle lui répondit : « Rien, rien. Je ne suis pas le mari. C'est toi l'homme. La nourriture est dans le séchoir, depuis quatre jours, avec des toiles d'araignée et elle est sèche. Ça, elle a séché. »

Daniela resta silencieuse un moment. Laha vint s'allonger sur le côté, face à elle, et la prit contre lui.

— Je ne laisserai jamais sécher ce que tu prépareras, lui murmura-t-il à l'oreille.

— Je crois que je suis contente de vivre à notre époque, répliqua-t-elle. Je n'aime pas l'idée d'être tout le temps celle qui doit cuisiner.

Daniela se mit à genoux et décida de revenir au présent en mordillant et caressant Laha sur tout le corps. Il était à présent sur le ventre, et elle parcourut sa nuque, ses omoplates, la ligne de sa colonne. Après s'être occupée de ses fesses, elle lui indiqua d'un petit geste de se retourner pour pouvoir continuer de l'autre côté. Cette fois, elle commença par les pieds et remonta jusqu'à l'aine.

Laha se mit à haleter de plaisir et tendit la main pour caresser les cheveux doux de Daniela, qui ondoyaient comme une couverture vivante sur sa peau fine.

Soudain, elle s'arrêta. Il retira sa main mais elle ne reprit pas.

Laha rouvrit les yeux. Daniela observait sa hanche.

— Qu'y a-t-il ? demanda-t-il.

— Cette tache, ici, répondit Daniela d'une voix très basse. Les autres fois, j'ai cru que c'était une cicatrice, mais en la regardant de près ça forme comme un dessin…

Laha rit.

— C'est une scarification, comme un tatouage. Ma mère me l'a fait faire quand j'étais tout petit. Dans la tradition bubic, beaucoup de personnes se font des incisions profondes, surtout au visage, mais à l'époque coloniale la coutume commençait à se perdre et ma mère ne voulait pas me défigurer…

Il s'arrêta en constatant que Daniela ne l'écoutait pas.

— Mais, c'est…, balbutia-t-elle. Je crois… J'ai vu…

— Oui, c'est un *elëbó*, une petite cloche bubie pour me protéger des mauvais esprits. Tu te souviens, j'en ai rapporté une à ton père.

Daniela était toute pâle. Cet objet n'était-il pas une des pistes de Clarence ? Le fameux Simón n'avait-il pas recommandé de chercher un *elëbó* ? Elle sentit une terrible oppression dans sa poitrine. Elle releva les yeux et déclara d'une voix neutre :

— Mon père a exactement le même tatouage sur l'aisselle gauche. Exactement le même.

Laha fut ébranlé.

— Bah, après tant d'années à Bioko, il a sûrement décidé de se faire une scarification…

— C'est la même ! Dis-moi, Laha, pour quelles raisons les gens se scarifiaient-ils ?

— Voyons… Pour l'art, pour se différencier des autres ethnies, pour éliminer des douleurs…

Daniela secouait la tête à chaque motif qui ne lui convenait pas.

— … Pour marquer une personne pour un comportement déterminé, par amour… Les esclaves aussi se scarifiaient d'une manière ou d'une autre, pour pouvoir se reconnaître au cas où ils seraient capturés…

— Pour se reconnaître, répéta Daniela d'une voix éteinte.

Pris d'un terrible pressentiment, elle se rappela la photo déchirée qu'elle avait trouvée dans la chambre de son père.

— Attends un instant.

Elle revint peu après.

— Tu connais cette femme et cet enfant ?

Laha bondit.

— D'où sors-tu cette photo ?

— Alors, tu les connais…

— La femme, c'est ma mère ! répondit-il d'une voix tremblante. Et l'enfant, c'est moi.

— Ta mère et toi, répéta Daniela, accablée.

Laha se dirigea vers la chaise où il avait laissé son pantalon et sortit son portefeuille. Il en sortit un morceau de photo où apparaissait un homme blanc appuyé sur un camion.

Daniela n'eut pas besoin de longtemps pour voir deux choses. L'homme de la photo était Kilian et ce fragment était parfaitement raccord avec celui qu'elle tenait.

Elle eut terriblement envie de pleurer.

Laha commença à se rhabiller.

— Cela ne peut signifier qu'une chose, déclara-t-il d'une voix étrange, comme si tout à coup le rêve qu'ils avaient vécu s'était transformé en cauchemar.

Quand il fut rhabillé, il arpenta la chambre, animé d'une colère que Daniela ne lui avait jamais connue.

Elle l'observait avec un mélange de confusion et de tristesse. Elle était encore nue. En la voyant ainsi, il eut un frisson et envie de pousser un long cri pour évacuer sa rage.

Comment pouvait-elle ne pas se rendre compte de la gravité de la situation ?

Pour lui, tout était clair.

— Daniela ! Pour l'amour de Dieu ! la supplia-t-il d'une voix brisée. Rhabille-toi !

Tremblant comme une feuille, elle sortit des vêtements de son armoire.

— Il y a quelque chose que je ne t'ai pas dit, Laha, osa-t-elle enfin. Jusqu'il y a quelques minutes, Clarence et moi soupçonnions Jacobo d'être ton véritable père.

Laha vint à elle et la prit par les bras avec une telle force qu'elle gémit.

— Vous pensiez qu'on pouvait être de la même famille et vous me l'avez caché ?

Les yeux de Laha n'étaient plus verts mais d'un gris acier.

— Je voulais t'en parler cette fois, mais je ne trouvais jamais le moment, avoua-t-elle en laissant les larmes couler sur ses joues. J'avais un peu peur de ta réaction, mais j'étais sûre que le fait d'être cousins ne changerait rien…

— Mais tu ne te rends pas compte que toi et moi, on est… ? s'emporta-t-il.

— Ne le dis pas. Je ne veux pas l'entendre.

Elle ne voulait pas l'entendre, pas le penser.

Laha lui faisait mal. Et ce n'était pas tant à cause de ses mains sur ses bras que du terrible soupçon. Jamais elle ne pourrait pardonner à son père ! Il aurait dû les avertir…

Elle ne voulait que pleurer, s'accrocher aux bras de Laha, sentir son corps près du sien et se réveiller de ce cauchemar.

Non. Elle ne devait même pas penser ça désormais.

— Tu me fais mal, Laha, articula-t-elle avec un filet de voix.

Laha ressentit un grand vide. Jamais il n'avait réagi de façon si violente. Les bras de Daniela étaient fragiles. Daniela était physiquement fragile, un instant il avait cédé à la fureur qui était en réalité destinée à une autre personne et l'avait déchargée sur elle.

Daniela pleurait sans bruit. Il fallait qu'elle se calme. Il devait la consoler.

Il eut l'impulsion de la prendre dans ses bras et de la rallonger sur l'énorme lit…

À qui avait-elle dit qu'il avait appartenu ? Ses arrière-grands-parents.

Qui étaient aussi ceux de Laha !

Il commença à avoir mal à la tête. Que faire ?

Daniela leva les yeux vers lui et le supplia.

— Regarde-moi, Laha. S'il te plaît.

Il ne la regarda pas. Il l'étreignit avec le désespoir de qui ne reverra jamais la personne qu'il aime le plus.

— Je dois partir, Daniela. Je dois partir.

Il sortit sa valise et la prépara. Aucun des deux ne dit rien. Au-dehors, après des semaines de calme, le vent du nord se mit à rugir.

Daniela resta assise dans la même position longtemps après avoir entendu s'éloigner par le chemin de derrière la voiture de location de Laha. S'ils avaient frotté leur peau avec les branches épineuses de l'aubépine qui refermait les allées de la propriété, il n'aurait pas senti une douleur plus profonde.

Ce n'est que quand elle eut assimilé le fait que Laha était si loin qu'il n'y avait pas la moindre possibilité qu'il fasse demi-tour et revienne dans ses bras que Daniela arracha les draps du lit en criant de rage contre le destin et ce maudit hasard qui avait mis fin à ses illusions.

Elle prit les draps, descendit à la cuisine et les mit dans un sac-poubelle.

Elle ne jetterait pas les draps.

Elle les brûlerait.

Elle devait brûler ces tissus encore imprégnés de la sueur d'une passion incestueuse. Et, pourtant, malgré toutes les preuves, Daniela refusait encore de croire que Laha était son frère…

— Comme tu t'es fait belle !

C'était la première fois que Clarence voyait Julia à la ville. Elle portait une robe légère et de fines chaussures à talons. Rien à voir avec les vêtements épais qu'elle mettait à Pasolobino. Depuis que la fête avait commencé, elles ne s'étaient pas vues une minute et avaient mangé à des tables différentes.

Son amie la remercia d'un sourire. Ce soir, elle était heureuse. Elle accepta un verre du serveur et prit une gorgée.

— Cette journée est consacrée aux souvenirs... Manuel aurait beaucoup aimé.

— Même ma mère a l'air d'apprécier, plaisanta Clarence pour chasser ses idées noires. Et il est vrai qu'elle n'a pas beaucoup d'occasions de profiter d'une telle fête.

— C'est juste, soupira Julia. Comme au temps du casino de Santa Isabel.

La musique commença et Jacobo fut le premier sur la piste. S'il y avait quelque chose qu'il aimait, c'était danser, et Carmen le suivait avec une précision acquise trois décennies durant à danser avec le même partenaire.

Julia les observa. Avaient-ils été heureux dans leur mariage ? Elle ressentit une pointe de nostalgie de ce qui aurait pu avoir lieu. Si Jacobo n'avait pas été si bête, elle serait à la place de Carmen. Elle but une deuxième gorgée. Il était ridicule d'avoir ces pensées à son âge. Jacobo avait fini par choisir. Carmen était une femme affectueuse et simple, capable de tempérer le caractère lunatique de Jacobo. Pour sa part, elle n'aurait peut-être pas pu s'en dépêtrer.

— Je n'avais pas vu mes parents si beaux depuis longtemps, dit Clarence. Avec ce costume, mon père a l'air d'avoir vingt ans de moins.

— Ton père était très beau, Clarence, répondit Julia d'une voix rêveuse. Tu ne peux pas t'imaginer à quel point.

— Connaissant Laha, je peux me faire une idée… Ça ne m'étonne pas que Daniela soit tombée amoureuse.

— Comment ? s'exclama Julia, toute rouge, semblant tout à coup respirer avec difficulté.

— Que t'arrive-t-il, Julia ? Tu ne te sens pas bien ?

Clarence regarda autour d'elles pour chercher de l'aide, mais Julia la prit par le poignet.

— Ce n'est pas possible…

— Ce ne sont pas les premiers cousins à tomber amoureux.

— Je dois m'asseoir, s'il te plaît, Clarence.

— Tu ne veux pas plutôt que j'appelle un médecin ?

Clarence accompagna Julia vers un fauteuil confortable placé à l'écart de l'agitation.

— Dis-moi, Clarence. Ton père et ton oncle sont au courant ?

— Je crois que ma mère est la seule à avoir des soupçons, mais elle ne m'a rien dit.

Julia cacha son visage entre ses mains et se mit à sangloter.

Un homme qui passait s'inquiéta.

— Ce n'est rien, dit Clarence. Elle est émue au souvenir de son mari décédé.

Il accepta l'explication et elles purent continuer à parler seule à seule.

— Oh, Clarence. Tu dois le savoir… Je croyais que tu allais dans la bonne direction… Je crains qu'il n'y ait eu une terrible confusion. J'aurais dû te le dire avant.

Clarence sentit son cœur se serrer devant le visage baigné de larmes et de remords de Julia.

— Le vrai père de Laha est Kilian. Ton oncle envoyait de l'argent ponctuellement pour subvenir à ses besoins. D'abord par mon mari et des médecins des organisations humanitaires. Quand Manuel a cessé ses voyages vers l'île, c'est Lorenzo Garuz qui a apporté la pension. Il la faisait passer par un intermédiaire, pour que l'on ne puisse relier Bisila à aucun Blanc. J'aurais dû te le dire. Je ne me le pardonnerai jamais.

— Je parlais toujours de papa ! Le jour où tu étais là avec Ascensión, tu m'as dit que papa aussi avait souffert, et j'avais compris que…

— Je parlais de ce qui s'était passé avec Bisila et Mosi ! Oh, mon Dieu…

Julia se leva et s'éloigna rapidement.

Clarence resta assise, le visage entre ses mains, se répétant qu'il était trop tard. Elle se retira dans sa chambre sous prétexte qu'elle digérait mal quelque chose qu'elle avait mangé au repas. Elle appela sa cousine, sur le fixe et le portable, mais n'obtint aucune réponse.

Elle s'effondra sur son lit et pleura toutes les larmes de son corps.

Même le voyage retour depuis Malabo ne lui avait pas paru aussi long et triste que le trajet entre Madrid et Pasolobino le dimanche de Pâques. Clarence dut prendre sur elle pour que ses parents et son oncle ne suspectent pas qu'elle ne souffrait pas seulement d'une indigestion.

Pendant que les autres déchargeaient la voiture, elle courut vers la chambre de sa cousine.

Daniela était assise dans un coin, entourée de dizaines de mouchoirs, les genoux remontés contre la poitrine et les cheveux plaqués sur le visage, masquant son expression. Elle tenait dans la main droite un morceau de papier et releva la tête pour regarder Clarence de ses beaux yeux gonflés d'avoir tant pleuré. Daniela était l'image même de l'affliction. Elle n'avait rien trouvé qui puisse démontrer que ce n'était pas vrai, que c'était une erreur, une inexplicable coïncidence.

— Il est parti, répétait-elle entre deux sanglots.

Clarence s'approcha, s'assit à côté d'elle et lui passa doucement le bras autour des épaules.

Comment a-t-il pu l'abandonner ? Qu'est-ce qu'il a fait ? Il s'est amusé avec elle puis il est parti ?

Daniela leva le papier qu'elle avait à la main. Contenant à peine sa colère, elle ajouta :

— Laha a le même *elëbó* scarifié. Papa l'a sur l'aisselle gauche. Tu veux savoir où Laha l'avait ? Oh, j'ai honte, rien que d'y penser.

Elle se frotta les tempes, de grosses larmes coulant encore sur ses joues.

— Je n'aurai pas la force de l'affronter…, reprit-elle. Non. Il faut que tu le fasses. Parle-leur, Clarence, s'il te plaît. Aujourd'hui.

— Je vais essayer.

Comment allait-elle poser la question à son père ? Le regarder dans les yeux et lui dire : « Papa, je sais que Laha est le fils de Kilian et de Bisila. Papa, tu t'es rendu compte que Laha et Daniela étaient tombés amoureux ? Papa, tu as une idée des complications ? »

Daniela hocha la tête, les yeux clos. Elle avait cessé de pleurer, mais se sentait étourdie.

— Ils sont impardonnables, déclara-t-elle, les dents serrées.

— C'était une autre époque, Daniela, répondit Clarence en se rappelant le fils de Mamá Sade. Des hommes blancs avec des femmes noires. Beaucoup d'enfants sont nés de ces relations…

Daniela ne l'écoutait pas.

— Tu vas croire que je suis folle ou malade, mais tu sais quoi ? J'ai même pensé que je pourrais continuer avec Laha ! À part nous, personne n'a besoin de connaître la vérité… Mes sentiments envers lui ne peuvent pas changer du jour au lendemain…

Clarence se dirigea vers la fenêtre. À cause de la fraîcheur de l'air, des gouttes de pluie intermittentes tremblaient dans les feuilles des frênes avant de tomber dans le vide. Elle se sentit très triste. Si elle n'avait pas ouvert l'armoire où l'on rangeait les lettres, si elle n'avait pas trouvé le mot et posé des questions à Julia, si elle n'était pas allée à Bioko, rien de tout cela ne serait arrivé. La vie dans les montagnes de Pasolobino se déroulerait avec son habituelle sérénité apparente. Les braises d'un feu passé auraient fini par s'éteindre avec le décès de leurs géniteurs, et personne n'aurait su que, dans un autre endroit du monde, le même sang coulait dans les veines d'un autre.

Et ça n'aurait pas été grave.

Mais non. Avec sa recherche, elle avait soufflé sur les braises pour les raviver, et elles tarderaient à s'éteindre.

La quête touchait à sa fin, mais le Graal contenait un vin empoisonné.

Elle descendit l'escalier pour chercher son père, qu'elle trouva dans le garage. Après une profonde inspiration, elle proposa :

— Tu viens te promener ? La soirée est belle.

Jacobo haussa les sourcils, moins surpris par l'invitation que par le fait que sa fille trouve la soirée belle, mais il accepta.

— D'accord. Ça ne me fera pas de mal de me dégourdir les jambes, après tout ce temps en voiture.

Le furieux vent du nord de la veille s'était suffisamment calmé pour que l'on puisse se promener sans courir le danger de recevoir une branche d'arbre sur la tête, mais de temps à autre il ramenait des bourrasques des hauteurs et soulevait en fine poudre les restes de neige accrochés aux prés déserts.

Clarence prit le bras de son père et ils se mirent à grimper le chemin conduisant à des terrasses qui offraient une merveilleuse vue panoramique sur la vallée et les pistes de ski. Quand ils arrivèrent au dernier remblai de terre, Clarence s'arma de courage et lui raconta tout.

Ses mots avançaient et refluaient, si bien que les noms d'Antón, de Kilian, Jacobo, José, Simón, Bisila, Mosi, Iniko, Laha, Daniela, Sampaka, Pasolobino et Bissappoo apparaissaient à une époque et une autre, disparaissant et refaisant surface comme les eaux souterraines karstiques d'une rivière mystérieuse.

Arrivée au bout de son récit, épuisée et les nerfs à fleur de peau, Clarence osa formuler avec crainte la question :

— C'est vrai, papa ?

Le visage de Jacobo avait viré à l'écarlate, peut-être de colère, d'indignation, d'angoisse, de froid, de haine ou d'un mélange de tout. Il avait écouté Clarence sans ouvrir la bouche, sans respirer, sans l'interrompre. Le seul témoignage de sa lutte contre ses émotions était la tension de ses mâchoires.

Jacobo soutint le regard de sa fille quelques secondes avant de lui tourner le dos. Il tremblait de tout son corps. Il commença à redescendre la pente et une rafale inattendue répercuta à sa fille ses dernières paroles :

— Merde, Clarence ! Merde !

Deux jours plus tard, le mutisme imprévu et obstiné de Jacobo semblait avoir gagné le reste de la maisonnée.

Carmen passait d'un lieu à l'autre avec un carnet où elle notait les choses à faire quand le temps serait au beau, de laver les rideaux à repeindre une pièce, sans oublier de faire l'inventaire des réserves. Elle ne comprenait pas ce qui était arrivé à son mari, qui s'était montré enjoué et plein de verve à Madrid.

Ça doit être ce village, se disait-elle en secouant la tête. *Je ne sais pas ce qu'il a, mais ça lui change le caractère.*

Daniela prétextait des révisions afin de rester enfermée dans sa chambre, avec l'obsession désespérée que son courrier électronique ou son téléphone l'avertissent d'un nouveau message qui n'arrivait pas.

Clarence, elle, perdait patience. Jacobo avait-il parlé à Kilian ?

Elle décida de chercher son oncle au jardin. À cette période, il commençait la corvée annuelle de la coupe du chaume et du ramassage des branches et des feuilles pour préparer la terre à l'été.

Oui, elle allait lui parler. Peut-être ne réagirait-il pas de la même manière…

Le jardin était entouré d'un mur de pierre à hauteur d'homme. Clarence passa par un étroit chemin bordé d'une haie conduisant à l'entrée, ornée d'une autre haie plus haute que Kilian avait taillée en arc de cercle. Comment ne s'en était-elle pas rendu compte avant ? Elle eut la conviction que l'entrée du jardin ressemblait au chemin de palmiers de Sampaka en miniature, et que l'arc rappelait celui qu'il fallait franchir pour entrer dans les villages de l'île. Il y en avait sûrement à l'entrée de Bissappoo…

En arrivant, elle entendit les voix des deux frères, qui semblaient se disputer. Elle s'approcha de quelques pas et se dissimula derrière un pommier pour les voir.

Kilian était appuyé sur une pierre, sa machette de Guinée à la main. Dans l'autre, il tenait une grosse branche de frêne qu'il épointait à grands coups de son instrument. Jacobo faisait les cent pas à côté.

Ils se disputaient, en effet, et dans leur dialecte maternel.

Le cœur de Clarence se mit à battre avec force et elle revint sur ses pas pour s'assurer que, bien cachée derrière les arbustes, ils ne pourraient pas la voir. Si elle sortait un peu la tête, elle les voyait de profil.

Il y avait des mots qu'elle ne saisissait pas. Quand tous deux parlaient rapidement en pasolobinais, la conversation n'était pas facile à suivre. Daniela et Clarence avaient appris la langue à force d'entendre les voisins et la famille, mais elles ne pratiquaient que le castillan, entre autres parce que leurs mères n'étaient pas originaires de la vallée. Clarence regretta plus que jamais de ne pas connaître mieux la langue orale de ses ancêtres, comme Laha et Iniko. Elle la lisait sans problème et avait fait sa thèse sur la grammaire de ce dialecte, mais sa prononciation était loin d'être parfaite. Malgré tout, les noms propres ne posaient aucun problème de compréhension. Les noms Laha et Daniela revenaient. Quand son oreille se fut accoutumée aux sons, elle comprit alors très bien ce qu'ils se disaient.

— Il faut que tu fasses quelque chose, Kilian !

— Et que veux-tu que je fasse ? Si je parle avec elle je devrai tout lui raconter, et je ne pense pas que ce soit ce que tu souhaites.

Coup de machette.

— Tu n'as pas besoin de tout lui raconter ! Juste ton histoire avec cette femme !

— C'est mon affaire.

— Plus maintenant, Kilian, plus maintenant. Ce n'est pas bon. Daniela et cet homme… Ça ne t'inquiète même pas ?

Coup de machette.

— C'était inévitable. J'ai fini par le comprendre.

— Kilian, tu m'inquiètes. Seigneur, ils sont frère et sœur ! Comment as-tu pu perdre tes sens avec cette négresse comme ça ?

Coup de machette.

Pause.

— Elle s'appelait Bisila, Jacobo. Elle s'appelle encore Bisila. Merci de parler d'elle avec respect. Mais qu'est-ce que je raconte ? Toi, respecter Bisila…

Coup de machette.

— Ferme-la !

— Il y a deux minutes, tu me demandais de parler.

— Pour confirmer que tu es le père de Laha, voilà tout ! Ensuite, on oublie le sujet.

— Oui, comme on l'a fait pendant quarante ans ou presque… Je me suis séparé d'elle une fois, Jacobo, et je ne pense pas le refaire. De plus, si je connais bien ma fille, elle n'oubliera pas Laha si facilement. Et s'il ressemble un tant soit peu à sa mère, il ne quittera pas Daniela non plus.

— Et tu dis ça tranquillement !

Coup de machette.

— Oui ! Je suis heureux d'avoir vécu pour le voir. Tu m'entends ? Tu ne peux pas savoir comme je suis heureux !

Kilian avait laissé sa machette à terre et levait la main droite vers son aisselle gauche, sans doute pour caresser sa fameuse scarification cachée.

Il souriait.

Kilian souriait ?

— Tu vas me rendre dingue ! Merde, Kilian, je te connais ! Ta tête et ton cœur ne peuvent pas donner la bénédiction à cette aberration. Très bien, tu l'auras voulu. Tu ne veux pas lui parler, je vais le faire !

Jacobo se détourna et commença à avancer vers la cachette de Clarence. Kilian le rappela.

— Jacobo ? Tu vas aussi lui raconter pour Mosi ?

Jacobo s'arrêta net et se retourna vers son frère, furieux.

— Ça n'a rien à voir !

— Tu me demandes de me rappeler mon passé et tu ne veux pas entendre parler du tien ?

— Dans ce cas, il faudra aussi leur parler de Sade ! Aussi bien, c'est elle qui avait raison ! Kilian, pourquoi tu t'obstines à tout compliquer ? Pourquoi ne comprends-tu pas qu'il s'agit simplement d'éviter que Daniela souffre ?

— Je sais mieux que personne ce que c'est que souffrir. Ce qui arrive à Daniela n'est rien comparé à ce que j'ai vécu. Quant à toi, tu n'as jamais connu la souffrance, alors ne commence pas à jouer les victimes.

Malgré la distance, Clarence entendait la résignation dans la voix de son oncle.

— Alors c'est ça ? Tu veux que je souffre comme toi ? C'est ta fille !

— Non, Jacobo. Daniela ne souffrira pas comme moi.

Mais que disait Kilian ?

Clarence ne comprenait plus, et ce n'était pas à cause du vocabulaire ou de la prononciation. Y avait-il autre chose qu'elles ne savaient pas ? Non. Ce serait insupportable.

Soudain, Clarence sentit une bête lui courir sur les pieds et poussa un cri.

Kilian et Jacobo se turent aussitôt et elle n'eut d'autre choix que d'avancer vers eux. Elle marcha lentement, réfléchissant à ce qu'elle allait leur dire.

Quand elle les rejoignit, elle avait le visage rouge de honte de les avoir espionnés. Elle les regarda l'un après l'autre et déclara d'une voix feutrée :

— Papa… Oncle Kilian. J'ai… j'ai tout entendu. Je sais tout.

Kilian ramassa sa machette, essuya délicatement la lame à l'aide d'un chiffon et se redressa.

Face à sa nièce, il soutint son regard. Les rides qui encadraient les siens n'auraient pu atténuer l'intensité de son regard. Il lui caressa tendrement la joue.

— Ma chère Clarence, je t'assure que tu ne sais rien, articula-t-il d'une voix ferme.

Clarence se figea.

— Mais alors explique-moi, enfin ! Je veux savoir !

Kilian lui passa le bras autour des épaules et ils se dirigèrent vers la sortie du jardin.

— Je crois qu'il est temps de tenir une réunion de famille, déclara-t-il d'une voix grave. J'ai quelque chose à vous raconter.

Il s'arrêta pour attendre son frère.

— Nous avons tous les deux quelque chose à vous raconter.

Jacobo baissa la tête et marmonna des paroles inintelligibles qui ressemblaient à des protestations.

— Quelle importance maintenant, Jacobo ? fit Kilian. Nous sommes vieux !

Clarence sentit la pression du bras de Kilian augmenter sur ses épaules, comme s'il avait besoin d'un appui pour éviter de tomber.

— Et je crains, Jacobo, que toi non plus tu ne saches pas tout.

Il introduisit la main droite dans sa poche et en sortit une fine lanière de cuir où étaient accrochés deux petits coquillages, pour se la passer au cou.

— Je la porte toujours sur moi, murmura-t-il. Mais ça faisait vingt-cinq ans que je ne l'avais pas mise à mon cou. Je ne l'enlèverai plus jamais.

À des milliers de kilomètres de là, Laha chercha sa mère dans la maison et ne la trouva pas. Cette dernière semaine avait été la pire de sa vie. Il était passé, en quelques secondes, du paradis à l'enfer. Il ne pouvait effacer de son esprit l'image de Daniela tremblant dans ses bras. Encore pire. Il ne pouvait effacer de son esprit l'image terrible de l'abattement de son aimée, seule et abandonnée sur le lit où ils avaient connu tant de plaisir.

Même dans le pire de ses cauchemars, il n'aurait pu imaginer que le père blanc dont il ne savait rien était aussi celui de la femme qu'il aimait. Il avait toujours soupçonné que, quelque part en Espagne, son sang circulait, celui de l'homme qui l'avait engendré, un homme au visage flou appuyé à un camion. Le fait d'avoir dans son portefeuille la photo peu nette d'un possible père remplissait le vide du silence qui entourait son identité. Il avait même vaguement envisagé la faible possibilité d'avoir Kilian ou Jacobo pour père biologique, ce qu'il avait vite relégué dans un recoin de son esprit lorsqu'il avait rencontré Daniela.

Mais, maintenant, tout avait changé.

Le désir caché de connaître son père lui avait coûté son bonheur.

Et la certitude que lui et Daniela étaient frère et sœur n'avait en rien éteint la passion brûlante qu'il éprouvait pour elle.

Il avait dû fournir des efforts considérables pour ne pas arrêter la voiture, retourner dans la maison, la prendre dans ses bras et lui dire que ce n'était rien, qu'ils étaient demi-frère et sœur mais n'avaient pas grandi ensemble. Dans certaines tribus africaines, la relation entre frère et sœur par le père était acceptée, et celle entre frère et sœur par leur mère non. Ils n'avaient pas partagé le même sein et personne n'aurait à savoir qu'ils avaient un père en commun.

Mais eux le sauraient.

Il avait passé plusieurs jours à Madrid, enfermé comme un lion en cage, à retourner les choses dans sa tête et à se demander quoi faire, bougeant et mangeant à peine. Finalement, il avait décidé de reprendre un avion pour Malabo, chercher sa mère et déverser sa colère sur elle.

Or elle n'était pas là.

Sur une intuition, il se dirigea vers le cimetière de Malabo.

Un vieil homme aimable vint à sa rencontre.

— Qui cherchez-vous ?

— Je ne sais pas si vous pouvez m'aider, commença Laha, qui se sentait fatigué, très fatigué. Je cherche la tombe d'un dénommé Antón, de Pasolobino.

L'homme ouvrit des yeux étonnés.

— Il reçoit beaucoup de visites, ces derniers temps. Venez, je vous y mène.

Dans la partie ancienne du cimetière, les morts reposaient au pied de beaux kapokiers. Laha reconnut la silhouette de sa mère penchée sur une croix de pierre. Elle y déposait un petit bouquet de fleurs fraîches. En entendant des pas, elle se retourna et rencontra le regard lourd de reproches de son fils.

— Maman, nous devons parler.

— Tu as rencontré Kilian.

— Oui, maman. J'ai rencontré mon père.

Bisila vint à lui, lui caressa les mains, les bras, le visage. Elle connaissait avec l'exactitude procurée par l'expérience les marques que l'amour pouvait imprimer à l'âme.

— Allons nous promener, Laha. Je crois qu'il y a quelque chose que tu devrais savoir.

Ils commencèrent à marcher sans but entre les arbres et les tombes.

Laha avait rencontré Kilian.

Comment était-il maintenant ? Avait-il beaucoup vieilli ? Le soleil éclairait-il toujours de reflets cuivrés ses beaux cheveux ? Possédait-il toujours sa merveilleuse énergie ?

Laha avait rencontré Kilian.

Il avait pu regarder ses yeux vert-de-gris.

Les yeux de Laha face à ceux de Kilian.

Bisila s'arrêta et scruta ceux de son fils, qui se transformèrent en un miroir ayant reproduit, absorbé et contenu les images de ceux de Kilian ; des images qui se présentaient maintenant à elle pour annuler la distance et les années, lui dire que c'était le moment de reconnaître la vérité, que tous sachent ce qu'eux deux savaient.

Que leurs âmes étaient toujours unies.

Bisila sourit et dit à son fils :

— Laha… Kilian n'est pas ton père.

15

Bihurúru bihè

Airs nouveaux

1960

Avant le début d'une grosse tempête, alors qu'il restait moins de deux heures pour atteindre la capitale du Niger, Kilian avait été content de sa décision de voyager en avion de Madrid à Santa Isabel : au lieu de deux semaines, le trajet de Pasolobino à Sampaka se réalisait en guère plus de vingt-quatre heures. Le trajet revenait plus cher, bien sûr, et le quadrimoteur devait réaliser des arrêts fréquents pour ravitailler, mais le gain de temps en valait la peine.

Pourtant, quand le Douglas DC4 commença à être violemment secoué par les turbulences et que les cinquante passagers hurlèrent, pris de panique, il se rappela les paroles de son père au sujet du naufrage qui avait failli mettre fin à ses jours. Pendant qu'il attendait que l'avion reprenne du kérosène à Niamey, Kilian, encore pâle, décida d'accepter en fin de compte le vermouth Cinzano de l'hôtesse. Une fois à Bata, avant de monter à bord du substitut du *Dragon rapide* qu'il l'emmènerait jusqu'à l'île – un petit bimoteur aux ailes basses surnommé Junker –, il était clair qu'il apprécierait à nouveau la tranquillité d'un bateau comme le *Ciudad de Sevilla.*

À l'aéroport improvisé de Santa Isabel, il était attendu par Simón, qu'il trouva très changé. Il ne ressemblait plus en rien à l'adolescent aux yeux ronds et vifs qui avait fait irruption dans sa chambre le premier matin à la plantation. À présent, après une longue année d'absence, Kilian reconnaissait à peine l'homme de constitution robuste au visage agréable décoré de fines incisions déjà cicatrisées sur le front – plissé par de grandes rides qui donnaient de la gravité à son expression – ainsi que les joues et le menton.

— Simón ! s'exclama-t-il en retirant sa veste. Je suis content de te revoir. Tu as bien changé, dis-moi.

— Je me suis décidé à me marquer aux signes de ma tribu, *massa.* Ça n'a pas du tout plu au père Rafael…

Il souleva les lourds bagages sans effort. Kilian se dit qu'il n'était pas trop tôt pour ce jeune homme de choisir de ne plus être domestique et de se trouver un meilleur travail.

Ils montèrent dans une Dauphine arrondie de couleur claire, dernière acquisition de Garuz, comme l'expliqua Simón.

— Comment se fait-il que Ösé ne soit pas venu ? s'informa Kilian.

— Vous arrivez juste le jour où l'on baptise son petit-fils. Il m'a demandé de vous amener directement à la cour d'Obsay, si cela vous convient.

Kilian sourit. Deux jours plus tôt, les fêtes de Pasolobino se terminaient. La musique de l'orchestre résonnait encore dans sa tête, et il y avait déjà une autre fête en branle. De quel petit-fils s'agissait-il ? Il avait perdu le compte, mais fut surpris que ce baptême ait lieu dans l'une des trois cours de la plantation, car là ne vivaient que les ouvriers nigérians et leurs familles.

Alors, il se souvint.

La fille de José, qui était infirmière, vivait à Sampaka.

— Ce n'est pas le fils de Mosi ? demanda-t-il.

— Si, son premier enfant ! Il est fou de joie. Ils sont mariés depuis des années et il se plaignait que les enfants mettent si longtemps à venir.

La confirmation produisit chez Kilian une étrange sensation, semblable à celle qu'il avait connue quand il avait imaginé la jeune fille dans les bras de son immense mari le jour de ses noces. Il supposa que ce serait le premier changement des nombreux qui avaient dû avoir lieu pendant son congé, mais celui-ci le dérangeait particulièrement. Il pensa que cet enfant était venu au monde pour unir encore plus ses parents, et en éprouva une pointe de jalousie.

Son esprit lui amena des images de la belle femme dont il avait rêvé tant de nuits. Il sentit à nouveau son haleine fraîche sur son visage pendant qu'elle l'avait soigné, après la mort de son père ; il visualisa sa silhouette marchant d'un pas décidé vers le dispensaire, la pharmacie, l'église ou les entrepôts ; se souvint de la douceur de ses mains sur sa cheville quand elle lui avait enlevé la puce ; se remémora l'espace de quelques secondes son sourire et son regard troublant.

Kilian poussa un soupir. Il revenait à peine et avait l'impression de n'être jamais parti. Ce qui jusqu'à la veille n'était que des souvenirs avec lesquels calmer ses nuits d'insomnie à Pasolobino ressurgissait maintenant avec la netteté d'une réalité qui lui avait trop manqué, surtout au début. Il avait mis des semaines à ne plus être indifférent à son monde natal. La forêt tropicale s'était ingéniée à étendre habilement ses lianes sur les sommets enneigés, mais ceux-ci avaient su défendre et récupérer son territoire. La roche immuable et solide l'avait peu à peu obligé à retrouver sa place à la Casa Rabaltué, lui faisant comprendre que, tout comme le passage des siècles n'avait pu affecter l'intégrité de la maison, il ne pourrait jamais renoncer à la responsabilité que cela supposait d'en faire partie. À mesure qu'il renouait avec les travaux dans les champs où avaient besogné ses ancêtres, parcourait les chemins que d'autres avant lui avaient tracés, son âme s'était rassérénée, réconciliée avec le passé et le présent. Son père n'était plus là mais lui si, et la maison était toujours en vie après cinq cents ans. À cette tranquillité existentielle, la force contagieuse d'une Mariana avait également contribué : elle s'occupait de tout comme si le temps ne s'écoulait pas, comme si Antón et Jacobo devaient revenir à tout moment de Fernando Póo, comme si Kilian n'allait pas repartir, lui laissant comme seule compagnie une Catalina affaiblie qui passait plus de temps à la Casa Rabaltué que chez son mari, tâchant d'absorber une partie de l'énergie de sa mère pour surmonter la perte de son unique enfant, ou simplement pour survivre…

Il respira profondément et l'odeur de la cacaoyère emplit ses poumons. L'homme que le bavard Simón mettait au courant des dernières nouvelles n'était pas le jeune débutant qui regrettait sa terre et ne distinguait pas une bonne fève de cacao d'une excellente. Il savait parfaitement ce qui allait suivre. L'entrée dans la propriété. Les palmiers royaux. Le *wachiman* Yeremías et ses poules. Le cacao torréfié. Les amis. Elle.

Serait-elle toujours aussi belle ?

— Vous aviez envie de rentrer, *massa* ? l'interrogea Simón, l'arrachant à ses pensées.

Kilian eut un coup au cœur quand le véhicule s'inséra dans le chemin aux palmiers. La réponse s'imposa si clairement et si vite dans son esprit qu'il en fut le premier surpris et se sentit un peu coupable. Les petites racines des lianes souples s'accrochaient de nouveau.

— Je crois bien que oui, Simón, répondit-il d'une voix rêveuse. Je crois bien que oui.

Il voulut se rafraîchir avant d'aller à Obsay. Simón lui avait préparé sa chambre de toujours. Il suspendit sa veste dans l'armoire et commença à défaire ses bagages. Quelques minutes plus tard, quelqu'un frappa à la porte et ouvrit sans attendre.

— Je vois que les vacances t'ont bien réussi, s'exclama Jacobo en se jetant sur lui pour l'étreindre avec force. Comment ça se passe, à la maison ? Comment vont nos femmes ?

Kilian trouva Jacobo aussi enjoué et resplendissant de santé que quelques mois plus tôt. Il avait pris un peu de poids et n'avait plus besoin de ceinture pour tenir son pantalon.

— Elles vont bien. Tu sais ce que je rapporte dans mes valises ? À manger et encore à manger ! Maman s'imagine qu'ici on ne se nourrit pas.

Jacobo rit et Kilian lui donna quelques tapes sur le ventre. Il s'avança vers un lavabo encastré dans un meuble en bois, fit couler un peu d'eau et prépara le nécessaire pour se raser.

— Et toi ? Toujours la fête avec les copains ?

— Je fais ce que je peux… J'ai la chance que Dick et Pao viennent de Bata assez souvent, parce que Mateo et Marcial sont de plus en plus occupés avec leurs fiancées.

Jacobo s'assit et Kilian commença à se savonner le visage.

— Alors ? Que penses-tu de la plantation ?

— Le peu que j'ai vu m'a surpris. Tout est très propre et rangé. Il est clair que je ne vous ai pas manqué…

— Nul n'est indispensable, Kilian ! plaisanta Jacobo. La semaine dernière, c'est le gouverneur de la Région équatoriale espagnole qui nous a rendu visite, rien que ça ! Tu aurais dû voir Garuz ! Ils ne l'ont pas averti longtemps à l'avance et il nous a tout fait briquer jour et nuit. Waldo a passé une journée entière à lustrer la Mercedes qu'il allait utiliser pour lui faire visiter Sampaka… Et avec ça, des journalistes de la revue *La Actualidad Española* sont venus faire un reportage sur notre cacao.

— Pendant tout ce temps, j'ai eu très peu de nouvelles.

Kilian avait regretté de ne pas avoir accès à l'hebdomadaire *Hoja del Lunes* de Fernando Póo. Hormis un petit entrefilet sur la présentation à Madrid d'un livre sur la chasse aux éléphants et la projection de deux films à l'occasion d'une conférence, il n'avait vu que quatre lignes dans le journal *Nueva España* qu'il lisait à Pasolobino, sur la résolution du Conseil des ministres pour diviser les territoires de Guinée en deux provinces espagnoles : Fernando Póo et Río Muni.

— Moi aussi, je pensais qu'en dehors d'ici personne ne s'intéressait aux affaires quotidiennes de Guinée, mais d'après ce qu'ils ont dit, cet article servira à montrer à de nombreux lecteurs espagnols comme on fait bien les choses dans la colonie.

— Justement maintenant, dit Kilian en cherchant une chemise blanche dans sa valise. Dans l'avion, j'ai entendu deux hommes parler, je crois qu'ils étaient policiers…

— Il y en a beaucoup qui arrivent. Évidemment, double salaire, six mois de travail et six mois de permission… Les choses ne doivent pas aller très bien en Espagne. L'autre jour, Garuz disait que, malgré le nouveau plan économique supposé attirer des entreprises étrangères et créer des emplois, beaucoup d'Espagnols émigraient vers d'autres pays d'Europe. On est plutôt bien lotis ici avec notre salaire assuré !

— Ils disaient que de nouveaux temps s'annonçaient, que les jours des colonies étaient comptés…

Jacobo agita la main en l'air.

— Le jour où les colonies disparaîtront, les gens d'ici seront perdus. Jamais ils n'arriveront à tenir les plantations comme elles le sont aujourd'hui ! Et, en plus, quel intérêt de créer des provinces si on n'a pas la certitude que tout va continuer comme avant ?

Kilian se souvint de la dispute entre le père de Julia et un certain Gustavo au casino, ainsi que de la discussion chez Manuel au nouvel an sur les événements dans d'autres pays africains.

— Je ne sais pas, Jacobo. Le monde change très vite…

Kilian entendait encore le bruit des moteurs de l'avion qui s'était élancé dans les airs à plus de quatre cents kilomètres à l'heure. Un jour avant, tout était pierre et ardoise dans la montagne et nouveaux immeubles dans les terres basses : quelques heures et quelques aéroports plus tard, il était sur l'île.

— C'est sûr. Qui aurait pu prédire qu'il y aurait des maires noirs à Bata et Santa Isabel, et des députés ?

Et des nègres dans les salles de cinéma… ? Même eux ne s'y trouvent pas à l'aise. Je ne répète pas les énormités que certains profèrent, mais je reconnais que ça me fait bizarre.

— Et que disent-ils ? demanda Kilian en finissant de boutonner sa chemise devant le miroir.

— Eh bien, ils disent que…

Jacobo baissa les yeux et hésita.

— Que… même si d'un coup ils sont espagnols, ça reste des singes.

Kilian lança un regard dur à l'image de son frère dans la glace. Jacobo toussota, un peu honteux. Finalement, Kilian respira profondément et se retourna.

— Comment vont les autres ?

— Santiago est parti définitivement il y a deux mois. Il se trouvait trop vieux pour tout ça. Et j'ai un nouveau avec moi à Yakató.

— Il est mieux avec toi qu'avec Gregorio. Julia et Manuel vont bien ?

— Je ne les vois pas beaucoup.

Jacobo n'avait aucune intention d'en raconter plus sur la famille heureuse. Julia n'avait d'yeux et de temps que pour son petit Ismael.

— Et comment se présente la nouvelle récolte ?

— Les séchoirs fonctionnent à plein. Tu arrives juste à temps pour les pires moments !

Oui, jusqu'en janvier, ce serait la frénésie, pensa Kilian, mais pour sa part il adorait cette période. Bientôt, les pluies s'arrêteraient, ce serait la saison sèche et sa chaleur étouffante. Il se sentait fort et prêt à la supporter.

— Mais j'ai une bonne nouvelle, ajouta Jacobo. Maintenant, on remue les fèves de façon automatisée, il n'y a plus besoin de passer d'un endroit à l'autre avec les pelles.

— Ah oui, bonne nouvelle.

Un bref silence s'établit.

Kilian prit une cravate et la passa autour de son cou. Jacobo, étonné, s'assit sur la chaise.

— Pourquoi tant d'élégance ?

— Je vais à Obsay, c'est le baptême du petit-fils de José, aujourd'hui.

— Pour aller à Obsay, tu te fais beau comme ça ?

Kilian interpréta cet étonnement comme : « Pour aller te mêler aux nègres, tu t'habilles comme ça ? »

Il termina son nœud de cravate.

— Un baptême, c'est un baptême, ici comme ailleurs. Tu veux venir avec moi ?

— J'ai de meilleurs projets en ville, dit Jacobo en se levant et en marchant vers la porte. Au fait, j'oubliais presque ! Il y a quelqu'un à qui tu as beaucoup manqué. Dès qu'elle saura que tu es rentré, si tu ne vas pas la voir, elle viendra à Sampaka. Je suppose qu'elle attendra des cadeaux d'Espagne.

Sade…

Kilian souffla. Depuis combien n'avait-il pas pensé à elle ? Il aurait compris que pendant ses longues vacances Sade l'ait aussi oublié, mais les paroles de son frère montraient qu'il en allait autrement.

— Elle est chaque jour plus belle, fit Jacobo en claquant de la langue. C'est bien parce que tu es mon frère, sinon…

Jacobo interpréta le rapide regard de Kilian comme un avertissement et ajouta avec un clin d'œil :

— Ne t'en fais pas, frangin. Après des mois d'abstinence, vous allez vous retrouver avec plaisir. À moins que tu n'aies rencontré une Espagnole qui puisse lui faire de l'ombre... Mais bon, si tu es revenu, c'est qu'aucune ne t'a mis la corde au cou.

Son regard en coin ne lui apprit rien. Kilian préférait que son frère croie ce qu'il voulait. Il n'avait pas la moindre envie de perdre son temps à lui parler de ses rares et insipides incartades amoureuses ni de spéculer sur des retrouvailles avec Sade qui ne lui faisaient pas envie. Il avait bien plus urgent à faire. Il ouvrit la boîte de gomina et se coiffa les cheveux en arrière. Après un dernier coup d'œil dans le miroir, il sortit derrière son frère.

José était très content de revoir son ami. Soit pour cette raison, soit à cause du vin de palme, il n'arrêtait pas de le serrer dans ses bras. La fête battait son plein quand Kilian était arrivé dans la cour d'Obsay. Beaucoup de gens chantaient et dansaient au son des percussions. Tous s'étaient mis sur leur trente et un : les hommes en pantalon et chemise blanche, les femmes en robe longue et foulard aux couleurs vives, quoique certaines aient opté pour un modèle européen jusqu'aux genoux et cintré à la taille.

José l'étreignit de nouveau et baissa la voix.

— Tu m'as manqué, *white man.*

— Toi aussi, Ösé, *mi frend,* répondit Kilian très sérieusement, sans pour autant pouvoir effacer le sourire de son visage. J'arrive toujours à point pour une de tes fêtes.

— Dans cette vie, il faut tout fêter. Nous sommes ici aujourd'hui, et demain… avec les esprits !

— Et où l'avez-vous baptisé ? Ne me dis pas que le père Rafael est monté jusqu'ici, je n'y crois pas !

— Si, le père Rafael a célébré une cérémonie très complète et très belle au village de Saragosse. Nous avons fait ce que commande ton Église. Et nous n'avons pas enlevé nos chaussures avant d'avoir traversé toute la cour, ajouta José avec un clin d'œil.

Kilian partit d'un rire sonore. Il regarda autour de lui. Les cris amenaient jusqu'à lui des mots prononcés en bubi et en *pichinglis.* Il ne comprenait toujours pas le bubi, mais le dialecte des Nigérians était désormais aussi clair pour lui que le pasolobinais. Plusieurs hommes levèrent leurs verres en signe de bienvenue. D'autres, dont Waldo, Nelson et Ekon, vinrent le saluer en lui donnant des tapes sur l'épaule. Il trouva Waldo plus adulte aussi, même si son front large contrastait toujours avec le reste de son visage, beaucoup plus petit. Nelson ayant pris du poids, son visage s'était arrondi et son double menton était plus visible. Ekon, qui parlait le castillan de manière assez fluide, avait quelques cheveux blancs, même si ses fossettes lui donnaient un air juvénile quand il souriait.

Une femme petite et replète, qui se présenta sous le nom de Lialia, vint rejoindre Ekon et l'entraîna danser sous les rires de l'assemblée. Kilian retint sa surprise en s'apercevant que c'était la première fois qu'il voyait l'épouse qu'Ekon avait partagée avec

Umaru. Les projets de vengeance de ce dernier lui revinrent. Quelle vie menait-il maintenant au Nigeria ? Cela n'avait pas grande importance pour lui, car Umaru l'aurait sûrement tué, mais sa pénitence pour son propre comportement resterait de ne pas pouvoir l'oublier.

Waldo lui offrit un petit bol de liqueur et Kilian en but une gorgée. Le liquide le brûla à l'intérieur. La musique des tambours résonnait dans sa poitrine, les chants aigus des femmes lui semblaient aussi familiers que s'il avait grandi avec. C'était une véritable célébration de la vie. Pas d'eau bénite, de cierges, ni d'huile dont oindre le nouveau-né pour le libérer du péché originel et l'accueillir au sein de la Sainte Église. Mais de la transpiration fraîche, du sang chaud, des muscles en tension et des sons pénétrants avec lesquels encenser la grandeur de l'existence.

— Comme si rien n'avait changé en des centaines d'années…, murmura Kilian, complètement captivé par l'ambiance.

— Ah, *mi frend !* s'exclama José. Ici, tous les jours, on a l'impression que rien n'a changé, mais en réalité rien n'est pareil. J'ai maintenant un autre petit-fils, le sang de mon sang. N'est-ce pas un changement ?

— Tu es plus que jamais grand-père ! conclut Kilian, faisant rire son compagnon. Mais où sont les parents ? Je voudrais leur présenter mes félicitations.

Le phénomène se produisit de nouveau. Elle leva le regard vers lui, le monde s'arrêta et les chants se turent. Cette fois, ça ne dura pas seulement un instant. Ses grands yeux clairs ne le traversèrent pas comme des lances. Ils se posèrent sur les siens assez longtemps pour qu'il comprenne combien elle était heureuse de le revoir.

Elle était assise avec un beau bébé dodu dans les bras. Sa robe blanche immaculée aux bretelles larges ne faisait que rehausser sa peau lisse et brune. À quelques mètres de là, Mosi trinquait et dansait, mais surveillait du coin de l'œil sa femme qui prêtait beaucoup d'attention au *massa*.

Kilian baissa les yeux sur le bébé.

— Félicitations. Il est très beau. Comment s'appelle-t-il ?

— Iniko. Ça signifie « Né en des temps difficiles ».

— Ce sont des temps difficiles ?

— Il se peut qu'ils changent maintenant, répondit-elle d'une voix légèrement tremblante.

Ils s'observèrent en silence.

— Je suis contente que tu sois revenu, Kilian, murmura-t-elle.

Il se figea en entendant son nom sur ses lèvres. Lui qui ne connaissait même pas le sien ! Elle avait toujours été la fille de José. La mariée. La douce infirmière qui avait pris soin d'Antón dans son agonie. La femme pleine de sollicitude qui l'avait réconforté dans son chagrin. Le visage qui, un temps, lui était apparu en rêve.

Et il ne savait pas comment elle s'appelait…

Se sentant rougir de honte, il bafouilla :

— Excuse-moi, m… mais… Je… ne connais pas ton prénom.

Ses lèvres pleines s'incurvèrent en un grand sourire sur son visage parfait. Sa main droite se leva pour caresser deux coquillages pendant à un lacet en cuir. *Je croyais que tu ne me poserais jamais la question.*

Au lieu de quoi, elle répondit :

— Je m'appelle Daniela Bisila.

Un enfant d'environ deux ans, aux boucles blondes, en salopette courte bleu ciel sur son torse nu jouait sur le seuil avec une Studebaker Avanti. De ses mains potelées, il ouvrait et fermait habilement les portes et le capot de la voiture miniature aux phares carrés.

— Tu dois être Ismael, dit Kilian en se penchant pour lui caresser les cheveux. Tu as beaucoup grandi. Ta maman est par là ?

Le petit resta à le regarder, fronça les sourcils et se mit à faire la tête.

— Allons, je t'ai fait peur ?

— Oba ! retentit la voix joyeuse de Julia. Tu peux prendre le petit ?

Une femme menue au visage enfantin, aux cheveux relevés dans un foulard vert apparut aussitôt et le contempla avec surprise. Kilian reconnut l'amie de Sade. Tiens, que faisait-elle là ? Il comptait sur la discrétion de ses amis et de son frère, à qui il avait demandé de ne pas révéler à la jeune femme qu'il était rentré. Ces précautions ne serviraient sûrement à rien.

— Tu peux dire à la dame qu'un ami est venu la voir ?

— Kilian ! Ça fait des siècles !

Des pas s'approchèrent rapidement et Julia, en corsaire blanc et débardeur, l'étreignit affectueusement.

— Tu vas nous faire le plaisir de prendre tes vacances comme tout le monde, six mois en Espagne au bout de deux campagnes, pour ne pas rester loin de nous aussi longtemps. Qu'est-ce que c'est que cette histoire de disparaître plus d'un an ? J'ai bien cru que tu ne reviendrais jamais !

Kilian rit de son attitude un brin théâtrale.

— Je suis arrivé il y a quelques jours, mais on m'a dit que vous n'étiez pas là.

— De temps en temps, Manuel m'emmène à une de ses excursions botaniques… Entre, on va prendre un café.

Quelques petits bruits attirèrent son attention. Dans les bras d'Oba, Ismael avait cessé de pleurer et l'observait avec curiosité.

— Ton fils est très beau.

Julia le remercia d'un sourire et demanda à Oba d'emmener l'enfant faire un tour.

— Oba comme nounou ? lui demanda Kilian. Je croyais qu'elle travaillait au magasin.

— Et elle y travaille, mais elle s'est prise d'affection pour le petit et elle aime passer du temps avec lui. En fait, tous les prétextes sont bons pour venir ici, expliqua Julia en baissant la voix. Apparemment, l'homme qui occupe son cœur travaille ici. C'est Nelson, l'un des contremaîtres.

— Je comprends maintenant pourquoi c'est lui qui se charge des achats ! conclut Kilian en suivant

Julia sur la terrasse, où il laissa son *salacot* sur une table basse et s'assit sur un fauteuil en osier. Et tes parents ? Emilio est toujours au Conseil des voisins ?

— Oui, et il a plus de travail que jamais. Je ne sais pas comment il ne s'ennuie pas, avec toutes ces décisions administratives, toute la journée à s'occuper de réclamations, arbitrer les limites des terrains vagues, préparer des projets et concevoir de nouvelles constructions. Au début, je pensais qu'il le faisait plus pour maman que pour lui, tu sais comme elle aime être au courant de tout... Mais en fait je suis arrivée à la conclusion qu'il est vraiment passionné par le fait d'apporter sa pierre au développement de Santa Isabel. Je vais faire le café.

Kilian s'occupa en feuilletant une revue posée sur la table et où apparaissait en couverture une photo bleutée du Caudillo Francisco Franco, en uniforme militaire, accompagné de sa femme et de sa fille – lesquelles portaient une mantille sur leur robe boutonnée jusqu'au cou – à l'occasion de la communion d'une de ses petites-filles. Julia revint peu après. Comme toujours, Kilian se sentit à l'aise en compagnie de son amie, qu'il trouva d'une part épanouie dans son nouveau rôle de mère, et d'autre part préoccupée par les nouvelles politiques confuses qui circulaient sur l'île. Il allait lui demander ce que pensait Emilio du fait que son supérieur, le maire, soit un natif, quand ils entendirent une voix de femme appeler Manuel avec insistance. Reconnaissant la voix, il se leva d'un bond. Son amie l'imita et ils se dirigèrent vers l'entrée.

— Bisila ! s'exclama Julia. Que se passe-t-il ?

— J'ai besoin du docteur, c'est urgent. On m'a amené… C'est…

Ayant distingué la silhouette de l'homme qui la regardait fixement, elle eut du mal à poursuivre son explication. Kilian dut freiner l'impulsion de lui prendre les mains pour la calmer.

— Du calme, Bisila, dit-il seulement d'une voix douce. Raconte-nous ce qui se passe.

— Madame, le père Rafael a amené au dispensaire un homme très mal en point pour que don Manuel le soigne. Il arrive à peine à parler. Il répète qu'il est ami de votre père.

— De mon père ? s'étonna Julia. Manuel est en ville je ne sais pas quand il rentrera… Emmène-moi le voir.

— Je vous accompagne, proposa Kilian.

Julia acquiesça avec reconnaissance.

Ils traversèrent à toute vitesse la petite cour qui séparait le logement de fonction du dispensaire. Quand ils montèrent l'escalier, le père Rafael vint à leur rencontre. Il avait perdu des cheveux et se déplaçait avec difficulté. Son habit blanc était taché de sang.

— Que s'est-il passé, mon père ? demanda Julia.

— Je revenais de Santa Isabel quand j'ai trouvé ce pauvre homme dans un fossé. Je l'ai fait monter dans ma voiture comme j'ai pu, dans l'intention de l'accompagner à l'hôpital de la ville, mais le malheureux n'arrêtait pas de répéter les noms du docteur Manuel de Sampaka et d'Emilio. J'ai donc envoyé Bisila chercher Manuel.

— Il est parti en ville et je ne sais pas quand il rentrera.

— Ah, ma fille, je ne sais pas si j'ai bien fait de l'amener ici, mais il insistait tellement… J'ai réussi à comprendre qu'il s'appelle Gustavo.

— Gustavo ! s'exclama Julia avec inquiétude. Oh, mon Dieu !

Kilian se rappela la dispute au casino.

— Il y a quelques mois, il a été arrêté et envoyé à Black Beach… Merci, mon père. Je vous demanderai seulement de ne pas en parler à M. Garuz. Il n'aimerait pas savoir que nous nous occupons de quelqu'un qui n'est pas de la plantation. Pour l'instant, ce sera un secret.

— Je regrette de ne pas pouvoir rester plus longtemps. J'ai une célébration à Saragosse. Si vous l'estimez nécessaire, le moment venu, envoyez quelqu'un me chercher.

— D'accord. Une dernière faveur, mon père. En sortant de Sampaka, pourrez-vous demander à Yeremías que lui ou Waldo avertisse Dimas ? Ils sauront trouver Manuel.

Ils entrèrent dans la grande salle pratiquement vide où une douzaine de lits étaient disposés en deux rangées face à face. L'homme était couché dans un lit du fond, séparé des autres par un fin rideau blanc relevé contre le mur. À quelques pas, depuis le couloir central, Kilian et Julia comprirent la gravité de la situation. Le corps bien bâti de Gustavo n'était qu'une masse ensanglantée, couverte de haillons, et on avait du mal à trouver un morceau de chair qui ne soit pas lacéré. Julia se couvrit la bouche de la main pour contenir un sanglot. Il était complètement défiguré par les bosses et couvert d'hématomes violacés. Les responsables, quels qu'ils soient, avaient eu l'idée malsaine de lui remettre ses grandes lunettes carrées aux verres cassés pour lui donner un aspect plus grotesque encore.

Les yeux emplis de larmes, Julia se pencha sur son oreille :

— Gustavo, tu m'entends ? Je suis la fille d'Emilio.

L'homme gémit.

— Ne t'inquiète pas, nous allons nous occuper de toi. Tu vas te remettre, je te le promets.

Elle s'assit et murmura entre ses dents :

— Et Manuel qui n'est pas là !

Bisila s'avança.

— D'abord, nous allons le déshabiller et désinfecter les plaies. Si vous voulez, vous pouvez vous asseoir à côté de lui et lui parler pour qu'il se tienne tranquille.

Pendant tout ce temps, Julia évita de regarder directement les blessures de Gustavo. Kilian la voyait pâlir de minute en minute. Vraiment, cet homme avait reçu une volée de coups peu commune. Plus d'une fois, lui-même dut prendre sur lui pour contrôler sa nausée. Face à lui, Bisila nettoyait les plaies avec une délicatesse infinie. Il était émerveillé par son courage. Jamais elle ne montra de signes de dégoût. Au contraire, elle alternait ses soins avec des phrases en bubi qui semblaient réconforter le blessé. Il essaya même d'esquisser un sourire sur son visage défiguré.

— J'aimerais connaître ta langue pour comprendre ce que tu lui dis, murmura Kilian en se penchant vers elle. Ce doit être quelque chose pour qu'il veuille sourire dans son état.

Bisila leva vers lui ses yeux transparents.

— Je lui dis qu'il cst si laid que les esprits ne voudront pas de lui ainsi, et que quand j'aurai terminé de le soigner il sera si beau que c'est lui qui ne voudra pas partir.

— Tu crois qu'il va survivre ?

— Il mettra du temps à récupérer, mais je ne lui vois pas de blessure mortelle.

— Qui t'a fait ça, Gustavo ? l'interrogea Julia

— Ceux qu'on trouve comme ça, jetés au fossé comme des chiens, intervint Bisila, ce sont des prisonniers de la pénale.

— Tu ne pouvais pas te contenter de ton travail de maître et profiter de la vie ? lui demanda Julia, ce qu'il accueillit d'un grognement. Si tu t'en sors, je crois que tu n'auras plus envie de poursuivre ta croisade de libération.

— Comment peuvent-ils lui avoir fait ça, justement à la pénale, alors qu'il est maintenant citoyen espagnol ? lança Kilian.

Bisila soupira.

— Comment va-t-on comprendre si, en Espagne non plus, ils ne se mettent pas d'accord ? demanda Julia à son tour. Selon mon père, le gouvernement espagnol est divisé. D'un côté, les modérés, comme le ministre des Affaires étrangères Castiella, qui pensent qu'il faut favoriser une indépendance progressive.

De l'autre, les partisans d'une politique dure qui tient en respect les leaders autochtones, comme le ministre de la Présidence Carrero Blanco.

— Je crains que « notre » gouverneur ne soit de la deuxième opinion, commenta Bisila avec ironie.

— Madame ! Vous êtes là ? Je dois m'en aller.

C'était Oba. Julia se releva.

— Je suis désolée, vous allez devoir continuer sans moi.

Après le départ de Julia, Kilian et Bisila gardèrent le silence un long moment. Gustavo dormait profondément grâce aux calmants que lui avait administrés l'infirmière. Pour la première fois de leur vie, ils se retrouvaient seul à seule, et aucun des deux ne savait quoi dire. Le corps de Gustavo était enfin nettoyé entièrement de son sang. Il ne restait qu'à recoudre quelques coupures profondes sur une jambe, et la présence de Kilian n'était plus nécessaire. Pourtant, il ne fit pas mine de se retirer, et elle ne le lui suggéra pas. Pendant un bon moment, ils savourèrent la compagnie silencieuse de l'autre, comme le jour où elle lui avait retiré la puce, mais cette fois, le frôlement des mains de l'infirmière était réservé à un autre.

— Tu as fait un excellent travail, la complimenta-t-il quand elle coupa le fil du dernier point de suture. Je suis impressionné.

— Tu as été d'une grande aide aussi.

Bisila se releva et étira son dos endolori par la position inconfortable qu'elle avait gardée presque trois heures durant.

— N'importe qui aurait fait la même chose.

— Non, répliqua-t-elle avec fermeté. Pas n'importe qui.

Kilian se sentit un peu coupable. Jusqu'à quel point sa réponse avait-elle été honnête ? Si à la place de Bisila quelqu'un d'autre s'était occupé de Gustavo, aurait-il été aussi plein de sollicitude ? Malgré la gravité de la situation, il avait goûté chaque geste, chaque regard, chaque souffle venant d'elle. Ils avaient travaillé côte à côte pendant un temps très long qui était passé aussi rapidement qu'un soupir.

— Maintenant, laissons-le se reposer, dit Bisila. Je vais le surveiller jusqu'au retour du docteur. Viens, allons nous laver. Tu ne peux pas retourner comme ça aux séchoirs. Tu ressembles à un charcutier.

Bisila le guida vers une petite salle d'eau attenante. Aux deux lavabos, ils se nettoyèrent les mains, le visage et le cou. Quand ils eurent terminé, elle attrapa une serviette, dont elle humidifia un coin. S'approchant de son visage, elle souffla :

— Il te reste des taches sur le front.

Kilian ferma les yeux et serra les poings pour résister à la tentation de lui enlacer la taille et de l'attirer contre lui. Il était sûr qu'elle ne le repousserait pas, parce qu'elle s'attardait bien plus longtemps que nécessaire pour le nettoyer. Une petite voix intérieure lui rappela que Bisila était mariée à un autre, avec qui elle avait un enfant, et que ce à quoi il pensait n'était pas bien. Mais son attraction envers elle allait au-delà de tout sens commun.

— Ça y est, déclara-t-elle, le souffle court, à quelques centimètres de son torse. Mais il faudra te mettre une autre chemise. Je ne sais pas si celle que tu portes retrouvera son aspect initial.

— Bisila ! Tu es par-là ?

Elle sursauta.

— Oui, don Manuel, répondit-elle à voix haute. Aux lavabos.

Elle prit la serviette et fit comme si elle terminait de se sécher les mains, tout en sortant à sa rencontre, suivie de Kilian.

Manuel s'avança, accompagné d'un homme costaud, plus petit que lui et aux traits marqués. Deux profondes rides lui entaillaient les joues.

— Bonjour, Kilian, dit Manuel en lui tendant la main. Julia vient de tout me raconter. Merci beaucoup d'avoir aidé Bisila.

— Heureux d'avoir pu me rendre utile.

— Voici le frère de Gustavo. Il s'appelle Dimas. Il est contremaître à la plantation de Constancia, à côté d'ici.

— Comment va-t-il ? demanda l'homme avec inquiétude.

— Il dort, maintenant, répondit Bisila. Je pense que ça va aller.

Dimas se signa et croisa les mains sur le torse.

— Allons le voir, dit Manuel.

Kilian ne bougea pas. Il attendit. Après avoir fait quelques pas, Bisila se retourna et lui lança un regard d'au revoir chargé de sens, avec ses yeux qui avaient été exclusivement à lui pendant de délicieux moments. Alors, il fit un petit signe de tête et retourna à sa vie monotone, le cœur palpitant d'émotion.

Bisila se dirigea vers les séchoirs à la recherche de son père, prétexte parfait pour approcher Kilian d'une manière intentionnellement fortuite. Le désir de le revoir accélérait son rythme cardiaque.

C'était toujours ainsi, depuis combien ? Cinq ans ?

Non, sa première image de Kilian ne remontait pas au jour de son mariage, quand elle avait quinze ans et qu'il s'était adressé à elle pour la première fois. Il avait remarqué qu'elle était triste. La réponse à sa question était simple, mais bien entendu elle ne la lui avait pas donnée. Elle n'était pas amoureuse de Mosi, le grand gaillard qu'elle épousait, mais d'un homme blanc, par là même inaccessible. Que cet homme blanc daigne s'adresser à elle le jour de ses noces, qu'il sache lire dans ses yeux, c'était plus qu'elle n'aurait pu imaginer les premières fois qu'il était venu dans son village natal avec José.

De loin, une Bisila adolescente l'avait observé avec tant d'attention qu'elle connaissait par cœur ses traits et ses expressions. Kilian était un grand jeune homme musclé. Il avait des cheveux châtains aux légers reflets cuivrés, qu'il portait toujours courts et peignés en arrière, et des yeux verts expressifs, souvent plissés, parce qu'il souriait beaucoup. Son sourire était sincère, comme son regard. Ses mains, grandes et accoutumées au travail physique, dansaient dans l'air chaque fois qu'il racontait quelque chose, mais souvent il les croisait sous son menton pour y appuyer la tête. Alors son regard se faisait de nouveau rêveur et Bisila croyait percevoir que son esprit s'absentait et se transposait dans son monde, établissant un dialogue silencieux entre ce qu'avait été sa vie à des milliers de kilomètres et son présent, ses rêves et sa réalité, le connu et le neuf, le familier et le différent.

En dépit de sa jeunesse, Bisila était alors pleinement consciente qu'elle ne connaîtrait jamais le monde de Kilian. Ils n'échangeraient sans doute jamais un mot. C'était un jeune homme blanc bien de sa personne, venu gagner de l'argent à Fernando Póo, qui un jour retournerait chez lui pour fonder sa propre famille. Elle était une adolescente noire d'une tribu africaine sur une petite île où la vie était déjà décidée à la naissance. Elle aurait beau se donner dans ses études, ce qu'elle faisait sur l'insistance de son père, rien ne l'empêcherait de devoir se marier et avoir des enfants. Avec un peu de chance, elle parviendrait à travailler autre chose que la terre, ce qui la consolait en partie. L'effet que lui faisait cet homme blanc, son rire, ne trouvait pas de réconfort. Elle avait simplement réussi à le garder secret, bien caché sous des couches de conformité et de renoncement.

Mais il y avait bien longtemps de cela. Les choses avaient changé. Grâce à son mariage avec Mosi et à son travail au dispensaire, elle pouvait vivre à Sampaka et être près de lui. Pendant longtemps, la vision de Kilian occupant un espace physique à la propriété, même s'il ne faisait pas attention à elle, lui avait suffi pour se lever tous les matins et aller à son travail, puis retourner le soir dans le lit qu'elle partageait avec un Mosi insatiable. Elle avait eu la chance de pouvoir lui tenir la main pour le réconforter à la mort de son père. Le souvenir de ce moment, et de ceux où elle avait tenu son pied pour en extraire la puce, l'avait accompagnée toutes les nuits où il était allé en vacances dans son pays, et lui avait évité de sombrer dans le désespoir à l'idée qu'il puisse ne pas revenir.

Comme ces jours semblaient lointains, désormais ! Pendant ses premières semaines d'absence, elle avait dû faire de gros efforts pour ne pas se dire que tout avait été une illusion de jeune fille, qu'elle devait faire ce que l'on attendait d'une épouse qui avait eu la chance d'épouser un homme bien. Mosi ne lui tenait pas rigueur des heures qu'elle passait en dehors de la maison et la soutenait dans son travail. Il souhaitait seulement que Bisila lui donne un fils, mais elle s'était arrangée, grâce à sa connaissance de la médecine traditionnelle, pour retarder au maximum ce moment qui l'éloignerait encore de Kilian.

Mais les mois passaient, Kilian ne revenait pas et Mosi commençait à perdre l'espoir d'être père. Bisila avait finalement décidé de laisser faire la nature, de poursuivre sa vie réelle et de reléguer l'imaginaire aux nuits d'insomnie. Grâce aux esprits, la grossesse d'Iniko avait été comme un baume pour son âme, et sa naissance lui avait apporté une sérénité et un bonheur qu'elle n'aurait pas crus possibles du haut de ses vingt ans.

Ce calme résigné avait menacé de se transformer en tempête le jour où Kilian était apparu au baptême d'Iniko. Depuis le moment où elle avait cessé d'être « la fille infirmière de José », ils se croisaient presque tous les jours dans la cour.

Le chemin entre les logements des Européens et les séchoirs ne passait pas près du dispensaire. Cela ne pouvait signifier qu'une chose : Kilian modifiait son itinéraire pour la voir. De plus, il apparaissait fréquemment en consultation pour divers petits maux. Bisila avait fini par comprendre que les maladies de Kilian étaient imaginaires, un prétexte comme un autre pour qu'elle le touche, lui prenne sa température, lui sourie, s'occupe de lui, et, surtout, qu'ils puissent se parler.

Une fois de plus, Bisila remercia intérieurement les esprits pour ces brèves rencontres de bonheur absolu qui avaient transformé ses journées en un déluge de sourires, de cœur qui s'emballait et de jambes flageolantes. Quand elle rentrait le soir, elle devait donner le change pour que Mosi la voie abattue par sa journée de travail. Son corps et son âme, pourtant, étaient dominés par une énergie inexplicable. Cette prétendue fatigue ainsi que l'effort d'élever un bébé – qu'elle ne voyait en fait que le soir et la nuit – arrivaient à maintenir un Mosi compréhensif à l'écart dans le lit. Alors elle fermait les yeux et comptait les minutes qui restaient avant une nouvelle journée comme celle-ci, où le coucher de soleil teintait d'or les séchoirs pendant qu'elle attendait de croiser son aimé.

Elle salua son père et Simón, mais n'aperçut pas Kilian et ne demanda pas où il était. Elle rôda quelques minutes, montrant un intérêt qu'elle ne ressentait pas pour la qualité des fèves, avant de prendre congé en disant qu'elle s'était juste accordé une pause pour se dégourdir les jambes.

Elle décida de passer près du bâtiment principal, dans une dernière tentative de croiser Kilian. Elle ralentit le pas et s'arrêta net.

Une femme qu'elle reconnut tout de suite montait l'escalier conduisant aux chambres des responsables. Elle portait une robe ajustée en voile couleur turquoise, assortie à des sandales à talons, et avait les cheveux rassemblés en queue-de-cheval haute. Deux hommes qui passaient se retournèrent sur elle et elle leur sourit avec coquetterie tout en continuant ses ondulations en direction de la galerie extérieure. Une fois en haut, elle prit à droite, vit la femme qui l'observait depuis le pied du bâtiment et dont le visage lui était vaguement familier.

Bisila attendit quelques secondes, le cœur serré, sans respirer.

Sade s'arrêta devant la chambre de Kilian, frappa, et après qu'ils eurent échangé quelques mots, elle entra.

Bisila baissa la tête et expulsa avec force l'air de ses poumons brûlants. Son visage aussi était en feu. Ses yeux s'emplirent de larmes. En un instant, elle était passée de l'euphorie à la désillusion. Elle retourna lentement vers la cour d'Obsay en essayant de se raisonner. À quoi s'attendait-elle ? Elle était une femme mariée et lui un homme célibataire, autrement dit libre. Il était en droit de prendre du bon temps avec une femme. En outre, il fréquentait Sade depuis des années. Pourquoi n'aurait-il pas continué ? Pour quelques sourires et conversations agréables avec une infirmière mariée ? De son côté, ne satisfaisait-elle pas son mari ?

La nuit tomba avant que Bisila arrive chez elle. Aux portes des baraquements, plusieurs femmes allumaient des lampes à pétrole qui projetaient sur les ombres quelques faibles langues de lumière tremblotante. Elle entendit quelques cris et reconnut les pleurs d'Iniko. Elle accéléra le pas et ses pensées se focalisèrent sur son enfant. En entrant dans sa petite maison, elle était plus calme. Mosi lui sourit et lui remit son fils. Bisila s'assit et le berça en lui murmurant des mots en bubi. Au-dehors, on entendit des percussions et Mosi ouvrit la porte. Plusieurs voisins sortirent dans l'allée avec des bouteilles et des verres pour faire la fête. Rares étaient les soirs sans une courte danse à la fin de la journée de travail. Tous les prétextes étaient bons : un anniversaire, une annonce de noce, une grossesse, un départ. Ces derniers temps, ces rencontres se terminaient en réunion politique. Les Nigérians étaient également inquiets du futur de Fernando Póo, dont leur travail dépendait.

Bisila les observa. Comme elle, tous ses voisins avaient des désirs, des rêves et des secrets. Ekon s'approcha, leva un verre vers Mosi, qui hocha la tête. Lialia salua Bisila de la main, entra et s'assit un moment avec elle.

— Iniko se porte très bien, dit-elle dans un espagnol au fort accent nigérian, tout en caressant la tête du bébé de sa main dodue.

— Je ne sais pas ce que je ferais sans toi. Tu passes plus de temps que moi avec lui.

— Ça ne me dérange pas. Tu as un bon travail, tu prends soin de nous aussi. Tu as l'air fatiguée.

— J'ai eu une rude journée.

— Ici, toutes les journées sont rudes, Bisila.

La musique des tambours résonna plus fort. Elles sortirent dans la rue. Mosi passa un bras sur les épaules de sa femme et l'attira à lui. Bisila ferma les yeux et s'absorba dans le rythme répétitif. Les coups de ce jour sonnaient comme la veille et se répéteraient le lendemain, faisant écho contre les petits baraquements en parpaing gris avec leurs toits en fibrociment. C'était le monde auquel elle appartenait. Elle n'avait rien de spécial. Tous travaillaient pour de l'argent et faire vivre leur famille. Les Nigérians rêvaient de retourner un jour dans leurs terres, et Mosi et elle d'avoir une petite maison à Santa Isabel. En attendant, ils occupaient patiemment leur place dans les logements identiques aux mêmes cordes suspendues devant les façades, où les mêmes vêtements de couleurs séchaient au soleil pendant que les enfants s'amusaient dans une rue poussiéreuse qu'ils considéraient comme la leur, étrangers aux raisons d'être là de leurs parents, aussi heureux qu'ils l'auraient été ailleurs.

Elle rouvrit les yeux. À côté d'elle Lialia offrit le sein à Iniko, qui s'y accrocha gloutonnement. Lialia avait quatre enfants, dont le dernier du même âge, et des seins débordants de lait. Bisila la regarda avec affection. Grâce à la femme d'Ekon, elle n'avait pas été obligée d'abandonner son travail au dispensaire pour s'occuper de son enfant, comme le faisaient toutes celles qui profitaient actuellement de la fête et de leurs hommes. Mosi s'inclina, chercha ses lèvres. Bisila répondit à son baiser de manière mécanique, tandis que son esprit voyageait vers la chambre où, sûrement, Kilian était en train d'embrasser Sade.

Chacun à sa place, pensa-t-elle. Comme hier, et comme chaque jour qui avait précédé. Elle n'éprouva pas de jalousie, ni même de tristesse, mais eut l'intime certitude que passé et présent ne vaincraient pas l'avenir. Le temps n'existait pas ; tout un siècle d'attente se réduirait à une seconde au moment où Kilian serait entièrement à elle.

Elle était quelqu'un de raisonnable et d'extrêmement patient. Plus, même. Elle possédait une foi inébranlable dans les desseins étranges du destin.

— Qu'est-ce que tu fais là ?

— Oba m'a dit il y a plusieurs semaines que tu étais rentré. Comme tu ne te décidais pas, c'est moi qui suis venue.

Sade entra dans la chambre de Kilian d'un pas décidé. Elle jeta un coup d'œil à la décoration simple et alla s'asseoir sur le lit. La robe épousa encore plus la forme de ses cuisses. Elle croisa les jambes et balança un pied en l'air.

— Tu ne te réjouis pas de me voir ? le provoqua-t-elle.

Kilian ferma la porte et s'appuya contre, les bras croisés sur la poitrine.

— Tu ne devrais pas être ici.

Sade donna quelques tapes sur le lit et lui dit d'un ton doucereux :

— Allons, viens t'asseoir à côté de moi.

— Je suis bien ici, merci, fit Kilian avec brusquerie.

Sade pinça les lèvres. Elle se leva et marcha vers lui.

— Détends-toi, *massa.* Nous devons rattraper le temps perdu.

Elle s'arrêta à quelques centimètres de lui, leva une main et passa un doigt sur sa mâchoire marquée. Sur la pointe des pieds, elle déposa sur ses lèvres un doux baiser, qu'il reçut avec froideur. Sans se décourager, elle entreprit de dessiner de la langue le contour de la bouche de Kilian, comme elle l'avait fait tant de fois auparavant.

Kilian ferma les yeux et serra les poings. Après si longtemps, malgré des rencontres sporadiques, elle savait exactement comment s'y prendre. Si elle continuait, il finirait par céder. Cela faisait des mois qu'il n'avait pas été avec une femme, et Sade était une tentation affolante. Tout autre, y compris lui-même dans d'autres circonstances, aurait accepté son offre avec plaisir. Il l'aurait même prise dans ses bras, jetée sur le lit et aurait fondu dans sa chaleur exubérante. Mais quelque chose avait changé chez lui. Dans son esprit et son cœur, il n'y avait de place que pour une personne. Il repoussa doucement Sade.

— Je suis désolé, Sade. C'est non.

Elle fronça les sourcils.

— Pourquoi ?

— C'est fini.

— Tu t'es lassé de moi. Bon, je comprends. Il y a quelqu'un d'autre.

— Non, ce n'est pas ça.

— Tu mens. Et le pire, c'est que tu n'es pas comme ton frère. Lui, il les aime toutes. Si tu ne veux plus être avec moi, c'est parce qu'une femme, une seule, t'a pris ton cœur. Je la connais ? Dans quel club travaille-t-elle ? demanda-t-elle, la voix plus aiguë. Qu'est-ce qu'elle te donne que tu ne trouves pas chez moi ? Ou alors elle est espagnole… Vous avez une date de mariage ?

Elle éclata de rire.

— Quand tu seras lassé d'elle, tu me reviendras, comme ils le font tous.

Kilian se tint sur la défensive.

— Que je sache, je t'ai partagée avec d'autres hommes. Je ne te dois rien.

Ses paroles eurent l'effet d'une gifle inattendue. Le menton de Sade se mit à trembler et sa respiration devint oppressée.

— Que je gagne ma vie de cette façon, affirma-t-elle entre ses dents, ne signifie pas que je n'aie pas de sentiments. Tu es comme les autres. Avec quelle facilité vous oubliez vos amies noires !

Kilian frotta son front emperlé de sueur. Il savait depuis un moment que cette scène désagréable allait arriver, et il avait repoussé l'affrontement. Il avait envisagé différentes excuses à donner à Sade, pensant qu'habituée à avoir beaucoup d'hommes dans sa vie elle les accepterait sans broncher. Mais elle avait raison : à aucun moment il n'avait pensé à ce qu'elle pouvait éprouver. La bouche sèche, il alla se servir un verre d'eau au lavabo ; Sade restait près de la porte, la tête haute, dans une attitude de défi. Elle était vraiment très belle, beaucoup plus que Bisila. Mais ce n'était pas Bisila.

Pendant son séjour à Pasolobino, il avait pensé à Sade, mais elle ne lui avait pas manqué. À présent, il sentait qu'il n'avait plus besoin d'elle. Un sentiment nouveau et réjouissant l'accompagnait partout, l'emplissant complètement, comblant les fissures de sa volonté. Peu importait que Bisila soit mariée à un autre, ou qu'il s'agisse d'un désir inaccessible. La vie changeait beaucoup. Il était disposé à attendre le temps qu'il faudrait pour être avec elle. Pendant ce temps, il profiterait du plaisir de ses sentiments sans la compagnie d'aucune autre femme. Il ne pourrait transformer Sade en sa Regina, comme l'avait fait Dámaso ; il ne pourrait être uni à une femme et profiter d'une maîtresse pendant des années, pour ensuite l'abandonner.

— Le mieux serait que tu m'oublies, Sade, décréta-t-il en s'allumant une cigarette, dont il exhala lentement la fumée. Rien ne me fera changer d'avis.

— C'est ce qu'on verra, lança-t-elle sur un ton légèrement menaçant qu'il ne lui avait jamais entendu.

Elle sortit. La porte ouverte montra un morceau de ciel étoilé. Kilian alla s'appuyer à la rampe de la galerie.

En bas, Sade se dirigea avec lenteur vers une petite Seat 600 décapotable, où l'attendait l'un des deux jeunes serveurs du dancing qui l'avait amenée à Sampaka. Quelques pas avant de l'atteindre, elle entendit une voix :

— C'est tellement sérieux avec Kilian qu'il te fait entrer dans sa chambre ? Tu as dû lui manquer, dis donc.

C'était Gregorio, qui s'avança vers elle.

— Ici, il n'y a personne qui m'intéresse, déclara-t-elle avec hauteur.

Gregorio lissa sa petite moustache tout en promenant le regard sur le corps de la jeune femme.

Sade supporta qu'il la détaille, puis une idée lui vint à l'esprit. Voyant que Kilian l'observait encore en fumant, elle décida de changer d'attitude.

— Et toi ? demanda-t-elle d'une voix mielleuse. Tu ne t'es pas encore lassé de Regina ? Je n'arrive pas à croire qu'elle satisfait tous tes besoins...

— Parce que toi tu pourrais ?

Sade se mordit la lèvre inférieure.

— Viens me voir et nous vérifierons.

Gustavo resta au dispensaire plusieurs semaines, et ses blessures ne furent entièrement guéries qu'après Noël. Au début de la nouvelle année, après dix ans d'opposition totale à l'indépendance, l'administration espagnole amorça, de façon surprenante, de petits gestes pour la favoriser. Dans l'esprit de traiter les Guinéens comme des Espagnols et d'éviter la discrimination, on abrogea la loi d'émancipation, en vigueur depuis les années 1940 : désormais, sous certaines conditions – être majeur, avoir un titre académique ou avoir travaillé aux ordres d'un colon –, les Noirs avaient le droit d'acquérir les mêmes produits que les Blancs s'ils en avaient les moyens.

À l'étonnement d'Emilio et de Generosa, lors des élections municipales, Gustavo fut élu représentant d'un des Conseils des voisins de Santa Isabel, parmi les cent quatre-vingt-huit qui se créèrent dans tout le pays. Des hommes comme lui et son frère Dimas commencèrent à mener une vie semblable à celle des Espagnols. Ils s'installèrent dans des quartiers résidentiels aux petites maisons avec jardin, devant lesquelles ils garaient leurs petites voitures tous les jours au retour du travail, après avoir récupéré leurs enfants à l'école.

— Et ce n'est pas tout, Julia, protesta Emilio en faisant sauter Ismael sur ses genoux. En plus, je dois supporter l'arrogance de certains. Si leurs pères les voyaient ! Ah, le vieux Dimas, lui, c'était quelqu'un de bien.

— Évidemment, répondit sa fille. Lui ne te contredisait jamais.

— C'est qu'avant chacun connaissait sa place, tu comprends, intervint Generosa en débarrassant la table. Ce n'était pas comme maintenant, où tout est mélangé. Avec cette nouvelle manie de supprimer les lois sensées que nous avions, ils vont bientôt permettre les mariages entre Blancs et Noirs !

— Je ne vois pas ce qui vous étonne tant, répliqua Julia. La France et l'Angleterre ont ouvert la voie pour émanciper les territoires d'Afrique. Pour quelle raison devrait-il en aller autrement pour l'Espagne ?

— Parce que, ma fille, grâce à Dieu, nous avons Franco, notre chef, qui a su maintenir l'ordre pendant longtemps ici et en Espagne. Ah, s'il avait l'énergie d'il y a quelques années, je t'assure qu'il ne se laisserait entraîner par personne.

— Les temps changent, maman.

— Oui, mais je ne sais pas si c'est en mieux ! s'emporta Emilio.

Il consulta sa montre, se leva et laissa le petit sur une couverture avec plusieurs chevaux en carton.

— Enfin, dis au revoir à Manuel de notre part. C'est dommage qu'il ait dû partir.

— Nous avons beaucoup d'accidents, cette saison. Les ouvriers sont agités et il y a davantage de bagarres. C'est le problème de la politique.

Generosa se pencha pour embrasser son petit-fils avant de dire au revoir à sa fille. Julia les accompagna dehors.

— Vous ne deviez pas emmener Oba ?

— Ah, celle-là ! s'exclama Emilio. Depuis qu'elle s'est amourachée de ce grand gaillard, sa seule obsession est de venir à Sampaka. Dernièrement, elle est très distraite au magasin, elle oublie les demandes des clients… Si elle ne se reprend pas, nous allons devoir chercher quelqu'un d'autre.

— Oui, c'est le bon moment pour en trouver une autre et la former, approuva Generosa.

Les mots venaient à peine de franchir ses lèvres que la jeune fille apparut, les yeux brillants et les lèvres gonflées.

— Un peu plus et tu rentrais à pied ! la réprimanda Emilio.

— Je suis désolée, don Emilio.

— Allez, monte.

— Pardonnez-moi, don Emilio, mais je dois parler un moment avec Madame.

Avec des yeux implorants, elle regarda Julia, qui promit à son père excédé qu'elles ne tarderaient pas. Une fois dans la maison, elle demanda :

— Que dois-tu me dire de si important ?

— C'est… C'est mon amie Sade. Il y a quelques jours, elle m'a avoué qu'elle était enceinte…

— Et puis ?

— Eh bien, le père est l'un des responsables de l'exploitation, et dès qu'il l'a su il n'a rien voulu savoir. Mon amie est très triste et inquiète et je me suis dit… enfin… comme vous le connaissez, vous pourriez peut-être intercéder et…

— Qui est-ce ? la coupa Julia.

— *Massa* Kilian.

— Mais…

Julia s'assit et se massa les temps, surprise par cette nouvelle.

— Ils sont amis depuis longtemps.

— Eh bien, je croyais…, répondit Julia, essayant de se montrer aussi polie que possible… que ton amie avait d'autres amis.

— Oui, mais elle est sûre qu'il est le père. Elle est très triste, Madame. Je sais qu'elle aimait beaucoup le *massa* et qu'elle est très préoccupée maintenant qu'il l'a abandonnée.

— Oba ! dit la voix d'Emilio derrière la porte. On s'en va !

Julia se leva, prit Oba par le coude et l'accompagna en lui murmurant :

— Pas un mot de ça. À personne, tu m'entends ! À personne ! Je vais voir ce que je peux faire, ajouta-t-elle quand la jeune fille eut acquiescé.

Restée seule, Julia prit Ismael pour l'embrasser de toutes ses forces. *Quelles lois existe-t-il pour de tels cas ?* se demanda-t-elle, fâchée. *Aucune.* C'était la parole d'une femme noire à la réputation douteuse contre celle d'un homme blanc. Était-il si difficile de prendre des mesures pour éviter ces situations ? Elle avait du mal à croire au récit d'Oba, mais peinait encore plus à croire que Kilian ait fui ses responsabilités. En quoi, cependant, il n'aurait été ni le premier ni le dernier. Il suffisait de se promener dans les rues de Santa Isabel ou de visiter l'orphelinat de la ville pour se faire une idée. Et que pouvait-elle faire ? Au mieux, parler à Kilian et espérer que rien de tout cela ne soit vrai.

Manuel entra dans le salon, fatigué, et se laissa tomber dans le canapé à côté de sa femme et de son fils.

— Je vais enfin souffler un peu.

Il se pencha pour embrasser Ismael sur le front, et celui-ci tendit les bras pour qu'il le prenne. Il remarqua que Julia était plongée dans ses pensées.

— Tu vas bien ?

Elle hésita à partager avec son mari l'information donnée par Oba.

— Tu sais quoi, Julia ? Des jours comme aujourd'hui, je me demande ce qu'on fiche ici. Je touche un bon salaire, mais je commence à en avoir assez des coupures, de la quinine, des maladies imaginaires et des piqûres de serpent…

Ce n'était vraiment pas le meilleur jour pour lui parler de Kilian.

— Tu dis ça parce que tu es épuisé. Dès que tu pourras faire une escapade dans la jungle, tu oublieras tout.

Manuel sourit.

— C'est ce que vient de me dire Kilian !

Julia se mordit la lèvre inférieure. Kilian était donc revenu au dispensaire. Quelle malchance il avait avec les puces ! *Cela dit,* pensa-t-elle brièvement, *si jamais l'histoire de Sade est vraie, cette bestiole est le moindre des maux qu'il mérite.*

Dans la salle de traitement, Bisila finit d'examiner minutieusement les orteils de Kilian.

— Tu n'as pas de puce, Kilian.

— Ah bon ? Mais crois-moi, ça me démange.

Bisila le regarda, sceptique.

— Alors attendons quelques jours de voir ce que ça donne.

— Bisila, je…

Kilian se pencha vers elle et baissa la voix.

— Je voulais te voir. Avant, on se croisait n'importe où… Tu n'aimes plus parler avec moi ? demanda-t-il, la voix réduite à un murmure. Ai-je fait ou dit quelque chose qui t'a dérangée ?

Bisila détourna le regard vers la fenêtre.

Quelqu'un donna de petits coups à la porte et l'ouvrit sans attendre de réponse. Julia entra et s'adressa à Kilian sans détour.

— Je dois te parler… seul à seule. Tu as terminé, Bisila ?

— Pas encore, répondit aussitôt Kilian. Mais si c'est si important, nous pourrons continuer après.

Bisila acquiesça, reprit son matériel et partit dans la petite salle d'eau contiguë. Quand elle eut fini de se laver les mains, elle perçut clairement les voix de Julia et de Kilian. Avait-elle bien entendu le nom de Sade ? La tentation fut plus forte que la discrétion et elle écouta la suite.

— Elle affirme que tu es le père, disait Julia, et que quand tu l'as su tu as rompu avec elle.

Bisila retint sa respiration.

— Tout d'abord, Julia, je viens d'apprendre de ta bouche que Sade était enceinte, répondit Kilian d'une voix tranquille. Et deuxièmement, c'est impossible que je sois le père.

— Je sais que c'est une femme… enfin… que tu n'es pas le seul… Mais elle est sûre.

— Et qu'en penses-tu, Julia ? Si tu es venue me le dire si vite, c'est que tu as des doutes.

— Kilian, même moi je sais que toutes ces années tu n'as voulu être qu'avec Sade. C'est logique que n'importe qui puisse penser que…

— Pose la question à Gregorio. Tu n'as pas vu que depuis des mois elle est devenue sa *mininga* favorite ? Ils croyaient peut-être me rendre jaloux, mais ce n'est pas le cas. Sade a dû inventer cette histoire par dépit.

Après un long silence, il ajouta :

— Julia, je te donne ma parole que la dernière fois que j'ai été avec Sade, c'était avant de partir en Espagne. À mon retour, elle est venue me voir un soir, et là je lui ai clairement fait comprendre que… hmm, notre amitié… était terminée. Il est impossible que ce soit moi le père de son enfant, et je n'admettrai aucune forme de chantage. C'est clair ? insista-t-il d'un ton ferme.

— Je suis désolée d'avoir douté de toi, répondit Julia avant de baisser la voix. Je ne sais pas quoi dire. Si Sade agit bien pour les raisons que tu soupçonnes, je pense qu'elle ne perdra pas une occasion de te diffamer.

— Personne ne peut affirmer m'avoir vu avec elle au cours des derniers mois, affirma Kilian avant de marquer une pause. Tu me connais mieux que quiconque, Julia. Tu as vraiment pu croire, même une seconde, que le cas échéant je fuirais mes responsabilités ?

Malgré le mur qui les séparait, Bisila entendit le ton de reproche de Kilian. Quelques secondes passèrent, sans réponse de Julia. Ensuite, Bisila entendit la porte se refermer. Elle attendit encore un instant avant de revenir dans la salle.

Le visage de Kilian s'éclaira sur-le-champ.

— J'avais peur que tu ne reviennes pas.

— Tu m'as demandé que l'on continue.

La conversation ne laissait pas de doute à Bisila sur le fait qu'il n'était plus avec Sade, mais elle ne voulait pas se faire trop d'illusions. Il pouvait avoir changé d'« amie ». Toutefois, le soulagement qu'elle ressentait la rendit audacieuse, et elle lança :

— Et que fais-tu après le travail ? Tu n'as pas une femme qui te tient compagnie ?

— Bien sûr que si, répondit Kilian en pesant ses mots.

Surprise par la rapidité de cette réponse, Bisila le regarda, et il soutint un moment son regard, avant de poursuivre d'une voix rauque :

— Je ne suis jamais seul. Pas une seconde de la journée. Depuis des mois, tu es la seule qui m'accompagne dans mes pensées.

Quand Bisila arriva à l'entrée des séchoirs, elle vit son père, Simón et Kilian. Un sourire triomphant illumina son visage. Le secret qu'ils partageaient l'accompagnait à toute heure, résonnant en son for intérieur avec la force de cent tambours. Elle réprima un soupir. Ils devraient sûrement se contenter de ces rencontres fugaces en tête à tête et de leurs saluts neutres en public pour le restant de leurs jours. À moins que les esprits ne prennent en pitié ses sentiments et changent le cours des choses. Pour l'instant, elle se consola, car la journée avait bien commencé.

Ce matin, Simón se déplaçait impatiemment d'un bout à l'autre des planches où le cacao formait une moquette rugueuse, s'assurant que tout fonctionnait correctement.

— Pourquoi es-tu aussi nerveux, Simón ? lui demanda Kilian en essuyant la sueur qui l'aveuglait dans cette chaleur atroce. Les tapis roulants n'avanceront pas plus vite et les fèves ne seront pas torréfiées avant.

— Je ne veux pas qu'il y ait de retard, *massa.* Je ne veux pas que le *big massa* m'oblige à rester là samedi.

— Et que se passe-t-il samedi ?

— Mon père sera le nouveau chef, le *botuku* de la zone de Bissappoo.

Simón baissa les yeux vers Kilian, pour montrer combien il était fier.

— Ah, félicitations, dit Kilian, surpris. J'ai devant moi un fils de chef.

— Oui, d'un chef authentique, précisa Simón. Et pas comme celui-là, le vôtre, qui voudrait le devenir sans le mériter.

José lança un regard sévère à Simón. Le jeune appréciait Kilian et lui parlait donc franchement, mais c'était également un Bubi qui souhaitait l'indépendance complète de l'île, par séparation d'avec la Guinée continentale, et qui ne négligeait jamais l'occasion de critiquer le colonisateur blanc. José partageait nombre de ses idées, mais faisait toujours attention à ne pas offenser Kilian.

Kilian avait entendu que le peuple bubi allait nommer le gouverneur *abba* ou chef spirituel. Cette idée lui avait paru ridicule, puisque quiconque était un peu au fait de la culture bubie savait qu'*abba* était le nom donné au prêtre principal de la région de Moka, qui avait une influence sacrée sur toute l'île. C'était un titre héréditaire. Il avait donc supposé qu'il s'agissait d'une rumeur malintentionnée.

— Un peu plus, et il va y arriver.

Simón descendit d'un bond. Il avait le visage coloré par la chaleur et une colère naissante. Il prit un balai et commença à dégager vigoureusement les lambeaux d'écorce qui étaient tombés du tapis.

— Je suis allé avec mon père à plusieurs réunions entre chefs de village et Blancs. Mes gens n'aiment pas être impolis, alors tu vois ils ont décidé de soumettre la proposition aux esprits de nos ancêtres.

Depuis qu'il n'était plus le boy de Kilian, Simón avait abandonné le vouvoiement.

— Ah, et qu'ont-ils dit ? s'informa Kilian sur un ton moqueur.

Il prit toutefois soin de se tourner pour que l'autre ne voie pas son sourire, causé autant par l'allusion aux esprits que par l'expression fâchée, accentuée par les scarifications. Il vit alors Bisila s'approcher. Elle portait une jupe blanche et une blouse de la même couleur aux manches relevées au-dessus des coudes, qui tranchaient sur sa peau caramel sombre. En temps normal, elle n'attachait pas ses courts cheveux, mais cette fois elle portait de fines tresses, ce qui faisait ressortir ses immenses yeux et ses traits réguliers. Cette vision procura un agréable frisson à Kilian.

Elle soutint son regard. Ils ne dirent rien. C'était très difficile, mais ils essayaient de ne pas montrer en public le moindre signe de la relation spéciale qu'ils avaient entamée.

Bisila porta les doigts à ses lèvres pour que Kilian garde le silence pendant que Simón poursuivait son explication d'une voix haute et claire :

— Les esprits ne sont pas bêtes, et ils ont parlé à travers différents hommes pour nous montrer qu'une telle chose devait avoir davantage à voir avec le travail des Espagnols qu'avec l'hommage. Certains disaient que les Bubis voulaient vendre l'île à l'Espagne. D'autres conseillaient de louer l'île quarante ans et de continuer avec vous, du moment que vous vous comportiez bien avec nous. D'autres rappelaient que vous n'aviez pas toujours voulu de nous, en donnant pour exemple la tuerie lors de la rébellion des Bubis de 1910. Et d'autres, compléta-t-il après avoir repris son souffle, vous défendaient, disant que beaucoup d'Espagnols étaient gentils, que vous n'étiez pas venus coloniser mais travailler, et que vous nous aviez aidés à prospérer.

— Moi-même, j'ai entendu plus d'un Espagnol critiquer cette loi et nous traiter de bêtes, intervint José, obligeant Kilian à détacher les yeux de Bisila pour prêter attention à la conversation. Ce sont des Blancs qui veulent que le Bubi soit antiespagnol et indépendant, avec l'intention, je suppose, qu'au cas où l'on obtiendrait l'indépendance ils puissent diriger le pays grâce à leurs amis natifs.

Kilian se frotta le front, étonné et en pleine confusion.

— Je suis espagnol, je n'ai pas d'intérêts cachés et, moi aussi, je trouve stupide de nommer un Blanc à ce titre héréditaire. Et qu'est-ce que ça a donné ?

— Pour apaiser la situation, et n'offenser ni le Blanc ni le Bubi, on a pensé qu'on pourrait le nommer simplement *motuku*, c'est-à-dire un chef, homme de bien, tête visible d'un endroit, une personne à qui on doit obéir à cause de sa personnalité. On lui donnerait le titre lors d'une cérémonie de respect où il recevrait des souvenirs typiques de l'artisanat bubi…

— Plus une jeune vierge, ajouta Bisila en s'approchant. *Tuë'a lóvari é.* Bonjour, Kilian.

— *Wë'á lo è Bisila,* répondit José avec le sourire, ne pouvant masquer la fierté qu'il avait à l'endroit de sa fille préférée. *Ká wimböri lé?* Dans quelle disposition t'es-tu réveillée, ce matin ?

— *Nimbörí lèle, potóo.* Très bonne, merci.

Kilian adorait les sonorités de la langue bubie, qui donnaient à la voix de Bisila un ton grave très attirant. Il se rappela les fois où elle avait essayé sans succès de lui apprendre autre chose que « bonjour » et « au revoir », dans la classe improvisée qu'était devenue la salle du dispensaire. En élève appliqué, Kilian la laissait lui mettre la main sur la gorge pour qu'il sente les vibrations d'un son particulièrement difficile, mais aussitôt il oubliait l'apprentissage et commençait à la caresser doucement, d'abord le cou, puis les os de la mâchoire, remontant vers les joues. Alors, elle fermait les yeux, levait le menton et lui offrait ses lèvres pour qu'il absorbe les lettres, les mots et les phrases qu'il pouvait comprendre.

Kilian secoua la tête pour écarter ces pensées, qui s'obstinaient à lui procurer de délicieuses sensations dans l'entrejambe. Ils n'étaient plus seuls, désormais. Il devait se contrôler…

Bisila continua, non sans ironie.

— Ah, mais oui, selon l'accord, le gouverneur devait garder la jeune fille intacte, comme il l'a reçue, l'accepter comme une fille, avec amour et affection.

Simón arbora une expression victorieuse.

— Après les protestations et les lettres que nous avons envoyées pour solliciter l'annulation, le gouverneur a déclaré qu'il devait partir et qu'il n'y aurait pas d'hommage. Maintenant, si vous voulez bien, ajouta-t-il en leur tournant le dos, ne perdons pas davantage de temps et finissons-en dès que possible.

José sourit de la brusquerie de Simón pour reprendre ses tâches.

— Et qu'est-ce qui t'amène par ici, Bisila ?

— Je venais te demander si tu allais à Bissappoo samedi, pour le couronnement du nouveau chef.

José acquiesça, tout en regardant du coin de l'œil Kilian, qui écoutait avec intérêt.

— J'aimerais y assister aussi, reprit Bisila, mais je ne veux pas monter seule.

Seule ? Sans Mosi ? Kilian souhaitait y aller aussi. Une pointe de culpabilité l'étreignit. Il ne devait pas oublier que Bisila était une femme mariée, et que ces dernières semaines tous deux avaient agi comme si elle ne l'était pas.

Mais quelques jours avec elle à une fête en dehors de Sampaka…

— Ösé, commença-t-il, désirant être invité. Vendredi, nous terminons le séchage. Il n'y a aucune raison que tu ne puisses pas accompagner Simón en une journée si spéciale.

Il attendit avec impatience et, enfin, son aîné répondit :

— Tu aimerais peut-être assister à la cérémonie de nomination du chef ?

— Ce serait un honneur, Ösé.

Kilian lança un bref regard satisfait vers Bisila, qui baissa la tête pour qu'on ne remarque pas sa joie. Elle affirma devoir retourner au dispensaire et prit congé.

— *Ö má we è*, Simón. *Ö má we è*, Ösé. *Ö má we è*, Kilian.

— Au revoir, Bisila, répondit Kilian, qui à l'étonnement des autres essaya de répéter les mêmes mots en bubi. *Ö má... we... è*, Bisila.

À quelques pas de là, Simón rit ouvertement.

Kilian reprit rapidement le travail. On n'était encore que mercredi. Il restait trois longues journées. Il commença à se déplacer d'un côté et de l'autre pour vérifier que tout était en ordre.

Ses motivations étaient bien différentes, mais l'impatience de Simón l'avait gagné.

Quand ils sortirent des séchoirs, il faisait quasiment nuit. La journée avait été étouffante, malgré le souffle d'air frais qu'avait amené la visite inattendue de Bisila.

Les hommes n'avaient pas abordé de nouveau le sujet de la politique, mais Kilian y avait réfléchi. Tandis qu'ils traversaient la cour vers leurs logements respectifs, il dit à José :

— Après avoir écouté Simón, j'ai la sensation que cette nouvelle époque se forme à partir de rumeurs. Nous n'apprenons pas les choses par ce qui se dit ouvertement. Dans aucun journal on ne dit un seul mot de tous ces mouvements et des opinions dont vous m'avez parlé. À l'inverse, on évoque seulement la paix et l'harmonie entre Blancs et Noirs.

José haussa les épaules.

— Le gouvernement ne souhaite peut-être pas que les Blancs qui vivent ici sachent avec certitude que la colonisation se terminera tôt ou tard et s'inquiètent.

— Dans ce cas, nous devons tous nous inquiéter, dit Kilian avec ironie. Ne sommes-nous pas tous espagnols ? Toi, maintenant, tu es aussi espagnol que moi.

— Ah, oui ? J'aimerais voir la tête de tes voisins de Pasolobino si j'allais m'établir là-bas avec toi. Tu crois vraiment qu'ils me considéreraient comme aussi espagnol qu'eux ? Les lois peuvent changer vite, mais pas les personnes, Kilian. Il est possible que quelqu'un comme moi puisse maintenant fréquenter les endroits réservés aux Blancs, aller au cinéma, prendre l'autobus, s'asseoir à côté de toi à la cathédrale, voire se baigner dans la même piscine sans crainte d'être arrêté, mais ça n'empêche pas certains de faire la grimace, y compris avec dégoût... Je suis espagnol sur le papier, Kilian, mais mon cœur sait que je ne le suis pas.

Kilian s'arrêta et posa une main sur le bras de son compagnon.

— Je ne t'ai jamais entendu parler ainsi, Ösé. Toi aussi tu es d'accord avec ce que défendent Simón ou Gustavo ?

— Tu sais, Kilian, il y a un proverbe africain qui dit que quand deux éléphants luttent, c'est l'herbe qui souffre. Quoi qu'il arrive, ce sera l'herbe qui souffrira. Voilà ce que je crois. Il en a toujours été ainsi.

16

RibaLá Ré RiHólè

Mariage d'amour

Sur le chemin de Bissappoo, Kilian pensait au privilège qu'il avait d'assister à la fête de nomination d'un chef bubi. Plus d'une fois, José lui avait avoué sa tristesse que les nouvelles générations de sa tribu se relâchent dans le respect des traditions. L'influence espagnole dans l'éducation et la vie quotidienne en était la principale cause, mais José ajoutait que les jeunes n'écoutaient plus comme autrefois, d'où leur méconnaissance de nombreuses coutumes.

La cérémonie qu'il allait voir était spéciale, car Bissappoo, sans doute l'un des rares villages à conserver des traditions quasiment intactes, nommait encore son propre chef, même si ce n'était que symbolique. Et bien entendu, si un jeune était là pour y contribuer, c'était bien Simón, qui guidait tout le monde avec une célérité et une énergie surprenantes.

Kilian connaissait de mémoire le trajet vers Bissappoo. Le sentier entre les palmiers. Le ruisseau. Le bois de cèdres. La côte. Il était monté au village une vingtaine de fois depuis qu'il était là. Il n'avait plus besoin de suivre José ni d'attendre qu'il débroussaille à la machette. Il savait avec certitude que, même dans l'obscurité de la nuit, il trouverait le chemin.

Cependant, il préféra fermer la marche pour pouvoir se tenir juste derrière Bisila et admirer les mouvements de son corps.

Elle portait une robe légère au-dessous du genou aux motifs de petites feuilles vertes, froncée à la taille et boutonnée devant, avec des sandales blanches. En passant par les endroits les plus escarpés, Kilian voyait le tissu épouser ses formes. Bisila avait conscience que le silence de Kilian était dû à sa présence, et de temps en temps elle tournait la tête vers lui pour lui adresser un sourire.

Jacobo avait critiqué son frère de participer à un acte qui donnerait des ailes aux indépendantistes. Mais il ne pouvait connaître la raison de sa joie, qui était autre : Kilian pourrait profiter de la compagnie de Bisila de longues heures durant, sans l'urgence et l'angoisse des rencontres prétendument fortuites.

Non loin de Bissappoo, juste après avoir traversé la *buhaba*, ils virent un grand nombre de personnes qui attendaient avec nervosité l'arrivée du nouveau chef. Elles étaient rassemblées sur le seuil du village, sous l'arche de bois flanquée de deux arbres sacrés qui était ce jour-là particulièrement décorée d'amulettes. Simón partit en courant, annonçant qu'il devait se changer. José commença à saluer les uns et les autres. Tous s'étaient vêtus et parés à l'ancienne : les hommes portaient d'immenses chapeaux de paille avec des plumes de poule et les femmes des breloques de verre, coquillage et os de serpent sur les bras, les jambes et le cou. La plupart s'étaient oints de *ntola*, qui dégageait une odeur forte à laquelle Kilian s'était accoutumé.

Dans cette agitation, Bisila expliqua à Kilian ce qui s'était passé jusque-là. Elle s'approcha de lui, assez pour que leurs bras se frôlent, mais s'assura qu'aux yeux des autres la posture paraisse naturelle, levant de temps à autre la main pour désigner des choses.

— Le rituel du choix et du couronnement suit des règles aussi strictes que celui de l'enterrement et du deuil du chef précédent. Certaines choses ont été modifiées, comme l'ancienne coutume de brûler le village du défunt.

— Tu t'imagines brûler Santa Isabel si le maire mourait ?

Bisila rit et accentua la pression de son épaule contre lui.

— Une fois qu'on a fixé la date de la cérémonie, on construit une maison pour que le nouveau chef et ses principales épouses y résident une semaine.

— Très étrange, l'interrompit-il encore. Et pesant.

— Et, à la fin, reprit-elle en souriant, le nouveau *botuku* se place à l'ombre d'un arbre consacré aux âmes des précédents *botuku*. Là, nous invoquons les âmes, les esprits, les *morimó* de l'autre monde pour qu'ils bénissent et protègent le nouveau chef et qu'il ne trahisse jamais l'honneur et la mémoire de ceux qui ont occupé le trône avant lui. Nous sacrifions aussi une chèvre et nous marquons de son sang le torse et le dos du nouveau chef. Ensuite, le roi doit grimper en haut d'un palmier avec des arcs en bois aux pieds pour réaliser l'extraction du vin de palme et couper les grappes dont on obtient l'huile. Enfin, nous l'emmenons à la plage ou à une rivière, où nous lavons son corps pour le purifier de toutes les souillures de sa vie antérieure, nous le décorons de *ntola* et l'habillons avant de rentrer en procession au village, en chantant et dansant le *balele*, le chant rituel.

La voix de Kilian se transforma en un murmure.

— J'aimerais beaucoup que toi seule me nommes *botuku*. J'aime particulièrement la partie du bain, avec tes mains qui m'enduisent de *ntola*, mais j'aurais du mal à grimper à un palmier, sauf si tu m'attendais en haut…

Bisila se mordit la lèvre. Elle peinait à garder sa contenance quand tout ce qu'elle souhaitait était de s'élancer dans les bras de Kilian en riant, pour que tous sachent combien elle se sentait heureuse.

Les gens commencèrent à se presser devant la nouvelle maison du chef. Eux deux demeurèrent où ils étaient, derrière les autres. Des murmures indiquèrent que le chef sortait en direction de la place publique. À cause de la distance qui les séparait, Kilian ne put distinguer les traits du père de Simón, homme de petite taille aux épaules larges et aux cuisses puissantes. Mais il put constater que son corps était décoré de coquillages blancs appelés *tyíbö,* qui avaient servi de monnaie bubie dans des temps anciens. Les coquillages avaient été montés en bracelets et en anneaux pour les bras et les jambes, ainsi que pour former une ceinture d'où pendait une queue de singe.

Le nouveau *botuku* avança de quelques mètres, accompagné par les cris enthousiastes de ses voisins, et s'assit sur un trône de pierre rudimentaire, où on lui mit sur la tête une couronne en corne de chèvre, des plumes de faisan et de perroquet, et dans la main un sceptre qui n'était autre qu'une canne à sucre ornée d'un crâne de chèvre, ainsi que des cordelettes de coquillages. Tous, y compris Kilian, émirent un son aigu pour exprimer leur joie et leur excitation.

Lorsque Kilian cria comme les autres, il sentit les doigts doux de Bisila s'entrelacer aux siens et, de son pouce, il caressa sa paume en mémorisant les plis et en savourant les creux.

Un homme âgé s'avança vers le chef et lui plaça les mains sur la tête, puis murmura une prière lui enjoignant d'honorer ses prédécesseurs. Il termina son sermon par une phrase que Kilian répéta à voix basse quand Bisila la lui eut traduite :

— « Tu ne boiras pas d'autre eau que celle des montagnes ou de la pluie. »

Kilian médita sur cette injonction. Pour une personne issue d'une vallée cernée de hauts sommets, elle revêtait un sens particulier. Pour lui, il n'existait pas d'eau plus pure que celle venue de la neige.

Bisila serra sa main avec force avant de la lâcher, par précaution. Comme il le put, le cœur palpitant, il focalisa de nouveau son attention sur la cérémonie. Un groupe d'hommes escortait le nouveau chef. Habillés en guerriers, armés de grandes lances et munis d'imposants boucliers en cuir de vache, ils étaient tous musclés, de constitution robuste, et, pour beaucoup, scarifiés dans diverses parties du corps. Ils s'étaient teint les cheveux avec de la terre rougeâtre, et certains portaient de petites tresses comme celles de Bisila.

Elle montra deux d'entre eux.

— Regarde qui est là !

Kilian eut du mal à reconnaître Simón. C'était la première fois qu'il voyait de ses yeux des guerriers africains, car les batailles s'étaient achevées depuis des années et ils ne s'habillaient plus ainsi que pour des occasions particulières.

— Simón est jeune, mais c'est un bon gardien des coutumes de notre peuple, commenta Bisila.

— Et qui est à côté de lui ?

— Tu ne te souviens pas de mon frère Sóbeúpo ?

— Mais c'était encore un gamin hier ! Et regarde-le aujourd'hui. Un homme !

— Oui, Kilian. Le temps passe très vite…

Surtout quand on est ensemble, pensèrent-ils en chœur.

La cérémonie se termina, laissant place à la fête, qui selon Bisila durerait une semaine. Une semaine à manger, boire et danser un *balele* après l'autre.

— Dommage que nous ne puissions pas rester tout ce temps, déplora-t-il.

— Nous devrons profiter du temps que nous avons, répliqua-t-elle.

Pendant le banquet, Kilian et Bisila restèrent prudemment éloignés l'un de l'autre, mais se cherchaient régulièrement du regard. À côté de José, ses fils et d'autres hommes, Kilian mangea de la chèvre accompagnée d'ignames et de *bangásúpu*, sauce de *banga*, et but du vin de palme et du cognac.

Dans les rires, José parvint à convaincre Kilian de se déchausser pour tenter d'imiter la danse des hommes, ce qui ne fut pas facile car Kilian n'avait ni le rythme africain ni aucun autre dans la peau. Il fut content toutefois que les danses bubies soient un peu plus calmes que celles des Nigérians, expressément agitées et érotiques.

Les yeux fermés, il parvint à se décrisper et ressentir le rythme syncopé des cloches guidant ses pas. Un frisson soudain lui fit rouvrir les yeux et se retourner. Non loin de lui, le regard transparent de Bisila, brillant dans le reflet d'un feu de bois, était rivé sur lui. Fixé sur cette image ensorcelante, il se concentra pour se mouvoir le mieux possible, sans rigidité ni exagération, juste comme un parmi tous ceux qui l'entouraient. Ses efforts furent récompensés par un sourire d'approbation, qu'elle garda jusqu'à la fin, quand Kilian refusa d'enchaîner avec la danse suivante. Bien que son corps et sa tête commencent à lui signaler qu'il avait peu de résistance aux grandes quantités de vin de palme, il accepta une dernière bolée des mains de José et se mit à déambuler, saluant les uns et les autres, comme le faisait

Bisila, dans l'objectif de passer quelques secondes près d'elle.

Il lui vint des images de fêtes à Pasolobino : les hommes qui grimpaient à un tronc très haut, dressé sur la place pour l'occasion, le bal au rythme des castagnettes ornées de rubans de couleur, la musique de l'orchestre, la procession suivant le saint…

Il se rendit compte que, ces derniers temps, il pensait très peu à son village natal et à ses habitants. Et même cela lui manquait à peine ! Depuis quand était-ce ainsi ? Aucun doute : sa vie avait commencé à tourner depuis les rencontres avec Bisila.

Même sa propre mère lui avait reproché de n'évoquer, dans ses lettres de plus en plus sèches, que la gestion de la Casa Rabaltué, et la façon d'employer l'argent que les deux frères envoyaient à la maison.

Jacobo était trop occupé par le travail, les amis et les fêtes pour faire très attention à la façon dont Kilian occupait son temps libre, qui n'était pas important. Il y avait des années qu'ils ne partageaient plus les mêmes centres d'intérêt ni les mêmes amitiés. Chacun menait sa vie et aucun ne s'immisçait dans celle de l'autre.

De plus, Jacobo n'aurait jamais pu imaginer que Kilian tombe amoureux d'une femme noire, car pour lui les négresses servaient à s'amuser. L'aurait-il su qu'il n'aurait guère accordé d'importance aux sentiments de son frère, sachant que de toute façon ils partiraient un jour de Fernando Póo. Et à sa connaissance, aucun Espagnol n'avait ramené sa maîtresse noire sur la péninsule.

Kilian ferma les yeux et laissa les chants africains, l'odeur de nourriture et la saveur du vin de palme s'emparer de ses sens afin de ne penser à rien d'autre qu'à ce moment et à ce lieu.

D'autres journées de dur labeur et de décisions viendraient, mais à cet instant il était dans un petit coin d'Afrique à partager des moments festifs avec des personnes auxquelles il s'était attaché.

À cet instant, il avait Bisila auprès de lui. Il n'avait besoin de rien d'autre.

Il faisait très sombre quand Kilian se retira dans la cabane qu'ils avaient préparée pour le seul homme blanc de la fête qui se poursuivait sur le même tempo. Il avait préféré disparaître discrètement avant que l'alcool le mette hors d'état et après que Bisila eut souhaité bonne nuit à tout le monde, montrant des signes évidents de fatigue. Pendant sa demi-heure d'absence, Kilian, envahi par une terrible sensation de solitude après une journée entière à profiter de sa présence, avait été tenté de noyer sa tristesse dans le *topé*. Heureusement, la raison avait été plus forte : il avait voulu garder les sens en éveil pour ce qui pouvait se passer, si jamais il était possible d'aller au-delà du flirt.

En passant le seuil, il sentit une douleur aiguë dans le pied droit. Il s'était coupé et le sang coulait abondamment de sa blessure. Il chercha un morceau de tissu pour arrêter l'hémorragie. La vue de son propre sang commença à lui donner la nausée.

La porte s'ouvrit et, à son soulagement, Bisila apparut.

Kilian émit un son admiratif.

Elle avait enlevé sa robe européenne et s'était ornée de coquillages et de chapelets de verre, comme les autres femmes bubies. Son corps brillait, couvert de motifs rouge et ocre qui devaient être spéciaux car ils ne dégageaient pas l'odeur caractéristique de *ntola*. Elle portait un pagne coloré, comme une seconde peau.

Elle sentit une agréable chaleur envahir son corps sous le regard de Kilian, mais aperçut alors la blessure et s'agenouilla pour l'examiner.

— Que t'est-il arrivé ? Je me retrouve toujours à genoux devant toi.

Kilian sourit.

— J'ai marché sur quelque chose en entrant. Je l'ai senti se planter dans la chair et ça s'est mis à saigner à flots.

Bisila mouilla le tissu dans un bol d'eau et nettoya soigneusement la plaie.

— Tu t'es enfoncé une tige de palmier dans le pied.

Kilian rouvrit les yeux, surpris.

— Tu veux dire qu'il y a un palmier qui pousse en plein dans la porte ?

— Tu ne savais pas ? Sur le seuil des maisons, nous mettons des coquillages d'*achatina* avec des trous dans lesquels nous enfilons des tiges de palmier.

— Et pour quoi faire, si je puis me permettre ?

Bisila lui répondit sans quitter des yeux le bandage qu'elle lui appliquait.

— Pour nous garder du diable quand il erre dans les environs. Lorsqu'il touche de ses griffes l'un de ces coquillages, il recule immédiatement.

Kilian éclata de rire.

— Eh bien, Satan doit avoir les pieds très délicats si vous pensez que des coquillages et quelques bâtons peuvent l'arrêter !

Bisila serra le bandage.

— Attention, Kilian. Ces choses-là ne doivent pas être prises à la légère. Et je te rappelle qu'il a suffi d'une mince tige pour te terrasser…

Kilian s'assit et la regarda dans les yeux.

— Je ne voulais pas me moquer de toi. À Pasolobino aussi, il y a des gens qui mettent des pattes de chèvre ou de rapace pour éloigner les esprits malins et les sorcières. Mais j'imaginais le diable en train de crier : « Aïe ! », et ça m'a fait rire…

En silence, Bisila alluma le feu au milieu de la hutte, étendit au sol l'épaisse natte sur les peaux de cerfs et accrocha la moustiquaire au-dessus du lit improvisé.

Alors, en regardant Kilian droit dans les yeux, elle laissa glisser à terre son pagne, s'allongea sur la natte et lui fit signe de la rejoindre.

Il la trouva encore plus belle qu'il ne l'avait imaginée. La maternité avait donné à ses seins une rondeur qui, habituellement, était cachée par ses chemisiers blancs. Le cœur de Kilian se mit à battre avec force. Il vint se coucher auprès d'elle et fit de son bras gauche un oreiller pour qu'elle se blottisse contre lui.

Il la caressa lentement, descendant le long de ses côtes, de sa taille, s'arrêtant sur sa hanche, passant par son ventre, puis remontant vers sa poitrine. Il renouvela plusieurs fois ces gestes pour se convaincre que Bisila était réellement dans ses bras. Elle avait la peau douce et lisse. La main blanche de Kilian ressortait sur sa peau brune, et il se sentait nerveux. Il avait de l'expérience avec les femmes, mais Bisila était spéciale.

Quand elle souriait, il oubliait tout.

Elle aspirait l'arôme de l'homme sur lequel reposait sa tête. Elle souhaitait s'imprégner de cette odeur qu'elle avait désirée si longtemps. Son cœur battait d'une façon différente, joyeuse et impatiente. Cette nuit, ils ne seraient pas pressés, ils ne parleraient pas à demi-mot, parce qu'enfin ils étaient seuls.

L'avenir n'avait pas d'importance.

Mosi n'avait pas d'importance.

— Finalement, nous sommes ensemble, toi et moi, la neige et le cacao, déclara Kilian d'une voix rauque. Tu ne peux pas savoir combien de fois j'ai imaginé ce moment.

— Moi aussi. Cette nuit, laisse-moi t'honorer comme un vrai chef. Mon corps n'est pas vierge, mais mon cœur l'est. Je te le donne. À toi.

Ému, il posa la bouche sur les lèvres charnues de Bisila.

— Cette nuit, tu seras ma reine, murmura-t-il. Plus que ça. Tu seras ma *waíribo.*

La gardienne de son esprit.

Leurs deux corps s'unirent à la perfection, résultat prévisible de cette longue attente au cours de laquelle ils avaient dû se contenter de regards, de paroles, de baisers rapides et de caresses prometteuses. Ils pouvaient enfin sentir la chaleur de leurs deux peaux, le souffle de l'autre. Ils avaient tous deux connu d'autres corps, mais n'avaient jamais donné leur âme.

Cette fois, si. Depuis longtemps, ils savaient que c'était exactement ce qu'ils désiraient.

La tête de Kilian reposait entre les seins de Bisila. Elle lui caressait les cheveux d'un geste constant et délicat, et de temps à autre embrassait son visage. Il se sentait au septième ciel, avec toutefois une préoccupation qu'il ne pouvait s'ôter de la tête.

— C'est injuste de devoir nous cacher, affirma-t-il d'une voix somnolente. Je ne sais pas si je pourrai masquer plus longtemps ce que je ressens pour toi.

— Nous devrons faire encore plus attention, déclara Bisila en se redressant. Je suis désormais une femme adultère.

Ce mot leur tomba dessus comme une tonne de sacs de cacao. Bisila appartenait à Mosi. C'était irrémédiable. Pire, si quelqu'un les dénonçait, elle serait sévèrement punie. C'était un risque qu'ils avaient assumé, mais elle aurait toujours plus à perdre que lui.

— Là-dessus, il n'y a guère de différence entre nos pays, avoua Kilian. Un homme peut fréquenter plusieurs femmes, on ne lui dira rien, mais si on découvre qu'une femme est infidèle à son mari elle ne peut espérer que l'enfer, dans tous les sens du terme.

— Quand j'étais petite, pour nous faire peur, on nous racontait que les femmes adultères étaient attachées à un arbre, qu'on leur accrochait des pierres aux pieds pour augmenter leur souffrance ou qu'on leur coupait les mains. Voire qu'on les enterrait vivantes en laissant dépasser la tête pour qu'elles soient mangées par les bêtes.

Kilian frissonna. Elle poursuivit :

— Par contre, chez les Bubis, ce n'est pas comme dans d'autres tribus : quand une femme devient veuve et qu'elle accomplit rigoureusement le rituel du deuil, elle peut alors être avec tous les hommes qu'elle veut, mais ne peut se remarier.

Kilian ne put éviter de sourire.

— Si tu étais ma femme, je ne voudrais te partager avec personne.

Elle promena les mains sur son torse, les posa sur son cœur.

— Nous ferons très attention, murmura-t-elle. Ce sera notre secret. Nous ne pouvons pas aspirer à davantage. Mais c'est déjà beaucoup plus que je ne rêvais d'obtenir.

Il prit sa main entre les siennes et la porta à ses lèvres.

— Moi, je rêve d'encore plus, ma douce *waíribo*, ma gardienne.

Bisila gémit. La nuit avait englouti tous les sons. Dans le village régnait le calme le plus absolu. Elle devait partir. Elle écarta doucement la tête de Kilian et, à genoux, tendit le bras vers son pagne pour s'en entourer. Kilian s'accouda sur le côté, la tête sur son bras replié. Il ne cessait de la regarder et de lui caresser les cuisses. Bisila arrêta de la main ses mouvements, s'inclina pour l'embrasser encore une fois et se releva. Avant de sortir discrètement, elle lui lança un dernier regard.

— Quoi qu'il advienne, Kilian, je n'oublierai jamais cette nuit.

Un souffle d'air frais envahit la pièce lorsqu'elle s'éloigna et amena à son oreille une phrase qu'il aurait juré avoir entendue :

— Je serai toujours avec toi.

Quelques semaines plus tard, Bisila refermait la porte de la chambre de Kilian, prenant bien garde de ne faire aucun bruit. Elle s'assura que sa robe était bien attachée et marcha dans le couloir, toute aux sensations des moments qu'ils venaient de passer ensemble. Elle tourna à gauche, vers l'escalier, mais s'arrêta net. Était-ce une voix qu'elle avait entendue ?

Elle recula de quelques pas, se colla au mur et écouta.

Rien. Elle avait dû rêver. La position de la lune montrait qu'il était plus tard que les autres nuits. En semaine, tous les employés devaient dormir à cette heure. Elle descendit les marches en se tenant fermement à la rampe, pour répartir le poids de son corps et amortir le bruit de ses pas, comme si cela pouvait l'aider en cas de rencontre… Son cœur battait avec force. Il était risqué d'aller dans la chambre de Kilian, mais quel autre choix avait-elle ?

Depuis la cérémonie, ils avaient continué à se voir en cachette. Il venait au dispensaire sous divers prétextes, récupérer un médicament, faire prendre sa tension, visiter un ouvrier malade, juste à l'heure où elle terminait son service. Ils faisaient l'amour dans l'urgence, se parlant à peine, dans une petite pièce où l'on avait mis au rebut de vieux lits et qui était devenue leur inconfortable nid d'amour.

Cependant, tous deux préféraient quand, profitant d'un service de nuit, dissimulée par l'obscurité, Bisila venait chez Kilian. Pour cette raison, elle demandait à travailler plus souvent de nuit, ce que Mosi acceptait sans problème parce qu'elle était mieux payée. Alors, quoiqu'en chuchotant, ils pouvaient s'allonger comme ils le souhaitaient sur le lit de Kilian et se savourer l'un l'autre avec moins de peur d'être découverts que dans les dépendances du dispensaire.

Arrivée au bas des marches, Bisila traversa la terrasse couverte aux colonnes blanches et avança en restant tout contre le mur, regardant à droite et devant elle pour être sûre que la cour principale était vide. Pas une âme. Soudain, une porte s'ouvrit, la frappant si fort qu'elle en tituba. Elle cria et porta une main à son visage.

— Par tous les saints ! D'où sors-tu à cette heure, petite ?

Lorenzo Garuz imaginait sans peine la réponse. Il n'était pas ravi que ses responsables permettent à leurs amies de leur rendre visite sur place, mais après tant d'années sous ces cieux il avait appris que le mieux était de ne pas aborder le sujet.

— Bisila ! s'exclama José en examinant son visage. Tu as eu mal ? C'est ma fille. Elle est infirmière avec don Manuel.

Le directeur la regarda de plus près.

— Et que fais-tu ici en pleine nuit ?

Bisila déglutit, cherchant une excuse plausible. Évidemment, à cette heure-ci, inutile de faire croire qu'elle cherchait son père. Deux autres hommes sortirent de la pièce : Jacobo et Mateo. Tous semblaient curieux. Les jambes flageolantes, elle répondit avec toute l'assurance dont elle était capable :

— On m'a envoyée chercher pour Simón, qui ne se sentait pas bien, même pour marcher jusqu'au dispensaire.

Elle remercia le nuage qui couvrait la lune, rendant l'obscurité presque complète.

— Simón ? s'étonna Jacobo. Je l'ai vu à l'heure du repas, il était comme d'habitude.

— Il n'arrêtait pas de vomir. Il a dû mal digérer quelque chose. Mais je pense que d'ici demain il sera sur pied. Les indigestions ça ne dure que quelques heures. Si vous voulez bien m'excuser, je vais retourner à mon travail. Bonne nuit, papa, ajouta-t-elle avec un sourire enchanteur.

Le nuage s'éloigna de la lune, les éclairant de nouveau. Garuz et Mateo furent surpris par la beauté inhabituelle de la fille de José ; Jacobo se souvint que c'était elle qui lui avait recousu la main et José avait toujours les sourcils froncés. Sa fille n'irradiait-elle pas une étrange félicité ? Même après la naissance d'Iniko il ne l'avait pas vue ainsi, rayonnante et satisfaite…

Bisila reprit son chemin d'un pas leste, portée par la certitude d'avoir réussi à s'en sortir. Pendant quelques secondes, elle avait craint de voir sortir Simón derrière Jacobo et Mateo. Au matin, elle irait vite le chercher pour lui demander de mentir si l'un des quatre l'interrogeait. Simón serait prêt à faire ça pour elle, et bien plus encore. Ils étaient bons amis depuis l'enfance et s'appréciaient. Elle soupira, réconfortée, et repassa aux images de sa rencontre avec Kilian.

José resta pensif. Sa fille était-elle vraiment passée voir un malade sans sa mallette de matériel médical ?

Le lendemain matin, il fut le premier à voir Simón, bien avant que Bisila ne puisse le trouver.

— Comment va ton estomac ? lui demanda-t-il sans détour.

— Mon estomac ?

José soupira.

— Si quelqu'un te demande, dis que ton indigestion est passée grâce aux conseils que Bisila t'a donnés hier soir, d'accord ?

— Puis-je demander pourquoi je dois mentir ? Tu sais que pour toi et Bisila je ferais n'importe quoi, mais je suis curieux…

José leva les yeux vers le ciel. Quelles raisons étranges animaient les esprits ? Étaient-ils devenus fous ? N'était-il pas assez préoccupé par l'avenir des siens ? Pourquoi ajouter une nouvelle préoccupation ? N'avait-il pas rempli toutes ses obligations envers eux ? Le monde devenait bien compliqué.

— Je ne t'en dirai pas plus.

Une personne soupçonnant ce qui se passait, c'était bien suffisant.

— Je crois que Ösé est au courant.

Kilian termina sa cigarette avant de l'écraser dans le cendrier. Blottie dans ses bras, Bisila releva la tête.

— C'est son… silence, poursuivit Kilian. On ne se voit plus et on ne parle plus autant qu'avant, il ne m'a rien demandé et ne m'a fait aucun reproche.

Bisila lui caressa le torse.

— Et ça t'inquiète ?

Kilian chercha ses mots.

— Je serais très triste qu'il pense que je l'ai offensé. Et toi ? ajouta-t-il en regardant au plafond. Ça ne te préoccupe pas ?

— Je crois que dans d'autres circonstances, il serait heureux de t'avoir pour gendre.

— Ce serait peut-être prudent de sortir avec les autres, je ne sais pas, aller au casino avec Mateo et Marcial… si ton père est au courant pour nous, d'autres peuvent le savoir aussi, ce qui te met dans une position dangereuse.

— Il ne dirait rien ! protesta Bisila.

— Mais il y a aussi Simón, l'interrompit-il. Je ne sais pas si on peut avoir confiance. Hier il m'a demandé peu aimablement où j'avais mal pour aller encore au dispensaire.

Bisila éclata de rire.

— Et de quelle partie du corps t'es-tu plaint ?

Elle se mit à califourchon sur lui, se pencha et lui caressa lentement le visage de ses lèvres : les yeux, les paupières, le nez, les oreilles, la lèvre inférieure, la bouche, le menton, tout en lui disant les noms en bubi :

— *Dyokò, mö papú, mö lümbo, lö tó, möë'ë, annö, mbëlú?*

Kilian frissonnait sous ses chuchotements.

— Ce n'était pas là que j'avais mal, répondit-il avec malice, se tournant de côté, de manière qu'elle soit obligée de se mettre derrière lui. Elle poursuivit ses caresses, passant les mains sur ses épaules, sa taille, ses fesses, ses jambes.

— *Attá, atté, matá, möësò?*

Kilian se mit sur le dos et attira Bisila contre lui.

— Non, Bisila, murmura-t-il. Je lui ai dit que j'avais mal ici.

Il posa les mains sur sa poitrine.

— *Ë akán'völa.* Dans la poitrine.

Contente, Bisila lui sourit.

— Tu l'as très bien dit ! Tu retiens !

Kilian lui rendit son sourire et la regarda avec une flamme dans les yeux.

— Maintenant, c'est à moi, décréta-t-il en se plaçant au-dessus d'elle. Je ne veux pas que tu oublies le peu que tu sais de ma langue.

Il commença à parcourir le corps de Bisila de ses lèvres.

— *Istos son els míos güells, els míos parpiellos, el mío naso, els míos llabios, la mía boca, el mío mentón…*

Il se glissa derrière elle pour lui caresser le dos, la taille, les fesses et les jambes.

— *La mía esquena, la mía cintura, el mío cul, las mías camas…*

Il posa la main sur sa poitrine.

— *Iste ye el mío pit.*

Bisila lui prit les mains.

— Quelle association étrange, fit-elle, pensive. Bubi et pasolobinais.

Kilian lui mordilla l'oreille.

— Et quel mal y a-t-il à cette combinaison ? murmura-t-il tout en glissant une main sur sa hanche, puis entre ses cuisses.

Bisila se serra contre lui. Il sentait la chaleur de sa peau. Une chaleur qui le mettait en feu en quelques secondes. Il sentit une humidité qui l'invitait à entrer en elle.

— *Wë mònà mö vé*, dit-elle lentement, en se tournant de dos. Je crois que dans ta langue ça veut dire quelque chose comme : *Yes… un… bordegot… borche!*

Kilian s'arrêta, surpris. Elle apprenait bien plus vite que lui.

— Tu l'as dit ! Je suis un mauvais garçon ! Mais je pourrais faire bien pire…

Il se redressa et, encore une fois, ils savourèrent l'union de leurs corps.

Plus tard, alors qu'ils reprenaient leur souffle dans les bras l'un de l'autre, Kilian émit un soupir et déclara :

— Je voudrais qu'on n'ait pas à se cacher…

Bisila esquissa un sourire timide. Au bout de quelques secondes, elle répondit :

— Kilian, si la situation était différente… tu voudrais… que je sois ta femme ?

Il lui releva le menton et la fixa avec intensité. D'une voix dure, il affirma :

— Ce que j'aimerais le plus au monde, ce serait me promener avec toi à la lumière du jour, aller danser à Santa Isabel et qu'on ait notre propre maison, où l'on attendrait le jour où les mariages entre Blancs et Noirs soient autorisés…

Bisila battit des cils, avala sa salive et demanda :

— Tu n'aurais pas peur de ce qu'on dirait de toi ?

— L'opinion des Espagnols d'ici, si c'est d'eux dont tu parles, m'importe bien peu, y compris celle de mon frère, qui, figure-toi, est lassé de coucher avec des femmes noires. Quant au reste de mes proches, ils sont si loin que quoi qu'ils disent je ne pourrais pas les entendre.

Il la serra avec force dans ses bras.

— Nous appartenons à des mondes très dissemblables, Bisila, mais si tu n'étais pas mariée, je t'assure que tout serait différent. Je ne suis pas responsable des lois et des coutumes… Et toi, tu accorderais de l'importance à ce que dirait ton milieu ?

Bisila se détacha de lui et s'assit. Il posa la tête sur ses genoux et elle lui caressa les cheveux.

— Pour moi, ce serait plus facile. Je ne suis pas dans une terre qui ne m'a pas vue naître. Je ne cesserais pas de voir mes proches. Je serais avec toi, chez moi. Et mon père donnerait son consentement avec joie à un mariage d'amour me liant à un homme qu'il aime beaucoup.

Sans cesser de le caresser, elle leva les mains jusqu'à ses joues. Kilian l'écoutait, les yeux clos, essayant d'assimiler tout ce qu'elle lui disait.

— Ma situation paraît compliquée parce que je suis mariée, Kilian, mais si je ne l'étais pas c'est la tienne qui serait difficile. Tu devrais choisir entre deux mondes, et ton choix impliquerait beaucoup de renoncements.

Il resta sans voix.

Elle était toujours consciente de faits qu'il croyait bien occultés dans un coin de son cœur. Qu'il vive pour Bisila ne signifiait pas que ses liens avec la Casa Rabaltué s'étaient rompus comme des fils de toile d'araignée. Il savait parfaitement qu'il n'était pas libre, qu'il était attaché à son passé, comme son père et nombre d'autres avant lui. C'est pour cette raison qu'Antón lui avait demandé sur son lit de mort d'être responsable de la maison centenaire, avec tout ce que cela impliquait : une stèle héritée de génération en génération. Et il n'était pas si facile de renoncer à son poids.

Son frère Jacobo avait la chance de ne souffrir de rien. Il travaillait, envoyait de l'argent à la maison, mais sa relation avec la Guinée était strictement utilitaire, aucun doute là-dessus. Jacobo ne tarderait pas à rentrer en Espagne, car finalement c'était sa place. Il ne se poserait pas la question de s'établir ailleurs.

Pour Kilian, en revanche, la Casa Rabaltué supposait une obligation morale qui entravait sa liberté de choisir où vivre et augmentait sa crainte de devoir y retourner tôt ou tard.

Bisila le savait. Elle le connaissait mieux que personne. Elle comprenait que les liens l'unissant à son monde étaient plus solides que des chaînes ;

ils pouvaient se distendre un peu, mais à tout moment le tirer et le serrer plus fort. Peut-être était-ce lui qui les serrait. Peut-être les circonstances. Ou alors les esprits. Pour cette raison, sans doute, Bisila ne lui avait rien demandé ni reproché. Elle était pleinement consciente de la place de chacun dans le monde.

Mais il redoutait autant qu'elle le jour où les Blancs devraient abandonner l'île. Pendant des mois, ils avaient vécu leur histoire sans tenir compte de ce qui se passait autour d'eux, et particulièrement des changements qui préfiguraient l'indépendance, mot qu'aucun des deux n'avait envie de prononcer, sachant qu'il mettrait fin à leur histoire d'amour. Certes, toutes les conversations du moment prenaient un tour politique, c'était inévitable. Il était difficile de ne plus penser aux voix qu'ils entendaient continuellement, chuchotant encore, mais de façon de plus en plus audible : « On va mettre les Blancs dehors. On les expulsera tous. Il n'en restera pas un seul. »

Peut-être tout était-il l'œuvre des esprits. Peut-être était-il écrit que leurs chemins finiraient par se croiser pour continuer dans une même direction. Au plus profond de leurs âmes, tous deux désiraient que ces mêmes esprits interviennent dans le cours de l'histoire et arrêtent le temps : que rien n'arrive, rien ne change, qu'ils ne se voient pas obligés de décider.

Kilian prit les mains de Bisila et y déposa un baiser.

— Comment dit-on « belle femme » en bubi ?

— *Muarána muèmuè,* répondit-elle avec le sourire.

— *Muarána... muèmuè,* répéta-t-il à voix basse. Je te promets que je n'oublierai pas.

Jacobo arma le pistolet Star 9 millimètres, tendit le bras, visa et tira. La balle siffla dans l'air et traversa la cible, tout près du centre.

— D'ici quelques semaines, tu seras aussi bon que moi, dit Gregorio en épongeant son front avec un mouchoir. Qui veut essayer maintenant ?

Les autres répondirent par la négative. Gregorio haussa les épaules, arma son pistolet, se plaça devant la ligne et tira. La balle se planta en plein dans le mille. Après un geste de satisfaction, il remit la sécurité et rangea l'arme à sa ceinture avant de s'asseoir avec les autres.

Le soleil de l'après-midi brillait, implacable, sur le club de tir situé au bas de la promenade de palmiers et de jardins de Punta Fernanda. Les travailleurs espagnols de Sampaka prenaient une bière. Il y avait un moment qu'ils ne s'étaient pas retrouvés tous ensemble. Pour une raison ou une autre, il manquait toujours quelqu'un. Cet après-midi, Mateo avait voulu inviter ses collègues pour quelques tournées, comme au bon vieux temps, afin de fêter son anniversaire avant d'aller dîner chez les parents de sa fiancée. Jacobo avait suggéré le club de tir, où il se rendait assez fréquemment depuis quelque temps. Une fois l'oreille habituée au bruit, il était possible de profiter d'une magnifique vue sur la mer, et de plus c'était tout près de la plaza de España, où Ascensión, Mercedes et Julia pourraient ensuite les rejoindre.

— Alors ? Tu te mets au pistolet, Jacobo ? demanda Kilian. Aux dernières nouvelles, la chasse à l'isard se fait toujours à la carabine, non ?

— Comment ça, des chamois ? s'exclama Marcial sur un ton théâtral. Mais tu ne serais pas plutôt en train de devenir un expert en chasse à l'éléphant ?

Les autres rirent. Tous avaient connaissance de l'expérience unique de Jacobo au Cameroun. Il la leur avait racontée tant de fois qu'on avait l'impression qu'il n'avait pas abattu un, mais des dizaines d'animaux.

— En fait, Dick nous a conseillé, à Pao et moi, d'améliorer nos performances au tir, au cas où.

— Il a peur ? demanda Kilian en revoyant la peau claire et les taches de son de l'Anglais, son regard bleu, méfiant et torve. Je croyais que ton ami ne craignait rien ni personne. L'autre, le Portugais, semble plus timoré, mais pas Dick.

— Si tu les voyais davantage, tu les trouverais plus sympathiques, protesta Jacobo.

Kilian leva les mains en signe de paix.

— Vous aussi, vous devriez pratiquer, lui conseilla Gregorio. Par les temps qui courent, il vaut mieux être prêt.

— Pour moi, c'est réglé, affirma Marcial. Le jour où ça tourne au vinaigre, je prends mes affaires et je me barre.

— Même chose, déclara Mateo avant de boire une longue gorgée. Sincèrement, je ne pense pas qu'il y ait besoin de filer aussi vite que le petit nouveau.

Tous accueillirent sa remarque par des rires. Le jeune collègue de Jacobo n'avait même pas tenu une campagne complète. Une nuit, quelques hommes avaient décidé de lui chercher noise chez Anita Guau parce qu'il était blanc. Il ne lui était rien arrivé, grâce à l'intervention des employés d'autres plantations, mais le lendemain matin il avait demandé sa solde et décampé sans plus attendre. Garuz n'avait pas du tout apprécié de perdre un travailleur qui venait d'être formé, et Jacobo avait dû assumer le double travail parce qu'il devenait de plus en plus difficile de faire venir des Espagnols à Fernando Póo.

— Vous pourriez partir sans regarder en arrière, vous, dit Manuel. Moi, ceux qui m'attristent sont les gens comme mes beaux-parents, qui ont leur entreprise ici. Ils pourraient être obligés de l'abandonner.

— Mais qu'est-ce que vous racontez ? s'indigna Kilian, qui ne voulait pas entendre parler de s'éloigner de l'île. Ici, il y a du cacao pour un bon moment. Tout fonctionne comme avant.

— Dans quel monde tu vis ? s'écria Jacobo. Tu n'as pas entendu le ministre dire que c'était un temps de grands changements ?

Son frère fit grise mine.

— Qui aurait cru ça, hein, Kilian ? fit Gregorio en penchant la tête pour le scruter. Finalement, c'est toi qui t'es le mieux adapté. J'aimerais bien savoir pourquoi. Qui sait, Sade a peut-être raison. Tu sais ce qui se dit, non ?

Kilian se raidit. Il commença à regretter sa décision de reprendre une vie sociale pour éviter d'éveiller les soupçons. Les passages au casino avec Mateo et Marcial étaient relativement agréables, mais il ne supportait toujours pas cet homme, même s'ils se voyaient plus rarement.

— Et qu'est-ce qui se dit ? s'enquit Jacobo. Pourquoi suis-je toujours le dernier à être au courant de tout ?

— Peut-être parce que tu fréquentes plus Pao et Dick que nous, lança Marcial pour avancer une raison plausible qu'on lui ait caché les rumeurs sur son frère. Les clubs de Bata sont meilleurs qu'ici ou quoi ?

Jacobo se tourna vers Gregorio.

— Alors ?

— Eh bien, elle dit que ton frère l'a quittée pour une autre, justement maintenant.

Devant l'expression perplexe de Jacobo, il ajouta :

— Sade a eu un enfant de ton frère. Enfin, c'est ce qu'elle dit en tout cas. Et il est bien métis.

Jacobo ouvrit la bouche, stupéfait. Un long silence suivit.

— Mais… Comment ? Kilian ?

Son frère n'avait pas cillé.

— Attendez. Et vous le saviez ? Manuel ?

— Je n'ai pas accordé trop de crédit à cette nouvelle, Jacobo, répondit le médecin. Gregorio, n'est-il pas vrai que Kilian n'était plus avec Sade depuis longtemps quand elle s'est mise avec toi ?

Jacobo respira plus tranquillement. C'était une chose de mener la belle vie, mais une tout autre si les amies commençaient à vouloir vous compliquer la vie, un enfant étant la meilleure arme pour soutirer de l'argent à un homme blanc.

— Dans ce cas, Gregorio, c'est peut-être toi que nous devons féliciter pour ta récente paternité, dit

Kilian d'une voix calme. N'étais-tu pas le premier à accuser les patrons et les directeurs des plantations d'être des *miningueros* et à les critiquer pour avoir des enfants métis ? Eh bien tu es devenu l'un d'eux.

— Je ne suis pas le seul à avoir couché avec elle.

— Non, mais je parierais n'importe quoi que tu es le seul à avoir mis dans le mille.

Gregorio le fusilla du regard.

— Ça ne me plaît pas qu'elle se balade en diffamant mon frère, les interrompit Jacobo. J'espère qu'elle n'aura pas l'idée d'aller voir les autorités.

— Et quand bien même ? fit Gregorio en allumant une cigarette. Personne ne ferait attention à quelqu'un comme elle.

— C'est un soulagement, pas vrai, Gregorio ? lança Kilian en se levant, ayant eu assez de vie sociale pour la journée. Bien, je m'en vais.

Mateo lui donna de petits coups sur le bras.

— Tu ressembles chaque jour un peu plus à ton père ! Du travail à la maison, de la maison au travail.

Kilian ne répondit rien. Il croisa par hasard le regard de Manuel, qui baissa aussitôt la tête. Tout comme il connaissait suffisamment Kilian pour savoir qu'il ne mentait pas au sujet du fils de Sade, il pensait connaître la raison de ses venues constantes au dispensaire. Il n'était pas aveugle. Kilian était toujours traité par la même infirmière.

— Vous savez ce que dit Julia ? demanda-t-il quelques minutes après le départ de Kilian. Que si on faisait le tour de l'orphelinat de la ville, on serait morts de honte.

Sade pressa le pas sur le chemin poudreux conduisant à la maternité indigène de Santa Isabel, où elle avait mis au monde son fils trois mois plus tôt. L'édifice consistait en deux étages attenants à une tour accolée à une galerie supérieure surmontée d'arches. Sur les marches du perron, elle s'arrêta, leva les yeux vers le ciel étoilé et respira profondément. On n'entendait rien. La nature profitait des dernières minutes de calme avant le lever du soleil.

Le bébé dormait paisiblement dans ses bras. Elle couvrit son petit corps d'un mince tissu blanc, lui caressa les joues, se pencha et le déposa devant la porte. Elle resta quelques secondes à le regarder, se retourna et s'éloigna.

Arrivée à sa maison, près du dancing, elle se prépara une infusion de *crontití* et s'assit près de la fenêtre du petit salon. Une fois de plus, elle se répéta qu'elle avait bien fait de se libérer de cet enfant. Quelque part, dans son cœur, demeurait une pointe de remords, et elle soupira profondément. Ses plaintes, devant tous les organes du gouvernement insulaire comme devant le directeur de la plantation Sampaka, n'avaient donné aucun résultat. Au mieux, elle avait réussi à faire ouvrir une enquête rapide et discrète, qui avait conclu, grâce aux déclarations fermes des amis de Kilian, qu'il n'existait pas la moindre preuve ni le moindre soupçon que Kilian soit le père de l'enfant. On l'avait même avertie que, si elle persistait à l'accuser, elle tomberait sous le coup de la loi pour diffamation. À quel moment son orgueil l'avait-il persuadée qu'en citoyenne espagnole désormais elle avait une chance qu'on oblige Kilian à prendre ses responsabilités ? N'était-ce pas ce qu'ils faisaient, en Espagne ? Pendant sa grossesse, elle avait même rêvé qu'il lui propose de vivre ensemble pour le bien de l'enfant qu'elle venait d'abandonner.

Suite à l'enquête, il n'y avait plus de sens à reconnaître la véritable paternité du bébé. Tout avait mal tourné. Elle avait perdu Kilian et mis au monde un enfant dont même sa mère ne s'occuperait pas.

Elle sécha d'un geste brusque une larme qui coulait traîtreusement sur sa joue. Jamais elle ne permettrait plus que ses sentiments la poussent à agir de manière irréfléchie, même si, grâce à sa décision de tomber enceinte, un avenir prometteur s'était ouvert à elle. Oui. Elle avait matière à réflexion.

Au cours des derniers mois de sa grossesse, Anita avait accepté son aide pour gérer le club. Avec le temps, Anita, qui commençait à être âgée, s'était rendu compte de l'habileté de la jeune femme, notamment pour attirer des clients, conseiller les nouvelles filles et programmer les morceaux de l'orchestre afin que les clients n'aient pas envie de partir. Sade avait également redécoré les lieux. Anita, lasse des nuits du dancing, souhaitait vivre ses dernières années de façon plus tranquille, et elle avait découvert en Sade la personne idéale à qui transmettre son affaire.

De son côté, Sade s'en sortait bien dès lors qu'elle pouvait se débarrasser de l'unique obstacle qui s'interposait entre elle et ses ambitions. On s'occuperait bien du petit à l'orphelinat. Il y recevrait l'éducation adéquate qu'elle ne pourrait lui donner. Il n'y avait qu'à voir la différence entre les enfants qui grandissaient à moitié abandonnés par les autres mères du club et ceux qui étaient élevés au Centre espagnol. Si tout se passait bien, elle pourrait récupérer son fils par la suite… Elle n'était pas une mauvaise mère, après tout. Elle avait seulement eu une mauvaise vie.

Que les choses changent, et vite, cela dépendait d'elle et seulement d'elle.

— Pourquoi tu ne peux pas me rendre ce petit service ?

Generosa ne cédait pas devant l'insistance de sa fille.

— Je ne comprends pas que ça t'intéresse, après tout ce temps. Qu'est-ce que ça peut te faire ?

— Oba m'a raconté que, dès qu'elle peut, Sade va le voir à l'orphelinat. Il doit déjà avoir plus d'un an. J'aimerais juste connaître le nom qui lui a été donné. On ne sait jamais, si un jour son véritable père veut se renseigner sur lui…

— Il serait préférable d'oublier ce sujet désagréable, rétorqua Generosa en faisant signe à sa fille de ne pas répliquer. En plus, ce ne sont pas tes affaires.

Ismael se mit sur la pointe des pieds pour attraper sur une étagère une petite figurine de Bethléem, tomba en arrière et commença à pleurer. Ses protestations dans un langage approximatif se mêlèrent à d'autres vociférations en provenance de la rue. Generosa prit son petit-fils dans ses bras et regarda par la fenêtre.

— Et voilà, c'est reparti.

— Qu'est-ce qui se passe ? demanda Julia.

— Ton père et Gustavo.

— J'y vais.

En bas, Julia trouva Oba à la porte du magasin, alertée également par le vacarme.

— Comment ça a commencé, Oba ?

La jeune fille désigna le groupe, où Julia distingua Gustavo et son frère Dimas.

— Ils sont venus au magasin acheter de l'alcool pour fêter Noël, votre père a refusé parce qu'ils n'avaient pas d'autorisation de la police. Ils se sont fâchés et lui ont dit que maintenant ils pouvaient acheter les mêmes produits que les Blancs. Don Emilio a répondu que ce n'était pas vrai pour l'alcool, que ce n'était pas encore Noël et qu'à cause de l'alcool ils oubliaient d'aller au travail. Votre père les a mis dehors et ils sont allés chercher Gustavo en tant que représentant du Conseil des voisins, et ça fait un moment qu'ils se disputent.

Une douzaine d'hommes entouraient Emilio qui hurlait, hors de lui :

— Ah, pour ce qui vous intéresse, on est égaux, oui ! Mais dans ce cas pourquoi ne vais-je pas pouvoir voter ? J'ai les mêmes droits que vous ! Que dis-je ? J'ai davantage de droits que certains, moi qui ai vécu ici plus longtemps que beaucoup d'entre vous, qui arrivez d'ailleurs en réclamant cette terre comme la vôtre ! Et, maintenant, les Guinéens de nationalité espagnole sont les seuls à pouvoir voter. Pour perdre cette nationalité ! Nous sommes tous devenus fous !

Julia comprit que la polémique avait dérivé sur le référendum annoncé pour voter l'autonomie du pays. Les choses allaient vraiment vite. Si les pronostics s'avéraient justes, dans moins de six ans l'ancienne colonie devenue province espagnole passerait à un régime d'autonomie préparatoire à l'indépendance. Les Nations unies avaient instamment demandé que les pays sous tutelle coloniale accèdent à l'indépendance, et l'Espagne n'avait pas le choix. Julia secoua la tête. Allez comprendre, alors que, quelques mois plus tôt encore, les forces coloniales arrêtaient les indépendantistes comme Gustavo et les envoyaient à Black Beach…

En outre, alors que cette transformation aurait dû être source de satisfaction pour les natifs, il y avait des désaccords sur le processus pour y aboutir, ce qui provoquait malaise et incertitude entre les uns et les autres. Les disputes étaient de plus en plus fréquentes, à tout moment et n'importe où. D'un côté, les gradualistes, partisans d'accepter une autonomie progressive organisée depuis l'Espagne. De l'autre, les radicaux, en majorité des Fangs de la partie continentale, très supérieurs en nombre, qui souhaitaient l'indépendance automatique et conjointe de Guinée continentale et de Fernando Póo. Les seconds reprochaient aux premiers d'accepter le régime d'Espagne, et les premiers reprochaient aux seconds d'être trop pressés alors qu'ils n'étaient pas prêts à gouverner seuls.

Pour compliquer encore les choses, de nombreux Bubis comme Gustavo poursuivaient leur propre lutte, pour l'indépendance de l'île de Fernando Póo, séparément. Ils se plaignaient surtout que la répartition budgétaire par province n'était pas proportionnelle à l'apport de chacune. Enfin, il y avait ceux qui, sans le dire ouvertement, donnaient raison à des gens comme Emilio, lequel osait encore avancer avec véhémence que les Africains auraient tout intérêt à rester en province espagnole. Julia était convaincue que c'était le cas de Dimas, qui avait tant donné pour mener une vie privilégiée en comparaison aux autres, mais qu'il ne le reconnaîtrait jamais afin de ne pas entrer en conflit ouvert avec son propre frère.

Emilio continuait de protester :

— Je t'assure d'une chose, Gustavo : depuis mon poste au Conseil des voisins, je n'ai pas l'intention de m'arrêter avant d'avoir donné le droit de vote à des hommes comme moi ! Je ne resterai pas les bras croisés !

— Tu voterais « non » les yeux fermés pour conserver tes privilèges, l'attaqua Gustavo.

— Mais tu ne viens pas de me dire que toi aussi tu voterais « non » à l'autonomie ?

Emilio leva les bras en un geste exaspéré.

— Ton « non » serait un signe de fidélité à l'Espagne. Le mien serait une preuve évidente de mon désir d'indépendance séparée par rapport à Río Muni. Si les Blancs votaient, il y aurait encore plus de confusion.

En un instant, le groupe qui entourait les deux hommes grossit. Les murmures initiaux se transformèrent en cris, tant de soutien que de désaccord.

— Eh bien moi, je voterai « oui » ! cria un jeune homme grand aux traits bien proportionnés et au crâne rasé, musclé et sec. C'est ce que nous devrions tous voter, « oui », pour qu'ils nous laissent enfin tranquilles.

— Tu es fang, c'est ça ? lança un autre jeune, plus petit, au front très proéminent. Tu parles comme un Fang.

— Moi, je suis bubi et je vais voter oui aussi, intervint un troisième, qui avait un bras en écharpe.

— Alors tu n'es pas un vrai Bubi ! s'exclama Gustavo d'une voix forte. Aucun Bubi n'accepterait que les continentaux nous prennent nos richesses !

— C'est toujours mieux que de continuer à être les esclaves des Blancs, se défendit l'autre.

— Tu ne sais pas ce que tu dis ! s'écria Gustavo, menaçant. Pire que ça. On t'a lavé le cerveau !

— Maintenant, nous, les Fangs, nous sommes coupables de tout ! dit le grand du début. Nous aussi, on nous a exploités. Combien de bois et de café ont-ils tiré de la partie continentale à la sueur de notre front ? La seule chose que vous voulez, les Bubis, c'est rendre les choses plus difficiles et soutenir ceux qui sont en place !

— Nous luttons et subissons des représailles depuis des décennies pour manifester notre volonté, l'interrompit Gustavo. Tu veux savoir combien de lettres et de documents ont envoyés les chefs de tribu et de village aux autorités espagnoles, et aussi à l'ONU ? Et qu'est-ce qu'on a reçu en retour ? L'exil, la persécution et la prison.

Il ouvrit sa chemise pour montrer ses cicatrices.

— Tu crois vraiment que je veux soutenir ceux qui m'ont fait ça ?

— Tu es un imbécile, répliqua le jeune Fang. L'Espagne n'acceptera jamais l'existence de deux États. Ce qu'il faut faire, c'est unir nos forces.

Un murmure d'approbation l'encouragea à hausser le ton.

— C'est ce que veulent les Blancs, qu'on n'arrive pas à se mettre d'accord !

Dimas prit son frère par le bras en voyant l'autre homme serrer les poings. Emilio eut un rire sarcastique.

— C'est ce que je te disais, Dimas. C'est devenu une basse-cour, ici.

Une basse-cour avec trop de coqs dedans, pensa Julia.

— C'est comme ça que vous pensez prendre en main votre destin ? poursuivait Emilio.

— Laisse, papa, intervint-elle. Rentre à la maison. Gustavo, continue ta lutte, mais laisse mon père en paix. Laisse-nous tous en paix.

— C'est ce que vous devriez tous faire, vous ! cria le jeune Fang. Dehors ! Repartez dans votre pays une bonne fois pour toutes !

Plusieurs autres répétèrent ces mots, toujours plus fort. Emilio sentit le sang lui monter à la tête et serra les dents. Julia vit la respiration de son père s'agiter. Elle le tira par le bras de toutes ses forces pour le remettre dans la direction du magasin. Oba ouvrit la porte et ils entrèrent.

Quelques secondes plus tard, un caillou fracassa la vitrine du commerce. Pendant quelques secondes, ce fut le silence ; personne ne bougea, ni dehors ni à l'intérieur. Finalement, Emilio fit quelques pas sur les débris de verre qui crissaient sous ses pieds et regarda les hommes qui commençaient à s'éloigner.

— Vous vous souviendrez de nous, vous m'entendez ? brailla-t-il. Rappelez-vous ce que je vous dis. Jamais plus vous ne vivrez comme maintenant ! Jamais !

Son regard croisa celui de Dimas, qui prit un air contrit avant de suivre les autres.

Julia se rapprocha de son père. De grosses larmes de frustration et de rage coulaient sur ses joues.

Gustavo resta seul à quelques pas d'eux. Il regarda Julia en face et avant de partir murmura un faible : « Je suis désolé. »

Oba apparut avec un balai et entreprit de ramasser les morceaux de verre. Julia fit asseoir son père. Elle lui tendit un verre d'eau et s'assura qu'il était calmé avant d'aller aider Oba.

— Et toi, Oba, de quel côté es-tu ? lui demanda-t-elle au bout d'un moment.

— Moi, je ne pourrai pas voter, Madame. Il n'y a que les hommes qui peuvent, et pas tous. Seulement les chefs de famille.

— D'accord, mais si tu pouvais ? Sois sincère, s'il te plaît.

— Je suis fang. Beaucoup de mes ancêtres ont été arrachés à leur terre et obligés de travailler dans les plantations de l'île. Dans ma famille, on se souvient encore que les Blancs poursuivaient les hommes et les chassaient comme des animaux. Sans vouloir vous vexer, Madame, je voterais « oui », répondit Oba en levant fièrement le menton.

Julia regarda vers le fond de la pièce. Emilio était toujours assis, abattu, les épaules affaissées et les mains posées sur les cuisses. Depuis combien d'années ses parents vivaient-ils à Fernando Póo ? Toute une vie de joies et d'efforts… où iraient-ils ? Pas à Pasolobino, c'était sûr. Après l'existence cosmopolite de Santa Isabel, ils étoufferaient dans un endroit aussi ancré dans le passé. Ils pourraient s'installer avec elle et Manuel à Madrid, et recommencer… Non, à leur âge, c'était impossible. Leur seule mission serait de profiter d'Ismael et de leurs futurs petits-enfants, entre deux soupirs de regret pour leur île perdue…

Oui, papa, pensa-t-elle, les yeux pleins de larmes. *C'est la fin.*

Nelson, un gin-tonic dans une main et une bouteille de Pepsi-Cola dans l'autre, essayait tant bien que mal de déplacer son corps volumineux parmi la foule. L'*Anita Guau* n'avait jamais été aussi plein. Le groupe de Nigérians enchaînait les morceaux sans la moindre pause ni pour les percussions accompagnées d'un accordéon et d'une guitare électrique ni pour les nombreux couples qui s'agitaient sur la piste, se déhanchant sur une fusion de rythmes *yoruba* et latinos. La nouvelle propriétaire avait changé la décoration : des tabourets hauts au comptoir, quelques sofas en skaï rouge sombre sous les lampes globes, des miroirs fumés sur les murs. Pour la musique en semaine, une platine ronde Würlitzer dans un coin.

Les clients, anciens comme nouveaux, venaient par curiosité, mais aussi attirés par la promesse d'une nuit inoubliable où le mélange d'odeurs de tabac, de sueur et de parfum n'avait pas changé.

Oba le salua depuis l'une des tables du fond. Sa petite main ornée de plusieurs bracelets de couleurs ondoya dans l'air et Nelson se sentit aussi heureux que s'ils ne s'étaient pas vus depuis des mois alors qu'il était seulement parti chercher des verres. À côté, Ekon et Lialia, main dans la main, suivaient des épaules le rythme de la musique. Enfin, Nelson arriva jusqu'à eux, déposa les verres sur la table et s'assit.

— Il y avait tellement de gens au comptoir qu'ils ont mis beaucoup de temps à me servir, expliqua-t-il en espagnol.

Quand Oba était avec eux, ils évitaient le *pichi*, qu'elle n'avait pas appris.

— À ce que je vois, aujourd'hui, tous les Nigérians sont là, commenta Ekon. Comme si on s'était mis d'accord.

— C'est l'occasion ou jamais, non ? fit Nelson.

Cette même semaine, une nouvelle convention de travail pour quatre ans avait été signée entre le Nigeria et la Guinée. Malgré l'incertitude de la situation politique, le travail des Nigérians était garanti pour une longue durée.

— Alors c'est là que vous venez, les hommes, pour dépenser une partie de votre salaire ? lança Lialia en examinant la salle.

— Tu sais bien que je n'y vais pas beaucoup en ce moment, protesta Ekon. J'ai trop d'enfants à nourrir.

— Et moi j'ai cessé de venir seul quand j'ai connu Oba…, fit remarquer Nelson, ce qui lui valut un sourire de la part de l'intéressée. Vous ne le croirez peut-être pas, mais de nombreux mariages ont débuté ici.

— Et qu'est-ce que vous attendez, tous les deux ? demanda Lialia, amusée.

Oba se mordit la lèvre, toute joyeuse.

— On économise pour monter un petit commerce, pas vrai Nelson ?

— Nous avons des projets, c'est sûr, mais ils vont devoir attendre. Nous sommes encore jeunes.

— Oh, c'est vrai pour Oba, le reprit Ekon, mais toi, tu commences à avoir des années et des kilos en trop.

Nelson éclata d'un grand rire. Puis il termina son gin-tonic d'un trait et se maudit de ne pas avoir été assez prévoyant. Il allait devoir se frayer à nouveau un chemin pour aller s'en chercher un autre. Oba lui tendit le sien, et il la remercia d'un baiser.

— Regarde ! dit-elle soudain. Ce n'est pas l'un des *massas* de votre plantation ? Qu'est-ce qu'il fait ? Sade !

Elle se leva d'un bond et courut vers son amie, suivie des autres. Une barrière d'hommes en train de crier se referma devant eux, les empêchant de passer. Oba finit par réussir à s'ouvrir un chemin jusqu'à la première rangée. Un homme blanc brandissait une arme devant Sade.

— Qu'est-ce qui s'est passé ? demanda Oba à l'homme près d'elle.

— Le Blanc s'est disputé avec elle. Il lui demandait quelque chose qu'elle a refusé, il l'a prise par le poignet et lui a tordu le bras. Plusieurs hommes se sont levés pour l'aider, et lui a sorti son pistolet.

— Le premier qui s'approche, je lui brûle la cervelle ! beugla l'homme blanc, qui tenait Sade en bouclier devant lui.

Ses yeux brillaient en un mélange de peur, de méchanceté et d'ébriété.

— Suffit, *massa* Gregor ! dit Nelson en venant se placer face à lui. Je vous conseille de baisser votre arme.

— Ah, Nelson ! lança Gregorio avec un rire nerveux. Tu as vu comme c'est bizarre ? Depuis quand on conteste le choix d'un client sur une femme, ici ?

— C'est toujours moi qui choisis, maudit Blanc ! rétorqua Sade, furieuse. Et ça fait longtemps que j'ai décidé de me libérer de toi.

Elle regarda les spectateurs.

— C'est si difficile de vous faire à l'idée qu'ils ne vont plus jamais décider à notre place ? C'est ça, le vrai visage des Blancs. Si on leur obéit, si on est soumis, tout va bien pour eux. Si on leur tient tête, ils sortent le *melongo*, le fouet et le pistolet.

Gregorio la serra plus fort et elle gémit de douleur. Plusieurs hommes avancèrent.

— Nous sommes nombreux et vous êtes seul, le raisonna Nelson. Vous pouvez tirer, mais dès que vous n'aurez plus de balles, nous serons sur vous. Vous voyez un Blanc, par ici, ce soir ? Non. Je crois que vous n'avez pas choisi le meilleur jour pour venir au club.

De grosses gouttes de sueur couvrirent le front de Gregorio. La situation ne s'annonçait pas bien pour lui. Nelson, habitué à avoir des dizaines d'ouvriers sous ses ordres, perçut ce petit moment de faiblesse et poursuivit d'une voix ferme :

— Je vous propose quelque chose : vous baissez votre arme, vous me la donnez, et nous vous laissons repartir.

Des murmures de protestation se firent entendre. Les esprits étaient tellement échauffés que la moindre étincelle pouvait aboutir au lynchage de l'homme. Gregorio hésita.

— Aujourd'hui, c'est un jour de fête, intervint Ekon d'un ton conciliant. Nous sommes nombreux à avoir amené nos femmes danser. Personne ne veut que ça se termine mal. Nelson et moi allons l'escorter à Sampaka.

Nelson acquiesça. Plusieurs hommes reculèrent à contrecœur et d'autres retournèrent à leur table pour soutenir par leurs actes la suggestion d'Ekon.

— Tu me donnes ta parole, Nelson ? demanda Gregorio, une pointe de désespoir dans la voix.

Le contremaître sourit intérieurement. Qu'un homme comme lui fasse reposer sa vie sur la parole d'un Noir, c'était drôle. La peur transformait réellement les gens.

— Vous ne vous êtes pas encore rendu compte que moi je suis un homme de parole, *massa* Gregor ?

Gregorio baissa les yeux et céda. Après avoir lâché Sade, il posa lentement son pistolet à terre et attendit calmement que Nelson le récupère.

— Ekon, reste avec les femmes jusqu'à mon retour.

Nelson prit Gregorio par le coude et le guida rapidement vers la sortie, sous les insultes. L'homme sortit.

Peu à peu, la musique et l'envie de fête firent oublier l'incident. Sade accepta de prendre un verre avec Oba et ses amis.

— Il méritait une bonne raclée, murmura-t-elle.

— Nelson a bien agi, Sade, répliqua Lialia avec fermeté. Il est préférable de ne pas se mettre dans les ennuis. On parle d'égalité maintenant, mais à l'arrivée ils nous puniraient quand même.

Ekon apporta d'autres boissons. L'orchestre entama un air entraînant et Lialia prit son mari par la main pour aller danser. Oba demanda alors à son amie :

— Pourquoi il voulait se remettre avec toi ?

Sade haussa les épaules avec arrogance.

— Tous ceux qui ont été avec moi ont voulu recommencer.

Elle savoura lentement sa boisson.

Tous sauf un, pensa-t-elle avec amertume.

Et, à cause de celui-là, elle devrait vivre toute sa vie avec le poids du secret : le véritable père de son enfant était un homme aussi désagréable que *massa* Gregor…

En décembre 1963, le référendum choisit l'accès à l'autonomie, avec la particularité du vote de Río Muni pour le « oui » à 70 % et de Fernando Póo à 40 % seulement. Comme l'avait prédit Gustavo, le résultat de la partie insulaire fut interprété selon les intérêts de chacun : fidélité à l'Espagne ou preuve évidente du désir d'indépendance séparément de Río Muni.

L'Espagne déclara par décret le régime d'autonomie pour les anciennes provinces. Dès lors, les indépendantistes guinéens avaient commencé à obtenir par nomination les présidences des députations et les postes importants du récent gouvernement autonome. Celui de président échut à un certain Macías. Paradoxe de la vie, nombre de personnes qui, peu de temps auparavant, étaient poursuivies pour indépendantisme, commencèrent à avoir droit à de bons emplois, avec des salaires à l'avenant.

— La vie est ainsi, Julia, fit remarquer Kilian sur le ton de la plaisanterie. Je continue à récolter du cacao, et Gustavo est conseiller au gouvernement autonome. Qui aurait pu le prédire, hein ? Je me rappelle encore sa dispute avec ton père ici même il y a… combien de temps ?

Julia posa la main sur le renflement de son ventre, couvert du léger tissu de sa robe à fronces sous la poitrine. Il faisait une soirée splendide. Une délicieuse brise adoucissait la chaleur de la journée. Comme chaque dimanche, ils étaient sortis avec le reste du groupe pour prendre un verre, mais les autres avaient du retard. Manuel avait de plus en plus de mal à s'extraire de ses recherches, à plus forte raison depuis le bon accueil qu'avait reçu son premier livre sur les espèces végétales de l'île. Ascensión et Mercedes étaient occupées par les préparatifs de leurs mariages respectifs avec Mateo et Marcial, prévus le même jour à la même heure en la cathédrale de Santa Isabel. Les fiancées étant nées et ayant toujours vécu là, le lieu des noces avait été facile à choisir. Ce serait une cérémonie simple, pour que l'on ne remarque pas l'absence de la famille des deux hommes. C'était dans quelques mois, mais elles voulaient avoir tout organisé à l'avance, surtout la confection des tenues. De leur côté, Mateo et Marcial étiraient autant que possible leurs journées, y compris les jours fériés, pour récupérer des jours afin d'allonger leur congé pour voyage de noces sans perdre sur leur salaire.

Kilian se tenait à sa résolution de ne pas abandonner toute vie sociale, afin de ne pas éveiller les soupçons. Il alternait donc ses rencontres avec Bisila et avec ses collègues. Sa vie, pensait-il avec tristesse, était condamnée à se poursuivre entre deux mondes : les montagnes et l'île, le noir et le blanc. Il ne pouvait appartenir complètement à aucun. Ce qu'il aurait désiré le plus à ce moment même aurait été d'avoir, à la place de Julia, Bisila allongée sur le hamac, profitant d'un paisible dimanche après-midi, les mains sur le ventre où aurait grandi le fruit de leur union… Était-ce tant demander ?

Les cris des jeunes gens qui jouaient dans la piscine parvinrent jusqu'à la terrasse. Quelqu'un mit un disque de Chuck Berry et des exclamations enthousiastes accompagnèrent le rock'n'roll frénétique.

— Ne le dis pas, Kilian.

— Quoi ?

— Que nous vieillissons.

— Oh, parle pour toi !

Kilian tenta d'exécuter quelques pas maladroits et Julia rit. Il revint s'appuyer à la rambarde et elle l'observa. Le jeune homme inexpérimenté, silencieux et sensible des premières années s'était transformé en un homme gai, satisfait et sûr de lui. Si elle n'avait pas connu sa vie méthodique, elle aurait pensé qu'il se comportait comme un amoureux avec son sourire permanent sur les lèvres, son regard rêveur et son attitude résolue en toutes circonstances. Julia connaissait ces symptômes à la perfection, même s'il y avait des années qu'ils avaient cédé à la ténacité d'une affection discrète et d'une paix réconfortante.

— Bonjour, bonjour ! lança une voix. Je vous rapporte un sac de neige !

Kilian sursauta et se redressa.

— Jacobo ! On ne t'attendait pas avant la semaine prochaine.

— Il y a eu une erreur dans le billet d'avion et j'ai dû partir plus tôt.

Les deux frères s'embrassèrent avec affection. Ils ne s'étaient pas vus depuis six mois. À la différence de Kilian, qui avait une bonne raison de ne pas quitter Fernando Póo, Jacobo était allé passer ses vacances en Espagne à la suite de chaque campagne. Il avait chaque fois plus de mal à revenir, comme s'il avait le présage que son séjour en Afrique touchait à sa fin, disait-il.

Jacobo montra le ventre de Julia.

— Manuel m'a dit. Félicitations, encore une fois.

— Alors, ces vacances ? demanda Kilian. Tu as l'air en pleine forme !

Jacobo lui sourit et le regarda de haut en bas.

— Toi aussi, je trouve. C'est une impression ou tu es heureux ? Hum, comment est-ce possible que tu ne te lasses pas d'être ici ?

Se sentant rougir, Kilian décida de changer de sujet.

— Tout s'est bien passé pour la voiture ? demanda-t-il en se rasseyant.

Jacobo s'était acheté en Guinée une belle Volkswagen noire qu'il avait ramenée en Espagne. Il oublia rapidement la remarque qu'il avait faite à son frère et raconta :

— Je n'ai eu aucun problème pour l'immatriculer. Et le trajet vers Pasolobino… J'avais toute la route pour moi ! Je suis arrivé dans la voiture jusqu'à la place ! Tu aurais vu la tête des gens du village quand je l'ai garée et que j'ai commencé à klaxonner !

Kilian s'imagina bien la satisfaction de Jacobo à être le centre de l'attention.

— C'était la nouveauté de ces mois-ci. Tout le monde me demandait ce que signifiait l'immatriculation TEG et j'ai dû expliquer mille fois que c'étaient les Territoires espagnols du Golfe de Guinée… Et tu n'imagines pas l'essence que j'ai dépensée à amener les uns ici et les autres là !

— Et les unes aussi, sûrement, l'interrompit Kilian, amusé.

— Toutes les femmes en âge de se marier se battaient pour faire un tour dans ma voiture.

Julia leva les yeux au ciel. Le monde changeait, mais pas Jacobo.

— Bon, j'aimerais surtout savoir si l'une en particulier a pu renouveler le voyage, plaisanta Kilian, qui ne pouvait se figurer son frère sortant avec une femme plus de deux fois.

Jacobo se racla la gorge.

— Elle s'appelle Carmen et je l'ai rencontrée à un bal. Elle n'est pas de Pasolobino.

Julia resta interdite. Ainsi, quelqu'un avait réussi à gagner son cœur ? Elle le reconnut de mauvaise grâce, mais elle ressentit une très légère pointe de jalousie.

Kilian se leva, s'approcha de Jacobo et lui donna de petites tapes dans le dos.

— Mon cher frère, déclara-t-il, moqueur. Je déduis par le ton de ta voix que tes années de folles nuits déchaînées sont terminées.

Ce fut au tour de Jacobo de rougir.

— On est encore en train d'apprendre à se connaître, dit-il en baissant la voix. Et maintenant je reviens ici, et elle est là-bas…

Julia soupira. Cette Carmen aurait beaucoup de travail pour le transformer en père de famille, si elle n'abandonnait pas.

Kilian regarda l'horizon. Son frère, noceur incorrigible, parlait ouvertement d'une femme, et devant Julia qui plus est. Cela signifiait tout d'abord qu'elle était plus importante pour lui qu'il ne le croyait, et ensuite que son séjour en Guinée allait être écourté. Il eut un soudain remords : son frère avait beaucoup de défauts, mais il ne lui avait jamais rien caché.

Lui dissimulait son amour pour Bisila depuis des mois : un amour si profond qui, sans le crier sur les toits comme il l'aurait voulu, méritait au moins d'être confié à quelqu'un qui ne le trahirait jamais. Il passa sa langue sur ses lèvres sèches. Il devrait peut-être parler à Jacobo, mais quelque chose lui soufflait d'attendre. Malgré leur lien étroit, il doutait que son frère puisse comprendre. Il penserait que Kilian était devenu fou, et c'est exactement ce que ressentait le jeune homme. Aliéné, étourdi, complètement séduit.

Julia proposa d'aller chercher une nouvelle tournée. Quand ils furent seuls, Jacobo se rembrunit.

— Il y a quelque chose à la maison ? demanda Kilian.

— C'est Catalina. Elle est très malade.

Kilian sentit son estomac se nouer.

Jacobo s'éclaircit la voix.

— Je... enfin, je lui ai dit adieu. Je t'ai apporté une lettre de maman, où elle te demande sans doute de venir maintenant pour être auprès d'elles.

— Mais c'est maintenant qu'il y a le plus de travail ici ! protesta faiblement Kilian.

Il regretta aussitôt ses paroles. Son cœur le trahissait. Il ne voulait accepter aucune raison qui l'éloigne de Bisila, mais sa sœur était sa sœur. Elle n'avait pas eu une vie facile, avec un corps fragile et un esprit affaibli par la mort de son seul enfant. Cela faisait plus de trois ans qu'il n'avait pas vu sa mère et Catalina. Il ne pouvait leur faire défaut. Il allait devoir partir. Bisila comprendrait.

— Tu ferais bien d'y aller, Kilian, lui répondit Jacobo. Les choses changent. Des rumeurs racontent qu'il pourrait se monter une station de ski dans les hauteurs de Pasolobino. Tu sais ce que ça impliquerait ?

Les yeux de Jacobo brillaient et son débit s'accéléra.

— La terre prendrait beaucoup de valeur. À l'heure actuelle, elle ne vaut rien et l'élevage du bétail est un esclavage, mais on pourrait changer de vie. Travailler à la construction, ou à la station de ski, ou même monter un commerce ! On cesserait d'être un village oublié des dieux et on se transformerait en lieu touristique.

Kilian l'écoutait attentivement.

— Des investisseurs qui ont l'expérience de ces choses ont visité la zone. Ils disent que la neige c'est l'or blanc du futur…

Kilian se sentit sonné. Sa sœur était en train de mourir. Il devait lui dire adieu. Il devrait se séparer de Bisila un certain temps. Une grande tristesse l'envahit et, pourtant, son frère avait la force de penser à l'avenir. L'avenir, c'était ce qui inquiétait le plus Kilian. Il ne voulait pas y penser. Il voulait seulement que les choses ne changent jamais, que le monde se réduise à une étreinte tout contre Bisila.

— Hé, Kilian ! fit Jacobo, le ramenant à la réalité.

— Je me disais… qu'il faudrait que je rentre à la maison.

La maison.

Voilà des siècles qu'il n'avait pas considéré Pasolobino comme chez lui.

— Bientôt, on va tous partir d'ici définitivement, Kilian, dit Jacobo en secouant la tête, résigné et soulagé à la fois. L'avenir n'est plus en Guinée.

Julia revint avec les boissons. Quelqu'un salua Jacobo, qui s'absenta quelques instants.

— Je crois que tu as raison, Julia, déclara Kilian. Nous vieillissons.

Quelques semaines plus tard, Bisila envoya Simón chercher Kilian pour le ramener au dispensaire. Une fois qu'il fut là, elle sortit un papier et lui montra le dessin d'une petite cloche rectangulaire à plusieurs battants.

— C'est un *elëbó*, expliqua-t-elle, pour chasser les mauvais esprits. J'aimerais que Simón te tatoue ce motif pour qu'il te protège sur ton chemin. Sur l'aisselle gauche, ça t'irait ?

Kilian fut touché par la sollicitude de Bisila. Quel plus beau cadeau qu'un présent restant sur sa peau en permanence ? Sur l'aisselle, près du cœur, il pourrait le caresser à tout moment.

— Ça va faire un peu mal, le prévint Simón. Le dessin est petit, mais compliqué. Ferme les yeux et respire bien.

— Je crois que je pourrai supporter, répondit Kilian en regardant fixement Bisila.

Kilian ne ferma pas les yeux et les garda sur elle tout le temps de la scarification. La dernière fois qu'il était revenu de Pasolobino, Bisila avait eu un enfant de Mosi. Il voulait qu'elle soit sûre qu'il ne mettrait pas longtemps à revenir. Il cilla à peine quand Simón lui traça le dessin au bistouri, puis quand il lui appliqua des morceaux de palme auxquels il mit le feu pour qu'ils lui brûlent la peau. Il ne se mordit même pas les lèvres pour supporter la douleur. Les immenses yeux de Bisila plongeaient dans les siens et lui transmettaient force et calme à la fois.

Quand Simón eut terminé, il reprit ses affaires et, avant de partir, lui dit avec un sourire :

— Maintenant, *massa* Kilian, tu es encore un peu plus bubi.

Bisila se pencha sur lui, enduisit sa blessure de pommade et lui murmura de manière quasiment inaudible :

— Mon guerrier bubi.

La nuit, Kilian tournait dans sa chambre sans savoir quoi faire. Bisila n'était pas venue. Il regarda sa montre. À cette heure, il était probable qu'elle ne viendrait plus. Ils ne pourraient même pas se dire au revoir ? Abattu, il finit par s'allonger sur son lit et par somnoler.

Peu après, un bruit sec le réveilla en sursaut. Il sentit aussitôt Bisila, qui entrait discrètement, fermait la porte et tirait le verrou. Kilian émit un son joyeux. À quelques pas du lit, elle lui fit signe de garder le silence et de se cacher les yeux.

Elle ôta sa fine blouse, sa jupe plissée et sortit des objets du petit panier qu'elle avait apporté. Kilian trouva les minutes longues, mais enfin elle l'autorisa à regarder.

Il émit une exclamation de surprise.

Sa peau nue était couverte de cordelettes de *tyîbö* chargées de petits coquillages, qui s'ouvraient sur sa poitrine et ses hanches comme si elles ne pouvaient faire autrement qu'éviter ses courbes. Sur sa tête, un grand chapeau orné de plumes de paon royal, maintenu sur ses cheveux par un bâtonnet de bois.

Bisila fit signe à Kilian de se lever et de venir vers elle.

Toujours en silence, elle le déshabilla très lentement.

Une fois qu'il fut nu, elle versa de l'eau dans un bol et sortit des poudres de couleur qu'elle mélangea à l'eau jusqu'à obtenir une pâte rougeâtre dont elle enduisit le corps de Kilian, en commençant par les pieds. Elle remonta doucement sur ses jambes, ses cuisses et ses fesses, puis son dos et enfin son torse.

Kilian se souvint de ce jour au village, quand il lui avait fait part de son désir qu'elle le nomme son *botuku,* et le couvre de *ntola* dans un ruisseau d'eau pure, et fut heureux qu'elle y ait pensé. Il voulut l'enlacer, mais elle fit non de la tête et continua la plaisante torture de lui peindre le ventre et le torse. Ensuite, elle se lava les mains et prit d'autres poudres, bleue et jaune, les mélangea à de l'eau et lui traça des lignes sur le visage, doucement, comme si elle souhaitait mémoriser la distance entre son nez et chaque oreille, entre la racine de ses cheveux et son menton.

Une fois sa tâche achevée, elle se lava et se sécha les mains, puis prit celles de Kilian entre les siennes.

— Je me suis habillée en mariée bubie, selon la tradition la plus ancienne, déclara-t-elle, la voix empreinte d'émotion. Et je t'ai peint en guerrier.

Kilian fut content d'entendre enfin le son de sa voix, mais ne dit rien.

— Le mariage pour acheter la virginité m'a unie à Mosi. Le mariage d'amour n'a pas de valeur aux yeux de la loi, mais il en a pour nous.

La voix tremblante, elle poursuivit :

— Nous n'avons pas de prêtre, mais jc supposc que c'est sans importance.

Kilian leva les mains de Bisila contre son cœur et les serra avec force.

— Tout d'abord, c'est moi qui dois parler, expliqua-t-elle. Je dois te dire, mais ne ris pas, que je n'oublierai pas mon devoir de cultiver les terres de mon mari et de confectionner l'huile de palme, te promettre de t'être fidèle, au moins dans mon cœur, au vu des circonstances…

Bisila se tut et ferma les yeux pour répéter mentalement ses promesses.

— C'est à moi, conclut Kilian d'une voix rauque au bout de quelques secondes. Que dois-je dire ?

— Tu dois promettre de ne pas abandonner cette épouse, répondit Bisila en ouvrant les yeux, malgré le nombre que tu pourras avoir.

Kilian sourit.

— Je promets de ne pas abandonner cette épouse, au moins dans mon cœur, quoi qu'il arrive.

Ils scellèrent leurs promesses dans un long baiser ardent.

— Et maintenant, qu'est-ce qu'on fait avant de passer dans le lit nuptial ? demanda Kilian, une lueur particulière dans les yeux.

Bisila rit ouvertement.

— Eh bien, on doit dire *amen*, puis quelqu'un jouerait d'un *elëbó* et chanterait…

— Je porte déjà un *elëbó* sur moi pour toujours, dit Kilian en levant la main sur son aisselle gauche pour la poser avec précaution sur sa scarification. Nous serons toujours ensemble, Bisila. Voilà ma véritable promesse, ma *muarána muèmuè*.

17

Ë ripúríi ré ëbbé

La graine du mal

1965

Bisila trouvait le temps très long. Les jours, les semaines passaient, et Kilian ne revenait pas. Ils ne pouvaient avoir de nouvelles l'un de l'autre, et s'envoyer des lettres aurait été trop risqué.

À des milliers de kilomètres, pourtant, Kilian lui écrivait des lettres qu'il n'envoyait pas. Il se les racontait à lui-même, comme si Bisila pouvait lire dans ses pensées et comprendre que lui aussi se morfondait. Que son corps passait d'une pièce à l'autre de la maison, mais que son cœur et son esprit se trouvaient loin. Et que sans elle la vie à Pasolobino était familière, mais vide.

Bisila venait chaque jour devant le bâtiment principal de l'exploitation, où logeaient les étrangers. Elle s'avançait jusqu'à l'escalier extérieur, posait la main sur la rampe et luttait contre l'envie de monter en courant jusqu'à la chambre de Kilian pour vérifier s'il était enfin rentré. Le cœur battant, les jambes en coton, elle écoutait avec attention les voix des Européens mais non, ce n'était pas la sienne, peut-être celle de son frère, mais pas la voix de Kilian.

L'année avait commencé ainsi, et une nouvelle récolte de cacao toucha à sa fin.

Sur l'île, le temps était excessivement chaud. Seule une faible brise parvenait parfois à calmer l'atmosphère étouffante qui ralentissait la respiration. Dans les Pyrénées, le temps était exagérément froid ; le vent du nord poussait la neige d'un endroit à l'autre, comme des grains de sable dans un désert glacé.

Dans la plantation de Sampaka, les tâches des travailleurs commençaient. Ils allaient préparer les terrains pour la culture, couper du bois pour les séchoirs, remettre les chemins en état et commencer la taille.

À Pasolobino, Kilian tournait en rond. La neige s'accumulait, et quand il ne neigeait plus, le vent se mettait à mugir. On ne pouvait pas sortir ni rien faire. Les heures étaient interminables, au coin du feu à écouter les soupirs de sa mère en attendant l'issue fatale pour Catalina, consoler un beau-frère qu'il connaissait à peine et répéter tant et plus les mêmes conversations avec les voisins, sur la richesse que la future station de ski allait apporter à la vallée.

Il avait besoin de bouger, de s'occuper à quelque chose. Mais il ne pouvait même pas faire de réparations à l'intérieur de la maison : ce n'était pas correct alors que sa sœur était en train d'agoniser. Elle avait exprimé son désir de mourir dans sa maison natale, aussi celle-ci devait-elle lui témoigner son respect par le silence.

Les yeux fixés sur les flammes, Kilian résistait aux lents coups de l'horloge en se rappelant ses moments avec Bisila. Elle mourrait si elle devait supporter des semaines entières de froid et de neige. Son corps était fait pour la chaleur.

Le feu du corps de Bisila lui manquait. Comment pourrait-il envisager une vie sans elle ?

Catlalina fut enterrée au milieu des terribles gelées de la fin du mois de février. Le froid accéléra le rituel de la première messe à Pasolobino, que Kilian n'écouta pas en latin, et la sépulture qui suivit.

La rapidité avec laquelle tout se succéda, depuis la fermeture du cercueil jusqu'au moment où les dernières pelletées de terre furent jetées, raviva chez Kilian la sensation d'urgence. Tous les voisins voulaient rentrer chez eux, et lui souhaitait retourner à Fernando Póo ; mais il devrait encore accompagner sa mère dans le deuil.

Combien de temps faudrait-il encore attendre ?

Fin avril, les pluies arrivèrent ponctuellement sur l'île.

Bisila était fatiguée. Elle avait passé de nombreuses heures au dispensaire. À cette saison, le nombre d'accidents et de coupures à la machette augmentait.

Le travail à la plantation était plus dangereux que dans les séchoirs, et l'humidité favorisait également les maladies respiratoires. Elle avait besoin de se détendre et partit faire un tour.

Inutile de se leurrer : ses pas la ramenaient toujours au même endroit. Elle s'avança encore une fois vers l'édifice principal aux murs chaulés et aux fenêtres peintes en vert. Il était très tard en ce samedi soir et la cour était déserte. Elle ne voulait pas se faire d'illusions encore, mais elle ne perdait rien à essayer. Cela faisait cinq mois qu'elle n'avait pas entendu sa voix, senti ses mains sur sa peau. Elle avait demandé, d'un ton qu'elle essayait de rendre naturel, des nouvelles de Kilian et Jacobo à son père, et avait ainsi appris la mort de leur sœur et l'intention de Kilian de rester encore un peu à Pasolobino. Combien de temps à attendre encore ? Plus longtemps il mettrait à rentrer, plus il y aurait de risques qu'il se réhabitue à sa vie d'avant et apprenne à vivre sans l'île et sans elle.

Elle avait parfois l'odieuse sensation que tout n'avait été qu'un rêve. Elle ne serait ni la première ni la dernière native à avoir vu partir un étranger…

Pourtant, Kilian lui avait promis de revenir. Il lui avait dit qu'ils seraient toujours ensemble. Il était désormais son véritable mari, et elle avait de plus en plus de mal à remplir son rôle d'épouse envers Mosi. Il était un corps près duquel elle s'allongeait toutes les nuits. Kilian, lui, était le maître de son cœur et de son âme.

Elle s'appuya au muret qui entourait la propriété. Elle ferma les yeux et s'imagina le moment où la porte de la chambre simple où ils avaient connu les meilleurs moments de leur vie s'ouvrirait et où Kilian sortirait sur la galerie, en pantalon de lin beige et chemise blanche. Il allumerait une cigarette et rencontrerait son regard. Il lui sourirait pour lui dire qu'il était là, comme promis à son épouse bubie ; celle qu'il avait choisie parmi toutes les femmes de son village et de sa vallée, entre toutes celles de Bata, de Santa Isabel et de Sampaka. La femme qu'il avait choisie librement, malgré la couleur de sa peau, ses coutumes, ses traditions et ses croyances.

Un bruit de moteur la ramena à la réalité de la nuit et de la fine pluie. Elle se couvrit la tête d'un foulard et se dirigea vers le dispensaire, profitant de l'éclairage transitoire des phares de la fourgonnette pour faire la première partie de son trajet jusqu'à l'auvent soutenu par des colonnes ; elle n'était pas peureuse, mais à cette heure, la grande cour vide et obscure n'incitait pas à s'attarder. Elle repartit en rasant les murs.

Le *picú* la renversa presque en passant à grande vitesse à côté d'elle, soulevant suffisamment de poussière pour la faire tousser, car la pluie n'était pas assez forte pour la coller au sol. Le véhicule s'arrêta à l'abri du porche, sous les chambres des responsables. Des voix et des rires d'hommes résonnèrent dans l'obscurité. Bisila les entendit s'approcher. Inquiète, elle décida de changer de direction pour se diriger vers les logements des ouvriers, en passant par les séchoirs, sur la gauche du bâtiment principal. Les yeux lui brûlaient.

Une voix résonna comme un coup de tonnerre juste derrière elle.

— Tiens, tiens ! Mais qu'avons-nous là ?

Bisila accéléra le pas, mais une silhouette surgie des ombres s'interposa sur son chemin.

Son cœur se mit à battre avec force.

— Pas si vite, négresse ! lança un homme à l'accent anglais marqué.

Il l'attrapa par les épaules et la retourna vers lui, sans la lâcher. Bisila essaya de se dégager.

— Laissez-moi passer, dit-elle d'une voix qu'elle tenta d'affermir. Je suis infirmière au dispensaire, on m'attend.

Elle se libéra et s'éloigna d'un pas rapide. Elle voulait afficher un certain calme, mais elle avait peur. L'obscurité la plus absolue régnait. Personne ne viendrait à son secours. Soudain, une main de fer lui serra le bras et l'obligea à se tourner, jusqu'à se retrouver face à un homme de haute stature, fort, qui empestait l'alcool.

— Tu ne vas nulle part, décréta-t-il d'une voix pâteuse. Une femme ne devrait pas se balader seule à cette heure… à moins qu'elle ne cherche quelque chose ou quelqu'un, ajouta-t-il avec un sourire désagréable.

Bisila s'efforça de se libérer, mais il la tenait fermement. Il lui tordit le bras dans le dos et se mit à marcher vers l'autre homme. Bisila cria, mais il lui plaqua la main sur la bouche et lui chuchota à l'oreille, menaçant :

— Je te conseille de te taire.

Elle chercha à lui mordre la main, mais il réagit rapidement et appuya plus fortement sur sa bouche tout en disant à son compagnon :

— Eh ? Tu sais pas ce que j'ai trouvé ?

L'autre s'approcha. Lui aussi puait l'alcool. Il tendit une main osseuse pour retirer le foulard couvrant la tête de Bisila.

— Regarde, c'est que la fête n'est pas finie ! dit-il avec un accent que Bisila ne reconnut pas. Oui, oui, c'est vrai, avec le truc qu'ils nous ont donné, l'envie ne finit pas.

Il avança un nez pointu à quelques centimètres d'elle et commença à parcourir son visage et son corps d'un regard lascif.

— Je ne te vois pas bien.

Il lui caressa les joues, la poitrine et les hanches avant de témoigner son approbation :

— Hmm ! Je m'attendais pas à aussi bien !

Bisila se tordit dans tous les sens, terrorisée, mais celui qui la tenait serra si fort qu'elle eut peur qu'il lui ait cassé le bras. Des larmes coulèrent sur ses joues.

— Mets-lui le foulard dans la bouche, Pao, ordonna l'Anglais. Et fais sortir Jacobo de la voiture.

Bisila s'accrocha à une lueur d'espoir : Jacobo allait la reconnaître ! Il la laisserait partir !

Pao ouvrit la portière du *picú*, et au prix de beaucoup d'insistance réussit à tirer Jacobo, qui tanguait et tenait à peine sur ses pieds. D'une voix haute et claire, l'Anglais clama :

— Jacobo, réveille-toi ! La fête n'est pas encore terminée ! Tu connais un endroit où on pourrait profiter de cette beauté ?

— Les séchoirs ? proposa Pao, dont la voix laissait percevoir la même urgence que ses yeux.

Jacobo avait du mal à raisonner clairement. L'euphorie provoquée par l'association explosive d'alcool et de racine d'*iboga* déformait sa perception de la réalité. Il n'avait essayé qu'une ou deux fois cette drogue puissante dont l'utilisation était si répandue chez les natifs pour calmer la sensation de soif et de faim dans des conditions de travail extrêmes. En petite quantité, la racine de cet arbuste en apparence inoffensif, aux feuilles étroites et aux fruits orangés de la taille des olives, avait des propriétés stimulantes, euphorisantes et aphrodisiaques. À dose supérieure, elle produisait des hallucinations. La quantité ingérée par Jacobo cette nuit-là l'avait amené à la limite entre l'excitation et le délire.

— Il y a un petit local où… on range… juste là… les sacs vides. Oui, oui…

Il leur montra une petite porte sous l'auvent, puis s'y appuya.

— C'est… pratique, ajouta-t-il avec un rire bête.

L'Anglais poussa Bisila violemment.

— Allez, avance !

En arrivant à la hauteur de Jacobo, Bisila chercha à croiser son regard de ses yeux suppliants. L'Anglais l'obligeait à continuer et elle résistait de toutes ses forces, espérant que Jacobo allait la regarder. Quand il le fit, elle constata avec horreur que ses yeux vitreux ne la reconnaissaient pas. Il était trop drogué. Un sanglot s'échappa de sa poitrine, et elle se mit à pleurer, parce qu'elle savait exactement ce qui allait se passer et ne pouvait rien y faire.

L'Anglais la fit tomber sur un grand tas de sacs de jute vides, se jeta sur elle, déchira sa robe et lui tint les poignets. Il était si fort qu'une main lui suffisait pour lui maintenir les bras immobilisés au-dessus de la tête. De sa main libre, il parcourait son corps avec la maladresse rapide de qui ne veut que satisfaire ses instincts. Elle avait beau gigoter, elle ne pouvait s'éloigner de l'haleine fétide de l'homme qui laissait tomber un filet de bave dans son cou et sur sa poitrine.

Bisila eut envie de mourir.

Elle se tortilla de toutes ses forces comme un serpent jeté au feu. Elle essaya de crier, mais le foulard dans sa bouche lui donnait des haut-le-cœur. Elle sanglota, gémit et donna des coups de pied, puis un poing lui écrasa le visage et elle crut perdre connaissance. Au milieu des ténèbres, les images du visage de l'homme alternaient avec la sensation d'une main entre ses cuisses et de quelque chose de dur qui la pénétrait, puis un autre visage, un autre souffle, d'autres mains, un autre corps, une poussée après l'autre, un autre objet dur qui s'enfonçait en elle, et ensuite un silence, une pause, des rires et des voix, un autre corps, un autre visage.

Jacobo.

Au milieu des ténèbres, les traits familiers du troisième homme se balançaient au-dessus de son cou, s'éloignaient de quelques millimètres et se rapprochaient.

— … acobo…, balbutia-t-elle.

Jacobo s'arrêta en entendant son nom. Elle leva la tête et hurla du regard.

De nouveau, des rires.

— Ben dis, Jacobo, tu lui plais !

— C'est comme ça, avec ces gens-là. Il faut insister, les convaincre de ce qui est bon pour eux.

— Au début, ils rechignent, et ensuite, ils sont d'accord.

Jacobo était immobile, étourdi par les yeux transparents qui tentaient d'atteindre son cerveau. Que lui demandaient-ils ? Que voulaient-ils qu'il fasse ?

— Allez, termine, un peu !

Encore des rires.

Une maigre lueur d'espoir vaincue par les sens. Jacobo qui se frotte lentement contre le corps de Bisila, son souffle dans son oreille, qui accélère le rythme, se répand dans le corps que son frère adore, humilie l'âme qui appartient à Kilian, pèse mollement sur sa poitrine…

Un gémissement prolongé de tristesse.

Des bras qui le tirent en arrière.

— C'est fini. On y va. Et toi, la négresse, pas un mot !

L'Anglais qui lui lance quelques billets.

— Rachète-toi une robe !

Et, de nouveau, le silence.

Une éternité de silence avant le retour de la conscience complète.

Une femme noire battue et violée. Une femme noire comme une autre, outragée par un Blanc comme un autre. Toutes les femmes noires humiliées par tous les hommes blancs.

Peu de temps avant, elle était Bisila de Bissappoo, la femme de Kilian de Pasolobino.

Quand elle rouvrit les yeux, elle se sentit comme une montagne d'immondices sur des sacs vides.

Simón entendit du bruit, peut-être un cri, mais n'en fit pas cas. La nuit du samedi, dans les logements des domestiques où il continuait à dormir, il était fréquent d'entendre des cris et des rires jusqu'au petit matin.

Il se retourna dans son lit. Rien. Il était réveillé. Des respirations fortes et quelques petits ronflements lui indiquèrent que les autres dormaient tranquillement. Il décida d'ouvrir la porte pour faire entrer un peu de fraîcheur et se rallongea. L'air humide l'informa qu'il avait plu et que des hommes montaient l'escalier d'un pas inégal avec des rires. Il distingua la voix de Jacobo et de ses amis. Ils tenaient une sacrée cuite. Rien d'étonnant. Jacobo ne se saoulait jusqu'à s'évanouir que quand il sortait avec l'Anglais et le Portugais.

Les trois hommes passèrent à côté de la porte ouverte. En entendant leur conversation, Simón se sentit vraiment inquiet. Il se leva, enfila un pantalon, prit une lampe à pétrole et descendit. Arrivé au centre de la cour principale, il se retourna. On n'entendait ni ne voyait rien. Il alluma sa lampe et revint sur ses pas. Il vit la fourgonnette mal garée sous l'auvent et la porte de la réserve des sacs ouverte. Depuis le seuil, il entendit un gémissement.

— Il y a quelqu'un ? demanda-t-il dans le noir.

En réponse, un autre gémissement. Il s'approcha prudemment.

— Qui es-tu ?

— J'ai besoin d'aide, murmura Bisila.

Comme mû par un ressort, Simón s'approcha de l'endroit d'où provenait la voix et s'agenouilla à côté de son amie. La lumière de la lampe lui révéla qu'elle était blessée. Elle avait du sang sur le visage, sur le corps, et elle ne bougeait pas. Elle tenait un foulard humide à la main.

— Qu'est-ce qui t'est arrivé ? demanda-t-il en bubi, alarmé. Qu'est-ce qu'ils t'ont fait ?

— Je dois aller au dispensaire, fit-elle d'une voix éteinte.

Simón l'aida à se relever. Bisila arrangea ses vêtements avec difficulté, car elle ne pouvait bouger un bras. La colère s'empara de lui.

— Je sais qui sont les coupables, éructa-t-il. Ils paieront pour ce qu'ils ont fait !

Bisila s'appuya sur le bras de Simón et lui fit signe de commencer à marcher. Elle avait besoin de s'éloigner de ce lieu maudit.

— Non, Simón… Ce qui s'est passé là restera là. Promets-moi que tu ne diras rien.

Simón désigna son œil ensanglanté.

— Comment tu vas cacher tes blessures ? Comment tu vas expliquer ton bras à Mosi ?

— Mon corps m'importe bien peu, Simón, répondit Bisila, effondrée.

Son ami ne l'écoutait pas. Il ne ressentait que de la rage.

— Et quand Kilian saura, que se passera-t-il ?

Bisila s'arrêta aussitôt et se tourna vers lui.

— Kilian n'en saura jamais rien. Tu m'entends, Simón ? Jamais !

Simón hocha la tête lentement pour donner son accord et ils continuèrent leur chemin.

Kilian n'en saura rien, mais ils paieront pour ce qu'ils ont fait, pensa-t-il.

Une fois au dispensaire, Bisila lui donna des instructions pour qu'il remette en place son épaule luxée. Elle se mit un bâtonnet entre les dents et ferma les yeux en attendant le coup sec de Simón. Elle hurla et s'évanouit. Quand elle revint à elle, elle traita elle-même les blessures produites par les coups et se mit le bras en écharpe.

Ensuite, Simón la raccompagna chez elle. Bisila attendit un instant pour s'assurer qu'elle n'entendait que le silence. Mosi et Iniko dormaient, heureusement. Ils étaient habitués à ses horaires. Ils ne verraient pas ses contusions avant le matin.

Simón retourna au dortoir du bâtiment principal, dans la continuité des logements des employés espagnols ; il était toujours tremblant de fureur.

Ce qui s'était produit cette nuit, ce n'était rien qui ne soit déjà arrivé depuis la présence des Blancs sur l'île. Il s'agissait d'une des façons que le Blanc utilisait pour imposer son pouvoir. La femme, outragée et menacée, n'osait pas le dénoncer. Ce serait sa parole contre la sienne, et n'importe quel tribunal estimerait qu'elle l'avait cherché.

Dans son lit, Simón ne pouvait s'ôter de la tête l'état dans lequel il avait trouvé Bisila. Selon la loi, ils étaient aussi espagnols que des Madrilènes. Simón serra les poings. Tout était mensonge ! Les Blancs étaient les Blancs et les Noirs étaient les Noirs, même si on les laissait à présent entrer dans les cinémas et dans les bars. Il en était ainsi depuis des siècles et l'indépendance à venir n'y changerait rien. D'autres viendraient et continueraient d'exploiter l'île sous les yeux impuissants de ceux qui l'avaient peuplée autrefois. C'était le destin du Bubi : supporter avec résignation les désirs des autres.

Il décida d'aller tout raconter à Mosi.

Bisila lui avait fait promettre de ne rien dire à Kilian et il ne le lui dirait pas, pour l'instant du moins.

Mais Mosi saurait quoi faire.

Le lundi matin, Simón chercha Mosi dans la zone sud de la propriété. Ses hommes avançaient par files d'une dizaine, les uns à côté des autres, donnant des coups de machette pour débroussailler et gagner de la terre arable sur la forêt. Il distingua aussitôt le contremaître, car sa tête dépassait celle des autres. Il lui fit signe de venir, et ils s'éloignèrent pour ne pas être entendus.

— Bisila a été agressée. Trois hommes blancs. Je l'ai trouvée.

Mosi poussa un juron et s'appuya contre un arbre. Son visage se durcit.

— Tu sais qui c'était ? demanda-t-il.

Simón acquiesça.

— Je les ai entendus quand ils retournaient aux chambres. Ils étaient trois. Je les connais. Je sais qui c'est.

— Donne-moi leurs noms et dis-moi où je peux les trouver. Le reste, je m'en charge.

— Deux d'entre eux ne vivent pas ici et vont partir aujourd'hui. Tu les connais, c'est *massa* Dick et *massa* Pao. Je les ai entendus dire qu'ils reviendraient dans deux ou trois semaines.

— Et le troisième ?

Simón déglutit.

— Le troisième est un *massa* d'ici.

Mosi serra la mâchoire et le regarda fixement, dans l'attente du nom.

— Le troisième, c'est *massa* Jacobo.

Mosi se releva, prit sa machette et passa son gros pouce sur le fil.

— *Tenki, mi frend,* dit-il lentement. Je viendrai te chercher si j'ai besoin de toi.

Il marcha vers ses hommes et continua son travail, comme si Simón ne lui avait rien dit d'important.

Simón retourna dans la cour, et quelle ne fut pas sa surprise lorsqu'il entendit un rire qu'il connaissait bien en provenance du parking des camions.

Kilian était de retour !

Simón leva les yeux vers le ciel et perçut un léger changement dans l'atmosphère.

Le temps des tempêtes allait bientôt arriver.

Kilian se leva tôt, revêtit un pantalon de lin beige ample avec un tee-shirt blanc en coton et sortit dans la galerie extérieure. Il faisait frais. Les pluies des derniers jours avaient imprégné l'atmosphère d'une humidité si pénétrante et gênante qu'il fallait avoir des chaufferettes dans les chambres. Il décida d'entrer et d'ajouter une chemise à manches longues et un blouson. Il sortit de nouveau, respira profondément, alluma une cigarette et, accoudé à la rampe, posa son regard sur l'entrée aux palmiers.

À tout autre moment, Kilian aurait trouvé le silence du matin réconfortant. Dernièrement, pourtant, le silence s'obstinait à prendre possession de sa vie. Simón était lointain et fuyant, José le traitait avec la même affection que d'habitude, mais il lui cachait quelque chose. Quant à Bisila…

Bisila l'évitait.

À peine rentré, il avait couru au dispensaire pour la voir. Après des mois à désirer la tenir dans ses bras, il était venu avec la certitude qu'ils termineraient dans le petit local arrière. En fait, il avait trouvé une Bisila amincie, triste, avec un bras en écharpe et une partie du visage enflé. Même ainsi, elle passait entre les lits des malades et s'adressait à eux avec son amabilité habituelle. Amabilité qui s'était transformée en froideur pour répondre à Kilian et lui expliquer qu'elle avait été heurtée par un camion en marche arrière.

Kilian n'en avait pas cru un mot. Il avait même pensé que Mosi l'avait peut-être maltraitée, mais elle avait nié. Alors… Pourquoi ce changement d'attitude ?

Si seulement elle savait combien elle lui avait manqué. Si seulement elle savait combien elle lui manquait encore ! Depuis lors, il avait attendu que Bisila apparaisse une nuit dans sa chambre, mais rien. Appuyé à la rampe, il inspira profondément. Une petite voix lui soufflait qu'elle ne viendrait plus jamais. Il devait s'être passé quelque chose d'horrible pour qu'elle ne veuille plus le voir. Kilian ferma les yeux et se remémora son mariage avec elle.

Je promets de t'être fidèle, au moins dans mon cœur, au vu des circonstances.

Qu'est-ce qui pouvait être pire que d'avoir dû se cacher durant des années ? Comment Mosi avait-il pu se rendre compte de l'infidélité de sa femme justement quand Kilian était en Espagne ?

Non. Quelque chose ne cadrait pas.

La sirène marquant le début de la journée de travail rompit le silence. Kilian n'aimait pas ce son pénétrant qui avait remplacé celui des tambours. Il sentit le mouvement qui s'emparait peu à peu de la cour principale. L'agitation des hommes et le bruit des moteurs des camions transportant les ouvriers lui rappelèrent qu'il devait se dépêcher s'il voulait prendre son petit déjeuner avant le travail.

Quelques minutes plus tard, Jacobo arriva dans le réfectoire à pas lents, les yeux endormis, l'air mal en point.

— Le résultat de ton week-end à Santa Isabel, conclut Kilian sans y accorder d'importance.

Jacobo secoua la tête.

— Non, je devais y retrouver Dick et Pao, mais ils ne sont pas venus. Je suis presque content. La dernière sortie que j'aie faite avec eux, j'ai juré de ne plus jamais boire.

— Et qu'as-tu fait sans eux ? demanda Kilian, moqueur.

— J'en ai profité pour voir des amies que j'avais un peu négligées. Elles m'ont emmené au cinéma. Bah, une fin de semaine très tranquille. Je ne comprends pas pourquoi j'ai l'impression qu'un train m'a roulé dessus.

Il porta la main à son front.

— Je crois que j'ai de la fièvre.

Kilian lui servit une tasse de café.

— Avale quelque chose, ça te fera du bien.

— J'ai pas faim.

Voilà qui était une nouveauté.

Kilian se leva.

— Viens, je t'accompagne au dispensaire.

Avec un peu de chance, Bisila y sera.

Kilian était convaincu que Jacobo faisait une crise de paludisme. Son frère oubliait souvent de prendre ses cachets de quinine et, surtout s'il faisait la fête, il ne replaçait pas hermétiquement sa moustiquaire autour du lit. La fatigue et les douleurs musculaires, les frissons et la fièvre, le mal de tête et de gorge, la perte d'appétit étaient des symptômes criants de la maladie. Il allait rester au dispensaire quelque temps, et Kilian aurait l'excuse parfaite pour voir Bisila tous les jours, l'observer et la presser de révéler ce qui s'était passé.

— La syphilis ? s'exclama-t-il en ouvrant des yeux ronds. Mais… comment est-ce possible ?

Manuel leva un sourcil.

— Je peux penser à quelques manières de la contracter, dit-il avec ironie. On va le garder ici environ trois semaines. Ensuite, il devra continuer à prendre des médicaments pendant des mois. À partir de maintenant, il fera sûrement plus attention.

Il referma son dossier d'un geste énergique et s'éloigna.

Kilian resta un long moment debout, sans oser entrer dans la chambre. Il se passa la main dans les cheveux, soupira et entra. Son frère dormait. Kilian s'assit sur une chaise. La scène lui rappela des souvenirs presque oubliés de son père. Combien d'heures avait-il passées, assis sur une chaise comme celle-ci, à tenir compagnie à Antón ! Une éternité s'était écoulée depuis !

Il sourit pour lui-même en se rappelant l'image du sorcier de Bissappoo posant ses amulettes sur le corps de son père. Sans son amitié avec José, jamais cela ne lui serait venu à l'idée. Et Jacobo qui était furieux… il pourrait peut-être envoyer chercher le sorcier pour traiter son frère, pensa-t-il avec malice.

Quelqu'un frappa et une voix douce s'éleva. Kilian se releva avec empressement et Bisila apparut dans la chambre. Elle le regarda avec surprise, dirigea son regard vers le lit et aperçut alors Jacobo. En le reconnaissant, elle émit un gémissement et lâcha le petit plateau qu'elle tenait d'une main.

Elle resta clouée sur place.

Kilian ramassa les objets tombés au sol. Ensuite, il passa doucement Bisila pour pouvoir fermer la porte et se tint tout près d'elle.

La respiration coupée, elle ne pouvait parler.

Kilian la prit dans ses bras et se mit à lui caresser les cheveux.

— Que se passe-t-il, Bisila ? lui murmura-t-il à l'oreille. Qu'est-ce qui tourmente ma *muarána muèmuè* ?

Elle tremblait dans ses bras.

Avec un geste vers Jacobo, elle demanda :

— Qu'est-ce qui arrive à ton frère ?

Kilian se détacha d'elle juste assez pour pouvoir contempler son visage.

— Il l'a bien cherché, dit-il. Il a la syphilis.

Bisila serra les lèvres avec force et son menton commença à trembler. Ses yeux s'emplirent de larmes et elle dut faire un effort colossal pour que le nœud qui lui enserrait le cœur ne se défasse pas en un torrent.

— La syphilis ! répéta-t-elle d'une voix haineuse. *Na á'a pa'o buáa.*

— Qu'est-ce que tu dis ?

Bisila ne répondit rien. Elle se mit à sangloter, se dégagea de son étreinte, lui lança un regard étrange et partit en courant. Kilian s'adossa à la porte ouverte. Il avait vu l'aversion, la rage et la rancœur dans le regard de Bisila, mais il y avait également discerné une profonde tristesse dans un halo d'amertume.

Soudain, il entendit courir et crier, appeler le médecin, avec des bruits de portes qui s'ouvraient et se fermaient. Il se dirigea vers le hall.

Manuel, agenouillé, examinait le corps d'un homme gravement blessé qui gisait sur un brancard improvisé. Il secouait la tête de droite à gauche et pinçait les lèvres, l'air préoccupé. Un groupe d'hommes l'entoura en parlant et gesticulant, empêchant Kilian de voir de qui il s'agissait. Il avait seulement aperçu un homme blanc.

Il regarda les autres et reconnut l'un des hommes sous les ordres de Mosi. Il s'approcha et lui demanda ce qui était arrivé. Très altéré, l'autre répondit dans un mélange de *pichi* et d'espagnol. Un autre intervint dans son récit, puis un troisième, et avec force gestes, cris et mimiques, il put comprendre l'histoire.

L'équipe de Mosi s'était dirigée comme tous les jours vers la forêt pour couper la végétation. Les hommes marchaient en file d'une dizaine d'individus, ouvrant le chemin à la machette, quand l'un d'eux avait crié parce qu'il avait découvert quelque chose. Se balançant doucement dans l'air, les corps nus et roués de coups de deux hommes blancs étaient suspendus en croix à des branches. Pour que la torture soit encore plus atroce, des pierres de diverses tailles pendaient à leurs pieds. L'un des hommes était déjà mort quand ils l'avaient détaché. L'autre respirait encore.

Kilian se fraya un passage jusqu'à Manuel. Le blessé, couvert de bosses et de contusions, avait de profondes blessures aux poignets et aux chevilles et respirait avec difficulté. Kilian regarda son visage. Ses yeux étaient ceux d'une bête sauvage, avec des signes de folie.

Il reconnut l'Anglais et son sang se figea dans ses veines.

— Tu le connais ? demanda Manuel.

— C'est Dick, l'un des amis de mon frère. Il vivait à Duala, mais il a déménagé à Bata il y a un moment. Je croyais que toi aussi tu voyais qui c'était.

— C'est pour ça que son visage me disait quelque chose… Il n'était pas toujours avec l'autre… ?

Pris d'un soupçon, Manuel se redressa et donna l'ordre d'emmener Dick à la salle d'opération, même si son expression révélait qu'il n'y avait plus grand-chose à faire. Les planteurs s'écartèrent pour laisser passer le corps.

Alors ils firent entrer le cadavre de l'autre homme blanc, qui présentait le même aspect terrible que l'Anglais. Ils lui avaient recouvert le visage d'une chemise.

Kilian souleva un coin du tissu.

— C'est Pao..., conclut-il en se frottant le menton avec nervosité. Qui a pu faire ça ?

Les hommes qui les entouraient échangeaient à voix basse. Kilian n'arrivait à comprendre que des mots épars : Blancs, esprits, vengeance... Manuel le prit par le bras et l'écarta pour lui dire à voix basse :

— Ça arrive à un mauvais moment, Kilian. Pour les Européens, ça s'aggrave. Si ça se sait, beaucoup vont repartir en Europe. Tu ne sens pas la peur ? Maintenant, les natifs vont en profiter pour dire que c'est l'œuvre des esprits...

— Je ne comprends pas, l'interrompit son ami. Qu'ont à voir les esprits là-dedans ?

— Deux Blancs qui sont assassinés selon la méthode ancestrale ! On va commencer à entendre ici et là que les esprits n'aiment plus les Blancs. Ce n'est pas un hasard si cela arrive maintenant. Le temps est à l'orage ! Et... dis à ton frère de faire attention.

— Pourquoi tu dis ça ? On ne devrait pas faire attention, nous aussi, dans ce cas ?

— Sans doute ! s'exclama Manuel. Qu'est-ce que j'en sais ? Tout est trop compliqué, maintenant.

Il se dirigea vers la salle d'opération, non sans avoir indiqué à deux hommes de transporter le corps à la morgue, jusqu'à ce que la direction de Sampaka décide quoi faire de lui, ou d'eux, car l'Anglais ne tarderait pas à mourir lui aussi. Ils pouvaient les faire envoyer dans leurs pays respectifs ou les enterrer au cimetière de Santa Isabel.

Les hommes s'écartèrent pour laisser passer le corps sans vie de Pao. Kilian le suivit du regard. À quelques mètres, ceux qui le transportaient furent arrêtés par quelqu'un.

Kilian vit Bisila soulever à son tour un coin de la chemise qui le recouvrait, puis le laisser retomber. Bisila joignit les mains, les serra avec force sur sa poitrine et resta les yeux fermés quelques secondes. Elle ne s'aperçut pas que Kilian l'observait attentivement.

À côté d'elle, il entendit deux infirmiers murmurer en bubi. Il se tourna vers eux pour leur demander :

— Que signifie quelque chose comme : *Na á'a pa'o buáa* ?

L'un d'eux le dévisagea avec surprise avant de répondre :

— Cela veut dire : « Pourvu qu'il meure. »

Kilian fronça les sourcils.

Deux hommes étaient passés de vie à trépas et Bisila désirait la mort d'un troisième.

Kilian trouva José et Simón dans les entrepôts. Les nouvelles circulaient vite à la plantation et tout le monde était au courant de la découverte de deux cadavres de Blancs.

— Et vous, qu'en pensez-vous ? demanda Kilian, allant droit au but. C'est l'œuvre des vivants ou des morts ?

José ne répondit pas. Il était évident que Kilian était de mauvaise humeur.

Simón se planta face à lui.

— Et toi, *massa,* qu'est-ce que tu en penses ? Tu crois que c'est nous, les pacifiques Bubis ? Ou alors, un Fang en vacances sur l'île ? Ou les Nigérians, pour faire de la magie noire ? Je parie qu'à aucun moment il ne t'a traversé l'esprit que ça pouvait être d'autres Blancs qui les ont tués.

José lui fit signe de se taire. Kilian le gratifia d'un regard froid.

— Les Blancs, articula-t-il, n'attachent pas leurs victimes aux arbres et ne leur accrochent pas des pierres aux pieds pour augmenter leur souffrance.

— Bien sûr que non, répondit Simón sans changer de ton. Ils ont d'autres façons de s'y prendre…

Kilian explosa.

— Simón ! Tu as quelque chose à me dire ? demanda-t-il, les poings serrés. Et toi, José ? Qu'est-ce que tu me caches ? Je croyais qu'on était amis !

Il entreprit d'aller et venir en gesticulant.

— Je vais devenir fou ! Il s'est passé quelque chose ici pendant que j'étais à Pasolobino. Je sais que c'est en rapport avec Dick, Pao… et avec mon frère !

José regarda furtivement Simón, qui se tourna pour éviter que Kilian voie son expression.

Kilian s'approcha d'eux.

— Qu'est-ce qu'ils ont fait, José ? Qui veut se venger d'eux ?

Il prit Simón par le bras, l'obligea à se retourner et essaya de l'intimider par sa stature.

— Qu'a fait mon frère ? Est-ce que vous voulez aussi le suspendre à un arbre ?

José ouvrit la bouche, mais la referma. Quelques instants passèrent, qui firent encore monter la tension entre les trois hommes.

— Nous ne te dirons rien, déclara enfin José.

— Si ce n'est pas vous qui me le racontez, gronda Kilian, qui va le faire ?

Il regarda vers le ciel, vaincu, et demanda sans s'attendre à recevoir de réponse.

— C'est Bisila ?

Simón se racla la gorge.

— Oui, murmura-t-il d'une voix presque imperceptible.

Kilian sentit ses forces l'abandonner.

Il se rappela alors le bras de Bisila, les marques sur son visage, les blessures à son âme. D'un coup, il comprit tout et eut envie de vomir. Bisila avait voulu voir le visage des hommes assassinés ! Et elle désirait la mort de son frère ! Que lui avaient-ils fait ? Il s'appuya au mur pour ne pas tomber. Ça ne pouvait pas être vrai ! Son frère n'aurait pas…

C'était un fêtard invétéré, mais il n'aurait pas fait de mal à une mouche. Les hommes de la Casa Rabaltué n'étaient pas violents ! Pourquoi ne pouvaient-ils pas vivre tranquilles ?

Il se rappela alors que son frère était atteint de syphilis. Il fut repris de nausée.

Il allait le tuer. Oui, il allait le tuer de ses propres mains !

José vint le prendre par l'épaule pour le réconforter, mais Kilian recula. Il respira profondément et s'efforça de retrouver une contenance. En lui, il n'éprouvait que de la haine.

— J'ai deux questions, José, et je veux que tu me répondes, annonça-t-il, le ton menaçant. Mosi est au courant ?

— Je le lui ai dit, intervint Simón.

— Et la deuxième : il va s'en prendre à Jacobo ?

José acquiesça.

— Laisse Mosi faire ce qu'il a à faire, lui conseilla-t-il avec tristesse. Ça ne te concerne pas.

Kilian ouvrit et referma les poings avec force.

— Je ne peux pas rester sans bouger ! cria-t-il.

— Si tu réagis, souffla Simón, Mosi comprendra votre liaison et vous terminerez tous les deux suspendus à un arbre.

Abattu, Kilian s'appuya de nouveau contre le mur.

— Dans ces affaires-là, dit José, la loi blanche ne sert à rien. J'ai accepté et compris ta relation avec Bisila, mais j'ai peur qu'elle soit accusée d'adultère. Si vraiment tu l'aimes, tu vas te tenir à l'écart et faire comme si de rien n'était. Ensuite, tout reviendra à la normale.

— Après ça, il n'y aura plus de normale à laquelle revenir, répliqua Kilian à voix basse en se redressant.

Il s'éloigna en direction du bâtiment principal. Il avait besoin de réfléchir.

Kilian n'alla pas voir son frère pendant deux semaines. Peu lui importait si Jacobo s'étonnait qu'il ne vienne pas lui rendre visite, ou s'il avait souffert en apprenant la mort de ses amis. Il craignait de se retrouver face à lui, car il avait toujours autant envie de lui mettre une dérouillée. Toutes ses pensées tournaient exclusivement autour du désir de lui faire du mal… et de la peur de la vengeance de Mosi. Pour le moment, il était sûr que son frère était en lieu sûr, car le géant n'oserait s'en prendre à lui dans l'enceinte du dispensaire. En revanche, il ne répondait pas de sa propre réaction. Seule l'activité intense à l'air libre lui permettait tant bien que mal de se contrôler.

Il lança rageusement sa machette sur un tronc de cacaoyer. Il frappait les fruits mûrs aux tons rougeâtres, les détruisant et dévoilant leurs fèves à l'intérieur. Il s'arrêta net, reprit son souffle et regretta son geste.

Comment son frère avait-il pu commettre un acte si impardonnable ? Aucun châtiment ne pourrait effacer le mal que ces trois-là avaient fait.

L'image des corps de Dick et Pao lui revint en mémoire. Il imagina les terribles heures d'agonie qu'ils avaient subie, jusqu'à recevoir la délivrance de la mort… Une douleur aiguë s'insinua dans sa poitrine. Allait-il rester les bras croisés sachant que Mosi voudrait faire la même chose à Jacobo ? Non, bien sûr que non ! Ils avaient passé leur vie ensemble, partagé les mêmes expériences, ils étaient du même sang…

Il n'avait pas le choix. Il devait lui parler. Rien ne pourrait justifier l'agression commise par Jacobo, mais il devait lui sauver la vie. En dépit de tout, il restait son frère. Il devait l'avertir.

Et après ? Aller voir les autorités et tout leur raconter ? Mosi serait arrêté et puni pour les assassinats. Pendant quelques secondes, cela lui parut une bonne idée, mais il la rejeta aussitôt. Il se rappela les paroles d'avertissement de José et Simón. Les Africains avaient leur propre manière de résoudre les choses. S'il dénonçait Mosi, un jour ou l'autre c'est à lui qu'on s'en prendrait, pour avoir trahi un époux qui avait usé des lois ancestrales de la vengeance. Œil pour œil, dent pour dent.

Ne t'en mêle pas, Kilian. Tu veux seulement récupérer Bisila. Te plonger dans son regard, jusqu'à ce que le temps s'arrête à nouveau, que vous n'ayez d'yeux que l'un pour l'autre et pour la fusion de vos corps.

Il s'adossa à l'arbre que, quelques minutes auparavant, il avait abîmé à coups de machette. Il ferma les yeux et s'essuya le front. Il n'avait pas le choix. Il devait avertir Jacobo. Ce que ferait son frère ensuite lui importait autant que les cabosses de cacao massacrées à ses pieds.

Quand il entra dans la chambre, Jacobo était assis, adossé à la tête du lit, et finissait de manger. Il s'empressa de poser son plateau sur la tablette.

— Kilian ! s'exclama-t-il avec joie. Les heures sont interminables ici.

Il se leva et vint à sa rencontre.

— Pourquoi n'es-tu pas venu avant ? Bon, j'imagine que pour Garuz un seul de nous hors combat suffit.

Kilian resta immobile, observant son frère et tentant de garder son calme. D'après son attitude, il ne devait rien savoir de la mort de ses amis. Manuel n'avait sans doute pas voulu lui faire peur alors qu'il était malade.

Jacobo voulut l'étreindre brièvement, mais Kilian recula d'un pas.

— Eh ! Ce n'est pas contagieux ! fit Jacobo en baissant la tête, honteux. Ces jours-ci, j'ai pensé à ce que nous disait le père Rafael : plus on pouvait tenir sans femme, plus notre santé et notre portefeuille nous en seraient reconnaissants.

Kilian prit une profonde inspiration et ordonna d'une voix atone :

— Assieds-toi.

— Oh, mais je vais bien ! Je passe mes journées allongé. J'ai envie de bouger un peu.

— Je t'ai dit de t'asseoir, répéta Kilian en serrant les dents.

Jacobo obéit et retourna sur le bord du lit, surpris par l'expression de son frère.

— Qu'est-ce qui se passe ?

Kilian enchaîna sur une autre question :

— Tu es au courant pour Dick et Pao ?

— Qu'est-ce qu'il y a ? Ils ont attrapé la même chose ?

— On les a retrouvés assassinés il y a deux semaines. Pendus à un arbre. Torturés.

Jacobo lâcha un cri, puis un moment passa sans qu'il puisse articuler un mot.

— Mais… Comment est-ce possible ? finit-il par demander. Pourquoi ?

— J'espérais que tu me pourrais me le dire.

— Je ne te comprends pas, Kilian. Je ne sais rien. Je t'ai dit qu'ils devaient venir me voir le week-end dernier, et que je ne les ai pas vus… Alors ils sont venus, et ils ont été tués ! Mais par qui ? Tu crois qu'ils ont été assassinés parce qu'ils étaient blancs ?

— Non, répondit Kilian en se rapprochant. C'est à cause d'un acte qu'ils ont commis lors de leur précédent passage. Et que tu as commis toi aussi.

— Je n'ai rien fait, moi ! protesta Jacobo. On peut savoir ce qui t'arrive ? L'autre soir, on est allés à Santa Isabel et on a bu comme des trous. J'ai tellement bu que je ne sais pas comment je me suis retrouvé dans mon lit. Bon, j'ai aussi pris de l'*iboga*, mais c'est tout.

— Vous n'avez pas continué la fête avec une « amie » ici, à Sampaka ? demanda Kilian d'un ton mordant.

Dans l'esprit de Jacobo se dessinèrent les images floues d'un endroit sombre, il eut le souvenir de voix, de rires, d'un corps sous le sien, d'une voix qui balbutiait son nom, d'yeux clairs… Nerveux, il passa sa langue sur ses lèvres. Il ne comprenait pas pourquoi son frère le soumettait à un tel interrogatoire. Il se leva et se tint face à Kilian.

— Et qu'est-ce que ça peut te faire, comment j'ai terminé ma nuit ?

— Putain de salopard ! cria Kilian en se jetant sur lui et en le bourrant de coups de poing sur le visage et le torse. Vous l'avez violée ! Tous les trois ! L'un après l'autre !

Jacobo essaya de se défendre, mais son frère l'avait pris par surprise et sa fureur était telle qu'il ne pouvait esquiver ses coups. Il se couvrit le visage et se laissa tomber pour se retrouver sur le bord du lit, interloqué et terrifié.

Kilian poussa un juron et s'arrêta. Le sang qui coulait des sourcils et de la lèvre de son frère tomba sur les doigts de Jacobo, puis par terre.

— Tu sais qui c'était ?

Sonné, Jacobo secoua la tête. Il retira ses mains de son visage, prit un drap pour le presser sur ses blessures. Il ne comprenait rien. Il n'avait violé personne. Que racontait son frère ?

— J'étais tellement drogué que l'une ou l'autre c'était pareil.

Kilian se jeta de nouveau sur lui, mais cette fois Jacobo eut le temps de réagir. Il se releva d'un bond, tendit les mains pour maintenir son frère éloigné et chercha son regard.

— Je n'abuse pas des femmes. J'ai vraiment cru que c'était une copine de Dick.

Kilian serra la mâchoire.

— C'était Bisila. La fille de José.

Jacobo ouvrit la bouche. Il cilla plusieurs fois, mais les mots ne parvenaient pas à passer. Son frère plissa les yeux, et sur un ton tranchant qu'il ne lui avait jamais entendu, il ajouta :

— Tu as violé ma femme.

Jacobo sentit ses jambes flageoler. Il se rassit, tête basse.

Sa femme. Depuis quand ? Il sentit une douleur aiguë dans sa poitrine. À quel moment s'étaient-ils éloignés au point qu'il ignore cette information ? La scène prenait tout son sens, à présent. La réaction disproportionnée de Kilian ne pouvait qu'indiquer l'importance de Bisila à ses yeux. Qu'avait-il fait ?

Kilian se laissa tomber sur la chaise à côté de la fenêtre et enfouit sa tête entre ses mains. Après un long silence, il se redressa et murmura :

— Mosi est au courant. Il veut te tuer.

Il se dirigea vers la porte et, la main sur la poignée, ajouta :

— Pour l'instant, tu es en sécurité ici.

Il sortit en claquant la porte.

Dans la salle à côté, Manuel s'assit et se prit la tête entre les mains. Quelqu'un frappa à la porte et entra.

— Je peux ? demanda le père Rafael en fronçant les sourcils. Tu vas bien ?

— Asseyez-vous, mon père. Il s'est passé beaucoup de choses ces derniers temps, mais ne vous en faites pas, je vais bien, mentit le médecin.

La dispute entre les deux frères lui avait glacé le sang.

— Les gens sont très choqués, oui.

Boitant légèrement, le prêtre vint s'asseoir sur la chaise et croisa ses mains dodues sur son abdomen proéminent. De petits nodules entouraient les articulations de ses doigts enflés et légèrement tordus, qui semblaient rigides.

— Je viens de tomber sur Kilian dans le couloir, et il ne m'a même pas salué. Ce garçon…, fit-il en secouant la tête. Tu sais depuis combien de temps il ne vient pas à la messe ? Ah ! Quelle différence avec son père ! Lui, il remplissait scrupuleusement ses obligations religieuses… J'espère qu'il ne va pas finir en mauvaise compagnie. J'ai entendu des choses, je ne sais pas si toi aussi…

— Il est inquiet pour son frère, le défendit Manuel avec fermeté.

De manière générale, il aimait bien converser avec le curé, qu'il considérait comme un homme intelligent, aguerri par de multiples expériences en terre africaine. Cependant, sa tendance à ne négliger aucune occasion pour guider quelqu'un sur le droit chemin pouvait s'avérer pénible.

— Et encore plus depuis l'assassinat des amis de Jacobo.

— Ah, oui. J'ai aussi entendu des rumeurs disant qu'ils ne seraient ni les premiers ni les derniers.

Manuel afficha un air surpris.

— Mais je ne sais pas s'il faut croire tout ce qui se dit… Garuz est toujours consterné. Comment est-il possible qu'une telle chose se soit produite à Sampaka ?

Le père Rafael aperçut sur le bureau un exemplaire du dernier numéro de la revue clarétaine.

— Tu as vu, au Congo ? Vingt missionnaires de plus assassinés, ce qui amène à cent le nombre de religieux morts depuis l'indépendance. Et apparemment beaucoup de disparus.

— Ça n'aura pas lieu ici, mon père. C'est impossible. Vous êtes là depuis plus longtemps que moi, mais vous conviendrez que les populations locales sont pacifiques.

— Aussi pacifiques qu'une maladie ! répondit le prêtre en agitant les mains. On ne se rend pas compte de ce qu'on a avant d'avoir mal.

— Vous avez reçu votre infiltration ?

Le prêtre venait de plus en plus souvent au dispensaire dans l'espoir de soulager son arthrite aux mains et aux genoux.

— Pas encore. Cette infirmière, Bisila, celle qui a des mains d'ange, on m'a dit qu'elle allait revenir tout de suite, alors je suis passé te voir en attendant.

— Je sais que vous n'allez pas m'écouter, mais je crois que vous abusez des corticoïdes. Bisila, justement, m'a montré des remèdes très efficaces à partir d'harpagophytum de Namibie…

Le religieux fit un non énergique de la tête.

— Pas question. Tu crois que je vais me fier à une plante qu'on appelle « griffe du diable » ? Va savoir quels sont les effets secondaires ! Je préfère encore supporter mes douleurs…

— Comme vous voudrez, repartit Manuel. Mais sachez que votre arthrose ne s'améliorera pas. Vous devriez peut-être envisager de vivre dans un climat plus sec.

— Et que ferais-je sans mes enfants de Guinée ? Et que feraient-ils sans moi ? Si c'est la volonté de Dieu, je serai ici jusqu'à la fin de mes jours, quoi qu'il advienne.

Manuel regarda vers la fenêtre, où arrivaient les derniers rayons de soleil. Les paroles du prêtre étaient en accord avec ce que disaient beaucoup de ses patients. Pour l'un, c'était la volonté de Dieu, pour l'autre, celle des esprits. Il n'était d'accord avec aucun. Ce qui changeait les choses et rendait le monde fou n'était autre que la volonté des hommes.

— Toi et moi, Manuel, disait le père Rafael, nous nous devons à nos ouailles. Tu abandonnerais un blessé en pleine intervention ? Voilà…

— Pourquoi me racontez-vous tout cela, mon père ?

— Je vais être franc, mon fils. J'ai parlé à Julia et elle m'a dit que tu aimerais partir. Contrairement à elle.

Manuel ôta ses lunettes et se frotta les yeux, dans un mélange de fatigue et d'irritation à devoir parler de ses affaires privées.

— Tôt ou tard, elle comprendra que c'est le mieux pour nos enfants. Ne le prenez pas mal, mon père, mais entre vous et moi il y a une grande différence. J'ai deux enfants que je peux sauver. Si vous pouviez emmener tous les vôtres, vous le feriez, j'en suis sûr. Et n'arguez pas que vous préféreriez vous soumettre aux desseins du Seigneur. J'ai vu beaucoup de malades dans ma vie, mon père, et je peux vous assurer que les chagrins de l'âme ne sont rien comparés à la douleur physique.

— Ah, Manuel, benêt que tu es ! Si tu dis cela, c'est parce que personne ne t'a réellement fait de mal, dit le religieux en se levant. Enfin, je ne te retiens pas plus longtemps. Je repasserai à un autre moment.

De nouveau seul, Manuel réfléchit à la réponse du prêtre. Peut-être les souffrances de l'âme étaient-elles plus horribles encore que les douleurs physiques. Il pensa à Bisila. Son bras guérissait et ses hématomes disparaissaient, mais il n'existait pas de médicament, ni local ni étranger, apte à effacer la tristesse de son visage.

Bisila entrait dans le dispensaire quand Kilian se heurta à elle. Il vit le feu dans son regard et sentit une poigne d'acier lui enserrer le cœur. Pendant quelques secondes, ils restèrent l'un contre l'autre, les mains de Kilian sur les bras de Bisila. Il sentit sa fureur s'apaiser.

Elle se détacha lentement, mais il ne la lâcha pas.

— Bisila…, murmura-t-il.

Les mots se bousculaient dans sa gorge. Il voulait lui dire qu'elle lui manquait, qu'il l'aimait, qu'il compatissait à sa souffrance, qu'il souhaitait partager sa douleur, lui demander de ne pas s'éloigner de lui… Mais il ne savait par où commencer.

— Je sais tout. Je suis désolé.

Il avait envie de l'étreindre avec force. De la sortir de là, monter à Bissappoo, s'enfermer dans la maison où il avait été son guerrier et elle sa reine, dans ce lieu où ils s'étaient aimés du temps où tout était joie.

Bisila comprit ses intentions et recula par prudence.

— Kilian…

Cela faisait des lustres qu'elle n'avait pas prononcé son nom à voix haute. Et ce fut comme une musique céleste aux oreilles du jeune homme. Elle avait une voix douce, or il avait besoin de douceur à la suite de l'âpre dispute avec son frère, après l'angoisse de ces dernières semaines et des derniers mois.

— J'ai besoin de temps, dit-elle.

Nous n'en avons pas, Bisila. Le temps passe très vite quand nous sommes ensemble. Il va toucher à sa fin et nous regretterons de ne pas en avoir suffisamment profité.

Malgré tout, il acquiesça.

— Je veux que tu me dises une chose, Bisila.

Il inspira profondément. La question n'était pas facile.

— Quand Jacobo va-t-il sortir du dispensaire ?

Elle tourna la tête en serrant les dents et fixa son regard sur un point éloigné. Elle méprisait cet homme, comme elle méprisait les deux autres. En voyant leurs corps sans vie, elle n'avait ressenti aucune pitié. Ils avaient eu ce qu'ils méritaient. Les conséquences ne s'effaceraient pas avec la mort des coupables. Non. Les conséquences resteraient en elle, entre eux, toute la vie.

Elle savait que, si Kilian lui posait cette question, c'était parce qu'il comptait protéger son frère de Mosi. Mais Mosi ne s'arrêterait pas, elle en était sûre ; Jacobo aussi paierait pour ses actes. Kilian n'avait pas à le lui demander.

— Il faut que je sache, insista-t-il.

Bisila plongea les yeux dans les siens. Elle vit combien il se débattait entre sa fidélité à elle et le désir de sauver son frère. Pour elle, aucune justification ne pourrait effacer le visage en sueur de Jacobo au-dessus du sien. Mais Kilian voulait qu'elle l'aide à sauver son frère, qui malgré tout restait son frère. Lui révèle le lieu et l'heure où la vengeance de Mosi, et bien entendu celle de Bisila, serait satisfaite. Qu'aurait-elle fait à sa place ? Aurait-elle sauvé son frère ? Ou laissé la haine l'aveugler ?

— Samedi après-midi, répondit-elle sèchement. Mais cette question tu aurais pu la poser au médecin.

— Mosi le sait ?

Bisila baissa les yeux, s'écarta de lui et commença à s'éloigner. Kilian chercha à la retenir.

— Tu me l'as appris, et je t'ai crue. Tu m'as dit que même si un homme méchant se libérait de la peine des habitants de ce monde, il n'échapperait pas à l'atroce châtiment que les habitants de l'autre monde, qui appartiennent à sa famille, lui infligeraient. Laisse les *baribò* s'occuper de lui.

Bisila ferma les yeux et murmura :

— Mosi le sait. Il viendra à la tombée de la nuit.

Kilian mettrait des années à effacer de son esprit l'empreinte de l'énorme corps de Mosi l'écrasant sur le sol, la sensation d'asphyxie, le vertige de la rapidité avec laquelle tout s'était passé. Au cours de sa vie, il se réveillerait souvent au milieu de la nuit, entendant un coup de feu, avec l'angoisse de ne pas pouvoir se relever parce qu'il en était empêché par quelque chose de plus lourd qu'une tonne de rochers.

Le samedi, les esprits s'ingénièrent pour que Kilian n'arrive pas à temps pour chercher son frère. Le maudit camion tomba en panne dans une partie éloignée de la propriété. Kilian criait à Waldo de se dépêcher, de le réparer par n'importe quel moyen, pourvu qu'ils puissent repartir. Waldo était nerveux à cause des hurlements du *massa* et n'avait donc pas les idées claires. Enfin, il parvint à remettre le camion en route, mais ils avaient perdu un temps considérable et le véhicule ne pouvait dépasser une certaine vitesse. Assis à côté de Kilian, Mateo n'y comprenait goutte.

À l'horizon, le nuage de plus en plus menaçant leur indiqua que, bientôt, le monde se tairait quelques secondes, dans le calme intense qui précéderait le fracas des coups de tonnerre, les rugissements du vent et les craquements des arbres. La tornade était déluge quand Kilian distingua avec difficulté la façade du dispensaire.

Tout était eau.

Il prit son *salacot* pour que les énormes gouttes rebelles ne lui obturent pas complètement la vision, puis sauta du véhicule. Derrière le rideau liquide, Jacobo menaçait Mosi d'un pistolet. Pourquoi avait-il eu la folie de mener à bien sa vengeance à la porte même du dispensaire ? Ou alors peut-être avait-il d'abord pensé à suivre Jacobo, et la tempête imprévue lui avait-elle donné l'occasion parfaite de ne plus attendre ? Sur les marches, un Manuel désespéré s'époumonait pour tenter de convaincre Mosi de se calmer. Ses paroles étaient noyées par la pluie et le vent.

Mosi n'avait pas peur. Il s'approchait lentement de Jacobo en brandissant une machette. Jacobo lui criait de s'arrêter, car il n'hésiterait pas à tirer, mais le mari de Bisila n'écoutait pas. Suivi de Mateo stupéfait, Kilian courut vers eux comme un dératé, hurlant pour que Mosi abandonne son objectif.

Le bras de Jacobo se raidit. Mosi avança encore. Instinctivement, Kilian se jeta contre lui et on entendit un coup de feu.

La balle frôla la tête de Kilian et s'enfonça dans la poitrine de Mosi.

Tout arriva en même temps : Kilian s'élançant, la balle juste au-dessus de son crâne, le sang de Mosi se mêlant aux gouttes insistantes, Kilian à terre et le géant lui tombant dessus.

Soudain, on n'entendait même plus la pluie.

Des pieds s'approchèrent.

Quelqu'un souleva Mosi, on aida Kilian à se relever et on lui demanda s'il allait bien.

Le médecin. Des infirmières.

Jacobo se justifiait auprès de Manuel, qui gardait le silence :

— Il a essayé de m'attaquer, tu as bien vu, répétait-il.

Mateo secouait la tête de droite à gauche.

— On le voyait venir. Il est évident que les Blancs ne sont plus les bienvenus ici.

Jacobo :

— On finira par tous dormir avec une arme sous l'oreiller. Grâce à Dieu, il ne t'est rien arrivé, Kilian.

Mateo :

— Jamais je n'aurais imaginé ça de Mosi.

Bisila, agenouillée sur le corps de Mosi.

Tout était eau et silence.

— Cours, Bisila, va dire à ton fils que son père est mort.

Des gens, encore des gens.

De l'eau, encore de l'eau.

Kilian avait besoin de s'appuyer à quelque chose.

Jacobo :

— Il a essayé de m'attaquer. Tu as vu, Kilian. Je n'ai pas eu le choix. C'était de la légitime défense.

— Qui as-tu payé pour te procurer ce pistolet, Jacobo ?

— Pourquoi tu t'es jeté sur lui ? Tu voulais le sauver, peut-être ?

Bisila ramassait son chapeau par terre, le caressait de ses mains douces.

Et la voix de Jacobo :

— Tu devrais te faire examiner par Manuel. Moi, je m'occuperai de régler cette affaire avec la police.

— Va-t'en, Jacobo. Ils vont venir te chercher.

— Qu'est-ce que tu racontes ?

Dégage de mon île.

18

Bëköttò

Jours de deuil

1965-1971

Lorenzo Garuz se chargea personnellement de faciliter les démarches pour un retour rapide de Jacobo en Espagne et la rupture du contrat qui le liait à l'entreprise Sampaka. Les derniers événements devaient être oubliés au plus vite. Au péril de sa vie, Jacobo avait tiré sur celui qui avait tué les deux Européens. Affaire résolue. Pour sa propre sécurité, il était préférable qu'il parte au plus vite, sans fête ni repas d'adieu ; simplement quelques tapes sur l'épaule de ses amis émus et deux légers baisers de Julia, qui lui montra un soutien et une compréhension absents chez Kilian et Manuel, gardant ses mains dans les siennes pendant plusieurs secondes muettes.

Kilian n'accompagna pas son frère à l'aéroport. Il n'assista pas non plus à l'enterrement de Mosi. José l'avait convaincu que c'était mieux ainsi. Aucun des collègues et voisins du Nigérian ne comprendrait la présence du frère de celui qui l'avait assassiné. Kilian avait cessé d'être *massa* Kilian : désormais, il était un Blanc parmi d'autres.

Depuis la mort de Mosi, il n'avait pas arrêté de pleuvoir et le vent soufflait sur ce coin de l'île avec une violence que Kilian ne se rappelait pas avoir connue auparavant. Il n'avait pas vu Bisila depuis vingt jours. Il avait demandé à José où elle était, mais celui-ci avait refusé de le renseigner, et s'aventurer dans la zone des baraquements aurait été d'une folle imprudence. Les journées se faisaient insupportablement longues dans la plantation, tandis que les hommes commençaient les préparatifs pour la récolte suivante. Avec plus de fréquence que d'habitude, les intempéries lui ramenaient à l'esprit les paroles de son père : « Les tornades. La vie est comme une tornade. La paix, la fureur, et de nouveau la paix. »

Avec le temps, il comprenait mieux nombre de choses que lui avait dites Antón. À trente-six ans, Kilian avait la sensation d'avoir connu peu de paix et beaucoup de fureur. Seule Bisila avait été capable de lui apporter des moments de paix. Et il en voulait encore. Quand se reverraient-ils ?

Enfin, une nuit, alors qu'il venait de se coucher, quelqu'un ouvrit la porte de sa chambre et entra en silence. Il se redressa, effrayé, prêt à se défendre, mais une voix reconnaissable entre mille s'empressa de le tranquilliser :

— Tu laisses toujours ta porte ouverte.

— Bisila ! dit Kilian en bondissant de son lit.

Elle avait la tête couverte d'un foulard et ses yeux brillaient dans l'obscurité. Kilian avait envie de la serrer dans ses bras et de humer son arôme incomparable, de lui murmurer à l'oreille le torrent d'émotions qui le submergeaient, de lui embrasser le visage et le corps, de lui faire comprendre que, pour lui, rien n'avait changé.

Au lieu de quoi, il resta cloué face à elle, dans l'attente d'un signe lui montrant qu'elle désirait la même chose.

— Je dois te parler, annonça-t-elle avec douceur.

Elle retira son foulard. Kilian poussa un cri de surprise en découvrant son crâne rasé.

— Tes cheveux, Bisila ! Que t'est-il arrivé ?

Elle prit sa main entre les siennes, le guida au bord du lit et s'assit à côté de lui. Elle se mit à lui caresser la main et la porta à ses lèvres. Alors, l'espoir retrouva une petite place dans la poitrine de Kilian.

La lumière de la lune inondait la pièce. Même sans cheveux, Bisila était plus belle que jamais. La dureté de son regard avait disparu et ses lèvres avaient abandonné le pli d'amertume de leurs dernières rencontres pour ébaucher un timide sourire.

— Je suis vraiment navré de ce que tu as vécu, dit-il dans un flot de paroles. Je n'aurais pas dû partir. Tout ce que je désire, c'est que tout soit comme avant. Mosi est mort… Maintenant, tu es libre d'être avec moi…

Bisila posa une main sur ses lèvres pour l'empêcher de poursuivre.

— Je t'ai dit que c'était possible si une femme se plie rigoureusement au rituel du deuil. Je n'ai jamais renoncé à mes croyances. Ce que je ressens pour toi m'a écartée de ce que j'ai été, mais quelque chose en moi me demande de m'éloigner pour réfléchir à ce qui s'est passé, ce que je veux et qui je suis réellement.

Kilian se rembrunit.

— Tu as besoin de temps pour reconnaître que dans ton cœur je suis ton vrai mari ?

Bisila esquissa un sourire triste.

— Aux yeux de la loi humaine et divine, Mosi était mon mari, donc vis-à-vis des autres, la période de deuil est indispensable. Mais il y a autre chose.

Ses yeux s'emplirent de larmes et elle continua d'une voix tremblante :

— Les images de ce qui s'est passé sont toujours là, dans mon esprit. Je ne peux pas les effacer. Et leurs mots, Kilian… ils n'ont pas seulement pris possession de mon corps, mais aussi de mon âme. Ils m'ont fait me sentir aussi insignifiante qu'un ver de terre. Je dois surmonter ça. Sinon, je ne serai pas libre de t'aimer. Je ne veux pas te comparer avec eux, Kilian, avec les Blancs qui ont abusé de nous pendant si longtemps. C'est pourquoi j'ai besoin de prendre mes distances.

Kilian se mit à faire les cent pas dans la chambre. Le souvenir du viol subi par Bisila le faisait profondément souffrir, mais son sentiment de peur était encore plus déstabilisant.

— Demain, je partirai pour Bissappoo, et je resterai seule encore vingt jours dans une cabane aux alentours, ajouta-t-elle en recouvrant son calme.

— Presque un mois ! s'exclama Kilian.

Bisila se mordit la lèvre.

— Ensuite, je logerai dans une maison à côté de celle de ma mère, qui gardera Iniko. Mosi n'avait pas de famille, donc personne ne réclamera mon fils, ce qui me réjouit. Je me peindrai le corps d'une pâte argileuse, je me décorerai les genoux, les bras, les poignets et la taille de bijoux en alfa. Je devrai rester plusieurs jours sans que personne ne me voie dans cette tenue de veuve. Ensuite, je pourrai sortir où je voudrai, mais je ne descendrai pas à Sampaka, et tu ne viendras pas non plus me voir pendant la période de deuil, conclut-elle précipitamment. Voilà, c'est tout. Ce n'est pas si compliqué.

Kilian avait écouté sans cesser d'arpenter la pièce.

— Et combien de temps vas-tu rester là-bas ? Combien de temps resterons-nous comme ça ?

— Un an, murmura-t-elle d'une voix à peine audible.

Kilian s'arrêta.

— Ne m'en demande pas tant, chuchota-t-il, désespéré. Qu'est-ce que je vais faire, ici ? Tu n'as pas peur que notre temps soit compté ?

Il s'approcha d'elle et chercha son regard, qui reflétait une détermination ferme.

— Tu ne peux pas m'interdire de monter à Bissappoo…

— Si tu viens, je ne reviendrai jamais avec toi ! Tu dois me promettre !

— Je ne peux pas te promettre cela, Bisila, répliqua Kilian avec obstination.

Il lui caressa le visage, la nuque, les épaules, descendit jusqu'à la courbe de ses hanches. Sa voix se fit douce, presque plaintive.

— T'avoir si près et ne pas pouvoir être avec toi…

— Je te l'ai déjà dit, je te le répète : je serai toujours avec toi.

Bisila lui caressa la joue, se haussa sur la pointe des pieds et l'embrassa avec une tendresse si palpable que Kilian frissonna.

— … même si tu ne me vois pas.

Kilian ne pouvait pas savoir que la période allant de mai 1965 à avril 1966 ne serait ni la plus dramatique ni la plus insupportable de sa vie, même s'il en avait l'impression. Une fois de plus, il se réfugia dans la routine du travail et fut content que la récolte de cette année soit l'une des plus généreuses qu'ait connues la plantation depuis des décennies. Depuis la fin août, les séchoirs fonctionnaient à flux tendu et il ne manqua pas un seul jour dans la chaleur suffocante qui le plongeait dans un état de somnolence permanente. Dormir et travailler, voilà à quoi se résumaient ses occupations. Par chance, Mateo et Marcial, occupés par leur nouvelle vie de jeunes mariés à la ville, partaient dès leur journée terminée, et Julia se consacrait exclusivement à ses deux fils, Ismael et Francisco. Kilian n'avait donc pas à se chercher d'excuses pour avoir abandonné toute vie sociale, et il pouvait compter chaque minute qui restait avant que le deuil de Bisila – et le sien – ne prenne fin.

La période de récolte se confondait avec les travaux de taille. José et Kilian marchaient dans les vastes allées des cacaoyères, supervisant les ouvriers. Dans chaque rangée, les arbres étaient plantés à égale distance les uns des autres. Ils se dressaient, semblables, comme des vases fertiles, bien formés, avec leur tronc unique, leur fourche à même hauteur, la cime bien équilibrée, sans gourmands ni branches entrecroisées. Non loin d'eux, on entendait la voix de Simón, qui alternait protestations, rires et chants avec les Nigérians de son équipe.

Kilian avançait, pensif.

Le cacao mondialement connu de Sampaka était issu du labeur quotidien de centaines de travailleurs qui passaient leurs journées à couper le *bikoro*, réguler l'ombre des arbres plus grands qui protégeaient les plantations, remplacer les cacaoyers malades, soigner leurs coupures accidentelles, greffer différents types de cacaoyers et récolter tous les quinze jours à la période de maturation.

Et il les entendait toujours chanter.

Les voix qui improvisaient en harmonie pour composer des chants solennels se superposaient à l'exactitude mathématique avec laquelle les cacaoyères marquaient le passage des saisons.

Certains de ces hommes n'avaient pas vu leur épouse depuis des années, pas plus que leurs enfants et leurs proches. Ils besognaient du lever au coucher du soleil. Ils se levaient, commençaient le travail, mangeaient, reprenaient leurs tâches, dînaient, chantaient et bavardaient, puis se retiraient pour se reposer dans les baraquements, tous les mêmes, en rangées bien ordonnées comme les cacaoyers, comptant sur un lendemain qui les engloutirait à nouveau dans sa routine. La seule chose qu'ils attendaient de la vie était d'être bien payés pour pouvoir envoyer l'argent dans leur pays et offrir une vie meilleure à leur famille.

Pourtant, ils continuaient de chanter.

Jour après jour. Mois après mois. Saison après saison…

Il y avait onze mois et une semaine qu'il n'avait pas vu Bisila.

Pendant tout ce temps, il n'avait pas eu envie de chanter.

— Tu es très silencieux, fit remarquer José. À quoi penses-tu ?

Kilian donna de petits coups de machette sur le sol.

— Ösé, je suis ici depuis des années et je ne me suis jamais senti étranger. J'ai fait la même chose que vous tous. Travailler, manger, m'amuser, aimer, souffrir… Je crois que la plus grande différence entre un Bubi comme toi et un Blanc comme moi, c'est que le Bubi laisse pousser le cacaoyer librement, tandis que le Blanc le taille pour en tirer le maximum.

José acquiesça. Le cacaoyer produisait une grande quantité de repousses qu'il fallait couper pour éviter qu'elles ne pompent la sève. Malgré tout, avec les années, les arbres se déformaient. On commençait donc à tailler quand l'arbre était jeune. Si on coupait beaucoup de branches, l'arbre se rebellait et étouffait à la fois, parce que la plante devait dépenser beaucoup d'énergie à faire pousser assez de feuilles pour fleurir ; si on ne coupait pas assez les branches sèches, malades, mal formées ou mal dirigées, si on n'éliminait pas assez les gourmands ni les restes de la récolte précédente, le soleil ne donnait pas sur le tronc et l'arbre pouvait pourrir et mourir.

Après réflexion, José déclara :

— Désormais, il y a des Noirs qui taillent comme les Blancs et des Noirs qui veulent laisser les cacaoyers pousser à leur rythme. Il y a aussi des Blancs qui veulent continuer à tailler et des Blancs qui abandonnent leur plantation. Dis-moi, Kilian, à quel groupe appartiens-tu ?

Kilian réfléchit.

— Ösé, je suis un homme des montagnes qui a passé treize ans dans les tempêtes tropicales.

Il secoua la tête avec résignation avant d'ajouter :

— Je sais donc qu'on ne peut être sûr que d'une chose : on ne peut brider la nature. On taille les cacaoyers, mais ils continuent à générer des repousses et des branches désordonnées en telle quantité qu'il n'existe pas assez de machettes pour les en empêcher. Comme l'eau des rivières avec les barrages. Les orages les font gonfler et elles débordent.

— Il y a un refrain qui dit que les eaux reviennent toujours dans leur lit.

Kilian eut un bref sourire.

— Dis-moi, *mi frend*, tu n'as pas un proverbe qui explique ce qu'ont senti ces eaux pendant qu'elles ont été libres ?

Ösé répondit au bout de quelques secondes :

— N'est-ce pas un grand chef blanc qui a dit que la liberté, quand elle commence à prendre racine, est une plante à croissance rapide ?

La journée touchait à sa fin quand les cauchemars firent émettre quelques gémissements à Waldo, qui dormait sur une pile de sacs vides.

— Personne ne maltraite Öwassa. Le bois est interdit à ceux qui ne sont pas d'ici. Il est seulement à nous. Le grand esprit d'Öbassa te remercie, mystérieux homme du bois qui…

– Réveille-toi, Waldo !

Le jeune homme se redressa, réveillé en sursaut par le cri de Kilian, qui enchaîna :

— Je ne sais pas ce que vous avez en ce moment, Simón et toi, mais pendant la journée vous êtes des âmes en peine.

Quelqu'un se racla la gorge derrière lui et il se retourna.

— Alors ça, je parlais justement de toi. D'où sors-tu ? Ne me dis pas que toi aussi tu piquais un roupillon…

Simón répondit par un sourire énigmatique.

— Eh bien, si vous voulez continuer de toucher vos salaires, il va falloir dire à vos amies de vous laisser vous reposer un peu, reprit Kilian, imaginant que les deux avaient de très bonnes raisons de ne pas dormir la nuit. Le travail d'abord.

Simón lui rendit la monnaie de sa pièce :

— Elle est revenue, annonça-t-il d'une voix neutre. Elle a repris son poste au dispensaire.

Il attendit que son interlocuteur se soit remis de sa surprise avant d'ajouter, complice :

— Tu vas pouvoir recommencer à te faire porter pâle…

Kilian partit comme une flèche en direction de la cour principale. *Voudra-t-elle me voir ? Est-ce qu'elle a pensé à moi comme moi j'ai pensé à elle ? Pourquoi ne m'a-t-elle pas prévenu en personne ?*

Bisila n'était pas sur place quand il arriva. Consumé par l'impatience, il se mit à tourner autour de la porte d'entrée. Où pouvait-il la trouver ?

Il décida de demander dans la partie haute, près de la limite d'Obsay. Si elle avait repris son travail d'infirmière, Garuz lui avait sans doute assigné un logement dans la propriété. Il fila vers son destin d'un pas décidé, freinant son impulsion de se mettre à courir. La sueur commença à perler à son front. Il se sentait anxieux et heureux à l'idée de la revoir, mais en colère aussi de la torture qu'elle lui avait imposée. Un an !

À la hauteur des premiers baraquements, une musique et des chants s'immiscèrent dans ses émotions. Il était impossible de ne pas se laisser enivrer par le rythme des percussions indiquant que, quelque part, on dansait un *balele.* Bientôt, il aperçut une bande de gamins habillés de tissus vert et rouge, en groupe, individuellement ou avec leur mère. On voyait leur bonheur d'être à la fête. Kilian avait réussi à comprendre et partager avec les Africains le principe que la moindre occasion était bonne pour célébrer quelque chose.

Il s'arrêta à quelques mètres d'eux et se laissa gagner par la joie des enfants. L'un d'eux, qui avait cinq ou six ans, le regarda en souriant : Kilian reconnut Iniko sous le chapeau vert. Un moment, il distingua Mosi dans ses traits, et il lui rendit son sourire avec une certaine tristesse. Iniko remuait un pendentif autour de son cou. Il courut vers une femme qui tenait un ballot dans les bras et se mit à tirer sur sa jupe avec obstination. Elle finit par se tourner dans la direction qu'il lui montrait.

Le regard de Bisila rencontra celui de Kilian, et le cœur de chacun fit un bond.

Les tambours reprenaient sans fin le même rythme, avec une insistance qui accompagnait la violence de leurs sentiments. Les yeux de Bisila s'emplirent de larmes en voyant Kilian, grand, musclé, les manches de chemise retroussées, les cheveux sombres aux reflets cuivrés bien coupés, la peau tannée par le soleil et de fines rides encadrant le vert de ses yeux.

Kilian restait immobile, remerciant le printemps de l'avoir fait participer à sa propre fête. Il marcha lentement vers elle, enveloppée d'un pagne turquoise qui ne pouvait dissimuler la rondeur nouvelle de ses formes, et s'aperçut alors que ce qu'elle tenait dans les bras était un bébé. Quand il fut à côté d'elle, Bisila lui dit d'une voix douce :

— Je veux te présenter mon fils.

Elle écarta le tissu blanc dont il était entouré et Kilian constata que sa peau était plus claire que celle des autres enfants, café au lait.

— Il s'appelle Fernando Laha.

Kilian sentit un nœud se former dans son estomac.

— Il est né en janvier, mais on voit déjà qu'il a les traits et les yeux de… des hommes de la famille Rabaltué, acheva-t-elle d'une voix brisée.

Kilian contempla l'enfant dans un mélange de stupeur, de rancœur et de surprise.

— Il aurait pu être de moi, Bisila, murmura-t-il.

— Il aurait pu être de toi, Kilian, répéta-t-elle d'une voix triste.

Kilian demanda à prendre le bébé dans ses bras. C'était la première fois qu'il tenait un nouveau-né, et il se montra maladroit. Il se souvint de la peau de serpent accrochée sur la place de Bissappoo.

— Tu lui as fait toucher la queue du *boukaroko* ?

Le petit Fernando Laha se réveillait et il regarda l'homme avec surprise, mais il vagit et lui adressa une moue que Kilian interpréta comme un sourire.

— Je ne le dirai pas à Jacobo, déclara-t-il, embrouillé et émerveillé. Ce sera notre secret.

Il leva le regard vers Bisila.

— Ses futurs frères et sœurs ne verront pas la différence.

Bisila baissa la tête.

— Il n'aura pas de frères et sœurs.

Kilian la fixa, déconcerté.

— J'ai été très malade, Kilian, expliqua-t-elle brièvement. Je ne pourrai plus avoir d'enfants.

Kilian ne voulut pas en savoir plus, pas à ce moment. Il était avec elle, et elle tenait dans les bras un descendant de son père Antón et de tous les noms apparaissant sur l'arbre généalogique de sa maison depuis le premier Kilian, des siècles plus tôt.

Le reste n'avait pas d'importance.

— Fernando sera notre fils, Bisila, déclara-t-il avec conviction. Et j'aime le nom que tu lui as choisi. Il est de là-bas et d'ici : de toi et de moi. Que veut dire Laha ?

— « Qui a bon cœur. » Comme toi.

Le bébé saisit le doigt de Kilian dans sa petite main et l'homme sourit, ému.

Bisila, grandement soulagée de sa réaction, sut à ce moment qu'elle n'aimerait jamais un homme comme elle aimait Kilian.

Elle avait sacrifié à la tradition et, désormais, elle était une veuve libre de ses actes. Mais surtout elle avait réussi à surmonter l'étape la plus douloureuse de sa vie et à sortir de l'abîme, renforcée tant dans ses croyances que dans son amour pour lui.

Iniko s'approcha timidement d'eux, sans cesser de bouger les pieds au rythme de la musique. Il avait toujours la main serrée sur son pendentif.

— Qu'est-ce que tu caches, mon garçon ? lui demanda Kilian.

Bisila toucha la tête couverte par le chapeau vert.

— C'est un signe de punition. Le père Rafael le lui a mis parce qu'il parlait le bubi au lieu de l'espagnol. Je vais le ramener chez ma mère. À Bissappoo, il est heureux.

Iniko lui tira sur la main.

— Oui, je viens, dit-elle. Aujourd'hui, c'est le début d'ëmëtöla…

Ils fêtaient la transition entre *ömögera* et ëmëtöla, le subtil passage du début du printemps à son affirmation. Ce qui pour les Blancs était l'arrivée du printemps et le début de la saison humide de l'île était pour les natifs quelque chose de plus subtil : ömögera signifiait « le commencement », « le matin », « la vitalité » et « le mouvement » ; ëmëtöla représentait la permanence, la fermeté, la persévérance, la stabilité et l'affirmation de ce début. Le rouge et le vert. Le feu et la terre. La nature dans toute sa splendeur.

— C'est le moment de se préparer à la prochaine récolte, dit Kilian. Elle sera bonne.

Il rendit le bébé à sa mère.

— En attendant, ajouta-t-il, un peu incertain, nous aurons un peu plus de temps… pour nous.

Juste à ce moment, il sentit quelques petits coups sur sa cuisse. En baissant les yeux, il découvrit Ismael, qui lui demanda si lui aussi était allé danser et lui expliqua, avec une loquacité empressée, que lui était venu avec sa mère, son frère et Oba, et que comme il était grand il avait eu le droit de toucher un tambour. Kilian leva les yeux et vit Julia qui venait le chercher.

Elle s'arrêta pour saluer Bisila, sans cesser de regarder le bébé dans ses bras. Bisila et Iniko poursuivirent leur chemin, suivis d'Ismael.

— Dès qu'il entend les percussions, on ne peut plus le tenir, dit-elle. Je ne savais pas que Bisila avait eu un autre enfant. Tu as vu sa peau ? Il est…

— Oui, Julia, répondit Kilian. Celui-ci, c'est mon fils.

— Kilian ! protesta Bisila en essayant de recouvrer son souffle. Si j'étais de la neige, j'aurais déjà fondu entre tes mains !

Les doigts brûlants de Kilian reconnaissaient son corps encore transpirant et parcouraient chaque parcelle de sa peau, encore et encore. Ses gestes impatients essayaient de rattraper le temps perdu.

— Pas encore, répondit-il en entrelaçant leurs mains et en l'écrasant sous son poids. Tu ne peux pas savoir comme tu m'as manqué !

— Tu me l'as répété mille fois ! dit Bisila en le repoussant délicatement, car elle peinait à respirer.

Kilian se redressa sur un coude pour la regarder, puis dessina du doigt les traits de son visage.

— J'avais peur que tu ne veuilles rien savoir de moi, avoua-t-il enfin.

Bisila ferma les yeux.

— J'ai eu beaucoup de temps pour penser à *moi.*

Le visage de Kilian se ferma. Il était profondément tourmenté que Bisila ait dû subir une telle souffrance. Il ne pouvait s'imaginer les sentiments d'une femme dans sa situation, essayant de recoller les morceaux de son esprit et de son âme dans un petit village au milieu de la forêt, accomplissant les rituels du deuil pour la mort d'un mari qu'elle n'avait pas aimé tandis qu'une vie nouvelle imposée par la force s'obstinait à croître en elle. Tout ça par la faute de Jacobo. Il claqua la langue et secoua la tête. Ironie du sort, son frère était également la cause de la liberté de Bisila. S'il n'avait pas tué Mosi, ils auraient encore dû se voir en cachette. En aucune façon Kilian n'aurait pu profiter à ce moment même de la joie contagieuse de Bisila.

Comment avait-elle pu surmonter toutes les souffrances et revenir avec cette force qui le déconcertait ? Il aurait compris qu'elle se montre abattue, triste, ou que les premiers temps leurs rencontres restent platoniques. Mais c'était tout le contraire. Bisila l'aimait avec une énergie et une force méconnues de lui.

Quand Kilian plongeait en elle, encore et toujours, il se sentait comme un bateau sur la mer, dont les remous l'engloutissaient et le ramenaient à la surface pour l'engloutir à nouveau.

Et, en même temps, cette passion entière avec laquelle elle se donnait à lui ou prenait possession de lui transformait leurs moments intimes en des instants d'une tendresse et d'une émotion renversantes.

Comme si chaque fois était la dernière.

Voilà, c'était ça.

La solidité et l'immense tendresse étaient la conséquence du désespoir.

— Tu es fâché ? demanda Bisila.

— Pourquoi ?

— Parce que tu voulais entendre que je n'ai pas fait autre chose que penser à toi.

— Tu as pensé à moi ou pas ?

— Tout le temps !

— Voilà.

Bisila se redressa pour lui faire face et commença à lui caresser le visage, le cou, les épaules. Elle se rapprocha pour l'embrasser et continuer de lui caresser les cheveux, la nuque et le dos, tout en lui murmurant à l'oreille des mots qu'il ne comprenait pas mais qui lui arrachaient des gémissements.

Quand elle voulait le rendre fou, elle employait le bubi.

Le son seul était plus séduisant que la signification même.

— Je veux que tu comprennes ce que je te dis, Kilian.

— Je te comprends parfaitement.

— Je dis que tu es entré en moi si profondément que rien ne pourra t'en sortir. Je ne peux pas te faire sortir.

En fin de compte, la signification était plus séduisante que le son même.

— Et je n'ai pas l'intention de sortir. Je veux rester toujours à l'intérieur de toi.

— Ah, les garçons… et que vais-je faire sans vous ?

Lorenzo Garuz frotta ses sourcils fournis marquant des yeux qui n'avaient jamais été aussi enfoncés dans leurs orbites. Mateo et Marcial échangèrent un regard coupable.

— Je… je suis vraiment désolé, dit Marcial en serrant le *salacot* sur ses genoux.

— Moi aussi, ajouta Mateo, plus serein que son ami. Mais j'espère que vous comprendrez. Nous sommes ici depuis longtemps et…

— Oui, oui, le coupa Garuz.

Il ne voulait pas entendre ses justifications, logiques même s'il avait du mal à l'admettre ; lui-même avait envoyé sa femme et ses enfants en Espagne, et plus d'une fois il avait eu des moments de faiblesse où l'envie le prenait de jeter l'éponge et de s'engouffrer dans n'importe quel moyen de transport pour les y rejoindre. Il n'aurait pas été le premier directeur à abandonner sa plantation aux mauvaises herbes ou à une poignée d'Africains. Néanmoins, son sens de la responsabilité parvenait toujours à l'emporter sur ses peurs. Il n'était pas n'importe quel directeur, mais le propriétaire majoritaire de Sampaka, la plus grande, la plus productive et la plus belle plantation, le modèle de toute l'île. Mateo et Marcial se contenteraient d'un emploi médiocre dans une entreprise quelconque de la métropole, parce qu'ils n'étaient pas comme lui : les nouvelles générations n'avaient pas le courage, l'orgueil, ni même de la témérité de ceux qui avaient mis sur pied cette colonie. Grâce à ces qualités, il avait su non seulement conserver, mais agrandir la propriété héritée de son grand-oncle, qui s'était lancé dans l'aventure plus de cinquante ans auparavant. Il aurait donc du mal à la céder à quelqu'un d'autre. Dès qu'il renoncerait, quelqu'un surgirait, disposé à profiter de la situation.

— Et vous, vous n'envisagez pas de partir ? demanda Mateo comme s'il avait lu dans ses pensées.

— Tant que la Constitution n'est pas approuvée et qu'il n'y a pas de passation des pouvoirs, l'Espagne ne nous abandonnera pas, répondit-il avec un grand soupir. Je ne vois pas pourquoi je devrais cesser de produire du cacao, sauf si évidemment je me retrouve sans personnel.

On frappa à la porte et Garuz dit d'entrer. Mateo et Marcial respirèrent, soulagés. Le *big massa* avait toujours considéré comme des actes de lâcheté la décision des autres de se retirer des campagnes.

Le *wachiman* Yeremías passa la tête dans l'embrasure.

— Excusez-moi, *massa,* je peux entrer ?

— Bien sûr, que se passe-t-il ?

Yeremías s'avança, ôta sa vieille casquette et la garda entre ses mains, les yeux baissés.

— Un policier est là et dit qu'il doit vous parler de toute urgence.

Garuz fronça les sourcils.

— Tu n'as pas oublié de lui laisser les œufs et les bouteilles habituels ?

— Non, non, *massa,* je n'ai pas oublié. Mais celui-là, il n'est pas de Saragosse. Il vient de la ville et il porte un uniforme très… complet.

— Je suis à lui dans une minute, répondit Garuz, étonné, tout en sortant deux enveloppes pour les responsables. Et voilà pour vous. Une petite récompense pour le bon travail que vous avez fait toutes ces années. Utilisez-le à bon escient, d'accord ? Vous avez tous les deux une famille à qui penser maintenant, et l'argent file.

Il attendit que les deux hommes jettent un coup d'œil à l'intérieur de l'enveloppe et affichent une mine étonnée et satisfaite. Alors il se leva pour dégainer un dernier argument :

— Il y a une chose dont vous pouvez être sûrs : là-bas, vous ne toucherez pas un tel salaire.

Mateo et Marcial acceptèrent le bonus avec reconnaissance, mais leur décision était irrévocable.

— Tout est organisé, dit Marcial. Nous partons en bateau pour transporter les affaires de nos épouses et de leur famille, qui sont là depuis si longtemps qu'elles ont accumulé beaucoup de choses.

— Rien à voir avec les deux valises que nous avions à notre arrivée, fit Mateo.

Un silence suivit. Des souvenirs de nombreuses années d'allers et retours, de choses à raconter à leurs petits-enfants défilèrent dans leur esprit.

— Bien, dit Garuz en tendant la main pour leur dire au revoir. Si un jour vous changez d'idée, vous savez où me trouver.

— Qui sait ? lança Mateo en ouvrant la porte. Nous nous reverrons peut-être à Madrid…

Avant qu'il ait pu terminer, un homme entra inopinément dans le bureau. Assez grand et fort, ses traits proportionnés auraient été agréables s'ils n'avaient pas été marqués par la variole, ce qui lui donnait un air inquiétant. Il portait l'uniforme gris de la police espagnole, avec les boutons dorés sur la veste et une bande rouge sur les manches, les revers et le képi.

— Je m'appelle Maximiano Ekobo, se présenta-t-il. Je suis le nouveau chef de la police de Santa Isabel. Qui de vous est Lorenzo Garuz ?

Le directeur congédia les autres d'un geste et tendit la main au policier.

— Qu'est-ce qui vous amène ?

Maximiano s'assit.

— Je recherche des jeunes qui sabotent les nouveaux travaux de la télévision. Pendant la journée, des ouvriers construisent le chemin d'accès au Big Pico pour apporter le matériel de construction du bâtiment, la tour et la centrale électrique. De nuit, quelqu'un détruit ce qui a été fait. Nous sommes confrontés à des disparitions d'outils, des panneaux effacés, des avaries dans les machines, ou des branches…

— Je ne vois pas en quoi cela me concerne.

— Il y a quelques jours, ils ont arrêté l'un de ces mystérieux hommes du bois, qui ne sont que des Bubis voulant dévaluer le cadeau que nous fait l'Espagne. L'homme a avoué que le meneur est un certain Simón…

Il s'interrompit pour observer la réaction du directeur.

— … qui travaille pour vous, compléta-t-il.

Garuz croisa les mains dans son dos et se mit à faire les cent pas. Il venait de se séparer de deux hommes très travailleurs. Il ne restait plus à la plantation que trois Espagnols : Gregorio, Kilian et lui-même. José, Simón, Waldo et Nelson complétaient cette petite équipe d'hommes énergiques et expérimentés. Que Simón s'engage dans des activités délictueuses allant à l'encontre des intérêts espagnols ne lui plaisait en rien, et en d'autres circonstances il se serait rendu à la police au moindre doute, mais en ce moment il ne pouvait se permettre le luxe de renvoyer un seul contremaître. Il ne voyait d'autre solution que mentir, mais en choisissant ses mots avec soin, car il devait bien s'entendre avec les nouvelles autorités.

— Écoutez, Maximiano, dit-il en le regardant droit dans les yeux. Je vous donne ma parole, je suis absolument contre tout acte violent, et à plus forte raison contre ceux qui attentent aux biens de valeur pour notre pays. Mais je crains que vous n'ayez fait le voyage pour rien. Le Simón auquel vous faites allusion a eu un grave accident il y a plus de deux mois. Il est tombé du toit d'un des séchoirs et s'est cassé les deux jambes. Néanmoins, si je venais à entendre le moindre commentaire qui pourrait apporter la lumière à votre enquête, ne doutez pas que je me mettrais en contact avec vous.

Il demeura ensuite imperturbable, certain de s'être montré convaincant. Il savait de quel bois étaient faits les petits chefs nouveaux et impertinents comme Maxiamiano : ils se croyaient supérieurs à tous, y compris aux Blancs. Avec eux, il fallait employer un ton extrêmement respectueux, certes, mais aussi ferme et assuré.

Maximiano acquiesça, se releva et se dirigea vers la porte.

— Ce sera tout, pour le moment.

Il sortit sans dire au revoir.

Garuz respira, satisfait, laissa passer un moment et sortit à la recherche de Simón, qu'il devait avertir sans perdre une minute de la visite du chef de la police. Le jeune homme n'aurait d'autre choix que de simuler un boitement pendant un temps, du moins devant tout uniforme officiel. Garuz ne souhaitait absolument pas avoir ce Maximiano contre lui.

— Personne ne parle des Espagnols qui sont ici ! On n'envisage pas une minute que nous puissions faire partie de la future nation ! Mais tous les autres ont leur place : les Bubis séparatistes, les Bubis néocolonialistes, les nationalistes unitaires, les indépendantistes radicaux, les indépendantistes progressifs…

— Tu oublies les Nigérians, Kilian, lui rappela Manuel en repliant le périodique *Ébano* avant de s'apprêter à feuilleter l'*ABC*. Avec cette guerre civile chez eux entre les Hausas musulmans et les Ibos catholiques, ils ne repartent pas, au contraire. Ils sont chaque jour plus nombreux, et c'est logique qu'Ekon et Nelson soient contents de la venue de leurs frères, mais il y a de moins en moins de travail.

Kilian termina son gin d'un trait et indiqua au serveur de servir une deuxième tournée.

— La séparation définitive n'arrivera peut-être pas, ici. Si vraiment l'indépendance doit avoir lieu, pourquoi ont-ils monté un émetteur de Radio Televisión Española sur le pic Santa Isabel ?

— Ils l'ont fait contre la volonté des esprits du bois, intervint Simón, une lueur malicieuse dans le regard.

Il était confortablement assis dans un fauteuil, profitant avec un air de triomphe de la possibilité de prendre un verre dans un bar pour Blancs.

— Ce mystère de la télévision… Vous vous souvenez de la première émission que nous avons vue dans cette même salle, il y a environ trois mois ? fit-il en désignant l'appareil qui trônait dans le bar. *L'Espagne, mère des peuples,* quelque chose comme ça. J'ai surtout gardé en mémoire les paroles du chef de là-bas.

En ouvrant à peine les lèvres, d'une voix aiguë il fit une parodie :

— Vous savez que l'Espagne n'a jamais été colonialiste, mais civilisatrice et mère de peuples, ce qui est une chose très différente…

Kilian et Manuel sourirent de l'imitation de Franco par Simón.

— Et, maintenant, poursuivit-il d'un ton las, les Blancs parlent de notre indépendance comme si c'était la meilleure réussite de la mission civilisatrice et créatrice de votre pays. Ça, ça ne me plaît pas. Que je sache, mon peuple existait avant que vous arriviez.

— Mais vous n'étiez pas civilisés, plaisanta le médecin en regardant par-dessus ses lunettes, avant de retourner à sa lecture. Maintenant, vous avez une Constitution approuvée à la majorité.

— Pas sur Fernando Póo, pourtant, le reprit Simón. Le « oui » l'a emporté de très peu.

— Qu'importe, dit Kilian. En tout cas, c'est lancé, et même les journaux télévisés émettent en fang, bubi et espagnol pour qu'on voie bien que les trois parties sont impliquées. Mais la réalité, c'est que l'argent continue d'arriver en Espagne. C'est comme si on investissait à marche forcée pour vous faire voir qu'il y a un risque à l'autodétermination.

Il agita dangereusement son verre.

— Comment est-ce possible, alors, qu'on estime que l'indépendance est une question de semaines ? Comment passe-t-on de la dépendance absolue à l'indépendance ? On démonte tout d'un coup et c'est bon ? Si on s'en va tous, qui va vous soigner, vous défendre et vous éduquer ?

Simón voulut répondre, mais Kilian lui fit signe d'attendre.

— J'ai peur que l'administration du pays tombe aux mains de gens qui savent au mieux lire et écrire, même si désormais ils se déplacent dans des voitures luxueuses pour prêcher leurs discours. Ce n'est pas suffisant pour gouverner.

Kilian regarda José, qui ne détachait pas le regard de l'écran. Il se sentait encore mal à l'aise dans les bars des Blancs, et ne s'exprimait donc pas beaucoup. La télévision, en revanche, l'émerveillait. Surtout les matchs de foot.

— Tu ne dis rien, Ösé ?

José s'éclaircit la voix, joignit les mains sur ses genoux et déclara :

— Avec l'aide de mes esprits, je pense continuer ce que je sais faire et je resterai le plus à l'écart possible de cette satanée politique. Je marcherai sur des œufs. Des temps difficiles se préparent, et d'autant plus pour les Bubis. Macías est fang.

À l'écran, on voyait l'image d'un homme à l'apparence impeccable, en costume et cravate, s'exprimant avec passion devant un micro. Il avait les yeux étroits et assez écartés, les lèvres épaisses et de grandes narines. Tous quatre gardèrent le silence pour entendre ce que disait le vice-président du gouvernement autonome, ancien fonctionnaire colonial et fils d'un célèbre sorcier de Río Muni, qui avait commencé comme maire de son village.

Il promettait salaires minimums, retraites et bourses, crédits aux pêcheurs et aux agriculteurs, avantages pour les fonctionnaires, et répétait son slogan d'unité : « Paix et prospérité. » Il termina son intervention par la phrase : « Cc que Macías promet, Macías le fait. »

— Il a du charisme, commenta Manuel, mais franchement je le trouve bizarre, voire instable. Parfois, il évoque l'Espagne comme une amie intime, et à d'autres moments il s'oppose à toute initiative espagnole. À la radio de Bata, il y a un mois, il demandait lui-même de ne pas voter pour la Constitution, et maintenant il est en pleine campagne.

Ils restèrent silencieux quelques minutes. Kilian regarda autour de lui. Hormis un groupe de huit ou dix Européens qui prenaient des gin-tonic tout près d'eux, la majorité des clients étaient des natifs. Kilian observa les Blancs. L'un d'eux, jeune homme d'une vingtaine d'années au visage rond, à la barbe courte et aux yeux vifs, leva son verre en direction de Kilian ; il devait être là depuis peu, car contrairement à ses compagnons, il n'avait pas la peau brûlée et ne cessait de regarder autour de lui avec l'étonnement, la curiosité et la crainte de celui qui vient d'atterrir à Fernando Póo. *Qu'est-ce qui l'a poussé à venir se perdre ici à cette période ?* se demanda Kilian.

— Vous savez pour qui vous allez voter, la semaine prochaine ?

— Oh, oui, répondit Simón à voix très basse en se penchant en avant. Et je t'assure que je ne compte pas donner ma voix au coq !

José sourit de l'expression interloquée de Kilian.

— Le slogan de Macías est « Tous pour le coq », expliqua ce dernier en baissant également la voix. Et moi non plus je ne voterai pas pour lui.

Manuel replia son journal et le posa sur la table.

— Mais beaucoup d'autres le feront, prédit-il. Les autres candidats n'ont pas la partie facile. L'actuel président du gouvernement autonome fait la campagne de la métropole. Personne ne connaît Atanasio Ndongo. Et l'Union bubie d'Edmundo Bosió n'obtiendra de voix que sur l'île. C'est Macías qui joue le plus habilement le défenseur dévoué de ses frères guinéens et de leurs intérêts. Il est très bien conseillé par l'avocat García Trevijano. Il sera président. À l'automne 1968, il entrera dans l'histoire.

Les quatre autres restèrent muets, puis Simón rompit le silence.

— *Massa* Kilian, ne te vexe pas, mais… parfois, j'ai l'impression que tu es contre notre liberté…

— Ce n'est pas que je ne désire pas l'indépendance pour vous, finit par répondre Kilian. Je dis simplement que je ne veux pas m'en aller, Simón.

Il ressentit soudain un profond soulagement. Il avait enfin réussi à dire à haute et intelligible voix devant ses amis ce qu'il éprouvait !

Un grand bruit de chaises qui raclaient le sol toutes en même temps l'interrompit. Ils regardèrent le groupe de Blancs et ne tardèrent pas à comprendre : le jeune aux yeux vifs était debout au comptoir avec un verre, l'autre main tendue pour faire comprendre à ses collègues de ne pas bouger. Il s'excusait de quelque chose qui avait offensé un homme noir planté face à lui dans une attitude agressive.

— Je vous ai dit, je suis désolé.

— Je parie qu'à tes copains blancs tu ne leur souffles pas ta fumée de cigarette au visage, répliqua l'homme d'une voix ivre. Ça te dérange qu'on vienne dans vos bars maintenant.

— Ce qui me dérange, c'est que vous ne sachiez pas accepter des excuses, répondit l'autre sans se départir de son calme.

Il se dirigea jusqu'à la table tranquillement, s'assit et fit signe à ses amis de faire de même.

L'homme au comptoir paya sa consommation et s'apprêta à partir, mais fit d'abord un grand geste dans l'air, comme s'il voulait comprendre tout l'espace occupé par les Blancs.

— Aucun de vous ne sortira vivant d'ici, dit-il. On vous tranchera la gorge. À tous !

Après un silence inconfortable, Manuel chuchota :

— Tu verras, Kilian. Julia non plus ne m'écoute pas, mais pour finir nous allons tous devoir prendre nos jambes à notre cou. Tous. Y compris toi.

— Vous êtes sûrs que c'est le mieux ? insista Julia, les yeux pleins de larmes. Papa, maman… il est encore temps de reculer.

Generosa arrangea ses cheveux devant le miroir posé sur le buffet de la salle à manger, à côté de la défense d'éléphant. Le reflet qu'il lui renvoyait était bien différent quelques décennies plus tôt, quand Emilio et elle avaient fondé leur commerce et s'étaient installés dans l'appartement du dessus. Elle se souvint des larmes qu'elle avait versées en laissant sa seule fille avec ses grands-parents avant qu'ils puissent lui offrir la vie confortable qu'ils avaient souhaitée, et des nombreux moments de bonheur qu'ils avaient vécus tous les trois à Santa Isabel. Les années avaient filé, ternissant sa chevelure d'un noir brillant et traçant de profondes rides autour de ses yeux. Elle soupira.

— Au moins, maintenant, nous pouvons en tirer quelque chose, pas beaucoup, mais plus que quand ils nous mettront dehors…

— Mais, protesta Julia, si notre éviction était si évidente, pourquoi un Portugais voudrait-il vous acheter le magasin ?

— João en sait autant que moi.

Emilio termina de ranger des papiers sur la table où se trouvaient aussi quatre ou cinq exemplaires de l'*ABC* de 1968, avec de grandes photos en couverture sur les derniers événements en Guinée. Il se leva et marcha lentement, voûté, vers la fenêtre.

— Rien ne l'oblige à me reprendre le commerce. En tout cas, lui, c'est un vaillant. Si on avait eu le cran de ne pas reconnaître la nouvelle République, comme l'a fait le Portugal !

Il consulta sa montre, puis regarda par la fenêtre avec impatience. Il voulait que João arrive vite et en finir dès que possible avec cette désagréable affaire. Quand l'amour se terminait, le mieux était de couper court. C'était la même chose pour la Guinée.

— En plus, il a des tas d'enfants ici avec une Guinéenne. Raison de plus pour rester.

Le commentaire orienta les pensées de Julia vers Kilian. Devrait-il partir lui aussi ? Laisser le fils de Bisila à la merci de l'incertitude ? L'adoration de Kilian pour son enfant était plus qu'évidente. Il ne pourrait pas l'abandonner.

— Pourquoi tu ne crois pas le nouveau président ? dit Julia en prenant son père par le bras. N'est-il pas appuyé depuis l'Espagne ? Depuis le 12 octobre…

— Ne me rappelle pas cette date[1] ! Tous ces jeunes fous ont transformé la ville en enfer. Ç'a été le début de la fin, oui, ils ont cassé les vitrines et les fenêtres des maisons, démonté la statue du général Barrera… En voilà une façon de témoigner leur reconnaissance de la passation de pouvoirs !

— C'était leur premier jour de liberté, papa. Mais depuis tous les discours de Macías étaient pleins d'éloges pour l'Espagne. Il a promis de suivre la politique des trente dernières années du Généralissime, et il encourage les entreprises espagnoles qui continuent d'investir ici…

— Oui, je reconnais ça au petit coq, intervint Generosa d'un ton amer. À l'heure actuelle, il est euphorique, mais nous verrons ce qui arrivera quand il ne recevra plus d'argent. Que donneront ses promesses électorales ?

Emilio souffla, se dégagea du bras de sa fille et se mit à tourner dans le salon, agité.

1. Le 12 octobre 1968 est la date de proclamation de l'indépendance de la Guinée équatoriale. (NdT)

— Je ne suis pas né de la dernière pluie, Julia. Nous faisons ce qu'il faut. Si nous signons aujourd'hui, nous resterons le temps nécessaire pour récupérer nos affaires et nous charger de l'envoi. Ensuite… Dieu seul sait.

Julia contint sa fureur due à la résignation de son père. En fait, elle n'était pas pressée. Manuel était resté avec les enfants pour qu'elle tente de convaincre ses parents d'abandonner leur idée de céder à quelqu'un d'autre le fruit des efforts de toute une vie. Mais elle ne se sentait pas capable d'être présente au moment de la signature du contrat.

— Je suis désolée, je ne peux pas attendre davantage. Je dois retourner avec les enfants. De toute façon, je crois que je ne pourrai pas vous faire changer d'avis.

Elle prit son sac et les clés de sa voiture, alla embrasser sa mère et fut surprise par son apparente tranquillité, même si dans le fond elle était désolée.

— Je t'accompagne dehors, dit Emilio. Comme ça, je verrai s'il finit par arriver.

En bas, la porte du magasin s'ouvrit et Dimas apparut.

— Mais alors, don Emilio ! On m'a dit que vous vendiez le magasin à un Portugais ?

— Oui, finalement, vous avez réussi. Nous partons.

— Vous n'avez pas l'impression d'exagérer un peu ?

— Pose la question à ton frère. Ne l'ont-ils pas de nouveau promu ?

Dimas eut un sourire fier.

— Si ! Il a été nommé aide du vice-président du Tribunal suprême.

Julia fut étonnée. Le nouveau président avait récompensé les membres de différents groupes tribaux et partis, y compris les candidats vaincus, pour leur soutien quand ils avaient vu qu'il allait gagner. Il leur avait donné des postes, tant au gouvernement que dans d'autres organes supérieurs. Les conseils des ministres se réunissaient dans une ambiance cordiale, mais le poste de Gustavo restait impressionnant.

— Pourvu que ça dure, lança Emilio.

— Papa…

— Pourquoi ça ne durerait pas ?

— Ne te fais pas d'illusions, Dimas. Moi aussi, j'ai tout eu, et maintenant je dois y renoncer. J'espère que je me trompe et que tu n'auras pas à retourner dans ton village natal. Comment il s'appelle, déjà ? Oui, Ureka.

Quelqu'un prononça son nom et il se retourna.

— Te voilà enfin, João.

Il embrassa sa fille.

— Alors très bien, finissons-en une bonne fois pour toutes.

— Au désherbage, José, dit Garuz en se frottant les yeux. Macías a dit qu'il enverrait tous les Blancs arracher les mauvaises herbes.

Les sept responsables de la continuité de Sampaka venaient de se détendre un peu après le repas. Kilian relut le dernier paragraphe de la lettre qu'il venait de recevoir de sa mère, préoccupée par les nouvelles reçues de voisins de la vallée travaillant dans d'autres propriétés.

Qu'attends-tu pour rentrer ? Je ne comprends pas que tu t'obstines à rester là-bas dans ces conditions. Je ne sais plus distinguer le vrai du faux. Certains prétendent que les Espagnols dorment avec un pistolet sous l'oreiller, ou qu'ils ne veulent plus rentrer chez eux tant ils ont peur. D'autres disent que ce n'est pas si grave. Si c'est une question d'argent, ne t'en fais pas. Tu ne peux pas faire mieux. Ton père serait fier de ce que tu as donné pour que la Casa Rabaltué, ta seule maison, resplendisse comme c'est le cas aujourd'hui. La Guinée a gardé mon cher Antón. Je n'aimerais pas qu'elle m'enlève aussi l'un de mes fils… Il est l'heure que nous soyons ensemble. Nous avons déjà donné et reçu tout ce qui était possible de Fernando Póo.

Je t'embrasse,

Ta mère qui t'aime

Kilian reposa la lettre sur la table. Il se rappela combien il buvait les paroles des premières lettres, à cette même table, seize ans tout juste auparavant, quand il était un jeune homme désireux de connaître le monde tout en ayant le mal du pays. À présent, sa mère lui racontait l'enthousiasme de Jacobo concernant les changements qui commençaient à se produire à Pasolobino, et tout lui semblait plus qu'extérieur, étranger. Comme si cette missive était destinée à un autre. Désormais, sa place était auprès de sa nouvelle famille. Il devait travailler pour l'aider.

Il maudit sa malchance à voix basse. Sans tous ces changements, ils auraient pu rêver d'acheter une maison dans Santa Isabel. En fait, il n'aspirait à rien de plus que les autres : une famille et un foyer. Ce n'était peut-être pas lui qui avait planifié sa vie, mais peu à peu son destin s'était précisé dans cette direction, et il ne souhaitait pas en changer le cours.

— Qu'est-ce qui irrite tant Macías ? demandait José.

— Tout ! répondit Garuz sur un ton amer. Il voit des fantômes partout. Il y a deux semaines, il n'était pas content de voir encore autant de drapeaux espagnols et il a ordonné leur retrait. Le consul d'Espagne a refusé et Macías a exigé le départ de l'ambassadeur. Depuis, les actes de violence contre les colons se multiplient. Un jour ou l'autre, ils vont arriver à Sampaka.

Simón finit de resservir le café.

— Les avions et les bateaux s'en vont remplis. Vous devriez peut-être tous partir aussi.

— Il y a encore les troupes espagnoles et notre police. Je n'ai pas l'intention de quitter les lieux.

— Ne parle pas si vite, Kilian, intervint Gregorio. Macías a accusé la police d'assassinats et l'armée de planification de coup d'État.

Kilian haussa les épaules.

— Si tu veux, tu peux décamper. À nous tous, on suffira pour bien gérer la récolte.

Garuz le regarda avec satisfaction. Qui aurait pu prédire que ce petit aurait tant de cran ?

— Je ne compte pas renoncer à mon salaire tant que je le peux, dit Gregorio. Mais quand il le faudra je prendrai le large. Heureusement, je ne me suis pas compliqué la vie comme toi.

Kilian lui lança un regard d'avertissement, qu'il soutint avec défi. Il n'allait pas laisser Garuz croire au sentiment du devoir de Kilian.

— La situation s'est compliquée pour nous tous, commenta le directeur.

— Oui, mais davantage pour lui.

Garuz fronça les sourcils.

Avant que Gregorio ait pu ajouter quoi que ce soit de désagréable sur ce qui le rendait si heureux, Kilian s'empressa d'expliquer :

— Je suis marié selon le rite bubi à Bisila, l'une des filles de José, avec qui j'ai un fils appelé Fernando Laha. Je ne m'en cache pas. Je croyais que vous étiez au courant aussi.

Tous attendirent en silence la réaction du directeur.

— Dieu du ciel…

Garuz se resservit en café. Comment avait-il pu ne pas savoir avant ? Certes, il ne prêtait jamais très attention à la vie privée des autres ni aux ragots sur les liaisons et enfants non désirés. Mais, de la part de Kilian, cela le surprenait. Il fut déçu que cela constitue sa véritable raison de rester, mais c'était visiblement une relation importante à ses yeux, qu'il avait même évoquée avec fierté.

— Je ne veux pas les abandonner, ajouta Kilian.

Garuz recouvra son ton ferme :

— Tôt ou tard, Macías se rendra compte qu'il a besoin de nous. D'où tirera-t-il des rentrées d'argent plus importantes que d'exploitations comme celle-ci ?

Dans tous les cas, il est préférable de prendre certaines précautions. Simón, Waldo, José et Nelson, vous ne bougez pas de la plantation.

— Mais ce n'est pas l'affaire des Nigérians, protesta Nelson, qui craignait de nouveaux obstacles dans ses rencontres de plus en plus difficiles avec Oba.

— Pour le moment, non, mais tout suivra, dit Garuz. Et vous deux…

Des coups de klaxon insistants accompagnés de cris interrompirent la discussion. Ils sortirent du réfectoire en hâte pour apercevoir Emilio, dans tous ses états, le haut du corps sorti par la vitre ouverte. À côté de lui, le père Rafael, qu'il avait fait monter à Saragosse, avait les mains sur le visage.

— Du calme, Emilio ! l'interpella Garuz. Que se passe-t-il ?

— Je dois avertir ma fille ! Lorenzo, Kilian, Gregorio… Venez chez Manuel !

Les roues de l'Opel élevèrent un nuage de poussière et Emilio avança sur plusieurs mètres jusqu'au logement du médecin.

Quelques instants plus tard, dans le salon, il leur annonça :

— Il y a eu une tentative de coup d'État. Macías accuse l'Espagne et le coupable, Atanasio Ndongo, a été assassiné. Bonifacio Ondó et d'autres politiciens qui ne sont pas de son bord ont été arrêtés et emprisonnés. Gustavo en fait partie. Les véhicules militaires n'ont pas arrêté de circuler en ville toute la nuit. Nous sommes en état d'urgence. On aurait dû partir sur le *Ciudad de Pamplona* il y a quelques jours, avec les derniers ! Julia, Manuel, prenez ce que vous avez de plus précieux, argent, bijoux, passeports, et laissez tomber le reste.

— Mais, l'Espagne…, commença Julia.

Son père la coupa :

— Julia, l'Espagne n'interviendra plus dans les affaires de la Guinée. Je pars à Santa Isabel pour m'occuper des billets. Nous allons rester ensemble jusqu'à pouvoir prendre le bateau ou l'avion, ce qui se présentera en premier, aujourd'hui ou demain.

Consterné, Manuel regarda Garuz. L'anxiété de son beau-père était entièrement justifiée, mais que feraient sans médecin les personnes demeurant à la plantation ?

— Fais ce que tu dois faire, répondit le directeur à son dilemme. Moi, je reste là.

— Moi aussi, déclara Kilian, décidé à ne pas partir avant qu'on ne l'y oblige en lui mettant un pistolet sur la tempe.

— Moi…, hésita Gregorio. Moi aussi, pour le moment.

Emilio haussa les épaules.

— Et vous, père Rafael ?

— Je reste, mon fils. Ma place est ici.

— Comme vous voudrez. Dès que la police sera partie, ce sera à vos risques et périls. Kilian… si j'étais ton père… je t'emmènerais de force en Espagne.

Trois heures plus tard, Waldo et Kilian finissaient d'aider à charger l'élégante Mercedes sombre que Garuz leur prêtait pour emmener la famille de Manuel à Santa Isabel. Les petits Ismael et Francisco jouaient par terre, étrangers à la tristesse de leurs parents. Julia effectuait des allées et venues vers la maison, les yeux rougis, et Manuel terminait ses adieux au dispensaire où il avait travaillé seize ans durant.

Kilian alluma une cigarette. Un enfant s'approcha de lui en courant et, comme tant d'autres fois, vint participer au jeu des enfants de Julia. Kilian sourit et chercha du regard la mère. Bisila s'avançait, accompagnée de Simón.

— Ils lui manqueront, dit-elle.

— Oui, et à moi aussi, ajouta Kilian.

Julia ressortit avec son sac à main. Après un dernier regard à l'intérieur de sa maison, elle ferma la porte, baissa la tête et garda le silence un instant. Les soubresauts de ses épaules trahissaient ses pleurs. Finalement, elle prit un mouchoir dans son sac, se redressa et se dirigea vers la voiture.

— Où est Manuel ? se renseigna-t-elle, la voix mal assurée.

— Au dispensaire, répondit Kilian.

— Tu veux bien aller le chercher ? Je voudrais en finir au plus vite.

— Bien sûr.

Kilian trouva Manuel dans le petit bureau où il étudiait et classifiait ses plantes.

— Je n'ai quasiment rien pu emporter…

— Tu pourras peut-être revenir un jour.

— Peut-être, oui.

— Tu vas me manquer, Manuel.

— Tu me manqueras aussi, répondit sombrement le médecin.

Il se passa la langue sur les lèvres, puis finit par se décider.

— Kilian… Je sais ce qui s'est passé, ce que Jacobo a fait à Bisila…

Son ami s'appuya à la table.

— J'ai même des doutes sur l'identité du véritable père de Fernando, poursuivit-il, mais il est évident que tu agis comme tel… Moi aussi j'ai des enfants, Kilian. Je ne les abandonnerais pas non plus. Mais fais attention à toi, d'accord ?

Kilian acquiesça.

— Julia est au courant ?

— Elle a toujours mis Jacobo sur un piédestal. Pourquoi la détromper ?

— Tu es un gentleman, tu l'as toujours été.

Manuel eut un faible sourire, regarda encore une fois autour de lui et posa la main sur la poignée de la porte.

— Tu te souviens quand on s'est rencontrés aux Deux Mondes ? On dirait que des siècles ont passé. Aujourd'hui, le bar n'existe même plus…

Ils sortirent. Julia surveillait les enfants en silence, avec Bisila. Manuel dit au revoir à tout le monde, serra Kilian dans ses bras, assit les enfants dans la voiture et se dirigea vers l'avant, les yeux emplis de larmes.

— Allons, Waldo. Tu vas être notre chauffeur pour la dernière fois.

Julia salua les autres à son tour et, arrivée à Kilian, elle s'effondra dans ses bras.

— Oh, ce petit te ressemble de plus en plus… Prends soin de lui, Kilian, ne l'abandonne pas… Que va-t-il arriver à tout le monde ?

Kilian lui caressa les cheveux et attendit en silence, le cœur serré, qu'elle recouvre un peu de son calme. Enfin, elle se redressa et porta son mouchoir à son nez.

— Au revoir, Kilian. Donne-nous de tes nouvelles.

Waldo mit le moteur en marche et traversa la cour principale en direction du chemin de palmiers royaux. Julia ferma les yeux et se laissa envahir par une langueur et une tristesse qui déformèrent les dernières images : Oba contrite devant la maison de ses parents, le magasin et sa devanture FACTORÍA RIBAGORZA où, jeune, elle attendait que le beau Jacobo ouvre énergiquement la porte pour éclairer sa journée ; le casino où elle avait parlé à Manuel pour la première fois, sans savoir qu'ils s'uniraient pour la vie.

Des années plus tard, elle se souviendrait de manière floue de son voyage retour dans le bateau où ils finirent par embarquer depuis Bata. Il faudrait la mémoire prodigieuse de sa mère pour lui rappeler le bâtiment de l'unité d'opérations spéciales de l'infanterie de marine où l'on rapatriait les derniers membres de la police nationale, un groupe de religieux de Fernando Póo, le dernier membre d'une expédition scientifique, des propriétaires de plantation, ainsi que des cacatoès, perroquets et singes que les passagers rapportaient en souvenir à leurs proches, le dernier drapeau espagnol sur ces terres, et trois générations de la même famille. L'embarcation qui les éloignait contre leur gré de leur passé récent s'appelait l'*Aragón*, du nom de la région qui les avait vus naître, ce à quoi ils ne manquèrent pas de trouver une ironie certaine.

— Vous voyez ? Je vous l'avais bien dit, fit Simón en montrant la mer depuis les hauteurs. Les sacs sont toujours là. Ils n'en ont pas embarqué un seul. Toute la récolte va se perdre, si ce n'est pas déjà fait.

Garuz n'en croyait pas ses yeux. Sur le quai en ciment de Santa Isabel s'amoncelaient des centaines de sacs en toile de jute, prêts à être chargés, marqués du sceau de Sampaka.

— Ils sont fous ! se désola Kilian. Ça représente une fortune !

— C'est comme ça qu'ils pensent mener tout ce pour quoi nous avons lutté pendant des années ? tempêta Garuz. La récolte d'un an de travail qui reste à pourrir à cause de l'absurdité d'un gouvernement incompétent ?

Il vit deux policiers sortir de la guérite de surveillance et s'apprêta à descendre par la côte des fièvres.

— Je vais trouver une solution sur-le-champ. S'il le faut, je parlerai au président lui-même !

Kilian le rattrapa par le bras.

— Attendez ! Je ne sais pas si c'est une bonne idée…

— Tu crois qu'ils me font peur, ces deux-là ? s'exclama Garuz en se dégageant brusquement.

— Si vous vous montrez agressif, ça leur donnera une bonne excuse pour vous arrêter. Nous devrions retourner à l'exploitation. Quand vous serez plus calme, vous déciderez que faire ou à qui parler.

À ce moment, une voiture s'arrêta, plusieurs hommes en descendirent et se dirigèrent vers la pente. Garuz s'approcha.

— Tiens, Maximiano, quelle coïncidence ! Je suis content de tomber sur vous. Je viens d'apprendre que la récolte de Sampaka n'avait pas été expédiée. Je vous serais très reconnaissant de m'informer des motifs.

— Vous voulez que moi je vous donne des explications ?

— Vous ou quelqu'un d'autre, mais je ne peux pas consentir qu'on jette à l'eau mon capital.

Maximiano s'humecta lentement la lèvre inférieure.

— Vous remettez en cause le bien-fondé des actions de notre président ?

— Pardon ?

Quelque chose dans le regard froid du chef de la police fit comprendre à Garuz qu'il était préférable de changer d'attitude du tout au tout.

— Mais bien sûr que non, sûrement pas. Si vous voulez bien m'excuser... Bon après-midi. Kilian, Simón, allons-y.

Ils se dirigèrent vers la voiture mais furent arrêtés par une voix.

— Dis donc, Simón ! Tu ne boites déjà plus ? Quelle guérison rapide !

Simón entra vite dans le véhicule. Garuz se retourna vers Maximiano, qui leva un doigt accusateur.

Garuz s'enfonça dans son siège et jura à voix basse. Kilian comprit qu'il devait être furieux et humilié. Il avait dû ravaler son orgueil et fuir aussi vite que possible l'endroit où son cacao allait probablement pourrir. Qu'allait-il se passer à présent ?

Les soins à apporter aux cacaoyers se poursuivaient tant bien que mal. Peu d'employés se présentaient au travail. Le traité avec le Nigeria avait été supprimé, mais on ne manquait pas pour autant d'ouvriers agricoles : on en voyait tourner partout, désorientés, qui ne savaient où aller. En fin de compte, c'était comme si tout le monde avait été gagné par le découragement transmis par les paroles et les actes des instances supérieures.

En son for intérieur, Kilian désirait encore innocemment entendre une voix joyeuse lui dire que les relations entre les deux pays étaient au beau fixe et que l'indépendance ne changerait rien à la vie quotidienne ni au travail. Mais la réalité était autre. La sensation d'abandon était générale. Les quelques médias, comme Radio Santa Isabel, Radio Madrid et le magazine *Ébano,* avaient adopté la métamorphose verbale, des premières paroles optimistes de l'hymne de la récente indépendance – « Nous cheminons sur le sentier de notre immense félicité » – aux menaces à l'encontre des Blancs. Les aides espérées n'arrivaient pas, il n'y avait pas d'argent, il était difficile de s'ajuster au nouvel ordre civil. La population ne voyait aucun changement dans son niveau de vie toujours bas, et aucune promesse électorale ne se réalisait. Il était difficile pour ceux qui refusaient jour après jour de partir de ne pas penser à ce que disait Macías : « C'en est fini de l'esclavage. Que personne n'aide le Blanc, qu'aucun Noir n'ait peur du Blanc… Nous ne sommes pas pauvres, la Guinée est riche, nous sommes assis sur un portefeuille de pétrole… Si les Blancs s'opposent au gouvernement, je les mettrai en prison… »

Ils roulèrent dans des rues sales, pleines d'ordures et maculées de sang, sous le feu de regards méfiants. Garuz demanda à Simón d'accélérer.

— Je ne sais pas, Kilian, murmura-t-il, pensif, quand ils laissèrent la ville derrière eux. Nous risquons peut-être beaucoup. Même ceux de la télé sont partis…

Simón freina brusquement. Une femme menue marchait sur le bas-côté, avec un fardeau volumineux sur la tête. Simón se tourna vers Kilian et l'implora du regard d'intercéder auprès de Garuz pour qu'ils puissent l'emmener.

Kilian sortit du véhicule.

— Oba, qu'est-ce que tu fais là toute seule ?

— Je vais vivre avec Nelson. Il n'y a pas de travail à l'usine, *massa*. J'espère que le *big massa* voudra bien.

— Viens, on t'emmène.

Elle monta avec Kilian et fut surprise de reconnaître Garuz à côté du conducteur. Celui-ci ne se retourna pas, n'ouvrit pas la bouche. Il ne se sentait pas concerné par ce que la jeune femme faisait. Et pourtant… Il abandonna son air d'indifférence et se redressa dans son siège. Si les femmes étaient la raison qui poussait des hommes comme Kilian et Nelson à rester auprès de lui, alors c'était un motif aussi valable qu'un autre. De plus, à Sampaka, ils ne manquaient pas de logements pour les ouvriers.

À partir de l'été, la tension décrut et les esprits semblèrent se calmer. En octobre 1969, ce fut la signature de nouveaux accords bilatéraux et l'Espagne garantit un crédit de plusieurs millions à la Guinée. Certains colons étant revenus, Garuz décida de prendre la mesure de la situation réelle en se rendant à un dîner de gala au casino. Devant l'insistance du directeur pour côtoyer les hautes autorités du pays, Kilian et Gregorio durent l'accompagner. Kilian accepta avec résignation : il était prêt à tout pour pouvoir rester plus longtemps. Il rappela à Waldo d'avoir plusieurs douzaines d'œufs et quelques bouteilles de cognac pour éviter les problèmes aux postes de garde, et, après une longue période sans avoir assisté à une seule fête, il revêtit un costume sombre avec un nœud papillon prêté par Garuz lui-même.

À peine entré dans le casino, il constata avec étonnement que seules deux choses avaient changé dans la salle principale depuis sa première visite : tout d'abord, la majorité des clients étaient des natifs, et les Blancs se comptaient sur les doigts d'une main ; ensuite, on voyait quasiment plus d'uniformes militaires que de smokings. La musique d'un orchestre appelé Etofili accompagnait les conversations et les nombreux serveurs faisaient en sorte que chacun soit parfaitement satisfait.

Accompagné de Kilian et de Gregorio, Garuz salua plusieurs des hommes présents avec une affabilité exagérée, notamment ceux qu'il présenta comme le directeur général de la Sécurité, un homme bien bâti au regard sévère, et le secrétaire de la Défense, homme sérieux et pensif en uniforme de commandant. Kilian tendit la main et frissonna. Aucun sourire sur les visages de ceux qui avaient entre leurs mains l'avenir du pays et le sien.

Un bruit de rires leur parvint depuis la porte menant à la terrasse extérieure, où se trouvait le kiosque à musique. Garuz sourit avec un certain soulagement en distinguant un groupe d'Européens. Ils se dirigèrent vers eux. Kilian avait l'impression de les avoir déjà vus, mais ne se rappelait pas où. Garuz les salua et s'éloigna vers une petite pièce en conversant avec deux d'entre eux.

— Bonjour, dit une voix à côté de Kilian. Si tu es venu avec Garuz, j'imagine que tu es l'un de ses employés.

L'homme tendit la main.

— Moi, c'est Miguel. Je travaille à la télévision. Comme tous les autres ici. Certains à la diffusion, d'autres dans les studios.

Kilian observa le jeune homme aux yeux vifs et à la barbe courte et se souvint d'une scène avant les élections, quand un ivrogne avait accusé Miguel de lui souffler sa fumée de cigarette au visage.

— Je suis Kilian, et oui, je travaille à Sampaka. Je pensais que les gens de la télé étaient tous partis.

Du coin de l'œil, il vit Gregorio engager la conversation avec deux des jeunes du groupe. À son attitude, Kilian crut comprendre qu'il cherchait à les impressionner en relatant ses expériences coloniales.

— Ils ont dû détaler après le coup d'État de mars, mais nous avons été envoyés ici ensuite pour prendre le relais. Et on est toujours là… pour le moment.

— Comment ça se passe en Espagne ? Ils ont une idée de ce qui se passe ici ?

— Crois-moi, en dehors de la famille et des amis, personne ne sait rien. La presse a encensé le formidable travail de l'Espagne pour l'indépendance, mais je t'assure qu'on n'en entend pas parler dans la rue.

— Je vois, répondit Kilian, qui ne fut pas étonné par cette réponse, mais ne la trouva pas moins décourageante. Au fait, comment connais-tu Garuz ?

— Lui et presque tous les entrepreneurs du coin, avec la nouvelle monnaie, nous harcèlent pour qu'on leur fasse des chèques qu'ils nous remboursent en pesettes guinéennes. Nous, on les dépense et ça les tranquillise, parce qu'ils ont peur qu'elles perdent toute valeur. Donc si tu as du liquide n'hésite pas.

Kilian, qui n'avait pas bavardé avec une personne extérieure à Sampaka depuis des lustres, appréciait de plus en plus ce jeune homme dynamique dont les sourires fréquents transmettaient une sensation rafraîchissante de camaraderie.

— C'est très gentil, mais mon salaire m'est versé sur un compte en Espagne. Je ne garde que très peu pour mes dépenses courantes.

Il alluma une cigarette.

— Et que fais-tu ici, exactement ?

— Je m'occupe de l'entretien de l'émetteur, là-haut, sur le pic. Sur mon temps libre, je vais au casino jouer au tennis. Regarde un peu ce type, fit-il en désignant un homme très grand et imposant à une certaine distance. C'est le consul du Cameroun. Il me cherche toujours pour que je joue contre lui. Sans doute parce qu'il gagne à tous les coups, ajouta-t-il en riant. Tu es ici depuis combien de temps ? Tu as l'air d'être expert en Fernando Póo, je me trompe ?

Kilian lui adressa un sourire mélancolique. Oui, il connaissait particulièrement bien l'île et ses habitants, mais si Miguel avait su par quoi il était passé et l'angoisse que l'avenir incertain suscitait en lui, ses questions n'auraient pas été teintées d'autant d'envie.

Pendant un bon moment, ils discutèrent amicalement de leur vie et de la situation politique. Miguel ne se cacha pas du fait que, dans la rue, il ne se sentait pas en sécurité. Il se bornait donc à aller au travail et au casino, et insista pour que Kilian vienne aussi pour laisser derrière lui la solitude de la plantation.

— Je ne suis pas seul, expliqua Kilian. J'ai une femme et des enfants.

Il y avait un moment que ses proches acceptaient sa situation en toute normalité, mais le fait de la verbaliser devant quelqu'un qu'il venait de rencontrer lui procura une sensation plaisante ; Miguel lui inspirait confiance.

— Et ils sont encore ici ? La plupart des colons qui ne sont pas partis les ont renvoyés en Espagne.

— Elle est guinéenne. Bubie.

— Ah. Et que ferez-vous si ça sent le roussi pour toi ?

— Je ne sais pas, soupira Kilian. C'est compliqué.

— Tu m'étonnes…

Un serveur s'approcha pour annoncer que le dîner serait servi dans quelques minutes. Garuz rejoignit le groupe et, ensemble, ils se dirigèrent vers la salle à manger, décorée comme dans les temps meilleurs.

— Tu sais quoi, Kilian ? fit Miguel après s'être assis à côté de lui à une table ronde. Quand je suis arrivé ici, je ne savais pas quoi faire d'autant de couverts. En Espagne, je n'ai jamais eu l'occasion de fréquenter des cercles aussi sophistiqués…

— Comme je te comprends ! s'exclama Kilian en riant.

Soudain, son sourire se figea. Il regarda Gregorio, assis un peu plus loin, et aussi surpris que lui.

Une femme splendide vêtue d'une robe de crêpe blanc entra dans la salle au bras d'un homme au visage marqué par la variole et se dirigea vers l'une des tables les plus proches. Elle minaudait et riait aux éclats, comme si ce que lui racontait son cavalier était la chose la plus drôle du monde.

— Ça alors, Maximiano ! marmonna Garuz en reconnaissant le chef de la police.

Kilian baissa les yeux quand Sade leur lança un regard hautain et haineux, d'abord à Gregorio puis à lui. Ensuite, quand elle fut à la table des autorités de la Sécurité nationale, dont faisait partie le commandant qu'ils avaient rencontré en arrivant, elle ne cessa de jouer les coquettes, chuchoter à l'oreille de Maximiano qui, une ou deux fois, les regarda d'un air sombre.

— Alors, tu les connais ? demanda-t-il à Sade, qui baissa les yeux avec une tristesse étudiée.

— Celui qui a des reflets roux dans les cheveux m'a quittée pour une autre après m'avoir mise enceinte…

L'autre, celui à la moustache, a voulu abuser de moi en me menaçant avec une arme.

Maximiano envoya ouvertement un regard assassin vers la table des Blancs.

— Je ne sais pas ce que vous avez fait à mon oncle, dit un jeune homme en s'asseyant à côté de Kilian, mais vu son regard je suis content de ne pas être à votre place.

— Ton oncle ? réagit Miguel, surpris.

— Je ne t'ai pas dit que ma famille avait des postes importants ?

— Pardon, Kilian. Je te présente Baltasar, cameraman. Avant que tu poses la question, il a fait ses études à Madrid, il vit et travaille là-bas. Et voici Kilian, l'un des quelques colons qui résistent encore.

Kilian n'aima pas du tout que l'on parle de lui ainsi, surtout après avoir dit qu'il avait une famille avec une native, mais il supposa que Miguel n'avait pas de mauvaise intention. Il serra la main de Baltasar, qu'il observa avec curiosité. Il avait l'une des peaux les plus sombres qu'il ait vues dans l'île, de sorte que ses yeux ronds et ses dents blanches luisaient comme des lanternes chaque fois qu'il cillait ou souriait.

— Alors, tu es fang, finit-il par dire.

— Ça te pose un problème ?

— Non, pas pour le moment.

Kilian regretta ses paroles ; il venait de rencontrer Baltasar. Il voulut s'expliquer, mais changea d'avis.

— La femme de Kilian est bubie, dit alors Miguel.

— Et alors ? demanda Baltasar. Ah, je vois. Simplification très compréhensible. Les gentils Bubis, les méchants Fangs, c'est ça ?

Kilian ne répondit rien. Baltasar claqua la langue et se servit un verre de vin, sous le regard désapprobateur du serveur zélé derrière lui. Il baissa la voix.

— Laisse-moi te dire quelque chose, Kilian. Le monstre capricieux et vengeur, ce sont les dirigeants espagnols qui l'ont réveillé, pas moi. D'abord, ils ont cru que Macías était bien, puis quand ils se sont rendu compte de leur erreur, ils ont tenté un coup d'État, juste quand il était au sommet de sa gloire comme grand chef d'un peuple libre et indépendant… Et maintenant, s'ils pouvaient, ils l'assassineraient. Tu sais ce qui obsède le plus le président ? La mort. Il en a très peur. Vous savez qu'il a sanctionné l'un de ses représentants du gouvernement parce qu'il toussait ? Il l'a accusé d'essayer de transmettre des microbes au chef de l'État. Et qu'ont appris les fonctionnaires ? À s'offrir de longues vacances jusqu'à être entièrement guéris. C'est surréaliste ! s'exclama-t-il en riant. Macías s'assurera à n'importe quel prix de la tenir en respect, la mort, je veux dire. Il soudoiera, il applaudira la délation, appuiera ses fidèles et tuera sans hésiter ceux qu'il soupçonne d'être contre lui. Alors, mon ami, tant que l'Espagne ne reconnaîtra pas sa part dans l'élection du candidat, elle ne sera pas libre du péché de dégénérescence qui viendra, jusqu'à ce qu'un de ses laquais se retourne contre lui…

— Tu ne devrais pas dire tout ça, Baltasar, murmura Miguel. Tu te mets en danger.

— Moi, heureusement, je vais partir bientôt. La politique, je laisse ça aux membres de ma famille.

Il prit la carte sur la nappe.

— Voyons avec quels plats ils vont nous surprendre aujourd'hui.

Kilian accepta avec soulagement le changement de sujet et participa aux commentaires enjoués sur le menu élaboré : soupe de volaille, œufs pochés grand-duc, langouste sauce tartare, loup, poulet rôti à l'anglaise et salade de fruits. Peu à peu, il se détendit, et dut même reconnaître qu'il appréciait la nouveauté de la conversation avec Miguel et Baltasar. En outre, il ressentait vis-à-vis de ce dernier une curiosité particulière : Baltasar avait étudié en Espagne, obtenu un poste à la télévision et n'avait pas l'intention de changer de lieu de résidence.

— Miguel m'a dit qu'en ce moment en Espagne on ne parlait pas du tout de la Guinée…

— J'imagine que les hommes politiques de là-bas préfèrent qu'on oublie aussi vite que possible qu'a eu lieu ici l'exercice de la démocratie, répondit Baltasar sur un ton ironique. Le gouvernement de Franco, dictateur, a mis en place un référendum et des élections en Guinée, ce qui est impensable dans son propre État !

Kilian fronça les sourcils. Il n'avait pas du tout envisagé la situation sous cet angle. Il se sentit un peu honteux. Il était tellement impliqué dans la vie de Fernando Póo qu'il ne prêtait pas attention à ce que vivait son propre pays. Il ne pensait jamais au fait que l'Espagne subissait une dictature. Sa vie tournait autour du travail et du reste. Il aurait été incapable d'expliquer à quelqu'un ce qu'impliquait la dictature dans cette petite Espagne coloniale.

— Comment se passe ta vie à la capitale ? demanda-t-il.

— Je suis là-bas depuis si longtemps que Madrid est devenu chez moi.

— Et tu n'as pas eu de problèmes ?

— Oh, hormis le fait que je ressors beaucoup sur tout ce blanc, aucun, répondit Baltasar en riant. Mais beaucoup de Guinéens qui viennent aujourd'hui en Espagne chercher la liberté découvrent que la mère patrie s'est transformée en marâtre. En plus de la déception quand ils se rendent compte que les Espagnols ne savent rien d'eux, depuis l'indépendance on ne renouvelle plus leurs passeports, et ils deviennent apatrides. Ils avaient deux pays, ils n'en ont plus aucun. J'y ai échappé parce que je suis marié à une Espagnole.

Kilian ne put masquer sa surprise ; pendant quelques secondes, un nouvel espoir s'insinua dans son cœur. Il allait parler avec Bisila pour la convaincre de partir avec lui. Ils pourraient entamer une nouvelle vie dans un autre endroit. Si d'autres l'avaient fait, pourquoi pas eux ?

Juste à ce moment, les serveurs offrirent des whisky-sodas. L'orchestre commença une séance de danse nocturne dans le kiosque avec une chanson de James Brown, et ils abandonnèrent les tables pour se déplacer vers l'extérieur. Gregorio se leva et dit quelque chose à Garuz. Kilian entendit le directeur répondre :

— Ce n'est peut-être pas très prudent que tu t'y rendes seul.

— Tu vas où ? demanda l'un des employés de la télé.

— Voir ce qu'il y a d'ouvert dans le coin.

— On peut venir avec toi ? demanda un autre. On aimerait bien connaître un peu la ville de nuit.

Gregorio haussa les épaules et s'éloigna, suivi des deux autres.

— Ceux-là, ils ne perdent pas de temps, fit Miguel avec un sourire.

— Ils devraient faire attention, commenta Baltasar avec un geste vers la table de son oncle. Les gens de la Sécurité nationale n'aiment pas que nos femmes aillent si facilement avec les Blancs.

Gregorio sortit seul de chez Anita Guau. Les employés de la télé étaient partis depuis un moment. Il marcha d'un pas incertain jusqu'à sa voiture. Il n'y avait pas un chat. Au moment où il ouvrait la portière, une main de fer s'abattit sur son épaule. Il ne put rien faire. En quelques secondes, d'autres mains le tirèrent en arrière, lui enfoncèrent un sac sur la tête, le poussèrent et l'introduisirent dans une voiture qui partit à toute vitesse vers un lieu inconnu.

La voiture s'arrêta. On le sortit sans ménagement et on le fit marcher quelques pas. Il entendit le bruit métallique grinçant d'une grille de fer qui s'ouvrait. Dans un silence complet, on le poussa avec violence puis on lui ôta le sac. Il mit quelques secondes à comprendre où ils se trouvaient. Les cinq ou six hommes éclatèrent de rire en découvrant son expression.

Il était devant une fosse ouverte dans la terre, à côté de plusieurs tombes. Il fut pris de sueurs froides. On l'avait emmené au cimetière ! Il comprit alors les intentions de ses kidnappeurs. L'urine coula doucement à l'intérieur de ses cuisses.

— Tu vois ce trou, *massa* Gregorio ?

Ils connaissaient son nom. Dans l'obscurité, il ne reconnaissait pas leurs visages et ne distinguait que leurs yeux injectés de sang. Et puis de toute façon quelle importance ?

— Tu vois, on l'a creusé pour toi. Eh oui, juste pour toi.

— Vous croyez qu'il sera assez grand ?

— On essaie ?

Des rires.

Le premier coup s'abattit sur son dos ; le deuxième au niveau des reins. Ensuite, des coups de poing n'importe où. Enfin, une forte poussée qui le jeta dans la fosse et des voix menaçantes, vengeresses, chargées de ressentiment :

— Ce n'est qu'un avertissement, le Blanc. Tu ne sauras pas quand, mais on reviendra.

Encore une fois, le grincement strident de la grille.

Il s'écoula un long moment avant que Gregorio retrouve une sérénité suffisante pour s'extraire de la fosse en gémissant de douleur, traverser en silence le cimetière, aux aguets, et s'orienter. Quand il revint à sa voiture, à quelques mètres du club, les coupures sur son visage ne saignaient plus, mais il avait pris sa décision.

Une fois à Sampaka, il réveilla Garuz et lui demanda sa solde.

Dès qu'il fut réveillé, Waldo l'emmena à l'aéroport et Gregorio disparut de Fernando Póo sans dire au revoir à personne.

Miguel et Baltasar ramassèrent leur matériel et le rangèrent dans des mallettes métalliques.

— Merci de nous avoir accompagnés, Kilian. Ce film sur l'élaboration du cacao a été très instructif.

— Si seulement vous aviez vu ça il y a quelques années… Maintenant, ça fait peine à voir. Avec le peu de personnel restant, nous n'arrivons pas à éliminer les mauvaises herbes. En plus, nous ne produisons même pas le dixième de ce que nous produisions avant.

Des gouttes se mirent à tomber du ciel et tous trois entrèrent rapidement dans leur véhicule. Le trajet le plus court et le plus sûr vers les appartements qu'occupaient les membres de l'équipe télé passait par la zone résidentielle où avait vécu la famille de Julia. Quand Kilian passait devant l'enseigne de la factoría Ribagorza, il avait le cœur serré. Il avait la sensation qu'à tout moment la porte allait s'ouvrir pour laisser sortir Emilio ou sa fille…

— Où vont tous ces gens ? demanda Baltasar.

Sans prévenir, la rue s'était remplie de jeunes qui couraient dans différentes directions. Ceux qui allaient dans le même sens qu'eux avaient les mains vides ; ceux qu'ils croisaient portaient des objets de toutes sortes et des bouteilles qu'ils cassaient par terre entre deux rires incontrôlés pour en boire le contenu. Pris d'un mauvais pressentiment, Kilian fit avancer le véhicule sans ralentir. À quelques mètres de la quincaillerie, il s'arrêta.

— Mon Dieu, mais que font-ils ?

Des dizaines de jeunes s'employaient à détruire la boutique. Certaines cassaient la vitrine avec de gros bâtons. D'autres sortaient chargés d'articles. Ils poussèrent dehors un homme blanc, sûrement le nouveau propriétaire, le Portugais João, qui les implorait, les mains jointes, de ne rien faire. Sans écouter ses suppliques, ils lui donnèrent une correction brutale. Le sang gicla à terre. Sans réfléchir, Kilian bondit de la voiture et courut vers eux en agitant les bras.

— Arrêtez, mais arrêtez !

Tout de suite, il comprit son erreur. Un grand jeune au crâne rasé se retourna et lança avec un sourire moqueur :

— En voilà un autre ! Sur lui !

Le cœur battant à se rompre, Kilian vit défiler dans son esprit de vieilles instructions sur la façon de traiter les ouvriers : fermeté, tranquillité…

— Laissez cet homme tout de suite ! cria-t-il.

— Et pourquoi, le Blanc ? demanda celui au crâne rasé en s'approchant, se déhanchant avec arrogance. Parce que tu le dis ?

En une seconde, Kilian fut entouré par plusieurs hommes, dont la plupart devaient avoir à peine vingt ans. Il sentit sa conviction l'abandonner.

— On ne reçoit d'ordres d'aucun Blanc, affirma l'autre.

Les bâtons s'élevèrent. Kilian croisa les bras sur son visage. Il attendit, mais rien ne vint. Il entendit alors une voix familière.

— Je ne ferais pas ça, si j'étais vous, disait d'un ton ferme mais aimable Baltasar, placé entre lui et les jeunes assoiffés de vengeance. Je suis le neveu du chef de la police, Maximiano, et cet homme est un ami à lui.

Sans se retourner, il dit à Kilian :

— Retourne à la voiture. Je veux parler avec ces garçons, qu'ils m'expliquent pourquoi ils sont tellement en colère.

Il leur posa une question en fang et les autres se lancèrent dans de longues explications enthousiastes.

Kilian rentra dans le véhicule, les jambes encore tremblantes. Miguel était roulé en boule sur la banquette arrière.

Kilian ne dit rien. Il regarda par la vitre vers le salon de l'appartement et sentit sa gorge se nouer. Une femme avec un bébé dans les bras serrait contre elle un enfant de cinq ou six ans. Malgré la distance, il crut entendre les pleurs dus à cette terreur atroce dont ils étaient les témoins. Reverraient-ils leur père, leur mari en vie ?

Baltasar revint dans la voiture accompagné par le jeune au crâne rasé, à qui il dit au revoir. Le jeune homme s'inclina en cherchant le regard de Kilian.

— Un autre jour, tu n'auras pas autant de chance.

Kilian mit le moteur en marche et ils commencèrent à s'éloigner.

— Merci, Baltasar, dit-il. Tu m'as sauvé la vie.

L'autre, attristé, agita vaguement une main comme s'il souhaitait oublier l'affaire sans rien ajouter.

— On peut savoir quelle mouche les a piqués ? demanda Miguel au bout d'un moment.

— Un groupe de mercenaires portugais a essayé d'envahir la Guinée-Conakry. Macías a laissé toute latitude à sa jeunesse pour qu'elle manifeste contre les Portugais.

Miguel poussa un soupir.

— Quelle manière d'exprimer son désaccord… Cet après-midi, je monte à l'émetteur du pic et je ne redescends plus d'une semaine.

— Ce n'est pas bête, vu l'état d'esprit général…, réfléchit Baltasar.

Kilian était sûr que, dans sa tête, la même question tournait que dans les autres : que diable arrivait-il à ce pays ?

— Pourquoi on n'irait pas ? insista Kilian.

— Aller où ?

— En Espagne. Ensemble. Tu es ma femme. Tu viendras avec moi.

— Ma place est ici.

— Ta place est auprès de moi.

Kilian s'assit sur le bord du lit et baissa la tête.

— Tout le monde s'en va. Je réfléchis donc à toutes les manières possibles d'agir.

Bisila vint à côté de lui.

— Je ne peux pas partir d'ici. Mes enfants sont guinéens, pas espagnols. Ils ne les laisseraient pas quitter le pays.

Silence.

— Et de toute façon je n'appartiens pas à Pasolobino. Je sortirais du lot. Je serais toujours la Noire que Kilian de Rabaltué a ramenée de la colonie.

Kilian protesta :

— Tu serais ma femme ! Ils s'habitueraient !

— Mais je ne veux pas que les gens aient à s'habituer à moi.

— On pourrait aussi vivre à Madrid, ou Barcelone… Je trouverais un travail dans n'importe quelle usine.

— Tu es un homme de la terre, de la montagne, de l'agriculture… Tu serais malheureux en ville. Avec le temps, tu rejetterais la faute de ta tristesse sur moi et notre amour prendrait fin.

— Alors il ne reste qu'une solution : je reste ici. Dans la plantation, je me sens encore en sécurité.

Bisila se leva, alla regarder par la fenêtre, revint sur ses pas et se dirigea vers la table, où se trouvait un petit miroir. Kilian y avait accroché la seule photo qu'ils avaient d'eux ensemble. Elle sourit au souvenir du jour où Simón s'était présenté devant eux avec l'appareil photo qu'il venait de s'acheter :

« Alors, Bisila, mets-toi là… Voilà. Fernando, viens, juste devant ta maman. Reste bien sage. Et maintenant, souris… Kilian, à toi, ici, oui, comme ça. Tu peux t'appuyer sur le camion si tu veux. J'espère que ça rendra bien ! »

Le sort avait son ironie : dès qu'ils avaient pu être libres de s'aimer sans se cacher, la persécution des Blancs avait commencé.

— Oui, dans la plantation, tu es en sûreté, répéta-t-elle. Mais pour combien de temps ?

— Où vont-ils ?

Kilian, étonné, suivit Garuz jusqu'au centre de la cour principale. Plusieurs ouvriers portant de gros fardeaux contenant leurs maigres possessions s'y étaient regroupés. Ils étaient accompagnés de leurs femmes et de leurs enfants. Bisila tenait le bras de Lialia, et Oba avait l'un des enfants d'Ekon dans les bras.

— Où allez-vous ? leur demanda Garuz.

— Nous partons aussi, *massa*, répondit Nelson d'une voix grave. Nous avons appris que nous pouvions rentrer chez nous. Ici, il n'y a pas grand-chose à faire.

— Mais… et la guerre ? demanda Kilian.

— Elle est terminée. On pardonnera aux vaincus. Enfin, c'est ce qu'ils disent. Et ils ont envoyé des bateaux pour nous chercher.

— Nous ne voulons pas qu'il nous arrive la même chose qu'aux Portugais, intervint Ekon. Le président d'ici ne veut que des Guinéens.

Kilian baissa la tête. Eux aussi, ils partaient. Ses derniers collègues. Et la récolte ? Qui cueillerait les fruits qui mûrissaient sur les arbres ?

Garuz lâcha un juron et partit s'enfermer dans son bureau.

Bisila se tint à côté de Kilian. Nelson tendit la main pour faire ses adieux à son chef, mais celui-ci secoua la tête.

— Je vais vous emmener en camion. C'est un long trajet à pied, pour les enfants.

— Je ne sais pas si c'est…

— Peu importe que ce soit prudent ou non. Je vous accompagne.

— Je viens aussi, dit Bisila.

Une heure plus tard, le groupe de Nigérians descendit la côte des fièvres avec une détermination proche de l'inquiétude. Des centaines de personnes s'amassaient sur le petit quai, et les autorités examinaient chaque passeport un par un avant de leur permettre l'accès à l'étroite passerelle qui menait au bateau envoyé par le gouvernement nigérian.

Kilian et Bisila s'accoudèrent à la balustrade du promontoire supérieur, mêlés aux nombreux curieux venus au port pour assister au départ des Nigérians. Heureusement, il n'était pas le seul Blanc, se dit Kilian. Il aperçut entre autres, de loin, plusieurs collègues de Miguel et Baltasar. Très régulièrement, Bisila levait la main pour saluer Lialia et ses enfants. Kilian admirait sa capacité à lancer des sourires encourageants, alors qu'il la savait triste de perdre sa meilleure amie. Les enfants d'Ekon et Lialia, dont elle soignait les petites blessures et les maladies depuis qu'ils étaient petits, lui firent également signe plusieurs fois de loin, puis ce fut à leur tour d'embarquer.

Nelson et Ekon présentèrent leurs papiers, imités par Lialia. Quand vint son tour, Oba montra son passeport et le policier fronça les sourcils. Il échangea avec son collègue pendant des secondes qui lui parurent éternelles, avant de déclarer :

— Tu es guinéenne. Tu ne peux pas monter.

Oba sentit la terre s'ouvrir sous ses pieds.

— Mais je m'en vais avec mon mari…

Nelson recula de quelques pas. Les passagers derrière Oba commençaient à s'impatienter et à pousser des cris de protestation.

— Que se passe-t-il ?

Le policier leva les yeux vers le grand gaillard au visage rond qui ne quittait pas des yeux la jeune femme.

— Qu'est-ce que ça peut te faire ?

— Cette femme est mon épouse.

— Montre-moi les papiers.

Nelson et Oba furent pris de peur. Ils avaient prévu de se marier bien avant qu'elle ne vienne vivre à Sampaka, mais pour raison ou une autre, ils avaient repoussé le projet.

— Où est le certificat de mariage ?

— Nous l'avons perdu, répondit rapidement Nelson, désirant de toutes ses forces que son mensonge soit accepté.

— Dans ce cas, elle ne part pas.

Le policier la tira par le bras pour la sortir de la file avec tant de force qu'Oba tomba à terre. Des cris d'indignation se mêlèrent à des cris d'impatience.

— Oba ! cria Nelson en poussant les deux policiers pour venir s'agenouiller à côté d'elle.

Depuis le bateau, les voix désespérées d'Ekon, Lialia, et de la famille de Nelson s'étonnaient que le couple mette si longtemps à monter. La sirène du bateau indiqua qu'il était prêt à partir. Ceux qui restaient à quai se mirent à pousser et entourèrent les policiers. L'un d'eux sortit son arme et tira dans la foule, imité par son collègue. Plusieurs personnes tombèrent. Les cris se transformèrent en hurlements de panique et de douleur. Ceux qui le purent arrivèrent jusqu'à la passerelle. D'autres, stupéfaits, essayaient de secourir leurs proches blessés.

D'en haut, Kilian et Bisila regardaient, ahuris. Lorsque les coups de feu cessèrent, le bateau se mit à glisser tranquillement sur l'eau, étranger au désarroi de ceux qui s'inclinaient au-dessus de la rambarde, dans une vaine tentative de savoir ce qui était arrivé à leurs amis ou à leur famille. Sur le quai, plusieurs cadavres gisaient sur le sol, à côté d'hommes et de femmes qui prenaient leur tête entre leurs mains en se lamentant. Bisila serra fort la main de Kilian et étouffa un cri en reconnaissant Oba.

Assise, la tête ensanglantée de Nelson sur les genoux, Oba se balançait d'avant en arrière, comme pour le bercer. Aucun son ne sortait de sa gorge. Comme un poisson hors de l'eau sur le point de mourir, elle ouvrait et refermait la bouche, caressant les cheveux de son amoureux, ce qui tachait ses mains de sang.

— Quelle surprise, Kilian ! s'exclama une voix agressive à côté de lui. Tu es encore là ? Je croyais que tu n'étais plus parmi nous…

Kilian capta le double sens des paroles de Sade. Il soupçonnait que la raclée de Gregorio lui était due, ainsi qu'à ses amitiés haut placées. Il prit la main de Bisila.

— Il vaut mieux qu'on s'en aille, dit-il.

Sade leva les yeux au ciel. Pourquoi cette femme lui semblait-elle familière ? Où l'avait-elle déjà vue ? Ces yeux si clairs… Elle se souvint alors du jour où, à la demande de Jacobo, elle était allée s'occuper de Kilian, et cette petite était là, à lui tenir la main… Et le jour même où Kilian avait rompu, elle l'avait aperçue près des logements des Européens. C'était donc cette fille qui lui avait volé les faveurs de Kilian ? Elle s'humecta les lèvres.

Elle ignorait comment, mais un jour elle se vengerait d'elle.

Les trois hommes prirent un cognac après manger. La nourriture européenne se raréfiait depuis des semaines, mais grâce à la générosité de la nature, les potagers continuaient de produire des légumes en abondance et les poules, livrées à elles-mêmes depuis la mystérieuse disparition de Yeremías, produisaient toujours autant d'œufs.

— Il a dû retourner à son village, soupira Garuz. Encore un en moins.

— D'où venait-il ? demanda Kilian.

— D'Ureka, répondit le père Rafael. Il est parti avec Dimas, qui fait des allers-retours entre le village et Santa Isabel pour aider ses amis à prendre la fuite. Cette fois, il n'a même pas voulu attendre le simulacre de jugement que Macías avait organisé contre les condamnés pour la tentative de coup d'État de l'an dernier. La plupart ont déjà été assassinés. Et sur d'autres, comme son frère Gustavo, on ne sait rien.

Soudain, la lumière au-dessus de la table de la salle à manger s'éteignit. D'un mouvement instinctif, ils regardèrent par la fenêtre, pour ne voir que l'obscurité.

— Ces maudits générateurs, bougonna Garuz en cherchant des allumettes dans sa poche. Qu'est-ce qui peut encore mal tourner ?

— Je vais voir ce qui se passe.

Kilian sortit, muni d'une lampe, fit le tour du bâtiment et ouvrit la porte de la petite machinerie.

Un coup assené par-derrière lui coupa le souffle. Il ne put même pas crier. Avant qu'il puisse réagir, de nouveaux coups de poing et de pied plurent partout sur son corps, jusqu'à ce qu'il tombe. Bientôt, il perdit connaissance.

Dans la salle à manger, Garuz et le père Rafael commencèrent à s'étonner qu'il mette si longtemps. Ils prirent une autre lampe et décidèrent de partir à sa recherche. Quand ils arrivèrent à la petite salle, Kilian gisait dans une flaque de sang.

— Kilian, tout est organisé, annonça José. La semaine prochaine, tu prends un avion pour l'Espagne. Tu voyageras avec Garuz et le père Rafael. Les derniers des derniers. Si tu ne le fais pas, Simón et moi on t'y mettra de force.

Devant son silence, il ajouta :

— Dis-moi quelque chose, Kilian. Ne me regarde pas comme ça. C'est pour toi que je le fais. Pour

Antón. J'ai promis à ton père que je prendrais soin de toi !

— Bisila…

— Bisila, viens ! Pars avec moi !

— Je ne peux pas, Kilian, tu le sais.

— Moi non plus, je ne peux pas partir.

— Si tu ne le fais pas, ils te tueront.

— Et si je m'en vais, je mourrai aussi.

— Non. Tu ne mourras pas. Souviens-toi de tes obligations envers ceux qui t'ont précédé. Les esprits ont résolu ton dilemme. Tu dois partir vivre ta vie, occuper ta place dans la Casa Rabaltué. Je sais que tu le feras aussi bien qu'on l'attend de toi.

— Comment peux-tu me parler d'esprits maintenant ? C'est ce qu'ils veulent ? C'est ce que veut Dieu ? Nous séparer ? Que va-t-il arriver à Iniko et Fernando ? Et à toi ?

— Ne t'en fais pas pour moi. Je continuerai à travailler. Les infirmières ont toujours du travail, et encore plus en temps de conflit. Il ne m'arrivera rien, tu verras.

— Et comment le saurai-je ? Comment pourrai-je avoir de tes nouvelles ?

— Tu le sauras, Kilian. Tu le sentiras. Nous serons éloignés, mais nous resterons tout proches. Je serai toujours avec toi.

Comment Kilian se souviendrait-il de ces moments impossibles à oublier, bien que flous ?

La poignée de main de Waldo.

Les larmes de Simón et sa promesse silencieuse de ne plus jamais parler la langue de celui qu'il avait appris à apprécier, malgré ses opinions politiques.

Lorenzo Garuz, sombre, qui confiait la propriété à José.

Les pleurs silencieux du père Rafael.

La texture des cheveux de Fernando Laha.

Le désespoir avec lequel il aima Bisila lors de la dernière nuit. Son essence. Le goût de sa peau. La brillance de ses yeux transparents.

La pluie tropicale. Les éclairs. Le collier de coquillages sur sa poitrine.

Sa gardienne, sa *waíribo*, son amour, sa *mötémá*, sa douce compagnie dans l'incertitude, la peur, les moments de faiblesse, la joie et la peine, jusqu'à la mort...

La tendresse chaude, dense, paresseuse et cruelle d'un dernier baiser.

Les sanglots.

Les palmiers royaux, imperturbables devant le sillage de douleur qu'il laissait à leurs pieds en devant abandonner Sampaka.

La pression des mains de Ösé, pas assez forte. Le dernier contact. L'étreinte émue. Sa promesse de porter des fleurs sur la tombe de son père.

Le DC8 sur ce monde vert qui avait un jour envahi son être devenant une légère tache à l'horizon, puis plus rien.

Garuz, Miguel et Baltasar à côté de lui.

Les paroles de son père, entendues, lui semblait-il, des milliers d'années auparavant :

« *Je ne sais ni quand ni comment, mais un jour viendra où cette petite île s'emparera de toi et où tu ne voudras plus la quitter. Mais je ne connais personne qui soit parti sans verser de larmes.* »

La brièveté du voyage en avion, qui lui fit regretter le roulis tranquille des bateaux.

L'atterrissage à Madrid.

L'au revoir de Garuz, lorsqu'il eut embrassé son épouse :

— Courage, au moins, nous sommes en vie.

La réplique de Baltasar :

— Un jour, nous pourrons y retourner sans problème.

Celle de Miguel :

— Tu sais la première chose que m'ont dite mes supérieurs à la descente de l'avion ? « Pas un mot de tout ça à la presse. »

Et le train pour Saragosse, la ville. L'autobus pour Pasolobino.

Les onze années d'obscurité.

Le silence.

Le rayon de lumière, ténu, mais de plus en plus intense et porteur d'espoir, à la naissance de sa fille, quelques mois après ses cinquante ans à lui.

Daniela.

Comme elle.

19

Réservé

1971-1980

— Si un jour tu sors de ce trou, Waldo, dit Gustavo, adossé au mur froid de leur cellule, promets-moi que tu chercheras mon frère Dimas, d'Ureka, et que tu lui parleras de moi.

Waldo acquiesça, les yeux fermés, et se fit mentalement une autre promesse.

Il sortirait de ce trou.

Tout à coup, ils entendirent des cris, des insultes, des coups et des bruits de pas. Quelques secondes plus tard, le verrou de la porte de fer grinça et deux gardiens corpulents jetèrent un corps nu à terre, comme s'il s'agissait d'un sac de patates.

— Voilà un nouveau compagnon pour vous ! cria l'un d'eux en lançant une boîte de conserve vide au fond de la cellule. Expliquez-lui les règles !

Il éclata de rire.

Gustavo et Waldo attendirent que les pas s'éloignent pour s'agenouiller à côté du malheureux blessé. Combien de fois avaient-ils vécu cette situation ? Plus d'une douzaine depuis le jour où ils avaient franchi la porte de fer, d'abord Gustavo, et un moment après Waldo, pour déboucher dans une grande cour cernée de hauts murs où s'élevaient trois bâtiments sombres en forme de navire. Tous deux avaient subi le même traitement. Ils avaient été emmenés au bureau du chef, battus jusqu'à perdre connaissance, puis enfermés dans une cage de ciment de la hauteur et de la largeur d'un homme, exactement comme les autres, disposées en files dans l'un des bateaux. Une petite lucarne dans le toit, protégée par des barreaux, permettait l'entrée des bruits dérangeants de la nuit et la communication avec d'autres prisonniers, à condition qu'ils ne soient pas encore passés par la salle d'interrogatoire. S'ils y étaient envoyés, les seuls sons à circuler à l'intérieur de la prison de Black Beach étaient des hurlements inhumains, des cris de désespoir et de souffrance entrecoupés parfois de grognements rauques.

L'homme tenta de bouger.

— Doucement, lui dit Gustavo. Le mieux, c'est de rester allongé sur le ventre, je sais de quoi je parle.

Les gardiens s'en étaient donné à cœur joie sur ce pauvre prisonnier. Il avait le dos et les jambes couvertes de plaies béantes, des lambeaux de peau arrachés et il lui manquait même un morceau de chair. Le sergent-chef de la prison avait sûrement lâché son chien. Il mettrait deux ou trois jours avant de pouvoir changer de position. Quand il le pourrait, on viendrait le chercher pour rouer à nouveau de coups son corps déchiqueté. Et cette routine se poursuivait jusqu'à ce que les prisonniers meurent, que les gardiens se lassent ou décident de les assigner au désherbage, comme Gustavo et Waldo. Pour eux, le prisonnier n'avait pas d'âme, donc on ne lui devait aucun respect, et on pouvait le tuer sans que cela constitue un crime, ni même une petite faute. *S'ils pouvaient lire les inscriptions sur les murs,* pensa Gustavo, *où les prisonniers ont écrit de leur propre sang leurs dernières pensées angoissées, ils sauraient ce qu'ils ont fait à leur âme...*

Pendant un bon moment, Gustavo et Waldo parlèrent au nouveau venu sans obtenir de réponse. Ils savaient d'expérience que les paroles de consolation faisaient beaucoup de bien. Ils lui expliquèrent où ils se trouvaient, quelle serait la routine des repas et du nettoyage de la boîte de conserve où il devrait faire ses besoins. Ils lui dirent que son corps s'habituerait aux coups et qu'il était possible de survivre – comme eux, qui étaient là et vivants depuis longtemps – ou de sortir, sur un éventuel coup de chance. Quand il entendit sa respiration se calmer, Waldo lui demanda :

— Comment tu t'appelles ?

— Maximiano... Pourquoi êtes-vous là ?

— Comme tous les autres.

Gustavo préféra ne pas entrer dans les détails. Depuis que Macías avait concentré sur sa personne tous les pouvoirs de l'État et créé un régime au parti unique, une chasse aussi cruelle qu'interminable avait commencé, avec la purge sans discrimination des opposants comme de ceux qui, par leurs capacités ou leur influence, auraient pu prétendre au poste de président de la République. Du jour au lendemain, n'importe qui pouvait être un ennemi du peuple ou un élément subversif. Dans le cas de Gustavo, qui avait appartenu à un mouvement politique, les raisons de sa détention étaient évidentes ; quant à Waldo, des commentaires osés en présence d'un ancien policier colonial reconverti en espion de Macías et déguisé en paysan avaient suffi. Dans bien d'autres cas, le système de délation fonctionnait pour n'importe quel motif absurde, y compris entre membres de la même famille, avec l'espoir d'obtenir une promotion ou de régler de vieux comptes. Grâce aux arrivages de prisonniers, Gustavo et Waldo avaient reçu des nouvelles de l'extérieur quant à la paranoïa du président.

— Et toi ? Pourquoi tu es là ?

— Quelqu'un m'a accusé de me plaindre de mon salaire.

— Ah oui, tu as dépassé les bornes, ironisa Gustavo avec amertume.

Les fonctionnaires ne savaient jamais quand ils allaient recevoir leur rémunération, dont ils ne connaissaient pas le montant exact. Quand l'envie prenait à Macías, il prélevait de l'argent de la nation, qu'il gardait dans la salle de bains de sa maison, et obligeait les employés du gouvernement à se rendre à une réunion multilatérale pour leur remettre la quantité d'argent qu'il jugeait bonne, comme fruit de la bienveillance de l'« infatigable travailleur au service du peuple ».

— Nous avons vu quelqu'un qui avait été mis en prison parce qu'il critiquait la qualité du riz chinois... Pas vrai, Waldo ?

— Et que lui est-il arrivé ? demanda Maximiano d'une voix teintée de désespoir.

— Il a été transféré dans une autre cellule, mentit Gustavo.

Waldo s'appuya de nouveau contre le mur. Il n'en pouvait plus de cette succession de journées de cauchemars et de nuits de plaintes. Depuis des semaines, il ne versait plus de larmes de douleur et de rage comme Maximiano. Une seule pensée lui permettait de supporter les coups de matraque et de fouet.

Il ne savait pas encore comment, mais un jour il trouverait l'occasion de s'évader.

— À toi, Laha. Qui a expulsé les colonialistes et impérialistes espagnols de Guinée équatoriale ?

— Son Excellence *mesie* Macías Nguema Bifoyo Ñegue Ndong !

— Très bien. Et qui a mis en déroute les machinations de l'impérialisme espagnol du 5 mars 1969 ?

— Son Excellence, le Grand Maître en Enseignement Populaire, Art et Culture Traditionnelle, l'Infatigable Travailleur au Service du Peuple !

— Et qui a construit les superbes nouveaux édifices de Malabo ?

Laha se souvint d'avoir vu un panneau au nom de l'entreprise de construction.

— La compagnie Transmetal ! répondit-il sans hésiter.

Le maître lui donna un coup de trique. Avec un gémissement, Laha se frotta l'épaule.

— Non. Ils ont été bâtis par Son Excellence. Attention, Laha. D'ici quelques jours, il nous rendra visite en personne et je te poserai les mêmes questions. Tu as intérêt à bien répondre.

La semaine suivante, Laha et ses camarades, bien apprêtés pour l'occasion et gagnés par la nervosité de leurs maîtres, attendaient, debout, que la porte de la classe s'ouvre et que l'objet de leurs qualificatifs révérencieux se montre. Les minutes s'égrenaient, et personne ne venait dans la classe. Soudain, on entendit des éclats de voix. Le maître fut le premier à courir à la fenêtre. Plusieurs gardes du corps emmenaient de force le directeur de l'école et trois de ses collègues, sans écouter leurs explications ni leurs suppliques. L'un d'eux brandit une photo du président, comme celles que l'on accrochait dans toutes les salles, pour que tous voient par la fenêtre : quelqu'un avait dessiné une corde autour du cou de Macías.

Le maître se rassit à son bureau et entama une leçon d'une voix tremblante. Laha et ses camarades furent déçus de ne pouvoir connaître en personne le Miracle Unique de leur pays.

Quelques minutes plus tard, en regardant par la fenêtre, Laha distingua une silhouette connue. Se levant d'un bond, il appela le maître. De nouveau, tout le monde colla le nez à la vitre. Un autre instituteur, d'une classe supérieure, donnait des instructions à quatre ou cinq enfants, dont Iniko. Le maître de Laha quitta la classe et alla rejoindre le groupe dans la cour. Laha ne comprenait pas, mais les adultes semblaient nerveux et parlaient aux enfants qui, après avoir opiné plusieurs fois du chef, disparurent. Laha posa une main sur la vitre. Où allait donc son frère ?

En revenant dans la classe, l'instituteur vint directement voir Laha. Il se pencha et lui murmura à l'oreille :

— Dis à ta mère qu'Iniko est parti pour Bissappoo. Il vaut mieux qu'il y reste quelque temps.

— Hé, toi ! Qu'est-ce que tu fais là ?

Waldo, impressionné par les immenses immeubles de Madrid et les centaines de voitures roulant dans les avenues les plus larges qu'il ait jamais vues, sortit de sa cachette et vint au-devant du policier, le regard au sol.

— Je voulais simplement dormir un peu.

— Tu parles bien l'espagnol, dis donc. D'où viens-tu ?

— De Guinée équatoriale, répéta-t-il pour la énième fois depuis son arrivée en Espagne.

— Montre-moi tes papiers.

Waldo lui tendit une petite carte qu'il avait trouvée près du quai de Bata et la lui remit, espérant que l'homme ne remarque pas la différence entre son visage et celui de la photo.

— Celle-ci n'est plus valable. Nous avons reçu une circulaire de la direction générale de la Sécurité pour retirer leur carte d'identité aux Guinéens qui en ont.

— Je n'ai rien d'autre.

Waldo se frotta les avant-bras. Il avait froid et n'avait rien mangé depuis plusieurs jours. Ses yeux s'emplirent de larmes. Tous ses efforts n'avaient servi à rien. Il n'avait pas encore récupéré du voyage abominable, commencé un matin où un boa de deux mètres cinquante avait semé la confusion et causé une dispute entre les gardiens pour savoir qui le tuerait et l'apporterait en cadeau au directeur de Black Beach pour qu'il le mange. Lui-même s'était éloigné comme un serpent, rampant sans respirer pour laisser l'horreur derrière lui, sur des centaines de mètres jusqu'à saigner. Des heures plus tard, il avait commencé sa fuite nocturne en kayak depuis l'île vers le continent, et ensuite ç'avait été la terreur des nuits dans la forêt vierge, le passage risqué au Cameroun, l'odyssée en tant que passager clandestin sur un navire marchand vers les Canaries, puis sur un autre jusqu'à Cadix.

Là, il avait travaillé quelques jours sur les docks pour avoir de quoi se payer un billet d'autobus pour Madrid, où il avait dû supporter les regards méfiants de ceux qui évitaient d'occuper le siège à côté de ce Noir en haillons qui parlait espagnol. Même la curiosité ne les avait pas poussés à demander comment il était arrivé là. Il n'avait pas eu l'occasion de leur raconter la tragédie que vivait le peuple équato-guinéen.

Il avait cru que tout serait plus facile. Qu'après leur avoir dit qu'il avait été espagnol comme eux, ils l'accueilleraient à bras ouverts, avec affection et compréhension.

— Je n'ai rien d'autre, répéta-t-il, affligé.

Le policier releva son képi et se gratta la tête.

— Eh bien, ici, nous ne voulons ni vagabonds ni délinquants. Je vais devoir t'emmener au poste.

Waldo le regarda, interdit. Avait-il donc pris tant de risques pour se retrouver à son point de départ ? Il fut tenté de se mettre à courir, mais les forces commençaient à lui manquer.

— Là, au moins, ils te donneront de quoi manger et des habits propres, poursuivit le policier. Ensuite, on verra ce qu'on fait de toi.

Waldo acquiesça, résigné. Il profita des quelques minutes de trajet en voiture pour somnoler, puis ils arrivèrent en bas d'un bâtiment gris à plusieurs étages. Dans l'entrée du commissariat, bondé de personnes qui le considéraient avec dédain, il dut attendre.

Au bout d'un temps qui lui parut infini, le policier revint, accompagné par un autre.

— Tu as de la chance. Mon collègue a entendu parler de quelqu'un qui s'occupe des gens dans ton cas. On va t'amener à lui.

Le second ajouta :

— On va y aller à pied. La paroisse du père Rafael n'est pas loin.

Waldo joignit les mains sur son torse et sentit l'espoir revenir. Était-il possible qu'il s'agisse du curé de Sampaka ? Quand il aperçut sa silhouette replète, sa démarche claudicante et sa barbe blanche, il remercia Dieu et tous les esprits dont il put se souvenir.

Ce ne fut qu'après de longues minutes de sanglots et de balbutiements que, assis sur l'un des bancs de l'église, il put lui raconter le calvaire subi par ses enfants abandonnés.

Ce même jour, le père Rafael appela Manuel et l'informa de l'apparition de Waldo et des terribles nouvelles qu'il rapportait de Guinée. Manuel envoya un télégramme urgent à Kilian pour qu'il le joigne.

Je sais comment aider Bisila, écrivit-il.

Le sentier qui montait vers Bissappoo avait été récemment ouvert à la machette, et le tapis de feuillages tombés avait été piétiné par de nombreux passages. José fut pris d'un mauvais pressentiment. Lorsqu'il arriva, hors d'haleine, à la *buhaba,* ses soupçons se confirmèrent. Plus que jamais, il regretta que son corps voûté ait perdu de son agilité. Il n'était pas arrivé à temps au village pour avertir que l'on recherchait son fils Sóbeúpo, ce que Simón avait su par d'autres. Une senteur pénétrante d'humus lui parvint depuis l'autre côté de l'arche d'entrée. Il s'approcha avec méfiance et aperçut les flammes. Bissappoo brûlait, dans les cris angoissés de ses habitants regroupés et tenus en joue par des militaires. José porta les mains à sa tête, couverte de cheveux entièrement blancs.

Il sentit une pression entre ses côtes.

— Toi, le vieux. Avance.

Il fut emmené avec les autres. Le premier qu'il reconnut fut Iniko. Il était encore trop jeune, pourtant ! Il leur indiqua d'un geste de ne rien dire. Un coup d'œil rapide lui apprit que, selon le plan de recrutement massif pour remplacer les Nigérians dans les plantations, les hommes en âge de travailler comprenaient des vieillards, des infirmes et des enfants. Il chercha du regard le commandant et s'approcha pour lui montrer un document avec lequel il se déplaçait toujours.

— Je suis responsable de l'exploitation Sampaka.

Le militaire lut le papier et le lui rendit, l'attitude arrogante.

José fronça les sourcils. Il sortit des billets de sa poche et les remit à l'homme.

— Excusez-moi, j'avais oublié la garantie.

L'autre sourit.

— Voilà qui est mieux.

Une fois de plus, José remercia mentalement Kilian pour son aide à distance. Si seulement il pouvait lui raconter combien l'argent qu'il envoyait était indispensable à sa survie et à celle de sa famille !

— Je suis venu chercher des travailleurs pour la plantation, mentit-il avec conviction. Il m'en faut une douzaine.

— Prends-en cinq. Les autres vont ailleurs.

— Pourquoi brûlez-vous le village ? Ça ne vous suffit pas d'embarquer les habitants ?

— Ils n'ont pas voulu nous dire où se cache un conspirateur ! Ils sont tous accusés de subversion.

— Vous ne l'avez pas retrouvé, alors ?

— Non.

José garda son soulagement pour lui. Si Sóbeúpo s'était caché dans la forêt, ils ne le débusqueraient pas si facilement. Le cœur serré, il vit les flammes dévorer sa maison et celles de ses voisins. Les femmes rassemblaient ce qu'elles pouvaient dans des grands paniers et faisaient leurs adieux à leurs hommes en se lamentant. Certaines vinrent voir José.

— Où aller, maintenant ? lui demandèrent-elles.

— À Rebola. Là-bas, ils vous aideront.

— Et les hommes, que vont-ils faire d'eux ? Quand allons-nous les revoir ?

— J'essaierai de savoir dans quelles plantations ils les envoient. Ils ont besoin de personnel, ils leur donneront à manger, rien ne va leur arriver, affirma-t-il sans croire lui-même à ce qu'il disait. Un jour, tout ça sera fini.

Il montra Iniko et quatre neveux du même âge, et leur fit signe de l'accompagner sans rien dire. Il retourna avec eux vers le militaire qui lui avait permis de sélectionner des employés.

— Je prends ceux-là.

— Très jeunes. Tu n'es pas bête.

— Ils sont forts, oui, mais il leur manque l'expérience. J'aurai du travail pour les former.

— N'oublie pas les deux heures quotidiennes d'instruction militaire.

Tous les six lancèrent un dernier regard à ce qui restait de Bissappoo et partirent sans savoir s'ils reverraient les hommes qui attendaient, accablés, entre les canons de fusil et les insultes, le moment du dernier adieu à leurs mères, leurs femmes et leurs filles.

La radio commença son émission comme tous les jours par la litanie de toutes les responsabilités assumées par Macías. Ensuite, ce furent les premiers chants de louanges envers sa personne. Excédée, Bisila éteignit l'appareil.

— Tu n'aimes pas la musique ? lui demanda le médecin, homme aux traits fins et au sourire aimable.

— Elle nuit à ma concentration.

Edmundo sourit.

Bisila n'en pouvait plus de bien des choses. Jamais auparavant elle n'avait connu le manque de tant de denrées, sucre, sel, lait ou jambon. Il n'y avait pas d'électricité ni d'eau courante, ni de routes ni de transports. Mieux encore, quelques jours plus tôt, des policiers avaient fait irruption chez elle pour fouiller son domicile pendant que Laha était à l'école. Ils recherchaient tout ce qui pouvait rester de l'époque coloniale pour le détruire, et avaient entendu dire qu'elle avait eu beaucoup de relations avec les Espagnols. Bisila avait dissimulé le *salacot* dans un creux du mur, qu'elle avait ensuite bouché. Elle se rappelait encore le regard du policier quand elle lui avait demandé, avec un sarcasme imprudent :

— Ce n'est pas beaucoup de travail de fouiller toutes les maisons de Fernando Póo ?

— Nous ne sommes plus sur Fernando Póo, mais sur l'île de Macías Nguema Biyogo Ñegue Ndong, avait répondu l'autre en se penchant vers elle. Ou alors tes amis espagnols te manquent ?

Bisila s'était empressée de changer d'attitude et avait dû recourir une fois de plus au pot-de-vin, risquant de leur offrir un prétexte pour revenir un autre jour lui demander d'où elle tenait tant d'argent. Ainsi passaient les jours, dans une alternance continue entre peur et incertitude, à survivre grâce à son ange gardien qui, malgré la distance, veillait sur elle comme si elle l'avait dans la peau…

— Tu viens avec moi ? demanda Edmundo. Ça devrait être un accouchement difficile.

Edmundo était un très bon médecin et collègue. Depuis son arrivée au dispensaire de Santa Isabel, ou plutôt de Malabo, se corrigea mentalement Bisila, elle avait vu sa vie s'améliorer. Edmundo jouissait d'une bonne réputation et, grâce à son influence, il parvenait toujours à se procurer des aliments au marché noir.

Ils entrèrent dans la salle d'opération. Une femme était allongée sur le lit, le regard un peu perdu. Une infirmière vint leur murmurer :

— Elle ne veut pas collaborer. Elle dit que ça lui est égal de mourir et que le bébé meure, qu'on peut le sortir de là comme on veut, mais qu'elle ne compte pas pousser.

Bisila se rembrunit.

— Pourquoi une mère ne voudrait-elle pas avoir son enfant ? demanda Edmundo.

— Apparemment, elle a été violée par un groupe de ces jeunes partisans du président…, expliqua l'infirmière à voix basse avant de s'éloigner.

Edmundo poussa un soupir.

Bisila s'approcha de la femme et chercha ses yeux.

— Comment tu t'appelles ?

— Wéseppa.

— C'est vrai que tu ne veux pas de ton enfant, alors que tu vas le mettre au monde ?

Les yeux sombres de la femme s'emplirent de larmes.

Bisila lui prit la main et lui parla à l'oreille. Seule une personne comme elle, qui avait vécu la même chose, pouvait la comprendre.

— Il faut nous dépêcher, dit Edmundo depuis le pied du lit.

Bisila opina du chef.

— Wéseppa veut bien.

La naissance fut difficile, mais au bout de deux heures Bisila mettait sur la poitrine de la jeune accouchée une belle petite fille.

— Comment vas-tu l'appeler ?

— Je n'y ai pas réfléchi, répondit Wéseppa en caressant timidement l'une des petites mains du bébé.

Bisila se rappela un joli nom de la mythologie bubie.

— Que penses-tu de Börihi ?

— D'accord.

Soudain, la porte s'ouvrit à la volée, laissant entrer deux policiers.

— On est dans un dispensaire, vous ne pouvez pas entrer comme ça ! s'indigna le médecin.

— Nous recherchons une certaine Bisila.

— Moi ? sursauta-t-elle. Pourquoi ?

— Tu n'es pas la sœur de Sóbeúpo de Bissappoo ?

Bisila sentit son cœur se retourner. La nouveau-née se mit à pleurer.

— Si.

— Alors dis-nous où est le conspirateur, lâcha un policier avant de se tourner vers le lit où Béseppa, atterrée, berçait son enfant. Fais-le taire !

La femme mit son bébé au sein.

— Je ne sais pas, répondit Bisila.

Alors ils ne l'ont pas trouvé…

Le policier se plaça en face de Bisila pour l'intimider.

— Tu ne sais pas ? Tu vas venir avec nous et on va vérifier, décréta-t-il en la prenant par le bras.

Bisila resta muette. Quand la police arrivait sur un lieu en cherchant quelque chose, elle ne repartait jamais bredouille. Elle était soulagée qu'Iniko, qui était dans un âge difficile, soit à Sampaka avec son grand-père. Mais qu'adviendrait-il de Laha ? Qui irait le chercher à l'école ?

— Lâchez-la tout de suite ! intervint Edmundo.

L'autre policier s'avança.

— Tu veux nous accompagner aussi, c'est ça ?

— Je suis le docteur Edmundo Nsué. Je connais le président personnellement. Bisila est indispensable dans ce dispensaire. S'il le faut, j'en parlerai moi-même au président.

Les deux hommes échangèrent un regard de doute. Bisila se dégagea.

Les deux autres ne bougeaient pas.

— Très bien, conclut Edmundo en retirant sa blouse. Je vais venir avec vous voir notre président, Grand Maître et Miracle Unique. Il saura trouver une solution et le fera bien, comme il fait tout.

Les policiers furent surpris par sa détermination. L'un des deux fit signe à l'autre de se diriger vers la porte.

— Nous vérifierons ce que vous nous avez dit, assena-t-il avec hargne avant de sortir.

Bisila poussa un soupir et se laissa tomber sur une chaise.

— Merci, Edmundo. C'est vrai ?

Le médecin lui murmura à l'oreille :

— Oui, sois tranquille. Tu es en sécurité. Je n'ai jamais rencontré quelqu'un d'aussi hypocondriaque que Macías, et tes remèdes aux plantes fonctionnent sur lui. Je les ai essayés.

Bisila sourit. En toute autre circonstance, Edmundo aurait pu être un bon compagnon de vie. D'évidence, il aurait souhaité être plus qu'un ami et collègue, et il était difficile pour elle de maintenir l'équilibre de leur relation. Elle ne pouvait le repousser ouvertement – elle n'aurait pas été la première à être accusée de conspiration contre le régime depuis le bureau d'un amant rejeté. D'un autre côté, la solitude était extrêmement cruelle en ces temps d'abandon et de découragement.

Elle se leva et marcha jusqu'à la fenêtre. Le soleil de l'après-midi essayait de s'ouvrir un passage dans la brume. Dans quelques heures, la nuit arriverait, et avec elle les souvenirs. Bisila passa une main sur ses lèvres qui regrettaient tant les baisers de Kilian. Des années s'étaient écoulées depuis son départ, et elle pouvait encore sentir l'odeur et le goût de sa peau, entendre le son de sa voix. Parfois, elle rêvait de lui, et les images étaient si nettes qu'elle détestait le moment du réveil. Que pouvait faire Kilian en cet instant ? Lui manquait-elle autant qu'il lui manquait à elle ?

— Fais venir la petite, dit Carmen en prenant Daniela des bras de Kilian. On rentre à la maison, Clarence, il commence à faire froid.

Les derniers rayons du soleil automnal rencontrèrent les vitres d'un immense hôtel construit à côté de la rivière, produisant des miroitements par centaines. Kilian et Jacobo suivirent Carmen, plus lentement. Peu après, ils l'avaient déjà perdue de vue.

— Ça a bien changé, pas vrai ? fit Jacobo.

Kilian acquiesça. L'ancien sentier menant aux fermes les plus éloignées du village était devenu une large route le long de laquelle s'élevaient de petits immeubles. Son esprit voyagea en un autre lieu, où la forêt vierge et les traditions avaient succombé d'abord à la colonisation par des étrangers, puis à l'incertitude. Tout était prétexte à ce que ses pensées s'emplissent d'images de personnes qu'il n'avait pas vues depuis dix ans et dont il n'avait rien pu savoir depuis les nouvelles de Waldo.

Jacobo se racla la gorge. Il ne savait trop comment aborder un certain sujet. Ces dernières années, beaucoup de choses s'étaient passées. Les négociations d'échanges de terrains avec la station de ski étaient plus lentes que prévu. Jacobo ne pouvait assister aux réunions, ce qui le mettait en rage. Les deux frères se sentaient offensés par les méthodes d'intimidation des avocats de l'entreprise de sports d'hiver qui cherchait à acquérir les terrains des voisins à des prix dérisoires, avec l'argument que, grâce à eux, la prospérité arriverait dans la vallée, et la promesse qu'en échange ils recevraient des parcelles en lotissement, sans plus de précisions.

Ils s'adressaient à eux comme s'ils étaient des paysans ignorants à qui on faisait le cadeau de leur vie, comme s'ils n'avaient jamais mis le pied hors de ce lieu fermé et ne connaissaient pas le fonctionnement du monde.

Ce qui n'était jamais évoqué lors de ces réunions, c'était le bénéfice qu'obtiendraient les promoteurs immobiliers pour des terrains dont la valeur flambait au moment même où ils cessaient d'appartenir aux habitants de Pasolobino

— Tu te souviens, Jacobo, avait dit Kilian, comment les Blancs ont obtenu les terres des Bubis ? Eh bien, c'est la même chose. Et à l'arrivée, on devra leur être reconnaissants parce qu'on vivra mieux.

Jacobo regarda son frère. Comment arrivait-il à continuer après tout ça ? Quand enfin il avait réussi à mener une vie normale en Espagne, il avait perdu son épouse. Il se souvint du jour où Pilar, une femme silencieuse, simple et avisée, était venue prendre soin de Mariana durant les derniers mois de sa vie, que cette dernière avait passés prostrée dans son lit. Qui aurait cru que, peu à peu, elle gagnerait une place dans le cœur de son frère, au point de lui mettre la bague au doigt ? Certes, Kilian n'avait pas hésité à l'épouser dès qu'il l'avait sue enceinte, parce qu'il avait toujours un haut sens des responsabilités. Mais il était également vrai que, grâce à elle, son frère avait réussi à calmer l'agitation qu'il avait ramenée d'Afrique. Pilar avait représenté une brève parenthèse paisible dans la vie de Kilian. À présent, la nervosité était de retour, et Jacobo avait une petite idée de sa cause.

— Tu as dû lire la presse, dernièrement.

Kilian hocha la tête.

— Nous avons passé des années sans rien savoir, et maintenant on n'arrête pas de recevoir des nouvelles terribles.

— Elles ne sont pas toutes terribles. Il paraît que celui qui est en place maintenant veut avoir de bonnes relations avec l'Espagne, et qu'ils ont entamé un programme de coopération.

— On verra combien de temps ça dure.

Kilian n'accordait pas autant d'importance aux informations politiques qu'aux descriptions que faisaient les journalistes qui avaient vu Malabo depuis le prétendu Coup de Liberté d'août 1979, perpétré par le nouveau président et neveu de Macías, Teodoro Obiang. Les portes des maisons s'étaient ouvertes et les rues s'étaient remplies de gens stupéfaits qui s'étaient embrassés, d'abord avec timidité et méfiance, puis, à mesure que passaient les heures, avec euphorie.

Tous les reporters décrivaient la situation du pays laissé par Macías comme catastrophique. Malabo était en ruine, dans l'abandon le plus complet, dévorée par la végétation et la pauvreté. Pouvaient-ils vraiment croire le cauchemar terminé ? Seraient-ils libérés des travaux forcés ? Arrêterait-on de leur soutirer leurs maigres récoltes ? Suite au jugement qui avait fait condamner et exécuter Macías, Kilian avait lu des récits donnant froid dans le dos, qui confirmaient la barbarie ayant régné en Guinée les dernières années, où le pays s'était transformé en un véritable camp de concentration. Les régions étaient dévastées par la fuite des habitants, par le génocide commis par ce fou, ou par les épidémies dues au manque de nourriture et d'hygiène. La Guinée avait frôlé la disparition pure et simple de la surface du globe. Et c'était là qu'il avait abandonné sa Bisila et ses deux enfants ? Il avait été capable de la laisser vivre en enfer, pendant que lui s'efforçait de mener une existence en apparence normale ? Combien de fois avait-il été dégoûté de lui-même !

Sans l'aide de Manuel, il serait devenu fou. Régulièrement, il envoyait un chèque à son ami, dont le montant était transmis à des médecins qui partaient en mission humanitaire. Seulement l'argent. Sans lettres. Pas un seul fil pouvant la rattacher à lui, pour qu'elle ne puisse être accusée de rien. Par cette chaîne de médecins, tous deux savaient que l'autre était en vie. Ce petit geste d'envoi et de réception avait été la consolation de ses nuits, parce qu'il confirmait le sentiment permanent dans sa poitrine, intime, secret, mystérieux qu'elle était vivante, que son cœur battait là où il l'avait laissée…

— Ne te mets pas martel en tête, lui conseilla Jacobo. Je suis content que les choses aillent mieux, mais pour nous c'est le passé, non ?

Il se frotta l'œil où il avait une tache jaune, souvenir indélébile des coups que lui avait administrés son frère un jour lointain. Il savait que Kilian ne lui avait jamais pardonné, mais lui non plus n'avait pas pu oublier ces moments.

Kilian garda le silence. Pour lui, rien de tout ça n'était du passé.

Chaque seconde de sa vie, il se refusait à ce que cette séparation de corps forcée devienne définitive.

20

Fin ou début

2004 - …

— Et maman ? demanda Daniela, le front plissé depuis plusieurs jours par la confusion et le soulagement. Quelle place a-t-elle eue dans tout ça ?

Depuis le soir où Kilian leur avait ouvert son âme pour revivre ce qu'il avait gardé dans son cœur plus de trente ans durant, la cascade de questions n'avait pas cessé. Il n'avait pas suffi de découvrir que Laha était le fils biologique de Jacobo, demi-frère de Clarence et cousin de Daniela. Non. Après un long silence initial, la vérité exigeait davantage d'explications, des dizaines de questions pour que chacun puisse poursuivre sa vie après cette révélation.

Kilian soupira ; il ne le lui avait jamais dit, et elle ne lui avait jamais posé de questions, mais Pilar avait la certitude que son cœur appartenait à une autre. La seule chose qu'elle lui avait demandée était de retirer son collier africain dès le jour de leur mariage.

— Ta mère et moi, nous avons passé de bons moments ensemble, et elle t'a mise au monde, finit-il par répondre. Dieu a voulu qu'elle meure peu après.

Il ne lui dit pas qu'il en était arrivé à soupçonner que les esprits l'avaient emportée tôt pour que son âme puisse être entièrement fidèle à Bisila.

— Oncle Kilian, intervint Clarence. Tu n'as jamais envisagé de retourner en Guinée quand les choses se sont améliorées après Macías ?

— Je n'en ai pas eu le courage.

Kilian se leva et fit les cent pas dans le salon. Il s'arrêta devant la fenêtre et contempla le paysage éclatant et plein de vie du mois de juin. Comme il était compliqué d'expliquer ce qui, avec la distance et le temps, serait compris autrement et devenait un sentiment permanent de remords… Avec le temps, il avait tendance à se souvenir plutôt des renoncements, de ce qu'il avait perdu, que de ce qu'il avait gagné. L'âge, sans doute…

Oui. Il avait été lâche. Il avait manqué de détermination. Et bien pire : il avait fini par s'adapter à une existence confortable dans sa terre natale. Il se rappela tout ce qu'il avait lu dans la presse au sujet des événements de l'histoire récente de la Guinée équatoriale et de ses relations avec l'Espagne. Comment avait-on pu passer d'une union si étroite à la séparation absolue et aux souvenirs douloureux ? Certains disaient que la décision de ne pas envoyer d'unité militaire ou policière pour protéger Obiang juste après qu'il eut renversé Macías – d'où l'entrée en scène de la garde marocaine – avait été la première raison de l'échec postérieur de l'activité espagnole, marquée par l'absence d'une politique extérieure claire, et par une grande peur d'être taxée de néocolonialisme. L'Espagne n'avait pas répondu rapidement aux demandes de soutien à l'ekuele, la monnaie guinéenne, de prise en charge du budget pendant cinq ans, ce qui aurait garanti un traité préférentiel dans les négociations futures, de création d'un climat juridique et économique donnant confiance aux investisseurs potentiels.

L'argument le plus répandu était que les Espagnols n'avaient jamais réussi à envisager sérieusement une véritable coopération moderne à la manière de la France, qui n'avait pas laissé passer l'occasion de s'en mêler. La France dépensait des milliards en coopération, alors que l'Espagne investissait peu. Manuel lui avait raconté que de nombreux anciens propriétaires comme Garuz s'étaient plaints que les millions payés en salaires pour la coopération auraient été mieux employés en étant versés à des personnes qui avaient une expérience du pays, comme eux, pour la récupération de biens avec lesquels ils auraient généré des emplois et relancé l'économie. Toutes les informations rapportaient les incompatibilités d'une situation complexe où l'on trouvait d'un côté les contradictions des autorités guinéennes – dont beaucoup dataient de l'époque de Macías et n'avaient pas tardé à revenir à leurs anciennes habitudes –, et, de l'autre, les lenteurs, le manque de coordination et l'imprévoyance de l'administration espagnole qui abordait une tâche d'envergure sans expérience préalable.

Par la suite, le gouvernement comme l'opposition en Espagne avaient négligé le sujet, en partie parce qu'ils étaient occupés à d'autres problèmes, comme le coup d'État de 1981, le terrorisme, l'Otan ou la CEE, et en partie par commodité. Après, avec l'apparition du pétrole, il avait été trop tard et d'autres pays étaient entrés en scène pour se partager le gâteau.

Comme l'Espagne, Kilian avait agi avec plus de complexes que de véritables décisions. Une pensée – fausse, comme le montraient les événements depuis le voyage de Clarence à Bioko – avait occupé son esprit et son cœur pendant de longues années : il était impossible que Bisila continue de l'aimer alors qu'il l'avait abandonnée.

— Et maintenant ? poursuivit Daniela. Pourquoi tu ne viens pas avec moi ? Avec Laha nous allons passer quelques semaines à Bioko avant de partir pour la Californie. Je vais la rencontrer, papa.

Clarence étudia le profil de son oncle. Il serrait les lèvres pour contenir son émotion. Il était difficile d'imaginer ce qu'il pouvait penser.

— Je te remercie, Daniela, mais c'est non.

— Tu ne voudrais pas la revoir ?

Clarence ignorait si la question de Daniela était issue de la curiosité ou de la jalousie que l'usurpatrice du cœur de sa mère, désormais sa belle-mère, provoquait chez elle.

Kilian baissa la tête.

La revoir… oui, comme elle est dans ma mémoire, en robe légère, avec sa peau couleur caramel sombre, cacao et café, ses immenses yeux clairs et son rire contagieux. Si seulement je pouvais à nouveau être le jeune homme musclé en chemise blanche et pantalon ample qui la faisait vibrer…

— Je crois que nous aimerions tous les deux nous souvenir de comment nous avons été, pas de comment nous sommes.

— Je ne comprends pas…

Comment le monde en couleurs d'aujourd'hui peut-il comprendre ces jours en noir et blanc disparus ? Je veux me souvenir de Bisila comme je l'ai conservée en moi. Dans nos cœurs, les braises luisent toujours, mais nous n'avons plus de bois pour que le feu reparte…

— C'est mieux comme ça, Daniela.

C'est mieux ainsi. Il existe peut-être un endroit, loin de ce monde changeant et impatient, où nous pourrons de nouveau être ensemble. Comment l'appelait-elle ? Pas le monde des morts… C'était le monde des non-vivants. Je suis confiant.

— Qu'est-ce que ça peut faire que vous soyez vieux ? Tu crois qu'elle ne verra pas de photos de toi ? J'ai l'intention de lui montrer un reportage complet sur Pasolobino !

— Je ne veux pas que tu lui montres de photos où j'apparais, et je ne souhaite en voir aucune d'elle. Promets-le-moi, Daniela. Ne nous montre pas combien nous avons changé. Pourquoi démolir des rêves de vieux ? Ne suffit-il pas de parler de moi ?

Dis-lui que je ne l'ai jamais oubliée ! Je n'ai pas passé un seul jour de ma vie sans penser à elle ! Dis-lui qu'elle a toujours été ma muarána muèmuè… *Elle comprendra…*

Daniela vint embrasser son père avec une tendresse exquise, comme s'il lui manquait déjà. Un nouvel avenir s'ouvrait à elle. Un avenir plein d'expériences à vivre au côté de Laha. Mais le futur, en plus d'être incertain, est capable de nous éloigner de ce que nous avons été, avons fait et n'avons pas fait. Alors même qu'elle le tenait dans ses bras, Daniela sentit que son père lui manquait déjà. Grâce au passé de Kilian, sa propre vie commençait à l'âge auquel il avait embarqué à destination d'une lointaine île africaine, pleine de palmiers et de cacaoyères où les cabosses doraient au soleil, laissant derrière lui les maisons de pierre et d'ardoise entassées les unes contre les autres sous l'épais manteau de neige immaculée.

— Allons, c'est bon, ma chérie, dit Kilian, ému par l'affection de Daniela. Je vous laisse, je suis fatigué.

Les deux cousines restèrent un moment sans rien dire.

— Tu me manqueras beaucoup, Daniela, déclara finalement Clarence. Ça ne sera plus jamais pareil.

Daniela pianota sur la table, pensive. Elle comprenait ce que ressentait Clarence. Elle et Laha étaient passés par une phase de surprise, d'incrédulité et de désarroi en apprenant la véritable identité du père biologique de ce dernier, qui en outre avait tué celui d'Iniko. La légitime défense ne rendait pas la chose moins difficile à accepter. Malgré tout, ils comprenaient mieux que personne la signification du mot « soulagement ».

La situation de Clarence, en revanche, était plus compliquée. D'un côté, en partie parce qu'elle s'en doutait depuis un moment, elle était heureuse que des liens supérieurs à l'amitié l'unissent pour toujours à Laha, par qui Iniko n'était plus une aventure de vacances, mais le frère de son demi-frère : ainsi, leurs vies ne se dilueraient pas dans le néant de l'oubli. Elle aurait de ses nouvelles et inversement, même si chacun allait suivre sa propre route. De l'autre côté, elle avait tant de mal à supporter le rôle de son père dans cette histoire qu'elle ne lui parlait plus.

— Clarence…, commença Daniela. Tu ne crois pas qu'il s'est passé assez de temps pour que tu parles avec ton père ? Tôt ou tard, tu devras le faire.

— Je m'en sens incapable, Daniela. Qu'est-ce que je lui dirais ? Je ne comprends toujours pas comment Kilian a pu nous cacher l'existence de Laha. Je trouve ça honteux de sa part, mais au moins il a souffert la punition de sa séparation d'avec Bisila. Mais papa…

Ses yeux s'emplirent de larmes, pourtant elle continua :

— Papa a violé et tué, et il est resté impuni. Je ne sais pas comment maman peut continuer à vivre avec lui. Elle était au courant de sa réputation d'homme à femmes avant de l'épouser, mais ce qu'il a fait c'est innommable. Quel poids a le passé ? Pour maman, aucun, apparemment. Tu sais ce qu'elle m'a répondu, l'autre jour, au téléphone ? Qu'ils étaient vieux, que c'était arrivé avant leur mariage, que trente ans de vie commune pouvaient excuser l'acte d'une nuit d'ivresse.

Elle sécha ses larmes.

— C'est horrible, Daniela. Je ne reconnais plus mes parents.

Sa cousine la serra dans ses bras.

— Jacobo n'est pas resté impuni, Clarence. Le sang africain qui coulera dans les veines de ses petits-enfants lui rappellera pendant le reste de sa vie ce qu'il a fait. Et maintenant qu'il est au courant de l'existence d'un fils non désiré, il a peur de perdre sa seule fille.

— Il n'a même pas voulu lui parler. Son propre fils…

Clarence se mordit les lèvres avec force pour lutter contre les sanglots. Elle ferma les yeux et pensa aux événements de ces derniers mois, depuis que ces quelques mots l'avaient amenée en Guinée, où elle avait connu Iniko, Laha et Bisila sans savoir qu'ils faisaient partie de sa famille. La connaissance de la vérité les avait unis de manière permanente, insulaires et montagnards, pour le restant de leurs jours et par des liens impossibles à trancher. Mais, en conséquence de cette union, les acteurs des différentes histoires qui à présent ne faisaient qu'une allaient disparaître d'une manière ou d'une autre sous ses yeux, et plus rien ne serait pareil. Elle ne savait pas si ce serait en mieux ou en pire, mais ce serait différent.

Si proche, et pourtant si loin, pensa-t-elle. Ou était-ce l'inverse ? Son cœur désirait qu'en dépit des adieux la phrase soit inversée. Si loin, et pourtant si proche.

Édúla, Formosa, Fernando Póo, île Macías, puis Bioko.

Ripotò, Port Clarence, Santa Isabel, puis Malabo.

Pasolobino.

Si loin, si proches.

Au cours des années suivantes, la Casa Rabaltué s'emplit de temps à autre de mots articulés en anglais, en espagnol, en bubi, et de quelques-uns en pasolobinais – ce dont se chargeait Clarence, dans une tentative de faire connaître à ses neveux un peu de la langue de leurs ancêtres – et même en *pichi.* Samuel et la petite Enoá, les enfants de Laha et Daniela, absorbaient tout comme des éponges. Clarence était sûre que, si jamais ils passaient plus de temps en Guinée qu'en Californie, ils finiraient par apprendre aussi le français, le portugais, le fang, l'annobonais, le balengue, l'ibo et le ndowè. Quelle petite tour de Babel, cette terre de Bioko ! Clarence voyait dans les grands yeux sombres de Samuel ceux d'Iniko, à qui un jour elle avait dit que parler deux langues était comme avoir deux âmes. Maintenant, son neveu et sa nièce disposaient de millions de mots à combiner dans des langues différentes, et elle espérait seulement qu'ils sauraient construire de belles phrases.

Clarence profitait beaucoup des courtes vacances de Daniela, Laha et leurs enfants, qui faisaient entrer un souffle d'air frais dans la maison solitaire. Pendant quelques jours, les murs renvoyaient l'écho des réunions des temps passés, auxquelles s'ajoutaient les voix des nouvelles générations. Daniela harcelait

Clarence de ne pas avoir encore trouvé de candidat apte à être le père de ses enfants et lui affirmait que ce n'était pas une expérience si terrible. Clarence promenait son regard sur les jouets éparpillés sur le sol et souriait, parce que, quand ses neveux étaient là, on aurait dit que la maison était dévastée par un ouragan dont seul profitait leur grand-père Kilian, car Carmen et Jacobo ne quittaient plus Barmón.

Jacobo, dont Carmen s'occupait avec abnégation, était passé de la phase agressive d'Alzheimer à un état quasi végétatif. Clarence avait vu la maladie de son père comme un tour ironique du destin, pour ne pas dire tragicomique : celui qui était la cause du changement définitif de leur vie n'avait conscience de rien. Il avait perdu la mémoire, cette puissance de l'âme par laquelle on retenait le passé. Sur les conséquences de ce passé, les cousines gardaient des positions opposées, tant au niveau personnel que politique.

Quand Daniela venait à Pasolobino, elle ne tarissait pas d'éloges sur le grand nombre d'améliorations qu'elle voyait à Bioko, du casino, restauré à l'identique après des années d'abandon, aux réformes sociales, économiques et juridiques, en passant par les avancées dans la démocratisation et le respect des droits de l'homme. Daniela énumérait avec passion les campagnes publiques pour combattre le travail des enfants, la discrimination, les violences faites aux femmes et aux personnes d'autres ethnies et religions ; elle évoquait les efforts pour une prise de conscience de l'importance de l'éducation, de la santé ou des droits des enfants, la lutte contre le sida, les progrès dans l'accès aux nouvelles technologies ou l'augmentation des programmes de formation professionnelle…

Clarence était surprise que ces informations ne coïncident pas avec celles qu'elle trouvait sur Internet et lui reprochait de s'exprimer comme le ministre des Affaires étrangères, qui admettait que l'Espagne continuerait d'appuyer le dictateur même si cela pesait sur une partie de la société espagnole. Alors Daniela se tenait sur la défensive et s'écriait :

— Et toi, Clarence, comment agirais-tu ? La Guinée a besoin d'aide internationale, mais l'apporter signifie traiter avec un dictateur. Sacré dilemme, hein ? Eh bien écoute, ma réponse est claire. Les principes sont difficiles à garder devant la pauvreté et la nécessité. Plus on investira là-bas, plus il y aura d'emploi et plus il sera facile d'avancer. Le reste, c'est du gâteau.

— Je ne sais pas… Ne serait-il pas plus efficace de renverser enfin le régime en place, par n'importe quels moyens, et de libérer le pays de la tyrannie ?

— Tu crois vraiment qu'un coup d'État venu de l'extérieur pourrait avoir un objectif humanitaire ? Sans le pétrole, y aurait-il tant d'intérêt à fomenter coup d'État sur coup d'État ? Il y a de la vie là-bas, Clarence. Des partis politiques qui recherchent le changement depuis l'intérieur, qui participent aux institutions et attendent le jour tant souhaité du changement. Ils ont tellement supporté et résisté… Je crois qu'il est l'heure d'arrêter les reproches et d'accepter que les Équato-Guinéens veuillent forger leur propre avenir, sans interventionnisme, sans que quiconque ne leur donne de leçons.

Clarence l'écoutait et avait envie d'y croire. Peut-être les choses avaient-elles changé depuis qu'elle avait entendu l'histoire de Bioko de la bouche d'Iniko…

Le dernier voyage que Daniela, Laha et les enfants firent à Pasolobino fut très différent des précédents. Ni joie, ni plaisanteries, ni échanges de points de vue passionnés ne l'animèrent. Clarence avait téléphoné à sa cousine pour lui donner la triste nouvelle que Kilian était au dispensaire et que le diagnostic n'était pas rassurant.

On cachait à l'intéressé la gravité de la situation, mais un après-midi, à peine entrée dans la chambre, Clarence eut l'impression que son oncle était parfaitement lucide sur sa fin proche, et que, plutôt que peur ou colère, il irradiait une sensation de paix et de tranquillité.

Kilian avait la tête tournée vers la fenêtre, le regard perdu dans un coin du ciel. Daniela restait assise à côté de lui, lui prenant la main comme elle l'avait fait pendant les trois dernières semaines. Laha était présent, mais à une distance qui respectait leur intimité. Clarence s'appuya à la porte, un peu détournée pour qu'on ne voie pas ses larmes. Elle admira la constance de sa cousine, qui n'en avait pas versé une seule et ne s'était pas effondrée devant ce père moribond. Au contraire, elle s'efforçait de paraître joyeuse – ce qui fonctionnait vraiment –, et elle soignait sa tenue tous les jours pour que son père ne perçoive pas sa souffrance.

Kilian parla sans détacher le regard du ciel, qui était ce jour-là particulièrement clair et bleu. Où était donc la pluie qui avait toujours marqué les moments les plus tristes de sa vie ?

— Daniela, ma chérie, j'aimerais que tu répondes à une question. Je peux dire que je m'en vais en paix et satisfait, mais… je voudrais savoir si j'ai été un bon père.

Clarence sentit sa gorge se serrer. Il était impossible que ça lui arrive. Jacobo avait perdu ses facultés, mais s'il avait pu lui demander la même chose, elle serait restée muette. Qu'aurait-elle pu lui répondre ?

— Le meilleur qui soit, papa, répondit Daniela en lui couvrant le visage de baisers. Le meilleur.

Kilian ferma les yeux, apaisé par la réponse. Au moins une partie de sa vie en sourdine, après avoir laissé Bisila, avait eu un sens.

De grosses larmes roulèrent sur les joues de Clarence. Elle n'aurait donc jamais l'occasion de répondre à cette question, mais regretta profondément de ne pas avoir dit à Jacobo, tant qu'il pouvait la comprendre : si ceux qui avaient souffert directement de ses actes lui avaient en partie pardonné – car il était impossible d'oublier –, et avaient réussi à dépasser leurs sentiments d'indignation, de rancœur et de honte, alors elle n'avait pas de raison de lui en vouloir à ce point. Trop tard, pensa-t-elle, se rendant compte qu'elle avait infligé à son père le pire des châtiments : le rejet de sa propre fille.

Kilian rouvrit les yeux et tourna la tête vers eux.

— Ta mère... m'a dit qu'elle voudrait que nous soyons enterrés côte à côte, et je ne vais pas aller à l'encontre de son désir.

Daniela acquiesça de manière à peine perceptible, serrant la mâchoire pour contenir son émotion. Mais j'aimerais que tu fasses... que toi et Laha vous fassiez quelque chose pour moi. Quand vous retournerez à Fernando Póo, emportez deux poignées de terre de mon jardin et éparpillez-en un peu sur le chemin des palmiers royaux de Sampaka et un peu sur la tombe du grand-père Antón, au cimetière de Santa Isabel.

Laha s'aperçut que Daniela avait du mal à garder une contenance. S'approchant d'elle, il lui posa la main sur l'épaule. Kilian lui envoya un faible sourire. Il était inévitable que son chemin et celui de Bisila se croisent à nouveau. Ça n'avait été qu'une question de temps pour que les esprits leur accordent un semblant de paix. Il était certain que, comme lui, Bisila se réjouissait d'avoir vécu assez longtemps pour revivre sa vie à travers celle de ses enfants.

Kilian leva sa main sans cathéter vers son collier de cuir élimé, dont il caressa les petits coquillages.

— Aide-moi, Daniela. Défais le nœud.

Sa fille s'exécuta. Kilian garda le bijou dans sa paume un long moment, puis resserra le poing et le tendit.

— Apporte-le à Bisila et dis-lui que, là où je vais, je n'en aurai plus besoin. Dis-lui aussi que j'espère qu'il la protège pendant ce qu'il lui reste de vie en ce monde autant qu'il m'a protégé moi. C'est tout, conclut-il en tournant de nouveau son regard vers le ciel. Maintenant, je voudrais dormir…

Voilà ce qu'il voulait : dormir et se reposer enfin, dans une petite île couverte de cacaoyers aux feuilles brillantes et aux cabosses de couleur ocre, où les jours et les nuits duraient le même temps, où il ne manquait pas de nuance de vert et où il avait aidé à cultiver l'aliment des dieux. Traverser l'arabesque de criques et de baies avant de monter la côte des fièvres, humer l'arôme des fleurettes blanches délicates des *egomgegombes*. Entendre les rires, les plaisanteries et les chants sortir de la gorge des Nigérians et vibrer au rythme de leurs tambours. Égayer sa vue par la couleur des *clotes* dans les rues d'une coquette ville déployée au pied du pic brumeux de Santa Isabel. S'imprégner de l'odeur douceâtre et de la moiteur. Marcher sous la canopée verte du paradis des palmiers, cèdres, kapokiers et fougères où jouaient les oiseaux, les singes et les lézards colorés. Sentir sur son corps la force du vent et de la pluie d'une tempête tropicale pour se laisser caresser ensuite par une brise chaude, chargée du parfum du cacao torréfié.

Ah, comme il avait envie d'être cette île et de sentir dans chaque recoin le regard transparent de Bisila !

Kilian sombra dans l'inconscience la nuit même. Pendant deux jours, il délira, et dans sa terrible agonie prononça des paroles incompréhensibles pour Daniela et Clarence, mais pas pour Laha, qui refusa de les traduire. De temps en temps, il répétait le nom de Bisila et son expression abandonnait tout signe de souffrance ; on aurait même dit qu'il s'illuminait avant de se contracter, et ce jusqu'au moment où il exhala le dernier soupir qui rendit enfin la paix à son corps.

Une semaine après l'enterrement, Laha dut repartir pour son travail et Daniela resta avec les enfants pour mettre de l'ordre dans les affaires de son père. Les cousines évitaient de pleurer pour ne pas attrister plus encore Enoá et Samuel, qui ne comprenaient pas pourquoi leur grand-père n'était pas à la Casa Rabaltué, où ils l'avaient toujours vu. Elles leur dirent que Grand-Père s'était transformé en papillon et s'était envolé au ciel. Ils étaient à un âge où ils pouvaient encore y croire.

Un après-midi, alors qu'elles finissaient de répartir dans des cartons les affaires de Kilian, Clarence s'étonna de voir Daniela ranger le collier de *cauri* et d'*achatina*. Daniela répondit :

— Je dois un peu de justice à ma mère. Si j'apporte ça à Bisila, j'accepte que mon père trompe ma mère dans son cœur. Et puis je n'ai plus envie de regarder vers le passé. Laha et moi, nous avons un présent et un avenir dont profiter, et beaucoup de choses à faire. Il y a tant à découvrir ! Je n'en peux plus de cette nostalgie qui a imprégné les murs de cette maison. Et ça te concerne aussi, Clarence…

Elle s'assit sur le lit, le collier dans les mains, et pleura toutes les larmes qu'elle n'avait pas versées devant ses enfants. Clarence ne dit rien et la laissa lâcher prise, se libérer un peu de la terrible sensation d'abandon que l'on éprouve à la mort d'un parent.

Au bout d'un moment, Daniela sécha ses larmes et lui tendit le collier.

— Tiens, fit-elle avec un mélange de résignation et de détermination. Fais-en ce que tu veux, ou ce que tu penses devoir en faire. Moi je n'ai pas envie de comprendre ça.

Alors Clarence se rappela Iniko quand il lui avait mis le collier qu'elle avait encore autour du cou, pour éloigner les mauvais esprits qui les entouraient. Elle ne put que s'étonner des différences entre les histoires des habitants de la maison, comme si quelque chose de supérieur à eux s'était chargé de les assembler de la manière la plus appropriée au lieu et au moment.

Kilian et Bisila s'étaient aimés au-delà de la distance et du temps, et même sans communiquer pendant des décennies, ils avaient maintenu en permanence une conversation intime et secrète. Iniko et elle s'étaient aimés à un moment concret de leur vie et s'étaient séparés par accord mutuel, conscients qu'aucun des deux ne renoncerait à sa vie pour l'autre.

Daniela et Laha, en revanche, étaient ceux qui avaient le plus souffert d'être la conséquence d'un passé marquant de son sceau leur relation dès le départ, et dont ils devaient s'affranchir pour trouver leur place véritable, être libres, construire leur propre avenir, sans l'intervention de personne, sans rancœur et sans haine. Daniela désirait se délivrer d'un bagage trop pesant, parce que le monde appartient réellement à ceux qui savent voyager léger.

Clarence soupira. Daniela avait raison de lui dire qu'elle était trop nostalgique. Elle vivait davantage dans les souvenirs, les siens et ceux des autres, que dans son propre présent. Elle prenait tellement au sérieux le fait de perpétuer les traditions qu'elle se transformait en une pierre supplémentaire de cette bâtisse solide. Mais comment ne pas être nostalgique alors qu'il ne resterait plus personne dedans d'ici quelques jours ? Après des siècles, ce serait à elle qu'incomberait la douloureuse tâche de fermer les portes d'une Casa Rabaltué qui deviendrait, comme d'autres, une résidence secondaire. Elle laisserait là les voix de dizaines de vies figurant dans l'arbre généalogique du vestibule, témoin muet de ceux qui étaient partis pour ne jamais revenir. C'était ainsi. La vie.

Elle contempla le collier de Bisila et Kilian et sut ce qu'elle allait en faire. Elle l'emballerait avec deux poignées de terre du jardin et enverrait le paquet à Iniko, pour qu'il remette le bijou à Bisila avec les dernières paroles de Kilian. Comme elle avait renoncé à transférer les restes de son grand-père à Pasolobino, elle lui ferait au moins parvenir de la terre de sa vallée natale. Elle était sûre qu'Iniko saurait transmettre à Bisila la nouvelle avec la même affection et la même considération qu'elle-même aurait eues. Le respect des anciens aurait pu paraître stupide à quelqu'un d'autre, mais elle savait qu'Iniko la comprendrait. Et elle avait la certitude que personne mieux que Bisila ne saurait accomplir à la lettre les dernières volontés de son oncle.

Une petite fille aux cheveux attachés en de nombreux petits chignons apparut dans la chambre, serrant contre elle son ours en peluche. Daniela prit Enoá dans ses bras et la ramena dans son lit.

En pensant à ses neveux, Clarence sentit son cœur s'égayer.

Daniela n'aurait pu leur choisir des prénoms plus appropriés. Enoá signifiait « Mer », et Samuel était ainsi nommé en référence au fameux Sam Parker qui avait donné en *pichi* l'appellation Sampaka. Un jour viendrait où tout ce qu'ils avaient vécu resterait derrière, certes, mais les prénoms de son neveu et de sa nièce résumeraient le passé et le futur. La mer et le tunnel de palmiers royaux. Les symboles de résurrection et de victoire sur le temps.

Clarence se réjouit en pensant à eux, mais elle éprouva également une pointe d'envie. Ils auraient la chance de ne pas trouver étrange d'être blanc ou noir, habitant des îles ou des montagnes. Elle leur narrerait l'histoire des Bubis et de la généalogie ancestrale de Pasolobino, elle leur raconterait l'histoire d'amour de leurs grands-parents, et ils l'écouteraient sans aucunement souffrir. Ils appartenaient déjà à une autre génération, à laquelle il paraîtrait absolument normal, voire anecdotique, qu'une petite partie des Pyrénées soit unie pour toujours à une île africaine.

Mais, pour elle, ce serait à jamais l'histoire de personnes dont le grand accomplissement aurait été de modifier l'histoire rigide et inamovible d'une maison de pierre centenaire, qui affrontait à présent son avenir avec la même détermination pleine d'espoir et tremblotante qu'un fragile papillon.

*
* *

Je te l'avais dit, Kilian, oui, au tout début. Tu avais peur que la neige des palmiers fonde, qu'elle s'évapore et disparaisse à jamais. Tu avais peur que les palmiers ne prennent pas racine dans la neige.

Monte, maintenant ! Profite de tes ailes et observe ta maison depuis les cimes. Regarde comme la vie s'accroche ! La rivière de l'existence qui traverse le jardin de la Casa Rabaltué est maintenant alimentée par de petits affluents de différentes provenances…

Je te l'avais dit, Kilian, oui.

Tu savais que vous ne vous reverriez jamais, et pourtant, maintenant…

Aidé par le vent du nord, vole jusqu'à la vallée ! Franchis les plaines et arrête-toi sur les falaises ! Chevauche un harmattan et plane jusqu'à l'île

Tu n'es plus perdu et désorienté. Tu n'es plus un bateau échoué. Aucun son de cloche ne peut te dérouter.

Tu vois ?

Bisila sourit.

Bientôt, elle viendra te rejoindre. Vous serez à nouveau ensemble, dans un lieu sans temps, sans hâte, sans interdits, loin de la fureur et près de la paix, où vous boirez seulement de l'eau de pluie.

Et, maintenant que tu as repris vie dans les bras des *baribò*, tu comprendras enfin ce que Bisila a toujours voulu que tu saches : les empreintes des personnes qui ont marché ensemble jamais ne s'effacent.

NOTE DE L'AUTRICE

Le scénario sentimental qui unit et sépare les personnages de ce roman, tant les natifs de Bioko que ceux de Pasolobino, est entièrement fictif. Cependant, l'aventure de ces hommes et femmes des Pyrénées qui ont passé leur vie sur l'île est inspirée de faits réels. Parmi eux, mon père, Francisco Gabás Pallás, mon grand-père, Francisco Gabás Farré, de Casa Mata de Cerler ; ma grand-mère, Rosario Pallás Ventura, de Casa Llorgodo de Cerler ; et Ismael Lamora Pallás, cousin germain de mon père, de Casa Caseta de Ramastué. Grâce à leurs souvenirs, oraux comme écrits, j'ai connu depuis toute petite l'existence de l'île de Fernando Póo et de tant d'autres choses de cette partie d'Afrique de la taille de ma région d'origine.

L'histoire des dizaines de personnes dans la vallée de la Benasque, dans la région de la Ribagorza, du côté de Huesca, qui depuis la fin du XIXe siècle avaient décidé de partir travailler en Guinée équatoriale, a été recueillie par José Manuel Brunet, José Luis Cosculluela et José María Mur, dans l'indispensable et très intéressant livre *Guinea en patués. De los bueyes del Valle de Benasque al cacao de la isla de Fernando Póo,* publié en 2007, peu après le décès de mon père. Je tiens à adresser mes remerciements en particulier à José María Mur, qui a sauvé de l'oubli des expériences que peu connaissaient. Il m'a permis d'être présente lors des enregistrements d'entretiens avec des personnes dont les souvenirs et les détails imprègnent mon roman et qui, sans qu'il le sache, allaient me fournir l'impulsion décisive pour donner forme définitive à l'idée qui me trottait dans la tête depuis plusieurs années : une idée où prédominait la curiosité des choses non racontées et de l'autre version, c'est-à-dire celle des natifs de Guinée équatoriale qui, à mon avis, n'étaient pas toujours et n'ont pas toujours été représentés, ni dans les récits de voyage ni dans les romans, avec le respect et la dignité nécessaires.

Le lieu de naissance de mon père, Cerler, est un petit village très joli, froid et isolé, situé à mille cinq cent quarante mètres d'altitude, appartenant à la commune de Benasque, qui peut se glorifier d'être entouré des plus belles et des plus hautes montagnes. Notre vallée, connue surtout aujourd'hui pour sa station de ski, a pourtant une longue histoire. Si j'ai décidé de baptiser le village d'origine de plusieurs des protagonistes espagnols Pasolobino, c'est pour deux raisons : afin d'être objective, j'avais besoin de me distancier de l'endroit où j'ai vécu une grande partie de ma vie, et en réalité Pasolobino pourrait être un village comme tant d'autres parmi ceux dont sont partis des centaines d'Espagnols ayant résidé en Guinée pendant des décennies. (Dans les années 1940, il y avait environ mille Espagnols sur Fernando Póo. Quand le pays a obtenu son indépendance, on estime que, dans toute la colonie, ils étaient environ huit mille.) De la même manière, le village de Bissappoo est fictif, mais sa description peut correspondre à celles de nombreux autres de la période évoquée par le roman. En 1975, Macías a réellement ordonné de brûler un village parce qu'il pensait que ses habitants s'adonnaient à la subversion.

Tous les faits historiques, ainsi que l'ambiance du roman, ont été rigoureusement vérifiés. Par ailleurs, je suis sûre que les lecteurs les plus érudits sur le sujet sauront me pardonner quelques légères modifications (le départ des Nigérians, que j'ai avancé dans le temps) ou subtilités (comme la nouvelle décoration du bar Anita Guau) apportées pour des motifs littéraires.

Je suis également consciente que l'action est limitée à l'ancienne île de Fernando Póo et non à toute la Guinée équatoriale. Les différences culturelles entre la partie insulaire et la partie continentale, bien plus étendue, rendaient impossible une analyse plus profonde d'autres points de vue qui ont été abordés seulement de manière superficielle. Mon idée d'origine, à laquelle je me suis accrochée à tout moment, était d'établir la comparaison entre deux petits paradis auxquels mon père faisait toujours référence : l'île et sa vallée natale.

Pour me documenter sur l'histoire politique et sociale du contexte équato-guinéen, j'ai consacré beaucoup de temps à lire le maximum possible des sources publiées sur le sujet. Voici des ouvrages, articles et auteurs qui ont eu une influence sur la rédaction du roman :

Sur la géographie, la politique, l'économie de Guinée équatoriale en général, j'ai trouvé les textes suivants : *Aproximación a la historia de Guinea Ecuatorial*, de Justo Bolekia Boleká (2003) ; *El Laberinto Guineano*, d'Emiliano Buale Borikó (1989) ; *Macías, víctima o verdugo*, d'Agustín Nze Nfumu (2004), récit révélateur sur la dictature atroce de Macías ; *Fernando el Africano*, de Fernando García Gimeno (2004), récit indispensable, émouvant et détaillé sur plus de vingt ans d'expérience en Guinée et allant jusqu'à peu avant l'indépendance ; *Fernando Póo. Una aventura colonial española en el África Occidental (1778-1900)*, de Dolores García Cantús (2004) ; *De la trata de negros al cultivo del cacao. Evolución del modelo colonial español en Guinea Ecuatorial de 1778 a 1914*, de Juan José Díaz Matarranz (2005) ; *Apuntes sobre el estado de la costa occidental de África y principalmente de las posesiones españolas en el Golfo de Guinea*, par Joaquín J. Navarro, lieutenant de vaisseau, secrétaire du gouvernement de Fernando Póo et de ses dépendances. Ce document a été rédigé en 1859 à la demande de la reine, Isabel II, pour avoir des nouvelles fiables de ses possessions dans le Golfe ; *Cronología de Guinea Ecuatorial. De la preindependencia (1948) al juicio contra Macías (1979)*, de Xavier Lacosta, travail intéressant et complet qui m'a permis de mettre de l'ordre dans les dates des événements racontés dans le roman.

1. Des articles de la revue *La Guinea Española*, éditée par le Fondo claretiano, de 1904 à 1969, dont on peut lire les numéros sur www.raimonland.net. En fait, la revue que lit Kilian lors de son premier voyage en bateau en 1953 existe réellement et l'article qu'il cite sur la linguistique du bubi a pour auteur le père Amador del Molino, de la Misión Claretiana, qui a mené des recherches durant des années sur l'histoire de la Guinée. J'ai également trouvé très intéressants et utiles les illustrations du botaniste africaniste et professeur de sciences naturelles Emilio Guinea, auteur des ouvrages *En el país de los pámues* (1947) et de *En el país de los bubis* (1949), ainsi que le documentaire *Memoria negra*, de Xavier Montanyà (2007).

   Parmi tous les articles lus ces dix dernières années, j'aimerais citer « *La dictadura de las tinieblas* », de Juan Jesús Aznárez (2008) ; « *Guinea Ecuatorial: de colonia a Estado con derecho* » et « *Guinea Ecuatorial: vídeos y bibliografía* », de Miguel Ángel Morales Solís (2009) ; l'essai « *Guinea Ecuatorial* », de Max Liniger-Goumaz et Gerhard Seibert pour la *New Enciclopedia de África* (2008) ; « *Guinea Ecuatorial española en el contexto de la Segunda Guerra Mundial* », de José U. Martínez Carreras ; « *Guinea Ecuatorial:*

La ocasión perdida », de Juan María Calvo (1989) ; des articles publiés dans *La Gaceta de Guinea Ecuatorial* consultables sur www.lagacetadeguinea.com ; des articles d'*Historia 16* et les hémérothèques en ligne, comme celle de l'ABC et du Diario del AltoAragón (anciennement Nueva España), non seulement pour la recherche d'informations sur la Guinée depuis le début du XXe siècle, mais aussi sur l'Espagne.

Parmi toutes les encyclopédies, pages Web, revues, forums, blogs et chroniques de voyage, j'ai trouvé indispensables les suivantes : www.raimonland.net, merveilleux lieu de rencontres, de nouvelles et de recueil historique par et pour tous ceux qui ont vécu en Guinée ou ceux qui voudraient en apprendre davantage sur ce pays ; www.asodegue.org, portail de l'Association pour la solidarité démocratique avec la Guinée équatoriale, où l'on peut lire des actualités politiques et économiques ainsi que des articles variés ; www.bisila.com, un portail de ressources, cours de langue bubie, images et bibliographie ; revistapueblos.org, portail de la revue *Pueblos* comprenant de nombreux articles sur des sujets africains ; www.guineaecuatorial.org, site officiel du gouvernement en exil de Guinée équatoriale ; www.guinea-ecuatorial.net, pour une vaste compilation d'informations sur le pays ; www. fundegue.es, site de la Fondation Espagne-Guinée équatoriale ; la revue de l'association de femmes équato-guinéennes résidant à

Barcelone *E'Waiso Ipola* ; et le récent www.malobosa.com, pour lire la revue Malabo.SA.

Enfin, pour expliquer toute la partie consacrée à la culture du cacaoyer, j'ai utilisé différents manuels et, plus concrètement, l'article « Un buen cacao que se llama Sampaka », paru en 1957 dans le numéro spécial *Nuestra Guinea* de la revue *La Actualidad Española,* où mon père apparaît sur quasiment toutes les photos.

2. Sur l'histoire, la culture, la religion et les traditions bubies, j'ai trouvé très utile le livre *Los Bubis en Fernando Póo,* du père António Aymemí, qui a vécu sur Fernando Póo en tant que missionnaire catholique des Hijos del Inmaculado Corazón de María, de 1894 à sa mort, en 1941. Cet ouvrage a été publié en 1942 et réunit une série d'articles écrits par ce religieux pour la revue *La Guinea Española.* Comme il est impossible de s'en procurer un exemplaire, j'ai utilisé pour le contexte du village fictif de Bissappoo la traduction anglaise de 2003 de Colleen Truelsen, *The History and Culture of an Endangered African Tribe.* Comme il l'explique lui-même, la deuxième génération de Bubis en exil part d'Espagne pour les États-Unis, d'où mon choix de faire travailler Laha en Californie, État que je connais bien. Truelsen lui-même avoue que, sans connaître l'espagnol, il est très difficile d'obtenir des informations sur l'histoire culturelle des Bubis.

D'autres textes où j'ai puisé : *A través de la magia Bubi. Por las selvas de Guinea,* de José Manuel Novoa (1991) ; *Los Bubis. Ritos y creencias,* du père Amador Martín del Molino (1989), de la Misión Claretiana, qui a vécu vingt-quatre ans avec les Bubis ; la revue citée plus haut *La Guinea Española,* du fonds claretiano ; et www.maib.org, page officielle du Mouvement pour l'Autodétermination de l'île de Bioko, où apparaissent des informations sur l'histoire des Bubis.

Enfin, les livres précédemment cités, *Aproximación a la historia de Guinea Ecuatorial,* de Justo Bolekia Boleká (2003) et *El Laberinto Guineano,* d'Emiliano Buale Borikó (1989), m'ont été particulièrement utiles pour me centrer sur la partie politique directement liée à l'île de Fernando Póo/Bioko et les Bubis.

3. Le personnage de Clarence étant professeure de linguistique à l'université et intéressé par la littérature hispano-africaine, équato-guinéenne, ainsi que l'espagnol et la production littéraire spécifiques à ce pays, je mentionnerai les documents et auteurs qui ont par ailleurs apporté un grain de sel à mon roman : *La formación de identidad en la novela hispano-africana. 1950-1990,* de Jorge Salvo (2003), professeur d'espagnol à l'université de Caroline du Sud et auteur également de divers articles sur ce thème ; *Literatura emergente en español. Literatura de Guinea Ecuatorial,* de Shosténe Onomo-Abena et Joseph

Désiré Otabela Mewolo (2004) ; « *La literatura africana de expresión castellana: la creación literaria en Guinea Ecuatorial* », de Mbaré Ngom (1993) de la Morgan State University de Maryland ; et « *La creación semántica y léxica en el español de Guinea Ecuatorial* », thèse de doctorat d'Issacar Nguen Djo Tiogang (2007). J'ai également consulté divers articles des auteurs suivants : Mariano L. de Castro Antolín, professeur d'histoire et de géographie à Valladolid et auteur de publications sur l'histoire de la Guinée équatoriale et les relations entre ce pays et l'Espagne ; Humberto Riochí, porte-parole du Mouvement pour l'Autodétermination de l'île de Bioko (Maib) en 2009 ; Michael Ugarte, professeur de littérature espagnole à l'université du Missouri ; Juan Tomás Ávila Laurel, écrivain, rédacteur en chef de la revue *El Patio* de Malabo et conférencier dans plusieurs universités des États-Unis ; Carlos González Echegaray, africaniste espagnol ; et Germán de Granda, qui a travaillé sur les langues de Guinée équatoriale.

Sur l'espagnol de Guinée équatoriale en particulier, il convient de mentionner les articles de Sosthène Onomo-Abena y Aminou Mohamadou de l'université de Yaoundé-I (Cameroun). Mohamadou a rédigé un article sur l'*espaguifranglés* comme langue forgée à partir de différents marqueurs des langues qui cohabitent dans le pays : espagnol, guinéen des grands groupes ethniques (fang, bubi, annobonais, benga, ndowé), français et anglais. Et, bien entendu, je dois mentionner John M. Lipski, professeur de linguistique à l'université de Pennsylvanie et spécialiste en dialectologie, contact des langues, langues créoles et éléments africains en espagnol et portugais. Son magnifique article « *The Spanish of Equatorial Guinea: Research on la hispanidad's best-kept secret* » est sûrement ce qu'aurait lu Clarence en guise de départ de son investigation linguistique en Guinée si elle l'avait menée. Quant à la production littéraire en rapport avec la Guinée équatoriale – de la période précoloniale, caractérisée par son oralité ; de la période coloniale, par la description de l'exotisme ; de la postcoloniale autant de l'époque de triste mémoire que des débuts de la création littéraire autochtone, de recueils de contes et légendes et de nouvelles œuvres narratives et essais –, et afin que le lecteur puisse se faire une idée du gouffre de méconnaissance d'une partie de notre histoire, je recommande l'essai passionnant de Justo Bolekia Boleká recueilli par le Centre Virtual Cervantes dans son annuaire 2005 et les travaux de Mbare Ngom Fayé y Donato Ndongo-Biyogo. Ce dernier, journaliste, historien, essayiste et romancier guinéen, auteur des romans *Las tinieblas de tu memoria negra* et *Los poderes de la tempestad* et expert de littérature moderne hispanophone en Guinée équatoriale, a publié en 1984 une *Antología de la literatura de Guinea Ecuatorial* à lire absolument, où il recense les auteurs et œuvres de fiction, poésie et théâtre.

D'un autre côté, on peut trouver les œuvres produites par des Espagnols à l'issue d'un séjour en Guinée. Je sais qu'il en existe quelques autres (je n'ai pas encore lu *El corazón de los pájaros*, d'Elsa López (2001) ni vu *Lejos de África*, de Cecilia Bartolomé (1996), mais voici celles que je connais et qui ont contribué à l'atmosphère du roman : *En el país de los bubis*, de José Más (datant de 1919, réédité en 2010) ; *Manto verde bajo el sol*, de V. López Izquierdo (1973) ; *El valle de los bubis*, de María Paz Díaz (1998) ; *La casa de la palabra*, de José A. López Hidalgo (1994) ; *Al sur de Santa Isabel*, de Carles Decors (2002) ; le dur et déstabilisant *Guinea*, de Fernando Gamboa (2008) ; *Una historia africana*, de Javier Reverte (2009) ; *La aventura del Muni (Tras las huellas de Iradier: La historia blanca de Guinea Ecuatorial)*, de Miguel Gutiérrez Garitano (2010), et le déjà cité *Fernando el Africano*, de Fernando García Gimeno (2004).

Mon roman se résumera donc à la longue liste de livres sur la Guinée équatoriale, ce qui me procure une profonde satisfaction. Clarence et Iniko font tous deux partie d'une longue chaîne comprenant les gens du passé comme ceux à venir. De la même façon, ce roman est partie prenante d'une longue chaîne de mots écrits et à venir sur l'histoire de la Guinée équatoriale. Mais ce n'est pas seulement ça.

J'espère que le lecteur espagnol pourra connaître ou reconnaître une culture et un contexte historique, politique et social, lointain et proche à la fois, mais je souhaite également que le lecteur équatoguinéen apprenne des choses sur ceux qui ont voyagé dans leur pays et les raisons qui les y ont poussés, sur ma terre et ses coutumes, et sur les changements que nous avons connus.

REMERCIEMENTS

À Justo Bolekia Boleká, intellectuel équatoguinéen de l'ethnie bubie, professeur de philologie française à l'université de Salamanque, auteur de nombreux articles, essais et publications en linguistique et sociolinguistique, spécialiste en langue, culture et anthroponymie bubies, poète, homme politique et historien : merci de m'avoir concédé le privilège d'avoir révisé un roman où apparaissent tous ses domaines d'expertise. Je lui dois les corrections des dialogues et expressions en bubi et en *pidgin* (pour lequel j'avais utilisé le dictionnaire ayant accompagné mon père et mon grand-père, une édition de 1919, celui que lit Kilian pendant son premier voyage en bateau). Je le remercie aussi pour ses précisions sur les traditions et la culture bubies, ainsi que pour la révision de la partie historico-politique. Je tiens à souligner son amabilité de m'avoir permis d'utiliser le conte bubi intitulé *Wewèöbuaaröö* raconté à Daniela par Fernando Laha, qui fait partie de son recueil de contes bubis. Mais je lui suis avant tout reconnaissante pour ses paroles de gratitude affectueuse après son voyage continu entre Pasolobino et Bioko.

À Ismael Lamora et Mari Pe Solana, qui ont vécu des années à Fernando Póo, et à José Antolín, qui a travaillé à la chaîne TVE de l'île juste après l'indépendance, pour toutes leurs anecdotes et souvenirs de l'époque.

À Luis Acevedo pour avoir rapproché Sampaka de mes montagnes et persévéré dans ses efforts à l'exploitation.

À José María Mur, pour m'avoir transmis le virus de vouloir connaître le passé, aidée dans mon enquête et apporté des nouvelles fraîches de son voyage en Guinée, ce qu'a également fait le frère Josean Villalabeitia.

À Maruja de Sans Lucas pour m'avoir tiré plusieurs épines du pied sur des questions de mode et les menus des décennies passées.

À Fernando García Gimeno pour avoir été le meilleur gardien des détails et descriptions d'années qui, sans lui, auraient été oubliées, et pour avoir répondu aimablement à mes nombreuses questions.

À Ramón Badía Vidal pour sa première évaluation du roman, son professionnalisme et sa compréhension.

À Cristina Pons, pour ses conseils sages, perspicaces, opportuns et indispensables, sans lesquels ce roman ne serait pas arrivé à bon port. Mais avant tout, merci de m'avoir aidée à grimper sans peur la côte des fièvres.

Et enfin, à mon éditrice, Raquel Gisbert, pour avoir cru à ce projet et m'avoir offert la possibilité exceptionnelle et enthousiasmante de faire en sorte que ce roman voie le jour. C'est grâce à elle que je peux le dédier tout spécialement, comme un modeste hommage, à tous les gens d'ici qui ont vécu là-bas et à leurs descendants, ainsi qu'à tous les gens de là-bas qui ont dû vivre avec ceux d'ici, et à leurs descendants.

J'espère que, les uns comme les autres, nous saurons nous comprendre un peu mieux.

Anciles, septembre 2011

PEFC™
PEFC/14-38-00277

Certifié PEFC

Ce produit est issu de forêts gérées durablement et de sources contrôlées

www.pefc-france.org

Cet ouvrage est composé de matériaux issus de forêts gérées durablement certifiées PEFC™.
Le Programme de reconnaissance des certifications forestières (PEFC™) est le plus grand organisme mondial indépendant de contrôle pour une gestion durable des forêts. Pour en savoir plus, consultez le site www.pefc-france.org

Achevé d'imprimer en octobre 2020
par Novoprint
Dépôt légal : novembre 2020
Imprimé en Espagne